竹林少年白衣翩

ZHULIN SHAONIAN BAIYI PIAN

星光照进孤独 著

知识产权出版社
全国百佳图书出版单位
—北京—

图书在版编目（CIP）数据

竹林少年白衣翩 / 星光照进孤独著 . —北京：知识产权出版社，2021.8
ISBN 978-7-5130-7587-9

Ⅰ. ①竹… Ⅱ. ①星… Ⅲ. ①长篇小说—中国—当代 Ⅳ. ① I247.5

中国版本图书馆 CIP 数据核字（2021）第 127375 号

内容提要

他曾经爱过一个人，把他的心给了她。她踩碎了它。从此，他游戏人间，原以为此生再不相见。阴错阳差，他又遇见她。仇恨破土而出，疯狂生长。他将她折磨得遍体鳞伤。她刻意躲着他。为了逼她出现，他用尽手段。她被迫前来，含泪的眼中闪耀着屈辱和自尊，说："你赢了，我来了。"那一刻，他才知道，他没有赢，他输了她。无意中，他发现了一个惊天秘密。为了守住这个秘密，他需要她恨他，深信不疑地恨他。

责任编辑：彭喜英　　　　**责任印制**：刘译文

竹林少年白衣翩
ZHULIN SHAONIAN BAIYI PIAN
星光照进孤独　著

出版发行：	知识产权出版社有限责任公司	网　　址：	http://www.ipph.cn
电　　话：	010－82004826		http://www.laichushu.com
社　　址：	北京市海淀区气象路50号院	邮　　编：	100081
责编电话：	010－82000860 转 8539	责编邮箱：	laichushu@cnipr.com
发行电话：	010－82000860 转 8101	发行传真：	010－82000893
印　　刷：	天津嘉恒印务有限公司	经　　销：	各大网上书店、新华书店及相关专业书店
开　　本：	720mm × 1000mm　1/16	印　　张：	23.25
版　　次：	2021 年 8 月第 1 版	印　　次：	2021 年 8 月第 1 次印刷
字　　数：	454 千字	定　　价：	78.00 元

ISBN 978-7-5130-7587-9

目录

序章

如果有一天，我忘记了你，那是因为我的心太疼，为了不让它死去，我假装忘记你。

如果有一天，你重回我身边，我的忧愤可以全部放下，我的心从此满意。

有一种动人的爱，不是你在我身边我爱你，而是隔着千万里，隔着悠长岁月，我依然爱你。

一

万里征鸿归

骁龙云腾集团公关部部长钱力急匆匆闯进会议室，打断正在召开的总裁办公会。她的主管副总裁赵烈皱眉，这可不是普通的高层会议，而是核心决策会，总裁们正在研究明年的全球发展战略。他希望她有个好理由。

钱力只说了一句话，众人便理解了她的唐突。“万俟铮回国了。”

满座皆坐不住了。

董事长兼总裁高屹说：“马上联系他。希望别的公司还没得到消息。兵贵神速，一定要抢在其他公司前面。”

钱力说：“我们正在联系他，其他公司恐怕也开始行动了。他带着六个美女高调亮相，参加超模女友的生日宴会，已经登上了八卦新闻的头条，女友当场变成前女友。想瞒住他回国的消息是不可能了。”

赵烈问：“他是傻吗？他想干什么！”

钱力回答：“据说是女友逼婚，他就来了这么一招。”

副总裁刘深不阴不阳地说：“这招不赖。”

副总裁穆翰微笑，说：“我喜欢他，有个性，自带媒体效应。”

高屹说：“请他来鹿鸣城，食宿交通我们全包。‘未战而庙算胜者，得算多也；未战而庙算不胜者，得算少也’。赵总，你负责，专门为他制订一套招募方案，告诉公关部，做好功课，‘知己知彼，胜乃不殆；知天知地，胜乃不穷’。”他自诩熟读兵法，动辄引经据典，众人见多不怪。

公关部内忙忙碌碌。有的想方设法与万俟铮取得联络；有的对着万俟铮的履历寻找突破口；有的研究万俟铮的周边新闻，揣摩他的性格。

网上疯传的那段视频中，热闹的生日聚会上，突然出现一行人。为首的男人气宇轩昂，身姿秀颀，率六位美女隆重登场，他就是万俟铮。

万俟铮非常有型，就连男人也得承认，他很英俊，像个影视明星，天生一双桃花眼，顾盼风流，不笑亦似带着笑意。

万俟铮说：“亲爱的，想我了吗？想我我就会出现。”

女友乍见他，惊喜得睁大眼睛，待看清他带来的一众美女，顿时沉下脸来。

万俟铮浅浅一笑，一双眼勾魂摄魄，说："没有容人之量，就别以我的未婚妻自居。"说着，目光露出隐隐寒意。旁人顿悟。女友十分尴尬，脸涨得通红。万俟铮送上一份大礼，道完祝福，扬长而去。

视频点击量已经破百万。

一个人边看视频边摇头叹息："这么英俊，这么冷酷。"

有人鸣不平："不怪他，是那女的冒充他未婚妻在先。"

"这么快你就为他站队。唉，这绝对是个爱情猎手。"

另一个翻着资料，惊讶："这人挺牛啊。他拿遍了世界新能源汽车行业的奖项。在刚刚结束的越野拉力赛中，他设计的增程式电动概念车居然超越了包括传统燃油汽车和新能源汽车在内的所有车型，最先到达终点。可惜概念车没资格报名参赛，不能得奖。"

"有消息显示，他曾留学德国，是汽车动力学专家，自主攻克了多项专利技术，曾参与国际汽车行业标准的制定。"

"难怪总裁们对他那么重视。"

有人找到另一段视频。

万俟铮在德国工作时太拼命，同事直嚷受不了，劝他休息，放过自己也放过别人，工作是干不完的。

万俟铮摇头，说："哪有时间休息？我还有很多梦想等着实现，还有很多事没做。没梦想的人最彷徨，追过梦此生才不枉。你以为你生命的余额还充足？说不定明天你就关机了。到那时，你的梦想何处投奔？"

同事说他是铁人。

他微笑，说："在我们国家确实有个'铁人'。我跟他比，差一个筋斗云。"

外国同事表示听不懂。

看完视频，公关部众人对视。他其实很谦逊。

这时，一个人叫："我联系上他的搭档陆帆海了！"

钱力跑过去，亲自接手。

陆帆海一见万俟铮郑重的表情，就知道今天的会又白开了。

陆帆海与万俟铮是同学，也是多年老友，更是商业搭档。他太了解他了。万俟铮一向玩世不恭，什么时候他露出正经样，就表示他心中早已将对方淘汰。正因为淘汰了对方，他才装出严肃认真的样子，用他的话来说，要给对方最后的尊重。合作已然注定泡汤，那就在态度上让人家舒服一点。对此，陆帆海一直不以为然。不浪费对方的时间比什么不强？

会议桌的对面是骁龙云腾汽车制造集团。两边人数悬殊，对面黑压压一片，这边只有万俟铮和陆帆海两人，气势上却平分秋色、势均力敌。万俟铮镇定自若，整个人似散发着光芒，偶尔爽朗一笑，风姿飒然。

“目前，全球汽车保有量是五亿辆。我们中国是汽车大国。石油资源有限，能源紧张成为国际难题，未来汽车的动力靠什么，是当代汽车制造业不得不认真思考的问题。”这是对方的开场白，“我们公司一直致力于科学发展，在保护环境的同时，利用科学改变现有的生产方式，提高技术含量，打造精致生活，促进汽车制造业转型……”

对方滔滔不绝，万俟铮静静听着，俊朗的面容忽而露出肯定，忽而露出赞赏，间或作思考状。其实他和陆帆海已经订好飞长春的机票，在那边，有一个比骁龙云腾厉害得多的企业等着他们。陆帆海代骁龙云腾不值。

骁龙云腾集团研发中心主任李思锐，身材瘦小枯干，鹰钩鼻子，严肃不苟言笑，眼镜片比瓶底厚。他说：“万先生，您是增程器技术专家，专攻增程器技术与超级电容技术的整合。您有先进的技术，只待在实业上一展拳脚，我们有雄厚的资金、优质的平台，还有渴求人才的一片赤诚。”

他的态度非常恳切，丝毫没察觉念错了万俟铮的姓，而万俟铮早已打定主意。

对他们抛出橄榄枝的汽车制造企业太多太多，原因只有一个，万俟铮掌握的技术实在非常“高精尖”。这也变相惯坏了他，至少陆帆海这么觉得，但万俟铮否认。

尽管合作不成，二人还是礼貌地留了余地，表示会考虑。对方也礼数周到，花白头发的李思锐一脸惋惜，客气地亲自将他们送到公司门口。

坐上车，陆帆海说：“瞎耽误工夫。既然不打算合作，为什么还要跑来看？直接去长春好了。”万俟铮总说要多走走、多看看，有好处，陆帆海看不出好处在哪儿。他说：“你就作吧。等专利过期了，臭大街没人要了，咱俩喝西北风去？”

“大不了摆地摊去，饿不死。”

“摆地摊？卖什么？”

“卖身。”

陆帆海说：“你卖身，我呢？”

万俟铮笑着说：“你卖惨啊。”

过了一会儿，车停了。陆帆海疑惑：“怎么又转回来了？迷路了？不是有导航吗？”

“下车。”万俟铮说，“要看一个公司的真面目，不能光从正面看，还得从侧面看。他们以为我们走了，刚才如果有伪装，现在也没必要了。这会儿他们的状态才是真实的。咱们转一圈，别被他们发现。”

“在外边能看见什么？”

万俟铮说：“看员工迟到早退，看公司周边环境，看出入登记是否规范。做大事者，不拘小节，但又注重细节。”

“呵，一套一套的。什么时候变得这么有文采了？”

“说出来别吓着你，我作的诗可棒了。”

“作一首我听听。”

万俟铮说：“花飞花谢花满天，江枫渔火对愁眠。飞流直下三千尺，是谁送你来到我身边？”

陆帆海大笑。

两个人在外围转了一大圈，万俟铮很轻微地点点头，陆帆海好奇：“你还真对他们感兴趣了？”

“谁说的。”万俟铮说。

陆帆海无奈。他搞不清万俟铮想干什么，哪句话是谎话，哪句话是认真的。

他们正要离开，转角突然出现一个女孩，猝不及防与万俟铮撞上，女孩怀抱的文件夹掉到地上。女孩歉然鞠躬，万俟铮立即蹲下身捡起文件夹，交给她，一抬头，不禁一怔。女孩有着一张不染纤尘的脸，超然物外的幽丽贞静。她恬淡地点头致谢，错身要走。

万俟铮拦住她的去路，剑眉一挑，嘴角勾起一抹邪魅的笑，说：“美女，就这么走了？”

女孩愣了，还来不及反应，万俟铮已经吻住她。女孩吓了一大跳，挣扎着，文件夹再次掉落。她抽出手，狠狠给了万俟铮一个耳光。这一巴掌打得万俟铮笑容加深。他摸摸脸，歪着头，戏谑：“打得好。”

女孩愤怒地瞪着他，脸涨得通红，全身戒备，以防他再干出什么事。万俟铮再次捡起文件夹递给她，说：“我叫万俟铮。”

女孩浑身一震，直勾勾地盯着他，紧接着，她的脸上闪过惊恐，还有——怨毒。她抢过文件夹，一阵风似的跑了。

万俟铮眼中闪过一抹深沉，又恢复玩世不恭。

陆帆海张大嘴巴，完全傻掉，呆呆地望着万俟铮，好一会儿才回过神，大叫：“万、俟、铮！认识你这么久，原来你是个流氓！”

万俟铮冷哼一声。

回到酒店，万俟铮站在窗前。窗外霓虹璀璨，灯火辉煌，玻璃倒映出他的面容。他的双眸幽深，闪烁微光，似波澜起伏的海。

他说：“取消去长春的机票。我要在这里多待几天。”

陆帆海问：“那长春那边怎么办？”

“又没跟他们约定什么，打个电话知会一声。”他又摆出那副万事随意的样子，仿佛对什么都不在乎。

“你想跟骁龙云腾合作？”

“没这个打算。他们连我的姓都念错。”万俟铮淡淡地说，“找到那个女的。”

“什么？谁？”

“刚才那个！骁龙云腾公司外面那个！”

“你脑子进水了？你非礼人家，人家不追究就不错了，你还要送上门去？我不管。”

“找到她。”

陆帆海叫：“你想女人想疯了？匆匆忙忙的，我都没看清她的长相，好像还算漂亮，可是还没漂亮到让你这么折腾我吧？”

“找到她。”万俟铮悠闲地望着陆帆海，算准最后屈服的一定是他。

陆帆海认了，但还是叫：“你以为我是谁，私家侦探还是片警？我怎么找？你在大街上随便碰上个女孩就让我找，我上哪儿找去？我总不能站在大门口喊，喂，被非礼的是谁。”

“她的名字……叫林堇。”万俟铮有些疲倦地说。

二

蝴蝶心上事

俏丽的短发乌黑亮泽，容貌清秀，双眸如点漆，樱唇一点红，小巧的鼻子精致得如同玉石雕刻。她笑的时候，右侧的小虎牙露出一点点雪白的牙尖，笑声娇俏如银铃……

万俟铮狠狠甩头，在脑海中用黑笔将那张年轻漂亮的脸划掉，一点不剩。

他把手中的茶杯用力一放，显示他清除回忆的决心。杯中水跳了跳，蹦出几滴，在棉质的杯垫上晕染出淡淡的痕迹——一只淡褐色的蝴蝶。

蝴蝶，她一直喜欢蝴蝶……

万俟铮拿起杯垫，揉成一团，准确地扔进垃圾桶。

寻人已经三天。诚如陆帆海所言，他既不是私家侦探也不是片警，他只是个普通得不能再普通的人；但交给他这么莫名其妙的任务，万俟铮很放心。陆帆海有一个本事，他能迅速与陌生人熟络起来，他具有天生的亲和力，让人愿意相信他，放下戒备。或许此刻陆帆海已经与人力资源部主管称兄道弟，或是把行政部最严肃的女职员逗得哈哈大笑。

陆帆海曾好奇地问：“你为什么对她有兴趣？我认识你十年了，你身边的女孩我全都见过，没见过这个人呀。你该不会打算追求她吧？你亲了她。”

“亲一下就追求，那我要追的可太多了。”

这倒也是。万俟铮向来风流，亲过的女孩子太多了。

陆帆海打量他。万俟铮的身上有一种阳刚的魅力，隐藏在他松懈的神情之下，那是在生活的磨炼中自然形成的。他的表情带着一丝邪气，看上去莫名的危险，可女人偏偏喜欢这样“不规矩”的男人。

陆帆海疑惑：“不打算追，为什么要查她？”

“我就是想从你嘴里听到她过得很惨的消息，别让我失望。”

陆帆海张大嘴巴。他望着万俟铮半开玩笑半认真的模样，脑子一片混乱。“然、然后呢？”他不知道自己怎么问出这么一句。

万俟铮哈哈一笑，拍拍他的肩走开了。

万俟铮逗留此地的消息已经传了出去。省汽车工业协会、猎头公司、汽车企业等纷纷找上门来。

二十一世纪人才最贵，有人的城市才有未来，才有发展。谁拥有了人才优势，谁就拥有了未来发展的核心竞争力。“抢人大战”在各大省市轰轰烈烈上演。高端人才可以为企业节约成本、提升技术、引领产业升级，甚至使企业脱胎换骨。更何况，万俟铮掌握的技术在国际上都处于领先地位，他受到追捧也就不奇怪了。

找万俟铮次数最多的，当然是骁龙云腾集团。他们带着当地的招商办、产业促进会、经信局等部门的人员和政策前来。

招商办的人拿出“英才新政”，一条一条为他解读：本市户口落地、英才家庭健康计划、公租房保障计划、英才购房补助、英才子女教育政策，等等。产业促进会带来了产业发展优惠政策，经信局为他介绍本市的产业规划布局……

万俟铮认真聆听，不置可否。

万俟铮和陆帆海到餐厅吃饭，一行人簇拥着一个男人走进来。有人向那人低语，又指指万俟铮的方向。男人改变路线，向万俟铮走来。

“万俟先生，”那个人一上来就叫对了他的姓，伸出手，微笑着说，“你好，我是骁龙云腾集团的穆翰。”

副总裁穆翰！

骁龙云腾集团是一家民营企业，也是本省最大的企业，旗下公司众多，资产达几百亿。目前和万俟铮接洽的，最高级别也仅是该集团业务部门主管，副总裁级别的人，他是不可能够到的。今日偶遇，堂堂副总裁主动与他搭讪，穆翰身后的人员有些惊讶。万俟铮淡然与穆翰握手寒暄。

穆翰戴着一副无框眼镜，斯文有礼，沉稳踏实。“去年我听过您的讲座，当时您讲的是电动汽车制动能量回收技术。您的授课深入浅出，我不是专业学技术的也能听明白，受益匪浅。有机会希望您能来看看我们的未来汽车实验室。”

万俟铮说：“穆总过奖了。能得到贵公司的青睐是我的荣幸。那次讲课实在是班门弄斧，让您见笑了。参观贵公司的事，我需要和搭档商量一下，看看我们的行程安排是否允许。”

穆翰说：“良禽择木而栖。万俟先生不用紧张，我不是来逼你做决定的。”两人点头致意，穆翰率众而去。

寻人的第五天，陆帆海带来的答复是“查无此人”。

万俟铮目露精光。

“真的。我通过保卫人员拿到了全公司的花名册，连保洁、保安都查遍了，没有叫林堇的。我在大门口蹲守了三天，她如果出现我一定能看见，可是没有。大概她是别的公司的，来这里办事。”

万俟铮说：“她当时戴着骁龙云腾的工作卡，她肯定是那儿的员工。”

陆帆海说：“那就是你认错人了，她根本不是林堇，只是一个相貌相似的人。”

他绝不可能认错。过了这么多年，虽然她变了模样，但是再见面，他还是一眼就认出了她。

“把花名册给我。”

花名册只有人名，没有照片。万俟铮从头到尾看了一遍，翻回前一页，目光锁定一个名字。

陆帆海凑过来看，皱眉说：“一点不挨边儿。连名带姓没有一个对得上，不可能是。”

万俟铮神情十分笃定。

“不可能。”陆帆海又说。

“五行相生相克，木生火，林，两个木，生两个火。”

陆帆海的下巴砸了脚面。这也太扯了吧？他瞪着那个名字——炎缇玉。

万俟铮走到窗边，从三十楼的高度俯瞰整个城市。“我打算留下。”

“跟骁龙云腾公司合作？他们的实力行吗？”

万俟铮说：“他们的英才政策听上去不错。公寓式公租房我没住过，想试试。”

陆帆海嘀咕：“你是为那个女孩吧？”

“老陆，联系骁龙云腾，说我有兴趣参观他们的未来汽车实验室。”万俟铮转身，阳光从背后洒向他，他的脸在阴影中，眼角似笑非笑。

陆帆海说：“炎缇玉是林堇？我不信。见过改名字的，没见过连姓也改了的。她家里能同意？要我说，根本是两个人。”

两个人？由惊慌转为怨毒的目光，怎可能是素不相识的人？只是，为什么她会有怨恨的情绪？当年受伤害的明明是他。

陆帆海说：“你刚刚非礼过她，紧接着跑到她的公司谈合作，不是送上门挨揍吗？好，就算你牛，对方有求于你，不敢动你，可你的名声就臭大街了，你不在乎？”

万俟铮懒洋洋地说：“我是无赖，你早知道的。”

“现在在说正事，认真点儿！就算你蒙对了，她就是你说的人，我可是真的守在他们公司门口，她真的三天没现身。说不定她被你吓得辞职了。”

万俟铮说：“辞职就辞职呗，有什么要紧。”

“你还是要留在这里？”

“啰唆。”

陆帆海想了想，说：“喂，你想过没有，如果真是她，她为什么要改名字。”

“没想过，和我无关。”万俟铮半转头，阳光照得他睁不开眼，他眯起眼睛。

万俟铮认认真真——在陆帆海看来是假模假式——参观了骁龙云腾的实验室和总装车间，双方交谈甚欢。

凭借实力轻而易举可以进入国际知名汽车制造企业，却非要在二线城市与一家民营企业周旋，陆帆海不明白万俟铮究竟在盘算什么。不过，他相信万俟铮的判断，也相信他早晚会向自己说明。

果然，回到酒店，当陆帆海问出一句“你真的不再去别的企业看看了”的时候，万俟铮问：“老陆，你喜欢锦上添花还是雪中送炭？”

陆帆海涎着脸说：“哪个挣钱多我喜欢哪个。”

“财迷样儿。”万俟铮说，“选择顶尖大企业还是骁龙云腾这种正在崛起的企业，各有利弊。大企业人才济济，和高手共事，对自我提升非常有益。弊端是那里已经有许多重量级的人物，有的是著名的教授，有的是权威专家。在他们眼里，我们是小学生，谁重视咱们两个？在那儿只能唯别人马首是瞻，朝不保夕的，随时可能被踢走。选骁龙云腾呢，他们把咱们当大神供着，说什么听什么，在这里咱们能做主。是去是留，这次听你的。”

陆帆海很努力地想了一下，放弃思考，把选择权交还给万俟铮。

万俟铮说：“不用着急，先去参加中国汽车工程学会年会，回来再做决定。”

万俟铮肯参观实验室，李思锐认为成功了一半，但接下来他犯了愁。座谈可谓顺利，也可谓不顺利。每一次座谈，气氛都和谐融洽，一旦触及核心技术产业化，万俟铮就打起太极，不给任何实质性承诺。

李思锐多次联合公关部研究对策，始终没有进展。他急了。他深知万俟铮的宝贵，非留住他不可。研发中心上面没有主管副总裁，由总裁高屹直管。他向高屹汇报了情况。

高屹指示召开内部会议，推进招募工作。参加会议的有主管公关部和人力资源部的副总裁赵烈、研发中心主任李思锐，以及公关部和人力资源部相关人员。

副总裁赵烈压根没把万俟铮看在眼里，对于高屹让他专门开会招募一个技术员，他觉得是小题大做，认为这些事交给底下人足够。

有人发言："他是不是诓咱们，根本不打算把技术交出来？"

李思锐说："他说愿意加入研发团队，却不提把他掌握的技术拿出来的事。话题一引到上面，他就绕着走。"

一位部门主管揣测道："他想做一个高级技术顾问，骗两年高薪，然后拍屁股走人？"

另一位摇摇头，"我想不会。科技发展这么快，他的专利用不了多久就过时了。他不会傻到等捂臭了再拿出来。"

"听说有竞争对手从外省市赶来与他见面，咱们再不突破，他有可能被抢走。"

"这家伙滑溜得像泥鳅，抓不住，将来进入团队，恐怕不好控制。不如，把人和技术分开考虑，买下他的专利使用权，不要他这个人。"

李思锐着急地说："人和技术都要，不能放跑他！公司的目标是三年内实现电动汽车续航里程超过 800 公里，电池循环寿命大于 1500 次，能量密度大于 210Wh/kg，智能化和安全性大幅提高。用万俟铮现有的技术，实现目标十拿九稳。但是目标实现后，只是缩小了我们和先进汽车制造企业之间的差距，追平了人家。后边呢？要想继续发展，甚至超越，必须得有高端人才引领。我承认，我的能力达不到。我们需要万俟铮。"

赵烈笑说："李主任一看见工程师就两眼放光。"

正说着，高屹走进会议室。众人惊讶。董事长亲自出马，招募一个工程师！

董事长助理陈盼打开墙壁上的视频通话大屏幕，那头是副总裁穆翰。

三位总裁共同参与研究万俟铮的事！众人暗自咋舌。

"我们需要知道万俟铮到底想要什么。高薪，我们给了；试验项目的领导权，我们让了。他一定还有其他想法。"高屹对着屏幕问，"穆翰，你觉得呢？"

穆翰说："资料显示，万俟铮曾经无意中说过，关于纯电驱动他有一些设想，但他任职的公司满足于已经取得的成就，着急投产获得回报，减少了研发投入，他的试验无法完成，因此离开公司。如果我们和那家公司一样，只盯着产出，他不会和我们合作。"

赵烈说："研发得搞几年？肯定能成功吗？如果他想把我们当免费实验室，我们能陪他耗多久？公司要的是效益，投入大量人力物力后，得见到回报。"

李思锐暗中皱眉。赵烈的话听起来没毛病，但集团中主管财务和商务的是穆翰，赵烈的发言更像是穆翰这个位置上的人说的话，仿佛变相地指出穆翰考虑不周。

穆翰说："万俟铮要找的合作对象，不仅得看重他现有的专利，还得支持他继续研究。这是他的隐含条件。他已经预见到我们的犹豫，他在等我们明确态度。我认为，他肯站在合作对象的角度思考，给我们留出决策时间，而不是给一些空头承诺，匆忙加入，等失败了再拔腿走人，比起以往的一些人，他还更靠谱一些。”

“这和预想的不一样。”高屹说，“不过，吸纳万俟铮加入公司，我志在必得。办法你们去想，结果报我。”

对于别的事，“办法你们去想，结果上报”没问题，但刚才的讨论已经阐明公司可能面临的风险，是否接受这种风险，不是属下想办法的事，需要高层做决定。“不计一切代价吸纳万俟铮加入公司”，这句话董事长可没说。一旦发生损失，责任谁负？大家面面相觑，不知道该挑明，还是该含混地答应下来。赵烈压力顿增。招人是人力资源部的工作，而他是主管副总裁。

穆翰说：“董事长，我建议由公司的技术专家与万俟铮接触，摸清他的想法，预估研发所需时间及潜在价值，形成风险评估报告。这样做有两个目的：第一，让万俟铮知道，我们清楚他的计划，已详加考虑；第二，让股东们放心，在决策前，我们充分评估了风险。等评估报告出来，您审阅之后，咱们再和万俟铮讨价还价，您看行吗？”

赵烈松了口气。穆翰用建议的方式婉转地把决策权还给了董事长。

高屹同意了，沉思着说：“万俟铮是个有主意的年轻人。我有一种预感，即使我们接受了他的条件，他也不会痛快加入。”

赵烈疑惑地问：“他到底想要什么？”

三

犯桃花

“两位先生需要什么？”

“一瓶黑方。”

万俟铮情绪很好。飞机一落地他就嚷着要喝酒。这间音乐酒吧幽静舒适，驻唱歌手低吟浅唱，音乐悠扬。

陆帆海讲述接下来的日程安排：“许博士打电话，邀请你去武汉的工厂看看。有个新能源汽车展发来请柬，展览开幕定于下周。某科技杂志的专访还在等回音，真的要回绝吗？”

“回绝。老陆，你做主吧。”

“都回绝了还说什么让我做主。”陆帆海嘀咕。

“老陆，你是我的搭档，不是秘书。这些琐碎的事情随它去吧。”万俟铮像自带无穷磁力，一进门便引起诸多女士的注意。远处一位美女向他凝目，他举杯致意。

“咱们的分工就是这样的啊。你专心搞技术，其他的我来办。”

“老陆，你太小看自己。你也是专业出身的啊。好了，咱们是出来消遣的，暂时别提工作。”万俟铮揽住陆帆海的肩膀，压低声音说，“后面有个美女一直盯着你，别回头，自然点儿。”

陆帆海听话地梗着脖子不回头，低声说：“你逗我玩呢，还是说真的？”好人缘的陆帆海就是女人缘不太好，他把这归咎于万俟铮总待在他身边。其实陆帆海的外形属于中上等，只怪万俟铮过分出色，站在万俟铮身侧，风采全被他抢了。“上次那个姑娘你也说她看上我，其实她看上的是你。”

“最后我可是让给你了。”

“那管什么用？她说我既油滑又虚伪，一点儿不真诚。拜托，我那叫八面玲珑。”

万俟铮说：“这姑娘深得我心！早知道这样，我才不让给你。”

陆帆海诧异：“我怀疑这些女孩是一个老师教出来的，审美都一样。我长得多帅了，她们居然看不出来。”

万俟铮哈哈笑，说：“老陆，论自信，我只服你。”他招手叫过侍者，“送一杯大都会鸡尾酒给那位红衣女士，告诉她陆先生请客。”

陆帆海暗叫：“要是早知道今天有艳遇就不点黑方了！”

不一会儿，一身红衣的靓丽女郎走过来，盈盈一笑，问：“介意我坐下吗？”

陆帆海的眼睛亮了，智商立即上线，说：“请坐。”

女郎妙目在两人身上一转，优雅地坐下，声音柔和动听，“谢谢陆先生的酒。”

“谢谢你的美丽，照亮我无聊的夜晚。”老陆的恭维惊天动地。

万俟铮暗自打个冷战，心想：恶心。

女郎被逗笑了。

“老陆，我还有事，你们慢慢聊。”

女郎讪讪地站起来，说：“哎呀，是不是打扰你们了？”

“哪里哪里，是我主动邀请你的呀。”陆帆海扫万俟铮一眼，心想算你识相，说，“好，回去我再找你。”

女郎对着万俟铮温柔地笑，万俟铮对她点头致意。

他听到女郎轻声问：“他是不是讨厌我？”

陆帆海说：“怎么会？他有女朋友了，你这么漂亮，他不敢留下，哈哈哈。”

走到酒吧门口，歌手开始唱下一首歌，万俟铮不由自主停步。

无意间　谁在唱这首歌

情深处　忍不住要低声和

旅途中总还有些什么你会记得
可是你
可是我
唱到时间都停格

头上的青筋绷了起来，他用力推开酒吧的门，大步走进夜色。

陆帆海醉醺醺回来时，万俟铮正在书桌旁看工程学的书，问：“相谈甚欢？”

陆帆海大手一挥，“甚欢！”

“那你居然一个人回来？”

“嘿，我是正人君子，人家也是正经人。我们是纯洁的聊天，聊事业聊人生聊梦想。”

万俟铮摇摇头。

“这个女孩对我的胃口，投我的脾气。”陆帆海展开四肢，躺在万俟铮的床上。

万俟铮淡淡地说：“什么对胃口，不过是懂车而已。”

陆帆海惊讶：“你怎么知道？你没走！你偷窥我！”

“美得你。少爷没那闲工夫。”

“那你怎么知道？我头一次碰见这么懂车的女孩。我八成是上辈子见过她，觉得她特别投缘，我说的她全都懂。知己，绝对的红颜知己。”

“你不是上辈子见过她，是这辈子。”万俟铮头也不抬地看着书，“她是骁龙云腾集团公关部的。”

“什么？”陆帆海惊得跳起来，又因为头昏躺回去。对呀，女郎来感谢陆先生的时候，他们还没做自我介绍，女郎却明确地对着他说谢谢。她知道他们是谁。“你为什么不早告诉我？天啊，我说了什么，是不是泄露了商业机密？”

万俟铮失笑：“你也得知道商业机密啊。”

“‘陆云天’！我没说过这三个字吧？我要是把‘陆云天’供出去，你是不是得杀了我？”陆帆海苦思冥想，确定没说漏嘴，拍胸脯压惊，继而哀号他的桃花运是假的。“是骁龙云腾安排的吗？他们一定是被你整糊涂了。你每天不是飞这儿就是飞那儿，随时准备和别家公司合作似的。骁龙云腾换了个方式来刺探消息。怎么办？我约了她明天吃饭呢。”

“该去就去。”万俟铮平静地说，“谈话是两个人的事，你在说，她也在说。”

陆帆海领悟了。

玛姬向钱力汇报：“万俟铮身上像装了雷达，不用回头就知道我盯着他们。外界传闻他很风流，从他对女人的直觉上可以看出他不是善类。不过，至少昨天他们不是去寻欢作乐的。”

“你怎么知道？”

“他们点的是 Black Label，这酒烟熏味明显，如果要约会，会被女士讨厌的。”

钱力思索说：“万俟铮这人我行我素，可能他根本不考虑别人的感受。”

“他非常狡猾，用陆帆海拖住我，自己跑了。”玛姬说，“陆帆海和我聊了很多，都是他们在德国时候的事，没什么价值。问起他们最近的打算，他也说不上来，说一切全听万俟铮的。”

钱力点头。

玛姬偷偷问：“万俟铮只是个小人物，值得您亲自过问吗？”

“你可不要小看他。他现在是炙手可热的人物，多少企业盯着要抢他。”

“公司不是定了由技术组和万俟铮接洽吗，我们这是……”

“董事长看重他，一心一意要争取他。谁能把他弄进公司，在董事长面前……”钱力看她一眼，“这你还不懂吗？”

玛姬吐吐舌头。高管之间的事她还是少问为妙。

骁龙云腾的技术专家如约与万俟铮会面，并不知道此前有人捷足先登。万俟铮清楚地表达了全部诉求，专家组回去做了一份翔实的报告，包括风险分析、成本收益预期等内容，先向李思锐进行汇报。

李思锐忧心忡忡，预感到如果拿着这份报告去跟公关部、人力资源部商议，立刻会被否决，根本不会呈报给高层。他太需要万俟铮的技术了，他下定决心，越过与其他部门合议的过程，直接提请高屹召开会议。在会议召开前，他不打算让高屹看见报告。

会上，报告分呈各位高管，专家开始评估风险，分析投资收益。

酒店内，陆帆海踱着步，说：“你要做的基础共性技术研究对整个行业贡献很大，但是对单个企业来说，研发投入太多了，ROI（投资回报率）不高，还有失败的风险。你猜，骁龙云腾能接受你的条件吗？”

“我不猜。准备好签字笔。合同送过来时，你仔细审查一下权利义务条款。”万俟铮抱着书，边学边记笔记。

李思锐发言：“万俟铮提了三个附加条件。第一，他要求陆帆海与他同等待遇。”

有人评价：“这人还挺讲义气。”

“第二，他要求成立分公司，由他和陆帆海管理。他说，这是为了能专心搞研究。”

与会者议论纷纷。

“有这个必要吗？”

“还没站稳脚跟就想自立门户。”

“他不想被公司管。”

“科学家往往不擅长人际交往，这是他们的弱项。他们把时间都花在做学问上了。”

“知识分子的臭毛病。”话一出口，得罪了李思锐。

李思锐说：“研发中心与其他部门同级，比如采购部、法务部。虽说没有哪个部门会故意掣肘，但是只要想，还是能够影响到的。设立分公司，万俟铮做总经理，分公司在他控制下，他可以最大程度排除干扰。”

“分公司也会设立采购部、人力资源、行政部什么的，杂事更多啊。”

“他有陆帆海，陆帆海负责打理所有万俟铮不理会的事，让他可以腾出手来干别的。”

高屹问：“穆总还在法国吗？”

“是的。”

“他看见报告了吗？他怎么说？”

“穆总说子公司是独立法人，分公司不是，这表明万俟铮不打算从集团分离出去，只想减少与集团总部的接触，这也印证了万俟铮说的想专心做研究。从税收筹划的角度看，如果公司一开张就能盈利，设立子公司有利。如果公司在初期亏损，那么设立分公司更有利。分公司和总公司合并计算纳税，可以减轻总公司的税收负担。万俟铮的工作以研发为主，适宜设立分公司。穆总说他原则上同意，他担心的是第三条。”

“第三条是什么？”

“万俟铮提出，分公司的职员一部分通过招聘，另一部分，要从集团总部挑选。”

赵烈说：“连第二条都能答应，这条又算得了什么？”

“万俟铮说，被他选上的人不能拒绝。穆总说，说……”

高屹问：“他究竟说什么？”

“穆总说，他担心最后演变成多数人对少数人的暴政。”

会议室的气氛为之凝固。有的人意识到了严重性，有的人听不懂。

陆帆海倒着骑在椅子上，闷闷地说：“喂，到最后，你想利用的就是那个吧，多数人暴政。”

万俟铮的黑眸转向他，问：“你在说什么？”

“被你选中的人要是不来，你就借集团总部的力量强迫他来，否则，骁龙云腾就违反了合约的第三条，你可以终止合作。你打算用这个做威胁，是不是？符合大多数人利益时，与其利益冲突的少数人就会被牺牲。哼，民主的暴力。”

“他可以辞职啊。公司没法号令一个辞职的人。”

“这是你希望看到的？顺我者昌，逆我者亡？”

“生活不易，不狠一点，会被人吃得连骨头渣儿都不剩。”万俟铮安之若素，“在集团总部上班，还是在分公司上班，区别大吗？是薪水少了，还是职位低了？你净瞎操心。”

陆帆海心想，别以为我不知道你小子醉翁之意不在酒。

高屹拍板：“答应万俟铮的条件。至于第三条，除了高级管理人员，其他人任他挑。赵总，你派人负责分公司筹建的事。这件事做得好。”

李思锐私下撇嘴。诚然，赵烈分管人力资源部、总务部和公关部，人和物归他调配，但在招募万俟铮的过程中，穆翰的建议起到关键作用，功劳该是穆翰的，现在倒被赵烈捡个漏。

四

测沉冥

万俟铮知道他在做梦。喜欢穿绿色的约瑟芬妮、金发的贝蒂娜、冬天也要穿短裙的露易丝、爱哭的丽莎、爱笑的卡洛琳娜……她们望着他，说着，笑着，喊他的名字。他在她们中间穿行，辨认她们的脸，忽然意识到所有他交往过的女孩都集中在此，从少年时到现在，甚至包括昨晚那个。如果是这样，那个人应该也在。他四顾，她在哪儿?

啊，那是她吗？有个短发的身影，总是背对着他。无论转到什么角度，都看不到她的脸。他追寻她，她向远处走，两人距离渐远。

伤了他，想跑?

眼前挤满人，他拨开她们，追得气喘吁吁，追得心急如焚，终于，他抓住她的胳膊，积攒多年的怨愤几乎喷薄而出。

连衣裙，小白袜，运动鞋，短发清爽，一双灵气逼人的大眼睛含笑望着他。

他怔住，忽然悲怆得不能自已，心痛得弯了腰，所有力量、全部感情都凝聚在手上，他紧紧握着她不放，千言万语涌到嘴边。

胸口又酸又疼，迫使他醒过来，翻身向左，侧身躺着，压住心脏。许多年心没有疼过了。不，这不是心痛，一定不是，只是胸臆间的一口怨气作祟。

女人靠过来，波浪般的长发铺满他蜜棕色的胸膛，她呢喃，嘴唇摩挲他的肌肤，“我还不知道你的名字。”

“你不用知道。”他的手指缠绕她的长发。

“那我怎么找你?”

“你不用找我。如果我要找你，我会找到你。”他说完，微怔。这句话似曾相识。

——“你不能就这样来见我。”那个人声音颤抖，轻不可闻。

——“有什么不对？如果我要见你，我就会见到你。”他说。

万俟铮坐起来。

女人的眼睛睁开一条缝，忽然睁大，盯住他的后背，轻呼：“那是什么？胎记，还是伤疤？”

万俟铮穿上衬衫，遮住了后背的痕迹。

女人知道那是什么了，那是纹身洗去后留下的疤痕。那个位置，正对后心。疤痕非常不规则，像是先溃烂，然后才洗掉，已经看不出原来纹的是什么。

斯里兰卡如同印度洋的一颗泪痣，摇摇欲坠，美得动人心弦。

古堡酒店坐落在海角的悬崖上。万俟铮坐在露天休闲区最靠近崖边的座位，俯瞰印度洋。悬崖几乎垂直，海浪拍打着崖壁，激起白浪无数。

女人在他身边坐下。他喝了一口锡兰红茶，说：“我要回去了。”

“什么时候？”

“马上。”

“不是要去美瑞沙观鲸吗？”

“你去吧。我已经为你安排好了。”他粲然一笑，亲吻一下她的面颊，说，“再见。”

合约顺利签订。万俟铮和陆帆海搬进集团的人才公寓，与公司只隔几条街。

分公司的办公楼在集团总部隔壁，原本是集团的资产，调拨给他们使用。总经理室、副总经理室以及会议室设在三楼，其他部门分布在一楼和二楼。

将万俟铮招致麾下，高屹志得意满，将此作为集团求贤若渴引进人才的一大成就。

分公司的设立工作由陆帆海全权负责，集团总部派人大力配合。

陆帆海将拟定的新公司机构设置和职员名单拿给万俟铮过目。万俟铮扫了一眼，说：“少了一个人。”

“分公司需要的人全在这里。”

“少了一个。”

陆帆海坚持说：“不多不少，你开展工作所需要的全在这里。”

万俟铮目光如针，“老陆，你不是号称知道我所有的想法吗，你应该知道我说的是谁。是你请不动，还是你根本不想招她？”

“你是来造新能源汽车的，不是来结仇的。”

万俟铮似笑非笑，说：“生活沉闷，找点乐子而已。你认识我这么久，我什么时候耽误过正事？分公司还在走审批手续，我反悔还来得及吧？这一点，想必大家都清楚。”他拖长了“都”的音。

“你这坑人的无赖。你是要连我都坑啊。”陆帆海攥着拳头悻悻地说。他扫了万俟铮一眼，无奈地交代：“炎缇玉，总务部职员。为人低调，许多人都不知道公司里有这么一号人。人际关系平平，工作能力平平。总之，不显山不露水的一个路人甲。”

“总务部是干什么的？”

“发办公用品、换灯泡、修电梯等等，后勤保障那一类。有的公司叫后勤部。”陆帆海盯他一眼，“你不是喜欢她吧？”

“她也配！”万俟铮目光一寒。

陆帆海哼了一声：“那就是讨厌她了。还好你对她没企图，她已经嫁人了。”

万俟铮说：“这些白领不是流行晚婚晚育，甚至不结婚吗？”

“哎哟，她哪算白领啊，她学历低，只是个打杂的。”

“学历低？”万俟铮疑惑。

“嗯，成人自考本科毕业。在骁龙云腾这种大企业，要么是专业技术院校毕业专门学汽车制造的，要么是名校高才生，连行政部冲咖啡的茶水小妹都是原学历本科。炎缇玉能进公司，是有贵人相助。”

万俟铮点点头，表示这段已了解，但陆帆海还有话要说：“你知道她跟谁是一对儿吗？骁龙云腾最年轻有为的副总，穆翰。”

这倒真是出乎预料。穆翰，高大身材，戴着一副无框眼镜，很斯文，很有教养，沉稳踏实，张弛有度。万俟铮说：“穆翰看上去三十多岁了。”

陆帆海说：“是啊，三十二岁。他们在一起很多年了。”

万俟铮静静地说：“老陆，我想听到她生活悲惨的消息，你的任务完成得不好。”

陆帆海警觉地问：“你要干什么？你要是真想在骁龙云腾干，就别碰炎缇玉。别惹她，别惹穆翰。穆翰是董事长面前的大红人，十分受器重，不要得罪他。”

万俟铮剑眉一挑，笑得奇怪，说：“他那么容易被得罪吗？”

陆帆海连忙说：“不是不是，我口误。我不是担心你的脾气嘛。不对不对，你的脾气很好。我担心的是……我什么都不担心，哈哈哈。”

万俟铮说：“看我心情吧。”

“万俟，我查过她的档案，和你没有任何交集，真的。”

万俟铮从鼻子里“嗯”了一声，目光落在文件上，脑子里想的却是穆翰。知道自己强吻了他的女人，居然还能若无其事地与他交谈，叫人难以琢磨。或许，穆翰根本没把炎缇玉放在心上。可他再怎么无视炎缇玉，关系到男人的尊严，他不该没有反应啊。除非，炎缇玉隐瞒了被强吻的事，那就有意思了。

万俟铮好看的嘴角微微上翘。陆帆海担忧得眉毛都耷拉下来。

万俟铮不再坚持要炎缇玉加入，让陆帆海放松不少。新公司紧锣密鼓地筹备着。这天，陆帆海从外面办事回来，发现公司里的人多了好多。总务部的小许跑过来，气喘吁吁地报告：“陆总，总经理说，今天所有的办公家具和用品都要到位。他说这件事拖得太久了，不能拖到明天。”

有什么必要？要搞研发还是得去集团总部，使用研发中心的实验室，这边只是办公室，根本不着急布置。但陆帆海嘴上说：“总经理说的没错。不过，咱们人手有限，一天完不成吧。我去找他说说，容个两三天的。”

“完得成。您看，”小许带着他走到一个人面前，“集团的总务部来帮忙了。”

“集团总务部，尚奥云。”总务部部长尚奥云伸出手，爽朗一笑，说，“赵总说了，要全力支持分公司。这不，接到通知，我们都来了。”

陆帆海隐约猜到了什么。

集团总务部屋子敞亮，屋里静悄悄，一眼望过去所有的工位都空着，人全被调到分公司帮忙去了。万俟铮敲敲门，走进去，无视门上贴的“全员外出作业”的纸条。

一个工位冒出一个人，见到他，目光闪动一下。

万俟铮嘴角扯动一丝笑。“美女，想我了吗？想我我就出现。”

炎缇玉的工位在最里面，她无路可退。

“我来总务部一定是有需要，你不问问吗？”万俟铮问，一步步走到她的面前。他目不转睛地盯着她，久别后第二次见面，这次，他封堵去路，要好好看清她。

眼前所见与记忆对比着。她已嫁作商人妇，却青涩拘谨如少女。岁月在她身上几乎没留下痕迹，她的容貌依旧，气质犹如竹林轻雾，清清淡淡的，飘逸灵秀。绞动的双手暗示她的紧张，低垂的眼睛避免与他对视。

万俟铮对自己的影响力甚为满意，他步步紧逼，炎缇玉仿佛是落入圈套的猎物。

“炎、缇、玉，”他一个字一个字地念，像在学习这三个字，“我知道你是谁，你也认识我。你换了名字，改了履历，背井离乡，来到陌生的地方。你要重生，你要和过去一刀两断，你，经过谁的允许了？”他的语气倏然冰冷。

炎缇玉的手握得更紧。

“不过，”万俟铮的语调忽然缓和，“我懒得跟你浪费时间，‘回忆往昔’太无聊。”他弯下腰，逗弄地与她视线平行，炎缇玉低下头。“你隐瞒了那天的事，是不是？你不想和我扯上关系？你想多了，我不认识你，我们根本就是陌路人。”

绷紧的神经略有放松，炎缇玉偷偷舒口气。

这稍纵即逝的细微表情让万俟铮极不舒服，他忽然冒出个恶作剧的念头。“我很好奇，穆翰是否知道真正的你。”

炎缇玉呼吸一凝。

万俟铮说：“没错，我已经知道你们的关系。”

炎缇玉抬起头，方才还在躲闪的眼眸，此刻莫名地透出一股坚韧，清冽的目光直射到万俟铮的眼底。

是因为他提到了穆翰。她在乎穆翰。原来，她也可以在乎一个人。

万俟铮的眼神冰冷，嘴角的笑容却更盛。

“分公司抽选的名单中没有你，你一定松了一口气吧？不过，我现在改主意了。想必你听说过我提的条件。如果我要求你来分公司，穆翰会怎么办？要不要打个赌呢，赌穆翰是保护你，还是保护他的事业？”

炎缇玉的眼神晃了一下，微微发抖，与其说是害怕，不如说是嫌恶使然。

她在权衡吗？在自己的处境与穆翰的前途之间权衡？

万俟铮冷眼旁观。

炎缇玉咬着嘴唇，唇上留下深深的齿痕。万俟铮忽然心痒难耐，强烈的欲望绑架了他的思维，他抓住炎缇玉，狠狠地吻她。直到嘴唇碰到她，他才醒悟自己在做什么，但已停不下来。

如果说上次吻她是故意羞辱，那么这次纯属他的心瘾发作。他忍了许多天不去想——她的唇非常甜，柔软细润。

炎缇玉拼命挣扎，用力咬他。万俟铮感觉到嘴唇的疼，反而更愉悦，因为——她不愿意！要是你情我愿，有什么意思？他就是希望她难受，她越难受他越开心。

他被人扳着肩膀用力扯开。陆帆海惊怒地低吼：“你在干什么？！”炎缇玉趁机跑掉。陆帆海迅速环顾，见无人关注，松了口气。眼下不是说话场所，他揪着万俟铮到僻静处。

“你疯啦！能不能别再到处丢人现眼。大白天的就敢非礼女孩子，你是不是脑子坏了？没见过你这么饥不择食啊。发情啦，闹猫呐，啊？你还长本事了，玩起声东击西、调虎离山了。我一猜你就去找她了。还好没人看见。天哪，太悬了。她要是告诉别人，怎么办，怎么办？”陆帆海急得转圈。

万俟铮悠闲地说：“大惊小怪。”

“人家要是告你非礼我看你怎么办！”

“她要是不愿意可以说啊，可以喊人啊，大楼里几百号人，喊的话肯定有人能听见。可是你看，她只是假装挣扎两下。”万俟铮摊开手。

陆帆海像是不认识似的看着他，失望地摇头，说：“万俟铮，你是个混蛋。她一个哑巴，你让她怎么喊？”

“哑巴！”万俟铮一惊。她怎么可能是哑巴？月城一中的百灵鸟，校合唱队的女声领唱竟然是个哑巴！怎么可能？

低学历、哑巴、改名字、抹掉过去，这是怎么回事？她的手上没戴戒指。她为什么有那么怨毒的眼神？

炎缇玉用力擦拭嘴唇，擦得嘴唇红肿，几乎破皮，擦不净耻辱、羞愤和委屈。

手气得依然打战，忧恐得双膝发软。

本以为此生再不相见，伤已结疤，恨也已放下，不期然，又遇见他。

自重逢之日起，她就噩梦连连，不止一次想逃离，到别处重新开始。万俟铮总不见得会追她到天涯海角，没理由，也不符合他的性格。

离开，意味着放弃现有的一切，她是为了逃生，穆翰呢？穆翰与此事才是真的无关，他什么都不知道，若连累他，他何其无辜。

啊，来之不易的平静即将不保。该怎么办？祈求万俟铮手下留情？不，践踏自尊后，对方不一定罢手。反抗？她连话都说不出，未战已落下风。倘若万俟铮打定主意玉石俱焚，只怕穆翰要受牵连。

万俟铮像巨大的乌云遮天蔽日。求饶反抗皆不可，去留远近都不通。炎缇玉进退两难。她掬一捧清水，浸湿脸。晶莹的水珠顺着柔滑的肌肤滑落，清波泻尽，愁锁双眉。

每一次遇见万俟铮，她的人生都变得艰难。

如果万俟铮真的逼她去分公司怎么办？

她忽然愤怒，万俟铮有什么权利扰乱她的生活！

五

落星盘

命运的转轮不以个人意愿为转移，世界上不止寥寥数人。当陆帆海气急败坏地将万俟铮拽走、炎缇玉惊魂未定思索对策时，有人正向钱力汇报万俟铮去总务部的事。

“当时只有炎缇玉在。”

“他去那里干什么？”

“门关上了，里面什么情况不清楚。万俟铮在里面待了一阵子。总务部其他人不在，炎缇玉是个哑巴，按说他应该很快离开。和一个哑巴能聊什么？我对比了他们的简历，没有任何交集。”

钱力问：“抽调人去分公司的事，各方面有什么反应？”

“各部门借机说业务繁重，人手不够，自己的部门多么重要，总之抱怨一番，心不甘情不愿的。被调走的人纷纷表忠心说不想走。不过大家都知道总公司给万俟铮的承诺，不去新公司就相当于自动辞职，所以人员调动还算顺利。”

“是万俟铮非要成立分公司，得罪人的是万俟铮，不是我们。”

“是。”

钱力问：“他选了什么人？”

“我正想向您汇报。选人的事是陆帆海一手办的。也不知谁给他通风报信，陆帆海短短时间就摸清了人员情况，挑选的全是各部门的精兵强将。这个人看起来不起眼，还真不简单。”

钱力说：“名单上有玛姬？”

“是的。”

“你交代玛姬，盯紧万俟铮。”

玛姬望向正与人交谈的万俟铮——深蓝色西装，修长的身形像一丛竹子，脸庞英俊得简直不像话，言谈亲切风趣，个性十足，举手投足间有一种风流倜傥。雅痞？不对，他更正经一些。绅士？不，他又没那么正经。她想不出一个合适的形容词。

“发烧了？你的脸超级红。”超级苏问她。超级苏本名苏晶晶，因为超级爱说“超级”，人称“超级苏”，她和玛姬都隶属行政部。

玛姬说：“今天真热。”

超级苏看向万俟铮，“总经理超级帅啊，听说人很花呢。”

玛姬以为超级苏揶揄自己，待看清她的花痴模样，放了心，说：“总经理有女朋友。”顿了顿，她又说，“只是‘听说’他很花。”

超级苏没听出她话中的维护，有些不屑，“他脑门上又没刻字，也没签卖身契，女朋友可以换嘛。”

玛姬心一动。

超级苏掰着指头数：“总经理的帅气有目共睹，集团想方设法把他招进来，他肯定超级有才华，这样的人也不缺钱，看他和周围人谈话的样子，他这个人好像很好相处。啊，刚来公司就让我赶上超级大好事，超级棒。”

玛姬望着万俟铮出了神。那英俊的男人说到开心处，展开笑容，他不知他的模样多么吸引人。

陆帆海闯进万俟铮的办公室，气恼地说：“你说话不算数。”

万俟铮笑：“我向来说话不算数，你指的是哪次？”

“你看看。”陆帆海打开电脑上的内部通知。骁龙云腾刚刚公布一项人事调动，炎缇玉将调入分公司，下周五到位。

万俟铮询问地回望他。陆帆海说：“还装傻。你答应过我不惹她。你呀，两次找她麻烦，她不追究，你就偷笑吧，怎么还没完没了了呢？”

“我什么都没做。”万俟铮无辜地说。

“总不能是她自己提出的。”

万俟铮摇头思索。

陆帆海问：“真不是你？”

“啰唆。就算是我，你又能奈我何？我干吗骗你？”

“倒也是。到底怎么回事？”陆帆海挠头。

万俟铮眼眸明亮，问："分管人力资源部的是谁？"

陆帆海说："我。"

"我问的是骁龙云腾。"

"赵烈。但是不可能吧。人家可是副总裁，一个小破分公司，值得他劳神？"

"分管总务部的是谁？"

"赵烈。"

"负责筹建分公司的是谁？"

"赵烈。"

陆帆海越说越沮丧。糟糕，比万俟铮骗他还糟。他现在宁愿是万俟铮骗他。"咱们没惹他呀。赵烈鼻子真灵，他可能是从合约的事上觉察到你的分量，又发觉你对炎缇玉有兴趣。他想借此拉拢你，顺便把你推到穆翰的敌对位置。早听说赵烈野心大。万俟，咱俩可得多加小心，不能卷入他们的争斗。"

万俟铮想，恐怕抽身已嫌迟。拿他当棋子，呵，看看最后是谁玩了谁吧。

陆帆海说："那么大一个副总裁，不张罗公司发展的大事，盯着咱们干什么？骁龙云腾如果是头牛，咱们这个小公司连九牛一毛都算不上。"

"别妄自菲薄。"

"为什么是下周五？"两个人对视，同时醒悟：穆翰出差在外，下周四回来。陆帆海面露忧色。万俟铮微微一笑，期盼着看好戏，轻松得好像这场戏与他无关。

陆帆海问："喂，炎缇玉要是真的来了，给她什么工作？"

万俟铮不答。

炎缇玉不会来。她一万个不情愿，怎么会来？她究竟要用什么方法脱身呢？

人事调动通知一出，如一石激起千层浪。

因为和经理们不在同一层，所以大家不顾忌声音大小，热烈地讨论起来。许多人都不知道有炎缇玉这个人，听说她是个哑巴，先吃一惊，再听说她和穆翰是一对，更是一愣。

骁龙云腾总务部内，众人窃窃私语，目光不时瞄向那个僻静的角落，那个大家议论的焦点一身黑衣，愈发显得瘦弱，单薄安静得几近无形。

同事小美敲敲炎缇玉的工位隔板，问："炎缇玉，你真的去？"

炎缇玉不答。

小美说："他们到底知不知道你的情况呀，问也不问就把人要走，也不征求一下你的意见。"

另一个同事说："尚部长已经去问了，怕对方不明情况要错了人。"

尚奥云回来时一脸凝重，吩咐炎缇玉收拾物品准备调动。炎缇玉本就对尚奥云能否帮上忙不抱希望，倒也不觉得失望。

“缇玉，别担心，我和分公司总务部的李姝姐关系还成，回头我跟她说一声，请她关照你。”小美劝慰，“要是不想去，可以跟穆总说，让他把你要回来。”

炎缇玉始终不做反应。

炎缇玉向来如此，认识她的都知道她是个“冰雕”，从不与人交流。有人说，看见炎缇玉就凉快，像数九寒天吃了十盒冰激凌，透心凉。她初到总务部时，曾引发一场比赛，比赛的题目是“今天炎缇玉理你了吗”。久而久之，大家对她的脾气习以为常，忽略她的存在。只有小美还愿意亲近她。

分公司规模很小，不单设员工餐厅，统一在集团总部就餐。中午，炎缇玉端着餐盘，正找座位，小美向她招手，小美的座位不远处正坐着万俟铮和研发中心主任李思锐，炎缇玉立刻调头，选了个距离最远的空位，独自坐着。万俟铮的余光扫到她，心里冷哼。

小美端着餐盘找过来，埋怨：“你没看见我？我冲你招了半天手，又叫你好几声。”又自己释然，“算了算了。”她看一眼炎缇玉的餐盘，“吃这么少！心情不好？今天没看见分公司的陆总，要是见到他，我想问问他，你能不能不去。”

炎缇玉郑重地做了个禁止的动作。

“据说谁要是被挑上不去，就会被辞掉。我想，这应该是吓唬人的。他们总得讲理吧。”

炎缇玉低头吃饭。

小美说：“我想好了，如果你非得去，我申请和你一起去。有我帮你翻译，工作会顺利点儿。”说的时候，她露出悲壮的表情。

陆帆海把玛姬叫进办公室，询问公司的人员情况。“玛姬，你是从集团总部过来的，又在公关部，人聪明，又漂亮，”有点儿跑题，陆帆海清清嗓子，说，“我想听听你对公司员工的点评。”

不去问人力资源部，却来问她。玛姬不拆穿陆帆海的私心，细细叙述。说到马上要加入的炎缇三，陆帆海的眼睛熠熠生光。玛姬明白了，啊，过尽千帆皆不是，这个才是重点。

玛姬直觉陆帆海喜欢自己，她对陆帆海没感觉。此刻，拜倒在自己裙下的人兴致盎然地打听另一个女孩，且迂回递进，小心翼翼，玛姬心里不是滋味。她说出自己真实的评判：平凡至极的人。

“她以前是做什么的，她聊过吧？”

“她和别人聊天吗？”玛姬笑笑，说，“她可以手语，但有几个人懂？她只把分内事做好，对别的不闻不问，像是随时都能人间蒸发，不留任何痕迹。四年前，她和穆总一起来到公司，在那以前的事我们就不知道了。”

“她的外号叫人工空调？”

“确实有这种说法。她冷得并不刺眼，默默无闻。”

在谈话最后，陆帆海诚挚地邀请她共进晚餐，玛姬婉拒。

从陆帆海的办公室出来，玛姬碰到了负责人事管理的曲娜娜。

曲娜娜刚从总经理的办公室出来，说：“奇怪，总经理向我询问炎缇玉的情况。看起来，他根本不知道她的事。难道不是他们把炎缇玉要过来的？”

两位经理都对炎缇玉产生兴趣，玛姬突然有一丝妒意。

小美轻声提醒：“炎缇玉，行政部领了 100 个纸杯，不是 1000 个。”

炎缇玉赶紧改过来。

“报修灯管的是法务部，不是采购部。”

炎缇玉微微冒汗，手指迅速敲着字。

她快要去分公司报到了，心绪烦乱，频频出错。小美不知该如何劝慰。她扫视炎缇玉的办公桌，私人物品迟迟不收拾，留着等走的时候再整理吗？

六

三色堇

清晨，万俟铮走进办公室，办公桌上摆着一个白瓷花瓶，瓶中有一束红色蝴蝶花。他的脸沉下来。玛姬敲门，找他签字。

“玛姬，谁进过我的办公室？”

玛姬被他的表情吓住，说：“你平时不锁门，保洁人员和员工都可能会……”

“叫陆总来。”

玛姬找来陆帆海。万俟铮要陆帆海召开全体员工会，宣布他不在的时候，除打扫卫生外，禁止任何人进他的办公室。

陆帆海顿时紧张，问：“丢了什么吗？”

万俟铮黑着脸一指花瓶。陆帆海有点儿不敢相信，“就因为这个？”他失笑，“不管是谁送的，都是好意啊。留着吧。”他开玩笑地翻看花朵，说，“没装摄像头啊，只是一瓶普通的花。”

万俟铮从他手里夺过花瓶，连瓶带花扔进垃圾桶，严厉地说：“开会传达！”

陆帆海瞥他一眼，默默执行去了。

玛姬忐忑地递上文件请他签字，壮着胆子问：“总经理，你讨厌花？”

万俟铮答非所问："你知道它的花语是什么吗？'白日梦'！"

玛姬望他一眼，拿着签过字的文件默默退出。

陆帆海宣布禁令，散会。大家各自回到座位。总务部、行政部同在一间综合办公室。小许低声嘀咕："总经理脾气真大，居然为这种事开全体员工会。"

超级苏趴在工位隔板上，问："到底怎么回事？总经理丢东西了？"

小许说："没丢，是多了东西。"

"那不是好事吗？我巴不得有人送我东西。"

"怕人进去，锁门啊。再说，谁没事去他的办公室啊？经过这次，那些想亲近总经理的估计全死心了。他喜怒无常，今后咱们的日子不知道会怎样。"

"小许，订的 A4 纸什么时候送来？催一下。"部长李姝说。小许知趣，低头干活。

超级苏感慨："总经理的脾气真差。虽然他是超级钻石男，但以后还是少惹他为妙。"

花是玛姬精心挑选的，她为此煞费苦心，挑选花瓶用了三个小时，选择送的花，她斟酌了三天。她算准时间，在万俟铮看到花的时候来找他签字。本以为万俟铮即使不喜欢，也会收下，没想到他一点儿情面不留，直接扔掉。而且，他似乎已经猜到了送花人。

玛姬既难过又羞愧，可她非但没有一丝怨恨，反而有几分欣喜——万俟铮并不像传说的那么风流。他似乎是个认真的人，并不是一勾搭就上钩的轻浮人。

只剩两个人的时候，陆帆海责备道："为这么点儿小事，至于大动干戈吗？我看不出花有什么不好。"

"今天留下这瓶三色堇，明天就可能送来玫瑰。手下人天天做梦，不好好干活，不把咱俩累死？"

陆帆海只知道这是蝴蝶花，原来它还叫三色堇。"Schon der Name sagt alles（名字已经说明一切了）。"陆帆海露出了然的神情，万俟铮瞪他一眼。

"你一个大男人，怎么懂花语？"陆帆海好奇的是这个。

万俟铮回答得理所当然。"常送花给女人，不懂花语怎么成。"

这小子，属泥鳅的，滑不溜手。

陆帆海问："第一次给喜欢的女生送花，送哪种？"

"她喜欢你吗？"

"好像……不太……喜欢。"

万俟铮大笑，说："她不喜欢你，送什么都没用。"

红色三色堇代表思念，黄色三色堇的花语是喜忧参半，紫色代表沉默不语。为什么万俟铮却说花语是白日梦？玛姬迷惑不解。她认真地查花语解释。德国人把三色堇称作"继母"，因为他们能从花瓣中看到三张脸：底部是一张打扮时髦的圆脸，代表继母；中部是很漂亮的脸，那是继母的亲女儿；上部则是苍白的脸，代表丈夫前妻的女儿。

陆帆海同样在学习花语，第一次送女生什么花，送几朵，分别代表什么含义。他蓦然想起万俟铮的话，“她不喜欢你，送什么都没用”。他就不信了，精诚所至，金石为开，坚持下去，一定有收获。于是，次日早上，玛姬的办公桌上出现了五朵粉玫瑰。

送花的人没留名字。超级苏和一帮女同事围着花打转，笑得暧昧。

“这花超级有意思。五朵玫瑰，代表由衷欣赏。粉玫瑰，代表爱的宣言。到底是欣赏呢，还是爱呢？”

“能进到公司里面，肯定是内部人啊。这个有心人是谁——”小许拖长声音。

玛姬已经猜到，装不知情。

事情并未结束。第三天，桌上出现了粉红风信子。第四天，是双色郁金香。第五天，是剑兰。

“周末呢，周末会不会送？”小许兴致勃勃，“要不要加班来看？”

玛姬叫：“疯啦，为看花加班。”

到了下一周，送花继续。周一是香槟玫瑰，周二是火百合，周三是栀子花，周四是紫罗兰。

前一天送来的还没凋谢，新的花又送来。玛姬的桌上摆不下，分送到同事的桌上。渐渐地，办公室里到处是花。

送花的人始终隐身，也没被任何人碰见过。大家越来越好奇。

明天呢，明天将送什么花？同事们猜测着，这已经成为他们每天的热门话题。至于送花的人，他们把全公司的男士猜了个遍。

女同事们羡慕嫉妒。大家来得一天比一天早，总想撞见那个人，可总是失败。

玛姬从漫不经心变得开始期待。每一天，看到桌上的鲜花，心都跳一下。

不是不感动的。只是，到底意难平。如果送花的是另一个人就好了。如果是那个人，即使什么都不送，或者，她送的花他能接受，也是欢喜的。

或许，因为得不到，期盼更甚。得到了，反而……等得到了，才有资格说无所谓吧。

七

下马威

一夜不得安睡，黑眼圈冒出来，炎缇玉敷了粉，把头转向车窗外，不想让穆翰发现。

穆翰说：“树林变得好漂亮。”

树林？炎缇玉经他提醒，才注意到眼前的景色。

上班途经湖心公园。平静的湖水倒映碧澄的天空，白云在波心投下云影。岸边的丛生黄栌、枫树、槭树、银杏的树叶随季节改变颜色，色彩斑斓，掩映多姿。一地落叶，仿如地毯。

静湖确实很美，但她的思绪很快就不在景色上了。

“缇玉，你要小心。”

炎缇玉一惊，望向穆翰。

穆翰说：“万俟铮将带来新的变化，平衡将被打破。”

炎缇玉的心提了起来。穆翰是否发觉了什么？她不敢一直望着他，怕暴露心事，于是望向前方。

“万俟铮代表新生力量，虽然人在分公司，貌似人微言轻，在整个集团中无足轻重，但他对集团未来的发展至关重要，必然有人拉拢他，争夺他。他影响集团内派系斗争的力量平衡。不幸的是，我也在这力量角逐的旋涡里，可能会牵连你。”

炎缇玉暗松一口气，比画着：“你是不搞派系的，他们不该针对你，我很安全。”

穆翰无奈一笑，说：“当每一个人都站队，不站队的人就自成一队。在有心搞党争的人眼中，非友即敌，不存在第三种人。”

每次经过二楼，陆帆海总要去综合办公室转一圈。职员们习惯了这位亲和平易的副总，和他交谈轻松随便。

玛姬的桌上摆着马蹄莲。超级苏说：“陆总，考考你，马蹄莲的花语是什么？”

“这可难不倒我。是纯洁、永恒。”

“在什么地方用得最多呢？”

陆帆海对答如流：“新娘的手捧花。”

小许鼓掌，“陆总好厉害。”

玛姬似不经意地问：“陆总，你喜欢花吗？”

陆帆海等的就是与玛姬的对话，“当然。”

玛姬追问：“你喜欢什么花？”

陆帆海的心直跳。心仪的女子在问他的喜好啊。“黄色郁金香。”

“那，”玛姬淡淡地问，“总经理有喜欢的花吗？”

陆帆海一怔，“他？有啊。”

玛姬盯着他，“是什么呢？”

“女人花。”陆帆海哈哈笑。

“说我什么呢？”楼梯处传来万俟铮的声音，他踱步向这边来。气氛顿时变得不一样，几乎所有单身女同事都精神一振，表面如常，眼神已暗含深意，态度也拿捏起来。

陆帆海偷偷翻个大白眼，留意玛姬。

玛姬对着花发呆。藏没处藏，躲没处躲，这该死的花，为什么叫万俟铮看见有人送花！

啊，只有玛姬不看万俟铮。陆帆海释然。“说你的风流史呢。”陆帆海大咧咧的态度让众人一阵紧张，怕他激怒了万俟铮。

万俟铮嘴角一勾，说：“还是听当事人讲更精彩吧。”

大家松口气。小许暗想：总经理挺随和的呀，那天因为花的事生气，是正好赶上他情绪不佳吧。

玛姬说：“总经理，‘云迅’的LOGO设计了好几版，您看看。”

万俟铮翻了翻，说：“其实我还是喜欢‘云铮’这个名字。算了，总部定的，就这样吧。”

陆帆海说：“你别这么自大好不好，把自己名字加进去。公司是你家开的呀？”

“看过《大旗英雄传》吗？我只是喜欢里面的云铮。”

“我喜欢铁中棠。别扯远了，赶紧挑一个LOGO。”

万俟铮说：“你做主。”

“大家好。”门口响起尚奥云爽朗的声音，“万俟总，陆总，正好你们在。”尚奥云回头，她后面还跟着两个人。“我送炎缇玉来报到。”

这是很多人第一次看清炎缇玉。这女孩子不染纤尘，有着清逸脱俗的灵秀，超然物外的恬静。她虽然站在这里，但她的人、她的灵魂，根本不属于这滚滚红尘。她穿着一件普通的真丝衬衫，黑色西服裙，柔弱单薄，那么不起眼，却又光芒四射，迥然超群。

大家在心中评判炎缇玉的模样，得出的结论是：虽然她是个哑巴，但还是配得上穆总的。只是太冷漠，由内而外散发寒意。

尚奥云作为集团总部的总务部部长，亲自来送炎缇玉，可见炎缇玉的重要。

炎缇玉对着众人一点头。陆帆海飞快地看一眼万俟铮，热情地迎上去，说：“尚部长，多谢您割爱，为我们输送人才。您真客气，还亲自跑一趟。”他对着炎缇玉连声欢迎，向身后招手，小许机灵地上前接过炎缇玉手中的纸箱，但不知道安排她坐哪儿，先抱在怀里。

尚奥云说：“她的情况有些特殊，我过来说明一下。”

“这位是……”陆帆海看着炎缇玉身后抱着纸箱的女孩。

“哦，这是小美，也是我们总务部的，她和我一起来送炎缇玉。”

陆帆海向小美打个招呼。人们正要从小美手上接过纸箱，小美说：“我今天不仅是来送她的，我，”她看了尚奥云一眼，“我也想来分公司。我想陪着缇玉，她一个人不方便。”

事出突然，大家颇觉意外。

“小美，”尚奥云皱眉说，“你没跟公司申请，突然提出调动，不合程序。”

小美说：“部长，手续我去补办，还请您批准。陆总，我是真的想来。”

陆帆海沉吟。

万俟铮走了过来，径直走到那一时被忘记的主角面前，他的目光始终盯着她。炎缇玉的呼吸有瞬间凝滞。

万俟铮假装思索：“你是……”

陆帆海接过话：“这位是……”

万俟铮打断他：“我想起来了，你是人事调动通知里提到的那个。老陆，我记得你说过，我需要的人已经齐了，不需要多余的人。请回吧。”

简单的三个字如晴空响雷，震惊了所有人。

万俟铮对小美说：“连她都要回去了，你也请回吧。”说完，又转向尚奥云，“尚部长，君子不夺人所好，您的爱将还是自己留着吧。抱歉，让您白跑一趟。”

尚奥云强笑着问：“什么意思？”

“意思是，人我不要，请您带回去。”

尚奥云急了，说：“人事调动通知你们看到了，这是集团总部的决定。我带回去，怎么跟集团交代？”

“就说我拒收。”

陆帆海急忙说：“万俟，别开玩笑。尚部长很忙，没工夫跟你逗。”

万俟铮平静地说：“我是认真的。这人不是我要的。”

“胡说什么，我们正缺人呢。”

“我听说过她。分公司刚成立，同事之间免不了要交流协调，她怎么跟人交流？”

炎缇玉低头。旁观者都觉得难堪无比。整个房间鸦雀无声，只听万俟铮说：“况且，总务部已经满员。其他部门的职位需要很强的沟通能力，她行吗？我这里不养闲人。”

陆帆海叫道：“万俟！”

尚奥云的脸上挂不住了，冷冷地说：“两位，人已送到，如有意见，跟集团反映吧。我的任务完成了。”

陆帆海赔笑说：“尚部长，人我们留下。请到我办公室喝茶。”

“不必。”尚奥云忍着怒气。

“人事的事一向由我安排，万俟在实验室里待久了，搞不清公司现在的状况。人事的事我说了算。我代表分公司欢迎炎缇玉加入。”陆帆海声音高亢，带头鼓掌，办公室响起了热烈的掌声，与人们的表情完全不同步。他拼命给万俟铮使眼色。

万俟铮又沉默了一会儿，才做出为难的样子，说：“尚部长，既然这是集团的决定，请您帮忙转达我的意思，多谢集团的美意。我不想让您为难。这样吧，今天，我们先把人留下，但是她，”万俟铮指着小美，“不请自来，恕不远送。”

尚奥云咬着牙说："我一定转达。"

小美不舍地望一眼炎缇玉，跟着尚奥云，叫道："部长，不能让缇玉留在这里！"

"安静！"尚奥云扫视四周，低沉而清晰地说，"我当然不愿意让她留在这里！走！"

陆帆海赔着笑送她们出去。

万俟铮的目光轻飘飘地从炎缇玉苍白的脸上掠过，走回自己的办公室。

炎缇玉呆立着。房间依然寂静，没人抬眼看她，没人忍心看她。小许拿着她的物品，不知该放在何处，只好歉然地放在屋角。"超级变态虐待狂！"超级苏在纸上狂草了几十遍。小许默默在心中把总经理随和这个印象彻底抹掉。总务部的李姝拉过炎缇玉，让她坐在自己的座位上。炎缇玉眼中流露出感谢，李姝的目光躲闪着，不敢与她对视，匆匆拿着不需要处理的表格走出了办公室。

楼外，尚奥云回望办公楼，心道：万俟铮，你不知道你得罪了多少人！

陆帆海关上门，对着万俟铮大发脾气："你存心要气死我！咱们是分公司，人事、资金都得听总部的。炎缇玉是什么来头，你最清楚。给你个人你接着就完了，较什么劲？"

万俟铮悠闲地说："我还以为你会感谢我呢。"

"感谢你个……我不能说脏话，不能被你气蒙了。你到底要得罪多少人才罢休，嗯？早晚有一天，我得被你害死。"

万俟铮说："要不是我，谁能证明炎缇玉不是你我要来的，是别人硬塞给我们的见面礼？要不是我，谁会发现幕后有人兴风作浪？要不是我，今天那个小美就要趁乱溜进来了。这儿的奸细还少吗？"

陆帆海的脸色一点点晴朗，但依然叉着腰，"你还有理了你？"

万俟铮摊开手，一副理所当然的模样。

陆帆海抱怨："要不是你，我不会天天要犯心脏病。要不是你，我能多活两年。你早有主意，为什么不告诉我？看把我急得。"

万俟铮批评他："白认识我十年，一点儿默契都没有。"

陆帆海担忧地说："虽然澄清了不是我们点名要人，但你对炎缇玉的态度这么恶劣，穆翰还是会生气。而且，你拒绝执行人力资源部的决定，又把赵烈得罪了。你瞧不上总务部的人，你看看尚奥云的脸色。"

"无论留人还是退人，都是得罪人。管他那么多，我先痛快了再说。"

陆帆海叹气："你的脾气啊。"

万俟铮眯起眼睛。"我就是不愿意被人当猴耍。杀一儆百，今后咱们可以过一段清静日子了，总算能专心干事了。"

"专心干事？我看，是需要打起十二分精神防备。把炎缇玉安排在哪儿？"

"人事的事你做主。"

陆帆海盯着他，说："你早就料到我顾忌各方的反应，不让她走，是不是？你说那些话，就是为了羞辱她，是吗？你要让她在所有人面前抬不起头。你怎么不干脆把她五花大绑游街示众？上班第一天，你就给她一个下马威，以后她还有好日子过？不知道公司里有没有趋炎附势的小人，你欺负她一分，那些人还不得欺负她十分？"

"她有穆翰呢。"

陆帆海打抱不平："对，幸好她还有穆翰，如果她肯向他求救的话，如果她想帮穆翰树敌的话。"

万俟铮扬起眉毛，"心疼了？"

陆帆海摇摇头："这么刻薄，真不像你。"

万俟铮说："你要是觉得不好处理，就把人退回去。"

"羊入虎口，你舍得吐出来？你和她到底有什么仇？"

万俟铮不答。

把她安排在哪儿呢？陆帆海眼珠一转，有了主意。"万俟，行政部部长不是请病假了吗，我昨天接到通知，他已经被其他公司挖走了。我想升玛姬做行政部代理部长。"

"假公济私。"

"行政部少一个人，炎缇玉正好可以补上。"

万俟铮说："随你。"

陆帆海去宣布人事任命。万俟铮交叉着手沉思。

她为什么来？

为了顾全大局，她选择自我牺牲？

不不不。虽然事关公司重要战略部署，虽然影响许多人的利益，但自私如她，不会管别人的死活，不会为了别人委屈自己。

她为什么来？

难道她有把柄落在别人手里，受人胁迫？

事实上，炎缇玉的想法简单至极。第一，她不怕万俟铮。第二，她要把影响降到最低，让其他人注意不到，因此她服从安排。

但她的计划却被万俟铮毁了。万俟铮成功地引起轰动，让她成为焦点。

万俟铮的话实在伤人，大家以为炎缇玉会哭，会抱怨——尽管她不能说话，但她只是沉静地坐在玛姬安排的座位上，缓缓地收拾物品。

这小女子，忍耐力惊人。玛姬暗想。

不，与其说她在忍耐，不如说，她将方才的受辱用一种奇特的方法化解了。她本不属于这个世界，这个世界伤害不了她。

炎缇玉由内到外散发着漠然，麻木的表情拒人于千里，让大家即使同情她，也没有和她交流的念头。

她的手机收到小美的信息：我会想办法把你救出来。

小美走的时候，她没有目送。随遇而安，不能显出留恋，给万俟铮赶走她的理由。她唯愿默默无闻，如墙角野草，自生自灭。

她的工位有一个玻璃花瓶，里面是大家挑剩的花，有的还是花骨朵，有的已经开败，种类繁多，杂乱地插在花瓶里。她剪去枯枝败叶，将花重新插放。玫瑰馥郁，紫罗兰清芬，余香满手。

炎缇玉差点儿被退回来的消息比她的调走更轰动。总务部人人愤慨，其他部门亦引为新闻。

钱力阴阳怪气地说："万俟铮真混账，不识好歹！"

何止不识好歹，他暴露了赵烈！玛姬心里说。"他虽然不领情，但他把炎缇玉挖苦得够呛，不像要结交穆翰。"

"难道他要自立山头？他有这个本事吗？"

玛姬说："要自立山头，先把所有人得罪光？他可能只是不想扯进派系争斗。"

钱力冷哼："人在江湖，谁能想抽身就抽身。幼稚。他现在在哪儿？"

"在实验室。他大部分时间都泡在实验室。"

"果然是个书呆子。"

万俟铮可不是书呆子，他是一把出鞘的刀。玛姬不与上司争辩，提醒："万俟铮不按常理出牌，难以控制。我们与他打交道得加小心。"

"继续盯，找他的弱点。"钱力说，"这么重大的消息，一定要让高层知道，尤其是穆总。"

她向赵烈汇报。

赵烈本就面临秃顶的头上又掉了一根头发。"招募万俟铮大概是我下得最对的一步棋。希望他够分量，够聪明。"

钱力立刻明白，这位四十五岁野心勃勃的副总将再次掀起高层间的明争暗斗，以图更大的权力。但身为下属，怎能比上司更聪明？于是她露出懵懂模样。

万俟铮给整个办公室带来的压抑直到中午才消散。玛姬来到炎缇玉的座位，看见那瓶淡雅优美的插花，有些惊异地看了她一眼，招呼她一起去吃饭。缇玉摆摆手，示意他们先去。

小美一定在等她，可能还叫了整个总务部的人。员工餐厅是公共场合，倘若他们为了她，说出什么贬损万俟铮或分公司的话，让其他人听去，情况将变得更糟。他们是好意，但这好意容易被人利用。她不需要任何人替她出头。但愿时间飞逝，大家赶快忘了早上发生的一幕。

她决定独自到附近的快餐店就餐。

十二点二十分，办公室空无一人。缇玉走下楼梯，迎面上楼的正是万俟铮。缇玉侧身低头。

错身的一刹那，万俟铮冷冷地说：“别人把你当棋子，你就任由摆布？”

缇玉继续走。

别人把她当棋子，他把她当笑话，他倒来教她反抗？真讽刺。

下班，缇玉坐进穆翰的车。穆翰吸了吸鼻子，说：“玫瑰的香气。”

她手语：“办公室有许多花。”

“新公司的同事怎么样？”穆翰说，“喜欢花的人热爱生活，试着和他们交朋友。”

安静许久，她手语：“不用。”

穆翰说：“大家对与众不同的人，一开始都有些难以接受，相处一段时间就好了。”

缇玉再无更多的手势。

穆翰无奈地看她一眼。

缇玉望向窗外。整整一天，她一直在猜测穆翰的反应。他是否知道今天发生的事？她希望穆翰不受波及，又希望他关注她，非常矛盾。

八

俯仰由人心由我

玛姬向炎缇玉介绍分公司的组织架构以及行政部的工作。万俟铮是分公司的总经理，副总经理有两位，一位在集团总部任职，只在这边挂个虚名，所以实际上只有一位，就是陆帆海。万俟铮潜心技术研究，公司其他事务交给陆帆海管理。

炎缇玉的第一件工作是就玛姬任行政部代理部长一事，起草向集团总部报告的材料。超级苏指点她流程：“超级简单。你写好后让玛姬过目，然后给陆总、总经理签字，最后交给人力资源部曲娜娜，由她报给总部。”

炎缇玉很快写好，玛姬改了几个字，让她送去给陆帆海。

陆帆海签了字。剩下的一格是留给总经理的。陆帆海说：“放我这里吧，等我见到他让他签完，你再来拿。”

缇玉点头。

陆帆海说：“你叫玛姬把云迅的 LOGO 方案给我拿来。哦，对不起，我自己叫她。”

缇玉摆手，指着自己，意思是她可以去通知。陆帆海颔首，说：“好，你去叫她吧。”

缇玉回到座位，写张纸条给玛姬，通知完毕。以前在总务部，只有小美懂手语，缇玉和其他人的交流，都是通过简单的手势、写纸条或发信息进行，还算便利。当然，这基于她的工作很少与人做复杂的交流，尚奥云交给她的都是指令明确、操作简单的事务。缇玉觉得她可以胜任行政部的工作，只要万俟铮不故意为难她。

玛姬交给超级苏一个文件夹，说："陆总挑选了三款云迅的 LOGO 设计，需要总经理过目，然后呈报给集团创意部。"

超级苏说："你叫我去总部找皮特，我已经和他约好，这就得走。"

玛姬转而交给炎缇玉。缇玉踌躇，能不见万俟铮最好不见。但玛姬已转身去处理别的事情了，其他人都忙碌着。

缇玉求助无望。也好，不必欠谁人情。

她脚步沉重地上楼，走几步停一停。路过陆帆海的办公室，门开着，陆帆海看见她，招手让她进去，把玛姬代理行政部的报告书递给她，说："签好了。"缇玉燃起一丝希望。陆帆海见她迟疑不去，问："还有事？"缇玉不好意思地拿出云迅的 LOGO 设计，陆帆海了解地接过来，说："我去找他。"缇玉躬身致谢。

陆帆海把方案拿给万俟铮。万俟铮看了看，说："我同意，报给总部做最后决定吧。"他揶揄，"玛姬部长魅力真大，竟然能让陆总当跑腿儿的。"

"嘘！"陆帆海怕炎缇玉听见，忙示意他闭嘴，不放心地看向门口。

"门外有人？"万俟铮顿悟，脸一沉，拿起文件夹，大步走出去。陆帆海急得在后面叫他。万俟铮瞪着守在门外的炎缇玉，漆黑的眼眸一片肃杀。"我，是你绕不过去的！"

陆帆海追出来。万俟铮的目光依然在炎缇玉身上，说："你们跟我来！"炎缇玉看向陆帆海，陆帆海安慰她："没事，别担心。"其实他心里也没底。

三个人来到综合办公室。万俟铮威严的神色令众人一阵紧张。

"玛姬，管好你的手下！我说过，公司不养闲人，没有例外。"万俟铮转向炎缇玉，"想留下，必须把分内事做好，不能把工作推给别人。做不到的话，趁早打辞职信！你既然是总部特派的，就让我看看你的工作能力。"他把文件夹甩给她，走了。

见不是直接把人轰走，陆帆海放了心。他安抚："没事，大家忙吧，没事了。"又对炎缇玉温和地说，"是我要帮你，不是他说的那样，我去跟他解释。他的话，你别往心里去。他不是总这样，今天大概是碰上不痛快的事了。"

缇玉深深一躬，手语道："对不起。"这次真的是她的错，怪不得别人，也不怪万俟铮发火。她得好好想想如何开展工作了。

虽然看不懂，但陆帆海猜到她的意思，他摆摆手。

炎缇玉不讨总经理喜欢，还常常惹得总经理大发雷霆，其他同事对她自动退避三舍。玛姬发现万俟铮是个火药桶，而炎缇玉是导火索，她明智地规避战火，找万俟铮的活儿她总是亲自去。

“总经理，市发改委和市经信局组织全市高精尖产业发展论坛，骁龙云腾受邀，董事长说要你去。”

万俟铮说：“交给陆总。”

玛姬说：“董事长点名要你去。”

万俟铮叹息：“成立分公司还是逃不掉这些事。好吧，需要我做什么？还要发言？给我准备一份发言稿，感谢大好时代，我们致力于汽车工业革命什么的，五分钟的发言稿。不，李思锐主任在前，我只要意思意思就行，三分钟。唉，老陆去最合适。”

玛姬说：“你才是代表公司尖端科技的人。”

“我的时间本来就不够，再不抓紧，工作更完不成了。”

“汽车杂志约你做专访。”

万俟铮的头摇得像拨浪鼓，“不去不去，坚决不去。让他们去采访‘863’专家吧，我还不够格。”

“你是说科技部当年的‘863’电动汽车重大专项战略规划专家组？”

“没错，让他们去找那十三位专家，他们才值得采访。我一点成绩都没有，说出去笑死人。”

谁能想到，外表桀骜不驯的万俟铮，内里谦逊谨慎，而且十分孩子气。

玛姬微笑着记下。“总经理，你是研究员，是工程师，却不是好商人。商人不会放过宣传自己的机会。”

“所以要成立分公司，人事财务交给集团管，我不擅长这些。”

玛姬的余光扫到万俟铮的办公桌，在文件的下面，露出一本书的书脊，玛姬的笔尖陷入纸中。

书脊上清楚地印着《手语日常会话》。

玛姬问：“总经理，你喜欢什么花？”

万俟铮盯她一眼，说：“什么花都不喜欢。为那种无聊的东西浪费时间投入感情，不划算。不过，花是我常常使用的工具。”他的嘴角勾起一抹邪气的笑。

还剩两件事没说，玛姬已经从万俟铮的办公室走了出来，在楼道呆立良久。万俟铮不是应该处心积虑把炎缇玉赶走吗，怎么反而研究起手语来？他们有直接交流的必要吗？即使偶尔有，三言两语的，写张纸条就能解决，为什么要学手语？为一个他厌恶的、很快就可能见不到的人学手语，太反常了，太不可理喻了！他根本不是真的想赶她走。他准备与她长期相处，而且要深入交流！

玛姬攥紧笔。是她大意了，早该察觉万俟铮与炎缇玉的关系不简单。面对炎缇玉，万俟铮那么冷酷刻薄，与之前的温柔多情判若两人。她对于他是特别的。

她返回座位，叫来炎缇玉，把会议通知给她，让她为总经理起草三分钟发言稿。

缇玉问主要内容。

“没说。你看着写吧。”

缇玉领命。半个小时后，发言稿摆到玛姬桌上。

尊敬的各位领导、各位行业精英：

大家好。

非常荣幸参加我市高精尖产业发展论坛。通过国家对高精尖产业和新能源行业的一系列优惠政策，我们切实感受到了政府对于经济转型的决心和对企业发展的支持。国内市场广阔，中等收入群体正在壮大，新一轮科技革命和产业变革正在兴起，对于企业，这是发展的大好时机。我公司将充分发挥骁龙云腾的品牌效应和技术优势，把握机遇，增强活力和竞争力，推动企业高质量发展，加大对新技术的研发投入，致力于自主创新，在关键核心技术上取得新突破，努力实现新的超越。

企业目前面临的困难主要集中在人才、资金和政策方面。我们有如下建议：

一、进一步优化营商环境，精简行政审批事项，降低制度性交易成本。

二、切实落实减费降税政策，减少企业非税负担。

三、针对企业的人才、技术创新、投融资等方面制定更加精准的支持政策。

以上是我的拙见，不妥之处敬请指正。

某年某月某日

发言稿上附有一张便笺纸，炎缇玉写道：“如果李主任的发言稿中已有建议，我们的稿中可以删掉。关于研发方向和主要技术，我不知是否涉密，暂未提及。如果需要，我可以补充。”

玛姬的内心是震惊的。炎缇玉自打进入公司就一直在总务部，玛姬原以为她什么都不懂，写个发言稿能难死她，她会到处求助，一筹莫展，最后因为耽误工作被骂。玛姬正亲自动笔写发言稿，想等炎缇玉搞砸时拿出来救场。她和炎缇玉同步进行，她的稿子只写了一半，炎缇玉已经完成了。

玛姬若无其事地说：“放下吧，我先看看。”其实她找不出任何需要修改的地方。“你喜欢什么花？”她装作漫不经心地问。

炎缇玉写下纸条：“花朵容易枯萎。我不愿为这种容易失去的东西倾注感情。我什么花都不喜欢，但也不讨厌。”

这回答……还真是殊途同归。

一片花瓣悄然飘落。炎缇玉懊恼。关于花的事，她又多嘴了，没必要向别人阐明她的态度，直接回答不喜欢多好。

她懊恼得专心，完全没发现一片阴影遮住了阳光。直到隔壁工位的桑立德拼命咳嗽，她才注意到，万俟铮拿着她写的发言稿，站在她的座位旁，身后跟着一脸哀怨的超级苏。

三分钟前，超级苏将发言稿送到总经理办公室。

“好快！”万俟铮赞扬，“是咱们公司该有的效率。”他低头阅读。

超级苏趁机替炎缇玉邀功：“是炎缇玉写的，不光写得流畅，她想得也十分周到。你看。”她把便笺纸递过去。

浅蓝色便笺上的字迹端正娟秀。万俟铮太阳穴的青筋绷起来，脸色微微改变。

“她人呢？”

超级苏觉察到不对劲，“在办公室。”

万俟铮问：“她又把工作推给别人？”

超级苏说：“不是。稿子给玛姬看过，玛姬让我送上来的。”

所有人都看出万俟铮对炎缇玉的厌恶，都在避免让他们起冲突。万俟铮对玛姬的安排并不领情。他通篇看完，拿起发言稿走到楼下，见到正对着花出神的炎缇玉，气不打一处来。在他的领地，岂容炎缇玉安适发呆！她应该噤若寒蝉，坐立不安，像热锅上的蚂蚁。她应该求饶，企图逃走，却又逃不出他的手心！

万俟铮声音低沉，问：“发言稿是你写的？”

炎缇玉站起来，点一下头。

万俟铮严厉地说：“不知道李主任的发言稿中是否包含建议，不确定文中该不该写研发方向和主要技术，你问啊！这些都没做，就敢说完成了？这些活儿你给谁留着呢？这种半截的工作，你打算让我继续干？那我要行政部干吗？你到底有没有一件工作能让我满意？”

实际上，炎缇玉问过，李思锐的发言稿还在组稿，内容暂不确定。她抓起一支笔，想写下解释的话。

万俟铮一把抢过笔，就这样剥夺了她解释的机会。“同样的事情不许再发生！”他扫视整个办公室，“我指的是所有人。”

万俟铮对炎缇玉说：“发言稿继续改。”

炎缇玉注视万俟铮，眼神中带着迷惑。万俟铮问：“你有意见？”炎缇玉垂下眼睛。

万俟铮走了。

超级苏小声叹气：“第三天，第三次。”

是啊，上班三天，这是万俟铮第三次训斥她。

桑立德说：“托你的福，上司对行政部严重关切，每天必来吼一次。”

超级苏说："行了，少说两句。"

桑立德问："他和你有仇？他好像专门针对你。"

李姝说："桑立德，过来帮我搬东西。"

"嘿，我是行政部的，不是总务部的。"

"快过来，帮个忙。"

桑立德嘟囔着走过去。

过了许久，炎缇玉紧握的手才放松。

炎缇玉一个人走在路上。她已经连续几天独自在外吃午餐。她的手插在兜里，眼睛注视地面。这时，路口出了一点小状况。一个骑摩托车的年轻人撞倒了一位正在过马路的老人。老人倒在地上，捂着腿叫疼，散乱的白发被寒风吹动。三三两两的人向路口聚集。炎缇玉驻足，瞥一眼，继续走路。

在大楼的另一角，万俟铮和陆帆海目睹了刚才的一幕。

陆帆海惊讶："她就这么走了？"

万俟铮同样诧异。炎缇玉的冷漠超过了一般人。一般人总要多看两眼吧。

"老陆，人不可貌相，她完全不是你想的那样。"

她现在连假装善良都懒得做了。对待这样的人，稍微苛刻一些，也无可厚非吧？万俟铮想。

陆帆海大惑："她为什么要来分公司？她无所顾忌，为什么还要忍受你？"

是啊，炎缇玉超级能忍。每一次，当万俟铮觉得话说得已经够重，等着看她崩溃，她却只是脸色惨白，默默忍下，不反抗，不发泄，让他顿觉挫败，觉得难堪的不是她，倒像是自己。他大喊大叫，像个跳梁小丑，而且还是没跳好、从梁上摔下来、脸先着地的那种。

万俟铮和陆帆海回到公司，路过二楼，听到大家正议论万俟铮。两个人对视一眼，互相示意噤声，兴致盎然地躲在门边偷听。

"你小点儿声。"小许紧张地说。

"怕什么。"是超级苏的声音。

"陆总说，总经理很随和，特别懂女孩心思，讨女孩喜欢，要不怎么能成为花花公子呢。"玛姬说。

"长得帅，这没得说，可是脾气……"桑立德口下留德，"要说脾气，还是陆总好。"

陆帆海挺起胸膛，指指自己。万俟铮不屑地撇嘴。

"总经理这脾气，我谢谢了。"超级苏直爽地说。

陆帆海看万俟铮一眼，伸出小拇指晃一晃。万俟铮无声一笑，一点不生气，抬脚继续上楼。

“他的身上找不出万人迷的影子。”曲娜娜也在里面闲聊。

“一个人如果性情改了，八成是经历过什么事，所以变得和以前完全不一样了。”玛姬说。

万俟铮的脚步微微停顿。

——“这样不对。就像奴隶翻身当了奴隶主，反过来欺压别人，这不对。”

怯生生的清脆的声音，因鼓起勇气而涨红的脸，天真而纯粹，语声轻轻，震撼了所有人，包括万俟铮。自那一刻起，那个人就深深印在他的脑海里。为什么那个仗义执言的人如今变得冷漠麻木？是她一直在假装，骗过了年少的他，还是她遇到了什么事？

他有好多疑问，为什么改名字，为什么抹掉履历，为什么忍辱负重，为什么要那样对他。新愁旧惑，他都想听到答案。但是，不对，不行，他跟她没有关系了！不需要问，没必要问，不能问！

万俟铮加快脚步上了楼，刚坐定，发现办公桌上端正地摆放着一个文件夹。来不及阅读内容，他慌张地看向案头整整齐齐的一摞书，《手语日常会话》摆在第二本，书脊醒目地暴露着，任谁进屋都能看见。被人窥见秘密的慌张迅速转变为暴怒，他拿着文件夹下楼。

陆帆海听见大家在议论时夸奖他，趁热打铁，故意咳嗽两声，装作刚上楼，进入综合办公室。聊得热火朝天的一群人顿时哑了，不知道他听见多少。超级苏干脆说：“陆总来得正好，跟我们讲讲总经理吧。”

陆帆海故意板起脸，说：“嘿，放着眼前的帅哥不要，非打听那个家伙。”

超级苏说：“因为陆总你人超级好，我们喜欢你，不怕你。我们怕总经理。多知道一些他的事，以后好相处嘛。”

这话陆帆海爱听。“想知道什么，问吧。”

桑立德问：“总经理是个严苛的人吗？”

“他可算不上。他这人最不拘小节，随和得不像话。”陆帆海说，“你们想想，他对你们怎么样？”

大家对视，自问的确没有被万俟铮为难。超级苏说：“可他有时候超级可怕。”

“陆总，你和总经理认识很多年了吗？怎么认识的？”

“说来话长。我俩学历不高，在同一家专业技术学校念中专，学汽修专业。在学校里，我们互相不认识。不过我听说过他。他长得俊，女生都喜欢他。中专的最后一年，是到德国交流学习一年，和学校签保证书，保证必须回来，如果不回来，要付高额违约金。”

超级苏拍马屁地给他递上一杯水，陆帆海靠在玛姬的桌旁侃侃而谈。“我们在德国学的可不光是汽车修理，还有汽车制造、动力学原理什么的。而且我们不是在学校学，是在真正的汽车制造企业学，生产线就是课堂。那时候，我和万俟住一个宿舍，慢慢熟起来。他学习特别认真，特别刻苦，下课了，他还要留下问问题。教我们的师傅很喜欢他，愿意多教他。课余的时候，他就消失不见，也不知干什么去了，很晚才回来。反正护照已经被收走了，他跑不了，带队老师和他关系好，不怎么管他。那时，咱们国家还不像现在这么强大，国际形象和影响力都不行。在异国他乡，寄人篱下，遇到的困难和辛酸就别提了。万俟跟我说，我们不能决定别人的态度，但能决定我们自己的，我们不主动挑起争端，但也不任人宰割。我受了气，总是他替我出头。一年期满，要回国了。对我来说，本来就该回国，从来没有其他想法。但是万俟说，他不打算回，还问我愿不愿意留下。”

“他想借机移民，留在那儿？”

“别急，听我慢慢说。我哪儿有钱留下。万俟说违约金他帮我出。他说课余的时候，他到当地德国人开的汽修店打工。本来德国人不收他，因为他拿不出身份证明，我们的护照都在带队老师那儿。他连续去了好几天，德国人以为他来捣乱，都要揍他了。赶巧了，店里来了一辆超跑，发动机有异响，但是无论用电脑检测还是人工检查，都查不出问题。万俟在旁边看着，等所有人束手无策，他毛遂自荐说要试试。结果，真让他把车给修好了。从此他在店里打工，将近一年，攒了一笔钱。不过我们要付的违约金比他挣的多得多。也不知他怎么和教我们的师傅打成一片，师傅居然肯借钱给他。就这样，我们俩留了下来。他还找人把我们的证件问题解决了。我们开始正式在汽车制造公司上班。”

小许说：“总经理蛮厉害的嘛。”

玛姬轻声说：“有心计。”

陆帆海说：“我问万俟为什么不回国，是不是因为在德国赚得比较多。我的工资大部分都寄回国了，他的他自己攒着，可是又不见他花。他说，德国人只教我们皮毛，修汽车勉强够用，真正的核心技术他们一点儿没露。我们不能总跟在别人屁股后头，必须把核心技术学到手。受人白眼，吃再多苦，也要忍。我们在德国一待就是七年，后来在法国待了两年。在不同的汽车制造公司，他学了很多东西，比那些专家还专业，发明了自己的专利。各大汽车制造企业都知道他，很多企业找他，有的许他高薪，有的许他高管职位。这时候他却决定回来。”

“为什么？”

“他说学得差不多了。当初留下，是为了早晚有一天，我们要造出更好的汽车，我们自己的汽车。现在，该回去实现了。”

玛姬与李姝对视。万俟铮竟有这样的志向。

桑立德咕哝：“真是自讨苦吃。”

超级苏瞪眼，敲了一下他的头。

九
违反禁令的代价

就在此时，万俟铮阴沉着脸走进来，对玛姬说："去查查，是谁违反禁令，趁我不在进了我的办公室！查出来，立刻开除！"

众人望着万俟铮的目光刚有一丝温暖，瞬间又冰冷。

玛姬接过文件夹，心中有数，欲言又止。万俟铮说："怎么，连你也不执行我的命令？"

"什么事呀？"陆帆海笑嘻嘻的，试图缓和气氛。

万俟铮盯紧玛姬，"是谁？说！"他对陆帆海说，"有人在我不在时进我办公室！"

陆帆海微微出汗，说："我开过全体会了，他们可能一时忘了，我再提醒一回，下次他们保证不敢了。"

"没有下次！"万俟铮斩钉截铁，"究竟是谁？"

一个身影缓缓站起来。

"你？！"

最怕被她看见，偏偏就是她！万俟铮恼羞成怒，说："收拾东西，走人！"

两个小时前，玛姬看完炎缇玉修改的发言稿，让她报给万俟铮，说："由你直接给他比较好。如果需要改，他可以当面对你说，在他的办公室，而不是在这里。"玛姬的用意很明显，就算万俟铮要吼，也可以避免在众人面前，保全炎缇玉的自尊。她又说："他十点半在集团总部开会，在那之前他在办公室。下午他如果没有别的安排，通常都待在研发中心。"

缇玉等到十点多，眼看着万俟铮下楼去往集团总部，便来到他的办公室。办公室的门没锁，一推就开，离门最近的是会客沙发，她的脚甚至不用迈进去，伸长胳膊将文件夹放在沙发扶手上，以示她来过，但不曾进入，只在门口将文件放下。后来，保洁人员收拾屋子，将文件夹移到他的办公桌上。

陆帆海说："不能怪她。发布禁令的时候她还没来，她不知道，不知者不罪嘛。"他向玛姬使眼色，希望她帮腔。

玛姬说："都赖我，文件是我让她报给你的，我想，万一你要修改的话可以直接跟她说。我提醒过炎缇玉你在公司的时间，但忘了告诉她禁令，是我疏忽了。"

玛姬不解释还好，一解释，不啻火上浇油。炎缇玉明知万俟铮不在，专挑那时去送文件，明摆着是避免见面。万俟铮怒火腾腾直冒。相看两厌，好得很呐！

陆帆海说："万俟，这是一场误会。炎缇玉不是故意的。"

不是故意违反禁令，是故意躲着他！

炎缇玉手语："对不起。"

"又是对不起。你不能靠'对不起'在公司混一辈子！我不想再被你对不起。"万俟铮说。炎缇玉白净的脸上没有多余的表情，无论感谢还是道歉，甚至连惊讶都是淡淡的。他伤不了这样的人，她没有被真正触动。这才是让他最生气的——再一次，慌乱愤怒的只有他。

快递在此刻送达。总务部在综合办公室，快递先送到这里，再由总务部分发。万俟铮和陆帆海各有一份快递，寄件人签名处是空白。

这是一封信。万俟铮读了一遍，看向陆帆海。陆帆海被他奇异的目光弄得发毛，伸脖子看过去，脸色顿时变了，赶紧拆开自己的。一模一样的两封揭发信。两个人不约而同看向炎缇玉。其他人不明所以。

陆帆海拉万俟铮，"走，咱们回屋说。"

但万俟铮已经举起信，问炎缇玉："这次玩的是什么花样？"

陆帆海向炎缇玉投去同情的一瞥。揭发信上写的全是炎缇玉的过错，把她说得一无是处。

万俟铮把信扔给她，说："上面写的是真的吗？"

缇玉几乎把信盯穿。信上写的有的是真的，有的是无中生有，更多的是张冠李戴，都扣在她头上。

"是真的吗？"万俟铮追问。

缇玉既无法承认也无法否认。如果她能说话，她可以就自己的错误去承认，再指出污蔑她的部分，但这样的长篇辩解对无法言语的她来说根本不可能。她的无言此刻相当于默认。苍白的嘴唇在印下深深的齿痕后，唇色刺目地鲜红。

万俟铮妒忌了。他千方百计想撼动她的平静，却一再失败，简短的一封信却做到了。

"工作失误，人品差评，消极怠工，不服管束。这样的极品员工，还真是少见。"万俟铮扬起眉毛，"怎么，受不了了，想走？要走就光明正大地走，想抹黑自己被公司退回，这是什么套路？"

"万俟。"陆帆海急于把他拉走。万俟铮岂肯善罢甘休。他一个一个看着行政部人员的脸，问："共事四天，你们觉得呢，这人可靠吗？工作，人品，态度，都怎么样？"

大家不吭声。万俟铮问玛姬："你说呢？她是你的部下，这封信说她又无能又懒惰，你觉得属实吗？"

玛姬低声问："还开除她吗？"

万俟铮的眼中闪过凌厉的光芒。

是啊，他是要赶炎缇玉走的。不管是开除她还是炎缇玉自己想走，都将达成他的心愿，何必在意信的内容是否属实？

陆帆海大声说：“炎缇玉必须留下。”

万俟铮迅速转向他，不疾不徐地说：“老陆，我的话如果被人当耳边风，说了不算，今后公司还怎么管人？全公司都看着呢。什么是禁令，说着玩儿的吗？”

陆帆海着急地说：“你可以罚她，不能让她走。”

“没有法外之人！我也没兴趣罚她。”顿了顿，万俟铮阴恻恻地说，“要留下她，也不是不可能。”他故意停顿，陆帆海脸上浮现希望之光，“我说过，除了保洁人员，任何人不准在我不在的时候进我的办公室。除非……她愿意当清洁工。”

满座皆惊。

副总裁夫人当清洁工！这不是打穆翰的脸吗？

万俟铮做到了。他终于令炎缇玉抬眼望向他。她的身子一颤，用那么震惊的、疑惑的目光看向他，像是第一次见到这个人。

“是去是留，你自己决定，绝不强求。”万俟铮嘴角微扬，留下众人呆若木鸡。

他的身影一消失，超级苏再也憋不住，顾不得陆帆海还在，说：“超级变态！超级超级变态！”

陆帆海心里叹气。万俟铮其实是大度的，否则，刚才听到有人背后褒贬他，他不可能一笑而过。就连超级苏这句大骂，万俟铮也一定听见了。不过，他再怎么替万俟铮解释，在这个节骨眼，估计也没人相信。

炎缇玉兀自呆立。她将何去何从，是所有人心头的问题。

陆帆海安抚炎缇玉：“抱歉，他跟德国人学的，死板。我去劝劝他。”他想让玛姬继续安慰炎缇玉。玛姬在默默地烦恼万俟铮看懂炎缇玉手语的事，尽管那是一句简单的“对不起”。其余的人接触到陆帆海的目光都低下头。“妈的。本来就一盘散沙，让万俟铮搅得更是人心涣散。这团队怎么带？”他在心里骂。

陆帆海冲进万俟铮的办公室，发现人去楼空。

万俟铮料到陆帆海必然有一番说教，提前一步，到研发中心找李思锐讨论新技术去了。他与研发中心的磨合停留在试探阶段。研发中心的人怕万俟铮偷学老技术，又不肯通力合作拿出新技术，因此在合作的时候遮遮掩掩。万俟铮知道事情急不得，他得拿出本事，才能赢得信任。

云迅拟于五个月后投产。技术人员介绍它的参数，说：“云迅是目前我们能推出的最高端车型。”

万俟铮对李思锐说：“技术难关还在攻克中，现在推出云迅，只能使用原有技术。

如果我能决定的话，我不希望它投产。它不能代表我们的水平，也远远达不到我们的期望。”

李思锐说：“眼光挺高啊。它确实还不够好，不过限于现有的技术，已经努力调校到最佳状态了，与市场上的主流车型相比，一点儿都不差。”

万俟铮摇头，说：“还远远不够。”

“别急，这只是权宜之计，是公司发展必然经历的阶段。”一个人说。

李思锐回头，愉快地说：“穆总来了。”

穆翰同众人打招呼，说：“我也希望能推出一鸣惊人的作品，万众瞩目，业界领先。不过，在推出顶尖技术产品之前，公司要生存，资金得能周转。创新的过程，需要循序渐进。尝试不能停止，对一些我们尚不满意的产品，也不能放弃盈利的机会，要不，我们可能还没实现目标先饿死了。而且，市场需要产品多样化。消费者的消费偏好、消费能力不同，对产品的需求也不同。我们有能力推出高端产品，也可以生产适合大众的中端产品，对吧？”

万俟铮耸肩，“我只管技术，其他的，听公司的。”

李思锐熟稔地问：“干吗来啦？”

穆翰递给他一张名片，说：“你的胃老疼，我找到一个专家，这是他的名片，有空你去看看。”

李思锐拍拍穆翰的肩表示感谢。

十

漫步水光之城

香车美人，烈酒红唇，人生逍遥不过如此，烦恼且抛九霄云外。

陆帆海曾说，好色是万俟铮最大的弱点。

万俟铮反驳：“其实不然，懂得欣赏美是我的优点。”

初到鹿鸣城，陆帆海曾提醒：“咱们在这里人生地不熟，你风流可要看准了人。”

万俟铮说：“啰唆，我哪次看准过？逢场作戏而已，别紧张。”貌似漫不经心，其实工作和生活他分得清，从不把女人往人才公寓领。

酒至酣处，万俟铮叫代驾开车回公寓，路过公司，他想起炎缇玉。穆翰下午出现时神色自若，仿佛什么都没发生。炎缇玉打算怎么办？走，还是屈辱地留下？或许，在他离开的时候，她已经走了。

到达公寓，万俟铮久久没下车。代驾司机已经离开。现在他该上楼，好好地睡个觉。自从集团发布炎缇玉的调动通知，他没有睡过一个整宿觉。

他望着方向盘，劝自己：喝了酒，不能开车，不能开车。

开车？开车要去哪儿呢？他该休息了。

下了车，寒风吹进衣领。

夜色浓重，乌云层层叠叠，无星无月，只有无尽的黑暗。路灯在薄雾中氤氲出淡淡的光圈。他走在昏暗的路上，向着公司的方向。

寂静的办公楼，走廊的声控灯随他的脚步闪亮。如果炎缇玉走了，她的办公桌将空荡荡的，所有的私人物品都会被带走。如果那些东西还在，如果那些东西还在……

他一推综合办公室的门，门锁了。他似乎此时才酒醒。下班了，办公室当然要锁门。他在想什么？

寒风吹来，万俟铮竖起衣领，走入夜色。

清晨，灰蓝色的天空积聚阴云，晨风卷起黄叶无数。静湖微波荡漾，在阴郁的天色里，不见波光。残英缤纷，不时扑向车窗，又被风拂去，不留痕迹。

万俟铮异常沉闷。陆帆海对着他灰暗的脸说："睡眠不足死得快。"万俟铮不说话，陆帆海自语："以前我怕公司的女同事为了你争风吃醋，打得头破血流，现在倒省心，她们全都怕你。"

万俟铮说："我今天不去公司，直接去研发中心。"

陆帆海云淡风轻地说："我想过了，与其让炎缇玉留下，让你天天看着跟眼中钉似的，不如放她走。反正我也保不住她。我给她三天时间考虑。"

万俟铮一言不发。一整天，他埋头于电机驱动与传动，脑中是车辆动力因数，笔下是峰值功率密度。

他有个宏大的计划，分为三个部分：第一部分，致远方，通过动力研究提升续航里程；第二部分，慧无限，慧联万物，无限未来，核心是云应用，汽车不再是单纯的交通工具，同时具有智能移动终端的功能；第三部分，天能力，核心是太阳能利用技术，向天取能，利用能源转换探索无限动能。

为保密起见，他戏称其为"陆、云、天"计划。乍一听"陆云天"三个字，还以为是陆帆海的兄弟。

他一直希望能够作为总工程师同时推进三部分工作，打造心目中的未来汽车，但以前的公司目光短浅，只让他当动力学工程师。道不同不相为谋，他没跟前公司提起陆云天计划。

他一直在寻找能让他托付全部梦想的公司，还没找到。因此，通常他只和别人聊动力技术，不提智能驾驶和太阳能利用部分。

加入骁龙云腾时，他发现骁龙云腾已经有团队在进行智能驾驶的研究，他谨慎地选择了只透露“致远方”计划，怕提出“天能力”后，高昂的研发成本会把合作者吓跑。是否能与骁龙云腾进行更深一步的合作，他还在观望。

李思锐观察他，私下评判：这个年轻人平常有些骄矜，锋芒毕露。一旦开始工作，他所有的张狂都不见了，沉静稳重，专注到痴迷，浑然忘我，而且他享受这种工作状态。他不执拗，一点就通，聪明灵透。假以时日，加上正确的引导，将来的成就不可小觑。

专注的人自然散发无穷魅力。李思锐暗叹：幸好有实验室把万俟铮困住，占据他大部分时间，要是放他出去，不知要迷死多少女人。

陆帆海连续送了三周花，然后，他邀请玛姬共进晚餐，绝口不提送花的事。

面对执着的陆帆海，玛姬想不出拒绝的理由，她提出下班后迟一些再走。陆帆海明白她怕同事的风言风语。对于玛姬没有直奔约会地点，而是选择和他一起走，他很惊喜。下班之后又过了半小时，公司的人走得差不多了，玛姬和陆帆海一起离开。在公司门口，他们碰上从研发中心回来的万俟铮。万俟铮的表情是温和了解的，冲他们一点头。

玛姬懊恼万分。为什么偏偏在这个时候碰见他？她几乎想立刻离陆帆海八丈远，表明他们毫无关联。然而开弓没有回头箭，玛姬只能继续跟着陆帆海。一向对人情世故玲珑剔透的陆帆海丝毫没察觉玛姬的情绪变化，快乐蒙蔽了他的眼睛。

车即将抵达饭店，玛姬忽然低呼糟糕。陆帆海问：“怎么了？”

玛姬的眼睛失神，缓缓转向他，结结巴巴地说：“炎缇玉，她在加班。”

万俟铮是来拿手语书的。他为自己制订了详细的学习计划，争取用一个月的时间看懂日常对话。他的要求不高，只要能看懂就行。正好公司无人，趁着清静，他温习之前学过的内容。他拿书柜的玻璃柜门当镜子，按照书中的手势比画。

——很高兴见到你。

——我已经好久没看到你。

——你需要什么？

——我三十岁。你几岁？

——我会经常和你联系。

镜中的他笑容温柔。

门口传来敲门声。

他用一本汽车杂志盖住手语书。“进来。”下班后有人敲门已经是意外，进来的人更是让他意外。

炎缇玉走进来，递上文件夹，便笺纸上写着：“这是我余下的工作，已全部完成。”

万俟铮接过来翻阅，说：“我看过你的学历，初中毕业，高中辍学。在我这里，你只配当一个清洁工。如果你接受这个身份，我就不追究你私自进经理办公室的事。”他放下文件，一个字都没看进去。“不过，清洁工应该有清洁工的自觉。穿着西服裙和高跟鞋，怎么打扫卫生？清洁工不该在行政部占着工位。我记得地下室垃圾间旁边有间小屋供保洁人员休息，你搬到那儿去。”

他不明白自己为什么要说这些。他是要将她吓走，还是为她留下做部署？仿佛箭在弦上，不得不发，刻薄的话顺口就出来了。

炎缇玉一双黑眸控诉地直视他，似乎在问：“你为什么要这么对我？”

“你有意见？”万俟铮笑容奇异，“你假装柔弱，博取大家的同情，骗过了所有人。他们不认识你的真面目。你是我认识的最虚伪、最无耻、最会演戏的人！”

炎缇玉惊讶得一时连愤怒都忘记了，露出迷茫的神情。但很快，她激动得脸通红，咬着牙，愤恨地瞪万俟铮，倔强地挺直脊背，转身离开他的办公室。

她手脚发抖，胡乱抓着办公桌上的东西，想要收拾，却把东西划拉得更乱。

没气力追究，没气力再恨，只盼视而不见，放下前尘，他偏来纠缠，步步紧逼，动摇她的平静。她本想忍耐，忽略彼此的存在，但万俟铮显然不是这么想的，他不允许。

眼睛忽然刺痛，她飞快地眨眨眼，颓然伏在办公桌上。

万俟铮翻着书页，看不下去。糟糕，今天的学习计划又要泡汤。他起身在屋子里踱步，思绪纷乱，无法集中精神。披上外套，他决定出去走走，一下楼梯，看见二楼综合办公室的灯光。门敞着，工位上趴着一个暗自神伤的人。

万俟铮脚步略停，继续走下楼。自动门打开，一阵湿润的风迎面而来。

下雨了。细密的雨打在落叶上，发出轻微的沙沙声。地面的水倒映灯火，借一片旖旎流光。

万俟铮静静看了一会儿雨，返回办公室，拿起伞，走到二楼，他停顿了很久，终于，脚步轻轻地走到综合办公室。炎缇玉依然低着头。万俟铮把伞放在门外，想了想，觉得放的那一侧炎缇玉可能注意不到，于是改放在另一侧，她出门必然能看到的位置。一开始放得离门很近，又怕她一脚踢到，便放得远一些，让她既能看见，又不会被绊倒。

空荡荡的办公楼，除了门卫，只剩他们两个。炎缇玉一见到伞就会猜到它的主人。每一秒，万俟铮的内心都在挣扎。他不愿为炎缇玉心存一丁点儿善意，更别说被她发现，但他的动作始终没有停。

放好伞，他再也不多看一眼，假装它不存在，自己什么都没做过。走到大门口，深吸一口清凉的空气，肺腑爽快，呼出的热气白白的，飘散到空气中。

街上行人很少。他的大衣上全是雨珠，在路灯的照耀下闪闪发亮。回公寓？无聊。去酒吧？他留恋清新的空气。今天，他没有喝酒的兴致。细雨难得，正好在雨中仔细看看这座城。他淋着雨散步。

一只流浪狗走来，毛被淋湿打了绺，爪子啪哒啪哒踩在水里。万俟铮停住脚步，那只狗也停下，一人一狗对视着。万俟铮说："你也和我一样，在世间流浪。"他俯下身，"你知道要去哪儿吗？明天又在哪儿呢？"

狗蹲坐，摇摇尾巴。

"真是个美丽的城市，对吧？一下雨，扫除灰尘，连丑陋的都显得浪漫美丽。哦，对不起，你现在是不是还饿着肚子？和你聊这么不切实际的，真是太自私了。"他自嘲地笑笑，"一路走来，历尽艰险。未来，还不知有多少坎坷。可是，总不能停滞不前，总要想办法往前走。"

狗温顺地望着他。

"我吃喝不愁，尚且觉得生活不易，想必你更是吃了不少苦。同是天涯沦落人，狗兄，要不要跟我混呢？"他向狗伸出手。

狗嗅了嗅他的手，发现不是吃的，转身走掉了。

"下次有缘再见，希望你改变想法。"万俟铮对着它喊。

一辆车停在他身边。开车的是玛姬。"总经理，上车吧，你的衣服湿了。"

万俟铮把温和收起，问："老陆呢，你们不是一起去吃饭了吗？"

"他碰见一个熟人，我先离开了。你忘带伞了吗？"

万俟铮想不出对她解释的必要，有心拒绝，犹豫一下，还是上了车。"把你的车弄湿了。"

"没关系。"玛姬抽出纸巾递向他，万俟铮已经从大衣口袋里拿出手帕擦头发上的水。这年头用手帕的男人简直凤毛麟角。玛姬好奇地说："给我看看。"

万俟铮调笑："拿了我的手帕就是我的人了。这可不能随便给。"

玛姬脸一红。

拿不到手，看总是可以看见的。这是一条旧手帕，绣着一丛竹子，两三枝梅，一角绣着两个字母 ML。是 My Love 吗？

玛姬问："女朋友送的？"

万俟铮不答，反问："老陆在这里还有熟人？"

"是客户。"

万俟铮说："老陆事务繁忙，应该配个秘书，又怕委屈了你这行政部代理部长，找别人我又觉得不合适。"他小心地叠好手帕，放回衣兜。

玛姬问："你怎么不打伞，也不开车？"

"溜达溜达，天天不运动，关节快生锈了。这点小雨，用不着打伞。"

"你是从哪儿走过来的呀？"玛姬好奇他是否碰见了炎缇玉，进行了怎样的对话。

万俟铮不答，问："这里治安怎么样？"

"挺好的……啊，临近年底，不好说。"玛姬改口，故作一副柔弱状，半开玩笑半撒娇地说，“所以总经理，千万不要让我们加班呀。女孩子晚归是很危险的。”

“确实危险。送我回公寓，你也早点回家。”万俟铮顺水推舟。

玛姬明白自己刚跟陆帆海约会，不能缠着万俟铮，容易引起他的反感。公寓离公司很近，玛姬有意绕开公司，从另一条路走。

远远的，路边，一个苗条的身影独自走着。玛姬想换别的路，已然来不及，万俟铮也看见了炎缇玉。

她撑着一把花伞，不是他留下的那把，像是对他无声的嘲讽。他真傻。她这么大的人了，当然能照顾好自己，会在公司准备一把自己的伞。

万俟铮别转脸不看她。

玛姬刚有一丝快意，就听万俟铮说：“她真是哑巴？”似在自语。

玛姬心里突然冒出一股邪火。她劝过炎缇玉，办公室里所有的人都劝过炎缇玉，上班上得这么屈辱，不如走。炎缇玉不做回应。匿名信并没有达到预想的抹黑效果，万俟铮反倒要行政部查清寄信人，给当事人一个交代，给穆翰一个交代。他似乎笃定炎缇玉是清白的。万俟铮的注意力被炎缇玉牵动着，虽然是恨，但也是全部注意力。

玛姬向钱力汇报万俟铮与炎缇玉的冲突，建议推波助澜，将炎缇玉赶走。孰料钱力另有打算，认为冲突还会升级，届时穆翰与万俟铮的矛盾更大，他们可以坐收渔利。

玛姬只想安静地开过这段路，那个阴魂不散的人偏偏又出现在眼前。玛姬说：“那就看看吧。”她转动方向盘，轮胎在湿滑的地上发出刺耳的摩擦声，车子冲上人行道，直奔炎缇玉撞去。

炎缇玉听到声音，急忙向后退，脚下打滑，坐倒在地。

一阵急刹车，车子发出咯噔咯噔的声音，ABS（防抱死制动系统）启动。车停下来，前保险杠离她仅三寸。

万俟铮立起身子探向前，看清车并没有碰到她，坐回座位，厉声问玛姬：“你干什么？”

玛姬脸色发白，心跳得像战鼓，自己也惊魂未定，强装镇静，说：“看她的本能反应。她张着嘴，好像在叫，但没声。应该是声带受损吧。她真的是哑巴。”

万俟铮转向炎缇玉。

炎缇玉看到玛姬，惊讶万分，再看到副驾驶的万俟铮，她的惊讶消失了。

“你的暴脾气像我。”万俟铮沉声说。玛姬松了口气。万俟铮的表情丝毫不放松，继续说：“像我这样的人，世上有一个足够，我不希望看见第二个。不要擅自做多余的事。自作聪明的人，往往误了自己。”

玛姬不敢吭声。

“你们怎么开的车！”陆帆海气愤地冲过来，看清车里的人，一愣，弯腰把炎缇玉扶起来。

玛姬下车，连声道歉，说："对不起，实在对不起，我把油门当成刹车了。对不起，拐弯太急了。没伤到你吧？真抱歉。"

炎缇玉的手掌在人行道的透水砖上擦伤了，衣服沾上了水和泥。她捡起包，向陆帆海躬身致谢，转身要走。陆帆海拉住她，说："别着急走。他们开着车，让他们送你去医院查一查。"说完瞪他们。

万俟铮盯着陆帆海拉住炎缇玉的手，放下车窗，冷冷地说："她衣服上有泥，会把玛姬的车弄脏。"

陆帆海气得咬牙。炎缇玉轻轻摆脱陆帆海走了。

玛姬后怕，微微发抖，真心感到抱歉。刚才的邪火是怎么冒出来的？她凄惶地抱着手臂。陆帆海不忍，问："你还好吧？你怎么在这儿？"

玛姬眼圈发红。万俟铮下车，说："我来开。老陆，一起走吗？"

陆帆海摆手，紧走几步，追上了炎缇玉，坚持要送她。

万俟铮上了车，玛姬看看他，也默然上车。万俟铮问："地址，我送你。"

"还是我送你吧。你没开车，不方便回来。"

万俟铮打开车载导航，搜到回家键。玛姬颤抖着，望向窗外。

到达玛姬家，玛姬说："对不起。"

"你该道歉的人不是我。"万俟铮走了。

回到公寓，刚斟好一杯酒，房门就被人大力砸响。万俟铮叹口气，门外，陆帆海一脸沉重。

万俟铮闪身让他进屋。陆帆海看见酒，仰头喝干，交叉双手，深深低头。

"怎么了，跟战败了的公鸡似的？"万俟铮拿出另一只酒杯。

陆帆海说："都说事不过三，你忍了四天，难为你了。"他摇摇头，说，"我以为你看她不顺眼，顶多天天找她麻烦恶心她，没想到，你动了杀心。"

"哪儿有那么严重。"万俟铮莞尔。

"我看见了，你的手放在方向盘上。你干扰玛姬开车，要不是她及时踩刹车，炎缇玉……"陆帆海无奈地说，"你不告诉我你们的事，我也不问了。不管你们之间发生过什么，对一个女人，有必要赶尽杀绝吗？"

万俟铮端着酒杯，在沙发中坐定。落地灯的光自他头顶洒落，照映他脸部的轮廓。"老陆，摸爬滚打这么多年，你还是容易被外表蒙骗。外表无辜的人不一定真的无辜，他可能是刽子手。宁可信人奸，不可信人善。万俟名言录，请谨记。"

陆帆海困惑地说："我今天仔细观察了炎缇玉。奇怪的是，我以前肯定不认识她，可是觉得她特别面熟，好像在哪儿见过。"

“那就是以前见过呗。”

陆帆海笃定地说：“她这样的人，见过一次就不会忘。我绝对绝对没见过她，但还是觉得她面熟。”

“这个妹妹我认识。天上掉下个林妹妹……”万俟铮打趣。

陆帆海十分严肃，说：“对，就是那种前生认识的感觉。明明没见过，感觉却非常熟悉。总之，你不要动她。明天我把她送回集团总部，以后你不用面对她了。”

万俟铮站起来，“人事归你管，你做决定。我睡了，你走的时候把门关上。”

相由心生。

爱恨由心生。

陆帆海在万俟铮的脸上只看见冷酷。

万俟铮行为奇诡，他管不了。炎缇玉是受害者，他也无法对她要求什么。穆翰呢？他为什么不作声？炎缇玉是他的女人，他有责任保护她啊！

陆帆海愤然。

缇玉回到家，脱下湿淋淋的衣服，冲了个热水澡驱散寒意。穆翰未归。她蜷缩在书房中穆翰常坐的大皮椅上，闻着椅子上熟悉的烟草味，内心稍有一丝安定。

如果可以，她一分钟都不愿在分公司多待。可是如果回集团，将引起多大的反响！调动不到一周就回去，无论是请辞还是被解雇，都将成为众人的谈资。她无所谓，穆翰呢？她是个哑巴，别人就算好奇，也会因为交流障碍而放弃盘问。穆翰就不一样了。那些关切的、好奇的、幸灾乐祸的询问一定会包围他。她此时担忧可能已经晚了，穆翰恐怕早已身陷流言。

要是穆翰问缘由，她该如何作答？她这些天的经历，永远不愿他知晓。

缇玉用羊毛披巾裹紧自己，向皮椅深处缩了缩。书桌上，摊开的笔记本上是穆翰的字。缇玉把脸贴在本上，仿佛穆翰近在咫尺，给她勇气。

门口传来声音，缇玉听着，推断着：穆翰打开了门，他在脱大衣，在换鞋，他向书房走来了。

穆翰循着书房的灯光走进来，看见炎缇玉缩在皮椅深处，裹着厚实的羊毛披巾，只露出一张精致的小脸。

“还没睡？”

书房只开了书桌上的一盏台灯，光线有些昏暗。穆翰走近，看清炎缇玉略显苍白的脸容。

“不舒服？这两天有点儿冷，着凉了？”

缇玉摇头，展开微笑。

穆翰温柔地说：“我回家的时间不定，告诉你别等我，你怎么不听呢？”

他坐在桌上，打量缇玉。缇玉刚洗过的头发没有完全吹干，她的眼睛水汪汪的，明眸湿润。

“哭了？”他轻声说，“你已经很多年没哭过。”

缇玉心中涌起暖流，为了那句“很多年”。穆翰记得呢，他一直在关注她啊。

“刚刚看了一部电影，很感人。”她用手语解释。

“什么电影？”

“《望乡》。”缇玉随便编了一个。

穆翰眼波闪动，静静地问：“想家了？”

缇玉忙摇头。她怎么提起这部电影？她不想家，她从来都不想家。不，应该说，这里就是她的家，她没有别的家。

“要是想，就回去看看吧。以前的事，不全是坏的。”

缇玉使劲摇头。她忽然想到，是不是穆翰想家了，他也出来很多年了。她试图拉穆翰的手，穆翰恰在此刻起身，说：“我去洗澡，你早点儿睡吧。”他走了，留下怔怔的缇玉，以及由烟味、酒味和香水味混合的气息。那香水，是祖玛龙蓝风铃。

缇玉的心悬在半空，七上八下。她拉紧披巾，伫立窗前。雨势越发大，纷乱的雨珠随斜风敲窗。银色的雨幕以黑夜为底色，遮挡探寻的目光。远方有个喧嚣热闹的小城，穆翰的故乡。自从离开，他们不曾回去。家，她是回不去了。或许有一天，穆翰能回他的故乡，而她却回不去她的。

十一

潇潇雨未歇

上班时，综合办公室外，伞已不在。

万俟铮扭头要走。陆帆海说：“我一会儿要送炎缇玉走，你好歹跟她说句话道个别，哪怕是做戏。”

“没必要。”

陆帆海无奈。他把炎缇玉叫到他的办公室，先安抚几句，正要切入正题，炎缇玉递过来辞职信。信中措辞谦逊，自称能力鄙薄，不堪重任，为不拖累公司，自愿辞职。

陆帆海尴尬地咳嗽几声，说：“你离开的原因大家心知肚明，不是因为你干得不好。这封信请你收回，别把过错揽到自己身上。失去你是我们的损失，对此我非常遗憾。”

炎缇玉给他一张已经写好的纸条：“谢谢陆总一直以来的帮助，给您添麻烦了。”

陆帆海脸红了，羞愧地摆手，说："千万别谢我。我没做什么。我亲自把你送回去，向集团解释清楚，顺便道歉。"

炎缇玉又拿出一张纸条："我不回集团。您无须道歉，也不用向任何人解释。"

陆帆海明白了。为永绝后患，炎缇玉将彻底离开骁龙云腾公司，让所有的阴谋失去靶子，她要从众人的视线中消失。这是穆翰的主意？他们已经彻底得罪穆总了？

玛姬敲门进来，说："陆总，董事长带着各位副总裁马上就到。"

陆帆海一怔，问："什么事？怎么没事先通知？"

"陈盼说，是董事长临时做的决定，他通知我们的时候董事长已经出发，走过来顶多五分钟。"

陆帆海赶紧吩咐准备迎接，借机叫炎缇玉先回岗位。他边往外走边问："总经理呢？通知了吗？"

"技术部的人说他和李思锐主任出去了。"

陆帆海走到楼下，高屹一行人正好到达。高屹笑说："今天有空，过来看看你们。我们可不是来检查工作的，你别紧张。"

陆帆海代表分公司欢迎领导视察，作为向导带领高屹等人走遍所有楼层，进入几个主要部门。高屹亲切询问了分公司的业务开展、人事安排、办公条件等情况，对分公司的工作给予了肯定。

高屹对员工说："分公司承担着骁龙云腾的研究重任，将拉动公司新的经济增长，董事会对分公司寄予厚望。希望全体员工在万俟铮和陆帆海的带领下，锐意进取，发挥优势，拓宽思路，积极稳妥地推进工作。要踏踏实实，一步一个脚印，不要轻易放弃，更不能当逃兵。创立新公司，面临许多困难和挑战，考验的不仅是能力，还有毅力。万俟铮是行业精英，陆帆海是管理人才，他们一定会带领大家共同创造辉煌。集团将全力支持分公司。"他转向陆帆海说，"陆总，你的手下不简单啊，所有人员都是优中选优，是一支精锐部队。二十年前我创业的时候，手下人的水平比你现在可差远了。"

陆帆海点头称是。

一行人来到行政部，赵烈对高屹低语。高屹指着炎缇玉对陆帆海笑说："炎缇玉和穆翰的关系你已经知道了吧。把炎缇玉调拨给你，既是对她个人能力的肯定，也体现了集团总部对分公司支持的决心。我们可是把'自己人'给你了。"众人会意地笑。

陆帆海感谢领导的信任，表示一定照顾好炎缇玉。

高屹对炎缇玉说："穆翰担心你不能适应。没事，慢慢来。你在总务部待得太久，应该到别的部门锻炼锻炼。遇到困难直接跟陆总说，他解决不了的跟我说。"

炎缇玉只剩点头的份儿，陆帆海也再次表示将照顾好她。大家都明白，经过此番，炎缇玉暂时走不了了。

玛姬在与赵烈眼神对上的刹那明白了，高屹此行是赵烈鼓动的。

炎缇玉留在分公司对赵烈有利，能挑起穆翰和万俟铮的战争。赵烈担心玛姬办事不力，决定亲自督阵。他以担忧的口吻向高屹汇报分公司人心浮动，有的人怕分公司没有生产和销售职能，业绩没有亮点，年底分红比不上集团总部的人员，一心想回来。他选择的时机正是穆翰和万俟铮都外出时，以免被二人识破计划。高屹询问具体人名，赵烈当然不能提供，只含混地说人数不少。高屹觉得兹事体大，于是有了借视察慰问之名来分公司稳定军心、震慑逃兵的一幕。

高屹等人走后，分公司的人各怀思虑，一时寂静无声。

陆帆海琢磨高屹的话，猜测他是否知道炎缇玉的遭遇，是怎么知道的，对自己的嘱咐是否是警告。玛姬暗恨赶不走炎缇玉，怕自己失去了赵烈的信任，又担心万俟铮在赵烈的敌人名单中，今后的日子不好过。超级苏盼着高屹能威慑万俟铮，以后对炎缇玉能好一些。小许为炎缇玉走不掉而深深同情。李姝幻想着万俟铮看在高管们的面子上，可以少爆发一些怒吼，办公室能清静点儿。曲娜娜为不用准备炎缇玉的调动材料而庆幸。

小美给炎缇玉发来消息：听说董事长刚才带队去了分公司，是不是穆总要把你调回来？你可以直接跟董事长告状，说他们对你不好。

我回不去了。缇玉想这样回复，又觉得别人看见这句话，会解读出无奈和愤慨，于是不回复。

想抽身，却被无形的墙反弹回来。留下，意味着她将以清洁工的身份继续工作。屈辱吗？当然。她丢的不仅是自己的脸，还有穆翰的。但，在高屹的安抚和鼓励后，她如果还执意要走，引发的将是高屹与穆翰之间的矛盾。她必须留下。就算陆帆海不挽留，就算万俟铮还要驱逐，她也不能走。

她忽而自嘲地对自己摇头，你在害怕什么？早已见识过地狱，如今居然为这点儿小事烦恼，真不像你啊。正如穆翰说的，她已经很多年没流过泪，近来的她太不正常。她的生命，早已没有什么可担忧、可顾虑的，随遇而安吧。

万俟铮回到公司，立刻感受到暗波涌动，每个人的神情都不自然。他直奔行政部，向玛姬要最新的日程安排，余光看见那个座位上的人还在，心里说不出是什么滋味。

回到办公室，陆帆海向他讲述高屹视察的始末。万俟铮冷哼一声，拿起电话打给玛姬："玛姬，叫炎缇玉来我这屋修台灯。"

玛姬一愣，"让她……"

万俟铮嘴角一勾，说："她在总务部待了那么久，肯定会修。叫她上来。"

玛姬放下电话，怔了一会儿，对炎缇玉说："总经理叫你去他办公室。"大家的目光齐刷刷投向炎缇玉。炎缇玉静静走出去。玛姬喃喃自语："总经理那屋有台灯吗？"

炎缇玉敲门，走进屋，挺立的身姿如一株劲草。

万俟铮用轻松的口吻说："恭喜你，你的计划成功了。你扮演受害者的角色，让每个人都以为我欺压你。你假装要走，又搬出高屹，趁我不在，颠倒是非，借董事长的话留下，还一副委曲求全的样子，演得挺开心啊。"

陆帆海被万俟铮的态度惊到。这两个人平时到底是怎么相处的？

炎缇玉毫无反应，似乎已经做好迎接一切的准备。万俟铮的侮辱如同雨水打在鸭毛上，未产生任何影响。

万俟铮说："你想用董事长来压我，哼，我万俟铮什么时候惧过别人？在公司就得遵守公司的规定，我不会偏袒任何人，对你，更是不会。你想留下，那就按公司的规矩办，去当清洁工。不过我很好奇，你处心积虑留下是为什么，是穆翰的意思吗？"

"万俟！"陆帆海叫。万俟铮到底要拉多少仇恨，牵扯多少人才甘心？

一瞬间，炎缇玉有了反应，她直视万俟铮，快速地手语："你别冤枉人。分明是你找到董事长，把所有人都禁锢在分公司，让我走不了，你反而贼喊捉贼，说是我自己想留下。谁愿意与魔鬼同在一个屋檐下？董事长视察的时候，你连面都不敢露，躲在暗处等结果。有本事你明着来。先说说你为什么针对我，再谈谈你的做法是否像你说的那样公平公正！"

万俟铮懒洋洋的，根本不看她，对陆帆海说："董事长要我们关照她，我当然听董事长的话。她的工作很简单，只需要打扫你我的办公室以及会议室。老陆，找人替她搬东西，送到地下一层清洁工休息室。还有，她的工作服得跟清洁工一样。"又对炎缇玉说，"你用不着感谢我。找人替你搬东西，是为了让你尽快离开行政部，不要打扰别人工作。"

用手势表达的愤懑被无视，根本无法传递给对方。万俟铮还故意歪曲她的意思，缇玉气得咬牙。

陆帆海听到万俟铮的安排，使劲摇头，"我不批准！"

万俟铮扫他一眼，说："陆总，你要为她修改公司章程？"

这声"陆总"叫得陆帆海心里直打鼓。"我，我……公司的规定一定要执行。"他对炎缇玉歉然一笑，说，"但是你说得不对的地方，我要更正。我的更正，正是基于公司的规定。首先，她是公司的正式员工，保洁人员却不是，保洁是劳务派遣公司的人。你可以罚炎缇玉做清洁工的工作，但她毕竟不是清洁工，不需要穿清洁工的衣服。还有，如果你认为她不适合在行政部，我把她调入总务部，这总可以了吧。总务部和行政部在同一个办公室，她不用搬走。"

万俟铮把钢笔在手指上转了几圈，一笑，说："好，陆总，听你的。"

缇玉深深闭了一下眼睛，知道争辩无益，转眼之间，她又恢复成一潭死水，不喜不悲，不怒不争。

陆帆海宣布人事安排，简短明了："因工作需要，炎缇玉从行政部调入总务部，工位不变，工作内容是负责总经理、副总经理办公室以及会议室的卫生。”

缇玉直奔地下一层，写字向保洁大姐说明她今后的工作。一开始保洁员以为她在开玩笑，这么纤弱秀气的女孩子当清洁工？！后来她越听越真，终于相信。她指给炎缇玉清洁用品的存放地点，又告知平时的工作内容。缇玉打量清洁工休息室，决定以后就待在这里，除非必要绝不上楼。

万俟铮对手语还不熟练，炎缇玉的手势太快，他无法全看懂，但最后一句他看得清楚——“先说说你为什么针对我，再谈谈你的做法是否像你说的那样公平公正”。她居然不知道他为什么针对她！世上怎么有这么寡廉鲜耻的人？！不过，她还在，他有的是时间慢慢折磨她，让她领悟她的错！

这女人，淡漠如菊，冷若冰霜，只有谈及穆翰，她才解除冰雕状态。她从愤怒中恢复得多快啊。无论如何出招，她都无动于衷。偶尔情绪波动，转眼冷漠如初。就连表示感谢，她的表情都带着疏离和陌生。她是刻意压制情感，还是真的对所有事都无所谓？

反正，只要她能感受到“疼”就行。

十二

松柏青青玉生香

一排落地组合书柜，宽大的办公桌，复古办公椅，一组真皮沙发，一张实木茶几，以上就是万俟铮办公室的全部家具。

书柜中摆满书，绝大部分是关于汽车工业的，有的翻看多次，书角已卷边。办公桌上摆着笔记本电脑、文房用具、水晶盘龙烟灰缸、紫砂杯、记事本等物。桌子中央放着一本书，用青花瓷片书签标记阅读进度，旁边还有几本折页的汽车杂志，摊开的记事本上认真的字迹显示它的主人边学边记笔记。黑色笔写完，又用红色笔划重点。

炎缇玉迅速打扫完，退出房间。

自从炎缇玉离开行政部，成为清洁工，万俟铮反而见不到她了。

清洁工作需要在他上班前完成，所以炎缇玉一定来得很早。万俟铮将上班时间提前，第一天提前半个小时，第二天提前四十分钟，第三天提前一个小时。但无论他怎么提前，当他到达时，办公室一定已经收拾整洁。

万俟铮暗想：想躲，走着瞧。

这时，李姝来找他，给炎缇玉告状。

万俟铮放下手中的前电动机扭矩数据，饶有兴趣地听。

事情起因是这样的：附近一家花卉市场有特卖活动，总务部购买了大量绿植和鲜花，分给各办公室，特意挑选了几盆长得最水灵的，送到两位经理的办公室。炎缇玉不许他们进门。总务部以为她正在打扫，不方便，就把花盆暂时放在门外。炎缇玉叫人把花全搬走，甚至不能放在这一层楼。李姝吩咐人搬回去，炎缇玉坚决阻止。

李姝很不高兴，她的不悦还有一个原因，她觉得她对炎缇玉还算不错，至少没有落井下石，炎缇玉却不配合她的工作，忘恩负义。

万俟铮亲自看了那些花，派人把陆帆海和炎缇玉叫到他的办公室。

炎缇玉正在垃圾处理间，接到通知，她找了一个废弃纸箱，将垃圾桶内的碎纸全部放入箱子，妥善藏好。

李姝一脸气愤，陆帆海隐约紧张，万俟铮的心情却很好。万俟铮指着炎缇玉，似笑非笑地问："陆总，该怎么处理？"

陆帆海清清嗓子，说："李部长，几盆花而已，至于让我和总经理一起出面解决吗？"

李姝庆幸没向陆帆海报告，否则一定被他压下来。她说："为了几盆花，确实不该惊动二位总经理。炎缇玉是总务部的人，按说这是我们内部的事，可是陆总明确说过她的工作内容，她其实不受我的管束，我无权进入总经理办公室，卫生打扫是否彻底，我无法检查。摆花的事再次证明，我管不了她。我这个部长当得很窝囊。以后，我怎么管其他人啊。"

万俟铮与陆帆海对视一眼。

事情莫名其妙地升级了！李姝有意将炎缇玉从总务部踢出来！寡言少语的李姝，一旦出手，又准又狠，颠覆了人们对她的印象。

如果炎缇玉在总务部不能容身，又不见容于总经理，其他部门也会跟风不敢要她。

炎缇玉双眸清亮，神情淡然，貌似不打算解释。

李姝说："我有个疑问，炎缇玉的工作是不是仅限于打扫？她有权决定经理办公室的房间布置吗？她不服我的管束是一回事，连她分管的内容我现在都分不清。"

陆帆海说："她只负责打扫卫生。"

"那么，那些花……"李姝不蒸馒头蒸（争）口气，誓要为那些花讨个说法。

陆帆海对万俟铮说："你的办公室太素净，确实应该……"他还没说完，炎缇玉已经交叉双臂，做了个禁止的动作。李姝摊开手，看着两位总经理，似乎在说你们瞧。

炎缇玉拿出随身携带的便笺本，撕下写有"我无意冒犯你"的那张，给李姝看。

李姝说："你把我想成什么人了？这不是个人恩怨，是公事。我不明白你为什么阻拦。"

又一张便笺："麻烦。"

李姝哼一声："这也算正当理由吗？"

陆帆海替炎缇玉觉得词穷，对她说："搬进去两盆，不会太麻烦吧？"

还是一张便笺："我不擅长养花。"

陆帆海说："花的事不用你负责。"

万俟铮抱着手臂，饶有兴趣地望着炎缇玉的便笺本。她拿出的便笺都是提前写好的。她早已猜到对话的内容，想好如何应答。李姝的问题，陆帆海的劝解，无一不在她的预料之中。玲珑心性，冰雪聪明，一如当初。

"公司不可能派专人每天照管那些植物，又不能给经理们增加负担，能自由进出这里的人只有我，照管花的人只能是我。"

陆帆海说："养死不怪你。"

又一张便笺："浇水松土，捡枯枝败叶，增加工作量。"

"你的工作已经轻松得不能再轻松了。这能增加多少工作量？"李姝嘲笑，"这样明目张胆地偷懒……"

"倒也合情合理。"一直袖手旁观的万俟铮突然接话。

万俟铮竟然支持炎缇玉！陆帆海和李姝讶异。

万俟铮对炎缇玉说："你站在你的角度，想方设法偷懒，在情理之中，但我不会姑息。陆总，该怎么罚她，交给你了。花嘛，还是放在别处吧。搬进我的屋子，其他人见不到，放在公共场合，能让更多的人欣赏。李部长，你觉得呢？"

这番话既批评了炎缇玉，给足李姝面子，又支持了炎缇玉的做法。把炎缇玉交给陆帆海处罚，实际上就是不处罚。事情就这样堂堂正正的大事化小，小事化了了。

李姝见好就收，表示同意。

李姝和炎缇玉离开后，陆帆海说："都怪你。"

万俟铮纳闷："关我什么事？"

"看你把炎缇玉吓的。她一直小心翼翼不惹事，为什么在这件事上这么坚持，还不是因为她怕做得越多，错得越多，你会抓住把柄挤对她。"

万俟铮眉一挑。

"你刚才为什么支持炎缇玉？黄鼠狼给鸡拜年。我不信你有这么好心。"

"啰唆。"万俟铮神采飞扬，透着好心情。

他拾起地上遗落的一张便笺纸。

结局可是她满意的结果？她眼中一闪而过的光彩，别人可能没注意，他却看得分明。

玛姬抱着一沓资料放到万俟铮的办公桌上，惊起一只小虫。

"虫子！"玛姬娇呼，跳到一米开外。

万俟铮说："叫炎缇玉来。她的工作不彻底。"

玛姬迟疑，"她是个女的，我还是叫个男的来吧。"

万俟铮淡淡地说："叫炎缇玉来。她要是连这种事都做不好，哼。"

玛姬一边给炎缇玉打电话，一边紧盯小虫。

曲娜娜正好来向万俟铮报本月考勤，见到小虫，也叫起来。玛姬说："女生都怕虫子，还是叫个男的吧。"

这时，炎缇玉走进屋子。

曲娜娜指着桌面，颤声说："虫子。"

炎缇玉扫了一眼，抄起一份文件，"啪"地一下拍下去，虫子顿成齑粉。她抽出一张纸巾，擦干净桌面，把纸巾扔进垃圾桶。整个过程一气呵成。

她用眼神询问是否还有别的事。万俟铮挥手，让她离去。

曲娜娜和玛姬面面相觑。

万俟铮望着垃圾桶。曾几何时，她哀恳他不要去踩溜进屋子的壁虎，即使只是吓掉它的尾巴而不是真的要它死——毕竟是一条命啊，她说。可现在，她面无表情，果断地处决了那只小虫。

办公桌上铺满报纸，报纸上摆着凳子，缇玉戴上口罩、手套、围巾、帽子，扎紧袖口裤管，全身上下只露出眼睛，踩着凳子，用手持式吸尘器打扫屋顶。

屋角、灯池上方、中央空调的出风口，她清扫所有角落和缝隙，不留死角。胳膊举累了，她换个姿势，吸尘器的吸尘管突然松动，几乎脱落，她忙用手去捞，站立不稳，从凳子上向后倒。她做好受伤的准备，却意外地跌入一个宽阔的胸膛。

万俟铮稳稳地接住她，问："你在干什么？在我屋里爬山吗？"

可以选择的话，缇玉宁愿受伤，也不愿得他相助。她想自己站立，万俟铮却不放手，她一急，挣扎起来。

万俟铮说："别乱动！你只穿着袜子，我总不能把你放在地上。"他横抱着她，把她放在沙发上，问，"鞋呢？"

缇玉指指办公桌。万俟铮找到鞋，拎到她脚边。他蹲着不起身，缇玉弯腰穿鞋，他也不让开。沙发旁空间本就不大，万俟铮离得近，缇玉侧身坐，还是差点儿碰到他。她低着头，额发覆在修长的眉上，口罩已经摘了，帽子也除掉了，柔润如玉的脸庞还残留方才的绯红，乌黑的睫毛不安地颤动，低垂的双眸即使凝神也光彩流动。万俟铮注视她，目光灼灼，似研判似思索，像是有许多疑惑，而答案藏在缇玉的眼中。

缇玉无视他，穿好鞋，绕过他收拾办公桌。

万俟铮"咦"了一声，说："这儿有一只虫子。"说完用手去捏，缇玉迅速抓住他的手腕，大眼睛中满含惊慌，急忙看他的手指。

万俟铮松开手指，指间什么都没有。他露出恶作剧得逞的得意，问："舍不得我死吗？"

缇玉连忙松手，又气又惊，气恼的是万俟铮调戏的语气，惊讶的是原来万俟铮已经知晓。

万俟铮平静地说："蜱虫虽小祸害大。光靠吸尘器不行，还是打药吧。这几天我不进办公室，陆总出差了，把他的屋子也打上药，好好杀一杀。蜱虫的事别声张。你不是多嘴的人。"

万俟铮从自己的钥匙环上解下一把钥匙，递给她，说："从今以后，我的办公室每天锁门。钥匙只有两把。总务部手里的钥匙，一会儿我去要过来。"

缇玉抬眼看他。把钥匙交给他的眼中钉，这是信任、试探，还是新的捉弄？

万俟铮嘴角一扯，说："一旦我屋里出现问题，唯你是问！"

炎缇玉走后，万俟铮环视办公室。在这个城市、这个季节出现蜱虫，有意思。不知他又得罪了哪路大神，换得如此厚爱。不过，不是她！想起她惊慌地阻止他碰虫子的模样，万俟铮的嘴角不由自主地浮现浅浅笑意。

玛姬心里七上八下，溜回集团总部，向钱力汇报分公司的近况。

钱力皱眉，问："你怎么来了？可以电话汇报啊。你来这里，让别人看见怎么办？"

"我说要找老同事取经，没人注意。"玛姬说，钱力的谨慎让她很不舒服。她是钱力的心腹，什么时候变得见不得光了？

"长话短说。"

玛姬将在万俟铮办公室发现蜱虫的事告诉钱力，怀疑是人为放进去的。钱力看了她一眼，说了一声："哦。炎缇玉打扫房间，是不是要开窗通风？虫子可能是自己跑进去的。万俟铮不是没说什么吗。"

"他好像不认识蜱虫。曲娜娜和炎缇玉看见了，她们可能认识。"

"认识更好。万俟铮不追究便算了，如果他生疑，矛头也该指向炎缇玉。让他们打去吧，打得越热闹越好。"

玛姬想通过钱力的反应判断蜱虫是不是她指使人放的。她是钱力安插在分公司的耳目，所有行动都通过她进行。如果这次的事是钱力指使的，又没通过她，说明分公司里还有钱力安插的人，而且瞒着她，意味着她已失掉了钱力的信任。如果此事与钱力等人无关，说明要对付万俟铮的另有其人。

从钱力的反应，玛姬看不出什么。

带着疑惑来，又带着同样的疑惑回去。玛姬开始思量她的未来。她喜欢万俟铮。万俟铮俊朗潇洒，朝气蓬勃，年轻的面庞隐含着历经岁月的深沉，撩动她的心弦。但，万俟铮待她只是普通同事。

一厢情愿的喜欢不能当饭吃，她的前途还要靠钱力。她做了决定：如果钱力要对付万俟铮，她听老领导的。如果别人跟万俟铮作对，她站在万俟铮一边。

在她思考未来时，完全没想过陆帆海。陆帆海压根儿不在她对未来的计划中，连棋子或利用工具都不是。

陆帆海带着总务部的人检查楼内设施安全，防火防盗。楼道尽头，一盆松柏盆景郁郁青青，层次分明，枝干挺拔秀美，线条苍劲流畅。

陆帆海说："盆景不错。"

"这就是前一阵子购进的那批绿植。当时大减价，原价两千多，六百甩卖。这盆本来要摆在总经理办公室，炎缇玉拦着不让，只好放在楼道里了。"

"还好放在这里，要是真摆进总经理的办公室，又得被炎缇玉养死。"

李姝微微摇头制止手下。

陆帆海很有兴趣，说："确实很好。还有哪些是原本要放进总经理那屋的？"

"一楼的龟背竹，还有会议室的丁香。看，长得多好，大小也合适。花开了，多香啊。"

陆帆海问："总经理知道这些花吗？"

"知道啊，他全都看过。他还夸好看呢。"

总务部的人犹自愤愤。

搬进陆帆海办公室的花两天就死了。浇水过多，根烂了。总务部换了两盆新的，还是同样下场。大家认为是炎缇玉故意的。可她有言在先，不会养花，陆帆海也早说过，养死不怪她，于是再也没人送花到陆帆海的办公室。

陆帆海一直没在意给他的是什么花，现在完全想不起来。

他坐在万俟铮的办公室里，问："那些花，你早就发现了？"

万俟铮停笔，目光明亮地望着他。

"那棵丁香，是玉丁香。那个开黄色花的，总务部说是有刺鸭嘴花，其实是黄花杜鹃。还有松柏盆景，这些都容易让人不舒服，根本不该摆在室内，更别说卧室和书房。特别是黄花杜鹃，我记得你对它严重过敏。我忘了我那屋原先摆的是什么花，反正死翘翘了。"

万俟铮微笑。

"怪不得你当时支持把花送出去。我还以为你良心发现，要善待她了。奇怪，龟背竹没事啊，为什么她也拦着？哦，对了，如果区别对待，别人会猜到原因，还可能打草惊蛇。"陆帆海揉揉额角，"炎缇玉背着骂名不解释，把那些花拒之门外。我们欠她一份人情。"

万俟铮淡淡地说："她可能只是不想挨骂。我要是不舒服，脾气肯定差，会常常骂人。"

陆帆海白他一眼，说："说她一句好话能为难死你？"

万俟铮冷哼："要我夸她？"

陆帆海怕引起反效果，不敢再继续这个话题，转而琢磨："总务部的人是真不懂吗？可能有的人真不懂，但选择摆花的人是真懂。为什么我们老被人针对？风水不好？

五行相克？”

“匹夫无罪，怀璧其罪。”

“璧呢？”

万俟铮说：“专利。”

“你的专利还没为公司赚钱，鸡还没下蛋，谁会提前把鸡宰了？”

“对某些人来说，公司好坏，他们才不关心。他们要的是权力。咱们两个既然不当任人摆布的棋子，就变成人家的绊脚石了。”

有这样的害群之马，公司能撑到现在，真是走了狗屎运。高屹真的不知道吗？或许利益纠缠，错综复杂，他虽然知道，但不好动手清理。大公司就是人际关系麻烦。

万俟铮告诉他蜱虫的事。蜱虫不可怕，它传播的病毒比较致命。陆帆海口吃地问：“我……我那屋也有吗？”

万俟铮被他惊恐的样子逗得哈哈笑。“不确定。”

“这地方没法待了。”陆帆海大叫，“这是要置我们于死地啊。难怪你在楼道里加装了监控，还锁上了办公室的门。查出是谁了吗？有头绪了吗？还没有？防范措施太弱了，远远不够！”他抱着头哀号，“我还没谈恋爱，还没结婚，我刚三十岁，还年轻，我可不想死在这种莫名其妙的地方。”

万俟铮说：“要走也得等找出那个人报了仇再走。”

陆帆海叹气：“买花和摆放是总务部的事。我挨个想了一遍，竟然无法排除他们中任何一个人。”

唯一能排除的人竟然是坚拒摆花、无情杀虫的炎缇玉。整个分公司，暂时能信任的只剩她。

十三

鬼见愁威风扫地

午休时，超级苏和小许一起到附近的商场闲逛。

“我还以为炎缇玉干这活更容易让人抓住错，总经理肯定吹毛求疵，甚至故意制造烟灰或纸屑诬陷她，无事生非，没想到几天下来风平浪静，超级不正常。”

“总经理很忙，哪儿有那么多闲工夫。”

“你还别不信。我觉得他们俩犯克，总经理老瞧炎缇玉不顺眼。”两个人走累了，在商场一楼的茶座喝花草茶。

“为什么炎缇玉不找穆总说啊？”

“你怎么知道没找，没准儿找了，穆总不管。”

“不可能。炎缇玉挨欺负，穆总的脸上也不好看啊。”

“你不觉得总经理心眼超级小吗？他看不得炎缇玉有一天舒服日子。”

小许忽然吸口凉气，暗扯超级苏的衣服。在同一时间，苏晶晶也看见了，万俟铮和李思锐在不远处喝茶，两桌的距离足以听见彼此的话。李思锐一脸尴尬，万俟铮恶作剧地对着她们挥挥手。

两个人吓傻了，战战兢兢，赶紧离开。接下来的日子，她们天天担心万俟铮找她们算账。一周过去，平安无事。万俟铮见到她们时态度如常，像什么都没发生过。她们渐渐放了心，越发摸不透万俟铮的脾气。说他宽容大度，看看他对炎缇玉的态度就知道绝不是；说他刁钻刻薄，可他对其他人很温和。最后两人得出结论，一切因人而异，万俟铮专门针对炎缇玉。

超级苏和曲娜娜到集团总部送文件。刚踏入总部大门，身后传来刺耳的轮胎摩擦地面的声音，两个人忙回头，一辆宝蓝色玛莎拉蒂堪堪从她们身边开过，一点儿不减速，拐进公司，停在主楼前，正好挡住大厦的门。

“谁这么嚣张？”她们嘀咕。

一个身材高挑的年轻女孩下了车，上身穿着貂皮大衣，下身配一条超短黑皮裙，光着腿，足蹬银色短靴，很难说她是热还是冷。女孩摘下墨镜，背上小包，把车钥匙甩给一脸懵的门卫，傲然走进大厦。

曲娜娜惊讶：“是她！她回来了！”

行政部里欢声笑语。超级苏在集团总部时隶属行政部，她推门进去打招呼，发现万俟铮斜坐在桌角，正与众人聊天。他笑容亲切，虽然坐姿不正，但丝毫不轻佻，反而显得平和潇洒。大家都望着他，显然他是欢乐的中心。

“万俟总，你在德国待了七年，德语一定很棒。”

“只学会两句。一句是 Ich liebe dich。”

“什么意思？”

“我爱你。”

女孩脸红。旁人追问另一句。

万俟铮说：“另一句是 Hast du gegessen。”

“这句是？”

“吃了吗您呐。”

满堂大笑。

如果万俟铮愿意，他可以非常讨人喜爱。他风趣幽默，再加上帅气的外表，行政部众女子已经为之倾倒。超级苏暗想：你们没见过他魔鬼的一面。

见到超级苏和曲娜娜，万俟铮轻松地向她们打招呼，说：“我该走了，改天再来拜访。”路过一瓶鲜花，他俯身用嘴叼起一支伊芙幻塔索斯，旋身递给身后戴着厚眼镜片的胖姑娘夏朵。夏朵羞涩地接过去。

超级苏和曲娜娜对视一眼，跟在他身后。

三个人走向电梯。等电梯的时候，周围无人，万俟铮问：“集团总部的人没为难你们吧？”

两人摇头。

万俟铮说：“那就好。这帮人高高在上，以为自己在总部就了不起。”

曲娜娜感动。

超级苏问：“总经理，要是他们为难我们，你替我们出头吗？”

万俟铮故意慢吞吞地答：“英雄救美的事不妨做做，以卵击石嘛，还是算了。”

曲娜娜失望。超级苏心想：假装说一句为我们出头，哄哄我们不行吗？非要说实话！

万俟铮的话还没说完，“不过我想你们俩完全不用担心。再凶恶的人，遇见美女也会心软，何况是两位大美女。”

两位美女红了脸，心花怒放。转角那边忽然传来说话声，因为楼层安静，所以尽管离得远，还是听得清楚。

一个尖利的女声说：“你没听见我的话吗？我让你去给我倒咖啡！你不光是哑巴，还变成聋子了？一年不见，你长得更难看了。你这种又丑又笨的老女人，为什么还赖在公司不走？”

一个低低的声音似乎在叙说什么。

“哦，调到分公司又怎样，还不是归骁龙云腾管，有本事你走啊。”

空梯停在三人面前。曲娜娜小声提醒：“总经理，电梯来了。”

万俟铮不动。

“看什么看？还不去！怎么，不乐意伺候我？我非让你伺候我不可。明天我就让你来给我当跟班。别说我不照顾你，跟着我，总比你在分公司当个清洁工强吧。要说打扫卫生这工作还真适合你。你也只能干这个。真是丢死人了，你一点儿不觉得羞耻吗？”

万俟铮大步走过去。

转角那边站着三个人。一个是炎缇玉，一个是小美，说话的正是开玛莎拉蒂的年轻女孩，俏生生的一张脸，钻石颈圈闪烁着冰冷的光芒。

看见陌生人，女孩丝毫不收敛，当他们不存在，只瞪着炎缇玉，喝道：“还不去？我支使不动你了？”

炎缇玉倨傲回望，小美悄悄扯她的衣袖，她全然不理。

万俟铮说："炎缇玉，公司还有好多活儿，你在这里磨蹭什么？"

炎缇玉看见三人，头微微低垂。

小美低声对女孩介绍万俟铮。曲娜娜怕万俟铮无意中闯祸，紧走两步追上去，为他介绍："这是……"话未说完，万俟铮一摆手，表示不必介绍。

"原来是分公司的。"女孩盛气凌人，"清洁工的活不就是扫地倒垃圾吗？晚干一会儿又怎样？"

万俟铮淡然说："炎缇玉不是清洁工，她是我的助理。别人进我的办公室我不放心，所以让她顺便收拾。"

真是睁着眼睛说！超级苏想，可是心里一万个赞同万俟铮说谎。

女孩瞪大眼睛，"她也配！她有那个本事吗？"她望向小美，似在责备她信息有误。

小美委屈地眨眨眼，说："是啊。炎缇玉工作能力很差的，人缘也不好，又懒……"

万俟铮长"哦"一声。小美半个月前的话犹在耳边，她自称是炎缇玉的朋友，想跟着她来分公司，方便照顾她。今天，她却当着众人的面诋毁炎缇玉。万俟铮假意沉吟："这个说法很耳熟，好像在哪儿听过。"他一副恍然的模样，"匿名信是你写的吧？我可算找到你了！"

小美吓得连忙摆手否认。

女孩说："怪不得你敢跟我对着干，有人给你撑腰了。你勾人的本领又见长啊。你以为这样我就管不了你了？"她突然扬手，打了炎缇玉一个耳光。

眨眼之间，万俟铮抓起炎缇玉的胳膊，挥手打在女孩的脸上。炎缇玉毫无准备，手掌没有伸平，半弯曲着打过去，声音不大，指甲却将女孩的脸划出一道浅痕。

众人大吃一惊。小美叫："别打。"已经晚了。

女孩从未挨过打，捂着脸发愣。曲娜娜、超级苏和小美吓得不敢出声。女孩反应过来，恼羞成怒地喊："你……"话音淹没在万俟铮低沉的声音里。

万俟铮看都不看她，训斥炎缇玉："你怎么回事，反应这么慢！挨了打要立刻如数奉还，还要我教你多少次，啊？有你这样慢性子的助理，真是愁死人。"他冷冷地扫一眼女孩和小美，"我的员工轮不到别人褒贬，更不是别人的使唤丫头。我们走。"

女孩气得眼睛发红，大叫："敢打我！你给我站住！"

万俟铮头也不回，"炎缇玉，愣着干什么，走。"

四个人凯旋而归。至少超级苏心里用的是"凯旋"两个字。曲娜娜则暗叹了一百句"完了"。她以为万俟铮认识那女孩，原来只是不想听她说。

万俟铮把炎缇玉叫到办公室，劈头盖脸地问："穆翰到底在干什么？他知不知道你在公司里的处境？随便什么人都能骑到你头上，你不跟他说吗？他不管吗？"

炎缇玉不懂万俟铮为什么发火，心想：我都不着急，你着什么急呢？我也打回去了，不算吃亏。

万俟铮怒其不争。“我要是不教你打她，你会打吗？不管她是谁，你做人的尊严不要啦？”

炎缇玉想：第一个践踏我尊严的，是你啊。一而再再而三，步步紧逼的，都是你啊。你现在为我鸣不平，这不是猫哭耗子吗？

万俟铮每说一句，她就腹诽一句。万俟铮知道她在想什么，更加生气。他问起那女孩的来历，炎缇玉不答。万俟铮认定她为了穆翰，不愿与人作对，气得七窍生烟。

炎缇玉不懂，为什么她一有事，别人第一个想到穆翰该如何如何。这是她的事，没必要让穆翰出面。

万俟铮又把曲娜娜叫到办公室，问：“那个飞扬跋扈的女的是谁？”

“董事长的千金，高敏纤。”

万俟铮表情不变。“她为什么针对炎缇玉？”

曲娜娜低头。“我不知道。”

“要是连这都不知道，就别干人力资源了。”

曲娜娜咽一下唾沫，说：“我……知道。”

“说。”

“总经理帅炸了！超级有型！”超级苏一进办公室就嚷起来，接着，绘声绘色地把刚才的情景讲了一遍。隔壁办公室的听到这屋喧哗，都来探个头。超级苏把他们拉进来，又讲了一遍。

桑立德大声宣布：“以后我就跟着万俟总混！”

小许两眼放光，说：“我对他从粉转黑，现在又从黑转粉。谁也不许再说他的坏话，谁说我跟谁急。”

“好热闹啊。”陆帆海走进来。

超级苏欢呼：“陆总回来了。陆总，超级大新闻，总经理发威了。”她对着陆帆海又说一遍。

陆帆海强笑着，心里直打鼓。这骂人女又是哪路大神？

“陆总，陆总，快请坐。给我们讲讲总经理的事吧。”超级苏和小许的眼睛亮晶晶的，充满期待。

陆帆海正郁闷，想拒绝，发现玛姬也在注视自己，便说：“这家伙是非人类，不用在意他。”

“非人类？是不是非常聪明，非常天才？”

“要么就是接受过非人的训练，身怀绝技？别瞪我嘛，我一直觉得他酷酷的，是个特工。”

众女异想天开。

桑立德摇头道：“现在你说总经理能飞她们也信！”换来众人的白眼。

陆帆海说：“他的思维方式和别人总是不一样，特立独行，乖僻得很。”

小许嘟嘴：“陆总，你是不是妒忌我们喜欢总经理啊？我们也喜欢你啊。”

超级苏鼓动：“再多说说。”

“万俟铮比较像人的地方是他喜欢猫。他曾经收养过一只流浪猫，称它为大哥，宠得不像话。他女朋友说，他对猫比对人好一百倍。”

“总经理真可爱。”空气中弥漫着粉红色泡泡。众女的少女心泛滥。

“那只猫呢？”

陆帆海说：“被他的前前前不知道前多少任女友毒死了。他宠猫远胜过女友。”

众人愤慨：“那女的真坏，活该被甩。”

玛姬问：“陆总，听说总经理有好多女人，是真的吗？”

“他桃花运一向旺。”

李姝说：“我看他挺规矩的。”

陆帆海说：“他有个原则：兔子不吃窝边草。而且他有女朋友……”他还没说完，众女哀叹：“他真的有女朋友啊！”陆帆海说：“他们约好明年结婚。”

“结婚”两个字像炸弹，再次引起惊呼。

“陆总，你是故意打击我们，骗我们的吧？快承认。”

小许好奇至极：“什么样的女孩能拴住花花公子的心？”

“她特别性感？美若天仙？”

“是性格超级好吧？让人超级舒服的那种？”

“是不是女人味十足？”

众人绞尽脑汁。

陆帆海神秘地笑：“你们撒开猜吧。哪天你们见到，就知道了。”

玛姬异常沉闷。凭她细腻的直觉，她感觉万俟铮对炎缇玉的态度十分暧昧，不是单纯的讨厌，有种“爱恨交织”的感觉。这四个字在脑海里一出现，强烈的嫉妒就淹没了她。

万俟铮一见老陆的脸色就知道他在烦什么，说：“高敏纤是高屹和前妻的孩子。后来高屹认识了比他小十七岁的现任妻子，和前妻离婚，高敏纤由前妻带走。他分给前妻一部分股份，就再也不理她们母女了。高屹和现在的妻子生了一个男孩，孩子长到五岁时，和保姆出去玩，走丢了，再也没找到。高屹这才想起来还有一个女儿，开始联络前妻和高敏纤。高敏纤和高屹很疏远，生父亲的气。高屹给钱，她就拿着，但是一直不肯再叫他爸爸。”

他肯重视高敏纤，老陆的脸色稍微好看一点。

“父母离婚后，父亲不管，母亲成天哭，高敏纤就学坏了。她吃喝不愁，有的是钱，身旁聚的全是狐朋狗友。她上高中时，有一天偷开高屹的车出去玩，吃了摇头丸，撞坏了穆翰的车。两个人都没受伤。穆翰见她不清醒，怕不管她她再出事。他不想把她送到派出所，又不认识她的家，只好陪着她坐了好几个小时，直到高敏纤的药劲过了。从那以后，高敏纤缠上穆翰，扬言非他不嫁，所以她讨厌炎缇玉，认为炎缇玉挡了她的路。去年，高屹连哄带骗，送她出国上学，还没毕业，她就辍学跑回来了。”

“有钱人家任性的大小姐。”

“别小看她，她现在是公司监事会成员。她妈妈把股份转让给她，她以股东代表的身份成为监事。”

“她是怎么被选为监事的？”

“全票当选。她能管住高屹！高屹最怕这个女儿，高敏纤真不惯着他啊，说怼就怼。有一次高屹气急了，说她没家教，这下让她逮着把柄了，到高屹家里连骂带砸，质问高屹为什么抛妻弃子，直指到高屹鼻子上。从那以后，高屹再也不敢惹她。公司里的人都叫她‘鬼见愁’。”

万俟铮滔滔不绝。陆帆海叹息：“你这不知死的鬼，还能轻松讲故事。你不是讨厌炎缇玉吗，干吗替她出头？”

万俟铮冷哼：“我是为了整个分公司。今天她挨打，要是不还手，明天人人都敢来踩分公司一脚。我不惯这毛病！”

高敏纤到公司后第一件事是去找穆翰，穆翰避而不见，她便把怨气撒在炎缇玉身上，没想到万俟铮给炎缇玉撑腰，令她威风扫地。

她推开赔笑的陈盼，闯进高屹的办公室，嚷着：“公司又招进一个混蛋，居然敢打我！”俊俏花容因羞恼而粉红。

高屹正在窗前抽雪茄，无奈地转身，只剩苦笑。你还不该打？高屹心想，但也只敢在心里说，转念又想树立一些威严，郑重地说：“敏儿，你一到公司就大喊大叫，有失身份。”

高敏纤瞪眼，冷笑说：“嫌我烦？那我回意大利好了，以后别想找到我！”

立威失败。高屹懊丧。

陈盼在一旁劝解：“敏小姐，董事长高兴还来不及，怎么会嫌你？他早就盼着你回来了，提前一个月就让我做准备。你说下周回来，没想到提前了。我还打算去接机呢。”

高敏纤瞪眼，“这么说还赖我了？我以为你们给我装了GPS，随时监视着我呢。那个混蛋打我的事怎么算？”

“万俟铮算不上打，他不是抓着炎缇玉打的吗，他又没碰你。”高屹想保住万俟铮。他清楚高敏纤的脾气，怕她闹出乱子，影响新产品开发，那可是整个集团的大事，关系到自己在董事长这个位子上能不能坐稳。

陈盼暗叫不好。一提炎缇玉，高敏纤顿时脸黑了，小白牙闪着和钻石一样的冷光，阴恻恻说：“他们俩我一个都饶不了！”

高屹露出为难之色。

高敏纤跺脚，眼泪在眼眶里打转，抓起他桌上的东西就扔，什么万宝龙的钢笔、德化白瓷摆件、翡翠镂花笔筒、都彭的打火机，统统遭了殃。她嚷着：“我让你不管！从小到大，你从来都不管我的死活。我被你的人打了，你不给我做主，还跟他一块儿欺负我。哦，我懂了，八成是你派他来的，你想赶我走。”

陈盼欲拦又不好动手，高屹对别人可以板起脸，唯独拿女儿没辙。

陈盼小声出主意：“让穆总来哄哄敏小姐吧。”

高屹眼睛一亮，挥手让陈盼赶紧去请穆翰。

穆翰走进高屹的办公室，踏进满地狼藉。他英挺的眉微微一皱，随即展开，说：“董事长，您找我？”

高屹来不及答话，高敏纤已经蹦到穆翰身边，挽着他的手臂，亲昵地叫：“穆翰哥哥！”刚才发脾气的任性少女消失不见，变成温顺乖巧的可人女孩儿。

穆翰冷峻地抽出手。高敏纤怏怏不快。

高屹说：“敏儿回来了。”

穆翰点头，眼睛只望着高屹。

高屹说：“她是公司监事，以后你们会常见面。”

穆翰静静地问：“董事长是在提醒我以后回避吗？”

高屹说：“当然不是。”难道说让他今后多加小心？高屹咳嗽一声，在高敏纤的逼视下，说：“我是说让你以后多教教她。她不回去上学了，可是她要学的东西还多着呢。”

高敏纤满意地笑了，连连点头，甜甜地说：“对呀。学校里老师教的全是废话。穆翰哥哥，你教得肯定好。”拿学习当借口，她可以名正言顺缠着穆翰，穆翰不能再躲着她。

穆翰沉思着说：“我不能胜任。请您另指派高明的老师教她吧。”

高敏纤急道：“我只跟你学。”

高屹说：“你是最好的人选。”

穆翰说：“我的时间不允许。”

高屹说：“敏儿，穆翰工作很忙。穆翰，杂事就交给手下去干吧，别累着自己。你可以指导敏儿干，她不爱上学，可是脑子灵，肯定能成为你的好帮手。”

“我分内的事，不该转嫁给别人。”

“你就是不想教我。”高敏纤抱着手臂，气嘟嘟地坐下。

高屹说：“穆翰，敏儿有心学，我又没空教。她听你的话，你就当帮我的忙，收下她这个学生。”

话已至此，穆翰无法再推辞。他迎着高敏纤期待的目光，说：“要跟我学，首先要学会尊重别人。你去向炎缇玉道歉。”

高敏纤跳起来，尖叫：“我向她道歉？她打了我！”

“你有错在先。如果你不能得到她的原谅，或者你拒绝道歉，我教不了你。”

“是不是她向你告状？她还真奸诈。我还没说什么，她倒先叫委屈。她拿着工资不干活……”

穆翰厉声喝道：“还敢撒谎！你以为你做的事没人看见，由着你胡说八道？你总这样，谁敢沾你？离得八丈远，你都要赖上别人。你要是不姓高，你看看全公司谁愿意理你？公司大门你都甭想进，进来就轰出去！”

高屹吓了一跳，他从没见穆翰发过脾气。

“你……你也欺负我。”高敏纤跺脚，眼泪汪汪，“我知道，你们都讨厌我，巴不得我走！”她哭着跑了。

穆翰望向高屹，刚要开口，高屹急切地说：“就定你了。照刚才的样子，替我好好管教她。”

穆翰摇头，说：“对不起，我有点急。”

“教敏儿的事说定了啊。你别看她跑了，不管多不愿意，为了跟着你，她一定会向炎缇玉道歉。你不用说，我明白。她总是和炎缇玉过不去，是她的错。”

十四

泄密风波

静湖上笼罩翠烟。清晨下了霜，白白的，薄薄一层，日出即化。

高敏纤与炎缇玉打架的事，人们都等着看穆翰的反应，等到的却是他负责教导高敏纤的消息。没有人知道穆翰强迫高敏纤道歉，大家只看到他在照顾打了炎缇玉的人。有人甚至说，他向高敏纤献殷勤，意图入赘高家。

但很快，大家就顾不上这些八卦了，因为集团出了一件大事——尚未发布的云迅系列汽车技术参数泄露，集团的销售计划全被打乱了。

高屹震怒。自公司成立以来，从未发生过这种事。他用“令人发指”来形容，要求彻查。

会议室里鸦雀无声，气氛沉重压抑。

主管内控部门的副总是刘深。他年过四十，鬓角花白，身宽体胖，一脸油腻，在公司任职已有五年。在所有副总裁中，他的学历、资历、能力都居中，排名同样居中。他威严地扫视众人，发话："都说说吧。"

市场推广部辩解："车型宣传由我们负责，在公开发布信息前，云迅的消息是保密的。我们还没拿到数据，更别说泄露出去了。"

李思锐说："我们研发部门掌握公司所有的车型数据，一旦泄露，我们最先受到怀疑。这种蠢事谁会干？"

有人嘀咕："能拿到数据的，除了研发部门，还有……"他把"高层经理"几个字咽了回去。

有人当和事老，"数据泄露必然给公司带来损失，在座的都明白这个道理，不会砸自己饭碗。"

"以前没发生过这种事。新车型由分公司参与，分公司是新成立的……"

李思锐严肃地说："没有证据，这种不利于团结的话不要说。大家互相猜忌，对公司不利。刘总，如果公司决心彻查，建议成立专门的调查小组。在结果出来之前，大家少安毋躁。"

内控部成立调查小组，即日开展调查工作。

为应对泄露事件，市场推广部建议展开大规模宣传，将云迅上市计划提前三个月。

调查主要集中在高管、研发中心、生产部、分公司技术部。其他部门，例如行政部、法务部、市场推广部、项目部等均遭波及，甚至包括总务部，因为他们可以"借工作之便进入任何办公区域"。轰轰烈烈的大调查令人谈之色变。

调查开始的第一天，李思锐就气病了，胃疼得脸色蜡黄，冷汗直流。

调查组到达公关部。钱力激动地说："研发和生产我们不沾边，为什么查我们部门？拿着鸡毛当令箭！"

内控部部长李响告状，说公关部不配合。钱力一直觊觎人力资源部，赵烈趁机推荐钱力调任人力资源部部长。钱力因祸得福，对此感激不尽，对大调查依然愤愤。

钱力说："李思锐住院了。调查组每句话都带着圈套，把他往沟里带，态度还一点不客气。老李是个学者，脑子单走一根弦，哪儿绕得过那帮人，有理说不清，气得当场犯了病。他是个木头，和咱们一向井水不犯河水。他和穆翰关系最好，他一倒，穆翰必乱。少了他，穆翰的势力减弱不少。反正资料不是咱们泄露的。刘深闹得越厉害，越遭人恨。听说因为调查组的干预，生产部已经被迫停工。看着吧，冼总很快会去跟董事长告状，刘深威风不了几天。他本来想借着调查的权力，显示自己的厉害，笼络一帮人跟着他，这下玩砸了。”

赵烈问：“调查组去分公司了吗？”

“去了一趟。等集团总部这边查得差不多了，他们就要对分公司下手了。万俟铮那个刺儿头是那么好欺负的？”

赵烈点燃香烟，说：“炎缇玉的日子最近有点儿安逸。”

钱力会意点头。

炎缇玉的手机响起短信声。穆翰问：你下班了吗？我快到公司附近了，要不要一起回家？

炎缇玉立刻回复：好！

她穿上大衣，拿着包跑到大门口，司机正好泊车到路边。穆翰从车里下来，为她开门。这么多年了，每次她上车，穆翰依然绅士地为她开门。

穆翰说：“自从你换了工作，咱们一起上下班的时间都少了。今天我的应酬结束早，刚好可以接你。”

她知道他去应酬了，他的身上有蓝风铃香水的味道，那不是高敏纤使用的香水。

她伸出大拇指，连续弯曲两次。

穆翰说：“谢什么。真好，能跟你一起回家。”他放松地靠在头枕上。尽管车里温暖，炎缇玉还是替他整理了一下羊毛围巾。

“你的手套呢？”穆翰问，“天冷，注意保暖。”

炎缇玉一笑。旁人如果看见她这时的表情，一定惊讶。她的眼睛、眉毛、嘴角都带着笑意，温暖而恬然。

穆翰侧头望着她，眼波温柔。

司机偷偷从内视镜看一眼他们，露出淡淡笑意。

回到家，穆翰说：“李思锐的检查结果不太好，初步诊断是胃癌。家里人要带他去北京看病。他一走，研发的工作得搁置一大半。我帮他联系了北京的专家，他动身去北京，我也跟着去。董事长让我到北京盯一下那边的分销商，联络一下大客户，顺便带上高敏纤，教她待人接物。”顿了顿，他说，“大调查三两天不会结束，你不用管它。”

在一场大风波里，别有用心的人会趁机打压异己，谋求私利。

“你不会有事吧？”炎缇玉的手势因担忧而迟疑。

“董事长心里跟明镜似的。我没事。”穆翰参透了高屹的心思。调查看似小题大做，并不是高屹糊涂，而是他察觉到公司内部的钩心斗角，借机让那些魑魅魍魉现形。

穆翰补一句：“跳梁小丑，折腾不了多久。”

调查组找万俟铮谈话。李响指出万俟铮接触核心技术参数的可能性是全公司最大的。

万俟铮稳如泰山，说：“如果我是个保密意识淡薄的人，我不会为我的技术申请专利。泄露云迅技术参数给对手，于我有什么好处？”

李响说：“你对云迅的设计不满，对吧？”

万俟铮的确说过，而且是在研发中心与李思锐公开讨论的。

“没错。云迅使用的技术已经过时了。公司聘用我，不就是为了新技术吗？对云迅不满，就要泄露它？”

李响换个角度问：“有时机密的泄露是在不经意间。有没有可能，你在闲谈时和人提起过，对方有心，记住了？”

“我看不上的，我连提都懒得提。”

“你最近和什么人接触过？主要指陌生人。”李响拿出笔准备记录。

“那可多了去了。一面之缘，一拍即合，一见成欢，我可数不过来。”万俟铮微笑。

李响说：“能不能提供一两个名字？”

“名字？我连她们的长相都忘了，何况名字。”

万俟铮收到一条来自陌生号码的信息：调查小组怀疑云迅资料是炎缇玉泄露的。

他在内部通讯录查找，号码的主人叫夏朵，隶属集团总部的行政部。他想了半天才想起来，是那个他送过花的胖姑娘。

他回复：知道了。谢谢。

陆帆海带回了同样的消息。调查小组向他暗示，有人举报，炎缇玉收集公司里的碎纸，目的不明。他回来找万俟铮商量。

万俟铮的眼波一闪，“废纸？她倒是近水楼台先得月。”

“难道真是她？”陆帆海压低声音。

万俟铮吸钢笔水。“让调查人员去破案吧。举报人肯定是分公司的，否则怎么能看见？”别人关注的是泄密者，他盯的却是举报人。

陆帆海敏锐地说：“你认为炎缇玉是无辜的，你信任她？”

万俟铮不答。

陆帆海说：“有人来要人了，点名要炎缇玉。”

“高敏纤的主意吧？”

陆帆海打个响指。“猜对了。”

钱力接任人力资源部部长，第一项工作是受监事会高敏纤的委托，到分公司要炎缇玉。她说，这是商量而不是命令，一切听分公司的。

“钱力不想得罪人，把难题甩给咱们了。”万俟铮说，“放人，穆翰不乐意。不放人，高大小姐不高兴。我没工夫跟钱力周旋。在内部邮件中公开回函，人事安排听集团总部调遣。”

钱力犯难，对赵烈说："赵总，万俟铮不上钩。我觉得还是先拉拢他吧。我有预感，他和穆翰水火不容，挤走穆翰全靠他了。"

赵烈让她暂且观望。

总务部的人爬梯子修理天花板，炎缇玉正好路过，帮忙扶梯子。那人下梯时没站稳，一脚踩在炎缇玉的手上，鞋底在她的手背上挫了一下。炎缇玉右手四个手指的指背蹭掉一层皮，没流血，只是表皮破了。

小许说："这种伤不易好，非常疼，还不结痂。"

炎缇玉表示没事。她想贴创可贴了事，小许固执地拉着她去医务室消毒上药。她们在集团总部遇见调查小组，调查小组正要找炎缇玉询问。

炎缇玉捧着手。小许说："她的手受伤了，先去包扎，然后去找你们。"

调查小组觉得正是机会，派人突击搜查分公司地下室的清洁工休息室，搜到一个盛满废纸的大纸箱。

李响亲自审问炎缇玉。刚开始他对炎缇玉是客气的。面对这个柔弱的女孩，他有的是耐心和信心。他捏着她的把柄，证人的证词是他准备给她的最后一击。他已得到刘深的授意，揪住炎缇玉，把泄密的罪名塞给穆翰。

他绕着圈子，问了一些基本情况，又问她负责的工作。

炎缇玉当清洁工的事尽人皆知，对此，李响例行公事问完，切入主题。随着时间推移，他开始觉得吃力。炎缇玉始终不卑不亢。她的耐心似乎比他还多。失语是她最好的屏障。她的右手受伤，无法写字，只用点头或摇头作为回答。有些答案，需要李响自己想出来，炎缇玉像做判断题似的，给予肯定或否定。有的问题，李响要提供三四个答案，由炎缇玉选择其中之一。无奈的是，李响给的答案许多都不对，炎缇玉只需一摆手，就让他长长的一段话白说了。

李响尽量简化他的问题，争取让炎缇玉用点头或摇头做出答复。他的问题已经跟设想的完全不一样，复杂的他无法问，因为回答也将很复杂，炎缇玉会试着用不灵活的手指做手语，他根本看不懂。

李响额上冒汗。炎缇玉的回答没有留下任何把柄。她游刃有余，越来越淡然。奇怪，一开始她明明有些慌张啊。

李响觉得炎缇玉已经完全猜透他的意图，而且认定他不会成功。他暗暗恼怒，抛出了他的王牌："有人看见你在垃圾间收集废纸，你在干什么？"

炎缇玉做个扫地的动作，又做个分拣的动作。

"你可不光是做垃圾分类。你把废纸择出来，又把其中的一些拼在一起。你为什么关心那些废纸？对那上面的内容感兴趣？"

炎缇玉泰然不答。从李响的发问中，她已明了，他们没有查到关键的东西。她放心了。看来，李响只知道废纸，却不知道纸中玄机。

“要是你做的，趁早承认，大家省事。如果不是你，你得拿出证明，证明你收集的废纸与云迅无关。捡废纸这种怪异行为，你必须说明理由，才能洗脱嫌疑。别告诉我你是资源回收再利用，要拿去卖钱。”

这个不起眼的、默默无闻的女子安静地看着他，不做任何表达。

李响垂死挣扎：“捡废纸你否认吗？”

炎缇玉摇头。

李响威胁：“如果你拒不说明理由，为防止公司的损失进一步扩大，同时也为公平公正，我只能考虑让你停职接受进一步调查，那对穆总的脸面可不好看。”

炎缇玉毫无表情，颇有一种“大雪压青松、青松挺且直”的感觉。

调查小组公布关于炎缇玉从即日起暂时停职的决定。炎缇玉在众人复杂的目光中走出公司。

万俟铮望着炎缇玉的背影微微一笑，面容有些冷。

十五

他自月中来

小美找到万俟铮，问能不能和他谈谈。

“万俟总，真对不起。”她的眼圈红了，“匿名信是我写的。我希望你赶炎缇玉走，所以编了很多坏话。我写的那些其实是别人犯的错，不是她。真的！全怪我，我搞砸了。我说她偷东西，不知道怎么的，被李响部长知道了。我是瞎编的，但李响不听我解释，非说那是真的。我，我说不清楚啦！他老问我炎缇玉是不是偷看过公司资料，是不是偷偷给过别人。那些是我胡诌的啊。他要我证明我说的是假的，可我该怎么证明？我跟炎缇玉坦白，她不回我的短信，也不接电话。她肯定很怨我。”

万俟铮扬眉，问：“说完了？这和我有什么关系？”

小美一怔，说：“高小姐打她，你帮了她，我以为……”

万俟铮冷哼：“我是为了分公司的面子。要是她真做了有损公司的事，受罚是应该的，找谁都没用。”

小美说：“要是你不愿意帮忙，等调查小组问起，麻烦你给她作证，至少在这里，在分公司，她没偷东西，她不是那样的人。”

万俟铮不耐烦地说：“你操心太多，她的事自然有人管。”

“她和穆总根本不是大家说的那样……”

万俟铮站起来，“抱歉，下班啦，我有约。”

结束应酬，漫步街头，凉爽的风让他清醒许多。

夜色静美，他在路灯下散步。这条街好静，汽车的鸣笛、热闹的人群、闪烁的霓虹，都在遥远的另一边，仿佛被街道隔成两个世界。

蓦然抬头，他发现自己不知不觉来到了炎缇玉的窗下。这场景恍如隔世，穿过时光的隧道，他是十七岁的少年，在她家楼下焦急地等待，盼着见她一面，澄清误会。她不能就此不理他，他的生活刚出现曙光，一下子又暗沉了。他的礼物还没来得及送给她。他的纸条她看见了吗？她一辈子都不理他了？

甩甩头，万俟铮甩掉心上的影子。就在这时，黑暗的窗口亮起灯，一个窈窕的身影出现在窗前，紧接着，被提花窗帘遮挡。

这该死的窗帘！

万俟铮抽着烟，望着窗口。这是炎缇玉停职的第一天。没人在意她的缺席，仿佛她根本不存在，可有可无，悄无声息地出现，悄无声息地消失。

穆翰视察华北大区业务，一时半会儿回不来。

被冤枉，被孤立，唯一的依靠远在天边，她的日子该怎么过？

“活该！”万俟铮把烟捻灭，心里说，“这是你自找的！明明自己无法搞定，却固执地不求助，不告诉穆翰。他们正是算准你不求救，所以才敢来践踏你。你为他忍了，却不知反而让他错过反击的时机。愚蠢！愚蠢至极！”

炎缇玉拉上客厅的窗帘，丝毫没察觉有个人正凝望着她的窗口。

万俟铮拨打她的手机，拨到一半又停下，盯着发亮的屏幕。他从不给她打电话，想找她时，他总是让别人传唤。他的手机中也不存她的号码。但是，他居然记得她的号码！他只看过一次，在他拿到骁龙云腾的花名册时，他说木生火，双木生双火，在那一瞬，他看见了她的手机号码。

手指继续拨着号码，他对自己说，他醉了，他的记性没那么好，他一定会记错、拨错。

电话通了。

万俟铮没拨错，他不可能拨错。

“你出来。”他呼吸困难，简短地说，然后挂断。多好，炎缇玉不能说话，无法拒绝。他也不给她拒绝的机会。

炎缇玉望着屏幕上陌生的号码愣了。她当然听出了他的声音。她迅速躲在窗帘后向外看。万俟铮站在楼下，空旷的街道，只他一人，如此明显，想无视都不行。

她没想到他会来，他敢来。

怎么办？她慌了。被怀疑、被冤枉都没慌过的她，手足无措。贝齿轻咬嘴唇，她在屋中踱步。对万俟铮置之不理？他不可能轻易罢休。与他见面？该如何面对？他到底来干什么？她不能想太久，时间紧迫，万俟铮就站在楼下。骁龙云腾是这个城市最大的企业，所有的人似乎都多多少少与它有关，附近的人很快就会看到万俟铮，认出他，然后，消息传开，人们猜测他在等谁，来找谁……

该来的躲不掉，拖延时间没有用。正如万俟铮说的，“我，是你绕不过去的”。

万俟铮静静等待，料到她一定会出现，她的矛盾挣扎，全在他预料之中。

炎缇玉出来了，暗吸一口气，幽幽抬眼，望向万俟铮。

他似从月中来，披一身月华，眼眸比黑夜还要暗沉，目光却比月光皎洁。银辉在他俊朗的侧脸留下剪影，他与这夜色相融。

他也在打量她。乌黑的短发反射着夜的亮泽，眼眸晶莹闪烁，精致的脸庞依旧——是啊，只隔一日，怎会有变。但他心里却感觉已过了许久。

他嘴角微扬，“我还以为你会寝食难安，因为被冤枉而气得生病。你看上去蛮好的嘛。停职对你来说是因祸得福吧，可以不受我驱使。”他不知不觉使用了“冤枉”这个词，泄露他对她的信任。

他问：“不请我进去坐坐吗？”

炎缇玉没有反应。

万俟铮环顾，说：“我要说的话可长。如果你不介意被围观，我倒无所谓。”

炎缇玉还是没有反应。

万俟铮说：“既然你不让我进去，还有第二个选择，你跟我走。”

炎缇玉坚决摇头。

万俟铮从怀中掏出一样东西。炎缇玉一见，赶紧把万俟铮拉到暗处，看他一眼，犹豫片刻，极不情愿地带路回家。进了门，她在玄关处站住不动。万俟铮明白她拒绝他再往里走。他掏出怀里的东西，是几封撕碎后又拼起来的信。

大约十天前，炎缇玉在垃圾间的可回收垃圾桶里看见许多碎纸。这本不稀奇。但纸片上有个“缇”字，引起了她的注意。她收集碎纸，试着拼凑。有的碎纸有用，有的与此无关，她挑挑拣拣。隔一天，又发现了类似的碎纸，她再次收集。

花了好几天，她终于拼出了残缺不全的揭发信，信是打印的，内容指向同一个人——她，收信人则是万俟铮。从信封或信纸的日期上看，日期连续，是四封信，而不是最初那一封！

原来揭发信从未停止，每天都有。万俟铮全都看过，却不声张，默默地撕碎。

万俟铮办公室的垃圾是炎缇玉收拾的，她确定这些碎纸不是出自那里。万俟铮一定是将碎纸扔在既不引人注意又不属于炎缇玉负责的地方。炎缇玉想到了楼道的垃圾桶。

次日，她抢在保洁员清理前去翻楼道的垃圾桶，果然发现了碎纸。

信是谁寄来的？

第一封信，炎缇玉确信是小美干的，用意明显是要通过贬低她，让分公司把她退回。这一点，从高敏纤为难她时小美的帮腔可以看出来。小美的信中写的都是炎缇玉能力不行、学历低、效率差、工作态度不好。后来这几封信则直指炎缇玉的人品，说她与赵烈不清不楚，与罗超凡眉来眼去，与冼光明暗通款曲，甚至还和高屹有一腿，说她两面三刀，与同事貌合神离，暗中使坏，见不得别人好。

假如不是小美，又是谁寄的信，目的是什么？

令炎缇玉更加不解的是，万俟铮为什么要毁掉信？他完全可以借此每天羞辱她。如果暂时不打算用，可以留待以后使用。他却偷偷扔掉，不让任何人发现。

被调查小组盘问的那天，炎缇玉最担心的就是这些信，她来不及藏起来，怕调查人员发现。原来是万俟铮拿走了。

她伸手夺信，万俟铮不放手，问："为什么不告诉调查小组你在废纸里找到了什么？"

她不答。

"的确，即使告诉他们，也不能阻止他们栽赃给你。他们可以说你找到的不止这些。但，如果善加利用，你能凭这些信打乱他们的节奏。"

他在为她想办法吗？

万俟铮不屑地说："你想一个人扛下所有的事。你扛得起吗？"

炎缇玉用力扯过信，向门做个"请"的动作。

万俟铮讥讽："穆翰就这么看着？一个男人，要是连他的女人都保护不了，还能干点儿什么？这种男人，你还跟着他干什么？"

炎缇玉表情淡淡，手语："这是我的事，不用你管。"她再次向门做个"请"的动作。

万俟铮突然紧紧抓住她的手，拉近她，逼视她，说："你的事？现在它也是我的事。你已经烦到我了！"

炎缇玉受伤的手裹着纱布，疼得皱眉，挣脱不开，只能把身体极力向后躲。

万俟铮放开她，甩了甩手，嫌恶地说："你要自生自灭，随你便，不要连累我！"他大步走了。

炎缇玉赶紧把门关上，用身体顶住门。

站在路边，万俟铮掏出烟，正要用打火机点燃，忽然闻到指尖淡淡的味道，那是药香混合着炎缇玉的香气，若有若无，挥之不去。

十六

兔子、狐狸和黄雀

李思锐到北京肿瘤医院就诊。由于医院床位不够，他办理了住院手续，被安排在附近一家医院的床位。这边的住宿条件相对本院要好一些，但依然无法申请到单人病房。李思锐躺在病床上，因为要做肠镜胃镜，禁食禁水，还要喝清肠的泻药，越发显得脸色蜡黄，但精神尚好。

高屹亲自来探望，询问病情，李思锐反而安慰他："做完胃镜，做活检，等病理报告，然后商量手术方案。现在还没确诊，我没心理负担，你们不用担心。"

高屹说："这是个不小的手术。不过在这里，人家大夫见得多了，你的病对大夫来说很普通，没什么风险。既然已经得了毛病，就别着急，一次治彻底喽。"

李思锐说："成天躺着，无聊的时候想想工作，能解闷。我一时半会儿回不去，研发中心谁主持，你尽早拿主意。"

高屹说："研发中心人才济济，你推荐一个。副主任何鹏行不行，能撑起来吗？"

"他业务能力突出，但是最近两个月和万俟铮合作，他们的意见分歧较大。公司招募万俟铮，为的是借鉴他的技术和经验。我建议让万俟铮接替我。"

高屹沉思。李思锐陈述万俟铮的可靠和优秀。高屹说："你呀，操心劳碌命，躺床上还不休息，老琢磨工作。你现在的任务是治病，养好身体最要紧。剩下的我来安排。我还等你回来主持大计呢。"

李思锐一听，知道高屹不采纳自己的建议，八成心里已经有了人选。他预感公司将乱，暗自忧心。

刘深自知已将集团搅得人心惶惶，怨声载道，人人对他不满，他设想的网罗追随者也收效甚微。值此时，炎缇玉暗中收集情报的事被翻出来。刘深有意借此大做文章，转移大家的视线。不管证据是否确凿，只要揪住炎缇玉不放，把案子坐实，一来泄密案破了，是他刘深的功劳，二来可以打压穆翰，三来能解他眼下危机，一举三得。因此，调查组停止骚扰其他部门，专攻炎缇玉一人。这一情况立刻被有心人察觉，猜到用意。公司里悄悄流传炎缇玉在劫难逃的消息。

在调查组"有罪推断"的高压下，炎缇玉很难自证清白。赵烈等人坐等收渔人之利。

从李思锐休病假起，万俟铮停止去研发中心，也严禁手下技术部的人去。他每天待在公司里与众人闲聊，与陆帆海插科打诨，简直像在说相声。因为他们态度如常，分公司的整体气氛与集团总部相比轻松得多。

集团于周一召开总裁办公会，通知万俟铮和陆帆海参加扩大会议。高屹还没回来，穆翰出差在外。高屹授权刘深召集并主持会议。

刘深说："各位，受公司委派，我带领内控部成立调查组，对云迅资料泄露一事进行了详查，打扰之处，还请见谅。目前调查已有初步结果，我已向董事长汇报，现在将情况向大家通报。"

他拿出一沓纸，"报告很长，为节约时间，我捡关键的说。调查发现，炎缇玉的行为反常。接到举报，她在垃圾中收集废纸，调查小组突击检查了她的工位，找到一箱碎纸，证明举报属实。碎纸来自各部门，也就是说，她有可能通过碎纸知道云迅的机密。在询问时，炎缇玉承认碎纸是她收集的，否认与泄密有关。她拒绝解释她的目的，又不能自圆其说，没办法，我们无法排除她的嫌疑。经过调查小组反复研究，决定对炎缇玉给予辞退处理，提请本次会议讨论决定。各位，说说你们的意见吧。"

无人应答。

刘深点名："罗总？"

副总裁罗超凡问："这是董事长的意思？"

刘深说："今天的会议是董事长授意召开的。"

罗超凡点头，不再言语。

"赵总？"

赵烈问："那些碎纸里有没有跟机密相关的？"

刘深说："没发现。可能早就被收起来了。"

赵烈说："也就是说，证据不足。"

刘深笑了，说："如果证据充足，现在应该报案，移交公安机关处理了。董事长不想把事情搞大，才成立内部调查小组。调查结果就是这么个情况。为了防止影响扩大，虽然没有特别确凿的证据，还是得处理，防微杜渐嘛。"

副总裁冼光明说："董事长和穆总不在家，现在决定是不是有点儿仓促？是不是等他们回来？"言外之意，辞退了炎缇玉，等穆翰回来，怎么向他交代？

刘深说："资料泄露是大事，刻不容缓。如果以后证明炎缇玉的清白，公司再把她请回来，我当面向她道歉。现在辞退她实在是没办法，相信她本人也能理解。"

大家都明白这是一句虚话。有人背锅，谁还费劲去搞什么后续调查？调查到此为止，翻不了案了。

陆帆海说："我认识炎缇玉的时间不长，对她了解不深。各位在公司时间比较长，她的为人大家心里有数。希望公司不要解散调查小组，继续找直接证据。"

众人都看向他。倒不是他的话有什么问题，而是在这种会议上，轮不到小角色说话。他和万俟铮只是因为是炎缇玉的上司才被叫来。他们还真以为有人要听他们的意见?

分公司名义上归赵烈主管。他笑呵呵，不打算管。

刘深可以无视陆帆海的发言，但他还是客气地回应："陆总放心，只要我在这儿一天，我就要查下去，一定给她一个交代。"

会议看起来要结束了。陆帆海转头看万俟铮。

"敢情大调查是冲我来的呀！"万俟铮表情慵懒，一句话吸引了全场目光。面对这些职务级别甩他好几条街的大人物，他从容镇定，神态自如。

刘深不解，辞退炎缇玉，他应该只得罪了穆翰一人，万俟铮为什么跳了出来？他说："万俟经理放心。炎缇玉虽然是分公司的员工，但错是她一个人犯的，我们没发现她与谁串联。"

万俟铮慢悠悠地"嗯"了一声，说："我要是不撕不扔，炎缇玉上哪儿去捡？说她泄密，其实矛头指的是我！"

刘深说："她可以从别的途径得到，不一定通过你。"

万俟铮说："刘总说的别的途径，是指穆总吗？而且，你说'不一定'通过我，你没有完全排除我的嫌疑啊。依我看，穆总的嫌疑没我大。炎缇玉和穆总是一家人，穆总要泄密，两个人在家说不行吗，需要到公司玩拼图吗？用聊天的方式泄密，在座各位谁都可以，都有嫌疑，还没法查。我们还是从证据说起吧，思路能清楚一些。调查小组锁定炎缇玉，是因为那些废纸。按照这个思路，第一个泄密的，是分公司撕纸的那个人，处理机密文件不当。炎缇玉的工作是辅助我和陆总，陆总不过问研发的事，对机密一点儿不知情，所以，唯一有可能的资料来源，就是我。"

万俟铮分析得头头是道，众人想赞同，又觉得不合适。

刘深不知自己怎么一下子同时得罪了两个人。一个穆翰已够他心惊胆战，又来了个职务不高却连鬼见愁的高敏纤都敢打的万俟铮。

赵烈呵呵笑，说："经你这么一分析，完全排除了穆总。没想到万俟总和穆总关系很好嘛。"一句看似玩笑的话，暗指万俟铮与穆翰结党。

万俟铮说："关系好谈不上，在这件事上，我们俩是给拴在一起了。要说有人从公共场合拿到技术资料，那技术部和研发中心嫌疑最大。如果按照废纸的思路去查，非要说是炎缇玉，她的资料来源只能是我！当然，要能证实是穆总，我就清白了。可惜，这种莫须有的罪名，要澄清没法澄清，要坐实又没有证据。我和穆总只好一起背黑锅，我的嫌疑比他大得多。"

刘深不知该如何接下去。

陆帆海"好心地"提醒："为了公平起见，开除炎缇玉，把万俟停职待办，怎么样？"

刘深说：“他们两个不能混为一谈，不用一起处理。”

陆帆海义正词严：“那怎么行？他们牵扯的是同一件事，处理一个，另一个不动，有失公平。”

刘深脑袋都大了。高屹对万俟铮有多么重视，他太清楚了。他想都没想过要动万俟铮。

此时，他的手机收到了穆翰的一条短信，只有四个字：兔死狗烹。他出汗了。

赵烈说：“万俟的嫌疑全是基于推测，至于炎缇玉嘛，那些废纸她解释不清。他们两个之中，炎缇玉更可疑。”

刘深连忙点头。“是啊，她就是不肯说她是为什么。”

万俟铮微笑，说：“说到那些废纸啊，赵总，不能不提到你。”

赵烈暗惊。

万俟铮说：“因为那些纸，我还曾经埋怨过你呢，不过后来发现是误会你了。炎缇玉有所隐瞒，是有原因的。”他从笔记本中拿出一封支离破碎又拼完整的信，扬了扬，“诸位请看，这就是她找到的东西。”

“什么啊这是？”副总裁宫极首度发声。

万俟铮说：“揭发信！”

高高在上的众位副总裁无法再对这个年轻的分公司经理不屑一顾。他们瞪大眼睛，好奇地盯着他的手。

这一情况同样出乎陆帆海的预料。凭着多年的默契，他适时补充：“我也收到过。”

罗超凡着急地问：“揭发谁的？谁寄的？”

万俟铮说：“匿名信。信是揭发炎缇玉的，罗列了她的各种缺点，把她说得一无是处。”他对赵烈说，“为这事，我心里埋怨过你。你怎么给我一个烂人？这不是等着看我笑话呢吗？分公司刚成立，你就算计我啊。”

赵烈举起手表示无辜，万俟铮话锋一转，说：“当然了，很快我就发现我误会你了。信里说的根本不是真的。事实证明，赵总非常有眼力，炎缇玉工作能力很强，不愧是赵总专门调拨给我的人，真是一员得力干将。不过，这是我后来发现的。这些信害人不浅，一开始我真相信了，所以那时候我老想把炎缇玉退回来，不仅辜负了赵总的好意，没准儿还得罪了穆总。”他跟放风筝似的，收放自如，张弛有度。

赵烈的心里七上八下，此时不知该辩解调人不是他的主意，还是顺着万俟铮的话音走。他说：“信是谁写的，得查出来，太可恨了。这不是挑拨我们副总之间的关系嘛。”

罗超凡问：“有人揭发她，她知道吗？”

“第一封她知道，后来的我没告诉她。”

信不止一封！众人又是一惊。

“揭发信天天寄来，内容十分不堪。俗话说，谣言止于智者，我不敢自称智者，但既然知道是诬陷，也就没有留着的必要，于是全撕了。不过，还是被炎缇玉发现了。”

宫极好奇：“信上到底写了什么内容，天天写？”

刘深说：“难怪怎么问炎缇玉她都不说，针对她的揭发信，说出来，不好听啊。”

万俟铮说：“她不说，不是为自己，而是为了保护公司。大家都知道，要骗人，不能全说谎，得说九句真话，夹着一句谎话，别人才能信。揭发信上说了高层许多坏话，说赵总与穆总不和，借人员调动故意把炎缇玉调到分公司，想引发我和穆总的矛盾；说刘总暗恋高大小姐，高大小姐叫刘总叔叔，每次刘总都纠正说该叫哥；说因为高大小姐喜欢穆总，刘总看穆总不顺眼，炎缇玉为了缓和他们的关系，勾引刘总，刘总才忍让穆总。信上还说宫总的海外拓展部是养老部门，是闲差，还说董事长有意对罗总委以重任，炎缇玉得知后，开始向罗总示好。哎呀，反正都是些乌七八糟的东西，我后来就直接撕了，不看。”

万俟铮说的有真有假。众人的脸色都变了。

刘深的脸成了猪肝色。

罗超凡嚷道：“血口喷人！”

赵烈说：“万俟，撕了，全撕了就对了！”

宫极气得发抖，对刘深说：“刘总，调查小组别解散，给我查查那混蛋是谁！”

万俟铮说：“宫总，算了。跟那种混蛋置气，浪费自己的时间。炎缇玉发现了这些信，她当然能分辨哪些是真，哪些是泼脏水。如果她交出这些信，让调查小组看见，您知道，有些话，明知是假的，传出去还是不好听啊。她知道轻重，所以选择隐瞒。”

冼光明喃喃：“明智之举，明智之举。避免了多大一场骚乱啊。”

众人纷纷点头。

宫极对刘深说：“刘总，我有个建议，没有确凿证据，还是不要搞‘十二金牌’那套，把自己搞乱了，让别人乘虚而入。”

罗超凡说：“我同意宫总的意见。凡事还是谨慎些好。”

冼光明说：“别让那些真正为公司着想的人寒心。”

赵烈也点头。

刘深擦擦额头的汗，对负责会议记录的夏朵说：“把会议决定写下来，一会儿我向董事长汇报。今天的会议内容严格保密。”他转向万俟铮，“万俟经理，方便的话，能不能把你手里的信给我，我好拿着跟董事长解释。”

万俟铮心道：这只狡猾的老狐狸，还怕我诈他。他把信交给刘深。

赵烈虽然没看过这封信，但他能想象出，信里的内容绝对可以佐证万俟铮的话。如果信里没写，万俟铮可以造出一封来，随便找个真的来信信封，一起撕碎再拼好。

刘深哪儿斗得过万俟铮。万俟铮这张嘴，能颠倒黑白，起死回生。

赵烈心说：“这个万俟铮，我以前小看他了。他是个玩计谋的高手。你明知道他下套，还是得往里钻。”

会议结束了。夏朵低头整理会议记录，内心澎湃不已，虽是局外人，却已被跌宕起伏的情节反转惊得心旌摇曳。

走出集团总部的大门，陆帆海透口气，喜忧参半——万俟铮巧妙地运用匿名信反击，保护了炎缇玉，炎缇玉不会被辞退了；另一方面，烦人的大调查还将持续下去。

万俟铮说：“只要调查不结束，咱们的人就不许去研发中心。”

“你居然收到那么多揭发信。寄信的是谁，有眉目了吗？还是那个小美？”

万俟铮摇头，“信的风格完全不一样，可以排除她。”

陆帆海说：“信应该寄给我才对。在分公司，你坚决要赶炎缇玉走，我才是极力挽留她的人，那人该来说服我啊。信是不是寄错了？”

万俟铮本来也想不通，听陆帆海一说，脑子里灵光一闪，有了答案。寄信人一心向他诋毁炎缇玉，信的重点在于破坏他对炎缇玉的印象，而不仅仅是抹黑炎缇玉，那个人关注的是他的感觉。

万俟铮说：“通知曲娜娜，从明天开始，炎缇玉担任我的助理，不再隶属总务部。我和你的办公室卫生还归她管。”

陆帆海一愣。

万俟铮说：“我早就说过，你别像第一次听说似的。”

“你是说过，可那是说给高敏纤听的呀。”

万俟铮一笑，说：“我是当真的。”他嘱咐老陆别泄露会议的内容。

“为什么？你帮了她，让她知道有助于改善你们的关系。”

万俟铮似笑非笑，说：“有什么可改善的？”他不希望任何人知道会上发生了什么。他只是择清自己的罪名，怕炎缇玉殃及自己，并不是为她出头。如果凑巧帮到了她，算她自己运气好。

十七

流风回雪

李响走进办公室，炎缇玉已如约在等他。

炎缇玉穿着纯白色连衣裙，围着一条水绿色长围巾，米色长靴，不施粉黛，亦不戴首饰，在这肃杀冷寂的季节，在这简约刻板的办公室里，显得尤为空灵清丽。如果说有什么在闪耀，那是她的点漆双眸，晶莹流彩。

李响的记忆被触动，想起小时候读曹植的《洛神赋》，“仿佛兮若轻云之蔽月，飘摇兮若流风之回雪”。这个女子并不是夺目的美丽，但她以独有的恬然悠远醒目地存在，教人无法忽略，却又那么遥不可及。

李响咳嗽一声，回过神。他向炎缇玉发出复职的通知。发出这个通知，他自己是最郁闷的人。他本来准备了另一个通知，只等总裁办公会结束就向炎缇玉宣布，等到的却是这个结果。

炎缇玉听到消息很淡然，李响觉得，即使炎缇玉听到的是辞退的消息，也会很淡然。她根本不在乎这尘世的一切。高或低，去与留，在她那里，不过是一抹烟云。

李响感到挫败。营营碌碌，谋划良久，为的到底是什么？对手根本就不在乎。

总经理用一个哑巴做助理，让行政部一干人颜面无光，深感受辱。

超级苏抱着手臂生气。“我们在总经理眼里究竟无能到什么地步？他宁肯用一个哑巴当助理，也不考虑我们？”

玛姬挖苦：“别把‘哑巴’俩字挂嘴边，更显得没面子。不说一个字就能把男人勾搭到手，你敢小看她？”

超级苏一怔。玛姬用了“勾搭”两个字，她的视角是炎缇玉勾引总经理，是作风问题。

小许说：“总经理让炎缇玉当助理，这么说，炎缇玉恢复工作了？不会被开除了？通知她停职的时候，我还以为她走定了。到底发生了什么，领导们是怎么定的呀？”

李姝问小许：“月度计划写完了吗？写完拿给我看。”她不想让小许参与行政部的讨论，更别说是研究高层经理的心思，可惜小许完全没领会，把月度计划的电子版发给她，又继续关注话题。

总经理办公室里，陆帆海还在规劝万俟铮，万俟铮一意孤行。

陆帆海着急，问：“你到底在打什么主意？”

万俟铮平静地说：“我有预感。李思锐住院，我马上要忙起来了。我需要一个帮手。”

陆帆海瞪他。“鬼才信！你知不知道，底下已经乱成一锅粥了，大家议论纷纷。行政部个个不服气，认为你藐视他们。”

万俟铮不急反笑，问：“真有这么大动静？”他带陆帆海来到综合办公室，众人的讨论戛然而止。他扫视一周，问：“炎缇玉呢？”

一时无人回应。最后，李姝说：“大概在地下室。”

“把她叫上来。”

片刻，炎缇玉走进来。

万俟铮说："炎缇玉，派给你一个任务。有个人每天给玛姬送花，始终不现身。我要你找出送花人。你有什么办法？"

大家均想：整个公司的人绞尽脑汁都没办法，她能找出来？就算找出来，她不能说话，该怎么说明呢？

这恰恰是万俟铮要炎缇玉解题的目的。一个哑巴助理，该怎么克服困难，完成工作，需要智慧和技巧。她当众过了这一关，旁人才能信服。

炎缇玉略一思索，借用超级苏的电脑，开始打字。超级苏俯身望着屏幕读："办法很多。第一种办法，每天把花藏起来，谎称没收到，并宣扬那人已经停止追求。送花的人沉不住气，过不了几天就会露出马脚。第二种办法，每天偷偷把花转送给女同事，而且是同一个女同事，让人们以为花是送给她的。送花的人发现表白错对象，肯定着急澄清。"超级苏一边读，一边惊讶地看看炎缇玉。

陆帆海问："还有吗？"

"还有很多。比如，可以偷换花，或者找花语相反的花，而且要装作深信不疑，逼送花人出面解释。"

万俟铮看向众人，说："你们都听见了。其实，有一种最快的方法，那就是——坦白。"他走向玛姬，"玛姬，花是我送的。"

陆帆海大叫："什么？"

众人皆惊。玛姬更是惊得合不拢嘴，脸红得像一朵玫瑰，看看陆帆海，又看看含笑的万俟铮，差点儿昏倒。

万俟铮说："除了我还能是谁？每天送花，不可能从不被人撞见，又不是隐身人。有人发现了，却保持沉默，为什么？要么他是瞎子，要么，他不敢说。在公司里，能管住别人不让他说话的，只有我。"

大家恍然，纷纷颔首。玛姬目不转睛地望着万俟铮。

陆帆海叫："开什么玩笑，花是我送的！"

众人彻底被搞糊涂了，看看陆帆海，又看看万俟铮，再看看玛姬。

超级苏还在读："最快的办法，找个人冒认是送花人，跳出来表白，真正的送花人一定坐不住。"

万俟铮打个响指，指着超级苏，深表赞同地点头，对着陆帆海耸耸肩。

玛姬愣了，陆帆海瞪着万俟铮，结结巴巴地问："你，你诈我？"

"炎缇玉很聪明，不用自己的电脑，却借苏晶晶的，使苏晶晶不由自主关注她打字的内容，然后念给大家听，解决她不能说话的问题。她设计的方法，层层递进，步步紧逼，对方完全逃不掉。"万俟铮环视众人，"对于炎缇玉出任我的助理，还有疑问吗？"

大家面面相觑。

炎缇玉拉一拉超级苏的袖子，把一张纸条递给她。超级苏念：“我拒绝。”

万俟铮说：“拒绝无效。李部长，我办公室外面有很大空地，让炎缇玉搬到那儿去，尽快到位。”他转身离开，不给炎缇玉反对的机会。炎缇玉顿了顿，追在他后面。

陆帆海清清嗓子，对脸上一阵红一阵白的玛姬说：“花以后我还照样送，除非你说讨厌它。”他讪讪地退出。

许久，满屋的人才活泛起来。

炎缇玉写下纸条，递给万俟铮。“我是清洁工。”

看着她一脸的抗拒，万俟铮甚为满意，说：“告诉李部长，把你的桌子摆得离我的门远一点。”

炎缇玉写：“我不会来，分配的工作我也不会去做。误了事，别怪我事前没说。”她放下纸条要走。

万俟铮曼声说：“到了下周，你想当我的助理，我还不一定要呢。出了门，你可别后悔。”

炎缇玉转身，眼眸清冽，无声却无比清晰地用嘴唇说：“我永远不会后悔离开你！”

万俟铮盯着她水红色的唇，眸结寒冰，嘴角浮现笑意，说：“好得很。但愿你永远有骨气！”

十八

一箭三雕

穆翰到医院向李思锐告别。“华北大区视察结束，我明天回去。等你做手术我再来。”

李思锐因病脸色蜡黄，眼袋浮肿，强打精神问：“是不是公司有什么事？”

穆翰的归期是高屹指定的，高屹明摆着不想让他参加之前那个总裁办公会。他不想用钩心斗角的事烦李思锐，说：“董事长让我替你管研……”

李思锐听到这儿已经乐开花，眼睛发亮，“接替我的是你？！这下我可放心了。后继有人啊！”

穆翰笑骂：“敢占我便宜！我的任命还没有经过会议决议，暂时要保密。说正经的，我该怎么开展工作？我什么都不会。你清楚，我不是学术派的人。”

李思锐还在兴奋，“让万俟铮干，你歇着。只要保证没人干扰他，万事不愁。”

“万俟铮怎么样？你好像挺推崇他。”

李思锐说："是块好材料。当然了，我手底下个个都有真才实学。不过他不一样。他很有志向。人是需要一点儿精神的。他身上有股子劲儿。有一次，他对着技术材料发狠，自言自语说，'充电一整天，高速一小时'，早就该跟'东亚病夫'的牌子一样，丢到太平洋里去了。你听听，有这种血性，什么事办不成。"

穆翰听得认真。"这么说，是个实干的人？"

"是啊。别看他外表稀松，实际上他给自己上满了弦。原定用三年实现的研发计划，他憋着劲，打算两年就达到目标。针对低温环境，他有很多想法，动力电池系统低温快速启动与管理技术、空调系统高效低温增焓制热技术、低温充电技术、电制动能量回收，等等，这些方面，他都有创新方案。"

李思锐说了一堆参数，穆翰表示听不懂。

"这段时间，你们合作得怎么样？"

李思锐说："互相适应，互相配合。他教我创新理念，我教他协同合作。他说，我们要把家庭作坊式的生产向工业化转型。我纳闷，我们现在做的不就是汽车工业化吗？他说，跟那些顶级汽车制造企业比，我们简直像小孩子过家家。我们应该创造并制定汽车工业化标准，做行业标杆。这个年轻人有很大抱负。"

任职变化等等，炎缇玉完全不知情。

她盼着这周赶紧过去。万俟铮说过，到下周就不要她了。她依然干着清洁工的活儿，不理会交代给她的助理工作。

周一到了，炎缇玉的脸上带着淡淡的轻松，万俟铮的眼中闪过一丝不易察觉的轻蔑。

万俟铮接到通知，去参加高层扩大会议。会上，穆翰简单介绍了李思锐的病情，高屹宣布由穆翰暂时主管研发中心。穆翰谦称自己不懂技术，提出让万俟铮做研发中心的首席工程师，牵头开展业务。其他高管眼观鼻、鼻观心，保持沉默。

万俟铮说："调查不结束，我可不敢进研发中心。正所谓'瓜田不纳履，李下不正冠'。我相信不是我一个人有顾虑，参与研发的都加着小心呢。"

他用大调查当推脱借口！众人看着他，大调查是董事长钦定的，万俟铮要推翻高屹的决定！

有了上次会议的经历，众位副总裁见识了万俟铮的厉害，知道这个分公司经理什么都敢说。研发中心直接听命于董事长，李思锐虽不是副总裁，却形同副总裁，可以直接向高屹汇报，只对他负责。牵头研发中心，增加在高屹面前的出镜率，这是别人求之不得的好事，万俟铮居然拒绝！

刘深自己也觉得大调查干得没意思，但现在放弃，等于承认失败。他硬着头皮说："调查不能停。还没查出结果，得继续查啊。"

赵烈皮笑肉不笑地说："万俟总，你急着让调查草草收场，要不是了解你，我还以为是你泄露的信息，想让这事赶紧过去。"

万俟铮正色道："赵总'草草收场'这几个字用得好。我还真没想到那儿。我不是催调查结束，而是希望加快速度，赶紧找出那个人。云迅车型使用的是行业内已经成熟的技术，这次泄露的只是一些无关紧要的上市计划和技术参数，下次可不一定这么幸运了。要是专利技术或者核心业务机密泄露了怎么办？刘总，调查的事十万火急啊。"

万俟铮当众将他一军。刘深自问没本事查清，不敢接茬，转了风向，说："研发的事不能再等，调查已经陷入困境，缺乏更多的线索。董事长，我建议，不如暂时放一放，让研发人员能安心工作，也避免调查小组的人接触研发机密。"

主管生产部的冼光明说："我同意把调查的事先放下。云迅资料泄露后，应急机制已经启动。我们要把损失降到最低，必须抢在竞争对手拿泄露的资料做文章前，推云迅正式上市。下个月，市场得见到云迅量产。再不恢复生产线，补救计划名存实亡。"

高屹用目光征求其他人的意见，说："好，停止调查。"

刘深假装沮丧，实则松了口气。

万俟铮轻而易举为公司除了一大害。内鬼该查，但有人借机兴风作浪，必须遏制。

穆翰对万俟铮说："万俟总，我虽然名为研发中心的代主任，但是具体的研发业务要靠你带头，我会全力保障你开展工作。"

万俟铮微微一笑，钢笔在笔记本上轻轻戳一下，说："董事长，穆总，多谢你们的信任，恐怕我不行。我的杂事太多，本来想找个助理帮我处理，但她不干。听说集团高层有人十分欣赏她，要把她挖走。唉，求人不如求己，我的事还是我自己处理吧。不过这样一来，我只能顾我自己的研究课题，很难再有精力干别的。牵头研发中心的事，领导们还是另请高明吧。"

大家明白万俟铮借题发挥的目的是什么。

高屹说："'兵有乱者，将之过也'。你不用搭理高敏纤，她那里，我去说。让炎缇玉当你的助理。"

万俟铮说："谢谢董事长支持。不过还有一个问题，我有心用炎缇玉，也要看她自己的意愿。她要执意不干，我总不能强迫人家啊。"

众人听明白了，望向穆翰。炎缇玉只听穆翰的话。

穆翰俊朗的脸上一片宁静，说："炎缇玉的事一向由她自己做主。万俟总可以征求她的意见。"

穆翰不肯向炎缇玉施压！

万俟铮说："我已经询问过多次。我不能强人所难，否则她自己没有干劲，工作效率不高。"

罗超凡出主意："万俟总，这个好解决，助理好找。"

万俟铮把路堵死。"助理是我们身边知道秘密最多的人，必须稳妥可靠，还得嘴严、聪明，我这个人的要求又苛刻，杂七杂八的事又多，不敢随便用人。"

刘深说："万俟经理对炎缇玉的评价很高啊。"

"多亏赵总推荐人才。"

高屹沉吟："穆翰，研发工作非常重要，科技是第一生产力嘛，你在这上边多用用心。在万俟铮的助理人选没解决前，你得全力放在研发上。这样吧，你把商务部先交给赵总。等万俟铮的助理到位，腾出手来牵头研发工作，你的时间充裕了，再管商务部。"

姜还是老的辣。高屹表面上不逼穆翰，却以这种方式让穆翰知道违抗命令的代价。赵烈没想到最后渔翁得利的是自己。交出商务部，穆翰手头只剩下财务部和研发中心了，研发中心还是个代管部门。

穆翰蓦然被夺权，扶了一下无框水晶眼镜，平和地说："听董事长安排。"他还是没有游说炎缇玉的意思。

万俟铮料到李思锐生病，公司必然让他主持研究工作。他挟势自重，四两拨千斤，先解除大调查带来的束缚，将刘深踢出局，继而灭了高敏纤的妄想，最后，本想借穆翰的危机，逼炎缇玉屈服。他跟炎缇玉强调"一周后"，就是在等高层例会。但穆翰的态度出乎他的预料。他的脑海里蹦出"威武不能屈"五个字。炎缇玉受欺负时穆翰的沉默曾被他认为是明哲保身，现在看来是他想错了。

万俟铮像个从容镇定的画家，伏笔如泼墨，工笔细描摹，眨眼间已成就大作，一箭三雕。

最后的一招，他无意中把穆翰拉下了马。

他公然与刘深、高敏纤为敌。穆翰要倚仗他搞研发，暂时不敢为难他。他的风光一时无两。

"树敌太多，树大招风，树倒猢狲散。"他自知。

赵烈懂了钱力为什么说挤走穆翰要靠万俟铮，坚定了拉拢之意。

罗超凡与官极以目代言。"董事长对那小子偏心得厉害。""看来他是下一个穆翰。"

穆翰接手研发中心的代价是交出商务部，这番结果，是远在千里之外的李思锐决计想不到的。

信息比人跑得快。万俟铮和陆帆海还在集团总部，高层会议的决议已传到分公司。

缇玉的嘴唇咬得几乎出血。她给穆翰发消息求证，穆翰轻松回答："今晚我不必陪客户了，终于能陪你一起过。"缇玉绝望地扔下手机。无论如何小心，她还是连累他了。

十九

碾芳尘

万俟铮回到分公司，叫来炎缇玉，收回办公室钥匙，下令撤掉他门外助理的座位。

缇玉怔了怔。他不是强烈要求她当他的助理吗？

万俟铮说：“有人帮忙，我能轻松点儿，没有就忙一点。以前我干得也挺好，现在也不是必须有助理，有多少精力就干多少活。”

缇玉顿时脸色苍白。她明白了。

万俟铮好整以暇，他在等炎缇玉哀求当他的助理，否则，他便以忙碌为理由，拒绝牵头研发工作，将穆翰拴在研发中心，削弱穆翰的权力。就算炎缇玉屈服，他也不会轻易放过她，他为她设计了九九八十一难，要她历经坎坷，他再做出勉强接受的样子。

他盯上的猎物跑不掉。他早已布下天罗地网，从李思锐发病开始，一点点收紧网口。

放下自尊，求万俟铮雇用自己？炎缇玉怎么说得出口。

“我永远不会后悔离开你。”说过的话仿佛一记响亮的耳光打在炎缇玉脸上，她预感到新一轮的羞辱即将开始。

“如果没有别的事，我要工作了。”万俟铮赶人。

炎缇玉动作僵硬地离开，她肩膀收缩，双手互握，显得很冷。

万俟铮深呼吸。炎缇玉会不会为了穆翰牺牲自己？他说不出自己是期待还是不愿。

餐厅人多嘴杂。人们都说炎缇玉不顾穆翰，不肯担任万俟铮的助理。没人知道，是万俟铮不要助理了。大家的猜测五花八门。有的说穆翰失宠了，有的说炎缇玉和万俟铮有染，有的甚至说穆翰是泄密者，高屹不挑明，而是借刀杀人，顺势削去穆翰的权力。

穆翰失势了。万俟铮清晰地感觉到这点。直呼穆翰名字的人多起来，而以前，即使在背后，他们都尊敬地称他为穆总。

要想在公司生存，要么身怀绝技，例如万俟铮，要么在公司里有人。高敏纤属于上面有人的那种，董事长是她爸爸；李思锐是下面有人的，手底下的人对他言听计从。穆翰以前上下都有人，高屹喜欢他，他的手下也服他。现在高屹明显偏心，向着万俟铮，又把商务部给了赵烈，让穆翰远离老部下，穆翰现在是上下都不挨着，完全被架空了。趋炎附势的小人趁机想踩一脚。

万俟铮皱眉。伤及无辜纯属意外，并非他的本意。

下午，万俟铮参加研发技术团队讨论。他不多言不少语，问到他他就回答，不问就保持沉默。

手机上蹦出一条信息：我希望担任你的助理。

炎缇玉打出这几个字有多艰难，他能想象到。心里痛快了一下，接着是更不痛快。既然炎缇玉做了决定，且看她能为穆翰牺牲到什么程度。

万俟铮回复：不需要！

信息一出，杳无回应，让他在后半程的会议里心猿意马。

会议结束，万俟铮回到公司，炎缇玉在办公室门口等他，见到他，站起身。万俟铮用疑问的目光看她一眼，对她待在这里无声地质疑。

他说："叫李姝派人把桌椅拉走，你回总务部。玛姬呢？我的日程安排呢？"

炎缇玉递上一张纸条："我想和你谈谈。"

万俟铮断然拒绝："没必要。叫她们两个来！"他推门走进办公室，炎缇玉迟疑一下，尾随进去。

万俟铮不悦。"让你去叫她们，你没听见吗？"

炎缇玉站着不动。万俟铮把笔记本扔在桌上，厚本落在实木桌子上，发出很大的声响。他冷哼："也对。你又不是我的助理，说不定明天就成为监事会的人了，不用听我的命令。我要做的事，得自己动手。"

他拿起内线电话，要拨给玛姬。炎缇玉急忙按住他的手。她的手指冰凉，微微颤抖，手上的力度准确地传达了她阻止万俟铮的决心。

万俟铮的目光从手上移到她脸上，炎缇玉忍着难堪，转开头，松了手。陆帆海打来电话，说有急事找万俟铮，让他赶紧回公寓。万俟铮起身，站在门口不动，等炎缇玉走出来，他利落地锁上门。

万俟铮沉默地开着车。

刚才，炎缇玉的手压在他的右手上，到现在他的手还发麻。他用左手护住右手，不让风吹，不让光照，莫名地想留住那种触觉。

陆帆海的祖父病危。他匆忙收拾几件衣服，订了机票回老家。万俟铮送他去机场。安检口前，万俟铮用力拍拍他的肩，说："有事说话！"

陆帆海提着箱子进入安检。

万俟铮从机场出来，漫无目的地走，与城市渐行渐远。旷野上，繁星高悬，野风呼号。他点燃一根烟，默默地抽，火光忽明忽灭。

在他的家乡，没有人期待他。他年少离家，远走他乡，连奶奶的最后一面都没见上，而他的出走，归咎于一个该死的人。遇不见也还罢了，既然重逢，便是天赐良机，让他出尽心中恶气。

怎么又想起她？晦气！

他捻灭烟，仿佛它就是那个人，然后点燃一支新的。

回到公寓，一出电梯，门前有个纤小的人影，靠着墙壁坐着，双手抱膝，低着头，好像睡着了。万俟铮甩甩头，重新睁眼看，确定没看错。短发，灰紫色长裙，虽然看不见脸，依然可以确认是炎缇玉。

万俟铮轻轻走近，蹲下。终于，终于可以肆无忌惮地看她。乌黑的头发在昏黄的楼道灯光下闪着光泽，纤细白皙的一双小手互握着，紧紧抱膝。她蜷缩得那么紧，仿佛随时防范着外界的伤害，积蓄着，忍耐着。

他知道炎缇玉处境尴尬。回到总务部，被李姝冷落；想找回清洁工的工作，又没有钥匙，进不去经理办公室；想找他谈，他刻意回避。万俟铮亲耳听到有人明目张胆地说："穆翰彻底失宠了，执掌研发中心长不了。手底下没有自己的人，没人真心干事。靠李思锐的手下？人家凭什么给你一个代理主任干出彩儿啊？"穆翰的处境，他不信炎缇玉无动于衷。

声控楼道灯熄灭了。

这一层只有两套房子，万俟铮和陆帆海住对门。

四下空寂，炎缇玉呼吸轻微。万俟铮摸了摸地，很凉。他想叫醒她，又迟疑，突然舍不得这静谧的气氛，他们之间少有的、不必对抗、不必防备、不必假装的相处。

万俟铮对自己的犹豫生气，更为自己的恻隐之心羞愧。似乎为了证明给谁看，他迅速站起来，准备不客气地踢炎缇玉一脚，把她踢醒，但终是不忍，改为大声咳嗽。

灯再次亮了。

炎缇玉一激灵，抬起头，眼神迷茫，那一秒竟然有瑟缩之意。

万俟铮的同情不由自主地涌出来，在到达脸部之前，被他克制。他板着脸，喝问："你在这里干什么？"

炎缇玉立刻清醒了。她连忙站起身，掏出纸条，万俟铮扭过头不看她，打开门。

集团人才公寓的格局和装饰全都一样。不同的是，万俟铮的客厅过于简洁，仿佛无人居住，没有任何个人物品，不具一丝生气。

万俟铮把外套挂在玄关的衣架上，坐在沙发上，对着炎缇玉伸手要她手中的纸条。

炎缇玉本来拘束地停留在门口，见状不得不向里走，走到沙发边。万俟铮看了一眼，说："要谈谈？好吧，给你五分钟。"

炎缇玉拿出纸条："我希望担任你的助理。"

"我不需要。"

又一张纸条："是我需要。"

看着一张张纸条，万俟铮好奇心倍增，说："把你的纸条都给我。"

炎缇玉把所有纸条掏出来。万俟铮饶有兴趣地读。

——我后悔了。请给我这个机会。

——我知道我有生理缺陷，我会努力胜任工作，给你添麻烦了。

——我真的非常需要这份助理的工作。

——无论你有什么要求，我会尽力做到。

——你想让我做什么？

“很可惜，到目前为止，你的理由不能打动我。”万俟铮放下纸条，懒洋洋地说，“你告诉我，我为什么要雇用一个我根本不需要的助理，给自己增加麻烦，去成全穆翰？”他如此直白，倒教炎缇玉无法回答。

“你当助理，我主持研发，穆翰拿回商务部，于我有什么好处？我想不受打扰地搞研究，才坚持要成立分公司。最讨厌行政那一套。牵头研发中心又得面对那些。”

炎缇玉局促地握着双手。

万俟铮看一眼旁边的沙发，说：“坐下。”

炎缇玉坐下了。

“站起来。”

炎缇玉站起来。

“转个圈。”

炎缇玉原地转个圈。

“把衣服脱了。”

炎缇玉不动。

万俟铮嘴角微扬，说：“我的助理与我应该互相信任。我的命令，他必须不折不扣地执行，而你做不到。我只用几个看起来没有什么意义的小要求就试探出你不会绝对服从我。我不信任你，你也不信任我，这样怎么一起工作？如果你跟我有默契，应该明白我说的衣服指的是外套。五分钟到了。”

炎缇玉指指写着“你想让我做什么”的纸条。

万俟铮说：“在问我之前，你最好先问问自己，你能做什么，打算做什么。既然这是你的需要，把它当作一场交易吧。你用什么来交换助理的职位？等你想好了，再来找我。”

炎缇玉的纸条已经用完，她编辑短信发给万俟铮，询问何时还能与他再谈。万俟铮说：“明天晚上可能有空。”

万俟铮带着玛姬一起去应酬。饭局结束，玛姬借着酒意迟迟不肯回家，和万俟铮聊起来没完，聊珠宝商，聊车模，聊云迅车。万俟铮送她回家，玛姬拉着他不松手。

万俟铮仰头看钟楼上的时间，时针指向十一点。炎缇玉是否又坐在冰凉的地上等他？

玛姬醉得睁不开眼睛，总算放开了他。十二点多，万俟铮回到家。门口空荡荡，手机上静悄悄，炎缇玉不见人影。在他牵肠挂肚时，炎缇玉正安逸地待在家里！一想到这个，他的气不打一处来，转身去往酒吧。

他在酒吧里找到一个相对安静的角落，点了一杯诗洛珂天鹅绒。饭局上喝的白酒已然不少，胸中郁结之气催化了酒精的作用，加上鸡尾酒中的伏特加，他已微醺。

他心中冷哼："说得那么迫切，一点儿实际行动都没有！别想再求我，我绝不答应。机会我给过了，是你不珍惜。"他想打电话训斥炎缇玉不识好歹，又觉得没面子，强忍下来。此时此刻，炎缇玉或许早已睡下。想到这儿，万俟铮更生气。

"万俟先生，一个人吗？"娇美的声音在身后响起。

万俟铮不用回头，一闻香水味便知，是某个饭局上有过一面之缘的容若玉。"容女士，真巧。"老实说，容若玉长相娇媚，妆容精致，但万俟铮觉得她有一股莫名的邪气。尽管对这个女人有天生的恶感，万俟铮的笑容依然动人。

容若玉的衣着有些夸张，紧身露背鱼鳞晚装穿在她身上，凸显玲珑身段。她被万俟铮的笑容吸引，直觉在魅力上遇见了对手，声音多了一份酥软，甜得发腻，说："我也没想到在这里遇见万俟先生。万俟先生一个人？我和朋友的桌子在那边，"她伸出春葱玉手一指，"来和我们坐坐吗？"包间的深棕色纱帘绣着金线，半遮半掩，里面坐着四五个男女，听不见声音，看样子是在打情骂俏，女人们的打扮个个与容若玉相仿。

万俟铮说："多谢。不便打扰。"

容若玉轻声笑："难道，万俟先生要一个人虚度良宵？"

万俟铮微笑不语。

容若玉不相信自己的魅力遭到拒绝，故意俯身，装作好奇，端起诗洛珂天鹅绒，直起腰的刹那，有意无意地用胸碰了一下万俟铮的胳膊，说："这款鸡尾酒看着很好喝，介意我尝一下吗？"她凝注万俟铮，把红唇诱惑地微张，沿着万俟铮的唇印抿了一口酒，接着缓缓地一饮而尽。

万俟铮说："既然容女士喜欢，我送你一杯。"他叫来侍者，点了一杯送给容若玉。

"呀，"容若玉用手指点着太阳穴，娇弱无力地说，"酒劲真大啊。"说着，往万俟铮身上靠。万俟铮顺手将她扶住。半拥半抱之际，容若玉感觉胸前有东西顶着，刚要窃喜得手，觉得那物硬得出奇，原来是万俟铮的手机。万俟铮在她耳边低语："我今天没心情。容小姐，请回吧。"

在外人眼中，他们之间暧昧至极，万俟铮的手机刚好被酒杯挡住。万俟铮微笑着将容若玉扶正，容若玉含嗔带怨地望他一眼，将走时又回眸，问："万俟先生，真的不来吗？"

就在这时，酒吧忽然安静了。

缇玉与酒吧的气氛格格不入，一出现便引人注目。这种不搭一部分缘于她朴素的衣着，更多的是因为她的气质，如冰川融水滴入壶口瀑布。

万俟铮漆黑的双眸光彩变幻，对容若玉说："改日吧。"

容若玉顺着万俟铮的目光望去，脸色阴晴不定。

酒吧灯光昏暗，万俟铮又在角落，炎缇玉没看见他，退出去。她发动车，在导航上查询下一家酒吧。万俟铮拉开副驾驶的门，坐进车。缇玉吓了一大跳，以为是抢劫的，抄起包砸过去。万俟铮握住她的手腕，嗓音低沉，说："把我砸死，你给谁当助理？"

缇玉要抽回胳膊，万俟铮不放。他气恼她吊他胃口，又责怪她轻易放弃，找得不仔细，同时心中膨胀得意——已经后半夜了，炎缇玉本该在穆翰身边，却在这里，在到处找他。他半惩罚半示威，故意用力，手像铁钳夹住炎缇玉的手腕。

缇玉疼得冒汗，不挣扎，不声张。好在万俟铮很快放了手，心满意足地靠在座椅上，吩咐："回家。"

这一幕被坐在跑车里的高敏纤逮个正着，她把抓拍的照片发给穆翰，发信息问：你身边是不是少了个人?

深夜，面对一个酒气熏天、居心叵测的男人，炎缇玉明知危险，却别无选择。赵烈正绞尽脑汁，要在代管商务部期间干出成绩，把穆翰比下去。如果高屹认为赵烈干得比穆翰出色，穆翰有可能无法回到原岗，商务部永久归赵烈分管。几个月后，等李思锐回来重掌研发中心，穆翰除了财务部，将一无所有。

炎缇玉在和赵烈赛跑，她迫切需要成为万俟铮的助理，让穆翰取回原有的权力。她列出十条理由，包括愿意承担万俟铮公寓的清洁工作、使用语音转换软件接听电话弥补失语缺陷、维护他的绝对权威，等等。万俟铮看都不看，直接把纸扔到脑后。

纸飘飘悠悠落到客厅地上，炎缇玉的希望随之跌落。她清纯的模样比性感妖娆的女郎更让万俟铮欲火中烧。他说："把衣服脱了！"

炎缇玉刚褪出两只袖子，万俟铮等不及地一把扯过大衣，扔在沙发上。他的眼眸波涛汹涌，倒映炎缇玉的冷淡。炎缇玉察觉不对劲，不禁后退。万俟铮的目光笼罩她柔弱的身影，步步紧逼。

"我不缺免费的小时工，也不缺呆板的应答机，只要我一招手，马上有一打女人跑来干这些鸡毛蒜皮的小事。你以为只有你毛遂自荐当助理吗？每天给我发消息抢这个位置的女人不知有多少。"

炎缇玉退到墙壁。她惊恐的表情是狩猎者绝美的食物。万俟铮的声音越发低沉，"助理分两种，一种是业务型的，专门用来干活。还有一种，专门取悦老板。第一种，我不需要。第二种嘛，想必你听过关于我的传言，大部分都是真的，尤其是与女人有关的部分。该怎么做，你自己想。女人取悦男人最简单、最原始的方法，相信你懂。"他嗅到炎缇玉身上若有若无的香气，几乎把持不住。他必须忍耐，等炎缇玉主动投降。他忽然开始讨厌身上的酒气，怕酒气冲散了她的芬芳。

炎缇玉咬着牙。这是噩梦！一定是噩梦！她怎么自己送上门来，成了他的玩物？！

她已经做好迎接侮辱的准备，但，不包括这种！万俟铮俯下身，找寻她的嘴唇。炎缇玉拧开头，无声地抗拒，她紧贴墙壁，恨不得把自己陷进墙里去躲避。

“机会不是天天有，你自己想清楚。”万俟铮冷冷地说，“你的时间不多了。”

炎缇玉一颤。万俟铮说中了她的心事。

万俟铮欲擒故纵地向后退。抬脚的刹那，炎缇玉无助地抓住他的胳膊，她绝望得不知所措。沉寂多年的她，冷漠似冰的她，一遇到万俟铮，所有镇定都被打破，惶恐不能自已。

万俟铮不给她反悔的机会，把她按在墙上，深深吻她的唇。奇怪，她明明不喷香水，身上却是香的，明明口中无蜜，唇却清甜无比。柔软的唇，混乱的气息，像注入一剂强心针，万俟铮的心脏狂跳。他吻得那么急，连呼吸都嫌浪费时间。他的吻像风暴，像巨浪，像烈焰，带着摧毁一切的力量，不容反抗。

炎缇玉没有反抗。

万俟铮感到满意。一种酥麻自心底炸裂，迅速蔓延，他不由自主闭上眼睛，吻由激烈转为深情，欲火莫名地降下来，身体的感觉集中在心脏和嘴唇，甜馨，快乐，沉醉。那种东西叫感情，而不是欲望。

当万俟铮脑海中闪过这个词，他的动作僵住了，猛然抬起头。他被自己吓坏了。随即，他看见炎缇玉已泪流满面，闭着眼睛。她的嘴唇红肿，脸色苍白，手指紧抠着墙壁，像是忍受着极大的痛苦和屈辱。

泪水浇熄了火焰，无论是感情的还是欲望的，扯动万俟铮心底不知从哪儿冒出来的、不知是否真实存在的一根弦，剧烈地疼痛。

脸上有些凉，原来沾了一滴她的泪。万俟铮狠狠地抹掉，抓起大衣扔给她，低叱：“你让我觉得恶心。滚！”

炎缇玉抱起大衣，夺门而逃。门在身后关闭，她抓住楼梯扶手跑了几步，身子剧烈颤抖，缓缓往下溜，坐在台阶上无声痛哭。她多傻啊，竟然奢求刽子手的仁慈，哀恳鳄鱼的眼泪。与虎谋皮，反饲虎身。

万俟铮点着烟，在屋子里一圈一圈踱步，烦躁不安。

只有他感觉到快乐，炎缇玉如受酷刑。

他为什么会感到快乐？他憎恶那个下贱的女人！

疯了！疯了！疯了！

她是第一个被他吻却委屈流泪的女人。万俟铮作为男人的自尊心深深受伤。时隔多年，他再一次被这个女人羞辱，这次用的居然是眼泪！她居然敢在他面前演贞洁烈妇！

万俟铮恨得牙痒痒，他踩到炎缇玉拿来的那张纸，捡起来撕个粉碎，打开窗户，让冷风吹彻房间。

静湖黑漆漆的，附近没有灯。炎缇玉绕着湖走了无数圈。万俟铮给她的折磨无休无止，从精神到肉体，一点点升级，她的反抗总招致他更加过分的行为。她快要被碾碎了。

穆翰主持召开集团新能源汽车技术专题会。

穆翰说："集团即将推出一款高科技车型，使用我们最先进、最前沿的技术。这款产品代表集团最高的科技水平，领导非常重视。为此，集团决定成立专门课题小组，组长由我担任，副组长是分公司的万俟铮和研发中心副主任何鹏，组员由研发中心新能源分部和分公司技术部组成。现在，请何鹏主任宣布小组成员名单。"

名单宣布完毕，穆翰说："新车型工作方案中包含核心技术和参数信息，属于机密，会上不公布，会后，我将和每个组员一对一面谈，把资料分发给大家。请拿到资料的人务必遵守保密条例。"

何鹏说："穆总，有件事我不知道能不能在这个场合说。"

"请讲。"

"新车型是集团争夺市场份额的一件重器。做新能源车的越来越多，能不能杀出重围，关键看技术是否够硬。高端技术太重要了！大调查虽然没了，但是咱们内部还得继续查下去。"

"何主任，你的担心我完全理解。不过，我认为你过虑了。上次云迅的事，我一直觉得是个意外。可能是因为云迅已经列入下一季度的上市计划，使用的也是众所周知的老技术，有人忽略了它的保密等级，在闲聊时不小心泄露，不是故意的。"穆翰坚定地说，"大调查结束了，不能再因为猜忌延误新车型的研发。"

何鹏欲言又止。

穆翰说："当然，你的忧虑是对的，我再次强调，所有专题小组成员必须严格遵守保密条例，否则，后果不止开除这么简单。"

何鹏觉得这个力度根本不够，但只能颔首。

会议结束，穆翰邀万俟铮去他的办公室，他们一起乘电梯。电梯门打开，外面是等着上梯的高敏纤和炎缇玉，还有其他乘梯同事。

四个人相对，万俟铮盯了炎缇玉一眼，说："看来我误会高监事了。不是你惦记炎缇玉，是炎缇玉身在曹营心在汉，主动找你啊。"

高敏纤哼一声，顺水推舟做沉冤得雪状。她绝不会帮炎缇玉澄清，更难得穆翰在场，她要让穆翰知道这女人给他带来的麻烦无穷无尽。

事实上，她一早便把炎缇玉叫去责骂，一来是为了撒气，二来是为了从炎缇玉处验证穆翰见到照片的反应。炎缇玉的黑眼圈和疲态让她很满意。高敏纤本就看不起炎缇玉，昨晚撞见她和万俟铮在一起，更添鄙夷。

高敏纤多么希望能危难时刻显身手，解除穆翰的危机，让穆翰感激自己。但高屹态度坚决，怕高敏纤胡搅蛮缠，干脆避而不见。

高敏纤骂累了，对炎缇玉说：“你除了害穆翰，什么忙都帮不上！没本事就靠边站。唉，他只能靠我了。好歹我是个监事，有权监督公司运转。我有办法逼万俟铮干活。”

缇玉一直木然，此时才有了点儿反应，双臂交叉禁止。

高敏纤冷笑出声：“你护着他？你们两个不会真的有事吧？”

缇玉在手机上打字，给高敏纤看。“能帮穆翰的只有万俟铮。”

高敏纤气恼地说：“我知道！我当然是要让他去研发中心工作啊，又不是把他赶走，你当我傻吗？”

“不能硬来。”

“挺了解他啊。我听说他的弱点是女人，不能硬来，那先从软的开始。不过，我不能白干。我帮了穆翰，你打算怎样呢？”高敏纤盘算，“让你立刻消失，好像不太现实。这样吧，从今天开始，你跟穆翰说你加班，晚回家。还有，今年的年会，他的舞伴只能是我。你，不许出现！”

“如果你能让穆翰重掌商务部，我可以答应。”

高敏纤傲然说：“等着瞧吧。”

两人分开时，在电梯间与穆翰和万俟铮不期而遇。

万俟铮竟当着穆翰的面训斥炎缇玉！打狗还得看主人呢。旁观者等着看穆翰的反应。

缇玉克制着不向穆翰看，怕一旦穆翰帮腔，场面更加紧张。如果穆翰不说话，似乎也不对。她必须想办法，抢在穆翰说话前化解尴尬。缇玉灵机一动，对万俟铮露出微笑，从容地摆手否认。

有时候，一个笑容能解决一切。它及时地缓和了紧张气氛，显示炎缇玉心怀坦荡，且应对万俟铮游刃有余，穆翰不必担忧；它让万俟铮的责难显得不再严重，从而失去为此起争执的必要；它削弱了旁观者的好奇，他们顿觉这场热闹已经结束，没什么好看的了。它令万俟铮微微一震。这是他第一次见到炎缇玉对他笑，明知这笑不是为他，而是为了穆翰，他还是措手不及，一时无法反应。

笑容的效果，炎缇玉敏锐地感知到了，然后，她才望向穆翰，用眼神打招呼。

穆翰表情温柔，按停电梯，问：“上来吗？”

炎缇玉摆手。

“我上。”高敏纤说，“穆翰哥哥，我找你。”

穆翰说：“我要和万俟总谈事。”

“那等你们谈完我再找你。”高敏纤恶狠狠瞪一眼万俟铮，她始终记恨那个耳光。

穆翰说：“一会儿我要去设计部。”

高敏纤穷追不舍，“中午呢？”

穆翰答："我约了何主任吃午饭。"

高敏纤懊恼地退后。

电梯门关上了。高敏纤看周围没人，再次跟炎缇玉确认："你记住，晚上说你加班，我要约穆翰吃饭。"

炎缇玉摇头。她的承诺要等到高敏纤办成事才兑现。高敏纤气道："你别小看人，我肯定能办到！"

穆翰找万俟铮谈新车型工作方案，谈了很久。万俟铮越听越惊讶。素闻穆翰谋略出众，今日所见仍令他大开眼界。回到分公司，他瞥了一眼门口空荡荡的座位，派人去叫炎缇玉。

炎缇玉走到万俟铮门前，几次想敲门，又犹豫地停下。门里面是风刀霜剑，也可能是恶言恶语，她本能地抗拒。

万俟铮在背后看了她一会儿，问："拿的什么东西？"

炎缇玉倏然转身，盒子掉落在地，钥匙扣、笔记本、优盘、书签等物从盒中散落，是桑立德托她带给总经理的云迅周边产品。炎缇玉想捡，又怕万俟铮重施故技，像第一次见面时那样羞辱她，于是戒备地盯着他。

这才是她见到他应有的反应。万俟铮涌起恶作剧的笑容，推门进去，留下狼狈捡东西的炎缇玉。

炎缇玉把盒子递给万俟铮。万俟铮凝视她，她的苍白和疲倦落在他眼里。突然，他抓住炎缇玉的手臂，不顾她的挣扎，撸起她的袖子，露出她白皙的手腕，三个黑色的指痕十分醒目，是他昨天用力捏留下的。

他盯着瘀痕，把炎缇玉拉到办公桌内侧。桌子、墙壁和他形成一个三角，把炎缇玉困在其中。他放手，粗声说："别动。"拉开抽屉，拿出一盒膏药，撕开一张，命令，"把手伸出来。"炎缇玉抗拒着。他抓起她的手腕，说："不许动了。"语气是不耐烦的，动作却仔细，把膏药贴在炎缇玉的手腕上。炎缇玉的表情像受刑。

万俟铮冷冷地说："这不是我给你的，是穆翰托我给你的。刚才在电梯口，他看见你手腕好像青了。"他一边说一边生气。人家两个人的事，为什么让他当了跑腿的？如果不说是穆翰给的，炎缇玉一定会撕掉。

炎缇玉望着膏药。那膏药凉丝丝的，麝香味道很好闻。

万俟铮厌恶地扭开头，暗暗咬牙。他是没看见而已，如果他看见了，他也可以买盒膏药送给她，那么现在她感激的就是他了吧。不过，至少，膏药是他给她贴上的。

他忽然醒悟。他在干什么，和穆翰比赛吗？

一走出门，缇玉就把膏药揭下扔掉，贴上一块新的。她透了一口气，死里逃生般。

穆翰对她说："你不用理高敏纤说什么，更不用答应她什么，她光嘴上逞能，什么都做不了。”他已经猜到高敏纤与炎缇玉会面的内容。

缇玉知道自己才是解决问题的关键，只要她当上万俟铮的助理，一切便能回到正轨。

穆翰说：“我本来打算年会之后主动提出交出商务部。不管是销售还是市场拓展，都需要大量的沟通协调。可能是因为年龄大了，我老觉得说话很累，不想再抛头露面，希望做幕后工作。所以，你不要有心理压力，也不需要做什么，是我自己不想管商务部了。你只管做你喜欢的事，不要勉强自己。”

“你对商务部倾注了大量的心血。这么离开，不心疼吗？”

“在其位，谋其政。董事长信任我，把这么一大摊事儿交给我，我理当尽心尽力。只要商务部能发展好，是不是我在管它其实不重要，我的心血并没有白费。喜欢一件东西，不一定要据为己有。”

“交给别人，你放心？”

穆翰微笑。“我会一直关注它。赵烈觊觎已久，他要证明自己，一定会努力干好。”

“董事长对你不公平。”

“他有他的难处。高敏纤总粘着我，如果让我掌管更多的重要部门，他会被人说闲话。身为董事长也不能一手遮天。”

缇玉替他叫屈。如果是穆翰自己提出来不管商务部就好了，由高屹提出来，变得像是董事会对穆翰的惩罚似的。

“话说回来，我希望有人能帮帮万俟铮。李思锐做完手术后还要化疗，一时半会儿回不来，研发中心这边全靠万俟铮。我能保证研发中心不乱，但是我无法在业务上领头。万俟铮说得对，一旦接手研发中心，他就没有时间处理私事了。能帮他处理杂务的最佳人选是陆帆海，但陆帆海是副总经理，不能再让他干助理的活儿，分公司有一大摊子事等着他呢。缇玉，我还是那句话，不要为了我去做什么，一切由你自己做主。”

缇玉暗叹。穆翰总是为别人着想。但，万俟铮肯罢休吗？万俟铮是为了对付她而对付她，与工作无关。这个问题解决了，他还会在其他地方找碴儿。

无论如何，穆翰的话暂时缓解了缇玉当助理的急迫，她已经被压得喘不过气了。

二十

她的甜，她的毒

高敏纤原本想找美女诱惑万俟铮，后来，她有了更好的计划。

少年时代认识的小混混已经长大，有的改邪归正，有的在歧途上越走越远。她很快就找到了要找的人，流氓团伙的小头目莉莉。

两个小混混把昏迷的炎缇玉弄到车里，拉到人才公寓楼下。两个人在车里数楼层。

“东边那家亮着灯，西边的黑着灯。”

“高大小姐不是说了吗，那小子天天出去逍遥，不在家，黑灯的那个准是他家。”

“她说的是左边的门，黑灯那个是右边的。”

“电梯左边还是楼梯左边？电梯和楼梯对着，要是电梯左边就没错，要是楼梯左边就不对。”

“哎呀，赶紧的，一会儿人该醒了。”

“你再捂她一次，迷瓷实喽。”

“我已经捂她两回了，再捂要出人命了。”

“哪儿那么容易死啊。”

“到底哪屋？”

“肯定是没人这个呀。有人在家，能让你把人放进去吗？”

两个小混混嘀嘀咕咕地，趁着天黑，把炎缇玉抬进楼。一个要去按电梯，另一个吓得赶紧摁住他问：“你干什么？”

“坐电梯啊。九楼呐，你想抬上去？”

“你是不是傻？电梯里有摄像头！赶紧抬，那边发消息了，那小子已经吃完饭，快到家了。”

他们把炎缇玉抬上九楼，撬开门，把人抬到床上，给高敏纤报信。高敏纤马上带着监事会的人奔赴人才公寓。她对监事会的人是这么说的：接到举报，万俟铮作风不正，她要带领监事会对风纪进行检查。

她的时间掐得刚好，万俟铮前脚进门，不到一分钟，高敏纤就敲开了他的门。

“万俟总，打扰了。我们随便看看。”高敏纤直奔卧室，手中紧握着手机，开着摄像模式。

床上没人，床下也没有。高敏纤愣了，不死心地在其他屋子找，洗手间、浴盆、大衣柜，连厨房的碗橱她都看了，根本没有炎缇玉的影子。

万俟铮不悦：“高监事，你这是干什么？谁给你的权力随便搜查我的屋子？”

高敏纤的脸色变得非常难看。面对监事会其他成员质疑的目光，她一语不发走出去。

其他人只好帮她打圆场：“万俟总，误会啊，误会。我们是接到举报才来的。你好好休息，不打扰了。”

“什么误会，什么举报？高敏纤，你说清楚！”万俟铮怒道。

一行人不敢停留，灰溜溜地走了。

“高敏纤，明天董事长那儿见！”万俟铮的声音追着他们。

监事会众人觉得高敏纤实在是胡闹，十分窝火，不等高敏纤发话便自行解散。高敏纤叫不住他们，把自己关在车里，对着电话大吼：“你们这两个笨蛋，把人抬到哪儿去了？”

两个自作聪明的小混混傻了，不明白错在哪里。他们不知道，人才公寓不设四楼，过了三楼就是五楼。他们在楼外数的第九层，在楼内的号码是第十层，下面一层才是万俟铮的住所。在他们数的时候，下面两个房间都是黑着灯的。两个小混混进入公寓楼后，按照楼内的号码把炎缇玉送进了他们认为正确的房间。

高敏纤听完他们的叙述，气得想哭。炎缇玉在陆帆海的房间！陆帆海的爷爷去世，他正休丧假待在老家，污蔑他是不可能的。

一箭双雕的计划连一只鸟都没打着。她横下心，干脆，一不做二不休，开着摄像模式去陆帆海的房间捉炎缇玉，栽赃给万俟铮！高敏纤也不管这个计划如何漏洞百出，正要去实现，手机响起，是高屹。高敏纤心虚，又不能不接。

高屹怒吼：“高敏纤，你马上给我滚过来！”

“你冲我吼什么吼！”她外强中干地反击。

“敏小姐，”电话被陈盼接过去，“你赶紧回来吧，董事长真的很生气。刚才好几位监事打电话告状，董事长等着听你解释。”陈盼突然把声音压得极低，“敏小姐，你弟弟有下落了。”

高敏纤吓得差点儿把手机掉到地上。如果失踪的弟弟被找到，以后高屹再也不会把她这个前妻生的女儿放在眼里。她耍威风的时代即将逝去。她乖乖地跑去任高屹骂。

高大小姐的第二次丢人现眼就这样被扼杀在摇篮里。

看着监事会匆匆来又匆匆去，万俟铮意识到了什么。他仔细检查楼道，确认没有隐藏摄像装置。他拿钥匙打开陆帆海的门。锁芯完好，说明撬锁的是惯犯。

炎缇玉躺在陆帆海的床上，看上去就是被草草一扔，身上外套完好。

“高敏纤！”万俟铮心中暴喝。

他把手伸到炎缇玉身下。两个人的头离得非常近。炎缇玉气若幽兰，呼吸轻轻地吹在他的脸上，万俟铮心神一荡。他连忙屏息凝神，将她抱起。她那么纤瘦，轻得简直不像话，完全失去了知觉，头无力地靠着万俟铮的胸膛。

万俟铮把炎缇玉带回自己的房间，放在床上，关好房门。透过窗户可以看到，众位监事的车已经走了。过了一会儿，高敏纤的车也离开了。他料定监事会的人不肯再跟着高敏纤胡闹。如果高敏纤卷土重来，他有的是办法对付她。

万俟铮回到卧室，扶炎缇玉坐起，让她靠在自己的身上，为她脱掉外套。炎缇玉温热的脸庞贴在他的颈窝，身体软绵绵地依偎着他，雪白的领口露出好看的锁骨，纤腰盈盈一握。

万俟铮胳膊上的肌肉紧绷，胸中突然升腾起强烈的保护欲，想要保护怀中寂然无助的女子。

他扶她慢慢躺下，为她盖上毯子，轻轻拨开散乱在她脸上的碎发，凝视她，百感交集。光洁娇嫩的面庞，弯弯的长睫毛在脸上留下弧形阴影，小巧的水红色的嘴唇。她脸色正常，呼吸均匀，仿佛只是睡着了。

万俟铮缓缓俯下头，鼻尖几乎碰到她的鼻尖，嘴唇离她不到一厘米。听说乙醚有淡淡的甜味。他闻到了甜味，却分不清是她的甜，还是药的甜。

如果她是清醒的，他要极尽所能地欺负她，让她痛苦难堪。她昏迷了，他反倒恪守礼数，不敢唐突。

一整天，他脑海中全是她，睁开眼是她，闭上眼是她，纸上是她，空气中是她，茶水的倒影中还是她。她嘴唇的甜，她身上的香，和她眼泪的苦涩，每一样都煎熬着他的心。当她对他微笑，他的灵魂不由得为之一震。

他早已不是当年的懵懂少年，他饱经困苦，他阅女人无数，他不该再被她迷惑。但是他心不由己，此刻，炎缇玉在他身边安睡，他的心全乱了，像被无形的线拉扯着，要挣脱身体，向她狂奔。

如果，如果情况不是像现在这样，如果她真的是在他身边安睡，该有多好。当她醒来，看见他，会再次给他一个微笑。

万俟铮用力扭开头，不看炎缇玉。他想离她远一点，身体却像灌了铅一样，动弹不得。

“为什么让我遇见你？为什么你不躲我远远的？为什么你不继续装下去，装作不认识我？”

他问她，苦恼地、委屈地、矛盾地问。他忍不住又转向她，手不受控制地伸出，轻抚她的脸。指尖所触柔滑细腻，他的心烧灼般地疼。

他担心她，希望她早点醒，可又不想让她醒。她醒了，他就不能这样好好看她了。

这女人有毒！最高级的毒，无色无味，无声无息，浸入骨髓。他必须离开她！他搬了一把椅子，坐在门口，整个房间中离她最远的地方。

二十一

冰冷背后的温柔

炎缇玉连续多次被浸过药的纸巾捂住口鼻，昏迷了很长时间。她悠悠醒来，看见陌生的吸顶灯。她闭上眼睛再睁开，景物不变，她惊得坐起来，头昏目眩，眼前一阵发黑，胳膊无力地再度弯曲，靠在床头喘息。她赶紧检视衣服，衣衫完整，她松口气，环顾所在之处。

这是一间卧室，充满温暖的咖色与米色，简洁明快。一个床头柜放满书，另一个上面放着笔记本电脑。毛毯轻而暖，双人床上只有一个枕头。环境的安适缓解了些许不安，她费力地回忆。

门开了，万俟铮端着一杯水出现在门口。炎缇玉大吃一惊，抓紧毛毯恐惧地向后缩。

万俟铮一直守着炎缇玉。乙醚致人昏迷，最多三十分钟。如果过量，可能致人死亡。他必须随时观察她的情况。察觉到她快醒了，他忽然不知该如何面对，于是出去倒水。炎缇玉的惊慌把他拉回到剑拔弩张的相处模式，他的表情瞬间变得玩世不恭，粲然一笑，说："睡这么久，你是上我这儿来补觉的？用不着做出害怕的样子，我才是受害者。"

他一动，炎缇玉便是一抖。

万俟铮说："我对女人是有兴趣，但对头上刻着'陷阱'两个字的没兴趣。"

炎缇玉的脑子有点儿转不过来。

万俟铮把水递给她，她看一眼水杯，再瞥一眼他。

"有这警惕性，为什么一开始会被人家弄晕？你已经昏迷一次了，还怕我在水里下药再昏迷一次吗？我要是想做什么，早就做了，还用等到你醒？"他讥诮地说，把水送到炎缇玉唇边，命令，"快喝。"

缇玉坚决不碰。她还在努力消化万俟铮的话，辨别真伪，梳理思路。

万俟铮把她的手机交给她。"时间不早了，给穆翰打电话，叫他来接你。"

缇玉不动。大晚上的，她莫名其妙地与万俟铮共处一室，她自己还没搞清楚状况，如何向穆翰解释。

万俟铮看出她的想法，说："我进家门不到一分钟，高大小姐就带着监事会的人来搜查。"

缇玉悚然！高敏纤一定会把这事宣扬得人尽皆知，穆翰不会原谅她！万俟铮在整个事件中是什么角色？

她的手指因用力而发白，万俟铮把杯子放在床头柜上，慢悠悠地说："怪对手太笨，连门牌号都没查清，把你放到了老陆的床上。还好老陆不在，否则他这黑锅背得更冤枉。高敏纤没找到你，走的时候很失望。为防止她掉头去找老陆麻烦，我把你带到我的公寓。"

缇玉迅速判断万俟铮话语的真实性。高敏纤带监事会成员来检查的事一验证便知，万俟铮不会在这件事上撒谎。这排除了他与高敏纤是共犯的可能，他不会牺牲名誉给高敏纤送把柄来威胁他自己。高敏纤说过要针对万俟铮好色的弱点使美人计，缇玉还以为她会找一些风尘女子来吹枕边风，却原来高敏纤根本不打算游说万俟铮，她要使的是阴招，而且，牺牲品是她。这是万俟铮不知道的，这部分也没错。

缇玉已想通来龙去脉。

阴错阳差地逃过一劫。

万俟铮见炎缇玉松了口气，起了恶作剧之心，阴恻恻地说："高敏纤没抓住我的把柄，我却抓住了你的。谁知道你是不是和她串通一气，还是防着点好。你睡在我床上的照片我存在哪儿好呢？现在的黑客太厉害，动不动就远程劫持电脑，眨眼工夫儿什么隐私都没了。"

缇玉的嘴唇失去血色。

万俟铮说："把穆翰叫来。"

缇玉惶恐地摇头。她比画"照片"，万俟铮故意视而不见，站起来。

缇玉拉一下万俟铮的袖子，又赶紧放手，哀求地望着他。

万俟铮曼声说："照片嘛，不能随便用，要用得恰如其分，恰到好处。什么时候发，发给谁，看你的表现了。"

缇玉咬得嘴唇几乎出血。

看着她失魂落魄，万俟铮心里又疼，又满含快意，微觉不忍，转过身不看她，粗声说："天不早了，快些让穆翰接你，离开我家！"

缇玉掀毯子下床。

万俟铮喝问："你能隐身？出了这道门，你随时可能被公司的人看见。"

缇玉冷冷回望，神色倔强，手语："被发现算我倒霉，我不会连累你。"

万俟铮怒火中烧。他是怕被连累的人吗？曾几何时，为了她，他连命都不要！

万俟铮不想与穆翰有任何接触，但现在的情势迫使他不得不亲自联系。他给穆翰发送语音："穆总，我必须马上与你见面，在我家。"

缇玉听到"穆总"两个字，跳起来抢手机，万俟铮偏着头，用胳膊挡住她。等他说完，缇玉剧烈地颤抖，面无人色，绝望地望着他，忽然疯了似的向外冲。万俟铮连忙去拦。缇玉左突右冲，眼神发直，力气倍增。万俟铮竟有些招架不住，只好拦腰抱住她，将她拖回卧室。缇玉推他，打他，踢他。万俟铮抓住她挥舞的手，喝道："你疯了吗？安静一点！穆翰必须来！只有他和你一起离开，才最保险！"

缇玉拼命摇头，挥手蹬足，奋力挣扎，短发被汗贴在额头，因为她不停甩头，头发完全乱了。万俟铮又惊又急，猛地把她拉进怀里，用双臂箍住她的胳膊和身体，嚷道："好啦好啦！你到底在怕什么？有我在，有什么好怕的！"

缇玉已经完全听不见。她只有一个念头，绝不能让穆翰发现她在这里！她最深的恐惧是失去穆翰，今天，她离恐惧如此近。穆翰要是看见她在万俟铮的房间，第一反应肯定是他们有染。穆翰将怎样嫌恶她，然后离开她，她不敢往下想。

她挣脱不出，便一口咬住万俟铮，把满腔愤懑和狂躁都集中在牙上，正咬在万俟铮的锁骨下方。万俟铮不禁皱眉，抱得更紧。

缇玉受到重重重压，每天都处于紧张中，望不到希望，想突破困境，又毫无方向，她已经濒临崩溃。四面楚歌，一边受万俟铮挟制，一边是虎视眈眈的高敏纤，还有被她连累逐渐跌入低谷的穆翰，她无力应对，不止一次想放弃自己。

血透过衬衫，混合眼泪，衬衫湿了一大片。

无论她咬得多狠，踹得多疼，万俟铮低着头，紧紧抱着她不放手，安抚地说："别急，听我说，听我说，我是在吓唬你，我没拍你的照片。有穆翰接你，大家见到你们一起离开，就不能说闲话了。我负责向穆翰说清楚，不让他误解你。你什么都不用怕。"

高敏纤如果够聪明，应该在楼外派人守着，等炎缇玉出去时抓个现行。要想折腾得再大一些，高敏纤还可以追问她是从哪个房间出来的，向楼上住户挨个儿求证。就算万俟铮否认，高敏纤也会想方设法把嫌疑往他身上引。他一个男人无所谓，炎缇玉是女孩，让人家这么猜忌，今后如何做人？他坚持让穆翰来接她，就是要堵别人的嘴。

缇玉力气用尽，慢慢松了口，泪水滚滚，无声地抽噎，身体在万俟铮怀里一颤一颤的。

万俟铮轻抚她的头发，柔声说："别怕，没事了，别怕。"

缇玉又开始推拒。

"我可以放开你，你不要乱动，别弄伤自己，好吗？"万俟铮刚试着松开胳膊，怀中顿时一凉，炎缇玉已经迅速后退。他递给她纸巾，胳膊一动，扯得胸口一疼。

他说："穆翰是聪明人，我把情况说明，他不会怪你。"

炎缇玉的嘴唇已经咬破，纸巾上的红色，分不清是谁的血。

万俟铮看着她破了的嘴唇，想关心又不能。左胸一片鲜红。他拿出衬衫，到洗手间去换。

脱下衬衫，擦掉血迹，胸前的齿痕还在缓慢渗血。他用药棉和纱布简单处理一下，换上新的衬衫。刚才对炎缇玉说的话根本没经大脑，语气也完全不是他想要的，此时想起来，懊悔不已。他要恢复强硬的语气，听上去要冷漠无情。

炎缇玉已穿好外套，随时要走的样子。万俟铮说："事情发生在这儿，报案最好还在这儿。"

炎缇玉略凝神，摇头。

万俟铮疑惑："你不报案？"他忽而醒觉，炎缇玉改了名字，搞不好身份是假的。

万俟铮目光锐利，问："下药的事肯定是高敏纤干的。这你总得告诉穆翰吧？不报案，也不告诉穆翰，就这么算了？你必须告诉他，他有责任保护你。”说到这儿他不免生气。保护不力，是穆翰的严重失职。明知他人不怀好意，明知炎缇玉身处漩涡，早该提前防范，怎么能让其他人随随便便伤害她？

万俟铮气她不争，声音不禁提高：“你以为你的敌人此刻正担惊受怕，躲在家忏悔，你放过她，她受到感化，以后改邪归正？你不还击，她吃定你，会欺负你一辈子。她能害你一次，就能害你一百次！你怕告诉穆翰，他们起冲突？高敏纤对穆翰的贼心不死，早晚有这一天！除非穆翰默许她这么做。”

无论他说什么，炎缇玉毫无反应，淡漠得好像万俟铮在自说自话。

“你刚才的厉害劲儿呢？”万俟铮冷冷地说，“懦弱只会激起他人攻击你的欲望。幸亏你不是我的助理。连自己的正当利益都不敢维护，还能指望你为老板冲锋陷阵？”

炎缇玉手语：“你不必激我。即使我报案，你还是不需要助理。”

万俟铮哼一声，说：“你也不必激我。跟高敏纤斗是你的事，挨打是你自愿的，我凭什么要拿助理的职位给你做奖励？”

炎缇玉要走。

“你是不是有受虐倾向？别人欺负你，你只知道忍。是不是还嫌被欺负得不够，只差在脑门上刻上‘欢迎打我’的记号？”

话音未落，传来敲门声。炎缇玉慌了，向卧室深处退，对万俟铮投去哀求的目光。

万俟铮坚决地说：“当然要告诉他。你不敢跟高敏纤对着干，就让穆翰去。”他走向客厅，炎缇玉拉住他的衣袖，楚楚可怜地一再摇头。万俟铮用力扯回袖子，通过观察孔看了一下，门外正是穆翰。

缇玉在卧室里急得转圈，走到窗边，又躲到墙角，寻找逃离之路或藏身之地。斗室之间，一目了然，根本无处可藏。

穆翰和万俟铮打个招呼。万俟铮说：“炎缇玉，出来吧。”

缇玉深呼吸，缓缓从卧室走出来，为难地站在门边，低着头，不敢面对穆翰惊讶的眼神。

穆翰走近，审视她红肿的眼睛，破皮的嘴唇，温和地问：“出了什么事？”

缇玉低头，举起手，手指动了动，指向自己，不知从何说起。

万俟铮说：“还是我来说吧。我晚上回来，刚进门，高大小姐就带着监事会的人来检查，像是确定我屋里有她想要的，直奔卧室，又查了其他房间，什么都没查出来。等他们走了，我觉得不对劲。陆帆海公寓的备用钥匙在我这里。我去了他的房间，发现炎缇玉昏倒在他床上，应该是被下药了。”

缇玉感受到穆翰审视的目光，紧张得不敢呼吸。

穆翰低声问：“还有什么地方受伤了吗？”

缇玉胸口一热。穆翰相信她，他还关心她！她摇头，眼中已焕发光彩，可以正视穆翰了。她因惶恐而收缩的身体放松了，迈了很小的一步，靠近穆翰。人的肢体语言微妙而丰富，她对穆翰的依赖纤毫毕现。

万俟铮远远站着，双手插进裤兜，看似悠闲。炎缇玉的变化他看在眼里，嘴角浮现讽刺。

缇玉手语："我回到家，进入楼道，有人捂住我的鼻子，然后我就昏了，醒的时候已经在这儿。"

穆翰说："万俟，多谢。接下来交给我吧。"

万俟铮提醒："除了高敏纤，没人知道她在这里。"

穆翰说："我懂了。"

万俟铮目光明亮，问："你打算怎么办？"

缇玉恳切地望着穆翰，手语："不要报警。"

穆翰颔首。

万俟铮问："那高敏纤呢？"

穆翰很特别地看他一眼。

缇玉手语："事情不能摆在桌面上说，高敏纤也绝不会承认。"

穆翰沉思。

万俟铮忍不住冷笑一下，曼声说："两位真是心胸宽广。可惜，我没这个耐性跟大小姐玩持久战，她不配！高敏纤害人还要捎上我，当我是吃素的！你们愿意忍，随你们的便。我可不能就这么算了。我对付她的时候，可能会扯出今天的事，要是误伤你们，别怪我提前没打招呼。或许，穆总怜香惜玉，不想伤大小姐？那可对不住了。"

穆翰温和地笑，说："万俟快人快语。我们告辞了。"

万俟铮感觉一口窝囊气憋在胸口，上不来下不去。

缇玉对穆翰手语："没有证据就去指责她，反倒给她理由进一步胡闹。"

"万俟做事缜密，放心吧。"

缇玉摇头，万俟铮最爱感情用事，只图一时痛快。

她还想劝，穆翰说："有些事是命中注定的，即使时间倒流，一切重来，还是一样的结果。"

缇玉和万俟铮心中都是一动，被这句话引入思索。

穆翰说："万俟，谢谢。"

万俟铮淡然说："用不着。我为自保，没工夫管他人死活。"

"你那儿，"穆翰指指他的胸口，"是口红印吗？"

万俟铮低头看，伤口的血透过纱布渗到衬衫上，浅浅一圈，像个模糊的唇印。他笑了一下。

缇玉的目光在他的衬衫上一触便移开。自从穆翰出现，这是她唯一一眼看向万俟铮。

上了车，穆翰问：“还疼吗？”

缇玉摇头。

穆翰发动车，说：“他是个正人君子。”

缇玉不敢苟同。万俟铮不乘人之危，就是君子了？

穆翰说：“有些人，外表与内心反差巨大。岩石里藏着软水，冰中包着火。比如高敏纤，天真的外表下有一颗狠毒的心。又比如你，淡漠中有着最强烈的执着。”

缇玉不安地调整坐姿。

穆翰似不经意地说：“万俟铮的手语挺好的。”

缇玉经他一说才意识到，她一直在用手语，而万俟铮全看懂了。他为什么会手语？如非必要，谁能想到学这个？难道，难道……她不能再想，忐忑地偷看穆翰，怕他乱想。而她的思绪此刻也是乱的。

二十二
不约而同的病

高屹对高敏纤大加申斥：“你跑到他那儿捣什么乱？现在监事会的人对你意见非常大，看你怎么收场。”

高敏纤嘀咕：“一群胆小鬼，出了事全跑了，一开始跟我去的时候，一个个都精神着呢，比我还兴奋。”

“嗯，别人胆小，就你胆大。万俟铮关系到公司的未来，你懂不懂？‘非利不动，非得不用，非危不战’。你倒好，四处树敌！算了，你这么笨，说了你也不明白。”

“我想给公司帮忙。”

高屹说：“帮忙？我看你是越帮越忙。”

“他私生活混乱，要是能抓到他和女人鬼混的照片，用来威胁他，哼哼。”

“对万俟铮，哄都哄不过来，你还想威胁他。你说你有举报信，信呢？无凭无据，就敢私自搜查公司职员的公寓，谁给你的胆子，嗯？”

高敏纤不服：“今天凑巧，他那儿没女人。我敢说，平时他那里女人肯定不断。”

“还敢嘴硬。他刚到家你就去了，就算他屋子里有女人，他能干什么？从时间线上注定你不可能赢。凭你这脑子也敢跟他作对？你那点小聪明够干什么的？他找女人又怎样？私生活不归监事会管。”

高敏纤的重点是万俟铮和炎缇玉的绯闻，什么时间线，她根本不考虑。她只要这两个人同处一室被人发现。她对高屹隐瞒了有关炎缇玉的事。

高屹说：“即便你真的在他屋子里发现女人，不但不能声张，还得帮他瞒着，你倒好，带那么多人去，想封锁消息都难。你知道你闯了多大的祸吗？监事会随便闯入员工的房子，让其他人怎么想？你惹的是所有员工，不止一个万俟铮。而且你插手的是私生活，跟公司的经营无关。你是不是觉得我这个董事长当得很安稳，想给我找点儿麻烦？”

高敏纤振振有词：“你在公司绝对控股，他们能把你怎么样？”

“你懂什么？我的事业早晚得毁在你手上。你赶快去道歉。”

高敏纤气鼓鼓地。

她毫不知错，高屹气得胃疼，指挥陈盼伪造举报信，先把监事会的质疑对付过去再说。他强调：“举报事项得写公司业务方面的事，举报私生活没用。”

高屹等着万俟铮来喊冤、告状，万俟铮却请假了。

万俟铮声称得了肺炎，推掉所有工作，一连几天不上班。部门经理有事向他请示，他推迟不理，找他审批，他一概不见。好在分公司主攻研发，其他部门都是围绕技术部服务的，并无亟待解决的问题。

后来集团监事会传出消息，说万俟铮的住所无端被搜查，大家这才明白万俟铮病从何来，不禁义愤填膺，为他抱屈。大家没见到万俟铮，但外人问起，他们都把万俟铮的病说得极其严重。分公司变得空前团结，凝聚力激增，上下一心支持总经理。

“什么时候上班？我们总经理病得很重，十天半个月内别指望他上班。”

“总不能不让人生病吧。谁也不愿生病，对吧？我们总经理非常敬业，要不是病了，他一定去参会。”

“真是抱歉，总经理一再交代，要我们做好解释工作，他实在去不了，请您多理解。”

所有部门自觉地履行职责，保障公司运行。

其他人已经听闻监事会的举动，都不来趟这个雷，各种事项都绕着分公司走：总务部从月度安全检查名单上删掉了分公司，人力资源部从考勤抽查表上删掉了分公司，内审部的例行内审将分公司列在最后一批。

高敏纤表面上装作不在乎，心里着实发慌。

这天，何鹏匆匆来向高屹汇报，急得满头是汗。他拿出一篇媒体报道。竞争对手发布了新车型研发的消息，主要技术参数与骁龙云腾的新车型一模一样。

高屹脸色大变，问：“是信息泄露？”

“肯定是，相似度太高了，不可能是巧合。”

“涉及核心技术？”

“应该涉及吧。要是缺少技术支持，新车的参数达不到他们宣传的那样。”何鹏的声音已经变了。

高屹拧紧了眉头。核心技术泄露！这次的事件比上次严重百倍！公司的战略发展目标、市场份额、科技独创性、股票走势、股东的反应……迅速在他脑海里过了一遍。他的脸沉下来，隔了一会儿，问：“查出是谁干的了吗？”

何鹏恨恨地说：“根本没处查。”

“穆翰呢，让他赶紧想办法。”

“穆总得了流感，正在隔离治疗。”

高屹一呆，问：“什么时候的事？”

“已经四天了。”

穆翰和万俟铮请假的时间一样！高屹隐约有些头绪了。

“用电话向穆翰询问解决方案。他总能遥控指挥吧。”

何鹏说：“问过了。他说事情已经出了，无法挽回，只能试着查。我听他鼻音很重，好像病得不轻。”

高屹让何鹏去找罗超凡，联合法务部、内审部，尽快查出泄密的人。

何鹏哭丧着脸离开。他只懂做研究，对管理一窍不通。泄密的事验证了他的担心不是杞人忧天，但他一点儿也不开心。他现在急得要命，又找不到人商量。他最信任的是李思锐，但不能给病人添堵。穆翰偏偏又生病请假。

高屹把高敏纤叫到办公室，威逼之下，高敏纤说出陷害炎缇玉的事。

高屹吓得倒吸一口凉气。好家伙，难怪万俟铮不上班，难怪穆翰撂挑子不干，原来高敏纤彻底把他们激怒了。“你好大的胆子。绑架炎缇玉，诬陷万俟铮，这是犯罪！还说没干什么，你还要干什么？无法无天！”

高敏纤昂着头逞强，“她不敢报案，要不不可能到现在都没事。”

高屹不知该说她天真还是蠢，闯下天大的祸还不当回事。“人家凭什么不报案，你不想想吗？肯定是穆翰的功劳，给我这张老脸留着面子。你以为这样你就安全了？新车型技术泄密，两个主管请假不见，分公司工作停滞，研发中心乱成一锅粥！”

高敏纤听说还有泄密的事，反倒高兴，希望借此分散一下注意力。

“我让你去给万俟铮道歉，你去了没有？”

“我想等他上班。”

“等什么等？上门去道歉，直到他原谅你为止。”

高敏纤噘嘴，“我不去，要去你去。”

“你不是胆大吗？你闯的祸，你不敢去！我堂堂一个董事长，我去算怎么回事儿？

你要是不去，我就提议召开监事会议，解除你监事的职务。”

“你敢！你无权干涉监事会。”

“我会提议召开股东大会。你严重扰乱公司运行，影响公司发展和内部团结，到时候投票决定你的去留。”高屹的脸黑得像锅底。

高敏纤害怕了。她即将失宠，不敢得罪高屹，如果再失去监事会的职务，很可能从此被搁置一旁。

高屹问：“你干的事还有谁知道？”

“没有别人。”

高屹略微放心，说：“把嘴管好，不许跟任何人说。捅出去，没人救得了你。穆翰那里，你负责把他请回来。哪怕是跪地求饶，你也得去跪。”

高敏纤不满地说：“穆翰不是已经被你抛弃了吗？你有了万俟铮，还把穆翰看在眼里？”

“你懂个屁！叫你去你就去，快滚！”

“去我可以去，我可不对穆翰道歉啊。我一道歉反倒不打自招，你是不是老糊涂了？”最后一句高敏纤压低了声音，但高屹依然能听见，气得脑袋嗡嗡的。

“混账东西，你怎么跟我讲话呐！你以为他傻吗？”

“他们不可能知道，根本没证据。”

高屹拍桌子，“有证据你还能待在这儿？前脚给人家设圈套，后脚带着人上门去查，不是你还能是谁？你以为没证据，人家就不能把你怎么样？光是请病假就让你人仰马翻！不管你用什么方法，把他们两个请回来，否则，你也不用回来了！”高屹下了死命令。

高敏纤眼珠一转，问：“如果他要商务部呢，我能做主答应吗？”

高屹揉着太阳穴，说：“答应，答应，他要什么都给他。”穆翰回来，就算不能解决问题，至少还能顶个罪，到时候可以把泄密的责任推到他头上。

高敏纤兴高采烈地走了。她暗自得意，佩服自己急中生智。商务部是她给要回来的，她可以向穆翰邀功了。而且按照约定，炎缇玉得把穆翰让给她。穆翰官复原职，心情舒畅，肯定会回来上班。

高屹长叹，用力捏眉心。以前万俟铮拿着劲不牵头研发，至少还上班，穆翰在公司里是中流砥柱，被高敏纤一折腾，两员大将都寒了心。高敏纤这个成事不足败事有余的笨蛋！高屹感觉自己也快需要休病假了。略一沉吟，他把陈盼叫进来。

高屹亲自主持召开高层紧急会议，要求监事会列席。

会议通报了泄密一事，确认包含核心技术资料。各位高管惊讶万分，对再次发生泄密事件感到愤怒，纷纷要求严惩内奸。

大调查再次开始，这次由罗超凡主管的法务部牵头，研发中心、内审部、内控部、行政部等部门配合。法务部启动应急预案，制订了具体工作方案。大调查轰轰烈烈。

研发中心难辞其咎，处于风口浪尖。

何鹏把情况告诉了远在北京住院的李思锐。李思锐急了，险些把输液管拔了当即飞回来。平稳一下情绪后，李思锐问起穆翰的态度。何鹏很有些忿忿，说：“穆总休病假，一直没上班。听到消息后，他只是让我稳住。”

“其他部门要介入调查，他知道吗？”

“他让我们全力配合，要什么给什么，别的什么都没说。听起来，他不是很着急。”

李思锐沉了沉，说：“一切按穆总说的办。”

何鹏问：“李主任，穆总靠得住吗？这些年，外边多少公司重金挖他啊，他没准儿已经找好后路了，所以现在不管不问。”

“胡说！一切按穆总说的办！满脑子奇怪的念头。你有本事处理吗？他让你稳住你就稳住，他让你干什么你就干什么，其余的别多问。要相信他。除了他，现在你没有可信的人了！”

何鹏问：“你信他吗？你信我就信。”

李思锐说：“我信。整个公司，我只信任他。他不会让我的心血白费。”

李思锐的笃定让何鹏稍微安心。他既担忧李思锐看错人，又欣赏他对朋友的赤诚。

二十三

千寻一瞥身交错

高大小姐急着去讨好穆翰，喜滋滋地给他打电话，却碰了一鼻子灰。穆翰冷淡地说：“研发中心出大事了，我哪有心思去管商务部。”

高敏纤结结巴巴地说：“你不想重新管商务部吗？”

“研发中心离不开人。”

穆翰根本不打算回去。这个结果出乎高敏纤的预料。“那你什么时候回来上班？”

“等病好了。”

高敏纤赶紧说：“我现在去看你好不好？”

“你要带着监事会把我家也搜查一遍吗？”

高敏纤被噎得愣了一会儿，说：“不是啊，你不是病了吗，我想去看看你。我知道你得了流感，我不怕。能和你得一样的病多好啊。你把病传给我，你就好了。”

“我最大的病是心病。你做过什么，你心里清楚。”穆翰挂断电话。

高敏纤本来满怀欣喜，被迎头浇了一盆凉水。穆翰知道炎缇玉的事了，他为了那个女人责怪她！她做的一切还不是为了他。他非但不领情，还埋怨她。跟她比，炎缇玉做了什么？只会做缩头乌龟，保护自己。她高敏纤才是最关心穆翰的人，穆翰怎么就看不出来？

她又联系万俟铮，却联系不上。万俟铮不接手机，公寓没人。

请不回万俟铮和穆翰，高屹真的会赶她走。高敏纤着急。

她通知炎缇玉商务部重新划归穆翰，炎缇玉丝毫不兴奋，更谈不上感激。高敏纤气愤极了。穆翰要不要商务部另当别论，她可是说到做到，把商务部给他要回来了。炎缇玉必须把穆翰给她！

四处碰壁后，高敏纤把办公桌上的东西全扫到地上，在上面不停地踩，还不解气，又用力踹椅子。

陈盼听到声音，过来阻拦，高大小姐脾气更盛，扬手狠狠打了他一个耳光，喝骂："滚！高屹的一条狗，也敢来管我！"

陈盼的表情顿时僵硬。

高敏纤尖叫："叫你滚你没听见啊！"

陈盼黑着脸走出去。

高敏纤又打万俟铮的电话，对方干脆关机。她懊恼地扔手机，差点儿砸到推门进来的刘深。

刘深吓了一跳，说："敏儿，出什么事了？谁惹你生气，告诉我。"

高敏纤气正不顺，生硬地叫了一声"刘叔叔"。

刘深说："说多少次了，叫哥。"

高敏纤爱搭不理。

"好好的手机摔坏了，不能用了吧？回头我送你一个新的。"刘深自来熟地坐在沙发上，身宽体胖，把沙发压下去好大一块。"你说奇怪不奇怪，新车型的信息又泄露了，这次更严重，是核心技术。这个节骨眼上，穆翰和万俟铮都不在，是不是挺可疑的？"

高敏纤听出他有所指，问："你想说什么？"她怕刘深对穆翰不利，急着说，"穆翰没问题！出了这种事，他的麻烦最大，他不可能故意给自己制造麻烦。"

刘深跷着二郎腿，说："何鹏提醒过他，他不当回事。失职的责任他是跑不了了。别的嘛，难说。"

"公司打算把他怎么办？"

"罗总正在组织调查。"刘深推得干净。

高敏纤眼珠一转，甜甜地说："深哥哥，泄密的事让他们去查吧。董事长让我给万俟铮道歉，我该怎么办呀？"

一声哥哥叫得刘深眉开眼笑。"给他道歉，那我们大小姐的面子往哪儿搁呀？"

“不去不行。他装病不上班，分公司快瘫痪了。”

刘深愤慨地说：“太不像话。公司应该处分他。”

高敏纤苦恼地说：“研发还得指着他呢，现在不能得罪他。”

“委屈你了。嗯，要道歉，你得投其所好。他喜欢什么，你就送什么。你问问他身边的人，比如行政部部长。”

“那是他的心腹，能告诉我吗？”

刘深哈哈笑：“玛姬是从集团总部出来的，是赵总的人，跟万俟铮不是一条心。”

高敏纤恍然。

刘深笑眯眯，“我帮了你，你打算怎么谢我呀？”

高敏纤乖巧地说：“像你说的，投其所好，送你喜欢的。雪茄、名表还是酒？你挑吧。”

“我喜欢什么你知道啊。”刘深笑嘻嘻。

高敏纤走到他身边，俯下身，香水味把刘深包围，红唇微翘，贝齿微露，笑容可掬。刘深纳闷今天竟如此幸运，能与美人亲密接触，激动得血压升高，额头冒出细密的汗珠。

“我得去找玛姬了。刘叔叔，谢啦。”高敏纤从他手中抽出破手机，迅速溜走。

刘深一怔，费力地对抗地心引力，从深陷的沙发中挣脱站起，眼见追不上，只得叹气：“小白眼狼，我怎么又变回刘叔叔了？”

高敏纤跑到电梯旁，回望，见刘深没追上来，吁口气，撇嘴说：“癞蛤蟆想吃天鹅肉！”

刘深缠了她好几年，她对这个大腹便便的油腻大叔十分厌恶，可又无法完全摆脱，有时还得指望他帮忙，想到这儿就头大。

高敏纤是分公司的公敌。玛姬十分谨慎，和高敏纤喝咖啡的地点选得非常隐秘。

一见面，高敏纤在心里给玛姬打分：身材八分，相貌七分，气质六分，谈吐七分，穿衣打扮六分，总体七分，中等偏上的普通人。还没开始谈，她已经失望，平凡的玛姬不值得她浪费时间。其实这不是她第一次见玛姬，但她眼高于顶，怎么会记得这种小角色。

玛姬不发表任何评论，话里话外不谈及集团总部任何人。高敏纤从她那儿没有得到一点儿关于万俟铮爱好的提示。玛姬抱歉地说，不是她不帮高敏纤，实在是因为万俟铮除了女人，再无其他爱好。

高敏纤沉不住气，问：“万俟铮和炎缇玉之间到底有没有事？”

玛姬笑而不答。

高敏纤着急：“我发誓保密，绝不透露是你说的。快告诉我！”

玛姬反问：“你希望他们有事还是没事？”

“我当然是……”她警觉，“你什么意思？给我下套？”

玛姬笑了，说："你误会了。我想说，有的事你想让它有，它就有，想没有，有也可以变成没有。"

高敏纤迷惑了。

"打个比方，炎缇玉，"玛姬伸出一根食指，"和你的突击检查，"她又伸出一根食指，两根食指勾在一起。

高敏纤心惊肉跳，说："他们没关系啊。"

"你想让他们有关系，就能有。"

她听不懂。

玛姬说："听说有一封举报信。我猜，没有几个人见过这封信，而且信是匿名的。"

"没错。"

"其实它可以署名。"

"啊？"

"写举报信的人一定和万俟铮关系不好。公司里和他关系不好，又有机会知道他的隐私的人，有几个呢？"

其实不少。高敏纤想，万俟铮喜欢女人，算不上秘密。他狂傲不驯，瞧他不顺眼的人多了。

玛姬再次伸出了食指，手指相勾，望着高敏纤。

高敏纤恍悟。玛姬暗示栽赃给炎缇玉。可惜玛姬不知道高敏纤已经把炎缇玉变成了受害人。不过，玛姬给她提供了新思路。这个女孩思维灵活且够狠，正合高敏纤的意。

她们聊了很久。

玛姬的聪明和心机让高敏纤一再惊讶。她认为玛姬是个不可多得的人才。虽然没问出最初想问的答案，但与玛姬的谈话让她有巨大收获。她的恼恨有了发泄渠道。

小美约炎缇玉在餐厅吃饭。缇玉本想待在家，但小美约她时被穆翰听到了，穆翰一直鼓励她与外界接触，在穆翰的鼓动下，她只好答应。

玛姬给炎缇玉发来语音微信："听说高小姐要登门向总经理道歉，还拉着赵总陪她一起去。总经理的手机关机了。按说他应该在公寓里养病，可是他不在公寓。你知不知道他常去的地方？"

炎缇玉回复：不清楚。

玛姬遗憾地说："你负责收拾他的办公室，我还盼着你能知道他的行踪。要是总裁们发现他的病没那么严重，是故意不上班，他甭想当研发中心牵头人了。唉，听天由命吧。"

小美闭眼祈祷："主啊，保佑他到处闲逛被人拆穿。喂，你去哪儿？菜还没上齐呢。……你还回来吗？我把你那份木瓜雪蛤吃了啊！"

炎缇玉摆摆手。

小美看着服务员端上来两份木瓜雪蛤，喃喃：“大补啊，我明天一定会上火的。服务员，把后面的菜退了吧。”

消灭了两份补品，小美饱了。她从埋头大吃中抬起头，眼尖地看见了两个人——万俟铮和一个窈窕的女子步入餐厅。他穿着深棕色翻毛夹克，暗红色围巾，身形挺拔，看不出丝毫病态，眉宇间英气逼人。

小美举着勺子，三蹦两蹦跳到他面前，叫：“你果真不在家。缇玉找到你了吗？”

万俟铮斜睨小美，问：“她找我干什么？”

小美把刚才的情景复述一遍。万俟铮“哦”了一声，说：“炎缇玉说要去找我？”

“她肯定去找你了，不然还能去干什么。”

万俟铮说：“她愿意找，跟我有什么关系？多管闲事！”

“你！”小美气结，“我早说过不该管你！刚才我应该把她拦住。”

万俟铮漫不经心地问：“她去哪儿找我了？”

小美翻白眼，说：“我哪知道。我可不愿被人说成多管闲事。你平时爱去什么地方，自己心里没数啊？”

万俟铮也不生气，只是扬起好看的眉毛。女伴问：“有人查岗，你是不是要乖乖回家了？”

万俟铮莞尔，“回什么家。人生得意须尽欢，莫使金樽空对月。走，找地方喝酒去。”

他们去往炎缇玉曾经找到过他的酒吧，在里面转了一圈，万俟铮拉着女伴出来，说里面有个讨厌的熟人。

进入第二家酒吧，又是匆匆一转，万俟铮说里面的气味难闻。

接连去了四五家酒吧和饭店，他都不满意。他的脸色越来越阴沉，手机开机，蹦出许多未接来电提示，有高敏纤的，有玛姬的。万俟铮给炎缇玉打电话，语音提示机主关机。

女人娇嗔：“我快饿死了。你到底想好去哪儿吃饭没有？”

他温柔地说：“乖，别急。”

“你不饿吗？”

“饿呀，但我不想吃饭，只想吃你。”万俟铮握着她的手，作势咬她，女人咯咯笑着躲。

车停了。女人说：“咦，这家咱们刚才不是来过吗？你不怕碰上你讨厌的人了？”

“他家的诗洛珂天鹅绒最地道。”万俟铮说。

酒吧外的偏僻小巷中，几个男人拉扯着一个女子。万俟铮不经意地瞥过去，脚步一顿。女人感觉到了他僵硬的胳膊，顺着望去，皱眉说：“那几个人喝醉了吧。”她挽着他向酒吧走，万俟铮却站着不动。

男人斥道："你走路不长眼啊！"

另一个问："哥你没事吧？喂，给我哥道歉。"

炎缇玉躬身表示歉意，男人们拦住去路，嚷道："这就完了？撞了我们连句对不起都不说？"

分明是他们并排走进来，占满通道，撞到她身上。炎缇玉再次躬身以示歉意，想息事宁人脱身。

"嘿，装什么孙子！我说话你没听见啊，给我大哥赔礼道歉！"一个男人扯开衣服，露出胸前的刺青，气势汹汹地说。

另外两个说："不道歉，别想走。"

路边已经有人看向这边。炎缇玉指指嘴巴，摆手。

"呵，装哑巴是不是？听你说声对不起挺难啊。"

炎缇玉想钻空走。男人们早有预防，追上去把她围在中间。

一个路人看见他们，觉得不对劲，走过来，男人喝骂："有你什么事？滚蛋！"把炎缇玉拉向一边。炎缇玉有口不能言，想甩开男人的手，动作被束缚着，黑暗中教人看不清。

路人犹豫一下，看她虽然挣扎却不呼救，便一步三回头地走了。三三两两的路人经过，投来好奇的目光。炎缇玉趁男人们不备，冲撞着跑出几米，男人们拦住她，把她困在小巷。

一个男人流里流气地说："不道歉，行啊。陪我大哥喝酒，当作赔罪。"

"对，对，叫她陪大哥喝酒。"

另一个拨拉她，问："听见没有？说话啊。"

他们把她扯向酒吧，炎缇玉嫌恶地躲避他们的触碰，冷冷地瞪着他们。

"呦呵，瞪着眼吓唬谁呀。"

"哥，这女的长得挺不错。"

炎缇玉留意着他们之间的空隙，随时准备逃走。透过身形交错的空当，她忽然看见万俟铮挽着女伴。炎缇玉迅速转开头。

女人摇晃万俟铮的胳膊，说："几个醉鬼，有什么好看的。咱们快进去吧。"

万俟铮一副看热闹的表情，驻足凝立。

女人瞟他，问："想英雄救美？"

他答得干脆："没兴趣，没工夫。"但他依然不动，目不转睛地盯着炎缇玉。只要她露出求救的眼神，只要她有一丝向他靠近的意思，他会立刻冲过去帮她。但炎缇玉再也不看他，宁愿被困也不求助。

万俟铮眯起眼睛。她以为她是谁，被五个男人围着，还能逃脱？她连呼救都不能！

她以为他不敢袖手旁观？她以为他很乐意帮她？

男人们拽着炎缇玉的胳膊，要把她拽进酒吧。她不再抗拒，随他们走。男人们先是惊讶，继而欢呼起哄，吹着口哨，簇拥着她进入酒吧。

女人摇摇万俟铮的胳膊，说："咱们进去吧。"

万俟铮"嗯"了一声。

酒吧里传出男人的惊叫，接着是桌椅声、脚步声、衣服的摩擦声。忽然，炎缇玉推门跑出来，差点儿撞到万俟铮身上。两个人目光交错，炎缇玉脚步不停，侧身跑掉。身后几个男人流着泪吼叫着追上来，带着刺鼻的辣椒水味儿。

"拦住她，别让她跑了！"

"真他妈疼！"

"站住，别跑！"

"奶奶的，敢喷我。"

"我看不见了，睁不开眼！"

万俟铮嘴角掠过隐约笑意，拉着女人横在门口，装作不知所措，左腾右挪，挡住男人们的去路，嚷着："干什么呀这是，慢着点，看人啊！你撞着我了！"

女人被踩了一脚，尖叫起来。

男人们推搡着叫："妈的，快闪开！"

"撞了人你还犯横，你谁啊你！"万俟铮揪住对方。

趁混乱，炎缇玉驾车跑远。

"人跑了，怎么交差？"一个男人捂着眼睛说，随即头上挨了一巴掌。"就你话多！"

万俟铮闻言，眼中寒芒暴射。

辣椒水味儿弥漫在酒吧里，客人陆陆续续跑出来。女人无奈地说："又得换地儿了。"

万俟铮说："我给你叫车，你先回去。我还有些事。"

女人斜睨炎缇玉离去的方向，说："现在追也来不及了。"

"鬼精灵。"万俟铮意味深长地说，"我现在对女人没兴趣，对男人有兴趣。"

深夜的僻静小巷，几个男人勾肩搭背，步履蹒跚，满嘴喷着酒气。万俟铮从拐角闪出，拦住他们的去路。

一个男人瞪眼，"找死啊！滚……"开字还没出口，脸上已经挨了一拳，另外几个一拥而上。万俟铮身手迅捷，旋身躲避，出拳扫腿，很快将他们全部打倒。几个人哎哟哎哟地叫着，骂着。万俟铮低头俯身，骂人的顿时不敢出声。路灯照不到他的脸。他拿出手机，拍下几个男人，转身离去。

一个男人叫："有种你报个名！"

他带着笑意说："别急，我早晚会去找你们。"

二十四

鹿鸣南山

鹿鸣南山酒店大概是整个鹿鸣城最偏僻的一处酒店，建在半山腰苍翠的林木中，薄雾山岚环绕，环境清幽宜人。

高敏纤驱车来到这家位于风景区旁的五星酒店。要不是因为找万俟铮，她都不知道近在咫尺的地方还有这么个酒店存在。

万俟铮下榻的是独栋温泉别墅，在最深处的别墅群中。别墅旁花木扶疏，难得的是窗口有一丛竹子，挺拔修长，风韵清雅。

酒店前台登记的不是万俟铮的名字，高敏纤费了一番周折才打听出他的下落。

她踩着高跟鞋，走过石子路，细跟好几次陷入软泥里，踉跄着走到别墅前，按门铃，别墅管家把她领进去。

万俟铮趴在室内温泉池边的按摩床上，赤着上身，腰间裹一条白浴巾，一个明艳的女郎正在给他做精油推背。

高敏纤涨红脸，不敢直视他，又想表现得见过世面，眼神四处乱窜，说："你……你站起来，我有话跟你说，单独的。"

万俟铮慵懒地示意按摩师先离开。

高敏纤迅速在心中给女孩打分：身材九分，脸八分，穿衣品位嘛，她穿着泳衣，无法评判，气质一般般，只能打六分。

万俟铮站起来，湿润的头发滴下水珠，沿着结实的胸膛滑落，直到曲线分明的腹肌。"找我有事？"他的嗓音低沉悦耳。

高敏纤的眼睛不知该看哪儿，假装咳嗽。

她分明还是个青涩的孩子，怎么会想出那么狠毒的计谋？万俟铮见她窘迫，拿起浴袍披上。

"董事长让我跟你道歉，所以我来了。"语气非常不情愿。高傲的大小姐是被董事长命令着，才低下了高贵的头颅。

万俟铮嘴角微扬。

高敏纤抱怨："这下你得意了。所有人都教训我，好像我犯了多大错。现在你是太阳，大家都围着你转。你的面子找回来了。你恶心我恶心得可以了吧？别得理不饶人。"

万俟铮说："你一直都算错账。你爸训你，监事会的人对你有意见，你非要算在我的头上。偏见使你看不清事情的真相。连敌人都认不准，还能赢？原来的敌人还没干掉，又给自己树立了新的敌人，你应付得了吗？”

高敏纤翻白眼，“原来你也是个爱说教的老人家。好啊，今天你最大，随便你怎么说，只要你消气。但是过了今天，不能再找后账，咱们的事一笔勾销。骂完我，你得回公司。”

万俟铮戏谑：“公司对你重要吗？”

高敏纤哼一声，“你也讨厌炎缇玉，咱们本该联手，可你老跟我捣乱。当初你要是把炎缇玉给我，不就没事了。”

“大小姐，你到现在还搞不清状况。你把她弄过去，天天折磨她，你喜欢的人只会更加讨厌你。”

“至少我出了一口气，心里痛快。”

“你想要的到底是穆翰，还是心里痛快？想要他，现在就得忍。只图一时痛快，将来你会更不痛快。”

“要你管！”

万俟铮叹息：“我其实是在帮你。”

“没看出来。”

“你要是真的把她弄到你手下，将来她搬弄是非，说你虐待她，你觉得，穆翰相信你还是相信她？别说穆翰，全公司的人都会认定是你的错。”

高敏纤无言以对。

万俟铮嘲讽地说：“你看看你周围，哪有人给你出好主意？你要把炎缇玉弄过去，支持你的人是谁？只有刘深。他安的什么心，你猜得出来吧。你和炎缇玉的关系越紧张，和穆翰的关系就越差，刘深的机会就越大。明眼人谁看不出来这点事，就你瞪着俩大眼珠子，瞎。”

“你！”高敏纤气得跺脚。

“目标不明确，对形势的分析也不到位，随便想了个计划，也不管有没有漏洞，是不是对着目标去的，就着急实施。要打的人没打着，被误伤的人跳出来反击你，你说你这日子过的。你是怕自己死得太慢吗？别人还没动手，你先把自己往绝路上逼。”

高敏纤不得不承认他说得对，又不甘落败，说：“你别净说我，你成天折腾，又是为了什么？你的目标就清楚吗？”

他轻蔑地笑了，“凭你的脑袋瓜子，还想看清楚我的计划。”

“算你说得对，我之前犯了好多错，你要怎么样才肯上班？”

“你还是先想想怎么求穆翰原谅吧。”

高敏纤心虚地说：“我做了什么要去求他原谅？”

万俟铮似笑非笑地看着她。

高敏纤目光闪躲。“穆翰真的在休病假，不过病快好了。”说着，她忍不住露出一些得意。她已经想到让穆翰回来的办法。

她的情绪全在脸上。万俟铮暗生怀疑，逗她说：“你说说你，不傻不呆，有胳膊有腿儿，非要抢别人的男人。他到底哪儿好，你一门心思的只看得见他？”

“他就是好，比我认识的所有人都好，我就愿意跟着他！你为什么老看不惯他，老要和他作对？”

“和他作对？冤枉啊。这话从何说起？”

“要不你干吗对炎缇玉那么坏？不敢明着惹穆翰，就曲线救国，对他身边人下手，又奸又坏。”

“呵，还知道曲线救国这词儿呢。”

高敏纤沾沾自喜，“再说了，男未婚女未嫁的，我为什么不能追他？我犯什么法了？”

万俟铮目光如炬，问：“你说什么？”

“我说我犯什么法了！我喜欢穆翰，刘深没戏！我对刘深的态度多明朗啦，他非要喜欢我，我可从来没答应，我快被他烦死了。”

万俟铮沉吟：“要摆脱他还不是小菜一碟。”

“啊？”烦恼已久的事，在他口中不值一提。高敏纤忍不住问：“我该怎么办？”

“简单得很，告诉刘深，你弟弟快找到了，你看他还缠着你吗。”

高敏纤睁大眼睛。万俟铮的观察实在透彻。这的确是个有效的办法，但高敏纤不敢用。

高敏纤回到原来的话题，说：“你到底要什么，你说吧。”

但万俟铮什么都不要。

高敏纤说：“你喜欢女人，我可以送你一个比刚才那个更漂亮的。你要钱，我也可以给你。珠宝，字画，古董，你想要的话，只管开口。”

万俟铮靠近她，说：“如果我要你呢？”他英俊的脸庞笑容动人，眼眸闪烁着摄人心魂的光。

高敏纤一愣，不禁红了脸，向后躲了一点，又羞又恼，躲避他的眼睛，不自觉地从万俟铮的浴袍领口望见他的胸膛。万俟铮的男性气息扰乱了她，她局促地咽下口水。

万俟铮恶作剧地说：“我最喜欢的是别人的女人，准确说，是心里有别人的女人。你挺合我胃口的，怎么样，成交吗？而且，我不在乎你弟弟是否回来，你是不是还得高屹的宠。比起那些冲着你家世来的人，我的目的单纯得多。”

高敏纤窘得出汗，叫道：“流氓！色鬼！变态狂！”

万俟铮摊开手，无辜又无奈地说：“你看，我们的关系根本无法缓和，你对我误解太深，又没做任何让我消气的事。”

高敏纤落荒而逃。当夜，梦中都被这无耻之徒追赶。

这个可恶至极的万俟铮！高敏纤心里生他的气，可又恨不起来。他嬉笑怒骂，不肯原谅她，却又推心置腹如同密友，虽然也挖苦讽刺，但不同于高屹的斥骂，莫名地教人亲近。

二十五

故里绿竹猗猗

薄雾在竹叶上凝结水汽，青翠欲滴。偶然一片叶落，缓慢无声，仿佛黄昏的柔光之纱托着那片竹叶，又仿佛透明的空气中有只无形的手在挽留。

在万俟铮的故乡，他的家，就在一片竹海中。

他自知不是君子，亦非效仿古人，更无闲情欣赏竹之高洁，他只是因为穷。靠山吃山，靠水吃水，竹林是他的生活来源。

他们一家原本生活在村里。父母有十亩水田，农闲的时候，他们也做些零工。收入不算多，对于朴素惯了的人们已经足够。小时候，万俟铮随父母到田里干活。他喜欢在烂泥塘里捉泥鳅，逮黄鳝，在河里凫水，上树掏鸟窝。炎炎夏日，他顶着荷叶在树下玩虫子。父亲农活完毕，一声招呼，他跑过来，父亲扛他坐在肩上回家。

这样平和快乐的日子持续到母亲患上肾衰竭。为了筹医药费，父亲借遍亲戚和左邻右舍。种田的收入实在太少，父亲到城里去打工，一开始回家的次数还多，后来越来越少。村里有一起出去打工的，说他父亲染上了赌博，把辛辛苦苦挣的钱全输光了，后来干脆不去打工，每天守在牌桌上。

母亲病故，父亲也没有回来。年幼的万俟铮跟着奶奶一起生活。再后来，听说父亲欠了很多赌债，逃到外乡去了。

奶奶大字不识一个，很疼爱他，总觉得离开父母的孩子受了苦，对他非常纵容。万俟铮缺乏管教，脾气暴躁，经常打架，总有邻居带着被打伤的孩子到奶奶面前告状。第二天那个孩子会被打得更惨。奶奶责骂他几句，最后只能无奈地摇头。

幼时的伙伴渐渐远离。他没有朋友，性格越来越孤僻。竹林里有一间竹楼，是父亲建的，在他小时候曾经带他去住过。竹楼全部用竹子建成，底部悬空，用来防潮。上初中后，万俟铮不顾奶奶的劝阻，独自搬到竹楼去住。他一有空便对竹楼修修补补，给屋顶重新铺上油毡、杉树皮，用茅草垫底做床，用楠竹打成桌子和板凳。

推开窗，满眼青翠的竹林。

竹楼没有电，他用油灯和蜡烛。没有水，他从旁边的小溪里取。他养鸡，挖笋，采竹荪。鸡下的蛋，他舍不得吃，留着给奶奶送去。每隔几天，他到镇上去卖刚挖出来的笋、自制的笋干、竹雕或者新打的野味。馋了就到林子里捕蛇，偶尔还能捉到竹鼠，碰见笋子虫，便可大吃一顿。

万俟铮越发顽劣，奶奶已经管不住他了。读初中时，他和同学打架，把对方的腿打折了，学校找到他奶奶，他只好转学去了另一所中学。奶奶对他说："附近几个镇加起来只有这两所中学，如果这里你也待不下去，我这把老骨头只能陪着你到外乡去。我可能会死在外面，再也回不来。"

万俟铮不吭气，确实收敛了一年多。后来故态复萌，还变本加厉，威逼同学给他上供，给他零花钱。他的学习一塌糊涂，留级两次。他留着夸张的发型，隔三岔五打架生事，成了坏学生的典型代表。老师们提起他就头疼，只求他上课睡觉，不要惹事，同学们都躲着他。有的女同学用异样的目光望着他，既害怕，又向往。他从不欺负女生，对她们嗤之以鼻。

就在那时，他认识了林堇。

心头划过那个名字，万俟铮激灵一下。

有的人，你以为他是黑暗中的阳光，将照亮你的生命，最后却发现，他是极光，伴之的是极夜。

二十六

滴滴血生花

暮色四合，万俟铮回到公司。

陆帆海说炎缇玉和穆翰已经结婚，高敏纤却说穆翰还是单身。万俟铮这才发现，他从未认真看过炎缇玉的简历，他刻意避免关注她。他要查阅人力资源档案，一探究竟。

门卫看见久违的老板，连忙敬礼，露出诧异的神色。

陆帆海办公室的门虚掩着，里面有灯光，万俟铮正要推门去看，就听到陆帆海的声音从前方传来，声音的位置竟像是他的办公室。

万俟铮循声而去。房间敞着门，黑着灯，楼道的灯光照进去，炎缇玉半倚半坐在桌上，陆帆海的手放在她的腿上，表情满是怜惜。

万俟铮勃然大怒！炎缇玉勾引男人居然勾引到他的办公室，对象还是他的好兄弟！他的怒吼几乎要冲破喉咙。陆帆海见是他，叫道："你来得正好。碰上那小偷了吗？"

"小偷？没有。"万俟铮借此瞬间已看清，炎缇玉的腿流着血，陆帆海正帮她捂着伤口。地上有紫砂茶杯的碎片，文件散落，笔记本电脑垂在办公桌旁，被电源线连着，悬在半空。

陆帆海说："她受伤了。你来按着，我去开车。"

伤口在炎缇玉左腿后侧靠近膝盖处。她尴尬地推拒着陆帆海的手，摇头表示不用。

万俟铮犹豫。陆帆海抓住他的手按在伤口上，大喊着"保安"跑下楼。炎缇玉自己用手捂着，万俟铮实际上是把手按在了炎缇玉的手上。炎缇玉拨开他的手。

短暂一触，万俟铮的手已沾上温热的血。

炎缇玉站起身向外走。伤口位置偏低，她必须弯着腰才能捂住，只得弯腰走路。万俟铮说："这样没法走。你按着，我抱你下楼。"

炎缇玉为表示自己能走，加快步伐，血从指缝溢出来。

万俟铮皱一皱眉，不由分说抱起她。她挣扎。"别动。"万俟铮不耐烦地说。

路过陆帆海的办公室，忽听炎缇玉吸了一口凉气，转眼间，从屋里蹿出一个黑影，白光一闪刺向炎缇玉。万俟铮想也不想，旋身背对着那人，将炎缇玉护在身前。锋利的匕首撕开他的衣服，从左划到右。他抱着炎缇玉疾奔两步，迅速转身，与袭击者面对面。那人一身黑运动衣，鸭舌帽压得很低，戴着黑口罩，遮住大半张脸。

第二刀紧接着刺来。

万俟铮腾不出手，眯起眼睛，黑眸中波澜雄丽，一脚踢中对方的手腕。小偷疼得松了手。万俟铮腿未放下，趁对方手未缩回，第二脚再踢向他手腕。这一下本是虚的，为的是逼退对方。小偷只缩手，却不退后。电光火石间，炎缇玉抓住飞在空中的匕首，反手掷向小偷。小偷吓得偏头躲避。万俟铮看准时机，第三脚用一个侧踢迎着小偷的头摆动的方向踢过去，结结实实地击中他的耳朵和半张脸。

小偷捂住蜂鸣的耳朵，吃惊地望着炎缇玉，似乎没想到这柔弱的女子竟敢果决地反击。楼梯上传来散乱的脚步声。小偷快步捡起匕首。走廊转角忽然传来玛姬惊慌的声音："怎么回事？"玛姬被眼前的一幕吓呆了。

万俟铮立即喊："小心！"

与此同时，小偷已抓住玛姬，玛姬还没反应过来，匕首已贴在她腮边。玛姬大叫。

保安们跑上来，呼喝着要小偷把人放了，互递眼色，要形成合围之势。小偷把匕首更紧地压在玛姬脸上，无声地威胁众人退后。他挟持玛姬，逼楼梯上的保安步步倒退。随后而来的保安涌上来，被堵在楼梯上，无法靠近。

小偷和玛姬退到二楼。玛姬闭着眼不停尖叫，几次差点摔倒，被提着衣服拽起来，匕首始终不离开她的脸。

陆帆海听到玛姬的叫声，跑上楼，见状急叫："不许伤害她！"

小偷一边后退，一边机警地张望，发现有一间办公室的门开着，室内无人，他闪身退进去，一把推倒玛姬。玛姬瘫倒在门口，簌簌发抖。陆帆海冲上去扶她，她努力几次，却站不起来。保安们绕过她冲进办公室，小偷已经翻窗逃跑。

万俟铮说："又是一个不求助的女人。"

陆帆海皱眉。这么紧急的时刻，他还有空分析人物性格，那个"又"字是有所指啊。

万俟铮对炎缇玉说："刚才反应很快嘛。"

炎缇玉挣扎着要下地。

万俟铮收紧手臂，看也不看她，说："报警。退出房间。二层以上封锁，保护现场，等警察来。"他对一个保安吩咐，"去开车。"

玛姬推陆帆海，"陆总，我没事，你跟总经理去医院吧。"

陆帆海关切地问："你确定你没受伤？要不要去医院检查一下？"

万俟铮抱着炎缇玉下楼。

炎缇玉的血滴在万俟铮的裤子上，出门一着风，凉飕飕的，激得他火起，催保安赶紧开车门。炎缇玉的裤子比他的湿得厉害，她猜到弄脏了万俟铮的衣服，不禁看他一眼。

万俟铮说："不是动脉，没事。"他误以为她害怕，语气虽然生硬，话语却是抚慰的。

他把炎缇玉放在后座上，小心地避免碰触她的伤口。炎缇玉偏身坐着，裤腿被血浸透，她担心蹭脏座椅。万俟铮喝道："你真麻烦。管那么多干吗！"他坐在她的身旁，见她侧身坐不稳，拿靠垫给她。他打开中央手枕，找到一根充电线，用线勒在她伤口上方暂时止血。

车直奔医院。

陆帆海和玛姬本来要跟去医院，警察来到现场，两个人跟着去做笔询，配合做受案登记表。待从派出所出来，赶往医院，炎缇玉的伤口已经处理完毕，正在医院走廊的座椅上休息。医院急诊见到刀伤后通知了警察，询问已经结束。万俟铮指挥保安去缴费，镇定有序。

陆帆海拍一下他的后背，不禁说："你怎么出这么多汗？"他看一下手，大惊，"血！你后背全是血！"

万俟铮对着他摇了一下头，示意他别声张。他穿着黑色棉夹克，即使被血浸透也不明显，要不是陆帆海这一嗓子，没人发现他受了伤。

“你什么时候受伤的？快走！”陆帆海拉着他去诊室。

玛姬把手机递给炎缇玉，说：“你的手机，落在陆总办公室里了。你流了很多血，还好吧？对不起，要不是我让你加班，你不会碰上这事。唉，谁能想到有小偷！”

玛姬连声责骂那胆大包天的小偷，差点儿把她的魂吓没了，然后责备保安疏忽，竟然让小偷溜进公司，不仅偷东西，还伤人。接着，她抱怨总经理们不在，大家都变得懒散了。幸好陆帆海回来了。

保安缴费回来，兴冲冲地说：“听说那小偷被抓到了！”

玛姬震惊：“这么快！”

“怪他倒霉，没跑出多远，有个夜跑的人发现他鬼鬼祟祟往路边草地里扔东西。等他走远，跑步的人好奇过去捡，发现是一顶帽子，帽子里有带血的刀，赶紧报了案。有人盯着，小偷还跑得了？”

“太好了。”玛姬欣慰地说，心里却擂起鼓。她最清楚，炎缇玉和万俟铮受伤，罪魁祸首是她。

高敏纤发愁穆翰和万俟铮不回来上班，自己监事的位置即将不保。玛姬趁机献策，计划让炎缇玉受困，逼穆翰现身。

她和高敏纤配合，高敏纤先用电话骚扰万俟铮，逼得万俟铮关机，让外界联系不上他。接着，玛姬谎称有人要亲自上门探望万俟铮，他却不见踪影，有可能影响他主持研发中心，引炎缇玉到酒吧等地找寻。高敏纤派人跟着炎缇玉，用几个流氓缠住她，等她向穆翰求救。只要穆翰一公开露面，就无法再装病了。

高敏纤对这个办法非常满意，称赞玛姬是个人才。

她悄悄修正了玛姬的计划，不停地给炎缇玉打电话，逼得炎缇玉关机。她盼着炎缇玉被流氓调戏时不能及时求救，多吃些苦头，没想到被炎缇玉逃脱了。

一计不成，玛姬又生一计。下班后，她谎称陆帆海近日将返，需向集团汇报近期公司情况，通知炎缇玉将电脑中的资料打出来，放入陆帆海的办公室。万俟铮收回了他办公室的钥匙，但陆帆海办公室的钥匙还在炎缇玉手里，而且只有她有，这件事别人无法代劳。同时，高敏纤安排假小偷，埋伏在陆帆海的办公室里，袭击炎缇玉，以炎缇玉受伤引穆翰现身。

不过，“鬼见愁”可不是浪得虚名。高敏纤岂肯轻易放过炎缇玉？她觉得玛姬的计划不够狠，她有她的计划。

她又想“一石二鸟”，用同一个事件，逼穆翰和万俟铮都现身。她安排假小偷潜入万俟铮的办公室，只等陆帆海办公室灯光一亮，让假小偷在万俟铮办公室搞出动静，等炎缇玉去看时袭击她。因为牵扯到万俟铮，万俟铮少不得要出现一下。她还特别交代，“把那个女人伤得重一点”。

玛姬并不知道高敏纤的小算盘。她不放心，偷偷溜回来看。孰料，陆帆海真的回来了。万俟铮的出现更是让她意外。她怎会知道，万俟铮的出现，是因为高敏纤无意中说的一句话。

她用大叫吸引小偷及所有保安的注意，试图帮小偷逃跑。小偷果然如她所想，尽管他不知道这是玛姬故意为之，最终小偷从二楼跳下逃跑，而那时，楼下已无人看守，所有人都被玛姬的尖叫招到楼上。

此时，听说小偷被捉，玛姬胆战心惊。

“好消息啊。”

玛姬一激灵，抬头见万俟铮和陆帆海站在身旁。陆帆海兴奋而宽慰，万俟铮则研判地望着她。刚才的话正是出自万俟铮之口。玛姬连忙掩饰地说：“是啊，现在破案效率真高。”

二十七

定海心

“那个……”保安指着前方，穆翰向这边走来。

陆帆海自语：“他怎么来了？”

玛姬说：“是我告诉穆总的。炎缇玉受伤，总得让他知道吧。”

三个人都望着她，不以为然。

穆翰的打扮像是从某个商务宴会上直接赶来的。

炎缇玉想躲却无处可躲。

万俟铮诧异。炎缇玉受伤，见到穆翰，不是向他寻安慰，而是满含愧疚，仿佛为她的遭遇惭愧，为她的惹人注目不安。这女人的自尊自爱真是到了奇怪的地步。不对，“自尊自爱”怎么能用在她身上，简直亵渎了这个词。

穆翰与众人打过招呼，审视炎缇玉已包扎好的伤口，柔和地问：“很疼吧？”

炎缇玉摇头，露出安好的微笑。

笑容刺痛万俟铮的眼睛，他说：“十一针。”

一句话足以说明伤势。

穆翰轻按炎缇玉的肩，说：“听说公司里有小偷。”

炎缇玉轻描淡写地手语：“我在公司加班，听见总经理的办公室有声音，发现有小偷。他扎伤我的腿，这时陆总赶来，小偷被吓跑了。”

事实远比她说的复杂。

炎缇玉刚把文件放进陆帆海的办公室，就听见楼道里有声音，不是保安巡逻的脚步声，而是文件翻阅声。声音是从总经理办公室发出的。起初她以为万俟铮来了，后来发现门缝下黑乎乎的，屋里没开灯，时而有光闪过，像是某种临时光源。她立刻意识到有问题，屋里的八成是小偷。她正要去叫保安，门开了一条缝，小偷向外窥探。

四目相对，炎缇玉转身要跑，被小偷扳住肩膀往屋子里扯。炎缇玉抓住门框，奋力向外，小偷打落她的手，把她拽进去。炎缇玉一脚向后踹，腿上顿时剧痛，一柄匕首扎在她的腿上。她疼得蹲下，正好蹲在茶几旁，眼前是紫砂茶杯，她抓起茶杯狠狠砸向小偷的小腿迎面骨。小偷正要再刺一刀，疼得瘸腿退后。炎缇玉迅速捡起茶杯碎片进行防御。

陆帆海此时正上楼，听见杯子碎了，扬声叫："万俟，又发脾气了？"

炎缇玉和小偷同时精神一振。小偷抓住炎缇玉的手腕反拧，向茶几上磕，炎缇玉的手疼得发软，拿不住茶杯碎片。小偷揪她的头发，向屋子深处扯，另一只手持刀向下扎。炎缇玉托住小偷的胳膊，阻止他刺下来。

陆帆海见此情景，吓得一愣，赶紧冲上去帮忙。小偷一脚踹在炎缇玉的伤腿上。炎缇玉冷汗直冒，手都软了。小偷借机挣开她的手，匕首刺向陆帆海的腹部。陆帆海乍从明亮的楼道走进黑暗的屋子，眼睛还没适应，根本没看见匕首。炎缇玉顺着笔记本电脑的电源线把笔记本电脑扯过来，挡在匕首前。小偷攻击不成，抢身蹿出屋子。

穆翰对万俟铮说："多谢你保护她。"

万俟铮一怔。在场的除了穆翰，只有万俟铮能看懂炎缇玉的手语。炎缇玉只说了故事的前半截，后面全不提，在她的叙述中根本没有他。穆翰竟对着他道谢，而不是陆帆海。

他顾左右而言他："小偷是奔着炎缇玉去的，有机会跑都不跑，非要再扎她一刀。人已经抓住了，你们去认人的时候看看怎么回事吧。"

玛姬暗暗心惊。陆帆海也露出惊讶之色。

穆翰点头，问："万俟，你的伤怎么样？"

"缝了……"

陆帆海刚开口，万俟铮抢着说："皮肉伤，小意思。"

穆翰说："我想代缇玉请两天病假。"

陆帆海和万俟铮同时出声。一个说"好"，另一个说"不行"。

陆帆海瞪万俟铮一眼，说："受伤请假很正常啊。你不是也休假呢吗？"

万俟铮呵斥炎缇玉："要怪就怪你自己。你为什么不按正常时间上下班？"

他当着穆翰的面骂炎缇玉，陆帆海急得冒汗，炎缇玉低着头，小保安在一旁吓得不知所措。

陆帆海说："她是为了工作，加班应该受到表扬。"

玛姬歉疚地说："都怪我，是我让她加班的。"

穆翰温和地说："我理解，公司业务多，不能因为这点伤耽误工作。以她的伤，不能老站着，坐又无法端正地坐。歪歪扭扭地坐，让人看见，影响不好。不如这样，反正万俟你正休病假，不在公司，可以让缇玉到你的公寓办公，你有什么工作可以交代给她，她行动也能自如一些。你看怎么样？"

一语惊四座。

陆帆海心想：穆翰你真的了解现在的状况吗？你这是送羊入虎口啊！

玛姬暗想：这不是给了他们单独相处的机会？时间久了，还不知会发生什么。

炎缇玉看一眼穆翰。

万俟铮沉默不语。

穆翰忽然说："哎呀，我忘了，缇玉不是你的助理，她是总务部的。"

炎缇玉和万俟铮心中都是一动。

万俟铮终于知道穆翰为什么有此提议了。允许炎缇玉以这种形式上班，先要任用她做助理。炎缇玉想当助理，而他想就近折磨她。穆翰的提议定位准确，充满诱惑，让当事人根本无法拒绝。万俟铮有了助理，等于变相答应到研发中心牵头工作，高屹给穆翰的难题迎刃而解。

穆翰貌似什么都没做，不经意的一句话，却主导着事情的发展方向。万吨巨轮，一个锚定住海心。

高手。这才是真正的高手！攻守皆在无形间，行云流水，水到渠成。

万俟铮哼一声，说："好吧，看在穆总面子上，你可以在家休息几天，然后到我这里来上班！"

炎缇玉轻轻点一下头，把手放在穆翰搭在她肩头的手上。

万俟铮莫名地来气。穆翰都把你牺牲了，你还向他求安慰！

保安突然说："那边那个人好像是陈盼！"

"他来干什么？"

万俟铮问玛姬："也是你通知的？"

玛姬坚决摇头。她只是通知了高敏纤，高敏纤再通知谁，不能赖她吧。

穆翰和万俟铮对视。两个装病的人在此被抓个正着。

陈盼先是代表高屹慰问伤情，然后询问经过，嘱咐炎缇玉好好养伤，又问候穆翰和万俟铮的病。

陈盼说："穆总，董事长有话和你说，一会儿请你跟我走。"

穆翰说："缇玉受伤，我要照顾她。"

陈盼犹豫一下，点点头，说："是啊，得把她照顾好。万俟总，董事长也要找你谈谈。"

万俟铮说："我累了。"

陈盼连续被拒，脸上有些挂不住。他干笑两下，说："万俟总还在为监事会检查的事生气？董事长已经骂过敏小姐了。"

万俟铮平静地说："跟她无关。我只是没话跟董事长说。"

陈盼表情僵硬，说："两位这样，我不好交差。"

陆帆海赔笑说："陈助理，我休假刚回来，正想去问候董事长。"

陈盼有了个台阶，脸色依然发黑。

穆翰把外套脱下来披在炎缇玉身上，说："一会儿出门别着凉。"他对万俟铮说，"万俟，帮我把缇玉送回家。我有事要向董事长汇报。陈助理，走吧。"

万俟铮盯了他一眼。

等他们走了，陆帆海狠捶万俟铮的胳膊，又想起他后背有伤，捶一下马上停手，说："你作死啊？董事长叫你，你摆什么谱？多亏穆翰解围，要不你死定了你。"

万俟铮说："啰唆。你送玛姬，我送她。"他指挥保安租轮椅。

二十八

第七个约定

万俟铮亲自开车。他的后背不敢碰椅背，向前倾着身子。染血的外套扔在副驾驶座上。

车还是来时那辆。炎缇玉悄悄摸后座上万俟铮坐过的位置，靠背上还有未干涸的血迹。她的手一抖，望向他的背影。因为伤口被包扎过，他后背的毛衣被撑起一块，从破损的毛线口能看见纱布。

万俟铮沉声说："做我的助理，有几件事你需要注意。

"第一，用手语和我交流，不许再用纸条。

"第二，手机响三声必须接听。

"第三，我的命令，无论公事私事，你要遵照执行。你可以提出异议，在我采纳前，按我说的做。

"第四，不许给我丢人。如果有人欺负你，给我打回去。

“第五，二十四小时随叫随到。

“第六，我的事，不要对任何人说，包括穆翰。

“听明白没有？”

炎缇玉暗自思量万俟铮在六条约定中埋伏了多少陷阱。

万俟铮倏然停车，转头追问：“听明白没有？”

炎缇玉手语：“你的条件太苛刻，我不能接受。”

万俟铮冷哼，说：“你写的那十条，忘了？你说任何事你都愿意做。我不过是把你说过的话改了一种说法。”

炎缇玉表示这不一样。

万俟铮冷笑说：“此一时彼一时，对吧？那会儿你为了让穆翰重掌商务部，什么都肯答应。现在无论我是否牵头研发工作，穆翰都要放弃商务部。你觉得不值得付出更多，所以说过的话都不认账了。用人朝前，不用人朝后，果然是无义之人，我没冤枉你。”

随他怎么说，炎缇玉不回应。万俟铮悠然说：“我主导研发，穆翰确实没得到什么好处，不过，如果我干砸了，你觉得穆翰作为代理主任会怎样？目前他手里只剩财务部和研发中心了。”

炎缇玉无动于衷。

万俟铮说：“还有一条，你记住了，不准勾引陆帆海！违反约定，后果自负！”

“勾引”两个字无比刺心。炎缇玉怔然望着万俟铮，以为听错了。

万俟铮说：“你有多下贱，还需要我提醒吗？”

炎缇玉的身体剧烈晃了一下。万俟铮的话不仅带着侮辱，更是勾起无限回忆，像一把刀砍在她身上。她的双颊泛起愤怒的红晕，眼睛几乎喷火，满含屈辱、羞耻和怨恨，无声地、控诉地瞪向万俟铮。

万俟铮十分平静，嘴角挂着讽刺，目光带着深沉的力量。如果有人溺水，袖手旁观的人的表情大概就是这样。

炎缇玉险些被这无情的眼神撕个粉碎。她用力拍车门，等万俟铮把车门解锁，她毅然下车。

万俟铮开车便走，把位置发给陆帆海。通过后视镜，他看着炎缇玉向相反的方向步行，步履蹒跚，在夜色中迅速被车甩得远远的。

每当他欺压她，她总是先流露出惊愕和茫然，仿佛不相信他会这么对她，不明白为何他要这样待她，可又不得不信。这目光比争吵或谴责更犀利。那天真得近乎无辜的表情，让万俟铮莫名地有种负罪感。

然后，炎缇玉会露出自嘲，好像责怪自己居然去质疑，最后，才是愤怒和忍耐。

每到这时，万俟铮就有一种无名火。

过了二十分钟，陆帆海打来电话，激动地说："万俟铮你太过分了！简直不可理喻！深更半夜把一个不方便走路的女孩扔在大街上，你真干得出来！你一天天的到底在干什么，能不能像个成年人一样正常地处理问题，嗯？"

看来他们已经碰面。万俟铮挂断电话，松了口气。

二十九

咫尺与天涯哪个更近

万俟铮算准陆帆海一定会来找他。

陆帆海进门时拿着一柄伞。

万俟铮瞳孔收缩。下雨天他放在炎缇玉办公室外的伞，原来被陆帆海拿走了。

"看见伞，我就知道你对她有企图。我把伞拿走，就是为了不让你扰乱她。"陆帆海早已知道，只是不说。

万俟铮静默片刻，说："你的情报有误。他们没结婚，只是同居。"

陆帆海直视他，反问："有什么分别？你有米可，她有穆翰，你想怎样？"

米可！万俟铮几乎忘了这个人的存在。

米可是中德混血儿。她的车半路抛锚，万俟铮帮她修车，两个人便认识了。她的老爷车经常出毛病，她喜欢找万俟铮修车，对他的技术崇拜得不得了。

年轻的米可又甜又黏又单纯，毫无心机，让阅人无数的万俟铮放下所有戒备，和她的交往简单快乐，不用假装。

"米可说你不主动联络她，她给你发微信你也不回。"陆帆海说，"等学校放假，她要来看你。"

万俟铮把酒一饮而尽。他满脑子都是和炎缇玉较劲，已经许久没有想起米可，脑海中她的相貌已淡化。

陆帆海提醒："别忘了，你们有婚约。"

"那是开玩笑的。"

陆帆海严肃地说："米可是认真的。她曾经向我打听中国婚礼习俗。"

万俟铮心烦意乱，顾左右而言他，问："你不是说还有事没办完，要晚几天回来吗？"

陆帆海说："陈盼传达董事长命令，叫我回来稳定局面。"

万俟铮冷哼。高屹管得太多了。区区一个分公司，也值得他过问？

“路过公司时看见我办公室的灯亮着，我以为是你在。幸好我上楼了。”陆帆海看他一眼，“刚才我看了楼道里的监控录像，得亏那刀被你的肩膀撞歪了，从后背划过去，要不，直接扎你后心上。你豁出命保护炎缇玉……”

万俟铮烦躁地打断他：“保护她？那刀来得太快，我反应不过来而已。”

“是吗？也对。你是个混蛋，在她孤立无援的时候把她扔在大街上。”

“是她自己要下车。”万俟铮不想再谈炎缇玉，拿出手机，说，“你说完没有，我要给米可打电话。”

陆帆海按住他，说：“打电话之前，我有话说。有的人，近在咫尺，但不能碰。有的人，虽然远在千里之外，但唾手可得。选哪个，你得想好了。”

万俟铮哼一声，说：“你用不着担心，我就算瞎了，也不会喜欢那个哑巴。比她年轻、比她漂亮、比她讨人欢心的多的是。”

陆帆海知道万俟铮不是故意骗他，他怕的是他根本看不清自己。“既然你知道比她年轻漂亮的多的是，干吗老揪着她不放？”

万俟铮笑嘻嘻地说：“我生性欺软怕硬，喜欢虐待人。开玩笑的啦。你看你，脸拉那么长。我最近对她不错啊。像你说的，我刚救了她。”

陆帆海叹口气：“穆翰太厉害，我不想与他为敌。炎缇玉也不是我想的那种弱女子，面对歹徒，她救了我一命，临危不乱，随机应变。你是没看到她当时的眼神，又坚定又机警，像变了一个人。最可怕的是，经历这么惊心动魄的事，她还那么淡定。她愿意保持低调，随她去吧，如果有一天惹急了她，这个人能量巨大，不是一般人招架得了的。我现在有点儿明白为什么你说我没看清真正的她。”

万俟铮说：“啰唆。说完了没？”

“我怕最后吃亏的是你。”

万俟铮笑了笑，说：“老陆，实话跟你说，我已经没有心可动，没有真感情可以给人，所以……”他用力拍拍他的肩。

“无论如何，你把一个受伤的女孩丢下是你不对。”

“可怜之人必有可恨之处，你不用替她说话。”

陆帆海摇着头走了。

万俟铮暗自懊恼。

真正可怜的人是他！不管他怎么欺负炎缇玉，炎缇玉都无动于衷。阵脚大乱的是他。

今晚注定是个无眠夜。

穆翰与高屹谈至凌晨。玛姬得到了高敏纤的夸赞，她提心吊胆怕假小偷供出真相。高敏纤安慰她不必多虑，只有她知道玛姬参与其中。高敏纤烦恼的是假小偷被抓，该如何跟莉莉交代。陆帆海担心万俟铮的人际关系。

万俟铮琢磨该如何安抚米可，又为报案后炎缇玉的身份暴露担心起来，转而想起玛姬的举动。一个对他有好感的女孩，在遇到危险的时候，为什么不向他求助？说她坚强吧，她的神情又那么害怕。

还有，穆翰和炎缇玉为什么不结婚？穆翰为什么要促成炎缇玉当他的助理？穆翰根本不打算重掌商务部啊。

后背有伤，他只能趴着，呼吸不畅，不禁觉得气闷，越发睡不着，干脆爬起来回鹿鸣南山酒店。

三十

四敢青年

陆帆海一早找不到万俟铮，才发现他住在酒店。他冲进酒店别墅，心里这个气。

万俟铮笑吟吟地说：“一大早脸这么红，看见我心动了？别爱我，没结果。”

陆帆海叫：“别气我了你。好啊你，趁我不在家，把公司搞得天翻地覆，然后撒手不管，优哉游哉地跑到五星酒店疗养！你没事装什么病？”

万俟铮把监事会突击检查的事原原本本讲了一遍。

陆帆海骂：“他妈的，没活路了，不干了！”

“有个人和我们一样生气。我要借他的手清除障碍。”

“你指穆翰？”

万俟铮倒了一杯茶，说：“看着吧，暴风骤雨就要来了。”

“你什么时候回去上班？”

“等高敏纤滚蛋那天。”

陆帆海吓一跳，“玩这么大？高敏纤一个小姑娘……”

万俟铮截口说：“她是一把好使的枪，背后有高人指点，危害比你预计的大得多。”

万俟铮入住五星酒店是受人邀请，有人买单。请客的人是当地最大的汽配城的李老板。李老板说想交万俟铮这个朋友，酒店也是自家酒店，邀请万俟铮长住。

陆帆海提醒他天上不会无缘无故地掉馅饼，对方肯定有企图。

万俟铮轻松地说：“当然有企图。”

“他想要什么？”

“不知道。”

“不知道你就敢住，没准儿代价大得你付不起。”

“我一无所有，除了你。”万俟铮摊开手，“他要，给他好了。”

陆帆海叫：“卖友求荣。”

陈盼发起视频通话。

万俟铮微笑。看来高屹坐不住了。

果然，视频中出现高屹。他问了几句伤势，说：“我昨天和穆翰谈过，他对你大加赞扬。我本人对你非常赏识，你是知道的。我从不怀疑你的能力。听说炎缇玉已经上任，这很好嘛。研发工作正是攻坚阶段，你能牵头，我就放心了。”

高屹的试探不动声色，万俟铮的回应彬彬有礼。“董事长，我还在养病，暂时还不能接手研发中心。”

高屹呵呵笑，说：“卫健委主任是我的老朋友，本市有人才医疗绿色通道。我让他给你安排专家看病。”

万俟铮沉吟。

陆帆海笑着插嘴：“谢谢董事长。”

万俟铮说：“董事长，明人不说暗话，我得的是心病，您就是专家。”

高屹颔首，说：“该责骂的我已经责骂了，她以后不敢再烦你。你就放心吧。大公司往往有既定的企业文化，作为凝聚员工、激发斗志的重要手段。万俟，希望你能适应公司的氛围，早日融入公司。”轻巧的一句话，把责任推到万俟铮的不合群上。

万俟铮淡淡地说：“公司里有中不完的圈套，捋不清的关系，解不开的恩怨，用不完的心计，管不了的风言风语，刹不住的歪风邪气。我资质鲁钝，学不会。与其在这方面浪费时间，不如休假。”

陆帆海虽然也生气，但还是被万俟铮的话吓得脸色发白。屏幕那边的陈盼听傻了，没想到万俟铮如此大胆。

高屹的脸僵硬了一会儿，说：“你对公司有很深的误解。”

“董事长，您站在顶峰，俯瞰风景时，下面云雾缭绕，远处是壮丽山河。在这云雾缭绕中，落石荆棘，狂风霜雪，您看不见。不畏浮云遮望眼，遮不住的是远方，脚下，可被遮得严严实实的。”

陈盼要喝止，高屹挥手制止陈盼，沉声说：“你继续说。”

万俟铮说：“官僚主义害死人。”

陆帆海阻拦：“万俟，别危言耸听。”

“连政府机关都在反四风，我们却用管理的网把自己困住。我不是对公司的管理架构有意见，也不是为我个人的遭遇刻意找碴儿夸大其词。公司根据分工设立各部门，有业务部门，有支持部门，各司其职。不过，分工是为了业务专攻，为了协作，为了促进工作，如果变成了互相掣肘，那……”他点到即止。

高屹毫无表情地说："好一个不是对管理架构有意见，那就是对人有意见喽。"

"赵烈，权欲熏心。刘深，嫉贤妒能。高敏纤，目光短浅。穆翰，老谋深算。李思锐，刚愎自用。罗超凡，藏巧于拙。冼光明，明哲保身。宫极，不问世事。"

陆帆海和陈盼一身冷汗。

高屹说："呵，你已经给他们贴了标签。依你之见，应该怎么办？"

万俟铮平静地说："这不是我该操心的，是您的事。我只看公司能否容我，是否触碰我的底线。我可以走，可以耗，可以拼搏奋斗，可以清闲度日，取决于公司希望我怎样，又给我什么样的环境。"

高屹说："你给了他们每人一句评价，那我呢，我在你眼里什么样？"

陆帆海的心提到嗓子眼。

万俟铮说："天意从来高难问。"

高屹望了他一会儿，说："你养伤吧。"

通话结束。陆帆海瘫坐在沙发上，悲凉地说："你呀，胆子越来越大，竟敢数落各位总裁。"

万俟铮说："忠言逆耳。无容人之量，无纳谏之明，不等他轰，我们自己走。"

高屹问："小陈，你觉得万俟铮怎么样？"

陈盼判断不出高屹的态度，聪明地说："和您给他的评价一样，是个'四敢青年'。"

之前，高屹曾对陈盼说，万俟铮敢想敢做，敢说敢当。他扫一眼陈盼，似在说他滑头。

陈盼说："助理到位，他还不上班，看来他非要报复敏小姐不可。"

高屹面色凝重，暗想：厚而不能使，爱而不能令，乱而不能治，譬若骄子，不可用也。

集团内网上通报了盗窃案。分公司炸了锅。大家备感震惊，纷纷痛骂小偷，庆幸陆帆海及时返回，夸赞炎缇玉与歹徒英勇搏斗，感慨祸不单行，两人受伤。

在集团总部，大家也在议论，画风却是另一副模样。

"听说了吧，昨天分公司进贼了。"

"偏赶在大调查的时候，是不是太巧了？万俟铮好久没上班了，昨晚却突然出现在公司，让贼碰见，正常吗？简直像人为安排好的。"

"你想说什么？"

"我大胆猜一下，万俟铮就是内奸，怕事情败露，假装办公室被盗，把责任推到小偷身上。太刻意了，反而可疑。"

"其实，还有一个人能进万俟铮办公室。"

"你说炎缇玉？上次刘深就怀疑她。"

“说起炎缇玉，听说是万俟铮抱着她去的医院，后来还把她送回家。”

“啊，穆翰呢？”

“谁知道。”语调颇含深意。

尚奥云走进茶水室，咳嗽一声。人群迅速散去。

三十一

披荆斩棘开新篇

炎缇玉来到鹿鸣南山酒店。她的伤口愈合很快，但走路依然疼，不敢用力。

别墅外的竹林让她有些恍惚。清晨，南山的白雾未散，阳光透过烟岚，显得温柔湿润。碧绿的竹竿挺拔，叶片青翠可爱。圆圆的露珠折射着晨曦，晶莹地滚落。

缇玉望而却步，无心赏景，浑身发冷，仿佛被一下打回原形。她转身，走了几步，想起还有任务，又停步，往别墅看了看，抬脚要走过去，身体却抗拒着，犹豫再三，她终是走向别墅。

别墅大门敞开，温泉室有对话声。她循声走去，万俟铮背对门坐着，上衣脱至腰间，一位医生正在给他换药。

这是缇玉第一次清晰地看到万俟铮的伤。伤口很深，从左肩平直地延伸到右肩，刀口两侧的肉微微向外翻。伤口下方，后心的位置有一片模糊的旧伤痕，十分狰狞。缇玉没想到他伤得这么重。他对他的伤只字未提。若不是陆帆海发现，他打算瞒着所有人？

缇玉来之前已想好对待万俟铮的态度，二人的敌对是免不了的。但在看到他伤口的刹那，她心软了。

重新上药后，医生为万俟铮包扎，看到炎缇玉，招手让她来帮忙。

缇玉放下手里的东西走过去，摁住纱布的一头。她的手指轻柔，万俟铮立刻察觉到了不同，回眸见是她，说：“不是让你放假吗？我现在没空，你先出去。”

医生说：“让她帮个忙。”

万俟铮说：“不用，让她出去！”他的伤没必要让她看见。

医生说：“你别乱动。”一边说一边敏捷地包扎。

包扎完毕，缇玉拉起万俟铮的外套，帮他穿上袖子，绕到他身前，余光扫见他胸前的浅痕，那是被她咬伤的。缇玉将头别转，退出房间。万俟铮穿好衣服。

医生一边收拾医药箱一边问：“让你受伤的是她？”

万俟铮不答。

“外创易治，内伤难医。比如你后心的伤疤，是不是每次阴天下雨还疼？情伤是好不了的。”

万俟铮不耐烦地说：“老司，你不是心理医生，赶紧出诊挣钱去。”

司大夫摇头，说：“死德行，十几年不改。早晚你得吃苦头。”

司大夫临走时，叮嘱炎缇玉：“看着他，别给他酒。”

万俟铮走到客厅，炎缇玉将文件夹递给他。文件夹上贴着一张便笺，写着：“这是技术部和陆总给你的材料。”

万俟铮冷冷地说：“第一条约定，用手语。”他看了看一旁的沙发。

炎缇玉侧身坐下，避免碰触伤口。

“笔。”万俟铮说。炎缇玉递过去。

万俟铮签完字，拿出一个盒子，交给炎缇玉。是一部手机。炎缇玉扬扬自己的手机，把盒子推回去。

万俟铮说：“手机里是新的号码，以后你用它跟我联系。这是我的专线。你是我的助理，我不希望给你打电话的时候你的手机占线，更没兴趣和别人抢线路。”他打开盒子。这是一款订制手机，价格不菲。手机背壳闪着珠光，竟是白云母做的。

炎缇玉淡然接受。

万俟铮霸道地说：“现在就用。”

手机开机，通讯录上只有万俟铮一个联系人。

他把办公室钥匙交给炎缇玉，又给了她一把车钥匙，说：“这是我的备用钥匙，车在专用停车位，以后你负责接送我，告诉总务部，我的专职司机可以调任其他职务了。”

万俟铮认真地工作，时而把阅过的文件交给炎缇玉。炎缇玉便按照上面的批示将后续任务分配给相关部门。

“茶。”他说。

炎缇玉倒水。

万俟铮凝神思索，在新能源汽车示范区规划设计方案上做了大量批改，接着，停笔想了想，不知不觉向后仰，后背即将靠上沙发时，炎缇玉塞过来一个靠枕，万俟铮看她一眼，向前倾身，任她把靠枕垫在腰后，再向后靠，肩部便空出来，碰不到伤处。

他把文件交给炎缇玉，说：“方案有漏洞，告诉规划部马上改。”他拿过一本汽车杂志，指着一篇关于汽车前沿科技的文章，“让技术部好好学学。”

公司若是看见他现在的状态，他所有的要挟都将失效。他何曾停止工作？负气撂挑子只是装样子，他要完成的是他自己的梦想，公司只是他的平台。即使失去职务，缺少实验条件，没有任何报酬，该做的他还是要想方设法做。刘深打击异己，赵烈拉帮结派，高敏纤耍小性，他不容忍，是因为他们妨碍了他实施计划。

工作投入时，他忘了炎缇玉的存在，忽然发觉许久不闻她的动静，抬头也不见她的踪影，一转眸，原来炎缇玉坐在他身后靠窗的位置，静静地阅读他批改过的文件，乌溜溜的眼眸光彩暗涌，短发下垂，在雪白的脖颈上形成一道弧形的暗影。窗外绿竹微微拂动，这一幕静谧美好。

万俟铮察觉一朵微笑即将在嘴角展开，连忙收敛目光，努力地皱一下眉，想积攒对她的坏脾气，无奈找不出一丝火气。倘若他是个无事生非的人，他可以找出一大堆刁难的事由，但他不是。他之所以和炎缇玉较劲，不过是陈年的怨气作祟，并非他本性如此。

这是炎缇玉作为他的助理第一天上班。他如愿以偿，把她拴在身边。下一步要怎样，其实他完全没想过。她不想当他的助理，他就偏要她当。她想躲他远一点，他就偏要拉近。总之，要让她不舒服、不痛快。

如今，她近在咫尺，她以为他会迫不及待地折磨她，看她进门时的紧张劲儿就知道，她等待着随时可能降临的恶语和侮辱。她选择坐在他身后，期盼他看不见她，能少一些折磨。她不怕他，她只是在尽量避免冲突，但并不怕。这个小小的人，对疼痛的忍耐力到底是多少？把她放在他身边，穆翰放心？

万俟铮有些怜悯她，觉得她被穆翰出卖了。

在对抗的日子里，他不管她是什么“副总裁夫人”，随心所欲把她打压到最底层。他得逞了，但他心里真的高兴吗？似乎反而是今天这种相安无事的状态更称他的心意。

竹叶沙沙地响，摇曳清澈的阳光。

万俟铮捏一下眉心，看看表，又看看还没翻阅的一沓文件，说：“那边有菜单，订午饭，送到这里来。”炎缇玉把菜单递给他，他挥手，“你看着订。只有咱们两个人。”

缇玉不知他的口味，不禁为难。她不想与他共进午餐。她相信万俟铮也不愿对着她吃饭。

按照她原本的计划，在别墅期间，她尽量和万俟铮保持距离，别说是一起吃饭，就连闲坐都避免在同一个房间。他在一楼她就去二楼，他去二楼她就跑到一楼。既让他能找到她，又不在他的视线内。但万俟铮不时交代给她工作，她无法远离。

让人安心的是，万俟铮真的是在工作，和她说的也全是工作。

她向管家要此前的订餐记录，找不到可借鉴的，翻了翻便放到一边，又拿起菜单，挑选两素一荤一汤面，给万俟铮看，他连眼睛也不抬便点头。

管家布置餐桌，请万俟铮入席。

万俟铮见只有一套餐具，戏谑地对炎缇玉说：“和我共用一套餐具？”

炎缇玉摇头退后。

万俟铮绅士地拉开他身边的椅子，看着炎缇玉，执着地等。缇玉只好坐下。

菜一道道呈上，管家看了万俟铮一眼。这几天他侍候这栋别墅的饮食，知道万俟铮从不点菜，点菜的事全交给女伴。客人要么点迷迭香小羊排、松露鹅肝等西餐，要么是海参虫草燕窝鱼翅等珍馐，要么是满满的一大桌子各菜系齐全的豪宴，何曾这样清淡？今天推着餐车过来时，他以为少推了一辆。这样的菜，不知是否合他的口味。还有，那个女孩忘了点酒，只点了饮料。

管家一一掀盖："清炒马兰头、金雀舌、笋干扣鸡、菊花鱼面！"

万俟铮问："那个绿的是什么？"

管家答："青甘蔗鲜榨汁。"

万俟铮点了一下头，微微一笑。

管家松了一口气。

与这里的平和相反，集团总部会议室里的氛围可谓白热化。

总裁办公会的议题是如何对待万俟铮。

穆翰说："像他这样的人缺钱吗？缺名誉吗？缺房子吗？我们能给他的，别的公司同样能给他。他要的是一个能够施展才华的平台。而我们给了他什么？我们承诺给他充分的自由，给他这个平台，但事实上，他每做一件事都有人给他设置障碍。换作我，这样的公司我也待不下去。对人才要尊重，要珍惜，要信任，要重用。这四点，我们没有一个做到了。他凭什么要留下？"

穆翰第一天回来上班，集团就召开总裁办公会讨论万俟铮的问题，穆翰还对此慷慨陈词。参会的人交换眼神，猜测高屹与穆翰早有定论。穆翰久假不归，选在这个时机回来，高屹对他应该有某种承诺。

有的人谨慎地选择沉默。有的人未必想不到这层，只是关乎切身利益，不得不出来说话。

赵烈说："他和我们签过约。如果他毁约，必须承担责任。当初在签协议时，我防着他呢。"他得意，秃头锃亮。

穆翰说："合同中的违约条款对他来说几乎没有约束力。违约罚款相当于他所有的报酬，他可以豁出去不要。他最大的损失是时间和专利技术，时间他有很多，专利技术他给了我们，但我们没有好好利用。"

钱力说："穆总，你太抬举万俟铮。他确实是一个科学家。但是，研发中心有很多科学家，不缺他这一个。"

穆翰环视与会人员，语重心长地说："万俟铮是个人才。如果还有人没有清晰地认识到这一点的话，我再说一次，他是一个非常优秀的工程师。他的价值，并不只是大家眼前看到的这一点专利技术，而是在于他掌握的知识和不断创新的精神。我们不能满足于把这点专利拿到手，应该发挥万俟铮的最大优势。他正在研发的电动力技术，价值远比他已有的专利大得多。可是，各种各样的因素在阻挠他。我们守着一座金矿却要封山，在等什么？坐等采矿权过期吗？”穆翰用力敲敲桌子。

赵烈说：“万俟铮那个人吊儿郎当，看着就不正经。”

穆翰条理清晰地说：“我们要找的是道德模范吗？他有时胡闹，但从不做出格的事。他承诺的，哪件没做到？不同意做的，他总是提前反对，亮出底线。每个人都有自己的性格特点，有的人明显一些，这并不妨碍他干好工作。人有一点个性，有何不可？万俟铮至情至性，潇洒不羁。正是他的不循常理成就了他的卓越。‘满堂花醉三千客，一剑霜寒十四洲’。我们想要的胸怀广阔、个性鲜明、能成就大业的人，就是他啊。”

做会议记录的夏朵差点儿把笔扔下起立鼓掌。

刘深说：“我们当然不苛求人才达到道德模范的水平，不过，万俟铮的性格瑕疵实在不容忽视。在调查泄密事件时，内控部对万俟铮装病前后的行踪进行了查访。你们猜，他不上班的时候在干什么？和电视台编导吃饭，和女明星打高尔夫球，带着女人飞到外省去泡温泉！监事会之所以误会他，还不是因为他好色的本性尽人皆知。”

“万俟铮的优点和缺点，早在他进入公司前大家就清楚，我认为不必再议，否则，只能说明当初招聘他的决策是错的。”穆翰看向高屹，高屹颔首。“刘总提到监事会，监事会给万俟铮造成的名誉损害必须严肃处理，以示公正。”

刘深皱眉问：“你的具体建议是？”

“高敏纤向万俟铮公开道歉。高敏纤不适宜担任监事。为减少她的破坏力，建议她离开集团总部。”

这个建议如同重磅炸弹。袖手旁观的宫极忍不住说：“这是不是过了？”

穆翰平静地说：“我们需要再次强调公司的人才方针，重振人才对公司的信心。要是一边做出求贤若渴的样子，一边处处掣制，以后谁还相信我们？必须见实效。”

众人等着高屹发话。高屹说：“穆总的观点大家可以讨论。”

罗超凡说：“让高敏纤去子公司或者各区域派出机构？恐怕她的经验不足。”

穆翰说：“罗总说的是。为了高敏纤好，我建议她从基层做起。”

刘深笑一下，说：“她一听准得炸了。”

赵烈说：“让她离开监事会可以，但一下子打到底层……”

冼光明皱眉说：“穆总你高职低就，淡泊名利。不是人人都能像你一样。高监事可能接受不了。”

高屹微笑，说：“‘进不求名，退不避罪，唯人是保，而利合于主，国之宝也’，说的正是穆翰啊。”

赵烈问：“没有别的办法？”

刘深咳嗽一下，说：“问问万俟铮吧。他未必想赶尽杀绝。”

穆翰说："万俟铮不肯回来，已经表明态度。况且，以高敏纤的能力，即使没有这些事，我也不建议她继续留在集团总部。"

众人沉默。

高屹环视众人，说："将穆总的建议提请董事会议定。"他又问，"对万俟铮，你有什么建议？"

"给他空间，给他平台，给他需要的一切，在符合公司战略目标的前提下，不要干涉他的任何决定。"

赵烈说："穆总的胸襟令人钦敬。万俟铮给你添了许多麻烦，你还替他说话。"

穆翰坦诚地说："公司远景规划已定，各部门该齐心协力共同实现。管理者的利益不能凌驾于公司利益之上，我们要对股东负责。"

但并非所有人都这样想。有些人想的是，公司做大了，自己分到的必须比别人多才成，否则，宁可维持现状。

刘深企图岔开话题，说："内奸的事还在调查，万俟铮也有嫌疑，当务之急，还是先把泄密案解决了吧。其他的，是不是往后放放再说？"

穆翰说："泄密的事好办，等万俟铮回来，自然水落石出。"

刘深隐藏惊喜，说："你是说，他……"

"他已经破案了。"

"啊！"众人皆惊讶。

罗超凡觉得脸上无光，嘀咕："不可能。"

刘深说："他老是游离状态，能找到内奸？"

要知道，泄密案前前后后几个月，将整个集团折腾得人仰马翻，两位副总裁督办，四大部门联手，调查范围达几百人，至今没有进展。万俟铮连班都不上，面都没露，能把案破了？！人们半信半疑。

大家被这个消息吸引了注意力，没有看见高屹的表情变化。穆翰的态度和万俟铮出奇地一致，坚决不肯在处理高敏纤时让步，不管二人是否私下串通，高屹已经感受到他们的威胁，他的脸色渐渐阴沉。

三十二

联手猎狐

十天之内，集团召开了总裁办公会、临时董事会、监事会。每个会议都有震动整个集团的决议。

一是任命万俟铮为研发中心临时副主任，牵头研发中心工作，并任电动汽车研发项目总工程师。

二是免去高敏纤的监事职务。

三是批准穆翰将其持有的全部骁龙云腾股份转让给炎缇玉，分四年完成。他所持股份占公司总股本的百分之二。

四是成立啸九天新时代科技有限公司，作为骁龙云腾的子公司，穆翰任董事长。

五是万俟铮所在的分公司划归啸九天公司管理。

陆帆海火速将喜讯告知万俟铮。

万俟铮喃喃道："啸、九、天。不仅要一鸣惊人，还要响彻九霄。好大的口气。"

分公司划归啸九天公司后，与集团又隔了一层，更远了些。啸九天成为集团总部与分公司之间的一道屏障。高管们再想插手分公司，需要先经过啸九天。有穆翰挡着，其他人很难下手。穆翰的影响力之大，从集团最近的变化可见一斑。

陆帆海感激穆翰。万俟铮对此有不同见解。他认为穆翰的目的不明。分公司划归啸九天后，穆翰要想对他们不利，比从前容易得多。他是他们的直接老板。

他交代炎缇玉收拾他的办公室，他要上班了。

万俟铮的车开进院子，全体员工自发地站在院中鼓掌迎接他，像欢迎英雄凯旋。陆帆海感叹："没想到你还有点儿威望。"

打开车门，万俟铮下车。他望着众人，眼睛亮晶晶的，莞尔一笑，神情是亲昵的，仿佛淘气闯了祸，对朋友俏皮地一笑，阳光般融化人心。员工们从未见过他这样温暖的笑容，曲娜娜捂着胸口，全身酥了。

万俟铮深深鞠躬，说："谢谢你们的包容，辛苦大家啦。"

掌声更加热烈，有人湿了眼眶。

他在众人的夹道欢迎中走进大楼。办公室外，助理的座位上摆放着炎缇玉的水杯，她已经就位。室内，窗明几净，文件书籍摆放整齐。

啸九天公司召集会议，各下属公司汇报运营情况。万俟铮深感啸九天与骁龙云腾在作风上的区别。啸九天的人把精力集中在事业上，他们务实、真诚，各抒己见，朝气蓬勃，偶有争论，也是围绕工作。

什么样的人带什么样的兵。偷奸耍滑、工于心计、业务疏松的人在穆翰这里待不长。

工作终于步入正轨了，陆帆海想。

万俟铮看穿他的心思，说："还剩一件事，猎狐。"

调查小组召开专题会，罗超凡主持会议，参会的除内控部、内审部、法务部外，还有穆翰、万俟铮、陆帆海、何鹏等人。

众人都听过只要万俟铮回来此案就破了的说法，掩不住猜疑与好奇，无比期待。会议室鸦雀无声，大家聚精会神地望着他。

万俟铮向调查小组提供了一个人名，是研发中心的技术员。他还提交了相关证据，是一本新车型工作方案。

众人面面相觑，摸不着头脑。这也太简单了，简单得近乎草率，让人难以置信。万俟铮是不是又在胡闹?

罗超凡问："你怀疑是他？"

万俟铮说："我确定是他！"

罗超凡向穆翰投去疑问的目光。

穆翰解释："为保证核心技术安全，必须铲除泄密者。我总结了上次调查失败的原因，主要有两点：第一，知情人员范围太大。第二，取证困难。我们吸取上次的教训，针对这两点进行布防。通过发放新车型工作方案密文，锁定人员范围；通过设计工作方案的内容，制作证据。我假装对调查不屑一顾，甚至在何鹏主任提出担心时压制他，为的是让对方放松警惕。然后，我找到万俟总，请他从专业技术角度设计工作方案的内容。"

万俟铮说："我有个朋友从事保密工作，他教给我一招。他说，机密文件除了印上独一无二的保密号码，内容也常常做特殊处理。每一份机密文件都有细微差别，例如文字的顺序、词语的使用等等，文件表达的意思不变。比如，某一句话在给你的文件中放在这一段的第一句，给他的文件中放在第二句。每个人手中的文件内容都具有独特性。一旦泄密，看一下泄露的内容，就知道内奸是谁了。所以我能断定，泄密的文件出自谁。"

何鹏恍然，说："我懂了。按规定，每个人只能见到自己手里那份，除非和别人核对，否则不可能知道差别在哪儿。持有机密文件的人，自己手中已经有一份，没必要看别人的，也没有和别人核对的必要。如果他向别人要，肯定引起怀疑。所以关于工作方案内容的陷阱，泄密者很难发现。一旦泄密，顺着线索就能锁定他。"

罗超凡缓缓点头。

李响说："我有个疑问，万俟总，方案内容的设置是不是只有你知道？"

万俟铮猜到他接下来要说什么，答："是的。"

李响说："万俟总，坦白地说，你也是嫌疑人之一。你可以卖掉核心技术，然后嫁祸给别人。我没别的意思，我说的是有这种可能性。你获利，别人背锅。"

何鹏涨红了脸，期盼万俟铮赶紧澄清。

万俟铮看了穆翰一眼。

穆翰说："我可以证明他，同时证明我自己的清白——新车型工作方案是假的，里面的技术、公式、参数全是假的。因为是假的，我们连车型的名字都懒得起。它是我和万俟总设计的诱饵。”

原来如此。何鹏想，好家伙，忙活一个多月，竟然是一场戏。难怪穆翰不着急，难怪李思锐要他信任穆翰。竞争对手拿到的是假方案，真正的核心技术根本不在里面。

李响思索着说：“穆总，我无意冒犯，但炎缇玉在万俟总身边，有机会拿到方案。她并不知道方案是假的。”

何鹏嚷：“炎缇玉怎么可能不知道假方案的事！”

李响说：“哦？她知道？我还以为事情很机密，对外保密，一视同仁，没有例外。”

何鹏一怔，察觉中了圈套。

“炎缇玉的确不知道。猎狐计划只有我和穆总知情。”万俟铮从容地说，“不可能是炎缇玉。从穆总成为代理主任、提议让我牵头研发的那天起，我就收回了炎缇玉的钥匙。她连我的办公室都进不去，更别说接触到方案。要是炎缇玉做的，今天就不会由我和穆总来揭晓谜底了。”

早在那个时候他就防着这手了！李响暗想：算你狠。

穆翰环顾，问：“还有其他问题吗？”

困扰集团数月的问题被他们一举解决。罗超凡盛赞穆翰和万俟铮的计策，派法务部去处理后续事宜。泄密案轻松被破，刘深十分没面子，还得强笑着夸赞他们，委实窝火。

何鹏对穆翰和万俟铮佩服得五体投地，抵触情绪全部消失，散会后，忙不迭地把好消息告诉李思锐。

高敏纤和内奸都顺利解决，陆帆海向穆翰道谢。

穆翰说：“不必谢我，这是我的本职工作。科研对于成本和时间不敏感，商业刚好与它相反，追求利益最大化，讲究抓住商机。资本需要快速取得回报，没有科学研究的耐心。我的作用，是成为科研和商业之间的桥梁，为科研保驾护航，并将它尽快转化成商业成果。你们的任务是确定研究方向，描绘目标远景，最大限度地激发员工的积极性和创新能力，带领他们实现研发目标。我们一起努力吧。”

万俟铮由衷觉得，有穆翰是公司的福气。

只剩两人时，万俟铮说：“老陆，我现在可以告诉你了，汽配城的李老板听说新车型的计划后，问我要不要备货相关零件，他想做本地最大的零件供应商。我只告诉他四个字，‘不要跟风’。他是聪明人，不仅避免了损失，还趁其他商家囤货时把库存清了清，赚了一大笔。为了感谢，他请我到别墅小住。那时我正要躲开集团里的一帮眼线。现在我住够了，准备回家。”

陆帆海兴奋地说：“好小子，原来你暗中和穆翰联手，还把我蒙在鼓里。你假装对他出言不逊，敢情是演戏。”

万俟铮瞥他一眼，说："计划归计划，谁跟他演戏？"

陆帆海怔住："啊？那、那……"

"那什么，回公司啦。"

陆帆海拉住万俟铮，说："如果那不是戏，你屡次挑衅，穆翰对你相当忍让。这才是一个成熟男人的表现，你学着点，别再幼稚了。"

万俟铮讨厌别人拿他和穆翰比较，何况陆帆海认为他不如穆翰。

人们纷纷来恭贺炎缇玉成为新股东，有认识的，有不认识的，他们感慨穆翰深爱她。炎缇玉一概冷着脸，无声地拒绝所有交流的可能。殊不知穆翰此举让她多么害怕。她不肯在股权转让书上签字，穆翰胁迫她就范。

她问穆翰："四年后呢？失去所有股份后，你会走？"

"想那么远做什么？"他洒然，"说不定明天我们就会离开这儿。"

还好，他说"我们"。但炎缇玉仍然害怕。

她不需要股份，不需要钱，只要有他就足够。

穆翰说："有了股份，别人再想欺负你就得掂量掂量了。"

可她不怕呀。像万俟铮那种浑不懔，他的态度不会因她成为股东而改变。至于高敏纤，从高敏纤喜欢穆翰的那天起，她们的战争就注定不可避免。她不怕高敏纤，也不会一味忍让。她要适时予以还击，打击对方嚣张的气焰。一味退让将招致更多的攻击。模棱两可的态度只会让穆翰为难。

真正令她害怕的是穆翰。他的举动像是要摆脱她，股份是对她的补偿。

是不是她与万俟铮的关系引起穆翰怀疑了？她果然还是应该远离万俟铮。

穆翰曾经问起她对万俟铮的印象，她答："身不正行不端。明明可以站直，偏要歪着站。明明可以走正道，却老是跑偏。"穆翰听着，脸色变差。她越是说他不好，穆翰好像越不高兴。

玛姬贴心地送来一束花为炎缇玉的办公桌点缀，笑着说："紫色三色堇的花语是沉默不语，我觉得和你很相称呢。在办公桌上摆些花，可以舒缓情绪。"她压低声音对炎缇玉耳语，"多加小心，我老怕总经理整你。"

技术部送来文件，正要敲门进万俟铮的办公室，玛姬拦住，问："给总经理的？"

"是啊。"

玛姬说："炎缇玉是总经理的行政助理，所有资料先交给她，由她转交。如果要见总经理，得先告诉炎缇玉，由她根据总经理的行程做出安排，通报总经理后让你进去。"

"倒是不用见总经理，把资料交给他就行。不过，要告诉他，他要的资料还缺一部分。因为他急等着用，我先把能找到的拿来了，其他的等找齐了我再送来。算了，我还是亲自跟他说吧。”

玛姬说：“怎么，你怕炎缇玉不能转达？你太小看她了。如果你直接进去，炎缇玉没做接待通传的工作，会挨骂的。”她对炎缇玉充满善意地笑笑，“你明白我的意思吧？”

炎缇玉拿过文件，敲门走进万俟铮的办公室。玛姬见她直接走进去，没写纸条，脸上浮现隐隐的笑。

炎缇玉把文件放在办公桌上。万俟铮翻看两页，问：“资料齐吗？”

炎缇玉摇头。

“知道了。”

炎缇玉退出屋子。

玛姬还没走远，炎缇玉已经出来了。玛姬惊讶：这么快，炎缇玉是否完整转达了技术部的话？想象着炎缇玉因缺陷而出现的工作失误，玛姬神情愉快。

行政部送来总经理要的文件资料，桑立德告知炎缇玉总经理的近期行程，曲娜娜把需要签字的报表交给她，请她转交总经理。初当助理，炎缇玉手忙脚乱，还要应付各种慰问和讨好。她一直忙碌着，没意识到已到下班时间，直到一只手突然伸到她面前，从专注阅读文件的她眼前把紫色三色堇拎起来，毫不留情地扔进垃圾桶。花枝带起的水甩在她的头发上。她抬头，看到万俟铮嫌恶的表情。

“锁上我的门。明早七点半来公寓接我，别迟到。”万俟铮冷冷地说。

三十三

雪漫梅

天光如此明亮，透过窗帘，仿佛太阳已经很高了。拉开窗帘，一个晶莹的世界呈现眼前。夜里下了雪，大地如披白毯，城市在银装素裹中缓慢苏醒，慵懒而清丽。

万俟铮俯视宁静的街道。雪还在洋洋洒洒地飘落，他的笑容却比夏日阳光还要灿烂。

七点半，他的电话准时响起，号码是他给炎缇玉的新号码。

他的心跳竟然有些乱。

微弱的日光照在车上，他坐在右后座，车里十分温暖，他的心情越发好。

车玻璃的边框上有一条整齐的细细的雪线。万俟铮意识到那是除冰铲留下的痕迹。他看向炎缇玉的手。她的手指冻得发红。前一晚，他的车停在地面停车位，车上一定落满了雪，清晨，炎缇玉用除冰铲一点点铲掉，然后接他。愚蠢的人，她不知道世上有种东西叫手套吗？方向盘可以加热，用来暖手啊。而且，车具有自动驾驶功能，她不必握着方向盘啊。万俟铮转开头。

陆帆海突然拍车门，拉开门坐在万俟铮旁边，说："太好了，你还没走。我的车冻上了，来不及弄。啊，真暖和。炎缇玉，开车吧。"

万俟铮问："你不是要去开会吗？"

"是啊。车冻上了，正好看见你的车。炎缇玉，把万俟放在公司，送我去开会。"

"嘿，她是我的助理。"

"送我一趟而已，你急什么？说句良心话，我是不是比你忙？你每天只需要待在研发中心，东跑西颠的事都是我在干，应该给我配助理。这样吧，让炎缇玉给咱们两个当助理，反正咱俩的办公室挨着。"

"想得美。想要助理，去找玛姬。你要是觉得我的工作轻松，咱俩换。"

"现在研发是风口浪尖，这个时候你让我去？我谢谢你！免了吧。"

"那就别啰唆。"

陆帆海撇嘴，又说："炎缇玉，车上的雪扫得这么干净，一定起得很早吧？辛苦啦。"

万俟铮淡淡地说："这是她应该做的。"

"我又没夸你，你搭什么茬儿。"

车停在公司门口，万俟铮下车。陆帆海叹息："万俟是个惹是生非的祸根。他不坏，但总惹麻烦。他这个人古怪得很，别人根本不知道他在想什么。他对人好不一定是真的好，对人坏也不一定是真的坏。总之，你不要相信他，别和他较真，别配合他。"

炎缇玉表示感谢。陆帆海赧然，说："没什么值得谢的。我觉得你很眼熟，不想看你被他耍，提醒你也是为了公司太平。"

万俟铮抬腕，手表上的指针指向七点四十五。坐在办公室甚是无聊，离上班时间尚早，万俟铮兴致勃勃地到周围溜达。

炎缇玉回来后敲敲万俟铮的门，让他知道自己回来了，赫然见万俟铮的桌上放着一个黑瓷细颈瓶，瓶中插着一枝半开的梅，有三四个花蕾，花瓣半透明，似玉石，似蜜蜡。集团院中花树很多，分为春夏秋冬四个区域，园林设计曾经得到公司高层的盛赞。这应该是从园中诸多花树中折下来的。

是谁这么大胆把花摆在万俟铮面前，而万俟铮居然视而不见，或者看见了居然不生气？

万俟铮正伏案疾书，说："茶。"

炎缇玉以为他需要加水，端起茶杯才发现杯子是空的。茶几上摆放着三个不同的茶叶罐。她把茶叶罐拿到万俟铮的面前，万俟铮头也不抬，说："祁门红茶。"

炎缇玉不懂茶，茶叶罐上没有标签。她拿着所有茶叶罐，打算向人请教哪一种是祁门红茶。正巧玛姬来送资料，玛姬说："金色罐是大吉岭红茶，红色罐是大红袍，绿色罐是祁红。祁红要用 95℃的水冲泡，饮水机的水温不够 95℃，你最好到一楼开水间去打水。茶的味道不对，总经理可会生气的。”

炎缇玉点头，匆匆去了。

玛姬扫视四下无人，用身体挡住走廊监控的角度，将大红袍倒在一张纸上，把祁红倒进红色茶叶罐，又把大红袍倒进绿色罐，拂去桌上的茶叶渣，把那张用过的纸塞进垃圾桶。这时，她看见垃圾桶中被扔掉的紫色三色堇。

难道炎缇玉发现了她的意图？玛姬迅速环视，担心炎缇玉没走，在监视自己。

周围并没有人。

炎缇玉沏好茶，将茶杯端给万俟铮。万俟铮望着笔记本，接过茶杯，打开杯盖，闻了一下香气，目光从笔记本上转向炎缇玉，没说什么。

过了一会儿，他走出来，把批改过的文件交给炎缇玉，让她重新打印，瞥一眼她的桌面，问：“你桌上的花呢？”

炎缇玉一怔，看向脚边的垃圾桶，紫色三色堇就在里面。

万俟铮说：“蜡梅。”

炎缇玉露出疑惑。

“我放在你桌上一枝梅。”万俟铮皱眉，“你扔了？”他转身走进办公室，用力关上门。

陆帆海兴冲冲地说：“好消息，好消息！”他刚要推万俟铮的门，又停住，回头问炎缇玉，“里面没别人吧？”炎缇玉摆手。陆帆海推门进去，说：“我刚散会，带回一个好消息。”

万俟铮等着听他说。

“渴死我了。炎缇玉，给我倒杯水。”陆帆海看见万俟铮的杯子，说，“不用了，我喝他的。”

炎缇玉拿个新杯子准备给陆帆海倒水，陆帆海已经端起万俟铮的茶杯咕咚咚喝了一大半，说：“你这乌龙茶不错啊。大红袍？”

万俟铮点头。

炎缇玉怔住。

陆帆海说：“你不是一向喝祁红吗？接着喝你的祁红吧。这大红袍像是真的，归我了。”他轻车熟路去拿红色茶叶罐。炎缇玉刚疑心玛姬指点错误，见陆帆海认准红色茶叶罐里装的是大红袍，不禁又是一怔。

万俟铮将炎缇玉的反应看在眼里，吩咐她先出去。

缇玉默默退出。

陆帆海无意中验证了玛姬关于茶叶的指点没错，那茶叶为什么是错的呢？办公室的钥匙只有她和万俟铮有，不可能有其他人进去换茶。

莫非是万俟铮偷换了茶叶？他的目的是什么？如果万俟铮换茶是为了让她犯错，借机训斥她，倒也说得通，可他并没有发脾气，他甚至没指出她沏错茶。万俟铮掀开杯盖后看了她一眼，那时他已经知道茶错了，为什么他不生气？

缇玉想到失踪的那枝梅花。如果万俟铮说的是真的，真的有那枝梅花，花的失踪和茶叶被调换有没有关联？

最惊讶的是玛姬。唯有她清楚炎缇玉犯的错误，万俟铮为何不发作？为了探听消息，下午，她再次借机找炎缇玉，办完公事，假装漫不经心地对炎缇玉说："祁红一般冲泡三次，然后要换新的茶叶，别忘记。"

炎缇玉神色如常，貌似没有因为茶叶而受到斥责，倒教玛姬困惑许久，以为自己认错了茶，白白调换一次。

万俟铮写完最后一行公式，活动一下肩膀，见窗外一片漆黑，意识到早过了下班时间。

万俟铮端起茶杯，茶已经冷了。轻轻的敲门声传来，炎缇玉端着一杯热茶走进来。

"还没走？"万俟铮看表，"快八点了。哦，作为助理，老板不发话，你不能下班。"

缇玉把茶杯放在桌上。

万俟铮闻到祁红的香气。他不碰，说："下班。"拎起大衣，他走了。路过助理的工位，炎缇玉的水杯上热气腾腾，万俟铮忽然意识到走廊空旷，温度远不如室内。他的办公室在阳面，炎缇玉的办公位置在他门外，终日不见阳光。走廊装的是节能灯，照在炎缇玉办公桌上的灯光不够明亮，夜晚降临时，更显得光线黯淡。他给李姝发消息，让她更换三楼走廊的灯，调亮光线，在他办公室外加一个暖风机。

缇玉为他关上笔记本电脑，清理办公室。收拾完毕，她也下班。

走出大楼，冷风直窜进衣领。她拉紧帽子，迈步下台阶，强风吹得她转开头避让，目光落在墙根处，路灯下，雪地上，有一枝折断的梅花，还有破裂的花瓶。

原来，真的有另一枝梅。

她望着，不禁向那边走，鞋跟绊在上一级台阶上，脚掌却应落在下一级台阶。大理石台阶上的积雪早已扫尽，但依然湿滑，她受伤的腿不敢急速发力，脚步趔趄，赶紧伸手抓，以平衡身体，抓到的却是一个人的胳膊。

万俟铮冷冷地说："你走路不长眼睛吗？"

缇玉赶紧放手。

万俟铮瞥一眼那枝梅，说："扔就扔了，还不扔得远一点。你到底有什么事能做好？"

又是一阵寒风。万俟铮微微倾身，像屏障一样挡在上风处，风雪吹在他的后背。他说："送我回公寓，你把车开走，明早接我上班。"

高敏纤简直不敢相信提议赶她走的竟然是穆翰。她找穆翰哭诉，穆翰不见她，她找高屹理论，高屹派陈盼出面阻拦。

陈盼劝慰："敏小姐，董事长派你去华北大区，对穆翰说是惩罚你，其实是为了锻炼你。你一回到公司就担任监事，很多人不服，说你是凭借董事长的关系和你母亲给你的股份，不是靠自己的真本领。董事长为了给你镀金，特意选了发展势头良好的华北让你去……"

"少跟我扯这些没用的，当我是三岁小孩那么好骗！他一直看我不顺眼，这下终于借穆翰的手把我赶走了。"

"敏小姐，真不是你想的那样。国家设立了雄安新区，京津冀一体化如火如荼，华北大有可为，你在那里更容易出成绩！"

"陈盼，你真不愧是他的忠犬，可惜你圆谎的功夫太差！说什么大有可为，倒是给我个大有可为的职务啊。一个破销售助理能干什么，啊？"高敏纤怒气满面。

"董事长希望你从基层做起，一步一步，通过工作积累经验，学习更多知识，掌握与人交流的方法，与他人建立良好的人际关系。等你经过历练成长起来，有所建树，集团里的人一定对你刮目相看，再也不敢说你不学无术。"

高敏纤讥讽道："陈盼，你是查着成语词典准备的这番话吧？什么历练啊，成长啊，说得好听，他是想看我在最底层被人使唤，被人压榨，好解他的恨！告诉他，我不去！想这样把我打发了，没门儿！"

陈盼为难地说："敏小姐，解除你的监事职务，不是董事长个人的决定，是董事会代表股东做出的决议，董事长无权推翻。如果你不服从，只有离开公司这一条路。"

高敏纤急了，"我找他去！"

陈盼肯定地说："没用。"

高敏纤害怕了。她什么都不会，离开公司，意味着失业。"什么时候赶我走？"她愤怒地问，语气已软了许多。

"即日起解除职务，年会后到华北区报到。"

高敏纤哼一声："告诉他，我还会回来！哼，找到儿子就把我甩一边，以为我是好欺负的！"

陈盼说："你别误会，完全不是这么回事。董事长脾气不好，是因为找儿子的线索断了。派你去华北，确实是为你着想。"

高敏纤一阵窃喜，随即又觉悲凉，沉默一会儿，她问："真是穆翰哥哥提议让我走？"

"你可以自己去问他。"

"为什么他这么讨厌我？我对他那么好，我和万俟铮闹，还不是为了他。"

陈盼一脸遗憾，说："有的人就是不懂感恩，不在乎别人的感受，没办法。"

高敏纤明白穆翰在公报私仇。她记恨炎缇玉，要不是炎缇玉，穆翰早就是她的了。她嘱咐玛姬替她计划报复。玛姬答应得很含糊。

就在今天早晨，玛姬收到一封匿名信，打开信封，里面还有一个信封，同样不具名，收信人是万俟铮。她的脸色骤然难看，赶紧看周围，没人注意她。

这封信她当然认识，正是她寄出的匿名信。万俟铮已经发现是她干的，回寄以示警告。她想不通自己什么时候露出了破绽。她猜测万俟铮可能早已发现，此时才发出警告，难道是因为茶叶？要么是梅花？她一直小心地不被监控拍到。

万俟铮暂时还没赶她走，算她幸运。假如她离开分公司，赵烈和钱力未必保她回集团总部。

万俟铮和穆翰已经联手。万俟铮的脾气，玛姬不敢招惹，穆翰的能耐，玛姬更不敢小觑。炎缇玉现在是占公司股比百分之二的股东，她抱大腿还来不及，犯不着为了一个流放的高敏纤和新晋股东作对。

三十四

抢亲

周末，万俟铮通知炎缇玉加班。

上了车，万俟铮说："走，去相亲。"

车开往邻市。他们进入一间咖啡厅。万俟铮选择偏僻的座位，能看到整个咖啡厅，又不会轻易被人发现。但没有用，他是如此耀眼，即使只穿普普通通的西装，依然风度翩翩，惹得人人都要看一眼。

炎缇玉点了一杯橙汁，万俟铮点了一杯苏打水。他说："再来一客焦糖布丁。"

炎缇玉始终静悄悄的，没有表情，只在他点焦糖布丁时，她翠眉微扬。

是的，他知道她喜欢焦糖布丁，尽管这个爱好是分别后这些年才有的。

饮品和甜点送上桌。他把焦糖布丁推到炎缇玉面前，口中说的与此全然无关："找集团客服部，要去年关于新能源车的投诉分析报告。如果还没做出来，催一下，或者把投诉记录要来。技术部有个高级固件工程师递了辞职信，让曲娜娜过问一下，打听真正原因，辞职信上没有真话，能挽留尽量挽留。"

焦糖特有的香气弥漫开来，缇玉碰都不碰。

过了一会儿，陆帆海走进来。

如果炎缇玉不是封锁所有感觉，便能发现，万俟铮对她的态度柔和了许多，虽然话语依旧生硬，却在细节上关照着她。这个变化是从他得知炎缇玉仍是单身时开始的，连他自己都不曾察觉。察觉到他的变化的，是陆帆海。陆帆海扫视全场，目光在他俩身上稍作停留，将万俟铮眉目间的柔和看得真真切切，心里不禁咯噔一下。

陆帆海没有和他们打招呼，径直走向一个独坐的女孩。

相亲的主角是陆帆海。

陆帆海回老家，被父母催婚。爷爷奶奶盼着早点抱重孙子，结果还没等到他结婚就撒手人寰。丧事一过，陆帆海的父母便劝说他早日成家。陆帆海各种推托，把父亲气病了。陆帆海只好答应考虑。妈妈自作主张，为他在婚恋网站上征婚，还很聪明地把他的居住地写在鹿鸣城。

陆帆海心仪玛姬，但玛姬对他没感觉，所以陆帆海既没有向父母说起玛姬，也不逼迫玛姬。他按照妈妈的安排相亲，怕玛姬知晓，把约会地点定在了相邻城市，又怕女方真的看上自己，于是要万俟铮帮忙，在关键时刻搅局。以万俟铮的颜值和魅力，那些女生一定舍弃陆帆海而投向万俟铮。做了这个“自取其辱”的安排后，陆帆海一口气约了十二个女孩，依次见面。

老陆的妈妈为他写个人简介时，把他塑造成年少有为、温柔多金的公司副总，洁身自好的钻石男。

第一个女孩胖胖的，憨厚可爱。陆帆海三言两语便找到她的痛处——减肥。他用一个马卡龙拒绝了继续交往的可能。

半个小时后，第二个女孩出现。陆帆海眼前一亮。女孩气质很好，穿衣非常有品位，两个人谈了十分钟。女孩是乐团大提琴手，相不中陆帆海。

第三个女孩来早了，大咧咧坐在一个单身男士身边，发现找错了人，便大声问：“谁是陆帆海？”整个咖啡厅全看向她。老陆忙起身相迎，聊了半个小时，双方无感。

陆帆海面前的女孩走马灯似的更替，炎缇玉连看都不看。身处闹市，与世隔绝，她是怎么做到的？万俟铮很好奇。难怪她对穆翰那么依赖。她的世界里只有他，其他的，她懒得看。久而久之，形成了她现在冰冷漠然的性格。

抛弃世界的人，终将被世界抛弃。这怎么成？

万俟铮逐个点评，希望引起她的兴趣。

“这个不是他喜欢的类型。”

“这个气质不错，可能是学艺术的，自视清高，有一股傲劲，看不起市井商人。”

“这个毛躁轻浮。”

“拜金女。见面她先盯着老陆的手表和鞋，判断他有没有钱。”

缇玉原本漠不关心，禁不住他不停地点评，偶尔看两眼，疑惑于每个女孩他只扫一眼，是怎么得出结论的。

万俟铮的手机响了，来电显示是陆帆海。这是他的求救信号。万俟铮置之不理。

等女孩一走，陆帆海立刻给万俟铮打电话，压低声音："我让你到这儿看热闹来了？给你打电话你怎么不来帮我？"

万俟铮安然说："你安全得很，不需要帮忙。"

"你哪只眼睛看见我安全了？她是我妈喜欢的类型，幸亏我妈不在现场，要不，肯定逼我把她娶回家！她提起下一次约会。"

"放心，你很安全。别看聊得热闹，她也是被家里逼着来的，跟你多聊一会儿，是出于礼貌，你以为她真看上你了？"

"真的？你怎么知道？"陆帆海不服气，"她对我挺认可的呀。"

"她总看手表，盼着早点结束。态度不诚恳，捧着你说，气氛烘托得和谐，但不真诚。这女孩是搞公关的？"

"厉害呀。她是公关部经理。"

轻曼悦耳的音乐从钢琴师指下流淌。万俟铮心中一动。这首曲子他听过，只是那时他听的不是钢琴。在他的竹林小屋，檐下，放着一些大小不一的竹筒，是他做竹雕剩下的材料，用来听夜雨沥沥。林堇见了，用筷子在竹筒上敲击钢琴曲《水草舞》。阳光中，她纤嫩的手指半透明。竹声带着水声，以及竹林的天然混响，格外动听。她教他，他手腕不灵活，总是慢半拍，她甜美地笑，和他一同完成这首曲子。

万俟铮被记忆中的笑容烫了一下，喝了一大口水。炎缇玉木然如泥塑。

又一个相亲女孩，万俟铮一见便说："危险了。"

炎缇玉看过去。那女孩约二十七八岁，相貌平平，着一套合身的西装，干练自信。

万俟铮说："接近三十岁的女人，年龄优势基本已用完。家里催得紧，事业上一旦安稳，她自己也着急终身大事。她来相亲的目的性最强。以她的年龄、阅历和取得的成绩，对男友的选择不上不下，既不能太挑，又不肯将就。平凡的她看不上，优秀的又挑剔她。老陆正好符合她的条件，既不比她差，又不比她高太多，年龄相仿，事业上过得去，人又稳重。感情先放一边，作为结婚对象，老陆十分适合。她见到老陆时两眼放光。太危险了。"

那个女孩显得不够热情，甚至可以说是冷淡。

"这种女人在公司里有一定的地位，自尊心强，为人过于矜持，要不也不至于没男朋友。其实她已经看上老陆了，老陆还一点儿没察觉。"万俟铮解开一粒衬衫扣子，说，"该我上场了。"

缇玉想：陆帆海找到对象是好事啊，万俟铮要干什么？抢亲？

万俟铮走过去，热情地说："陆总，真巧，在这里遇见你。"

陆帆海的惊讶如假包换。一切尽在掌控中，万俟铮来干什么？“万俟总，你也在这家咖啡店。”

“我刚散会，和同事在这里谈点儿事。”万俟铮望向相亲的女子，展开迷人微笑，伸出手，说，“幸会。”

他的笑容温和灿烂，十分真诚，极富感染力，俊朗的面容神采奕奕，文小姐莫名地有些心慌，但毕竟见多识广，大方地与他握手。

“您有些眼熟，好像在哪里见过。”万俟铮思索，借故多握了她的手一会儿，又做恍然状，讪讪地放开手，“失礼了。”

文小姐不禁心动。眼前这个男人，穿着简洁的衬衫长裤已经有倜傥之韵，态度端正，领口的扣子不小心多开了一颗，他浑然未觉，平添几分潇洒，谈吐爽朗，又腼腆得可爱，礼数周全，亲切而不轻浮，具有成熟的魅力。因为在寻找有关她的记忆，所以目不转睛地注视她，一双眼仿佛能望见人心底。

陆帆海介绍：“文小姐是地产公司的地产前期市场总监。”

文小姐说：“如果我有幸见过万俟总，我一定记得。”

万俟铮说：“不好意思，我认错人了，真遗憾。认识你是我的荣幸。”那么普通的一句话，用他低沉而略带磁性的声音说出来，格外动人，教旁人都能感受到他淡淡的怅然。

万俟铮对火候把握得极好，适时告别。

文小姐走后，陆帆海气恼地发短信：一分钟不到，你就把她的注意力抢走了，一点儿没给我剩。

万俟铮答：不用谢。

陆帆海问：让你来帮忙，干吗带着炎缇玉？

万俟铮答：万一我被纠缠，需要她救驾。

陆帆海说：瞧把你机灵的！

下一个女孩迟到了，一直到另一个女孩来，她都没出现。这时，陆帆海接到电话。

“小陆啊，我是你张阿姨。”对方语气亲热。

陆帆海看看陌生的来电号码，有点儿懵，叫了一声“张阿姨”。对方开心地应着，说：“肖梅被工作绊住了，她快要到了，你莫急哦。你不会因为这点小事不跟她见面吧？”

肖梅是迟到的那个。陆帆海捂着手机，歉然朝对面的女孩笑笑，避让着，低声说：“抱歉，阿姨，我还有事，不能等。”

“哎哟哟，年轻人对待缘分好随意哦，要珍惜呀。我跟你讲，我跟你叔叔当年因为上错车认识，要不是珍惜缘分，哪里能到现在。年轻人，做事不可以草率！要把幸福牢牢地抓在手里。”

“阿姨，我……”

“你还在咖啡店？我们马上到。你不要走开。”

“阿姨……”

对方已经挂断。陆帆海怕两个女孩碰面，暗暗着急，想求救，却不知该如何跟万俟铮联系。

他提议出去走走，女孩说累了不想动。女孩歪着头问：“你有急事，还是不想和我谈？”

陆帆海灵机一动，说：“我的前女友要找我吵架，已经找到这里了。”

女孩一听有个难缠的前女友，起身要走。

陆帆海刚松口气，一个卷发阿姨带着女儿推门进入咖啡厅，对着万俟铮喜悦地说：“小陆，你还在！阿姨没看错人！”

陆帆海看清她身后的人，惊得咖啡杯险些翻了。

炎缇玉去洗手间了，万俟铮独自坐着。张阿姨直奔他而去，对他的外表，不，实际上是对他的年少多金一万个满意。

万俟铮微笑，也不拆穿。

陆帆海准备趁机溜走，一条玉臂横住去路。“陆先生吗？哼！妈，你认错人了，他在这里！”清脆的声音吸引了全场目光。

陆帆海尴尬地笑，说：“小美，你好！”染成棕灰色的长卷发，圆圆的脸，杏核眼，正是小美。他心里暗暗叫苦，小美，肖梅，两个名字没有一个相同的字，居然是同一个人！

相亲女孩看看他们，匆忙走了。小美眼珠一转，已经明白他在相亲，顿时冷笑。

张阿姨狐疑地打量陆帆海，不甘心地回望万俟铮，万俟铮侧头调皮地对她一笑，张阿姨停顿了一下，走向陆帆海。“你是小陆？”

“是我。”陆帆海低头。

张阿姨笑说：“哎呀，看阿姨多糊涂。哎，你和梅梅认识？”

小美冷哼：“何止认识，我们是同事！”

陆帆海喏喏。她到底有多少个名字？

张阿姨欣喜，说：“真是有缘。”她低声对小美说，“他是你们公司的副总？你说过副总年薪上百万，咱们算捡着了！你得抓紧他！”

小美跺脚。“妈！”

“来来来，大家坐哦。”张阿姨张罗着，越看陆帆海越顺眼。

“我不要，他是渣男！”小美嫌弃。

陆帆海慌忙摆手，直冒冷汗，咖啡厅的人全在看他们。

“我女儿被我惯坏了，不知礼数，小陆，别生气。梅梅，小陆等了你一个小时，多有诚意啊。你说他是渣男，太冤枉他了。”

小美咄咄逼人：“陆先生的公司和住处都不在这里，大老远跑到这儿来相亲，为什么？是怕被什么人碰见吧？等我一个小时？这一个小时他只是等我？刚才那女的是怎么回事？”

“不礼貌！小陆，莫怪她。”张阿姨紧紧拉住小美，自己先坐下来。

小美撇嘴，心想：我们走着瞧。她坚持不肯坐，瞪着陆帆海。陆帆海追求玛姬的事她有所耳闻，对于吃着碗里看着锅里的男人，她反感至极，只是不明白万俟铮在此做什么。

另一个女孩在此时到达。陆帆海叫苦不迭，偷瞄万俟铮，希望他机灵点，替自己解围。

小美见他神色不对，回头见到女孩，顿时了然，招呼：“找陆先生吗？他在这里。”

女孩怔住，问：“你是？”

“我嘛，”小美嘿嘿一笑，说，“他女朋友。”

张阿姨惊喜。

陆帆海跳起来，叫：“胡说！”

小美怅惘地说：“对哦，我们分手了。这位是我妈妈。我们来看看他新女友是谁。”

陆帆海急得语无伦次：“不是，我们没分手。不对，她不是我女朋友，我不认识她。”

张阿姨插嘴：“小陆，你和我家梅梅不是同事吗，不可能不认识啊。”

女孩气红了脸，狠狠瞪了陆帆海一眼，甩下一句“渣男”。

陆帆海要追，小美拦住去路，说：“相亲得一个个来，你和我还没谈完。”

陆帆海急道：“你呀，你不知道情况！”

张阿姨喜滋滋地说：“小陆，你和梅梅以前谈过恋爱？梅梅，你怎么不告诉我？分手还能再遇见，这姻缘分都分不开。这是天意呀。”

“妈，回家我再跟您说。”

旁边一桌客人结账离开，对着陆帆海摇头说：“渣男。”

陆帆海叫：“我？我不是！”

张阿姨大度地说：“年轻人嘛，贪玩，阿姨原谅你。”

小美问：“你还约了几个？渣男，花心，负心汉，哼！”

陆帆海哭笑不得：“不是你想的那样，你别闹了。”

张阿姨郑重地说：“梅梅，你得好好和小陆谈谈，不许再分手。”

“妈，您别管。”

张阿姨在她耳边说："好不容易找个有钱的，你快些嫁给他，难道要我养你一辈子！"

小美说："哎呀妈呀，回家再说！"

三个人七嘴八舌乱作一团。炎缇玉回到咖啡厅，正赶上小美拉着妈妈，妈妈与陆帆海亲热地聊天，还约他到家里吃饭。

"缇玉！"小美惊讶，神情中竟带着紧张。

万俟铮拿着所有的东西走来，说："这里不能待了。"

张阿姨困惑，这几个人相互都认识？

咖啡厅的人注目这边，这里的确不能待了。

走到门口，小美拉着炎缇玉，支支吾吾说不出话。

乘电梯到达一层大堂，小美忽然叫："缇玉，我落下东西在咖啡厅，陪我回去拿。"

已经晚了，前方，大堂门外，出现穆翰和一个女子的背影。女子坐上车，穆翰在车门边俯身，两人的头靠得很近，然后分开。穆翰为她关上车门，目送车离去。

小美紧张地看向炎缇玉，后者面无表情。万俟铮和陆帆海对视，若无其事地四顾。

张阿姨问："丢了什么？我跟你回去找。"

小美呆呆地问："找什么？哦，对了，我的东西，我的，我的……"

此时，穆翰转身，看见他们五人。

其实，小美并未迟到。

她憧憬美好的爱情，盼望早点找到男朋友。妈妈反复强调对方要有财产和地位，给她安排的相亲对象都是按钓金龟的思路找的，小美打心眼里反感，连资料都懒得看。她和妈妈准时抵达约会的大厦，看见穆翰和一个陌生女人在一起。

她一路跟踪，想看清那女人，却总是错失时机。从肢体语言看，女人在向穆翰撒娇。

穆翰是公认的好男人，事业有成，为人端正，外形又英俊。集团里许多女人对他垂涎欲滴。他对炎缇玉非常专一，从无绯闻。因此，小美格外惊讶，不敢相信自己的眼睛。她想偷拍照片，拍到的全是背影。

小美犹豫是否告诉炎缇玉，不告诉吧，怕她吃亏，告诉吧，算不算挑拨离间呢？

三十五

狭路相逢不让

穆翰向他们走来。

他私会其他女人，被人撞见，不赶紧溜走，居然还走过来，是想显示心怀坦荡吗？

小美的心咚咚跳，本该是穆翰慌乱啊，怎么她反倒像心里有鬼似的！她疑惑其他人为什么能面不改色。

几个人互相打过招呼。

穆翰身穿休闲西装，外披黑灰花格羊毛大衣，显得青春朝气，一副无框眼镜又凸显他的儒雅。张阿姨眼睛发光。小美的公司有钱帅气的男人真多啊！这么多好男人，小美一个都没抓住，真失败！她暗暗摩拳擦掌，好歹要给女儿抢占一个。

万俟铮问："穆总在此公干？"

穆翰说："和一个老友叙叙旧。"

陆帆海提出请小美和张阿姨吃饭，他想找机会向小美澄清。张阿姨眉开眼笑，小美坚决拒绝。

穆翰说："我要回鹿鸣城，缇玉，一起走吧。"

缇玉点头。穆翰向她伸手，刹那间，一阵隐隐的香气袭来，是蓝风铃香水。缇玉下意识地向后缩了缩。这一躲，她的身体远离穆翰，更靠近万俟铮。因为动作幅度小，陆帆海等人均未发现，只有万俟铮和穆翰觉察了。两个男人同时露出笑意。

缇玉立刻调整，靠向穆翰，胳膊却被万俟铮用力拉住。万俟铮静静地说："我宣布下班了吗？"

他本来不想和穆翰抢人，当炎缇玉不经意地向他靠拢，似乎在躲避穆翰，在他与穆翰之间，那一刻炎缇玉竟然倾向于他，他胸中猛然升腾起强烈的不舍。他素来敢想敢做，想到了就立即出手。穆翰帮过他，他从不想、也没有必要与穆翰为敌。但他已然做了，而且，毫不后悔！

缇玉暗暗挣扎，万俟铮把她拉得更近，缇玉拨他的手。穆翰微微蹙眉。

陆帆海和小美对视，心提到嗓子眼，立刻放下自己的事，转向这边。

陆帆海抬腕看表，语气轻松地说："大周末的，加什么班啊。周一再说吧。"小美附和。

穆翰平和地说："万俟，来日方长，不宜劳累。"

"多谢穆总。我这人心里搁不住事，不处理完不踏实。抱歉，炎缇玉还不能回家。"

穆翰说："缇玉今天该换药了。她不想耽误工作，所以约在周末。"

万俟铮说："晚一天不碍事吧？明天我批准她休假去医院，现在先把工作做完。"

换药是正经事，他知道自己不讲道理，只要能留住炎缇玉，管他什么道理。

穆翰温和的眼中光芒锐利。万俟铮似笑非笑，坚定地与之对视。空气中火药味十足。

陆帆海清清喉咙，正要劝解，缇玉用目光拦住他，对穆翰手语："我稍后回去。"

陆帆海不懂手语，猜到炎缇玉妥协了。他说："穆总，炎缇玉真是勤奋的员工。你放心，我们一定把她安全送回家。”

小美不屑地撇嘴，心里给陆帆海的批语是助纣为虐，给万俟铮的评价是宇宙渣男。

万俟铮说：“穆总，整个集团里最支持我的非你莫属。我刚有点儿干劲，你不想打击我的工作热情吧？”

穆翰深深看炎缇玉一眼，炎缇玉的神情中没有一丝勉强。穆翰说：“万俟，希望我没有错看你，希望你能发挥应有的作用。”

万俟铮嘴角上翘。

穆翰叮咛炎缇玉：“注意腿，别吃力，有事联系我。”

张阿姨一手拉着陆帆海，一手拽住小美，说：“我们走吧。”

陆帆海回头瞪万俟铮一眼，万俟铮装没看见，带炎缇玉上车，他做司机。

从见到穆翰的一刻起，缇玉便忘了对万俟铮的戒备，蓝风铃香水萦绕鼻端，搅得她心乱。

原来是那个女人啊，多次与穆翰见面，距离近得能染上香水味。

最不愿与万俟铮独处，怕他恣意妄为，现在，却主动坐上他的车。

与万俟铮同乘，固然是万俟铮的强迫，其实也隐含她的意愿。想到要在密闭的车厢里被蓝风铃气味包围，她便有一种窒息感。

她思虑沉沉，浑然忘了身边有个万俟铮。

万俟铮皱眉。在乎一个人，为此紧张敏感，患得患失，小心翼翼，被对方的脸色影响心情，谦卑到泥土里。炎缇玉现在就是这副令人作呕的样子。他在她旁边，她居然视而不见！他本该是唯一让她惶恐的人，穆翰抢了他的位置！

他在她面前打个响指，唤起她的注意，说：“不错啊，看见穆翰有别的女人还能保持冷静，真是训练有素。你不想问，不能问，还是怕答案你受不了？他为什么不跟你结婚？你算他的什么？女朋友，养的外室？他有老婆了？哦，我懂了。你们互不干涉，各玩各的。这是你们的相处模式？”

炎缇玉将头转向窗外。

万俟铮依然一刀一刀地戳，“招之则来，挥之则去，他对你还真不客气。你觉得他对你很好，实际上他牺牲了你。他知道我会怎么对你，还是把你送上门。”他叹气，“今天的事，你又连累我了。是你自己不愿意跟他走，我是为了帮你。最冤枉的人是我。你这一反抗，恐怕他要把账算到我头上。”但他的模样一点儿不像在担心。

陆帆海的车超过他们，把他们逼停。

万俟铮已猜到是小美那边出现问题，老陆来搬救兵。

陆帆海开车带路，打电话向妈妈汇报相亲经过，一眨眼的工夫，跟在后面的小美的车不见了。他来求炎缇玉帮他向小美解释假相亲的事。

万俟铮还没开口，陆帆海抢白他："我要把她带走。你不许拦我。你和穆翰抢，我还没说你呢。刚消停几天啊，你不折腾不行吗？"说完瞪他一眼。

万俟铮莞尔。他好不容易从穆翰那里抢来炎缇玉，被老陆劫胡。他还一个字没说，倒遭老陆数落。

炎缇玉一时没动，陆帆海急得拉着她走。

炎缇玉居然不反抗！小美挽着她的手臂，她尚且不自在，寻机挣脱，现在倒任由陆帆海拉着走。万俟铮失笑，他怎么忘了，炎缇玉的水性杨花。

他们走后，万俟铮放松地坐在座位上。

炎缇玉像一颗巨大的行星，当她在身边，他不由自主紧绷，唯恐被她带离原本的轨道，需要提起十二分的精神对抗。嬉笑怒骂，冷嘲热讽，都是即兴的表演。最无奈，当他尖锐冷酷，或风流调笑，炎缇玉悄悄扫他一眼，流露些许诧异，像看陌生人，仿佛质疑他从前不是这样的，这个人是谁。于是，他便会一时失神，去想，他从前的确不这样。

当这颗有巨大引力的行星离开，他松了劲，在既有轨道畅行，继而，觉得一切索然无味。

三十六

若幽兰

集团内网发布年会通知。第一项是晚会，邀请当红明星出演节目，中间穿插颁奖、抽奖、游戏环节，约两小时，附演出节目单。晚会将在千人剧场举办。第二项是宴会。第三项是午夜假面舞会。参加人员包括各大区负责人，以及骁龙云腾在本省范围内所有公司的员工。

年会是一年一度的盛事，人们兴致高昂，谈论它，关注它，期待它。苏晶晶花了半年工资买晚礼服，超级心疼。小许翻出去年的礼服，配了新首饰。桑立德与曲娜娜共为舞伴。李姝经验丰富，被集团总务部叫去帮忙筹备。

假日，穆翰带炎缇玉进入一家高档服装店。

满目云裳，绚丽缤纷。

"穆先生好。女士好。"店员迎上来，"穆先生，试衣间已经准备好了，礼服我帮女士拿进去。"

穆翰说："我要送给你一份特别的礼物。我说不清你的尺码，就把你的一件旧衣服寄给了设计师，还附上了你的照片。”

店员介绍说：“这件晚装的名字叫‘若幽兰’。”

她打开礼盒展示。这是一件露肩一字领小拖尾蛋糕裙，里料是真丝，外层是灰蓝色的薄纱，一层层波浪轻盈，薄纱上点缀银线和亮片，宛如清澈见底的海中波光粼粼，低调而高贵，清纯活泼。

穆翰说：“去试试。”

炎缇玉进入试衣间，店员帮她换衣服。

裙子剪裁非常合身。灰蓝色的幽冷恬静与炎缇玉的气质完美融合，仙气飘逸。她的内敛沉静与裙型的柔美轻灵正相配。

店员鼓掌，说：“哇，这件晚装您穿简直太合适了。您的皮肤本来就白，灰蓝色衬得您更白。有人觉得蛋糕裙显胖，其实才不是呢。蛋糕裙做好了，非常显身高呢。您看，从一字领和肩下袖开始就做薄纱，腰线收得多好，这样显得胸部饱满，腰更细了。每走一步，纱层波浪起伏，仙气十足。后面的小拖尾增加高贵气质。如果把发色染成蜜棕或摩卡棕，再稍微烫一下，做个空气刘海，就更好啦。”

炎缇玉走出试衣间。她怕自己糟蹋了这件超美的服装。她目不转睛地望着穆翰，不想错过他的任何表情。

伊人肤光如雪，眉目如画，高贵婉约，清丽出尘。

穆翰打开一个黑丝绒首饰盒，拿出一条碎钻项链，为炎缇玉戴上。项链微凉，璀璨一如她的眼眸。

炎缇玉看着落地镜中的自己，以及风采儒雅的穆翰。

有人把她踩入泥土，有人把她捧在掌心。

穆翰在镜中与她对视，问：“喜欢吗？”

炎缇玉点头，比画：“太贵重。”

店员送上一条纯白色兔毛小披肩，说：“礼服是今天到货的。我们打开包装盒的时候，店里其他顾客都说衣服太美了。有位女士非要买，我们告诉她这是定制款，只有一件，她差点儿哭了，拍了好几张衣服的照片，说要找人做一件同样的。可是我觉得呀，谁穿也没有您穿合适。衣服不仅要看款式，还要看穿的人的性格和气质。这套礼服和您是绝配！”

穆翰为缇玉披上披肩，说：“我知道你从不参加年会。今年破个例，和我一起去吧。”

炎缇玉踌躇。穆翰柔和地说：“帮帮我，高敏纤缠了我好久，我说已经邀请了你，要是你不去，她又该缠着我了。答应我这一次，仅此一次。”

炎缇玉直视他的眼睛，手语问：“你不会离开我，对吧？”

穆翰一怔，“怎么突然这么问？”

最近发生的事太多了。万俟铮、高敏纤、穆翰都让她神经紧绷。

穆翰自嘲：“看来我礼物送得太少，你不习惯。”

她可以没有礼物，能一直过这样的日子她已经很知足。

衣服异常华美，不仅店内的顾客打听如何购买，店外的顾客也为之驻足，透过橱窗观赏。

高敏纤边打电话边走进店：“刘叔叔，我已经有伴了，你找别人吧。江北地区的黄总怎么样？和你年龄差不多。还有沈阳办事处的米总，她很喜欢你。我还有事，再见。导购小姐，我上午看见的那件衣服买主是谁？把他的联系方式告诉我。”话未说完，她已顺着大家的目光看到炎缇玉和穆翰。

她恶狠狠地瞪着他们。又是炎缇玉！她不仅抢了她喜欢的人，还抢了她喜欢的衣服。她扭头冲出那家店。

店员无奈地说：“打听这件礼服的顾客很多。真遗憾。我们只做一件。”

高敏纤怒冲冲地打电话：“刘深，有本事你把炎缇玉的礼服裙给我抢过来！抢不过来，你就找设计师给我设计一件比它还美的。否则你以后不用给我打电话了！”

高敏纤不明白，为什么炎缇玉和万俟铮的关系不清不楚，穆翰对她还这么好？穆翰一定是被炎缇玉的花言巧语蒙混过去了。不能就这么放过炎缇玉！她给炎缇玉发信息：我帮了穆翰，你得把礼服裙给我！等了许久，不见回答。

穆翰带炎缇玉买她最爱吃的焦糖布丁。焦糖布丁只剩两个，穆翰全要了。

身后排队的女孩失望地说：“啊，卖光了。”那是一个非常年轻的女孩，面容姣好，一头乌黑亮丽的长发，眼波楚楚，眸子如黑水晶般清澈干净，听口音是北方人。

店员说：“不好意思，今天甜品卖得特别快。”

炎缇玉与穆翰对视，穆翰对女孩说：“匀一个给你。”

女孩赧然，“这多不好意思。”

“没关系，拿着吧。”

女孩向他们致谢。她看着炎缇玉，目光热忱，神情莫名地有种亲近。

穆翰问：“你也喜欢焦糖布丁？”

女孩笑着说：“嗯，最喜欢焦糖布丁。有时候生活像糖一样，一不小心给熬糊了。虽然有点儿苦，但还是香甜的。”她再次致谢，付完款走了。

穆翰问炎缇玉：“你们认识？”

炎缇玉摇头，手语：“刚才她站在服装店外，一直看着我的衣服，那样子像是看见了老朋友。”

不知道是不是她的错觉，那女孩的笑容中有一丝苦涩。

三十七

在相恋前失恋

万俟铮的粉丝们怀着倾慕憧憬着，她们打听他的舞伴是谁，期盼着他可以分给自己一支舞。

万俟铮正带头攻克一项技术难题，进行电池革命。他如同上了弦，夜以继日，分公司根本摸不着他的影子。

手下的工程师们快被他逼疯了，但因为工作进展明显，大家干劲十足。何鹏对万俟铮很服气，他是实干型的人，万俟铮的勤奋正合他意。

万俟铮无暇分身，每天待在研发中心，很少回分公司，也不再让炎缇玉接送。研发属于机密，炎缇玉不能参与，她在分公司辅助陆帆海，实质上已成为陆帆海的助理。

万俟铮返回办公室取东西，刚上楼梯，转角传来低低的话语。一个说："炎缇玉又被叫到陆总办公室去了。""嘘，小点儿声，别让玛姬发现。""陆总神神秘秘的，在干什么？""有胆子你去问啊？"两个人偷偷地笑。

万俟铮路过陆帆海的办公室，隔着门听见轻微的音乐。炎缇玉不在助理工位上。他给她打手机，铃声在陆帆海的办公室里响起。

他挂断电话，敲门，音乐停了。陆帆海解开锁，把门打开，额有微汗，气息不定，身后站着握着手机的炎缇玉。万俟铮审视二人，目光如炬。

陆帆海回头望一眼炎缇玉，怕她挨骂，忙解释："我请炎缇玉教我跳舞。"

万俟铮扬眉说："哦，化装舞会？好兴致。"且不说炎缇玉的伤腿，冷漠的她什么时候变得平易近人了，肯教陆帆海跳舞？

万俟铮问："你打算穿什么服装？"

陆帆海说："穿……"

"没问你，我问的是她。"万俟铮用下巴指。

陆帆海说："高管和大股东不参加化装舞会，他们另有酒会。"

"接到通知了？"

"咱们又不算高管，谁通知咱们。"区区分公司经理，在集团里根本排不上号。

万俟铮一言不发地走了。

陆帆海软磨硬泡，最后用不能给啸九天丢脸、让穆总没面子的理由才勉强让炎缇玉同意教他。他进步神速，郑重邀请玛姬作舞伴。玛姬目光奇异，一口回绝。陆帆海大感意外。玛姬不做他的舞伴，是不参加舞会，还是另有人选？

他问原因。玛姬美目一翻，说：“陆总，你的舞伴应该从相亲对象中选吧，集团里不是正好有一个吗？”

陆帆海顿时冒冷汗。风声已露，不知道玛姬知情几何，他想解释，又觉得像狡辩。他本性纯善，做不出抵赖的事，往日的能言善辩全不见，呆呆地说不出话。

玛姬冷笑，说：“以后不要骚扰我。”

陆帆海又急又气。相亲的事公司里只有万俟铮、炎缇玉和小美知道。他抓起电话找小美，一开始语气还算克制，要和小美单独谈谈。小美不明所以，以为他想邀请自己跳舞，推说没空。陆帆海的怒火顶到脑门，以命令的语气要求她来他的办公室。小美发愣，放下电话，喃喃：“请人跳舞还这么横。”心里莫名地有点甜。

小美身在总务部，正为年会忙得不可开交，快下班才去见陆帆海。去之前，她犹豫了一下，觉得还是不能松懈，照镜子补妆，梳整头发，检视衣服，自我感觉不错，同时心想，不能随随便便答应他，要让他承认他的错误。虽然炎缇玉已经向她解释了假相亲的事，要求她保密，尤其不要告诉玛姬，她还是觉得陆帆海行径鬼祟，不够光明正大。妈妈若是知道他们一起跳舞，将多么惊喜，不用再每天唠唠叨叨逼她主动出击。她心念一转，又怪陆帆海大男子主义，找舞伴还要叫女孩上门。

陆帆海已经等得不耐烦，好几次忍住给小美打电话的冲动，一见面，怒气再也压不住，也不顾小美的腼腆笑容，劈头盖脸问：“说好了保密，为什么要告诉玛姬？”

小美愣住。

陆帆海斥责：“你真阴险！答应了保密，转脸就告诉她。我是被逼去相亲的，怕玛姬不信，又不想逼她，才不对她说。早知道你靠不住，我还不如直接跟她坦白，她要走要留，都是我的命！现在倒好，她恨我，以为我骗她，我跳进黄河也洗不清。你知道她怎么说？她要我以后不要骚扰她！你怎么能这么恶毒？我哪儿惹着你了？”

小美转身要走，陆帆海拦住路。“做了缺德事想跑，我的损失谁来赔？你破坏别人的感情，很过瘾吗？这是你的个人癖好？外表单纯，满肚子坏水，活该你找不到男朋友！”

小美哇地哭了。

陆帆海吓了一跳，说：“你哭什么，该哭的是我。我被你害惨啦。”

小美要走，陆帆海堵着门寸步不移。她要是哭着离开，别人怎么看他，谁说得清发生了什么。“你别走，话还没说完呢。哎呀，别哭了。你别以为你哭我就怕你。”陆帆海手忙脚乱，凌厉的气势消失殆尽。

小美掏出手机要打电话，陆帆海火速夺过手机，说：“你要打给谁？先别打，咱们先说清楚。你害人不浅，我说你几句出出气，也是理所应当的。”

小美哭着说：“不是我说的，你冤枉我！”

陆帆海直冒汗，不是她，怪错人啦！不对，不能光凭一句话就相信她。她怎会轻易承认？除了她，还能有谁？但她哭得那么伤心，哭得蹲下身，抱着膝盖，楚楚可怜，妆都花了，眼影糊得眼圈发黑。陆帆海哪里知道小美的委屈中还带有失望，她原以为他要请自己跳舞呢。

陆帆海不忍，递给她纸巾。小美打落他的手，抽噎说："渣男！混蛋！你自己花心，做错事怕人知道，还乱怪人。我要告诉玛姬，你是坏人，你欺负我。"

"我做的是不对，应该把实情告诉玛姬。可你也不对啊，你答应了，又反悔……"

小美大叫："不是我！"

"好好好，不是你。你小点儿声，别哭了。"

小美干脆放声大哭："你冤枉我！"

陆帆海简直想把她的嘴捂上，急得团团转，说："不是你，是我冤枉你，好了吧？天啊，你声音太大了。是我不好，不该不问清楚就骂你。你别哭了。"

小美一把鼻涕一把泪。

"别哭了，姑奶奶，算我求你了。要不，你打我两下。"

小美一只手揉着流泪的眼睛，一只手打出去。她蹲着，陆帆海站着，一下没打着。小美说："够不着。"陆帆海赶紧站近点。

小美狠狠打了他的腿几下，蹲着使不上劲，又哭了一会儿，站起来，因为蹲得太久，眼前发黑。陆帆海见她摇晃，忙扶住她。小美晃着肩膀挣脱，一挣扎更加头晕，陆帆海再次扶住她。

玛姬敲了两下门，推门进来，见状一愣，无声冷笑，转身走了。陆帆海急得叫她。小美泪眼婆娑，眼前模糊，听见陆帆海喊玛姬，吓了一大跳。

陆帆海追到走廊，玛姬已经下楼，他不敢高声喊，折回去找炎缇玉，要她去自己的办公室安抚小美。

他跑到行政部。办公室里，人们热烈讨论着年会，去年谁获了奖，谁的礼服最美，谁与谁是舞伴，谁又和谁般配，七嘴八舌，人声鼎沸。难怪没人听到小美的哭声，楼下各个办公室已经提前开启联欢模式了。

陆帆海一走进去立刻被包围，大家询问他的舞伴，一脸明知故问，对着他和玛姬暧昧地笑。

"我不是他的舞伴。"玛姬径自坐下。

气氛瞬间凝滞。陆帆海挥挥手示意大伙散了。桑立德说："下班啦。我先走了。"小许收拾东西，说："我往东走，谁搭我的车？"玛姬拿起包，陆帆海站在她工位旁挡路。转眼间大家散去，只剩他们两个。

陆帆海焦急地说："玛姬，不是你想的那样。我和小美真的没什么，她刚才头晕，我扶她一下。”

“小美？叫得挺亲热啊。不叫肖梅，叫昵称了。”玛姬沉下脸。

陆帆海懵了，说：“不是都这样叫吗？”

玛姬说：“陆总，你和我不可能。我以前觉得可以试试，现在我觉得完全没必要。你不是我喜欢的类型，要是连忠诚也做不到，那真的不可能。”

“玛姬，我……”

“抱歉，请让开，别让我更讨厌你。”玛姬绕开他走了。

陆帆海想留又不能留，想拦又不敢拦，眼睁睁看她走，煎熬不已。他这才发觉玛姬近日对他态度冷淡，可见她知晓他相亲已经不是一天两天了。他为舞会的事喜悦着，竟完全没察觉。

假设小美无辜，难道是炎缇玉告密？他马上否定了这个想法。炎缇玉巴不得被人遗忘，不可能主动搅到任何事件中。莫非，是万俟铮？万俟铮一向不管他的恋情，何况他现在已忙得快吐血了。

陆帆海心想：“要是让我知道告密的是谁，决饶不了他！”

他心烦意乱，回到办公室。小美的情绪平静了许多，正向炎缇玉抱怨，对着陆帆海狠狠瞪一眼，说：“炎缇玉，我走了。”

陆帆海要道歉，嘴唇动了动，心茫茫然，说不出话。

小美本想奚落他，见他失魂落魄的样子，猜到了他与玛姬解释的结果。看起来陆帆海真的喜欢玛姬，但是又失去了。她起了恻隐之心，把刻薄话咽了回去。

送走小美，炎缇玉见陆帆海办公室的门敞开着，陆帆海呆坐在沙发上，到了下班时间不走，便敲敲门。陆帆海苦笑：“玛姬知道我去相亲了。”

缇玉指手表。

“哦，明天见。”陆帆海不动。缇玉怕他尴尬，先行离开。她站在楼下等着，保安见她迟迟不走，问她需要什么帮助。她摆摆手。过了许久，陆帆海下楼，开车出大门，右侧反光镜差点儿蹭上路边的指示牌。

缇玉担忧地开车跟着他。

陆帆海七拐八拐，像是在犹豫去哪儿，最后开往音乐酒吧。

一瓶黑方摆在面前，一杯大都会鸡尾酒摆在对面，陆帆海和空气对酌。他活了三十岁，头一次遇到一个女孩处处可心，还没得到便失去，别提多憋屈了。

缇玉坐在车里，设定一小时闹钟。一小时后，她走进酒吧，陆帆海醉得趴在桌上。她扶他上车，叫代驾开着陆帆海的车跟着她，把老陆送回公寓。陆帆海脚步趔趄，险些栽在电梯里。缇玉架着他的胳膊，费力地把他弄出电梯。

陆帆海口中念念有词，仔细听，全是玛姬的名字。

“我真的好喜欢你，从第一次跟你喝酒就喜欢你，你感觉到了吗？我不懂花，为了你，我学花语，每天送花，花是为了衬托你的美。玛姬，你的名字像一朵花。”

缇玉帮他脱外套，用冷水浸湿毛巾，给他擦脸和手。他木讷地坐着任她摆布。

“你喜欢我喷的香水吗？我是为了你。我练跳舞练得腿抽筋，你知道吗？我想和你跳舞。你从不说你喜欢什么样的人。我明白，你眼里只有万俟铮，女人都喜欢他。”

这是缇玉第一次听说玛姬喜欢万俟铮。她突然明白了：故意引导她违反禁令，被调换的祁门红茶，玛姬偶尔出现的敌对态度，这些看似毫无关联的事件，像一颗颗散落的珠子，而玛姬的嫉妒是串连珠子的线。尽管没有证据，缇玉已经想通了所有事。

“我的初恋女友喜欢他，第二个女朋友也喜欢他，第三个也是，你也是。唉，我认命。我不怪他。谁叫我也喜欢他。人长得好，又有本事。只有他看得起我，拿我当兄弟，替我出头。但是，他不会轻易喜欢一个人。”陆帆海摇晃手指，眼神迷乱，“女人他见得多了，动心的没有。他的心死了。他说过，他已经没有心可以给人了。”

缇玉转身去洗毛巾。

“不要在他身上投入感情，免得伤心。他和炎缇玉有事，长眼睛的都能看出来。可那不是喜欢，他恨炎缇玉，也不知怎么那么恨，问他他也不说。”

缇玉对着浴室的镜子发呆。

万俟铮恨她，她瞧出来了，可是，为什么？

“他不会抢兄弟的女人！我的女朋友，只要喜欢他的，全被他赶跑了，一个不留，一个都没给我留。你说说，啊，他讲理吗？你放不下他，对吧？我提醒过自己，不要喜欢你，你不喜欢我，可是我控制不住。你每天在我眼前飘来飘去，我的眼神到哪儿你在哪儿。我有办法吗？我没有办法。我没有办法。”他颓然捂着脸，歪倒在沙发上。

缇玉走出洗手间，打个寒战。不知何时，万俟铮站在屋子里，因劳累而眼窝深陷，面色发灰，冷森森望着她，手里拿着一枚纽扣，是她大衣上的，想必是扶陆帆海的时候掉落在电梯或楼道里了。

她手语：“他喝醉了。”

万俟铮逼近她，语气冷得可以瞬间凝水成冰，说：“不要打陆帆海的主意。穆翰愿意戴绿帽子是他的事，别动老陆！你要是再勾引他，我会让你后悔遇见我！”他抓起她的手腕，手指如铁钳，把她扯到门前，用力扔出屋子。

缇玉差点儿摔倒，踉跄着站稳，旧伤口扯得一阵疼。门砰的一声关上了，很快再次打开，她的包和那枚纽扣被扔出来。

三十八

步流光

倘若炎缇玉给自己的定位是善良、敏感、热心助人，万俟铮对她的刁难和鄙视将让她痛不欲生，对未来充满畏惧；她会把陆帆海痛苦的模样描述给玛姬，替他澄清；她会安慰小美；她会在意万俟铮的消瘦。可多年前她就已经决定做一颗石头，坚硬、麻木、不起眼、不为外界所动。所以她能忍受万俟铮的侮辱，忽略玛姬的算计，对陆帆海的难过保持沉默，无视身边人的感受，对周遭变化无动于衷。

今日，她偶尔泛滥的一丝同情招致万俟铮的嫌恶，令她对自己的行为懊恼不已，决心不再理会陆帆海的事。

小美见到陆帆海失落的模样，真切感受到他对玛姬的喜爱，对他的失恋格外留意。她天真地想去找玛姬澄清。

缇玉不能告诉小美，玛姬不喜欢陆帆海，她的意中人是万俟铮。她试着阻止小美做无用功。“她根本不会相信你。”

小美问：“我又没骗过她，她为什么不相信我？”

缇玉手语：“人们只相信自己愿意相信的，为此甚至能扭曲真相。”

玛姬在万俟铮去研发中心的路上截住他，问：“总经理，你的舞伴找好了吗？”

“不感兴趣。”

玛姬直言：“我能做你的舞伴吗？”

“我不打算参加。”

玛姬咄咄逼人：“你告诉我陆帆海去相亲的事，不就是为了让我离开他吗？想让他对我死心，最好的办法是你把我抢走。”

万俟铮微笑，说：“你错了。第一，告诉你，是想看你在不在乎。我的目的不是拆散你们，你们在不在一起，我无所谓。第二，我认为老陆应该主动跟你说明，比你从别人嘴里听说要好。我只不过替他做了这件事。第三，我明确说过他是假相亲，你为了摆脱他，非要拿相亲当借口，我懒得拆穿你罢了。第四，你和老陆谁对我重要，还用我说吗？为了女人让兄弟寒心，不值得。”

玛姬脸上一阵红一阵白，忽然说：“晚了。”她抱着万俟铮亲吻，然后娇媚一笑。

远处，陆帆海和其他同事刚巧走来。他们听不到二人的对话，只看见二人的亲吻，顿时呆若木鸡。

刘深探听到高敏纤看上的礼服是穆翰送给炎缇玉的，果断打消抢夺的念头。把穆翰送给炎缇玉的衣服抢来送给高敏纤，高敏纤会臆想成是穆翰送给她的，到时候还有他刘深什么事？

高敏纤得知后十分懊恼，而接下来的事让她快气疯了。她不再是公司高管，酒会入场券没她的份，她去要，被礼貌地拒绝了。不要说抢炎缇玉的晚礼服了，她现在连入场资格都没有。

为了能进入酒会，她联系刘深，同意做他的女伴。刘深支吾地说："你拒绝了我以后，我又找了个女伴。"

高敏纤不耐烦地说："让她走开啊。"

刘深为难地说："我邀请的是著名影视明星。她的人气超高，影响力很大，是晚会的嘉宾之一。当然啦，她哪儿比得上你。但是我已经邀请她了，不能反悔，要不对公司影响不好。敏儿，等酒会结束我再约你。"

高敏纤没好气地说："约？去哪儿约？去河北找我吗？"说着摔了电话。她强烈地感受到自己失宠了，弟弟虽然还没找到，仅远调华北，刘深已敢怠慢她。

刘深打电话赔罪，打了十几个她才接一个，又要拿捏，又怕刘深真的不再打来。刘深送来精美的鞋子，特意强调是高敏纤喜欢的那件晚礼服的设计师设计的限量款。高敏纤打开一看，气得扔到窗外。刘深心疼地探头看，几万块的鞋子啊。

高敏纤叫："送水晶鞋，你骂谁穷？"

刘深忙说："我没那个意思。我以为女孩都喜欢水晶鞋。"

"只有灰姑娘才稀罕。你这是寒碜谁呢，看不起谁？"高敏纤把刘深赶出去。

水晶鞋，屈辱的象征，充满轻蔑，是教母给穷女孩的施舍。炎缇玉才是灰姑娘。她高敏纤是贵族，竟沦落到不能参加酒会，地位比炎缇玉还低，且差距逐步增大。

高敏纤把账记在万俟铮头上。路遇万俟铮的车，一时恶向胆边生，自右侧超车，狠狠撞向对方右后座位置，两辆车旋转后停下。高敏纤等气囊泄气，从车上下来，急于见证万俟铮的伤势，却见对方车上出来的是玛姬。

万俟铮整日扎在研发中心，既不参会，也不外出。玛姬去取文件，临时用他的车，遭此无妄之灾。

伤错人，高敏纤甚觉遗憾，且是玛姬，算是她的同谋，更是懊恼。她撞完人就不管了。万俟铮的司机在医院里跑前跑后，忽然想起要告知公司，便传了个简讯。

万俟铮听说有人被撞，以为是炎缇玉，又听说是高敏纤干的，料定她是故意，炎缇玉必定伤得不轻。他撇下工作奔到医院，发现受伤的是玛姬，才觉得自己鲁莽，没问清就跑来。玛姬刚照完 X 光，髋关节软组织损伤，骨头没事，但走路疼痛，舞是跳不了了，见万俟铮担忧地赶来，有小小的感动。

万俟铮询问伤势，嘱咐她放假休息。陆帆海接到通知也来了，看见他们交谈，迟疑一下。万俟铮向他打招呼，他装没看见，转身走掉。

万俟铮似笑非笑问玛姬："满意了？"

玛姬说："不用再假装，不用赴无聊的约会，我很满意。"

高屹听说车祸，紧皱眉头，更坚定不准高敏纤参加高层酒会的决心，恐她生事。

收到水晶鞋的不只高敏纤，还有炎缇玉。她的这一款，鞋尖、鞋跟与装饰珠花是水晶做的，其余部分是高透明材料，整只鞋浑然一体，颜色是淡淡的蓝，如海蓝宝石，灿然精致，令人叹为观止。

缇玉不敢碰。穆翰微笑，说："你值得。"

投入越多，缇玉越觉得年会上不能出错。她怯怯地问是否可以不参加年会。

穆翰说："你现在是公司股东，不同以往。董事长盛情邀请，要我一定带你参加。以后，我想参加，得沾你的光呢。"

缇玉忐忑，怕因不能语而失礼于人，给穆翰丢脸。

穆翰要她穿上试试。"'步流光'，"他说，"是专为'若幽兰'搭配的。"

鞋子大小刚好，鞋底软而弹，舒适合脚，鞋跟与大理石地面碰撞，发出清脆的叮叮声，水晶折射光芒，光线经大理石地面再次反射，步步生辉，璀璨夺目，每一步都是享受。

步流光，名副其实。

三十九

云鬓花颜妆初成

盛大的年会拉开序幕。人们盛装出席。门口铺着红毯，高管及嘉宾将一一从红毯踏入，嘉宾包括省市的相关行业领导、当红明星等。

万俟铮尝试与陆帆海同行，后者避开他。万俟铮哂然微笑，不以为意。他们分别前往会场。

场内衣香鬓影，华服翩然。女士的低胸、露背、鱼尾、百褶，男士的燕尾服、小晚礼服、时尚西装。珍珠、玉石、黄金、翡翠，珠光宝气，交相辉映；贡缎、雪纺、蕾丝、刺绣，衬得身形婀娜，绚丽多姿。

小美穿着桃红蓬蓬裙，戴一串粉色珍珠项链，俏丽可爱。她心不在焉地与同事聊天，目光在人群中搜寻陆帆海。玛姬受伤不能跳舞，陆帆海还来吗？他们和好了吗？

他的情绪有没有好一点?

胖姑娘夏朵独自在门外踌躇不前。她的礼服简单宽松，穿在她身上依然显得紧。她自惭形秽，躲在阴影里。偶尔有人看见她，男士转开目光，女士则与同伴耳语两句，笑着走过。夏朵低头，目光不敢与人接触。

“一个人?”

夏朵抬头，万俟铮站在她面前，一身黑色修身西装，从容俊逸，英姿焕发，眉间一股风流，眼中暖波温柔。

夏朵心跳乱了，不由得脸一红，愈发觉得自己寒酸蠢笨，紧张地看看四周，低声说：“我不能和你走得太近，被人发现，以后我就不能暗中帮你了。”

万俟铮淡淡地说：“男人应该保护女人，总指望女人保护，那成什么了。”

万俟铮天纵英才，个性鲜明，群狼环伺时冷静果断，抓内奸时智慧过人，屡经打压，不屈不挠，任风吹雨打，依然闲庭信步，将挑衅者一一战败，数日养精蓄锐，一朝英雄凯旋，教旁人都觉得扬眉吐气。他的故事在集团内成为传奇，一出场如同自带聚光灯，引人注目。人们惊叹他的年轻，更讶异于他的英俊。

这样的人竟独自前来，不带女伴，还与一个相貌普通的胖姑娘交谈超过三句，大家纷纷投以惊奇目光，有疑惑，有艳羡，有妒忌。

不断有美女来和万俟铮搭讪，先是意味深长地扫一眼夏朵，然后全神贯注在万俟铮身上，眼中像带着钩子。礼貌点儿的，跟夏朵点头致意，更多的人干脆无视她。万俟铮一一回应，泰然有度，寸步不离夏朵。夏朵不习惯被人如此关注，无所适从。

万俟铮偏头对她小声说：“只需一点自信，你很漂亮。”他一笑，无意间魅惑毕现。他曲臂，伸向夏朵，示意她挽着他。周遭的人不禁诧异，女士们失望地叹气。

夏朵从小相貌普通，体胖，又矮，常常被嘲笑。偶尔有男生献殷勤，百分之百是捉弄她。万俟铮潇洒倜傥，是个多情种，许多女孩倾慕他。夏朵不敢存非分之想。那日万俟铮在行政部谈笑后，当众送她一枝伊芙幻塔索斯。夏朵以为他也是戏谑，但他表情真诚，含一丝鼓舞，令她心中波澜骤起。她默默关注他，在选礼服时特意选了粉色系，为了纪念那朵月季。她在这里局促不安，受尽鄙夷目光，忍着没走，就是想看看他。而他真的出现了，并且陪在她身边，在如此隆重的场合，他再次鼓舞孤单自卑的她，以平等和尊重待她。

夏朵按捺激动，挺直脊背，挽着万俟铮的手臂步入会场。这一刻，她漫步云端，忘了煎熬，不再害怕。

不知谁说了一句“来了”，红毯仪式正式开始。高屹与本省汽车工业协会会长张琪同行，刘深携著名影视明星、云迅代言人萧紫芳亮相，宫极与某战略合作伙伴相伴而来……员工在红毯两侧夹道欢迎，爆发出一阵阵掌声和尖叫。

“那是谁？”旁边的人扒拉小美。

“穆翰。”

“他旁边那个！”

穆翰一身墨蓝色西装，端凝持重，一如既往的俊朗。挽着他手臂的女子淡扫蛾眉，目含秋波，肤凝烟雪，短发清爽利落，腰肢纤细可握，一身曳地长裙，灰蓝色薄纱莫名地显得轻软，银线与珠片闪烁微光，为灰蓝增添亮色，端庄中带着轻盈，高贵而婉约。

旁边惊呼不断。“啊，骗人的吧，那是炎缇玉。原来她这么漂亮！”

小美雀跃：“她真的来了！”

“她的衣服好美。”

“钻石耳环是真的吗？”

“天呐，看她的鞋，是水晶的！”

大家盯住她的脚。

“当了股东，果然不一样了，暴发户似的。”有人酸溜溜。

“她从头到脚够我买一套房了。”

“穆翰真舍得给她花钱呀。”

设计师匠心独具，穆翰用心良苦，造就这一身华贵绝丽。炎缇玉低调已久，今夜，她成为众人瞩目的焦点，美得令人窒息。如此高调亮相，她着实不适应。穆翰温暖的手覆在她手上，传递安宁。

万俟铮屏住呼吸，目不转睛。双眸如果是星，星光来自她；双眸如果是海，波澜来自她；双眸如果是窗，风景来自她。

他们走向贵宾区。罗超凡眼睛一亮，说：“穆总，以前炎缇玉不参加年会，是不是你故意把她藏起来啦？”

冼光明说：“这样的美女，要是我我也藏起来。”

“万俟总，万俟总，”夏朵叫万俟铮，问，“你喜欢哪种女孩？”

万俟铮回过神，脱口而出：“善解人意，聪明豁达，遇事沉着冷静，勇敢果断。”

他绝口不提外貌身材，若是别人听了，定然惊讶，因与他花花公子的形象严重不符。夏朵却丝毫未觉不妥，万俟铮在她心中正是如此。她说：“什么时候能见到你女朋友？她有这么多优点，听上去像个女强人。”

米可？米可完全不是他说的那种女孩。米可外表开朗，内心柔弱，单纯而美好，不谙世事。他说的不是她。

他远远看着穆翰向嘉宾引见炎缇玉。

夏朵低声说：“不用担心。所有她可能遇见的人，行政部已经提前告诉对方她的特殊情况，避免尴尬。”

万俟铮回眸望她，“不愧是行政部，做事真周到。”

夏朵说：“想得这么周到的，是穆总。”

万俟铮一笑。

万俟铮作为年度杰出创新人物，座位也在贵宾区，与高管们仅一排之隔。

高屹把万俟铮叫到前排，向嘉宾介绍他。他的研究受到业内瞩目，风采亦令人喝彩。萧紫芳说：“高董，贵公司人才济济，卧虎藏龙。依我看，何必请外人代言，像万俟先生这样出色的人，当形象代表正合适。”

高屹笑说：“我怕他转行去做明星。我到哪里再找这么好的工程师？”

省汽车工业协会会长张琪说：“不要把他累坏了呀。年轻人，你脸色不好，得注意身体。高董，你得派人照顾好他，他可是个宝贝。”

赵烈亲热地说：“万俟工作起来很拼，董事长没有看错人。”

高屹对万俟铮说：“你的任务比较重，是应该派个人帮你。”

万俟铮说：“您已经给我配了助理，足够了。”

高屹看了炎缇玉一眼。“她不能进实验室，还是从技术部给你挑一个吧。”

“不用。有各位领导支持，给我自由空间，还给我配了得力助手，分担我的工作，现在的环境正好符合我的需求。”他说的是好话，但有的人心里有鬼，觉得刺心。

萧紫芳问：“万俟先生有女朋友了吗？”

张琪说：“对，别光顾让他干活，员工的个人生活也得关心。”

其余人笑而不答。刘深说：“这个您尽管放心，哪个女人能抵挡万俟总的魅力。只要他看上的，十拿九稳能成。”

万俟铮云淡风轻地说：“是啊，一旦被我抓住，再也不会放手。”

张琪说：“呵，我听出来了，这是一个猎人。我白担心了。又会工作又懂生活，这小伙子成。”

陈盼说：“各位领导，演出要开始了，请大家入座。”

万俟铮故意不看炎缇玉。她是他的玩物，只为他一人独有，本该隐形匿迹，消失人前，岂能任由他人窥见她的美？她以为她是自由身？谁允许她光鲜亮丽招摇过市？他真想带她离开喧嚣人群，把她藏起来。她的一颦一笑，一举一动，哪怕是轻蔑冷漠的一瞥，只应落入他眼帘！

穆翰转让全部股份给炎缇玉的事早已在集团内引起轰动。拱手江山的穆翰，冰冷神秘的炎缇玉，人们对他们充满好奇，做出各种猜测，尤其是对游离于人们视线之外的炎缇玉，大家纷纷猜测她的样貌性格，是否是个魅惑的狐狸精。参加年会的人有一大半是冲她而来，并肩负着把八卦传给同事的重任。

炎缇玉庄重华贵，清冷孤高，与人们的猜测有云泥之别。再加上她口不能言，连蛊惑人心都费劲，愈加偏离大家的想象。她的清丽在一定程度上解除了人们的疑惑——为这样的女子倾倒，付出全部身家，倒也不是不可能。倘若穆翰天生是痴情种，那就更没有什么不合理的了。

炎缇玉不仅惊艳了陌生人，也惊艳了熟人。小许的嘴巴好久没合拢。苏晶晶兴奋地连续用了十几个"超级"表达她的惊讶。尚奥云看了十遍才确认那是自己曾经的属下。

陆帆海的座位远在贵宾区外，他怕万俟铮对炎缇玉当众失礼，一直紧张地盯着，直到众人落座，万俟铮回到自己的座位，他才放心。

玛姬身穿黑丝吊带长裙，裙裾上金线珠绣。她盼着能与万俟铮共舞，伤处的青肿却日渐严重。明知不能跳舞，她不甘心将准备已久的长裙搁置箱底，忍痛前来。

陆帆海见她走得缓慢，知她吃力，想扶她，她不动声色地避开。陆帆海呆了呆，低头向外走。小美看在眼里，悄悄跟着他。

陆帆海走到僻静露台，点燃烟，猛吸两口。一根烟抽完，又点燃一根。

小美扶着露台的栏杆远眺，故作轻松地说："从这里看风景，不错哟。"

陆帆海默默抽烟。

小美转向他，问："喂，你还好吗？"

陆帆海头也不抬，说："死不了。"

"听说万俟铮抢了你的女朋友。渣男，居然惦记兄弟的女人。"

他不吭声。

"喂，你不会是认输了吧？去找万俟铮算账啊。"

"你歇会儿吧，还嫌不够乱？"

小美委屈，说："嘿，我是替你生气，你倒不急。看不出来，你还是个大方人儿。"

陆帆海不理会她的讽刺，转身瞥见玛姬在转角走过。他怕玛姬发现自己和小美在一起，连忙拉着小美躲到露台角落。"怎么……"小美刚问，被他捂着嘴，按在墙上。露台的墙边不足一米，堪堪够两个人藏身。小美的蓬蓬裙从墙边露出，陆帆海用手压着裙摆。小美羞窘，掰他捂嘴的手，掰不动，又推他压住裙子的手，也推不开，急得咬他的手指。

陆帆海吃痛撤手，问："你干吗咬我？"说完第一个字，惊觉声音可能被发现，后面四个字说得很轻。

小美双颊绯红，说："你，你……"她羞于挑明，想寻空隙钻出来，陆帆海拦住不让。小美眼泪汪汪，说："你、你欺负人！"

欺负？陆帆海这才发现两个人距离极近，连忙退后一步，说："对不起。我一着急……你小点儿声，玛姬刚刚在附近。”

小美低头看看裙子，嫌弃地说：“一身烟味儿！”

陆帆海歉然，再退后一点。

“要是烫坏裙子，你得赔我。”

陆帆海探头，已经看不见玛姬。他松口气，叹息：“我能赔你一条裙子，你能赔我一个女朋友吗？跑那么远相亲都被你发现。”

小美昂首说：“若要人不知，除非己莫为。我跟你说过了，不是我告密的。”

“是谁已经无所谓了。你说你，你不打算找男朋友，干吗去添乱？”

“嘿，我还没说你呢，你倒怪我。你口口声声你是被逼的，不愿意来你可以不来啊，谁让你露面的！”

陆帆海嘟囔：“叫什么名字不好，叫肖梅。我倒霉就倒霉在你身上了。”

小美气结：“我招你惹你了？”

“你妈妈隔三岔五给我打电话，让我跟你好好交往，她还老叫我去你家吃饭，问我爱吃什么菜。”

小美目瞪口呆，窘得无地自容。怪不得妈妈最近不催她，原来有新的催促对象。她结结巴巴地说：“对不起，我不知道我妈给你打电话。对不起，对不起，我回去说她。”

陆帆海怅惘地说：“照这样下去，玛姬迟早会知道。唉，都是命。”

“找万俟铮赔啊。他认识那么多漂亮女孩，让一个给你，应该很容易吧。让他挑一个比玛姬漂亮一百倍的。”

陆帆海气愤地说：“你当我是什么人？”

小美笑嘻嘻：“开玩笑的啦。但是真的不能放过万俟铮，他这人太差劲了。”

“就算万俟铮从地球上消失也没用，玛姬已经走了。”陆帆海心烦意乱地说，“演出开始了，你进去吧。”

“你呢？”

“我再待会儿。”

小美一步三回头地走了。

灯光渐暗，演出开始。节目十分精彩，抽奖活动把晚会气氛推向高潮。

演出结束后是晚宴。高层们另有小型酒会，参加酒会的约三十人，地点在另一处。

繁花簇簇，妆点宴会厅。

张琪问高屹：“万俟铮呢？”

高屹解释参加小型酒会的只有嘉宾、集团总部高管和部分股东，分公司的人不在此列。

这是身份的象征，并非谁想来就能来。高敏纤正因为不能参加，觉得十分没面子，气恼不已，干脆连晚会也不参加了。

张琪说："可惜，我还想和他聊聊呢。他很有想法。我看过他发表的文章《在金字塔尖舞蹈》，好家伙，口气非常大，他要做行业标杆。他描绘的汽车帝国不得了。"

高屹说："他志向远大。我把研究交给他牵头了。"

张琪说："在这行干得越久，越明白人才的重要。再好的硬件，没有人才创新，没有人来实现，都是废铁。"

高屹赞同。

张琪暗指穆翰，说："高敏纤的事我有所耳闻。你做得对。你这两个手下，一个在管理上把关，一个在技术上领先，外面不知多少人看着他们眼馋，想挖走。你要看紧了，别放跑喽。"

高屹听出他的推崇和赏识，点头附和。

炎缇玉端果汁，穆翰端红酒，周旋于众人间。

江北分区的黄总说："我还想给穆总介绍对象呢，差点儿闹笑话。穆总以前把你藏哪儿了？"

穆翰说："她也在集团，在分公司上班。"

沈阳分区的米总夸张地惊呼："这么漂亮的女朋友，你舍得让她朝九晚五上班？"

穆翰说："米总你也漂亮呀。漂亮又能干的女人光彩照人。"

米总笑说："谢谢。穆总真会夸人。"

黄总问："这件礼服美翻了，什么牌子的？我要去那家店看看。"

穆翰答："这是特别定制款，仅此一件。"

一片艳羡的赞叹。

"哇，穆总，是你送给炎缇玉的吗？你真有心。"

"炎缇玉，你真幸运，得到穆总这样的绝世好男人，有本事，又体贴，还这么英俊。"

缇玉颔首。她的确幸运。

黄总感慨："你们是怎么认识的？到哪儿去找这样的美人，到哪儿去找这样的好男人？"

穆翰含笑望着炎缇玉，说："从她一出生，我就认识她。我们从没分开过。"

"那么小就要学会慧眼识人，我们是来不及啦。"又是一片慨叹。

缇玉低头。没有人知道她和穆翰真正的关系，说出来也没人信。

觉察了她的寂寥，穆翰轻声耳语："累吗？想走吗？"她点头。

离开酒会，缇玉如释重负。她以为要回家，车却向化装舞会驶去。

穆翰说："你以前从不参加年会狂欢夜，今天去看看吧。有烟花表演，有专业乐队，不管是高级经理还是刚入职的小职员，在面具后，大家可以做另一个自己。即使认出是谁，也不像平时在公司里需要顾忌职位高低，很轻松的。”

四十

水晶鞋的意义

从演出到晚宴，再到化装舞会，参加的人逐渐减少。

穆翰和炎缇玉既不换装，也不戴面具。

要知道，为了凸显身份，高管们有自己的舞会，不与普通员工为伍。所以，当高管出现在这里，不出意外地引起了众人的注意。何况，穆翰的绅士做派与炎缇玉的月光幽兰让人无法忽视，闪耀熠熠星光。

高敏纤身穿六位数的名牌长裙，戴着面具傲然出场，在满屋的奇装异服中本该鹤立鸡群，可是无人注意她。大家的目光集中在穆翰和炎缇玉身上。高敏纤有一时恍惚。穆翰风度飒然、气宇轩昂，如王子般高贵。他身边的美丽女子好眼熟。她的气质十分，衣着品位十分，首饰搭配十分，举止九分、相貌九分，身材八分，平均下来，竟是超九分女人。她是谁?

旁边一个女孩叹息：“等我到她的年龄，能像她那样又有气质又漂亮就好了。”

另一个女孩点头，“炎缇玉得有二十六七了吧？”

高敏纤瞪圆眼睛。那女子是炎缇玉？！啊，没错，灰蓝色晚礼服，她早该认出来。她一直抱有偏见，眼睛被嫉妒遮挡，对炎缇玉的美视而不见。此刻以全新的视角打量，炎缇玉其实是个清丽脱俗的女子。她不甘地承认，顿生危机感。

“这条裙子美得过分！”

“他们为什么不换装？”有人酸溜溜的，“化装舞会耶。”

“你要是穿上那么好看的衣服，舍得换吗？衣服不换，戴面具有什么用？”

水晶鞋！高敏纤眼尖，猜到是穆翰送的，心里不禁冷笑，阴阳怪气地说：“灰姑娘穿上了水晶鞋，是王子施舍给她的吧？”

“那不是施舍。”一个火枪手打扮的男人凝注炎缇玉，说，“水晶鞋可不是谁想穿就能穿的。举国上下，美女如云，对的人只有一个，只有那个人能穿上。王子的目光，只为那个人停驻。水晶鞋是一生一世、非你莫属的告白啊。”

高敏纤一惊。

有人邀请穆翰跳舞。穆翰看向缇玉，明知她不反对，依然尊重地征求她的意见。

高敏纤跺脚，懊恼被人抢了先。

穆翰刚离开，火枪手便来邀请缇玉。这样盯着她不放，一刻不容喘息，还能有谁？缇玉不想与万俟铮纠缠，可是身在舞会，受人邀请是免不了的，如果拒绝，更引人注目。

在她犹豫的刹那，一个戴黑面具的男人不知从哪儿冒出来，牵住她的手，把她拉入舞池，气势简直算得上是抢。

缇玉一怔。火枪手不是万俟铮，黑面具才是？她回眸找穆翰，周围人影纷纷，看不到他。

旋转，移步，缇玉放了心。这是陆帆海。他的舞是她教的，他的动作她再熟悉不过，甚至连他哪里将要跳错她都知道，防备他踩脚。陆帆海是来为她解围的吗？

黑面具正是陆帆海，但陆帆海不是来为她解围的。

陆帆海生万俟铮的气，见到炎缇玉，他突发奇想：既然万俟铮能与玛姬纠缠不清，他也可以抢他的心头好。他要从他手里把炎缇玉抢过来，出一口气。

炎缇玉虽然漂亮，但是太冷，让人自动退避三舍。以她的怪异个性，邀请她很可能会碰一鼻子灰，只有万俟铮敢碰硬。炎缇玉一出现，只要万俟铮在，一定上前骚扰。陆帆海的报复重点在“抢”上。别人不动，他也不动，只等有人邀请炎缇玉，他才拦截。

乐曲变换。高敏纤扶了扶面具，赶紧上前邀请穆翰。火枪手靠近炎缇玉等候，陆帆海瞪他一眼，不得不放手，他总不能整晚霸占炎缇玉。缇玉把手交给火枪手，微低头，既然来了，随遇而安，只盼这一曲赶紧结束。

高敏纤十分感慨。终于能和穆翰共舞，尽管他不知道她是谁，好歹也算满足了她的愿望。一旦去往华北分区，她作为一个小销售助理，根本没有回集团总部的机会，很难再见到穆翰。穆翰赶她走，但她就是无法对他生气。一想起他，心都融化了。

“到了那边，好好学，等你学成，我会提议你回来。”

高敏纤失声说：“你认出我了？”

穆翰微笑。

高敏纤想哭。他认出她，还愿与她跳舞。她一直怕他生气不理她。

“作为公司的一员，要认同公司的文化，维护公司的利益。公司高管应该开自有品牌的车，这不是命令，是自觉。”

高敏纤使劲点头，十二分乐意听他的教训。她试问：“我以后能去你的公司吗？”

“可以。”他答得干脆。

高敏纤激动地说：“我一定好好学，你等我回来！”

“不要在我身上浪费时间，你还小，将来……”

高敏纤说："我只比你小十岁！"

"人生很长，世界很大，你得多看看。"

"我不要！"

火枪手的面具只露出眼睛。他专注地望着炎缇玉，眼眸闪烁奇异的光。他的舞跳得极好。

每一次旋转，若幽兰晚装飘然若仙，微光如星。缇玉始终垂首，收敛眼中光彩。二人的身高差让他看不见她的神情。

火枪手说："你从小就喜欢水晶鞋，现在终于穿上了。"

缇玉猛然抬头。陌生的嗓音，他不是万俟铮！

"多年不见，林堇，想不到在这里遇见你。"

缇玉瞳孔收缩。他是谁？！

四十一

执迷不悟的人最动人

火枪手欢快地说："你也没想到吧？"

他语气和善，但，他来自旧日噩梦，让缇玉心胆俱裂。她恐惧地想躲，抽出手便走。她再次搜寻穆翰。人影憧憧，他在哪儿？

火枪手在舞会边缘追上她，摘下面具，"吓到你了？是我，苏叶。"

苏叶！这名字如前世追命而来。缇玉故作茫然，暗暗咬牙。苏叶，她曾经的邻居，从小一起长大的伙伴。他的模样与少年时相比变化了一些，仍能认出。但，她已与前尘了断。她不认识他。她不能认识他！

苏叶摸摸脸，问："我变化很大吗？你认不出我了？"

缇玉神情疏离，用手语表示不认识他。长裙曳地，幸无人得见她双腿发软。

苏叶疑惑，问："你比画什么呢？为什么不说话？"

缇玉转身，苏叶拦住她，还要说些什么。一袭黑色燕尾服出现，隔离了二人。带着银色镂花面具的男人说："先生，舞曲结束了。炎缇玉，我有事找你。"

缇玉第一次在听到万俟铮的声音时感觉踏实。她紧随万俟铮走出大厅。

苏叶呆了呆，问旁人："那个穿蓝裙子的女孩是谁？"

"你不是公司的人？"

苏叶说："啊，你好，我是苏叶，在海外部驻欧洲办事处，刚调回国内。"

“您是欧洲拓展部的苏经理，失敬。她呀，她是炎缇玉，跟穆总一起的。”那人压低声音说，“是个哑巴。”

苏叶喃喃：“哑巴？那个男的是穆总？”

“那是万俟铮。炎缇玉是他的助理。”

苏叶表情僵住。“万俟……铮！”

来到走廊，万俟铮摘下面具，讥讽：“你怎么老是和男人纠缠不清！”一个不留神，她就勾搭上别的男人，还真是有本事。他还要奚落几句，回首见炎缇玉没有跟上来，而是靠在大厅出口旁的墙上，闭着眼睛，脸色如墙纸一样白。他连忙走过去，忘了气愤的事，问：“冷吗？”一边脱下燕尾服，披在她肩上。

缇玉双眼失神。

她竟然不反抗。万俟铮的表情变得凌厉，问：“出什么事了？是不是刚才那个男的……”他转身要去找那个男人算账。

缇玉摇头，用手指在墙上写“苏叶”。

“是他！”万俟铮也是意外。他静了静，看着炎缇玉失魂落魄的样子，说：“只要你知道自己是谁，别人不能把你怎么样。”

缇玉抬头。这些话居然从万俟铮嘴里说出来！道理是这么个道理，但他允许她只做炎缇玉？

万俟铮看看四周，对炎缇玉说：“走。”

缇玉没反应。

他说：“跟我走。”

缇玉摇头。

“我命令你。”

缇玉不动。

万俟铮说：“你答应过绝对服从。”

缇玉回望舞厅。

万俟铮说：“想回去？好啊，我去和苏叶叙叙旧，顺便聊一下你的事。”

缇玉一凛。万俟铮说得出做得到。不知情的故友携旧日苦痛而来，她已逃出生天，难道要再被扯回泥潭？不是她不够勇敢，只是一个人能承受的痛苦有限，她不想再被碾碎一次。然而万俟铮也不是好相与的。他何尝不是她的厄运？

去留两难，她无论选什么都是死路一条。

万俟铮没有给她更多的时间考虑，到前台取出她寄存的手袋，带她走出大厅。

高敏纤正在庭院里对穆翰哭诉：“我为你做了那么多，你一点儿都不喜欢我？你嫌我哪儿不好，我改。你要我读书，我去了。你教训我，我听了。你还要我做什么，你说呀。我哪点比不上炎缇玉？你眼里只有她。”

大部分人在舞厅里，庭院里人不多。高敏纤兀自大哭，招得人们纷纷看她。穆翰低声劝解，她全然不听。

穆翰叹气摇头，转脸看见万俟铮和炎缇玉，炎缇玉身上披着万俟铮的燕尾服。

高敏纤用力抹一把泪，也看见了他们。她冲到他们面前，指着炎缇玉的鼻子，问穆翰：“这是你要的？一身臊气，到处勾搭男人，给你惹事。你还要忍到什么时候？她，还有他，他们两个，你看不见是吗？”

缇玉脸色发青，直直望着穆翰。人越聚越多，大家窃窃私语，猜忌的目光像刀子一样戳在她身上。

万俟铮笑一声，说：“高大小姐，你弄错了吧。炎缇玉是我的助理，我找她确认明天的日程安排，有何不可？现在我们说完了。炎缇玉，你不是在找穆总吗？”

他的黑眸深不见底，口中说着要她去找穆翰，眼神却分明有着强烈的磁场，如千万小钩勾住她不放。在会场见到她的第一眼，他就想把她带走。此时，要把她亲手交给别的男人，他一万个不愿。但，再不甘，此情此景，他还是决定推她入穆翰怀。

他淡淡地说：“我的衣服，请还我。”

炎缇玉把燕尾服给他，不敢看他，怕惊鸿一瞥引爆火药味十足的气氛。

高敏纤傻了，大叫：“骗人！你们演戏给谁看！”

穆翰走过来，脱下外套披在炎缇玉肩上，说：“万俟总，我们先回去了。”

万俟铮留意他是否有责怪炎缇玉之意，却没有任何发现。穆翰淡然若水。

高敏纤急得叫：“穆翰哥哥，你别走。他们骗人。穆翰哥哥！”

已有好事者把高敏纤哭闹一事告知高屹。高屹派陈盼来处理。陈盼拦住高敏纤，穆翰看他一眼，他会意，说：“敏小姐，你喝醉了，我送你回家。”同时驱散围观的人。

司机目不斜视地开车。

缇玉借车窗的反光看穆翰。穆翰此时在想什么？他为什么不问，不生气，不责怪？他真的信任她，还是只是不在意？是啊，他凭什么在意她。缇玉的双手在黑暗中握紧。

若是从前，穆翰一定能注意到她情绪的变化。现在，他在她身边，却不看她。缇玉矛盾极了，怕穆翰生气，又怕他无动于衷，形同陌路。

穆翰说：“执迷不悟的人最动人。”

缇玉的胃拧紧了。高敏纤的痴情让人无法视而不见，她作为一个女子都不免动容，何况男人。那么，穆翰可是动心了？穆翰的嘴角似乎有一丝微笑。缇玉的心发冷，咬着牙，控制着嘴唇不要抖。

穆翰的声音低不可闻：“浪荡的外表下，一颗最专情的心。”

缇玉没听见。她以为穆翰说的是高敏纤，其实他说的是万俟铮。

四十二

命中注定的舞伴

万俟铮懊悔不已。他是发昏吗，干吗要管炎缇玉难不难堪？为什么要让穆翰带走她？他赶到舞会，不就是为了炎缇玉吗？怎么人越长大，心越软了？

燕尾服上残留着她的香气，人已远去。舞会再热闹，对他都没有意义。他兴味索然，穿过花园去停车区。灌木丛后的长椅上，坐着一只垂头丧气的“加菲猫”。

万俟铮不想在此逗留，但仍忍不住上前，问：“不去跳舞吗？”

夏朵连忙抬头，头套太大，眼睛对不准开洞的位置，等调整好头套，万俟铮俊美的脸出现在视野里，正对着她。她心一跳。她从舞会开始就在等人邀请，一直等不到，她想主动邀约，对方看出她的意图，早早避开。面对一张张陌生的怪异的面具，她找不到熟悉的人，也看不到万俟铮，她心灰意冷，正盘算着要不要离开。

“里面憋闷得很，出来透透气也好。”万俟铮同情夏朵的落寞，说，“我今晚还没跳过舞，找不到合适的舞伴。你能赏脸吗？”

夏朵的心怦怦跳。

“走，到里面去，这么可爱的加菲猫，得让所有人看见！”万俟铮拉起“加菲猫”毛茸茸的爪子。夏朵又兴奋又紧张，跟着他，脚步变得轻盈。

炎缇玉与穆翰处于高光地带，小美识趣地不去凑热闹。当外面开始喧闹，高敏纤向炎缇玉发难，小美往前凑，被人拉住，她回头看，陆帆海对她摇头。

直到穆翰和炎缇玉离开，其他人散去，小美舒口气。陆帆海说：“你还挺关心她。没想到她也有朋友。”

“我不是她的朋友。她独来独往，没有朋友。”

陆帆海好奇：“那你为什么对她的事这么上心？”

小美说：“她救过我。”

两年前，小美刚入职，在总务部负责会议室。某日，有重要客户来访，小美明明没碰到他，那人表链断裂，手表掉下来，磕坏了表头的一角，非说是她撞的，要她赔修理费。一千多万的理查德米勒，修理费至少百八十万，把小美吓傻了。公司不想得罪人，不敢维护小美，甚至禁止她叫屈。公关部觉得棘手，推给总务部，让尚奥云管理手下。尚奥云交给炎缇玉处理，过几日，问她进展。炎缇玉答，已将手表寄回瑞士厂家总部。对方一听就急了，责问万一寄丢了怎么办，寄的过程中二次损坏怎么办。

炎缇玉淡淡地表示，如此贵重的手表，需要由制造商定损并维修，不能随便找个修理店，那样属于失职。

寄走已成事实，只好等结果。其实炎缇玉向制造商提出了两个要求，第一是鉴定真伪，第二才是定损。鉴定的结果是假表，小美逃过一劫。

小美慨叹："幸亏炎缇玉机敏，帮了我大忙。要不，把我拆散了卖器官我也赔不起。在那之前，我和她从无交流，她帮我，事先也没告诉我。事后，我谢她，她冷冰冰地给我一张纸条，说职责所在，只是做了分内的事，让我不要误会她有什么好意。"

陆帆海说："还真是她一贯的样子。"

"从那以后我总主动找她。不管她是否拿我当朋友，反正我是拿她当朋友的。"小美远远望着万俟铮，说，"万俟铮真怪。"他总是为难炎缇玉，从不让她好过。羞辱她的是他，践踏她的也是他。刚才，他明明可以落井下石，补一刀，让炎缇玉跌到谷底，他却保全了她。

陆帆海明白她的想法，说："他快结婚了。"他语气笃定，内心却摇摆。但愿他说的话能变成现实。

"结婚？"

"去年定下婚约，只等他女朋友毕业。"

"万俟铮这么讨厌，你为什么和他做朋友？"

"别被他的表面骗了，其实他人很好，又慷慨，又仗义。我们以前很穷。有一次，我家里有事，急需用钱，他把所有的钱都给了我，连同衣兜里的零钱。钱虽然不多，却是他攒了三四年攒下的。我说我不能要，你也挺穷的。他说，我有你这个朋友，我觉得很富有。听了他的话，我不拿都觉得辜负他。他一直关照我，有事他总是冲在前面，护着我。我闯了祸，他总替我背锅。"

"你们最近不说话了？"

陆帆海低头。

小美忽然意识到与陆帆海聊了许久，赶紧四顾，说："别让玛姬看见。"

陆帆海摇头。他抱着一丝希望来到舞会，期待玛姬出现，玛姬没来。

听着室内的音乐，小美露出向往之意。陆帆海问："想跳舞吗？"

小美犹豫，说："要是被人看见，传到玛姬耳朵里，对你更不利。"

陆帆海敲了敲面具，小美笑了。他们走进大厅。

陈盼把高敏纤硬塞进车里，送她回家。高敏纤到家后不肯上楼，脱了高跟鞋，坐在台阶上生气，泪痕斑斑。

陈盼说："敏小姐，地上凉。"

高敏纤说："冻死好了。冻死就不用烦了。"

陈盼说："身体是自己的，别人不能替你疼。想干什么，身体好才能去干啊。"

"我只要穆翰。"

"穆总和炎缇玉……"

高敏纤叫："不许提那个名字！"

"他们两个是一对，你干吗非要钻牛角尖？"

"他们没结婚！"

"没结婚你也算第三者。"陈盼的声音低了八度。

"那又怎样？我就是喜欢穆翰！"

陈盼说："还有很多好男人，单身的，事业成功，人又帅气，董事长一直想给你介绍。世界上不是只有他一个人。"

"你们不懂！你走，我不想听你说话！"高敏纤跳起来，气恼地跑进楼。

陈盼叹气，捡起她的鞋，端正地摆在她的门前。

四十三

弃若敝屣的珍贵

云迅车型顺利上市，市场反响良好，销量远超预期。拿到假技术资料的竞争对手，计划被打乱，自动退出了这一季的竞争。万俟铮对这些并不在意，他的目光已投向未来。研究取得很大进展，电动车续航里程即将突破 800 公里，超长续航和智能驾驶成为新车型亮点。他恨不得长出三头六臂，同步推进"陆云天"计划中的"致远方"和"慧无限"。

万俟铮疯狂加班，周末从不休息，经常住在研发中心的办公室。他把公寓钥匙分给炎缇玉一把，让她拿换洗衣服、收拾公寓等。他往往要到半夜才下班，踱步回家，路上还在琢磨未竟的研究，若有新思路，便跑回实验室继续工作。

何鹏佩服之余，担忧他的身体，请陆帆海劝他。陆帆海自己不出面，嘱咐炎缇玉多留意。缇玉将一张写着"欲速则不达"的纸条摆在床头柜上。万俟铮见了，在背面写上"驹光过隙"，压在水杯下。

连续的高强度工作透支了万俟铮的体力，他总冒虚汗，浑身无力，但这丝毫不影响他拼命。他素来如此，认准目标，锲而不舍。

这晚，陆帆海与万俟铮参加应酬。在人前，他们谈笑风生，显得关系良好。万俟铮发着烧，严重口腔溃疡，一天没正经吃东西。商务应酬是早已定下的，他不愿因个人原因改期。一杯烈酒下肚，他已醺然。撑到饭局结束，他大醉。

宾主各自散去。万俟铮和陆帆海在酒店大门前等司机来接。万俟铮扶着柱子，胃里一阵绞痛，余光瞥见一个熟悉的身影。

穆翰与一个窈窕女子站在前方几米处，女人紧紧拥抱穆翰，身体挂在他身上。车来了，穆翰拉开车门请女人先上车，自己绕到另一边。

万俟铮大怒，太阳穴突突地蹦。道貌岸然的穆翰竟然在外面有女人！炎缇玉在家等他，她那么依赖他，他竟然和别的女人鬼混！他忍痛割爱，穆翰却弃若敝屣。他梦寐以求的，穆翰都得到了，却丝毫不珍惜。炎缇玉是瞎了吗？这样的男人她还一直维护，当宝贝似的。

万俟铮的思维分成两半，一半在质疑“梦寐以求”和“忍痛割爱”的准确性，另一半驱使他剑眉倒竖，摇摇晃晃冲过去，按住穆翰的车门，阻拦他上车。

穆翰看他一眼，也看见了袖手旁观的陆帆海，平和地问：“万俟，你干什么？”

“干什么？你倒问我干什么！我还要问你呢。她是谁？”万俟铮醉眼难睁。那女人的脸在他的目光中摇晃飘荡，竟有些脸熟。

“你醉了，快回去吧。”

“别走，我还没说完。”万俟铮揪住他。

穆翰平静地问：“放不下吧？”

“什么？”

“对一个比自己的命都重要的人，装不在乎，骗不了别人，更骗不了自己，但是，能骗对方。你骗过了她。”

万俟铮恼羞成怒，“你说什么？！”他一拳打过去。酒往上顶，脑袋一片懵。

穆翰轻松闪避，万俟铮的拳头打在车上，丝毫感觉不到痛。

“她完全不是你想的那样。”

“什么？”万俟铮已经晕眩。

穆翰半扶半钳制住他，望着慌忙跑来的陆帆海，在万俟铮耳边低声地飞快地说：“我不能让你伤我，否则，她会恨你。”

穆翰对陆帆海说：“他病了。”

“对不住，穆总。他喝多了。”陆帆海点头哈腰。大庭广众之下失态，下属打上司，即使喝醉了，也是不该。

穆翰把万俟铮交给陆帆海，上车离开。

陆帆海让司机帮他把万俟铮塞进车里，他自己的一条腿已经上车，犹豫了一下，又下来，吩咐司机送万俟铮回去。万俟铮醉得不知反抗。陆帆海给炎缇玉打电话，要她赶到公寓。

万俟铮受了夜风，烧得更厉害，头脑反而清明一些，扶着墙走出电梯。炎缇玉已在门口等待。

炎缇玉开门进屋，摸索墙上的开关。

“别开灯。”万俟铮粗声说。他走近她，手即将抚上她的脸，身体却摇晃，手落在她的肩上。

炎缇玉开了灯。

她的脸如玉石雕刻，定是冰凉沁人的，点漆双眸，眉尖若蹙，似有轻愁。

万俟铮凝望如醉。

他的脸因高烧而通红，动作缓慢。凹陷的眼窝，瘦削的脸庞，疲惫让他有超过真实年龄的沧桑，缓和了他的锋芒。

炎缇玉不由自主地伸手扶他，手接触的刹那，万俟铮把她用力拉进怀里。他的心滚烫，眼神滚烫，呼吸滚烫。炎缇玉惊讶于他的高烧，窘迫于他的拥抱，要挣扎，察觉他的身体变重，倾向她，以她为支撑。她不敢用力推他，怕他摔倒，仓皇地躲着他的呼吸，避开他灼热的面颊。

别开灯
淡淡月光就够
你的脸
我用回忆去摸索
放弃过
如今听说你也很不快乐
……

他闭目在她耳边低声唱，声音若断若续，缥缈如丝，直入人心。

炎缇玉的身体僵硬。这首二十多年前的老歌，她最喜欢哼唱。那时只觉歌词婉约，而今听来，如此苦痛无奈。有多少年没听过了，不敢听，不愿听。今晚被他唱响耳边，撼动她的魂魄。

酒精麻痹万俟铮的知觉，同时，有什么东西在躯壳内逐渐觉醒。

他搂紧炎缇玉，将她娇弱的身躯按在自己的胸膛上。歌声从喉咙发出，在胸腔内共鸣。他的心跳得厉害，想要从身体里挣脱出来，跳给她看。

她本该是他的，却在另一个男人身边，战战兢兢，仰人鼻息，自以为找到良人，那人却背叛了她。她知道吗？还是装不知道？暗地里，她受了多少委屈？她不说话。就算能开口，她也不会说的。她的淡漠，是否与她的压抑有关？小美曾经说过，她和穆翰的关系不是大家想的那样。那到底是怎样呢？穆翰可以寻花问柳，她视若无睹，不过问？不能问？

可笑！她是个水性杨花的女人，背叛是她的天性，被男人背叛是她的报应，他应该开心，为什么反而心疼她？是了，一定是因为伤害她的是别人。伤害她是他的专利，竟被人抢了，他咽不下这口气，所以心里不舒服。

他可以用平常的语调说出残忍的言语，他可以漫不经心地践踏她的自尊，轻巧的一句话，就将她置于无比尴尬的境地。他甚至在她苦痛时还要落井下石，在伤口上撒盐。他什么都豁得出去，却为什么还是放不下？

柔软的真实的她，疏远的温暖的她。

可恨的可恼的她，可爱的动人的她。

意识渐渐模糊，他的手臂收得更紧。

缇玉用力脱离怀抱。万俟铮好重，她的力气只够把他拖到沙发上。万俟铮挽留地拉了一下她的胳膊，终于昏睡过去。她为他脱掉外套，盖上被子，浸湿毛巾，敷在他的额头降温。体温计显示他高烧达到三十九摄氏度。病得这么重，为什么还要参加应酬，而且还喝酒？

她用另一条湿毛巾擦拭他的脖子、双臂和手。万俟铮的右手指关节发红，有些肿。炎缇玉并不知这是一拳打在车上的结果，用凉毛巾裹住他的手。

万俟铮眉头微锁，呼吸沉重，脸色呈病态的嫣红，烫得吓人，嘴唇干得起皮。他缓缓睁开眼睛，有点儿茫然，看清她，眼睛亮了一下，又是释然又是后怕地说："我做了一个梦，梦见我们长大了，反目成仇，你喜欢别的男人，吓死我了。"说完又昏睡。

缇玉手里的毛巾掉下来。

那是他心底的话吗？卸下伪装，放下厌憎，他对昔日的林堇还有留恋？梦见失去她，他会吓醒？

缇玉跑到洗手间，手用力压在胸口，咬紧牙，牙齿咯咯地响。她对着镜子深呼吸，神情从摇曳渐渐变得坚定，然后去对面敲门。

陆帆海应门。缇玉给他看手机，编辑文字告知他万俟铮的病情。

陆帆海问："吃药了吗？"

缇玉答："他喝了酒，我怕感冒药与酒产生反应，不敢给他吃，用湿毛巾降温。"

陆帆海往万俟铮的屋子迈了一步，又停下，说："麻烦你照顾他。"

"很晚了，我要回家了。他烧得厉害，得有人看护。"

"他壮得很，没事。"陆帆海装作不关心，关上门。

缇玉径自走了。

过了好一会儿，陆帆海打开门，面带忧色，进入万俟铮的房间。万俟铮额头的毛巾已经热透，陆帆海把毛巾冲凉，折叠放在他头上，无声地叹气。

缇玉回到家，屋里黑漆漆静悄悄。客厅左边的卧室是穆翰的，房门紧闭。右边的卧室是她的。玄关的衣柜中，穆翰的外套上有明显的香水味。最近，蓝风铃的香味一次比一次浓。

四十四

菱角香

火，大火熊熊燃烧，包围了整栋办公楼。惊慌的人们从楼里跑出来。

他逮着人就问："炎缇玉呢？"有的摇头，有的回望大楼。他说过，在他回来前不许她动。她是不是会固执地遵从，面对危险也不跑？

他打不通电话，早已超过三声铃响，他说过三声以内她必须接听！

他逆着逃窜的人群向火场深处跑。刺鼻的黑烟熏得他睁不开眼，呼吸艰难，火舌炙烤他，热浪推拒他。他顶着灼心的烈焰寻找。终于，在倾倒的柜子旁，他找到她。

他大吼："跟我走！"

她躲避着不让他抓住。

"该死的，快跟我走！"

她冷静地望着他，清晰地说："我永远不会跟你走。"

他惊醒。

清晨，炎缇玉来接万俟铮上班，久等不见，上楼去找。

陆帆海抱着手臂站在客厅，卧室内传来争吵声。陆帆海对炎缇玉说："他转成肺炎了，高烧不退。医生要他休息，他非要上班。"陆帆海气哼哼的，"谁难受谁知道。我管不了。他和穆翰较劲，想干出成绩超过他，不要命似的，我不管。"说完看她一眼，甩手走了。

万俟铮说："我死不了。我哪儿有时间养病，好多活儿等着我呢。"

一个人说："差这一天吗？又没人拿鞭子抽你，你非折腾自己？"

"我的身体我心里有数。你不让我去，我在家也不踏实，病好不了。"

"磨刀不误砍柴工。你歇两天，把身体养好再去，能耽误多少事？怎么就不能休息一下啊？"

"你一个大夫，开完药得了，还不赶紧走！"

"你知道我是大夫，就该听我的！"

“我只听自己的。”

争吵声渐高。缇玉放下包，脱下外套，敲门走进卧室。室内，万俟铮穿戴整齐，貌似准备出门，医生拦在他面前。那医生她见过，是在鹿鸣南山酒店给万俟铮换药的，他们点头致意。两个男人的争论暂停。

万俟铮见她只穿衬衫，皱眉问：“你就穿这个上班？”

缇玉报以茫然表情，仿佛他说了奇怪的话，手语：“脱了外套方便做饭。”

做饭？万俟铮眉尖微动。

医生告诉缇玉服药次数和剂量，说：“他服药后，体温只降了两个小时，然后又烧起来。他需要休息。”

缇玉指着“饭后服用”，医生说：“这种药刺激胃，必须在饭后吃。”缇玉点头，转而打量万俟铮的衣着，手语：“你穿成这样，躺在床上舒服？我去买菜，你吃完饭再吃药。”然后，不等他回答，走出房间。

万俟铮在床边坐下，说：“老司，药放这儿，你回去吧。”

司大夫不解地问：“她说什么了？”

万俟铮不耐烦地说：“我要休息了，你还不走？”

司大夫说：“要是病情加重，给我打电话。”

“啰唆。”

万俟铮望向窗外，杏花落如雪。他轻轻哼歌，嗓子痒，咳起来，歌声停了，他的嘴角上翘。他换了睡衣，靠在床头，抱着笔记本电脑工作。

他听到缇玉开门，进入厨房。除了手指敲击键盘和厨房的做饭声，室内一片安静。他修长的手指慢下来。

自从搬进公寓，厨房利用率极低，他只在深夜泡面。厨房里传来的每一点动静他都听得到。他通过声音判断缇玉的动作，她在切东西，洗菜，煮水，水滚了。须臾，他摇摇头，集中精神于眼前的拓扑图。

缇玉敲敲门，把一碗粥和一碟小菜放在床头柜上。万俟铮瞥一眼，说：“弄这么半天，还以为你做了什么珍馐美味，原来是一碗白粥。”缇玉把勺递给他。他说：“放在那儿吧。”缇玉把勺塞到他手里，强行把笔记本电脑放到一边，指粥，又指药瓶。

万俟铮露出不悦，坐直身体。缇玉给他加了一个靠垫，又拿起外套披在他身上。万俟铮不耐烦地晃肩，外套滑下去，缇玉捡起，不顾他的冷眼，再次给他披上。

万俟铮满脸嫌弃，舀了一勺粥，将到唇边又放下。他不想让炎缇玉看见他吃饭时的表情。缇玉看他。他说：“手疼，不行吗？”他的手指确实肿得厉害。缇玉看了一眼笔记本电脑，意思是：打字可以，拿勺就疼？

万俟铮由手上的伤想到穆翰的风流。一个穆翰不在乎的女人做的白粥，他竟会期待。他恼自己，戏谑说："你帮我。"

缇玉转身离开卧室。

万俟铮叫："喂，你老板手残废了，这个要求过分吗？"

他对着那碗粥看了又看，端起来，舀了一勺。独处一室，他不用再假装嫌弃，小心地喝了一口，仿佛那是琼浆玉露，需要慢慢品尝，不能暴殄天物。

粥入口中，清香满溢。不，不是因为他十多个小时没进食，那粥真的清香。他以为只是一碗白粥，原来加入了菱角，缇玉把菱角切成小丁，和大米一起熬煮，米香中带一点点清甜，新鲜沁人。

吃完一口，他许久没有动，眉头先是舒展，然后皱紧。欣悦化作渴望，渴望变成失落，失落转为妒忌，噬咬着他。他放下碗，苦涩由内而外，蔓延到嘴里。

缇玉拿着药油走进来，见那碗粥几乎没动，用手语问："不好吃？你想吃点什么？"

万俟铮沉默地望着她，把碗端起来，很快把粥喝完，一点儿不剩，像完成一项任务。缇玉问他是否需要添粥。他推开碗，一眼都不再看。

缇玉让他伸出手，把药油涂在他的手指上，示意他自己揉一揉。他不动。缇玉以为他没看懂，迟疑一下，用手轻轻帮他按揉。药油推开，药香飘散，肿胀的手指被清凉覆盖。

万俟铮的另一只手用力拄在床上，身体僵硬。缇玉以为他疼，放轻动作。

万俟铮的确是强忍着。缇玉的短发上有一片杏花花瓣，当她低头时，那片杏花便摇摇欲坠。他忍着不去拿下花瓣，故意忽略炎缇玉碰到他肌肤的触感，用厌恶代替喜爱，克制滋长的渴望。手指越是清凉舒服，他的心越烦，干脆挥臂挣脱了。

缇玉以为弄疼了他，颤颤地收了手，指着药瓶提醒他吃药。他吃了，背身躺下休息。过了一会儿，药劲上来，他沉沉睡去，出了一身汗，醒来时觉得身体轻松不少。

外面有声音，像是陆帆海压低嗓音说话，接着是关门声。缇玉走进卧室。

"谁来了？"他问。

缇玉只是摇头，告诉他在他睡觉时，有几个同事打电话来问候。

傍晚，万俟铮感觉室内有风。他披衣走出卧室，见房门敞着，以为缇玉忘记关门，他走过去关，见陆帆海与缇玉在楼道里低语。他一出来，两个人马上停止交谈，陆帆海回到他的房间，缇玉回到这边。

万俟铮问："老陆说了什么？"

缇玉摇头。

万俟铮直觉她与陆帆海有事。

四十五

有染

陆帆海继续与万俟铮冷战，不跟他讲话。万俟铮重病，他心里着急，表面上装作不关心，却以各种借口接近，探听消息。缇玉看穿他，把万俟铮的病情细细地告诉他，不管他问不问。他假装勉为其难地听，又不愿万俟铮知道，老是偷偷摸摸地找炎缇玉。

冷战归冷战，他替万俟铮向穆翰道歉，找司大夫上门看病，在他休病假时撑起公司。

缇玉曾问："你真的相信他与玛姬有染？"

他哼一声，不答。

缇玉点到即止，再不多话。

陆帆海清楚，万俟铮对玛姬没兴趣。他从不误会万俟铮背叛他，然而他还是气。万俟铮明知他喜欢玛姬，就不能离玛姬远点儿？更可气的是，他气鼓鼓的，万俟铮却优哉游哉，从不尝试向他解释。虽然他不误会，但万俟铮如果着急解释，他心里也能舒服点。

尽管生气，到了晚上，炎缇玉离开后，守着万俟铮的还是他。万俟铮在卧室，他在客厅。

陆帆海为了不再相亲，言之凿凿地发誓有女友了。妈妈看穿他的拖延战术，要来看他，亲眼见证。虚构女友的事即将被拆穿，他急中生智，说："她是个哑巴。"

陆帆海简直佩服自己。他假托炎缇玉是女友，而且是个有生理缺陷的女友，妈妈一嫌弃，就不会催着他往家领了。

果然，妈妈一怔，说："你没骗我吧？哪儿那么多哑巴，这么巧让你赶上一个？"

"是啊，就是这么巧。"陆帆海心里乐开花，故作无奈地说，"我真的喜欢她。"

"她的哑巴是遗传吗，她爸妈有残疾吗？这些你想过没有？娶媳妇不光是你的事，还得考虑后代。万一你们的孩子遗传了哑巴基因呢？"

陆帆海偷笑，口中坚定地说："我喜欢她，别的我不管。"

妈妈说："那你为什么不带给我看？我先看看再说。"

陆帆海心说糟了，妈妈竟然连哑巴这关都能放过。他眼珠一转，说："她有男朋友，我是第三者，我还不能带她回家。"

妈妈倒吸一口凉气。他又说："我正在撺掇她离开她男朋友。那个男的在外面有女人。"

妈妈生气地说："乌七八糟。以后不许你们再见面了。"

"我们是同事，不可能不见面。您不能怪她，要怪就怪我，是我非要喜欢她。"

妈妈气势汹汹地问："你看上她什么？"

"她温柔，漂亮，善解人意，工作能力强，聪明伶俐。我不会跳舞，公司年会的时候怕出丑，是她教会我跳舞，陪我跳了我这辈子第一支舞。她虽然不能用嘴说话，但是眼睛会说话。她待人和气，而且特别勇敢。她总是安安静静，把分内事做好，不像别的女孩那样花枝招展拼命引人注意，也不像她们整天嚼舌根。我第一次见她就觉得眼熟，好像上辈子见过。"

"她的真面目，你还没见识过呢。"万俟铮倚着卧室门框，淡淡地说。陆帆海回头看他一眼，拿着手机溜回自己的屋子。

病好了一半，万俟铮就迫不及待地返回岗位。正如陆帆海所说，他铆着劲要超越穆翰的光芒。

又是一个加班的深夜，他疲惫地回到办公室。打开灯，一抹亮色映入眼帘，他的办公桌上又摆了花瓶，插着一束蓝色满天星。万俟铮轻轻碰那娇艳的蓝色，静谧的时光中，上满弦的状态渐渐释解。

中午在员工餐厅，苏叶遇见炎缇玉，和她打招呼，她冷冷看他一眼，他后背直冒凉气。

苏叶端着盘子，和万俟铮坐在一桌。聊了几句工作，苏叶看周围无人，低声问："这些年你找过林堇吗？"

"找她干什么？"

苏叶被噎了一下，吞吞吐吐地说："你不好奇她后来的事吗？"

万俟铮干脆地说："不想知道。"

苏叶叨咕："你离开以后，没过几个月，她家也搬走了，听说是因为一个男的，我们都以为是你。"

万俟铮眯起眼睛，生硬地说："林堇身边的男的多得很，你不也是其中之一吗？"

苏叶红了脸，说："我们是邻居，从小一起长大的嘛。我现在已经结婚成家。不知道林堇现在过得怎么样，她一个人带着孩子，唉。"

孩子！她的无耻还开花结果了？！万俟铮蓦然沉下脸，如同酝酿风暴的那片乌云。苏叶见他变色，赶紧换了话题。

万俟铮被苏叶勾起陈年记忆，情绪已在爆发边缘。他无心吃饭，赶回公司。炎缇玉不在座位上，他给她打电话，三次被她挂断。万俟铮的怒火骤起！他问行政部，行政部说炎缇玉和陆总一起出去了。万俟铮有一种异样的预感。最近，陆帆海与炎缇玉像是有秘密，经常避着人交谈，见到人立刻分开。

玛姬说：“总经理，你的脸色不好，要不要回去休息？”

万俟铮问：“陆总有会？”

“日程上没有。可能是临时会议，直接通知他本人的。”

不，事情没这么简单！

万俟铮开车回公寓，豆大的雨点打在车顶，雨声更增烦躁。上班时间，公寓楼几乎没人，停车位空空荡荡，只有两辆车，是陆帆海和炎缇玉的。万俟铮抬头望楼上，雨噼里啪啦打在他的脸上。沉郁的天色如同他的心情。

走到陆帆海门外，他打炎缇玉的手机。果然，铃声从陆帆海的房间里响起，响到第三声，炎缇玉接了，万俟铮立刻挂断。

隔着门，听到陆帆海在高声说话，接着，炎缇玉衣衫不整，匆匆跑出来。看见万俟铮，她的呼吸为之一凝，迅速带上门，阻隔万俟铮的视线，像是怕他看到屋里的情景。

炎缇玉的举动让万俟铮的怒火爆燃。

门再次打开，一个五十多岁的妇女气冲冲地问：“你去哪儿？”见到万俟铮，妇女愣了一下，冷笑说，“来得正好。你是她男朋友？她勾引我儿子，你都戴绿帽子了，还蒙在鼓里呢吧？”

陆帆海追出来，急忙说：“妈，您别喊，有话到屋里说。”

陆妈妈抓住炎缇玉的胳膊，声音降下来，字字痛心疾首，说：“我儿子不相亲，不找对象，原来是耽误在你身上！你有男朋友，干吗还招惹他？他是个单纯的孩子，你把他耍得团团转，想干什么？”

缇玉死死盯住陆帆海，不挣脱，不辩解。陆妈妈紧抓住她，仿佛她在拼命挣扎，说：“当着你男朋友，你不敢认是吧？不敢认你别做啊。你还要不要脸？非得别人戳着你的脊梁骨骂，你才知道廉耻两个字怎么写？看你长得挺干净的，怎么那么脏？”她斥责万俟铮，“你也不管管？自己的女人背着你跟别人睡觉，你乐意？”

万俟铮凝注炎缇玉。最深的噩梦被翻出来，疮疤再一次被揭开，又被狠狠戳上一刀。

陆帆海急得声音发颤：“妈，不是那么回事。她是清白的。她不是我女朋友，我不喜欢她，不关她的事！”

“不喜欢？那天你怎么跟我说的？把她夸得跟花似的，这会儿你躲了！哦，你要护着她，怕她丢人现眼。”陆妈妈终于松开炎缇玉，从口袋里掏出一沓照片，递向万俟铮，“你看看，看看，啊，还有什么可说的，瞒得过谁！”照片递到一半，散落在地，全是陆帆海与炎缇玉的亲密照，有接吻的，有甜蜜自拍，甚至还有一张炎缇玉躺在他怀里的。

万俟铮的脑袋嗡地一下，气血往上翻涌，太阳穴直跳，怒到极点，忽然露出一抹笑。

陆妈妈大骂："你还笑得出来！不要脸，全都不要脸！"

陆帆海跺脚，叫："这里我算待不下去了。妈，您要是真为我好，就赶紧走！"说着，把陆妈妈连拖带拽弄进电梯。

炎缇玉手忙脚乱地捡照片。

万俟铮如同脚上生根，站立不动。炎缇玉在地上爬，捡起一些，又因为手抖掉落一些，总也捡不完。

万俟铮仰头深深地闭一下眼睛，再睁开眼时，目光如剑，精芒四射，神情阴狠。他扯着炎缇玉的胳膊，炎缇玉还没站起来，被他在地上拖。

打开门，万俟铮把炎缇玉掼在地上，脱下湿淋淋的外套，甩在一旁，蹲下身，用力捏着她的下巴，几乎捏碎她的骨头。炎缇玉疼得皱眉，摇头想摆脱。他怎肯放手。

"我警告过你，不要碰陆帆海，你怎么就是不听呢？"他轻轻说，无限遗憾地叹息，气息喷到她脸上。炎缇玉掰他的手，被他将胳膊反拧到身后，她吸气，忍着疼。万俟铮的眼中已聚集风暴，声音轻柔如耳语。"看来我最近对你太好了，让你有胆子违抗我。我说过，如果你勾引他，后果自负。"他扯下她的外套。

缇玉大骇，蹬着腿想逃。万俟铮把她压在地上，腿压着她的腿，膝盖碾着她的肉。炎缇玉不停地摇头，抽不出手做手语，无声地喊："我没有！"

万俟铮气红了眼，哪儿还顾得上读唇语。他恶狠狠地吻她，想把她咬碎吞下肚。缇玉咬他，他也不管。血在两个人的嘴里，又甜又咸。他头发上的雨珠纷坠，落在缇玉脸上，和她的泪混在一起。

万俟铮把手伸进她的衣服，她的皮肤柔滑如丝绸，温润如羊脂玉。缇玉一次次梗着脖子抬头，又一次次无力地落下，头磕得地板咚咚响。她挣扎，扭动，后背在地上碾磨。

万俟铮按着她的脖子，阻止她的头乱动，喝道："你不是喜欢勾引男人吗，你不是天生下贱吗，今天都让人捉在床上了，还装什么？十几年了，你还是这么放荡！我告诉过你别动他，你竟敢拿我的话当耳边风！你那么缺男人吗，那还挣扎给谁看？怎么，别的男人可以，唯独我不能碰你？违反我的命令，后果你早该想到！"

他的眼睛充血，眉毛狰狞。窗外大雨如注，一如他的狂怒。

"放开我！"缇玉无声地哭喊。

他掀起她的上衣，露出雪白肌肤。缇玉浑身颤抖，挣扎得更厉害。万俟铮阴森地说：“别急，我会让你满意的。”他吻她，咬她，吮吸她，动作极重，要把十几年的愤懑委屈全发泄出来。他解开自己的衬衫，古铜色的肌肤与雪白凝脂摩擦，鼻尖弥漫她的芬芳。他粗暴地拉下她的裙子，露出蕾丝边的内衣。在他即将撕开内衣的刹那，一个奇怪的刺耳的声音响彻耳边，其怨愤凄惨让他不由得停顿。

那是炎缇玉的呐喊。

“万俟铮，你这个混蛋！”她的哭喊是连续的，发出的声音却断断续续，喑哑粗糙，仿佛声带有部分缺失，有些声音发不出。泪水在脸上横流，她的五官扭曲。

她说话了？！她能说话？！

他不管，就算她说话了，就算她大骂，今天，他绝不会放过她。他要让她知道，背叛他的下场，他要让她知道，水性杨花的女人该受到什么惩罚！他再次按住她。缇玉哭得身体蜷缩，肝肠寸断，已顾不得反抗，她凄厉地叫：“我怀了你的孩子！”万俟铮僵住。

“你走了，丢下我一个人！孩子没了，妈妈气死了，我什么都没有了。你毁了我一次，还要毁我第二次！你为什么不直接杀了我？我恨你！你为什么还活着，还没死？！我恨你！我恨你！”缇玉的声音像是用整个生命喊出来的，带着全身的震动，字字血泪，怨毒愤恨到无以复加。

万俟铮脑子里像炸裂一般，呆呆地，脚下发软，跌坐一旁。缇玉的每一句话每一个字都像平地惊雷，震散了他的心魂。他想理出思绪，却一片茫然。

她怎么会怀了他的孩子？他根本没碰过她！她是他的初恋，他的美梦，他心中最纯洁的女神，他唯一的希望。他只敢远望，默默地爱她，岂敢亵渎？

缇玉哭着爬起来，只见泪流，不闻其声。她穿上衣服，把皱褶理平，用缓慢的动作维护极度的尊严，倔强的嘴唇带着血，眼神有置之死地而后生的坚韧。

轰然的撞门声让万俟铮抬起头。他瞪视着门，目光穿过实物，投向遥远的过去。

四十六

竹林少年白衣翩

万俟铮读初二时因为打架而转学到月城一中。他在新学校收敛了一段时间，故态复萌后，他的顽劣升了级，变本加厉。因为留级，他比同年级的学生年龄都大，同学们很怕他。他三天两头打架，俨然学校里的霸王，高年级的学生他照样欺负。不过，他从不欺负女生，正眼都不看她们。

他没有朋友。如果一定要说有的话，是一个叫城子的男孩，比他大一岁，是个游手好闲的社会青年，混到初中毕业就不再读书，也是成天惹是生非。

城子常到竹楼找万俟铮玩。

万俟铮和林堇同班，林堇是学习委员。优等生和差学生分为两大阵营，犹如两个世界，他们原本没有交集。

大概是被万俟铮欺负得狠了，班长苏叶联合一些同学，打算给万俟铮一点教训，约他放学后打架。明知对方人多，万俟铮还是骄傲地答应了。双方不约而同地遵守着不能告诉学校和家长的不成文的约定。

“复仇之战”的消息在同学中不胫而走，虽然还不至于扩展到全校，但至少全班同学都知道。放学后，打架的、围观的，足足去了一百多人。林堇也在围观的人中。她是冲着苏叶去的。

林堇和苏叶是邻居，从小玩到大。苏叶品学兼优，是老师和家长眼里的好学生。林堇得知打架的消息后，不停地劝苏叶，武力不是解决问题的好办法。她怕苏叶打架的事影响他在老师和家长心目中的印象，她还怕苏叶打架时吃亏，他从未打过架。

到达小树林，林堇看见苏叶的队伍，着实意外。

苏叶联合了十一个人，都够组成一支足球队了。万俟铮只有一个人。他扫了他们一眼，毫无惧色。

这么多人打一个！林堇心里不是滋味，觉得就算苏叶赢了也不光彩。

苏叶看到她，对她笑了一下。万俟铮捕捉到这个细微的动作，闪电般地瞄了林堇一眼，察觉到他们的关系不一般。

苏叶攻心为上，说：“万俟铮，你打不过我们。你现在认输，保证以后不再欺负其他同学，我们就放过你。”

万俟铮只说了两个字：“啰唆。”

战斗并没有正式宣布开始，万俟铮遭到了偷袭，然后众人蜂拥而上，一片混战。

万俟铮出手很重。对方人多势众，他不能给他们反击的机会。他迅速打倒两个，迫使他们退出战斗。

要论打架的经验和力量，万俟铮自然是第一，但他毕竟只有一个人。很快，他淹没在人群里。

围观的同学盼着万俟铮输，希望他被惩治。他们一开始不敢出声，怕万俟铮赢了之后报复。后来，眼看他败局已定，叫好的、鼓掌的、欢呼的、加油的，纷纷冒了出来。

所有人都挨了打，有的是被对手打的，有的是被自己人误伤的，接连有人退出战斗。

万俟铮被打得很惨，但他不求饶，不喊疼，不退缩，眼神诉说着倔强。

万俟铮的坚韧让同学们惊讶，他们逐渐沉默。

复仇小队已经用尽力气，指着万俟铮，气喘吁吁地问：“你服不服？不服还打。”

“啰唆。”还是那两个字。万俟铮摸一下眉骨旁滑落的血，摆着战斗的架势。

复仇小队面面相觑。打，已经没有力气，不打，那不等于认输？明明是胜局，怎能放弃优势？

围观的人中有些甚至转而为万俟铮担忧，有的女生小声说“别打了”。

复仇小队的目光集中在苏叶身上，等他做决定。苏叶咬咬牙，想撤退，但骑虎难下，说：“既然你不悔过，那就别怪我们了。”他的余光看见林堇关注着他，豪气倍增，一挥手，指挥其他人对万俟铮又是一顿拳打脚踢。

万俟铮的脚踝被踹，接着是膝盖，他单膝跪地，双手撑着不倒，眼神依旧坚定。苏叶心虚了，再打下去，怕打坏了他，大手一挥，单方面宣布：“好了，他以后不敢欺负人了。”又威胁万俟铮，“你要是再敢欺负人，我们还打你。”

一个孩子问：“班长，这就完了？”

另一个机灵鬼说：“要不，让他也尝尝挨欺负的滋味。咱们以后也找他的茬儿，让他给咱们上供，不交零花钱不许进学校。”

万俟铮眯起眼睛，目露精光。

苏叶迟疑。

“白被他欺负了？”孩子鼓动。

苏叶看看说话的孩子脸上的伤和一身泥土，刚要下决心同意，突然，一个清凌凌的声音说：“这样不对。就像奴隶翻身当了奴隶主，反过来欺压别人，这不对。”

大家全看过去，包括万俟铮。

说话的是林堇，她的声音怯生生的，脸因鼓起勇气而涨红，表情天真而纯粹。大家又望向苏叶，提议的孩子不服气，林堇充满期待，其他的孩子神情迷茫，等着他做决定。苏叶尴尬地清清喉咙，说：“就、就这样吧，散了散了。”

林堇笑了。几个男孩子看着他们，嗷嗷起哄。苏叶脸红了。

人群渐渐散去。没人敢理万俟铮，担心他忽然发狠报复。复仇小队带着胜利的骄傲，簇拥着苏叶。林堇推着自行车，想和苏叶结伴回家，防止他再惹事，但凑不到近前。男孩子们兴冲冲地跑远了，她被落在后面。平日交好的几个女生有些忌惮地躲着她，怕被牵连。她察觉了，为免尴尬，故意不骑车，推着车走，还特意走得慢些，与众人拉开距离。

彩霞漫天。夕阳中，她的影子越拉越长。过了一会儿，抬头四顾，她已是最后一个。不，她不是最后一个，回头的刹那，她还看见了一个人。万俟铮跛着脚，缓慢地走着。林堇停下来假装查看自行车的脚蹬，偷眼看他。她怕苏叶他们下手太重，万俟铮最终闹到学校去，虽然他看上去不像这种人。

万俟铮走着走着，脚疼得厉害，停了下来。

林堇忍不住推着自行车回来，问："你没事吧？"

她是学校里第一个敢和他说话的女生。他现在情绪低沉，脾气暴涨。他发现她与苏叶的关系很近，对她更是有一股怨气。不过，他不跟女生一般见识。尽管气，他只是不理她。

林堇嗫嚅："苏叶不是故意的。你平时老欺负人，他是班长，他应该管。"

他怒视她，傲然往前走。

她小心地问："你不会给他告状吧？"

万俟铮气恼。这女生敢小看他！她认真的模样引发他的好奇。她身穿红白花格连衣裙，小白袜，运动鞋，短发清爽，长得文秀白净，一双大眼睛灵气逼人。

他记得苏叶的眼神。苏叶喜欢这个女生，这女生也在乎苏叶。如果他没记错，她叫林堇。他起了玩笑之心，抬脚做痛苦状。林堇果然上当，着急地问："你哪儿疼？用不用找大夫？"

"那倒不用，我的脚……我家离得远，我可能走不到家了。"

林堇是个规矩的孩子，一听他晚上可能回不了家，替他着急，扶他又怕人说闲话，急中生智，说："你骑我的车回去吧，明天再还我。"

万俟铮低头看脚。

林堇拍拍车把，"那，你撑着车把，推着走。"

万俟铮捂着肚子，微微弯腰，暗示腰都伸不直，还骑什么车？他暗笑自己。他确实疼，但以他的脾气，绝不肯承认，此刻为了骗林堇，倒要装出软弱的样子。

林堇说："你坐在车上，我推你走。"

万俟铮比同年级的学生大两岁，因为总是打架，身体比同龄人高壮，林堇一个文弱女生，还不到他的胸口高，倒要推着他走。她哪来的自信？他是学校里的霸王，男同学都避之唯恐不及，她却不怕他。

万俟铮见她当了真，纯净的眼眸里写满焦急，心中一动，不忍再骗她，说："不用。你走吧。"

林堇摇头，把车把塞给他，示意他骑上。他不肯受，粗声说："快走开。我可不想和你这种好学生扯上关系。"说完大步向前走，装作步履轻盈，实则疼得冒汗。

林堇追上他，他的表情拒人于千里之外，林堇不敢吭声，又怕他中途出事，于是跟着他。

万俟铮轰她："走开。跟在男生后面，像什么样子。"

林堇难堪得眼圈发红，不敢再追。万俟铮走出很远，顺着田间土路转弯，回头见她还站在原地，脊背倔强地挺得笔直。见他回头，林堇矜持地抬高下巴，骑车离开。

万俟铮抄近路回家。他一会儿走在垄上，一会儿又走在干涸的沟里。水田里的水面发亮，倒映天空和云。偶然，水里翻腾一下，一条黄鳝钻入泥中。

他蓦然转头，发现林堇沿着稻田的边缘骑车，前方是一座桥。

糟糕。那是座危桥，因为河水改道，废弃多年，桥下没水，桥墩塌了一半。他大喊："喂，停下，停下！"顾不得脚疼，横跨稻田向她跑。脚下烂泥翻飞，他忽然踩进坑里，一个趔趄，幸好手撑住，才没栽倒，起身却望不见林堇了。难道已经掉到桥下？那桥有五六米高，下面满是尖利的石头。

"那个谁，你在哪儿？"他大叫，跑到桥边。林堇果然在桥下，脸庞盈盈如花，手里拿着一颗彩色的鹅卵石，自行车好端端停在一边。她诧异地抬头看他。

他恶狠狠地骂："女生就是麻烦！叫你你没听见啊？这桥摔死过人！"

林堇被他的气势吓住，仿佛知错，不舍地扔了鹅卵石。

万俟铮这才觉出脚踝钻心的疼。他狠狠跺脚。林堇吓一跳，问："你干什么？"

"麻了就不疼了。"他说。

"你这人……"林堇对他的蛮干摇头。

他翻眼睛，"不然怎样？你送我回家？"

前面的路不适合骑车，林堇把车藏到桥下。

万俟铮说的本是气话，说完自顾自走，到溪边洗干净脚上的泥，又涮涮鞋，鞋湿哒哒的，每走一步就发出"咕叽咕叽"的声音。

身后扑哧一笑，是林堇忍俊不禁。她忙说："对不起，我知道你很疼。"

万俟铮捡根棍子拄着，一瘸一拐的。

林堇知他强忍疼痛，默默跟在后面。没想到这一走，走了两个多小时。天渐黑，路越来越偏僻。穿过水田，沿着河，又上了坡，向山林走去。她害怕，假装镇定。他们一起走，一路无人，她丢了都没人知道。

到了林子边，万俟铮头也不回，说："你回去吧，天黑透前能到家。"

林堇问："你真的不需要去治伤？"

"啰唆。"

林堇望了一眼山林。倘若他真住在这儿，每天上学真的很远。

她说："你别怪苏叶。"

万俟铮走进树林小路，这一段是上坡，林地潮湿，有些滑，他扶着树，走得很慢。

林堇在后面喊："离你家还有多远？"

他不答。

林堇犹豫再三，追上来，在后面推着他。隔着背心，他感觉到她的手指和手掌。

小小的一双手，抵着他的后背，把力量传给他。

他想叱喝，嘴唇动了动，发不出声音。

爬上坡，走进竹林，翠竹竿竿，绿荫生风，自生清凉意。林堇从不知竹子可以这么绿。那绿色仿佛在流动，染得雾气烟岚都是绿色的。

“寒烟翠。”她不禁说。

再走一会儿，竹楼可见，建在小溪边。他说：“到了。”

“这是你家？怎么不开灯？家里没人？”

“我一个人住。”

竹楼样式古拙简易。楼下，有数个竹篾编制的笼子。她问做什么用。他答，捕蛇和竹鼠。檐下，有许多长短不一的竹筒。她问做什么用。他答，做竹雕，做笔筒，做小竹凳。有一间小屋，高不及腰。她问做什么用。他答，鸡舍。鸡跑到林子里了，只有下雨或下蛋才回来。

衣杆上晾着白背心，木架上晾蓑衣。门边外墙挂着斗笠，斗笠上插着野鸡翎装饰。黄泥垒灶，上有一个遮雨棚，用竹叶覆顶。

万俟铮往脚上糊了一层墨绿色的泥。林堇问那是什么。他答，自制的草药。

眼前的一切对她都是新奇的，让她忘了累。

“独坐幽篁里。”她羡慕地说，在楼梯上坐下，“你为什么做这些？真有意思。”

“为了卖钱，为了活。”万俟铮用竹筒盛水，递给她。

林堇愣了，胸中热血翻涌。万俟铮过得这样清贫，这么孤寂。她沉默了，为她的天真无知惭愧，同情油然而生。她把同情按下。万俟铮非常坚强，说得云淡风轻，他不需要同情。

天色昏暗，一片乌云遮住半边天，稀疏的雨落下。万俟铮上楼。林堇迟疑，不敢唐突地进入别人的屋子，直到万俟铮说声“来”，她才缓缓爬上去。

屋里黑乎乎的，林堇紧眨几下眼睛，适应光线。

屋子分为里外两间。里间是卧室，外间则承担了其他一切功能。地上堆着一些工具、麻绳、新鲜的竹笋、带着泥土的红薯、两三张小兽皮、编了一半的竹筐……摆设杂乱，因为东西少，屋子大，倒不显拥挤。

家徒四壁。林堇心里一突。仅有的家具是万俟铮自己打造的桌椅，桌上摆着一盏煤油灯。此处地偏，电线拉不进来。

万俟铮扔给她一双新草鞋，轻蔑地说：“你的鞋走不了几步就会烂。”

林堇惊奇。鞋子不大，男人穿不下，是为女孩预备的？但万俟铮说只有他一个人住。在她犹豫的时候，万俟铮又扔给她几双草鞋，大小不一。地上还有一双编了一半的。这是他编的？

林堇选了一双合适的，怕扎脚，穿着袜子穿草鞋。万俟铮不屑，哪有人穿草鞋还穿袜子的。

林堇心里非常震撼，一边想，难怪万俟铮没有朋友，脾气坏，原来他如此清苦孤寂；一边又想，这不是他做坏事的理由，他需要人好好管束，他其实是个善良的人，以为她掉下桥时，他多着急啊。

万俟铮不理睬她，开始热饭。他的饭永远是竹筒饭配咸笋干。

林堇告别。他只“嗯”一声。

走出门，林堇蹚到一把伞。万俟铮何时把伞放在门边的？刚才进门时明明没有。她默默拿了伞，对着竹林有些发怵。她不记得来时的路，林中各处看起来都一样。

万俟铮在窗口看着她，喊：“沿着小溪走。”

她感激地看看他，走了。雨没有下大。临近家，她换回自己的鞋。回家太晚，爸爸问起原因，她实话实说，有个同学脚受伤，她送他回家。

聚众打架的事被学校发现。教务处把参与打架的孩子训斥一通，不问缘由，便认定是万俟铮挑头，给他留校察看的处分。打架的孩子集中在同一个班，班主任杜老师遭到批评。杜老师年近半百，非常认真负责，深感没把班级管理好。苏叶的班长被撤，杜老师让林堇接任班长，班干部全部调整。杜老师语重心长地告诫大家要好好学习，初三的学生，一切以中考为重，不要节外生枝。

新上任的学习委员很负责。考试卷子发下来，老师逐题讲解，让同学们把修改后的试卷交回。全班只有万俟铮不交，任学习委员怎么说，他都不理。学习委员气哭了，找到班长林堇，要她出面管管。林堇哪知学习委员喜欢苏叶，让她去管万俟铮是故意为难她，以为她一定不敢去。

万俟铮是全班最高的男生，坐在最后一桌。一帮男生正围着万俟铮，为首的是苏叶。大家认为打架的事是万俟铮向学校告密，怂恿苏叶再教训他。苏叶平生第一次被老师批评，心里又憋屈又害怕。同学一怂恿，他不去倒显得怯懦，于是去了。

万俟铮镇定自若地坐着，手上玩着笔，全然不把周围人放在眼里。

一个小个子壮着胆子说：“再打一次，你敢吗？”

“不行。”林堇走过来，环视他们，对苏叶平和地说，“不要再打架了。老师的话你们忘了？”

苏叶抿紧嘴。

林堇问万俟铮：“你的试卷改完了吗，为什么不交？全班只差你了。你要是不会，可以问老师，或者问同学，不能不交。放学你先别走，把卷子做完再走，我可以帮你。”

万俟铮对苏叶一笑，说：“看见了吗，要约我，得排队。”

苏叶一言不发地走了，暗地里松了一口气。

万俟铮一向不服管，他答应得这么痛快，同学们觉得奇怪。学习委员尤其关注，等着放学看万俟铮怎么办。

上完最后一节课，万俟铮背起书包就走。林堇叫："万俟铮，你的卷子。"万俟铮大步流星，早走出老远。同学们看着林堇，这是预料中的事。学习委员的眼里带着不屑，仿佛在责备她这个班长无能。

林堇走到万俟铮的座位旁，在他的课桌抽屉里找到已经改完的试卷。她一道题一道题地检验，居然全是正确答案。万俟铮得了六十分。试卷上没有修改的痕迹，这说明，所有他写了答案的，都答对了，其余部分他故意空着，答够及格分就停笔。

走到山边，林堇换上草鞋，循着小溪，顺利找到竹楼。万俟铮不在家。林堇把伞放在门边，等了一会儿，竹林深处出现一个白色人影，是万俟铮提着新挖的竹笋回来了。

林堇说："我来还伞。"

万俟铮"嗯"了一声。

"你把数学书落在抽屉里，今天还有作业呢。"她把书掏出来。

万俟铮忍不住笑了一下，讽刺的。他几时做过作业？他把竹笋扔在地上，低头看见她穿着草鞋。

林堇问："不是你向老师告的状，你怎么不解释呢？"

他反问："你怎么知道不是我？"

"你答应我了呀。"林堇睁大眼睛，好似万俟铮问了一个奇怪的问题。

万俟铮皱眉。这可以当作理由吗？她是不是没被人骗过，别人说一句话她就信？

"傻。"他说。

其实不需要有人告密，打过架的孩子带着伤，一眼就能看见，老师和同学们自然要问。打败万俟铮是荣耀，肯定有孩子忍不住自夸，传到老师耳朵里是迟早的事。

他问："你还有事吗？"

林堇把数学书递给他，说："做作业。"

他粗声粗气地说："不会！"他忽然想，苏叶和林堇是邻居，两个人是不是常常一起做作业呢？如果他把林堇留下，苏叶找不到伴儿，会小小地着急一下。那个老实巴交的苏叶，仗着学习好，是老师的心头肉，成天神采飞扬的，还有他的追随者，他都看不顺眼。"要不，你教我。"

林堇想了想，打开书包，把自己的书和作业本拿出来，四望，说："屋里太黑。晾笋干的木架子合适，搭上一块木板正好当桌子。"

万俟铮闷闷不乐地看着林堇忙活。林堇摆好竹凳，打开作业题，问："你不坐下吗？"

他说："没空。我要先劈柴。"

林堇一怔，说："那，我等着你，还是我先做？等你做的时候我就当复习了。"

万俟铮发觉他设了一个套，套在自己的脖子上了。

没有任何约定，从那天开始，林堇常常来督促他写作业。她来，他就完成作业，她不来，他一定不写。

林堇非常高兴。她无力改变万俟铮的清贫和孤独，也没有资格纠正他的暴戾和坏习惯，但她能在学习上帮他，至少在这个方面，他在变好。

万俟铮做完作业从不按时交。表现得规规矩矩，他觉得是耻辱。这一点，无论林堇怎么劝，他都不听。

林堇说："这次考试，别只答六十分，把你会做的全答完吧。"

"没用。"他桀骜地拒绝。

虽然没有特意谈过，但慢慢地，他们了解了彼此的家庭。万俟铮的母亲病逝，父亲多年杳无音讯，奶奶是他的监护人。他坚持一个人住在竹林，奶奶和他的叔叔一同住。林堇的父亲是乡里的干部，妈妈是省城的老师，家庭传统稳定，父母大力培养林堇，寄予厚望。

父母问林堇为何回家比以前晚，她说在帮同学补习功课，因为是实情，所以答得坦荡。父母怀疑，问苏叶，苏叶也这么说。

万俟铮独来独往惯了，不爱与人交谈。林堇曲高和寡，平时话也不多。大多数时候，他们不说话，默默地写作业，偶有交流，全是作业题。

有时林堇来，万俟铮不在家，她就在楼梯处等他。万俟铮的家从不锁门，因平日无人到访，家无长物，无须担心。但林堇恪守做客之道，主人不在，她就不进去。

一次，等他的时候，下起雨。雨落入檐下的竹筒中，竹筒长短不一，发出不同的声音。林堇把竹筒重新排列，用筷子敲击，奏起曲子。

万俟铮归来时，远远听见曲声，以为听错。竹林幽深，袅袅薄烟中，身穿白色碎花连衣裙的女孩在竹筒上敲击悠扬的音乐。竹叶沙沙，小溪潺潺，仿佛为她和声。林堇抬头，看见他，露出笑容，明媚如春。那个画面，在万俟铮心里留下不可磨灭的印象，诗三百难以形容的心动。

他问她乐曲是什么，她答《水草舞》，并教他。她的手指纤细灵活，在阳光中接近透明，他的手指修长，长满老茧，因为打架，指关节常是肿的。他手忙脚乱，她帮他补音，与他合奏。

林堇做题快，她会观察万俟铮，如果他在思考如何解答，她就不打扰，到旁边和林中的松鼠玩，闻野菊花的香气，观察树上的鸟。她最喜欢蝴蝶，看得痴迷。

情深处　忍不住要低声和
旅途中总还有些什么你会记得
可是你
可是我
唱到时间都停格

她是校合唱队的领唱，声音悦耳如百灵鸟。

他问她为什么独爱这一首老歌，她说不为什么，只是觉得朗朗上口，不知不觉就哼了它。

遇见下雨，写作业不得不搬到屋里。点燃煤油灯，小飞虫不请自来。万俟铮点燃艾草驱虫。一只壁虎溜进屋子，他发现了，拿起草鞋，要扔过去。林堇忙阻拦，说：“别打它，它又不做坏事。”

“吓吓它嘛。你看过壁虎的尾巴掉下来吗？能动好久呢。你怕？”他伸出脚，高悬着，要踩下去。那只小壁虎尚不知头上悬着它的命运。

她哀恳：“长这么大个儿不容易，别吓它了，毕竟是一条命啊。”

“妇人之仁。”他说着，放过它。

万俟铮对数理化有天生的悟性，尤其擅长数学。他答题比林堇还要快。林堇把全省中学数学竞赛题拿给他，他明知不是作业，拿过来就做，正确率极高。

他们一起写作业的事无人知晓。但苏叶觉察到万俟铮上课时不再总是低头玩，而是时常望着林堇，林堇毫无觉察，苏叶却为此暗自苦恼。

四十七

不见不舍不离

星期日，一大早，林堇背着书包来找万俟铮。她轻快地跳过小溪，捡起落花，头发短，插不上，只能夹在耳朵上。一只早起的野兔受了惊吓，呆呆站了一会儿，迅速跳进灌木丛。

万俟铮昨夜与狐朋狗友吃喝，凌晨才归，睡了四五个小时，听到林堇轻轻哼着歌由远及近，他微笑着醒来。

“万俟铮，你在吗？”林堇在楼下小声叫。

“在。”他眼珠一转，又复躺下，声音减弱一半，说，“进来吧。”

林堇的脚步声在楼梯上响起，接着，门开了。在外屋没见到他，林堇红着脸，说：“对不起，我不知道你还在睡觉。”

万俟铮咳嗽两声，说：“我病了。”

“需要看大夫吗？”

他又咳嗽几声，说：“桌上有水，你能帮我拿过来吗？”

他听到外屋静默一会儿，接着，脚步声踌躇响起，布帘一挑，一只胳膊伸进来，说：“水。”

“我够不到。”他装作咳得喘不上气。那只胳膊停顿一刻，拨开布帘，林堇带着为难之色走进来。硬挤出来的咳嗽让万俟铮的脸通红，倒有几分病模样。

林堇走近床，把水递给他，眼睛看着地。“你哪儿难受？”

他叹气：“好像发烧了。”

林堇抬头，看见了他通红的脸，把第一次进男生卧室的尴尬暂且放下。她仔细看他，判断他病情的严重程度，问：“你有药吗？”

他摇头。

林堇说：“我去给你买药。”

他连忙说：“不用。”她信以为真，倒让他不好意思。他翻身坐起，说：“我没事，刚才逗你的。”

林堇气恼。万俟铮掀开薄被，他穿着紧身背心和短裤，手臂上的肌肉和胸肌鼓胀，皮肤是健康的小麦色，年轻而壮硕。他站在她面前，比她高出许多。林堇脸红，又羞又窘。万俟铮笑得灿然，眼神十分干净。正是这样清澈干净的眼神，让林堇敢送他回家。面对这样的笑脸，林堇只能嗔怪地看他一眼，虽气恼，不知不觉也笑了，说：“不许装病不写作业。”

她刚要退出房间，外面有人扬声叫：“万俟！”

城子来了。万俟铮在林子里捕蛇和竹鼠，这些是国家保护动物，他总是托城子去卖。城子有门路，既不会被抓，又能卖个好价钱，不定期就来一趟。

“在呢。”他应声，正要迎出去，见林堇惶然无措，脸色都变了。

林堇无助地低声说：“不能让他看见我。要不，我没法做人了！”

万俟铮一笑，想说城子是他的好哥们儿，不碍事，又一想，女孩脸皮薄，一个女生，被人发现在男生的卧室里，孤男寡女，传出去的确不好听。他点一下头，轻声说：“你别出来，他很快就走。”

他挑布帘走出去，城子已经熟门熟路地走到外屋，嚷着说：“昨天你跑得倒快。”

万俟铮搂着他的肩膀说：“走，我带你看看货。这回东西可不少，我怕你拿不了。”

“等会儿，让我先喝口水。”城子晃肩，抖落他的手，拿起水壶咕咚咕咚喝了个饱，用手背抹嘴，说，“有一天我上山，看见一个小姑娘，穿着你编的草鞋。最近老不见你，是不是跟她有关？长得蛮不错。”

万俟铮轻描淡写地说：“同学。”

城子说：“知道！她是苏叶的小女朋友。”

万俟铮皱眉。“你听谁说的？”

“那你甭管。喂，你可别骗人家小姑娘啊。”

“说什么呢？”

“你被苏叶教训了一顿，所以故意接近那姑娘，想抢过来报复苏叶。哈，你瞒得过别人，还能瞒过我？那姑娘看着挺傻的，已经被你搞到手了吧？”

万俟铮沉下脸。

城子觑着他的脸色，说：“你不是喜欢她吧？”

万俟铮一甩头，潇洒地说：“谁会喜欢那种白开水似的女生。”他闷头走下楼梯，整理要让城子带走的笼子。城子跟下来，说：“哈哈，我说什么来着。”

他们一起整理猎物，讨论这次能卖多少钱，城子拎着竹筐走了。

万俟铮心情复杂地看一眼窗口，抬脚上楼。

林堇坐在外屋的凳子上换鞋。她把草鞋脱下，换上运动鞋，腰深深弯着，头很低。

万俟铮明知故问：“为什么不穿了？”

林堇不答，系鞋带。

万俟铮的眼神飘向窗外，说：“那是城子，我的一个哥们儿，帮我卖山货的。他说话不过大脑。”该死的，他为什么要解释这些？他有什么必要跟她说这些事？他骄傲地停止叙说。

“啪嗒”，一滴眼泪落在运动鞋的帆布上，顿时浸润出一个水印。鞋带系完了，林堇没有马上直起腰。

万俟铮烦躁地说：“他就那么一说。”

林堇迅速用胳膊抹了一下眼泪，抓起书包。万俟铮一个箭步拦在门前，吃惊地看着她的泪颜。林堇扭开头，想绕过他。万俟铮莫名地生气，横步把道路完全堵死，说：“走什么走，先把话说清楚。”

林堇绕不过去，终于抬眼看他，眼神愤怒、委屈、伤心，含着难以置信可又不得不信。

“他说的不是真的！”

林堇轻蔑地哼了一下，泪水又涌出来。

万俟铮怒吼：“你信他还是信我？！”

“你骗我，我还能信你吗？一句话是骗，十句话也是骗。刚才是骗，现在也是。”

万俟铮急了，“我什么时候骗过你？”

林堇冷笑。万俟铮立刻想到装病的事，懊恨地咬牙，“有的事我是骗过你，有的没有。”话语苍白无力，平添他的无奈。他的确想过要让苏叶生气，对此，他无法耍赖否认。尽管不是城子说的那样，但他如何解释得通，该怎么让林堇相信？一口气憋在胸口，上不去下不来。

林堇想拨开他出门，他结实得像一座铁塔，纹丝不动。“让我走！”她喊。

骄傲让万俟铮无法做出更多的解释，焦灼激发了他的暴脾气，他一脚踢翻了木桶，狠狠地捶着门，门晃荡着，整个竹楼都在震动。

林堇瑟瑟发抖，分不清是怕、是冷、还是气，她的脊背依旧挺直，眼里充满自尊和倔强。

一通发泄后，万俟铮鼻子喷着气，把草鞋狠狠地踢到草鞋堆里。他一离开门，林堇立刻夺门而出。万俟铮踢翻凳子，掀了桌子，在屋子里大吼。他跑出竹楼，大喊她的名字，追了几步又停下，林堇早已不见踪影。他跳进小溪，倒在里面，沁凉的水淹没了他。

林堇再也不来竹楼了。在学校里偶遇，她扭过头不看他。

“有什么了不起的！”万俟铮愤怒地想。乳臭未干的黄毛丫头，也值得他伤神？她不来正好，省得再有人烦他，他可以像从前一样自由了。

他心里窝着火，睡不着觉，半夜起来劈柴，编草鞋，做竹雕，编的草鞋都是她的尺码。以前林堇常来，他有时嫌她烦。自从她不再来，他回到家，总觉得时间悠长，无法打发。他错把溪水声听成是她哼歌，跑到窗边急切地向外张望。有时又幻听，仿佛听见她叫他的名字。

他不交作业，不做值日，对同学恶声恶气，故意惹事。同学向班长告状，林堇置若罔闻。

林堇脸色憔悴，杜老师问她是不是生病了，她否认。苏叶看在眼里，狠狠地瞪万俟铮。

万俟铮终于忍不住了，他迫切地要与林堇对话，他要澄清自己。他趁人不注意，在林堇的铅笔盒里放小纸条，要和她谈谈。林堇发现了纸条，默默撕了。他又故意撞掉她的书，把纸条夹在书里，“我有话和你说”。她还是无视。他在课间路过她的座位，把一个纸团扔到她桌上，“我在竹林等你”。林堇根本不打开，连同其他废纸团，扔进班里积攒的准备卖掉的废纸袋里。

她不能就此不理他。他原本无拘无束，她来了，扰乱他的生活，他的时间无形中被排定计划，他刚适应，她却抽身而去。他原本无牵无挂，她非要把一颦一笑塞进他心里，他记住了她，她却面无表情，不再给他只字片语。他捡了许多彩色鹅卵石，打算给她一个惊喜，礼物还未送出，他们已形同陌路。她当然可以退出他的生活，但在那之前，必须把话说清楚。

万俟铮不想在班里让林堇难堪，放学后寻找机会堵她，可她总是和同学结伴走。林堇的家在乡里的干部家属院，位于三楼的一个两居室。能住楼房在当地是非常令人羡慕的。万俟铮望楼兴叹，既要躲避邻居，不被他们发现，又要让林堇看见他。他守在楼下，期待她无意中将目光投向窗外。

他的耐心终于全部用光，最后一次写纸条，夹在要发给她的作业本里。课代表把作业本发到林堇手里，她照常收下，直接放进书包里。不过没关系，她做作业的时候一定能看见。

万俟铮等待着，从放学一直等到深夜，在竹林里踱步，一刻不停。林堇没有来。

林堇得了肺炎，休假三天，当她再上学时，听同学们说，万俟铮已经旷课三天了，班主任找过他的家长，他奶奶也不知道他去哪儿了。林堇想起那张纸条，她握紧手里的笔。

那张纸条上写着："我在竹林等你，要是你不来，以后你再也不用看见我了。"

苏叶有意无意地在林堇的课桌旁和其他同学聊天，说："刚才我看见他了。"

"啊，万俟铮来上学了？"

"他在老师办公室。我刚才去抱作业，听见他跟老师说，"他停顿了一下，说，"他要退学。"

林堇的铅笔尖折断了。

杜老师把林堇叫到办公室。林堇不知道什么事，有些紧张。杜老师愁容满面，说："林堇啊，放学你晚点回家，我跟你爸说一声，你跟我去家访。"

林堇称是。

杜老师说："万俟铮要退学，我劝了他一上午，他铁了心似的。放学后我要去他家。这孩子有逆反心理，你是班长，是他的同龄人，你跟我一起去，能缓和一下，省得他以为我给他施压，更不肯回来上学。"

林堇犹豫了，说："老师，能让别人去吗？"

"我本来想找个男生，不过他跟班里的男生都打过架，叫男生去反而不好。你是女生，可能好一点。"

林堇只能说好。

杜老师家访多次，很清楚万俟铮住哪儿。万俟铮野惯了，奶奶和二叔拿他没办法，要做通他的工作，必须直接跟他沟通，指望不上家长。

杜老师和林堇来到竹楼。杜老师叫："万俟铮，你在家吗？"

无人应答。杜老师苦笑一下，就算万俟铮在家，冲这爱搭不理的样儿，估计此行不顺利。

杜老师爬上楼梯，敲敲门，大声说："我要进来了。"

屋里没点灯，十分昏暗，万俟铮在家。他看见老师，站了起来，接着，看见杜老师身后的林堇。

他给杜老师让座，倒水。杜老师放低姿态，平和地跟他谈，说知识改变命运，附近还有贫困村，学习是人生的出路，说他家庭困难，更应该努力，说年轻人就该多学习，未来一生受益，说他其实非常聪明，只要拿出一半的精力放在学习上，一定能取得优异的成绩，说他还年轻，不能自暴自弃，要对自己的人生负责。说到后来，杜老师眼里甚至闪着泪光。

万俟铮低着头，全程沉默。等杜老师再也想不出别的说辞，他说："谢谢老师，我不想读了。"杜老师又开始劝说，他又不说话了。问他的态度，他还是那句"不想读了"。问他不上学想去干什么，他说："不知道，到外面打工吧。"杜老师急得说："初中都没毕业，打工谁要你啊？"万俟铮说："我有的是力气。要不，就在这林子里过，饿不死。"

林堇一言不发。

杜老师无奈地带着林堇走了。第二天，他们再来，结果还是一样。第三天，他们又来了。杜老师连批评带吓唬，说："九年义务教育是国家规定的，受教育是你的权利也是义务。你要是不把初中念完，你奶奶就没尽到监护人的责任，要被追究法律责任。"万俟铮沉思。

第四天，林堇以为放学后还要去万俟铮家。杜老师通知她不用去了。林堇一愣。难道杜老师烦了，放弃万俟铮了？

杜老师惋惜地说："万俟铮提出要转学，回原来的初中。这次不是退学。唉，我还能说什么。"

万俟铮找到方法对付杜老师了。林堇真想说他是骗您的，但又说不出口。

她知道万俟铮是因为她才退学的。"要是你不来，以后你再也不用看见我了。"万俟铮说出的话一定会兑现。他以这种方式，再不相见。

她怏怏地回到座位，胃里像坠着铅块一样沉重。课间，她趴在桌上，同桌问她，她只说困了。

苏叶望着她，握紧拳头。

四十八

竹知我心

放学后，林堇做完值日回家，走到半路，遇见苏叶。苏叶的衣服上粘了不少泥土，好像在地上打过滚似的。她问："苏叶，你怎么了？摔着了，还是……"她想到打架。

苏叶静了一会儿，说："打架。"

林堇着急地说："别再打架了。你是优秀团员，也是三好学生。上次因为打架，老师撤了你的班长，那个无所谓，但是三好学生中考能加分，你千万别再出事了，别因为打架被取消三好学生的资格。杜老师撤了你的班长，也是要为你留着这个。"

苏叶郁郁地说："我约了万俟铮打架。"

林堇暗惊。一是因为苏叶找上万俟铮，二是因为苏叶除了身上有泥，似乎没受伤。

苏叶瞥她一眼，说："谁叫他欺负你。"

她艰难地说："他没欺负我。"

苏叶大声说："我都看见了！他给你塞小纸条，肯定逼你做什么事，你生病也是因为他！"说完，他大步跑了。跑出十几米，他不情愿地回头喊："他没还手！"然后更快地跑掉了。

这是一场一对一的战斗，无人知晓，无人旁观。苏叶见面就说："我打你，是为了林堇。"之后，战斗开始了。令他不解的是，万俟铮不躲也不还手，几拳就被打倒在地，站起来继续挨揍。苏叶叫："动手啊，快动手啊。"但万俟铮目光低垂，像根木头杵在那儿，任凭苏叶拳打脚踢。

苏叶认定万俟铮是因为理亏才不还手。他打累了，气没消，反倒更大。对手的忍耐让他感觉受到轻慢，打赢了也不痛快。他对着万俟铮喊："以后不许你靠近林堇！"他拿起衣服，抖了抖上面的土，沮丧地带着胜利走了。

林堇没有敲门便跑进竹楼，站在门口微微喘息。昏暗中，她的眼睛闪闪发亮。

万俟铮坐在屋子最深处。他等了一会儿，后面没人再上楼，他问："杜老师呢？"这是这些日子，他对她说的第一句话。林堇摇摇头。

万俟铮的喉咙有些发紧，缓缓站起来，紧盯着她，问："你一个人来的？"

林堇点头，眼泪掉了下来，屈辱地哽咽："你赢了，我来了。"说完，一阵酸楚直击心扉，忍不住抽泣。

万俟铮的心和胃都绞到一处。他何曾赢了？从写第一张纸条开始，他已经输了。她来了，而且是一个人来的。他多高兴啊，可心里又隐隐地疼。

林堇说："为什么要退学？你到底要怎么样？干吗这么逼我？"她伤心地哭着，十分委屈。万俟铮退学给了她巨大的压力。倘若从此万俟铮的命运走下坡路，算不算是她害的？她做错了什么？

到底要怎样，万俟铮也不知道。他迫切想见到林堇，但其实没想好见面后要说什么。

他走到她面前，喉咙像被堵住了，说不出话。

林堇一边擦泪一边转身，门敞开着，她迈步就能出去。万俟铮急了，用胳膊去拦。他的胳膊上带着伤，林堇惊讶地望向他，室内昏暗，她泪眼蒙眬，此时才看清万俟铮的额头和嘴角都破了，左脸肿着。她想起苏叶说的打架的事，泪水更多地涌出来，又急又气地跺脚，问："你为什么不还手？就算不还手，也能躲呀，为什么不躲？"她委屈极了，仿佛万俟铮挨揍也是她的错。

万俟铮说："我想向你证明，我没想和他比。我可以什么都输给他，什么都不如他，我可以连学都不上，我可以被他踩在脚底下。他在天上，我在地下。我不在乎！我对你，不是因为他。我不是为了和他争。"

林堇愣了，紧接着哭道："你怎么这么傻呀！"

"别哭了。"他粗声说。

林堇哭得更厉害。

他心烦意乱，厉声说："别哭了，真烦！"但林堇没被吓住。她从来就不怕他。

万俟铮听得扎耳朵又扎心。他想冲她大吼，话到嘴边变为叹息，声音低了八度，说："别哭了。你一哭，我心里就疼。"

不知是他的话安抚了林堇，还是他缓和的态度起了作用，总之林堇背过身去擦眼泪，渐渐停止哭泣。

林堇说："不许退学。"

他不吭声。虽然是一时任性之为，要是反悔，岂不是打自己的脸？

林堇说："我走了。"

他急忙说："好，不退学！"

"不许只考六十分。"

"好。"

"不许再打架。"

"我尽量。"

她幽怨地瞪他一眼，"不许骗人。"

"不骗你。"他节节败退。

"药呢？"

"药？"

"你自己做的草药。"

林堇的手指柔软，把草药涂在他的胳膊上轻轻抹开。他不敢动，怕她生气跑掉，暗自郁闷，几时他要看一个女孩的脸色过活？他喜欢她碰他，虽然免不了疼，但他的欢欣远远盖过那微不足道的疼痛。

林堇的眼圈还有些肿，额发散落在额前，微微飘动，年轻的面庞娇嫩如花瓣，长长的睫毛勾画灵秀的一双黑眸。万俟铮心里有一种情绪在无限膨胀。眼前这个女孩，他愿意为她死！只要她还肯理他，他什么都愿意做。他不要什么，像这样对坐就很好。

林堇看他一眼。万俟铮有一张英俊的脸，目光幽深地望着她。林堇脸发烧，不敢看他的眼睛，把药放下，说："我该回家了，脸上的伤你自己对着镜子抹药吧。"

万俟铮说："谁有那玩意儿。"

"打盆水当镜子。"

"麻烦。"

林堇说："那就哪儿疼抹哪儿。"她拿起书包。

万俟铮默默送她，到了楼下，他依然跟着走，一直送到林边。

"明天我去学校。"他说。

林堇露出笑容。

回到家，万俟铮在桌下发现一条手帕，那是林堇用来擦眼泪的，无意中掉落。手帕的一角绣着一个大写字母"L"。他把手帕洗干净，晾在竹竿上，怕被风吹跑，又拿进屋子里，怕晒不着阳光，又拿到窗前，选不带竹节的竹筒搭架子去晾，怕竹节勾坏手帕上的丝。

睡觉时，他望着手帕，微笑入眠。

四十九

疏狂山水郎

万俟铮向杜老师道歉，费了一番周折恢复学业。

中考填报志愿，万俟铮填的是空白。他毕业后不打算再念书，一心找工作。杜老师替他可惜，再三强调他非常聪明，应该去读高中，将来读大学。他谢过杜老师错爱。

林堇劝他。万俟铮潇洒地说："我是清都山水郎，天教分付与疏狂。曾批给雨支风券，累上留云借月章。"

万俟铮的确是疏狂的，林堇觉得这首词正是他的写照。她以她浪漫纯真的情怀"懂了"万俟铮的志怀，不疑有他，接口说："山中何事？松花酿酒，春水煎茶。"

让万俟铮惊讶的是，苏叶也来劝他。他答："高才生，我和你不一样，读到这里足够了。"

苏叶说："你不继续上进，将来怎么配得上她？"

万俟铮一笑，说："不知道你在说什么。"

他不愿与他人说的是，为了生活，他必须挣更多的钱。奶奶一天天老了，他快十八岁了，生活的担子不可避免地落在他的肩上。父母欠的债，亲友们不来讨还，他已十分感激，遑论再借。纵然他通过打工攒得出高中的学费和生活费，用在学习上的时间还能剩多少？从前浪费的时光，现实不容他回头再找。

林堇对着志愿表犹豫。万俟铮以为她怕考不上，说："你没问题，肯定能考上。"

林堇轻声说："要是去省城上学，路太远，一个月不知能回家几次。"

万俟铮不明白这有什么问题。

"要是我回来时你刚好不在，怎么办？"

万俟铮心里一热。原来她是怕见不到他。他粗声说："啰唆。我当然在家啊。"

考前，林堇忧心忡忡。万俟铮从兜里拿出一张纸，正面已经用过，他翻到反面，写上"祝你考试成功"，递给她，"给，护身符。拿着它考试准成。"

他写得那么随意，简直像开玩笑。林堇打量那张纸，正面乱七八糟地写着公式，背面只有那句话。

中考结束，林堇如愿考入省重点高中。苏叶和她同校。

作为给林堇的奖励，父母带她暑期旅游。回来后，她提着小山村难得一见的水果去竹林，希望与万俟铮分享。城子也在。这是林堇第一次正式与城子见面。城子的个头与万俟铮相仿，神态中有一种根深蒂固的流里流气。

林堇尴尬，放下水果想走。城子不客气地拿过去看，翻看芭乐和蛇果，拨开释迦和澳芒，说："还不赖。这是什么？没见过。万俟铮对菠萝过敏，我替他吃了。"

过敏？她从不知他过敏。万俟铮云淡风轻地说："有几样过敏的东西，没事。"

城子说："那次帮人搬家，搬黄花杜鹃，他喘不上气，差点死过去。"

林堇牢牢记住。她要走，城子说："嫌我碍事？"

林堇红着脸说："要上钢琴课，不能迟到。"

城子吹一下口哨说："高雅艺术。"

万俟铮说："你去吧。"自从林堇考上重点高中，他觉得她离他远了。她像一只凤凰，飞出农村，飞到繁华都市去了。他对她不冷不热，有意地保持一点距离。林堇没发觉。

城子把芭乐抛起又接住，一口咬掉一半，口齿不清地问："她还真上钩了，苏叶不得气死？"

万俟铮不答。

"听说她爸是乡里的干部，你攀不上的高枝，玩儿玩儿算了。"

"你想到哪儿去了。"

"哎，我说，你追她费劲吗？她先前跟着苏叶，要是轻易就能被你抢过来，估计不是什么好玩意儿。说不定哪天你一不留神，她就跟别人跑了。"

"你别老盯着她。"万俟铮说，"说说打工的事。"

城子炫耀地掏出一个手机，晃了晃，说："哥现在是干这个的。"

万俟铮问："卖手机？"

"收二手手机，也卖。"城子要带万俟铮去城里打工。

只要不偷不抢，是正经买卖，万俟铮就干。

省高中离家百里，林堇考中的是住宿生，每次回家需要三个小时，从车站到家还要步行很远。她每半个月坐长途车回家一次。

周末，她回到家，正写作业，忽然听到玻璃上轻响，推窗看。已经是晚上十点多，院内清静，月光下有个熟悉的身影，是万俟铮。万俟铮外出打工，她在外求学，两人已经许久没见。她喜悦地冲他挥手。他招手让她下楼，她摆手。

万俟铮知道她今天回家，早早地在车站等她。苏叶这周留在学校，林堇没有同伴，一个人背着书包坐长途车，下车时天已经黑透了。她没发现万俟铮，万俟铮也不声张，悄悄跟着她。尾随林堇的不止他一个，几个游手好闲的小混混见林堇独自一人，也跟着她。

路越走人越少，万俟铮不动声色，忽然横在几个小混混前面，说："哥们儿，借个火。"

"没空。"一个染黄毛的不耐烦地拨开他。

万俟铮拉着他的胳膊往自己这边一拽，同时脚下一踢，把他摔倒在地。另外几个见状都围上来。他把他们打到求饶，警告他们不许再打单身女孩的主意。这一切，走在前面的林堇丝毫未觉察。等万俟铮赶到林堇家，她已经进门，再也不肯出来。

林堇趴在窗边，把一个纸团扔下去，上面写着"太晚了，我不能出去"。万俟铮好一会儿没有反应。林堇想，天太黑了，纸条上的字万俟铮看得见吗。忽然，万俟铮的身上闪闪发光，先是一团，然后星星点点散开，越来越高，越来越分散。原来他捉了一瓶萤火虫，特意带给她看。林堇无声地鼓掌，作欢呼状，喜悦地用手去抓，明知抓不到。点点萤光闪耀在夜色里，也闪耀在她的眼中。

空山新雨后，夕阳垂大地，碧绿的竹林上彩霞绚丽。万俟铮回到竹林。靠窗的桌上，笔筒下压着一张纸，是林堇的笔迹，清丽一如伊人。"昨晚我不能下楼见你，对不起。谢谢你的萤火虫。久等不归，我得跟妈妈去练琴了。我妈比钢琴老师还严厉，一直看着我。我弹错一个音她都听得出来。我不能迟到。我采了菱角，用菱角米煮了粥，如果凉了，热一热再喝。"

信下压着一条手帕，是她曾经落在他家的那一条。他还给她的同时，请她把那条手帕送给他。她红着脸不肯。

被万俟铮教训的小混混找了他们的大哥，约万俟铮谈判。他无畏迎战，虽未受伤，身上已粘了泥。他洗干净双手，换了衣服，才敢碰那条手帕。

手帕上字母 L 的前面多绣了一个大写的"M"。他的心狂跳，紧紧攥着它，看了又看，心里甜丝丝的，无比珍惜，自此带在身边从不离身。

揭开锅，香气扑鼻。菱角米与大米融合，粥色清亮，微微的甜，像她。

万俟铮的脑海里忽然清晰地蹦出了“幸福”两个字，只有这两个字能准确描述他的感受。他恨不得立刻见到林堇，眼睛看到她，耳朵听到她，心里想着她。

万俟铮把林堇的名字纹在后背，正对后心的位置。林堇给他的暖，从那双纤手推着他的背开始，从后背蔓延，包围了他。他要把这暖铭刻在肌肤里。可惜不能把纹身做在心脏上，否则他会毫不犹豫去做。

纹身的疼不能克制他的想念，手帕也不能，《水草舞》也不能。他寝食难安，百爪挠心，太想见到她，如困于沙漠渴望一滴水。他简直等不及在半个月之后见她。但省重点高中是封闭式的学校，非本校师生根本无法进入。林堇作为住宿生，平时连校门都不出。

万俟铮搞了一部二手手机，还来不及告诉林堇。林堇从没想过可以电话联系万俟铮，所以也没把宿舍的电话号码告诉他。

林堇一时冲动，留下了那条手帕，每天都在想它，猜测万俟铮见到后的反应。她反反复复回想自己写的纸条，是否语句通顺，是否词不达意，万俟铮是否明白，是否会胡思乱想。她到底希不希望他“胡思乱想”呢？她自己也说不好。

寝室里的女孩子们一起聊天，说到某某男生真帅。林堇从不参与意见，对她们说的没兴趣。论相貌和气概比不上万俟铮，论聪慧和成绩比不上苏叶，还敢说是校草？

月考结束。林堇考了年级第八名。她激动之余，真想把喜讯与万俟铮分享。和万俟铮说学习，好像有点怪，但她第一个想到的就是他。

周末，下了晚自习，林堇打完水回到宿舍，继续看书。

宿舍里共有三张上下铺的床，住六个女孩。她在靠窗的下铺。同学们在床上自行加了布帘，平时敞开，大家谈天说地，拉上后形成独立空间，互不影响。这个周末，同宿舍还有一个女生不回家，因为感冒，早早上床睡了。

晚上十点钟，宿舍楼统一强制断电。林堇打着手电筒继续看书。考入省重点高中的全是各个学校的尖子生，初中知识与高中知识有断崖式的差距，她不敢松懈，逮点儿时间就学。

十月的天气依然闷热。夜风推窗，林堇的床靠窗，床帘被吹动，光从帘缝透出去。她怕影响同学睡觉，起身关窗户。一阵强风吹起整个窗帘，同时，一个黑影从窗口钻进来。林堇吓了一跳。但她不是遇事大呼小叫的人，只是紧盯着那人分辨，大脑急速运转，思考对策。也幸亏她不是大呼小叫的人，借着月光，电光火石间，她看清了那个人。万俟铮！她这才真正吃惊。

万俟铮的手指压在她的唇上。他机警地一瞥，看清宿舍的格局和现状，他拉着林堇飞速坐到她的床上，合拢布帘，关掉手电筒，一气呵成。

林堇吓得手脚发软。如果人们知道有个男生深夜爬到女生宿舍找她，她就完蛋了。

木制床板承受着两个人的重量，在他们坐上去时吱嘎响了一声。两个人停止不动，静静听着。他们相对而坐，林堇的身体僵硬，腰扭着，因为怕出声，不敢调整姿势。她的心快要从嗓子眼跳出来了，唯恐剧烈的心跳引发的震动使床板再次发出声响。

窗没关，风声多少可以掩盖一些室内的杂音。熟睡的同学没醒。

林堇听了一会儿，才敢偷偷呼吸。

万俟铮沉默，倒不是因为害怕，乍一见她，他激动得一时无语。惊觉这一点，他更沉默。他见到她，竟然这么高兴！尽管黑暗中，只看到她模糊的影子。

为了减弱音量，她必须靠近他。怕黑暗中误碰他，林堇小心地缓缓靠近，直到几乎脸贴脸。她耳语："你怎么来了？"声音颤抖，轻不可闻。

"见你。"

林堇发抖，"你不能就这样来见我。"

"有什么不对？如果我要见你，我就会见到你。"万俟铮的语气从容至极。

"你快走。让人发现可不得了。"

万俟铮不动。他的鼻端飘着她的芬芳，她颤巍巍的呼吸吹在他的耳边，她的刘海碰触他的脸。他只是想见见她，听听她，渴望变成了现实，而且比他期盼的更多更近，他心里的火山在喷发的边缘。

他的心情在这一刻忽而复杂起来。他是开心的，又为自己的开心生气，因为林堇看起来很害怕，不像他想象的那样高兴。

"你不想见我？我走！"

林堇拉住他，又拘谨地放手，委屈得鼻酸。如果她摇头，他会留下。林堇知道他冒了多大险来见她，她不忍赶他走，但他停留的时间越久越危险。如果她违心地点头，他伤心地走了，高傲的他，以后肯定不再理她。她为难，不知所措。

万俟铮已经满意。她拦住他不让他走，尽管只有短短一下，他明白了她。

他带着笑意，戏谑："我还没看清楚你。"

林堇窘迫。明知他看不清，还是摸了摸睡衣，保守的睡衣让她安心。"快走吧。"林堇带着哭音。她真的害怕。

他还没看够，还没听够。她在他的梦里喧嚣，在他的生活中自作主张地占据全部，只见她一分钟，怎够解渴？

但他不忍见她惶恐，说："让我亲一下，我就走。"说完自己都愣住，不知道怎么冒出这个过分的要求。

林堇又羞又急，坚决地摇头，动作幅度太大，木板床又发出吱嘎一声。

她越是为他的轻佻气恼，他越是为她的纯洁喜悦。他恶作剧地说：“我好像听见有人翻身。”

林堇顿时紧张，竖起耳朵听，急于打发他走，说：“就、就一下，然后你就走？”

“啰唆。”他说。

林堇犹豫片刻，听天由命地闭上眼睛。

万俟铮拉开一点两个人的距离，望着她模糊的轮廓，微微抬高的下巴，缓缓把脸凑过去。娇嫩如花瓣的容颜，还是红艳如玫瑰的嘴唇？他的心怦怦跳，以前想都不敢想，今天突冒惊人之语，他的忐忑不比她少。他轻轻对着她的额头吹一口气，轻巧无声地下了床。

他真想吻她，但他不敢轻慢。这个女孩对他太重要了，比生命还重要一百倍，他不想她恨他，讨厌他，否则他还不如死了。他果断离开。

当林堇感受到夜风吹拂在脸上，月光在眼前一闪，万俟铮已经翻到窗外去了。她本来要对万俟铮的顽劣起反感，一瞬间都转作欣赏和踏实。他尊重她，不是轻浮无礼的人，真让她高兴。

宿舍楼在学校建筑群的最北侧，再往北是操场。学校保安夜间巡逻，万俟铮能否顺利出去？林堇为此担惊受怕一夜。次日，一切如常，她才安心，有余暇回味他的不告而来，心里泛起甜馨。

她问他为什么来，他只说“见你”，两个字足够。他是简单的，透明的，毫不掩饰，绝不虚伪。

竹林少年白衣翩
正华年
叶尖清露
阳光耀眼

似邪实无邪
性疏狂
情真切

步潇洒
眉如剑
一双笑眼

如云不系
如天不言
心旷阔似海
一片蔚蓝

钢笔写完最后一横。她又读一遍，万俟铮的影子浮上心头。

省重点高中实施全封闭式管理，万俟铮来去自如，如入无人之地。院墙难不倒他，楼层困不住他，但他的内心受到了触动，一种无形的压力密密实实地包围了他。

他能翻院墙，他与林堇的生活之墙却通天彻地。他能攀爬高楼，他与林堇的知识落差如何弥补？他头一次意识到与林堇之间的差距，明白了苏叶说的“你不继续上进，将来怎么配得上她”。林堇的未来早已被规划好，她不知情地自觉在规划好的路上走着，而他走的路，与她相距甚远。

他要努力了。虽不上高中，但学习不能放松，在精神世界，他要能与她对话。林堇不是物质的女孩，但最起码的物质基础得有吧，他得去创造自己的生活，维持一定的水准。

林堇从没嫌弃过他，没有说过什么。对于一个男的来说，还用等女孩说吗？该做什么，他知道。他制定了目标，一步一步去实现。

他的未来，默认与她相连，从没想过有其他可能。他羞于将喜爱说出口，但情根深种，盘结此心，一生不得解。

小雨淅淅沥沥。万俟铮一早撑着伞等在山脚。他不知林堇何时来，反正他要见她的，见之前要等她的，在竹楼是等，在山脚也是等。他愿意在山脚等她，见到她的时间便可以早一点。

林堇来了，撑着一柄花纸伞。万俟铮的眼角眉梢不禁变得温柔。

雨暂歇。万俟铮在檐下做竹雕，做累了，把矮凳向后挪，靠在墙上。他头的上方是窗口。林堇在屋中，胳膊肘支在窗框上，双手托腮看彩虹。万俟铮的头发被风吹拂，发丝碰到她的手臂。她的目光从天空收回，落在他的身上，唇边带着微笑。

五十

四维方程式的情书

万俟铮说：“我要去4S店打工，先从保安做起，顺便学修车，在省城，包吃包住。”

林堇高兴了一下，转念问：“周末回来吗？”

“看排班了。放假回来。”

林堇嗫嚅：“那见面就更少了。”

“那又怎么了？”万俟铮满不在乎地说。

林堇悄悄咬着嘴唇。

她早知道他视野开阔，可隐居山林，也宜翱翔四海。她替他憧憬未来，又担心两人失去联系。若即若离的万俟铮，飞在九天，会不会回头看一眼？

万俟铮猜到她在想什么。他不屑于说出温存的话，继续用若无其事的语气说：“反正竹楼跑不了，你要是喜欢这里，你可以来啊，我又不锁门。”他越说越觉得词不达意。他当然知道她来不是为了竹楼，但他就是不往正题上说，觉得难为情。

在学校食堂吃完晚饭，林堇抱着书和练习册到图书馆自习室上晚自习。苏叶已经为她占好座位。她坐下，翻开书，一页纸飘落，苏叶帮她捡起来。林堇脸红，想赶紧拿回来，又怕苏叶起疑，只好忍着，翻开练习册准备做题。

那张纸一面写着纷乱的公式和数字，一面写着“祝你考试成功”。林堇以为苏叶会当它是一张废纸，要么还她，要么帮她扔掉。谁知苏叶对着那公式眼睛发光，看了又看，说：“有点意思。”

“草稿纸。”林堇想拿回来。

苏叶摇头，问：“你写的？”

林堇脸红，她不会撒谎，说：“万俟铮写的。”

他们对话的声音很小，显不出她说这句话的语声格外小。

苏叶有些惊讶，说：“这是四维方程式，又叫十字方程式，是一个数学游戏，很难。我以前看全国数学竞赛趣味试题时见过。万俟铮的数学挺厉害呀，居然会这个。”

苏叶为她讲。这是一个组合公式，被开方数是一个复杂的分数，根号左侧应该写根指数的地方，是一个坐标轴，每个象限中写着一个方程式。解四维方程式的第一步，从象限中提取公式。第二步，按照象限顺序依次解出未知数。第一象限的答案用于第二象限的方程，以此类推，求出第四象限的未知数的解，即整个根式的根指数。第三步，整理并解出被开方数。第四步，开方，得出方根。因为坐标轴像个十字，又叫十字方程式。

看似杂乱无章的公式，经苏叶讲解，林堇终于看懂了。她没料到在她以为是草稿的纸上竟然藏着如此精彩的内容。她一直珍藏着这张纸，每当累了，懈怠了，就看一看，总会收获勇气和力量。

再次确认公式出自万俟铮的笔迹，林堇开始尝试解谜。公式过于复杂，她用了两天的课间加晚自习才解出来。她没有得到数字，而是得到另一个公式。

$$r=a(1-\sin\theta)$$

笛卡尔的心形函数！

林堇捂住嘴。万俟铮啊万俟铮！她蹦起来收拾东西。室友正躺着看书，问：“你干什么去？”

“回家。”

“你这周不是不回去吗？”

林堇一笑。她已经顾不得说话，她要赶去竹林，她要第一时间见到万俟铮。她以为他不在乎她，原来他早已把心给了她。她的心里又酸又甜，眼睛闪烁着明亮的渴望。

她幸运地赶上了末班车。这后来成为她最大的不幸。

天黑透了。到达终点站，时针指向晚上十点。林堇一路跑上山，一刻都不能等，一秒都不愿停。心跳怦怦，强劲有力，催促她加快脚步。

手电筒的光逐渐微弱，她拍拍它，它变亮一点，然后又黯淡下去。好容易支撑到竹楼，手电筒彻底没电了。中秋刚过，空中一轮明月。借着银辉，她爬上楼，轻轻叫：“万俟铮。”他的名字牵扯她心脉一疼。她推开门。屋里暗得伸手不见五指。她听到他的呼吸靠近，带着酒味，紧紧把她抱在怀里。

五十一

浮生千重错

记忆于此产生分歧。

万俟铮拖着疲惫的身体，快天亮才回到竹楼。门虚掩，他走到卧室门口，眼前出现了令人震惊的一幕——林堇与城子躺在一处熟睡，衣衫凌乱遍地。

城子多次提醒他林堇的轻浮随便，他不当回事，如今，他们共同向他证实了她的放荡。

万俟铮眼睛赤红，肌肉僵硬，紧握着拳头，指甲嵌进肉里，牙齿紧咬，咬得牙缝出血，杀人的心都有！

他转头离开，从此再也没回来。走的时候，他身无分文，一路流浪，吃尽了苦。他把所有的苦痛都算在林堇头上。他恨她！他的心太疼了，为了活，他必须忘记她。只要不见她，不再回忆那份恶心，怎样都好。

林堇的不忠深深刺激了他。他屏蔽感情，封闭真心，爱情变成他的游戏，他从不认真，潇洒周旋于莺莺燕燕。直到他累了，倦了，遇见单纯的米可，想靠岸，想安定。

他恨林堇，恨了十一年，一朝重逢，报仇的大好机会，他怎肯放过？他慢慢折磨她，缓缓释放他的恨。

陆帆海与炎缇玉的亲密再次刺激他受过重伤的心，历史重演，他的兄弟连同那女人又一次联手背叛他。他再次失去他们两个。那一刻，他真的气疯了！

当林堇哭着说怀了他的孩子，他的记忆被强行拉回时光隧道，曾经忽略的疑问浮出水面：林堇背叛他，为什么要在他的家里？

万俟铮意识到他犯下了致命的错误，于痛苦中窥见当年的真相：不知出于何种原因，林堇把城子当成了他。她来竹楼，是为了他。她献出自己，是为了他。她的不幸，只因错认了他！

所以林堇恨他。对林堇来说，他是始乱终弃的人，玷污她以后溜之大吉。失去贞洁，遭人玩弄，一片真心付诸流水，她怎会不恨？

万俟铮狠狠捶地，痛苦得不知如何是好。原来他一直恨错了人。他亲手葬送了他的爱情。林堇一生的不幸，始于他。他该恨的是他自己！

山川在目，室迩人遐，落花湮故道。

万俟铮踏上月城的土地。这片曾承载他无限屈辱和怨愤的地方，今日仍是他的伤心地。

简陋的车站已盖起漂亮的候车亭。离乡那天，他在晨曦中孤零零蹲着等长途车，茫然不知往何处去，头一次感受天大地大，人何其微渺，未来一片迷惘。

颠沛流离时吃的苦，数都数不清。他曾经连续四天吃不上饭，饿得拔草充饥，和野狗一起翻垃圾桶。穷困潦倒至极，他依然不偷不抢，克己慎独，改掉所有恶习，立志扬眉吐气，成就一番事业。有朝一日衣锦还乡，他要用成绩碾压所有伤害和轻视他的人。

在异乡，他看见一个烤红薯的，直冲过去，那人以为他饿极了要抢一块红薯，其实他只是要借一块炭。他用火钳夹着烧得通红的炭，往后背怼去，那曾经刺着林堇名字的地方。他要把她从他的生活中彻底清除。周围的人看傻了。他疼得皱眉，笑了。

后来，他在口袋里发现了林堇的手帕，立刻嫌恶地扔掉。走出好几里路，他犹豫不决，跑回来捡。最后留在他身边与林堇有关的，只剩这条手帕。

故乡何处寻？

奶奶过世，叔叔举家迁走，他举目无亲。他先是到了奶奶住过的老屋，现在住在那里的是外乡人，操着浓浓的异乡口音，指挥女儿做青团。

他来到学校。平房校舍已变成四层教学楼，操场不再是煤渣铺成，而是专业的塑胶跑道和草坪。

河道又改了，曾经的危桥铺成平坦的路。小商店消失，取而代之的是大型超市。

大街小巷，田野山林，处处透着陌生。

公司给万俟铮打电话，问他在哪儿。市政府带人来公司视察，需要他做技术讲解。

万俟铮沉默。

恍如隔世。

他本疏狂山水郎，红尘中的碌碌营营，听起来那么遥远。

他们问他何时回。他不予回复。

他到林堇家附近，向人们打听她。林堇一家早已搬走。有的人是后搬来的，没听说过林堇；有的面带鄙夷，不愿多谈；有人刚要说，忽然认出了万俟铮，露出惊异，闭口不言。

他想起苏叶，苏叶是林堇青梅竹马的邻居，应该知道林堇的情况。

一打电话，他才发现，苏叶已不在国内，他被派去新加坡开拓海外销售市场。万俟铮向他打听林堇，苏叶又是欣慰又是感伤。

“我的消息不多，是听别人说的，也不知道准不准。”苏叶说，万俟铮失踪后，林堇状态日渐低迷，总是心事重重，学习成绩持续下滑。她请了病假，紧接着传来她怀孕的消息。

苏叶说：“大家都说，她怀了你的孩子。她爸妈气疯了，差点儿把她打死。她爸要去告你，她拦着不让。他们家在当地抬不起头，很快就搬走了。后来听人说，她妈气死了。再后来，就没有她的消息了。”

万俟铮脸色发青。苏叶的话像根根钢针扎在他心上。想不到，林堇后来的生活是这样的。

他能想到林堇等待的心情。她也惶恐，她也害怕，但她相信他有勇气担当，她盼着他回来与她共同面对。日子一天天过去，信心被现实动摇，她从期待到绝望，直到心死。

林堇到底受了多少苦啊。她一个女孩，清白不再，遭人白眼，母亲因自己而死，家人和周围人唾弃她，身心遭受巨大摧残。光是想一想，万俟铮就无比心疼。和林堇的遭遇比起来，他的经历算得上什么坎坷？

她怨毒的眼神，她恨不得他死，此刻，他全懂了。

再多的热血也暖不回那颗散发寒气的心。所以她总是冷漠的，疏远的，与世隔绝，麻木不仁。

苏叶说：“林堇搬走后，我盼着她能找到你，或者你去找她。有你在身边照顾她，再难的坎儿也过得去。”

万俟铮的心上滚过一阵痛。陪在林堇身边的人不是他。的确有这么一个人，他叫穆翰。他忽然开始感激穆翰，幸亏有他。万俟铮曾鄙夷林堇看穆翰的脸色过活，现在看来，那是生活自然发展所致。

苏叶忧愁地说："她现在在哪儿？不知道她过得怎么样。"

万俟铮按着剧痛的太阳穴。

他都干了些什么呀？她对他又恨又怕，他偏要逼她面对自己。她想避人耳目苟活，他却把她揪到大家视线内，当众羞辱，让她难堪。她想忘了过去，他却不停地把她往回忆里推，一次次揭她的伤疤。他让她每天都生活在地狱里。

多少次，他怪她懦弱，不敢反抗压迫，其实，她隐忍的坚强，直面他的勇气，万人莫及。

故居已失，竹林被村民个人承包，发展林下经济，竹楼被拆除了。城子和许多年轻人一样，去外地打工，后来没了音讯。乡村里已没有他的旧识。

岁月抹杀万俟铮存在过的痕迹。

后来的日子，他许多次梦见竹楼，还是当年模样。虽然他亲眼见到它的消亡，记忆却不采纳，依然故我。

万俟铮到奶奶坟前祭拜。坡上草青青，蒲公英盛开。

"奶奶，我是阿铮，我回来啦。不孝的孙子给您磕头了。对不起，让您操心着急，走的时候没告诉您。这些年，我老是想您，我想等出人头地了再回来，后来遇见同乡，才知道您已经过世，连您最后一面也没见着。您走的时候生我的气吧？我在外边没给您丢人，现在我终于混出个人样了。我改掉了以前的坏毛病，也明白学习的重要。我现在有自己的事业，还有跟着我干事业的人。孙子终于给您争了一口气。可惜您看不见了。

"如果我当年没有走出大山，现在的我，应该还在您身边孝敬您。我可能一事无成，还是住在林子里，每天混口饭吃，生活没有目标，浑浑噩噩过日子，偶尔惹事，让您着急。

"生活大变样了，奶奶，您能看见吗？我现在不用再为钱发愁，有人尊敬我，重视我，有的事儿非我不可，我算不算成功了呢？可是我并没有更快乐。我见不到您了。我在外边拼命，是为了让您过上好日子，您不在，这些还有什么用？

"我有钱，有地位，有事业，有朋友，可我却好像一无所有。我失掉了最重要的人。要是能用我现有的去换，我一百个愿意。可是，晚了，回不了头。"

他哽咽。

他曾以为人生最黑暗的时刻是离乡背井那天，原来是今天，真相浮现时。他曾以为失去了一切，所以远走他乡，用十年拼搏换得现在，转眼间，他拥有的变得一文不值，他再次一无所有。

痛悔和懊丧吞噬了他。

他曾经离幸福那么近。

一个所见，一场误会，人生走向分岔的刹那，深爱都变成恨，爱多深，恨多深。多年后，同样是一个瞬间，蒙住往事的纱被揭开，恨失去目标，压抑的感情迸发，全变成对触手可及却擦肩而过的幸福的哀悼。十一年毫无意义的仇恨，让他的生活看起来像个笑话。

心太疼了，疼得没着没落，让人无所适从。天黑了，他靠在坟上。住酒店他也睡不着，他更愿意离奶奶近一些。

天将亮时，他迷迷糊糊睡着，又被一场突如其来的山雨浇醒。黑云垂天，启明星藏在乌云之后。衣服全部湿透，贴在身上阴冷刺骨。空山岑寂，像十一年前的黎明。但，他是万俟铮，自强不息，骄傲自负，从不向噩运低头、绝不肯任人摆布的万俟铮。

风暴将至，他的目光却投向远处，仿佛看见雨过天晴后湛蓝的天。

再长的夜，总有天亮的时刻。

万俟铮的眼睛闪烁坚毅。“奶奶，别担心。我会好好的。路还长着呢，我得走下去。”

五十二

一个人的孤城

重返鹿鸣城，万俟铮的心境与之前大不相同。仿佛开启新世界的大门，以前四海为家，飘摇不定，现在身心都有了归处。

那双给他温柔力量的小手，他想再次拥有。

她本该是他的。阴差阳错，他失去她。他要把她抢回来，从穆翰手里，从命运的手里，然后好好保护，爱她，给她幸福。她想摆脱噩梦，做炎缇玉，他就让她做炎缇玉。他要解除误会，与她重归于好。命运无情夺走的，他要连本带利讨回，把错过的都补上，失去的都挽回。

万俟铮走进公司，听到背后陆帆海冷哼：“你还知道回来！”

陆帆海说完立刻懊恼。他赌气与万俟铮冷战，僵持不交谈，一句话前功尽弃。

万俟铮回头。陆帆海一震。短短几天不见，万俟铮形容消瘦，比高烧病倒时还要憔悴，眼中闪着奇异的光。他不忍、也莫名地不敢责备他。

陆帆海说：“炎缇玉辞职了。”说完，观察万俟铮的脸色。

意料之中。

万俟铮说：“不批准，让她立刻来见我。”

“已经……批准了。啸九天公司批准的，穆翰签的字。”

万俟铮的心一沉。穆翰介入了！他沉声说：“通知穆翰，让他撤销人事批复。我的人，他凭什么管，经过我同意了吗？”

话虽如此，分公司没有人事管理权，啸九天有权对分公司进行人事任免。别说是一个普通职员，就是分公司经理，也要服从总公司管理。

陆帆海嗫嚅着说出实情。那些亲密照片是合成的，他想以此来让父母放弃逼迫，炎缇玉对此毫不知情。他像个犯了错的孩子面对老师，低眉垂目，感觉罪孽深重，不敢看万俟铮。

万俟铮听着，并不在意。当真相浮现，炎缇玉又恢复成纯洁天真的林间仙子，这个印象根深蒂固，不可动摇。此刻别说陆帆海是在澄清，即便他要污蔑炎缇玉，万俟铮也绝不信。

陆帆海见万俟铮没反应，急得说：“我以人格担保，我说的是真的，与她无关。”

万俟铮只问一句：“照片是谁做的？”

陆帆海尴尬地说：“桑立德。他从网上找了一些照片，把脸换了。”他想起那张床照，头更低，“照片我事先没看，这是我的失误，我应该先看看的。我快后悔死了。”

“技术高超啊，跟真的似的。”万俟铮讽刺，问，“玛姬什么反应？”

“她不知道吧。我千叮咛万嘱咐，让桑立德保密，不许告诉任何人。”

万俟铮命令：“把炎缇玉找回来！”

“她手机关机，家中没人，我想道歉，根本找不到人。”

万俟铮知道陆帆海肯定尽了最大努力。他打给炎缇玉，炎缇玉的两部手机都关机。

万俟铮跑下楼，赶往啸九天公司，出门遇见何鹏。何鹏惊喜地说：“你回来啦。”同时惊讶，万俟铮眼窝深陷，颧骨突出，瘦得厉害。

万俟铮顾不得和他多说，拍拍他的肩，算是打招呼，行色匆匆。

何鹏有一堆事急着找他，问：“电动机峰值功率计算结果总是不对，公式好像出了问题，计算出的答案跟预想的不一样。下一步怎么办？”何鹏有他的韧劲，跟着万俟铮跑，追着给他看公式。

万俟铮瞟了一眼，说：“滚动阻尼功率错了，重新算。”

何鹏恍然拍了一下资料，说：“还真是！”

万俟铮来到啸九天公司。他要质问穆翰为何干预分公司的人事安排。穆翰的助理皮特拦着他，告诉他穆总休假，不在办公室。

穆翰带着炎缇玉一起和他捉迷藏！

万俟铮要重新得到炎缇玉。他错过了与她的厮守，缺席了她的生活，在孤单与怨愤中度过了整整十一年，他绝不能再放她走！

可是，如果找不到她，如果她就此消失，他将再一次失去。

难道命运要再次耍弄他？

万俟铮心慌了，努力控制自己，问："穆总什么时候回来？"

皮特被他疯狂的神情吓到，嗫嚅："不清楚。"

"他去哪儿了？"

"穆总临时休假，没做具体交代。"

万俟铮心慌意乱，眼神没有焦点，皮特对他解释，他听而不闻，掏出手机打给穆翰。

他数着秒，焦躁地等，心头闪过一百种可能：炎缇玉和穆翰在一起，或者不在一起，他们分手了，他们结婚了，他们双双离开，他们在回来的路上，他们决定不回来……

对方接听了。

万俟铮双手捧着手机，生怕听不到声音，"她在哪儿？"

"她已经辞职。"

万俟铮大喊："她在哪儿？"

穆翰说："和你没关系。"

"少废话！我的人轮不到你做主！"他用愤怒掩饰惶恐。

附近办公室的人探出头，看是谁在大声喧哗。

穆翰平静地说："恐怕我做得了这个主。"

万俟铮一个字一个字地说："把她还给我！"

穆翰静了一会儿，问："你以什么身份跟我讲这句话？"

"你管我！"万俟铮大吼，"把她还给我，否则，我让你一辈子不安生！哪怕走到天涯海角，我也要追上你们！"

"她不是我的一件东西，我不能替她决定。"

万俟铮急切地说："让我和她说，把手机给她，把手机给她，把手机给她！"他的语气转为恳求，心咚咚跳，又不免焦躁，收不住脾气，声音又高起来。

"她不愿意。"

这么说，他们确实在一起。万俟铮不知该放心还是生气。炎缇玉不肯听他说话，他要怎么澄清误会？他必须见她。

他厉声说："我知道你听得见。我限你三……三……三天内出现在我面前，否则我就撕毁合同，终止合作，让穆翰什么也得不到！我拉着他同归于尽！我是什么样的人，你应该清楚。我什么都干得出来！"

他想说三分钟，怕炎缇玉因为做不到，干脆无视他的威胁，让他的盼望落空。他想说三个小时，又怕她着急赶来，路上出事故，因此改口说三天。

外强中干地说完威胁的话，他抢着挂断电话，不给她拒绝的机会，心脏几乎蹦出胸膛，眼前一片昏花。

陆帆海追在万俟铮身后赶到啸九天公司。公司里的人面色如土，皮特因万俟铮对穆翰态度无礼而气愤。陆帆海连声道歉，把万俟铮拉走。

回到公寓，万俟铮打个哈欠，说："我要睡觉了。你出去的时候把门关好。"他走向卧室。

陆帆海凶巴巴地问："你跑哪儿去了这几天？招呼也不打一个，我还以为你死外边了。一回来你就闹。你有火冲我发，是我把炎缇玉气走的。"

卧室里静悄悄。

陆帆海追过去。

几句话的工夫儿，万俟铮已经睡着，鞋都来不及脱。他五天五夜没怎么睡觉。累极了，偶尔眠一眠，很快便因心痛醒来，思绪万千，清醒着受煎熬。

陆帆海悻悻地说："也不知跑哪儿野去了，一回来就折腾。"

他直觉万俟铮一定遇见什么大事了。他抱起他的脚替他脱鞋。万俟铮迷迷糊糊地说："老陆，辛苦。"

陆帆海心一热。这些日子，他用尽浑身解数，既要安抚妈妈，又要找炎缇玉，还得应对公司，近乎崩溃。他以前没感觉万俟铮有这么重要。生产部、公关部、市场拓展部……似乎所有人都在找万俟铮。研发工作无人牵头，处于停滞状态，何鹏一天打八百个电话来问万俟铮的下落。

陆帆海念叨："我上辈子一定欠了你的。幸亏我是个男的，万一是个女的，八成成了你老婆，一辈子被你使唤。"

万俟铮这一觉足足睡了一天。

炎缇玉一定会拖到最后一刻再出现。他柔肠百结，思考从何说起，下一步如何发展。炎缇玉知道实情，会放下仇恨，重回他身边。想到这儿，他的嘴角溢出笑容。激动鼓荡胸膛，他无法平静，兴奋地在屋内踱步。

陆帆海叫他去公司上班，他拒绝。陆帆海说："你放着正经事不做，争风吃醋，大闹公司，像什么样子。你三十了，成熟一点。"

"我清楚我在做什么。"

"那你在做什么，请问？我们回国来造汽车，公司里一大摊子事等着你呢。"

"拜托，你去摆平他们，别让他们打扰我。我在等人。"

陆帆海快急死了，"公司是我一个人的？没有你，公司开得成吗？跟我去上班，别再胡闹。"

万俟铮连连摇头。他要是去上班，炎缇玉永远不可能回来。“她不复职，我不上班。”

他不能走开，他要等炎缇玉。他的梦想，他的“陆云天”计划，都不及她重要。

他神经质地翻看手机是否有新消息，穆翰是否打来电话，一次次拿起手机，一次次失望地放下。他直勾勾盯着门，尽管炎缇玉不可能提前出现。往事历历，全是美好的记忆。笑容在他脸上一现，又被紧张覆盖。

他的身体前后晃动着，像是赛跑前的预备，听到发令枪立刻会蹿出去。他忽然站起来，把门完全敞开，搬把椅子，正对着门口坐。他怕听不见炎缇玉敲门的声音，怕她犹豫不敢敲门。他要看着她走出电梯，不能错过她的到来。

他走火入魔的样子让陆帆海害怕，但陆帆海没时间看着他。万俟铮铁了心不上班，有好多事需要陆帆海去抵挡。

第三天到了。

万俟铮的身体不安地晃着，耳朵努力地支着，目不转睛地盯着门，任何细微的声响都让他激动。

太阳落山了。炎缇玉没出现。他拨打她的手机，依然是关机状态。穆翰的也是。阳光和他的目光同步黯淡。

万俟铮眼睛发直。陆帆海不忍地说：“她不会来。”

“时间还没到。今天还没过完。”

“她不会来。”

万俟铮吼：“还有晚上！今天还没过完！”

陆帆海叹气。

秒针逼近，嘀嗒嘀嗒，午夜十二点到了。万俟铮慌乱地拨弦，倒回五分钟，心想：我的表走快了。五分钟很快过去，时针再次指向数字十二。他紧握拳，关节咯咯响，嘴里叨咕：“她不敢不来，她一定来！”

在炎缇玉眼中，他是十足的坏人。只要炎缇玉相信他是坏人，她就不敢不来。他的威胁直指穆翰．虽然没有具体说什么，但炎缇玉可以发挥想象，在她的想象中，他说不定能把穆翰杀了。除非，除非她看穿他的虚张声势，或者，她不在乎穆翰。

多么讽刺。要见炎缇玉，居然要靠她喜欢穆翰。

他翻日历，手机的，电脑的，怀疑自己多过了一天，时间或许还没到。

所有的时间均显示，第三天已经过了。

他在黑暗中睁大眼睛，无言对抗黑夜。绝望弥漫，死一样的寂静。除了心跳，他感觉不到任何东西。

天亮了，万俟铮呆坐在椅子上。陆帆海走出公寓，见到他，欲言又止，深深看他一眼，走了。

万俟铮的眼前是灰色的，黎明前奶奶墓碑的颜色，离乡时水泥路的颜色，漂泊时远方城市的颜色……

如果炎缇玉下定决心逃离，他留不住。连交流都没有，误会根本没机会解除。

他生命里所有的计划都因她改写，没有她，他何去何从？

电梯门开了，一个纤瘦的身影缓缓走来。

万俟铮默默望着，然后，像忽然惊醒，他慢慢站起来，揉揉眼睛，不敢相信眼前所见。

炎缇玉站在那儿。她来了！

她来了，在第四天，他做出威胁后的第七十二个小时的最后一分钟，她来了。

万俟铮的心剧烈跳动，差点儿从胸腔蹦出来。他狂喜，不敢冲过去，怕吓跑她，于是退后，给她让出空间。他贪婪地望着她，她的脸，她的头发，她的眼眸，她那双依旧柔美的手。

炎缇玉表情冷漠。

万俟铮有太多的话要说，太多复杂的情感要表达，腹稿全部作废，张口结舌，说不出话。但他必须说些什么，他拣最要紧的，“竹楼那晚……”

这四个字像有魔力，炎缇玉的面容瞬间狰狞，冷漠消失不见，眼睛一秒充血，极度的仇恨、憎恶、轻蔑，五官简直盛不下这么丰富浓重的感情。

万俟铮惊得话语顿了顿，说：“那天，我……”

炎缇玉嘴角扭曲，似乎再也无法忍受，转身欲走。

万俟铮拦在门前，说：“林堇，不，炎缇玉，别走！”

炎缇玉停住脚步，侧身避免碰触他，厌憎混合怒火在眼中燃烧，如果眼神是刀，她已把万俟铮凌迟处死。

万俟铮突然醒悟——这是炎缇玉碰不得的话题。她家破人亡，始于那个夜晚，她的悲剧源于那个夜晚，她的伤口太深，不碰都汩汩流血，何况要剖开让她看清。

她已经恨了他那么多年，如果告诉她她恨错了人，侮辱她的另有其人，她如何承受得起？他尚且椎心泣血，痛不欲生，她作为直接受害人，当何如？那会要了她的命！

刹那间，万俟铮做了一个艰难的决定：隐瞒真相，让她继续恨，只恨他一个人。他要死守这个秘密。为了保护她，不让她受到二次伤害，他需要她继续误会下去，深信不疑地恨他！

只是，这样一来，他要如何得到她？

他毕生希冀，唯一的渴求，近在咫尺，却被他亲手推到天边。

命运再一次戏耍他，要他亲自把不存在的“罪行”坐实。

“你恨我……是对的。我对不起你。”万俟铮艰涩地说，每说一个字心就绞痛一次，仿佛在反驳他。他的声音沙哑。“我不该丢下你一个人受苦。我不负责任，是个浑蛋，我只顾自己，不顾你。对不起。给我机会，让我补偿你。”

炎缇玉于愤怒中有一丝悲凉。终于听到他道歉，但悲剧已酿成，道歉无法改变风刀霜剑的往事，妈妈不会复生，时光不可重来，失去的终成泡影。

她绕开他，他再次阻拦。“我把专利给你，把研究成果给你，你愿意给谁就给谁。我所有的都归你。你让我做什么我都愿意！”

尽管没有出声，但万俟铮仿佛听到她从鼻子里发出愤恨的冷哼，她的表情正是如此。

他低声下气地说：“我说的是真的。我是真心求你原谅。你要我怎么补偿，你说，只要你原谅我。”

炎缇玉手语：“我要你永远别靠近我！”

如同巨锤捶在胸口，万俟铮的身体晃了一下。

炎缇玉从他身边挤出门，眼看要离去，万俟铮突然转身，抓住她的胳膊，膝盖落地，咚的一声。炎缇玉愣了，做梦也没想到桀骜不驯的万俟铮会下跪。

万俟铮咬着牙说：“你可以恨我，惩罚我，我全都接受！”

炎缇玉呆呆地看着他，忽而无法忍受，奋力要走，万俟铮拉住她，哀求：“用你想到的所有方式折磨我，但是别走，别离开，求你。”

炎缇玉的胳膊被抓住，不能手语。她惶急挣扎，万俟铮殷勤恳切的眼神她根本不看，只想逃离。

电梯门开了，陆帆海轻快地说：“万俟，你看谁来了！”一个金发的年轻女孩跟在他身后走出电梯，两个人看见眼前的情景，愣住了。

是米可！

万俟铮近日的状态让陆帆海担心，米可一直想来看万俟铮，陆帆海不露痕迹地督促米可早日成行，并瞒着万俟铮，想给他个惊喜，希望他借此回到正轨，孰料竟碰上这个场面。

老陆怔怔地问：“你们在干什么？”

米可眼圈红了，转身走回电梯。陆帆海赶紧拉住她，大叫：“万俟！”

万俟铮看见他，眼睛发光，说：“老陆，快来帮我劝炎缇玉，把她留下，不能让她走。炎缇玉，别走，给我补救的机会。求求你！”

米可哭着挣扎，说：“Ich gehe zurück nach Deutschland（我要回德国）。”

陆帆海解释炎缇玉是一个重要的员工，关系公司前途，所以万俟铮拼命留住她。

万俟铮无暇他顾，苦苦拉着炎缇玉的衣角哀求。

炎缇玉听不懂德语。她猜到了米可的身份和对话内容，用力一扯袖子，睥睨万俟铮，悲愤得浑身发抖，手语：“你是在侮辱我，还是侮辱你自己？”说完夺门而出，跑下楼梯。

“炎缇玉！”万俟铮要追出去，被陆帆海一把抓住。趁陆帆海松手，米可跑进电梯，按下按键。

万俟铮喊：“放开我！”

陆帆海说：“我可以放开你，你要去追谁？”

“那还用问！”万俟铮烦躁。

陆帆海强行把万俟铮拖到机场。车开到离境大厅，陆帆海催促：“快去找她，我去停车。”

米可买了回德国的机票，迟迟不去安检，向门口张望。

万俟铮冲进大厅，找到她。她背过身抹眼泪。

“米可。”

米可生气地说：“他叫我来，说你需要我。我看你根本不需要！”

“对不起。”

“道歉没用。我不原谅。”

万俟铮低下头，说：“对不起，我不能跟你结婚。”

米可惊讶地回头看他，哭了：“你来是为了跟我说这个？你不是应该挽回我吗？你说啊，说你希望我留下，我可以原谅你，你说啊。”

“你是个好女孩，而我太坏。”

“我可以包容你。”

“我不配。”

“你爱上别人了？”

“与别人无关。你很可爱，但我不爱你。”

米可抓住他的手，说：“可我爱你！如果你需要时间，我可以等。”

万俟铮面容惨白，轻声说：“我曾经爱过一个人，她拿走了我的心，踩碎了它，从此我再也不相信爱情。后来我遇见你。你那么美好，我想利用你开始新的生活。但我不能骗你，不能骗自己，我没有心可以给你，不能让你幸福。对不起。”

“是刚才那个恨你的女孩？”

万俟铮的心如同被针扎了一下，没有回答。

米可抱着他哭泣。

陆帆海跑进来，见他们拥抱着，松口气。米可擦着眼泪，走向陆帆海，说：“如果他改变主意，记得叫我来。”

陆帆海不明白是什么状况。

米可留恋地看向万俟铮。万俟铮温和而悲伤地对她笑笑。她走进安检口。

陆帆海张大嘴巴，问："怎么回事？她走了！拦住她啊！"

万俟铮不动。陆帆海问："放她走，你想清楚了？"万俟铮转身回家。

一路沉默。

回到公寓，陆帆海说："我总觉得炎缇玉眼熟，直到今天看见米可，我才明白，炎缇玉像你之前所有的女朋友。不对，应该说，你所有的女朋友都有一点像炎缇玉，要么是脸型，要么是眼睛。你是按照她的模样去找女人的。"

万俟铮不语。

陆帆海说："炎缇玉看你的样子，恨不得抽你的筋扒你的皮，你还跪在地上，这是怎么回事？你告诉我实话，是不是我妈来的那天，你对她做了什么？"

万俟铮沉默片刻，忽而顽劣一笑，邪魅地说："我和她十多年前就认识。有一天我喝醉酒，睡了她。第二天我跑了，怕她找我麻烦。那天看见你们的亲密照，我心里痒痒，想再碰她，结果被她跑掉。刚才我想哄她，可她学精了，不吃这套。"

陆帆海越听眼睛睁得越大，气得七窍生烟，说："这么多年我居然没看出来。你这人渣，骗子，变态！怪不得她改名换姓，总是躲着你，你还嫌伤她不够？她应该告你，把你抓起来。我怎么跟你这么个玩意儿称兄道弟！不对呀，你犯了罪，为什么你反而恨她，可着劲欺负她？"

万俟铮的脸沉下来，谎言流畅无比。"她逼得我这么多年不敢回家。她怀了我的孩子，居然敢流产，那是我的孩子！"

陆帆海气得在屋子里转圈，胸口像要爆裂似的，大骂："你还要不要点儿脸？！你还敢怪她不把孩子保住？你想让她天天看着那孩子活受罪？混蛋，十足的混蛋，毫无廉耻！你怎么不下十八层地狱！"他摔门离去。

万俟铮的脸上渐渐浮现自嘲，然后是悲凉。地狱，他见过的。他的嘴角发抖，五官痛苦地扭曲，用手捂住了脸。

五十三

天马行空的荒唐

万俟铮自梦中惊醒。

他所有的噩梦都是失去她。

当他想从梦中醒来，却被拉入更深的黑暗，不得脱身。

曾经以为把话说清楚，他们能冰释前嫌，重归于好，现在看来是不可能了。

下跪、哀求，是无法让一个恨你的人留在身边的。他必须做坏人，哪怕这让她更恨他。炎缇玉肯见他，正是因为他坏，她怕他对穆翰不利。

恨吧，用恨和恐惧强迫她留下。过去已逝，他还有未来几十年，他要用余下的时光重新赢得她。

万俟铮调整策略，制订了十项计划，估计不等全实施完，就会有人受不了。

万俟铮持续旷工不上班，有人看见他在夜店花天酒地，他们向陆帆海提起，陆帆海立刻沉下脸，闭口不言。

穆翰休假归来，接到许多投诉，要他管管万俟铮。他统一答复：知道了。

像是知道陆帆海管不了万俟铮，他从不向陆帆海施压，甚至不问。

皮特敲门，拿着几张花花绿绿的纸，说："街上好多人在发传单。"

传单上是一则寻人启事：我公司特别行政助理炎缇玉失踪，悬赏提供线索。最下面一行大字：炎缇玉，公司喊你回来上班。

穆翰说："放这里吧。"

次日，穆翰开会回来，见一群人站在他的办公室外。皮特擦擦汗，解释："早上万俟铮来了，我还没反应过来，他已经贴上了。"

穆翰的办公室门上贴上了一张大海报，印着一辆飞驰的汽车，少了一个轮胎。海报主题是：把助理还给我！

众人正对海报又抠又撕，因为粘得结实，只撕掉了一小部分，大部分海报还在。

穆翰侧头看了一会儿，说："广告部。"

广告部的人赶紧跑来。穆翰指着海报说："这个图案有用，借鉴一下。"说完推门进去，照常工作。

众人面面相觑，低声说："看看咱们穆总的器量！"

寻人启事在全城闹得沸沸扬扬，连张琪都来过问，问高屹报案了没有，是否需要帮忙。

又过了两天，万俟铮派人送来一个盒子，里面是一个时钟摆件，用轴承、火花塞、拔叉等汽车废旧零件做成，造型是水车、牧童和一头老牛。卡片上写着：近日多有打扰，以此致歉。——万俟铮

皮特说："他还知道错了啊，拿这个道歉。"

穆翰把它摆在办公桌上。到了十点，水车开始转动，一条木制小鱼跳跃，老牛点头，牧童开口报时："现在是上午十点。老板，我的助理不见了，我的助理不见了。"

皮特头大，"这个万俟铮，无孔不入啊。我替你砸了吧。"

穆翰一笑，说："这个不错，送给设计部。他们研究智能人车交互系统，告诉他们，要开发多个版本，一定要有卡通版。"

陆帆海上班，远远看见公司大门口围着许多人和车，有分公司的员工，也有集团总部的，个个神情古怪，伸长脖子往里看。他的车无法靠近，只能摇下车窗，问发生了什么事。

"陆总，您下来自己看吧。"

陆帆海停下车，走到大门前，发现电动门紧闭，保安在门后站成一排，像一堵墙。

陆帆海说："上班时间关什么门啊？快打开。"

一个保安说："陆总来了，去叫队长。"

保安队长隔着门赔笑，说："陆总，您先看看通知。"

通知？陆帆海茫然。众人让开一片区域。原来大门外立着一块牌子，上面写着：即日起全体带薪放假。上班时间另行通知。

陆帆海气道："胡闹，什么时候说要放假了？"

"总经理早上刚说的。"

"胡闹，快把门打开，让大家进去。"

保安队长为难地说："俺不敢。总经理说了，不许大伙上班。炎缇玉不是辞职，而是休长假。她休假，其他人上班，不公平，所以全体放假。"

"跟炎缇玉有什么关系？你们非把公司弄倒闭了才开心？开门。"

"把门打开您也进不来。"保安队长说，"总经理说了，要是放进来一个人，他就把俺开除。"

陆帆海快气晕了，"我是副总经理，你听我的！他不敢开除你。你不让我进去，我现在就开除你！快开门！"

"要不您自己跟总经理说得了，俺职位低，做不了主。"保安队长看了一眼大楼。

陆帆海惊讶："他在这儿？他上班了？"

保安队长点头。"俺只能放您一个人进来，而且您得走进来，不能开车。"电动门开了一尺，放陆帆海进来，又立即关上。

陆帆海一进院子，惊呆了。怪不得保安队长说把门打开也进不来，满院子全是阻车钉、破胎器和捕鼠夹，密密麻麻，看得人几乎要得密集恐惧症。

陆帆海大叫："万俟铮！"话音未落，一个高尔夫球从天而降，正砸在他的脑袋上。

天台！那个该死的混蛋在天台上。

陆帆海下定决心不和万俟铮说话，但他实在忍不住了，一口气跑上天台。万俟铮正挥舞球杆打高尔夫球。陆帆海破口大骂，骂得口干舌燥眼冒金星，心脏病差点儿犯了。

“赶紧让保安撤喽，恢复上班。事情闹大了，董事会要是问责，你吃不了兜着走！”

万俟铮悠闲地说：“我正愁高屹不知道。”

保安队长探头探脑，问：“铮哥，中午吃点什么？俺去订饭，俺请客。”

“吃什么吃，都快喝西北风了！”陆帆海叫他，“你来得正好，快把院子收拾干净，把大家叫回来上班。”

保安队长望着万俟铮。

陆帆海说：“我跟你说话你没听见啊。他是总经理，我是副总经理，我说的话你也得听！”

万俟铮说：“给陆总搬个座儿，他骂累了。中午你们喜欢吃什么就点什么，我不挑。”

“得嘞。”保安队长应着，下了天台。

“势利眼！凭什么他听你的不听我的！”陆帆海忽然觉出不对，“等等，他刚才叫你什么，‘铮哥’？”

“没错。”

“你什么时候跟保安称兄道弟了？”

“昨天晚上。”

陆帆海一脸困惑。

万俟铮挥杆，打出一个球，说：“你要是也打牌输给他们几万，他们也会叫你哥，而且是大哥！”

陆帆海跺着脚，叫：“万俟铮你到底想干什么？公司有多少事等着干呢，你把人挡在外面，想让公司倒闭吗？”

“看通知了吗？炎缇玉上班，大家就上班，她不来，大家就放假。”

“你做梦！你别欺人太甚。你一个人疯了还不够，还要把所有人都逼疯。”

万俟铮耸肩。

陆帆海气哼哼，“我告诉你，别把我逼急了，逼急了我什么都干得出来。”

“你还有空管我？我好像看见小美哭着从门口离开了。”陆帆海一怔，万俟铮又说，“奉劝你别当众去找她。她因为什么受委屈，你猜不到吗？”

万俟铮说的不错。小美在大门外关切张望，被玛姬一通奚落，小美与她争辩，玛姬歉然笑笑，眼里却没有丝毫歉意，说：“许是我误会了。年会那天，我看见陆总和一个女孩在露台幽会，还以为是你。”小美的脸色变了。

许多人都知道陆帆海追求玛姬，见小美脸色，便知玛姬说的不错，不禁对小美指指点点。

小美尴尬万分，想辩解，玛姬说：“我受伤不能跳舞，不过陆总不缺舞伴。整晚他都和一个穿桃红色蓬蓬裙的女孩跳舞。那条裙子我见过。如果翻翻去年的嘉年华照片，说不定能找到相同的。”

小美感觉众人的目光带着嘲讽，她噙着眼泪离开。

员工进不来，陆帆海支使不动保安队，赌气自己包揽所有的工作。他待在综合办公室，刚接听这个电话，那个电话又响起。他忙得焦头烂额，做了这个落下那个，根本应付不过来。

火警灯忽然亮了，警铃大作。陆帆海吓了一跳，跑下楼，到了院子里，差点儿踩上一个捕鼠夹。他对着保安大叫：“救火，着火了，快救火！”

保安乐呵呵，“陆总，别紧张，是消防演习。”

陆帆海怪叫：“演习？”

“是啊。总经理说，生命可贵，安全第一。趁着公司放假没人打扰，正好多搞点儿演习。”

陆帆海气得跳脚，又怕踩上一院子的钉子夹子，忍着气退到楼里。

从此陆帆海每天被各种演习包围，除了消防演习，还有防盗演习、反恐演习、地震演习，甚至还有防诈骗演习。

这天，他正苦口婆心劝降保安队长，火警警铃又响了。陆帆海大叫：“有完没完，天天玩救火，这儿改成消防队得了。”

保安队长纳闷：“没听说今天有消防演习啊。”

浓烟从一楼飘上来，紧接着，楼道里传来嘈杂的脚步声。两人对视，“糟了，真的着火了！”

火很快被扑灭。原来是万俟铮吃腻了外卖，要给全体保安做饭，在一楼临时搭建了厨房，做饭时造成了小火灾。

小保安扑火，熏得脸上一块一块黢黑。陆帆海的脸色比他更黑。

他喝问：“万俟铮，你到底想干什么？”

“我想认认真真活一次！”

陆帆海跳起来，“认真？你管你的胡闹叫认真？”长此以往，他命不久矣。他破罐破摔，叫：“早晚我得被你气死，不如现在给我来个痛快的。”

万俟铮平和地说：“干吗这么激动，不过是休长假而已，你不喜欢休假吗？”

陆帆海感觉自己再不转身走开，整个人会爆炸！

分公司全体放假，震动整个集团。穆翰又接到一堆人告状。

放下电话，他把皮特叫进来，吩咐：“万俟铮点子多，总能出其不意，让创意部去向他请教。”

皮特睁大眼睛看着他，点头称是。他还以为穆翰终于看不过去，要出手了。

皮特找不到万俟铮。保安是这么说的："有一车美女来找总经理，把他带走了。"

一连几天，万俟铮没有出现在公司。陆帆海立刻着手叫众人回来上班。他刚拿起电话，准备打给玛姬让她发通知，一只手伸过来按住电话。他绝望，万俟铮怎这么会赶时候，偏在此时回来，转头却发现是保安队长。

"陆总，你是不是想叫大伙儿回来上班？"

陆帆海沉着脸说："是啊。怎么着，万俟铮让你监视我，拦着我？"

"没有没有。"保安队长诚恳地说，"是俺自己想，你要是把大伙儿叫回来了，铮哥来了，再把大伙儿轰走，多不好啊。"

陆帆海顿时气馁。万俟铮干得出来这种事。

五十四

十面埋伏

就在陆帆海提心吊胆、穆翰放任不管的时候，有人正盼着万俟铮闹得再大一点。他们与万俟铮多次交手均告失败，一直想扳倒他，苦于没机会，眼见他发疯，都拍手称快，伺机补刀。

赵烈笑呵呵对钱力说："我要看看万俟铮还能闹成什么样。穆翰因为不管他，被好多人指责。闹吧，闹得越大越好。自作孽不可活。"

钱力说："咱们是不是在适当的时候推一把？"

"不急。刘深恨他恨得牙痒痒，等他先出手，我们坐收渔利。"

刘深那边也是同样态度，他在等赵烈行动，等高屹的反应，等着看万俟铮如何收场。

等来等去，钱力等不及了。她交给玛姬去干。老领导发话，玛姬立刻行动。她给高敏纤打电话，问："大小姐，你吃了那么大苦头，想不想扳回一局？"

说实话，高敏纤不想。几个月来，她的工作和生活渐渐稳定。她牢记穆翰的叮咛和承诺，默默努力。万俟铮的事她有所耳闻，但她没和自己联系到一起。

玛姬巧舌如簧，三言两语勾起高敏纤的报复心。

玛姬的计划是：让已经入狱的"小偷"供出一条新线索——他受万俟铮指使，来偷他的电脑，将信息卖给竞争对手，用盗窃的方式掩盖机密信息交易的事实。当然了，交易的信息可不是那个假的核心技术，而是电脑里所有的机密文件。

高敏纤问："笔记本电脑的硬盘摔坏了，无法恢复，里面有什么内容现在全看不到啦。说万俟铮指使人监守自盗，没有证据，警察能信吗？"

玛姬说："要什么证据？莫须有的罪名是最好的罪名。正因为查不清楚，无法证实犯罪，但也不能证明他的清白。我们要的是大家对他的猜忌。"

高敏纤明白了。

玛姬又说："要是炎缇玉受万俟铮的威胁回来上班，就更好玩了。你想想，别人会怎么看他们俩？穆总会怎么想？可惜，万俟铮的招数不够狠。"

高敏纤会意，"我们来帮帮他。"

"别留下痕迹，得让人相信是他干的。"玛姬叮嘱。她知道，高敏纤和高屹非常相像，喜欢自作聪明地用一些拙劣的计谋。她现在正需要借用高敏纤的力量，既能向万俟铮泼脏水，又不用自己出面，日后还能与万俟铮相处。

另一边，刘深也等不及了。在刘深的授意下，李响对万俟铮的调查始终未停。多家汽车制造商频繁与万俟铮接触。李响打算从信息安全、职业操守等方面发动攻击，并从内控部的角度，以万俟铮渎职、玩忽职守、管理混乱等理由给出辞退建议。

李响和手下商议。

"穆翰不可能再护着他。万俟铮之前和穆翰好像要结盟似的，经过这件事，他们再也无法结盟了。成天欺负上司的女人，这不是找死吗？"

"只怕董事长护着他。"

"高屹看重的是万俟铮的本事，要是有人能顶替他，高屹巴不得立马把他踹下去。你想想，他逼走了高敏纤，高屹心里能好受？"

"顶替他？你是说研发中心的何鹏？"

"研发中心那边何鹏可以顶上。分公司那头，实际上是陆帆海在进行管理。"

"说服何鹏，就拿万俟铮耽误工作说事，这条最管用，何鹏是工作狂。陆帆海是万俟铮的铁哥们儿，他那头不太好办。"

"你还没看出来，万俟铮已经是孤家寡人了！陆帆海一听他的名字就烦。"

李响以内控检查的名义约何鹏谈话，夸赞他工作踏实，是李思锐的左膀右臂。李思锐生病休养，本该由他主持大局，没想到空降个万俟铮。他责备万俟铮不靠谱，整天胡闹耽误工作，穆翰也不管。

何鹏不语。他虽然木讷，但不傻，他清楚李响的站位。

李响一副公事公办的样子，说："抱歉，何主任，我不是有意针对研发中心。我是内控部的，职责所在，必须监督公司运行。你们部门，哦，不对，是你们部门的某个人失控了，影响了整个部门的工作环境以及项目进度，我不得不管。"

何鹏紧张了，不知道内控部打算怎么处理这件事，是否影响整个部门的绩效考核。同时他又期待，如果内控部能管得了万俟铮，让工作重新运转，那也行呀。这个念头很快被他自己否定了。天不怕地不怕的万俟铮，哪儿能听内控部的话？

“何主任，你想过没有，”李响顿了一下，说，“把他踢出局，不让他带坏研发中心。”

“万俟铮是个天才，研发工作需要他！”

李响往后一仰，轻蔑地说：“地球离开谁都转。”

何鹏摇头，“不一样。研发出现问题，他只看一眼就知道问题出在哪儿，这种敏锐和专业高度，不是人人都具备。虽然我们不是搞文艺创作的，而是严谨的科学，但是直觉同样重要。陶哲轩曾经说，知道如何严密地思考固然重要，但严格的要点并非消灭全部的直觉，而是消灭有害的直觉，澄清和提高好的直觉。严格的推导……”

李响不知道谁是陶哲轩，也没兴趣听何鹏夸赞万俟铮，打断他：“天才也得用在正地儿。你的天才不干正事，再天才有什么用？”

何鹏无言。

李响说：“听说你跟李思锐搭档很多年了，像师生一样。我替他问你一句，现在研发进展怎么样？”

如果是万俟铮，他会怼李响，“谁给你的资格替他问我”“你问我我就要回答你呀”等等，但是何鹏不会。他真的开始认真思考，发现无法回答。

李响向前俯身，非常诚恳地说：“我给你个建议，不是强制的，只是建议——取而代之。由你带领团队重回正轨。”何鹏面露难色。李响知道他担心能力不足，说：“总好过他连面都不露，完全指望不上。”何鹏犹豫了。

分公司与集团总部之间隔着子公司。李响不能以集团内控部的名义约谈陆帆海，况且，陆帆海还不够资格跟他对话。他派手下以私人身份约陆帆海吃饭。

陆帆海当然知道醉翁之意不在酒。他处事圆滑，爽快应约。对方吹捧他的管理能力，绕着弯子游说他，建议他取代万俟铮成为公司总经理，让万俟铮做副总。这样既可以保证公司运行，又能够削弱万俟铮的破坏力，间接保护他。

陆帆海虽然没表态，但这番话确实触动了他。

钱力的能量是巨大的。她派人鼓动几百个员工，拉横幅抗议。这些员工有的是研发中心的，有的是集团总部的，有的是集团内其他公司的。

普通员工的横幅上写着：同工同酬，我们要带薪长假。

研发中心的横幅则是：群龙无首，龙困浅滩。

陆帆海接到通知去总部开紧急会议，他心里清楚，这是决定万俟铮去留的会议。

分公司的院中，保安队长带着手下，训练几只从街上捡回来的流浪狗看家护院。万俟铮从大门外进来，推着一辆电动摩托，表情轻松。

陆帆海暗自感慨。他不在乎离开骁龙云腾，他早就想离开。真正想留下的人，恰是不停折腾的万俟铮，只有留在骁龙云腾，他才便于威胁炎缇玉。

二人擦肩而过，万俟铮轻声说：“别为我说话，保护你自己。”

陆帆海看他一眼。

参会人员包括高屹、赵烈、刘深、罗超凡、宫极、李响、钱力、何鹏和陆帆海。何鹏看了陆帆海一眼，仿佛在说你多保重。这一眼，让陆帆海明白了万俟铮四面楚歌的处境。

高屹带着陈盼走进会议室。会议开始。赵烈主持会议，说："今天的紧急会议主要是为了解决最近公司出现的几起聚众请愿事件。请人力资源部介绍一下情况。"

钱力介绍了基本情况，说："事情的起因是分公司休不限期长假，引起其他员工不满。研发中心的员工对工作进度和环境有很大怨言，认为工作受阻。"她沉思，"员工请愿的事得赶紧压下来。这件事来得蹊跷，短时间内居然纠集几百人，像是有组织的。不知道是谁鼓动的，出于什么目的。"

一招高明的贼喊捉贼，先是跳到圈外，给了众人遐想的空间，又不动声色地引导大家的猜测。刘深和李响在心里竖起大拇指。

接着，内控部汇报。李响讲述寻人启事、无故放假、研发停滞等事，认为万俟铮玩忽职守，滥用职权，他说："内控部经过研究，建议辞退万俟铮。"

建议一出，人们看向高屹。

高屹问："他到底想要什么？"

陆帆海心想：把炎缇玉五花大绑送来，就万事 OK。

高屹问钱力："人力资源部的意见呢？"

钱力举例说明了万俟铮喜怒无常，在公司里独断专行，为难下属。"万俟总严重扰乱公司秩序，破坏公司制度。虽然很惋惜，但我们还是建议降职，或者解除职务。"

罗超凡迟疑地说："分公司有小偷的事，大家还记得吧。最近那个小偷主动交代，说他受万俟铮指使，专门去偷他的笔记本电脑。案件正在调查中，法务部配合公安机关提供了监控视频和笔记本电脑等证物。这个情况是否该纳入考虑？不过最终结果还没出。"

宫极问："讨论万俟铮的问题，怎么没叫穆总啊？"

李响瞄何鹏，何鹏说："我多次请穆总协调，他说万俟铮做事知道轻重，他会适时处理。"

赵烈添一句："今天只是摸情况，是碰头会，不做决议。"

罗超凡说："这个万俟铮呀，恃才傲物，年少轻狂。咱们都是从年轻过来的，只要他不耽误工作，一切好说。"

赵烈说："他已经耽误工作了。"

罗超凡说："李思锐主任的手术做完了，还在做后续治疗。万俟铮走了，谁接管研发中心？"

赵烈说："公司是一个整体，不能指望某个人当救星。何鹏主任在研发中心工作七八年了，李思锐主任总是夸奖他。”

何鹏尴尬得脸红。罗超凡不再说什么。

对手已设下十面埋伏。陆帆海感觉如果他不挺万俟铮，万俟铮就完了。他轻咳，说：“不知道诸位是否还记得当初答应我们的事，组建分公司，人选任我们挑。炎缇玉辞职，万俟铮的工作进行不下去，闹点脾气，请大家原谅。”

李响说：“他可不是闹点小脾气。他的脾气有些大。”

刘深说：“我建议考虑人力资源部的提议，对万俟总，可以选择调整职务的方式。陆总的管理经验丰富，足以胜任分公司总经理的职务。”

陆帆海说：“谢谢刘总举荐。如果没有万俟铮，或者万俟铮在技术上不能发挥作用，我的总经理位子能坐多久？我有自知之明。”

刘深瞥一眼李响。游说陆帆海的工作做得不扎实啊。

高屹沉思，不发一语。

刘深觉得还需要加把劲，帮高屹下定决心。赵烈看一眼钱力。

钱力说：“董事长，还有一个人有话要说。我提议让她加入讨论。”

高屹点头。钱力亲自到会议室外接人。那个人进来时，在座的人都一怔。陆帆海心道：对方出大招了！

钱力说：“炎缇玉，请坐。为了方便交流，我们请了手语翻译参会。”

炎缇玉穿一身深灰色连衣裙，更显得肤色雪白，身形柔弱娉婷。她的表情毫无波澜。

刘深心悦诚服，不知道钱力哪里来的神通，竟然把这个清心寡欲、不问世事的人请来了。

炎缇玉代表穆翰的意见吗？陆帆海暗叹，他们失去了唯一的支援。他不停地出汗，预感万俟铮凶多吉少。

钱力说：“炎缇玉，我们用问答的方式可以吗？”

炎缇玉点头。

钱力说：“请评价一下万俟铮。”

“刚愎自用，目中无人。以自我为中心，蛮横，跋扈，头脑简单，容易冲动。”

“你认为他对公司的管理有效吗？”

“他的心思不在管理上。”

“他和你的关系如何？”

“不好。但我给他的评价是客观的。”

“他和你相处不好，是他的原因还是你的原因？”

炎缇玉的嘴角有一抹讥诮，似乎在说这问题多余，答案显而易见。

“你辞职与他有关吗？”

“是的。”

“穆总对你辞职是什么态度？”

“要问他的态度，应该把他请来。”

钱力被呛了一下，问：“你认为万俟铮对分公司最大的作用是什么？”

“毫无作用。”

“你认为万俟铮是否适合继续在公司工作？”

“如果可以的话，我希望他滚出本市！”

钱力说：“谢谢，我没有其他问题了。”

赵烈的表情越来越轻松，刘深的眼中已有胜利之色，何鹏不知所措。陆帆海紧张地思索着对策。他想不出为万俟铮辩解的话，所有的解释都像求饶，不仅得不到敌人的怜悯，还会惹人厌恶。眼看高屹要下决定了，他急得额角冒汗。

炎缇玉对手语翻译做个手势，表示有话要说。赵烈做了个“请”的动作。

炎缇玉清凌凌的眼睛扫视众人。“万俟铮是个十足的混蛋！他总是故意刁难我，无论我多么小心，他都不满意。他还常常当众对我进行苛责，使我难堪。这些，想必大家听说过。”

赵烈等人一笑，陆帆海惭愧地低头。

她手语：“但，这是我和他之间的私事。刚才回答问题的时候我就在想，为什么要把私事放在会上讨论。”

手语翻译看向钱力，不知道该不该翻译出来。钱力见她不动，猜到炎缇玉的谈话方向偏离了她的预期。她暗想：“你不会拣无关紧要的翻译吗？大庭广众，让我怎么教你？”

炎缇玉打开面前的话筒，敲了敲，在手机上打出一段话，用语音朗读功能播出：“请如实翻译我的话，否则，请你离场。”

众人意识到事情不寻常，都来了精神。

手语翻译无奈，只好翻译。陆帆海眼睛一亮。赵烈用余光看钱力。李响说：“会议讨论的就是公事。万俟铮的行为已经影响到工作。”

“从刚才的问题，我看不出。我给出的仅是个人意见，不代表其他员工。据我所知，他没有为难其他人。”

李响说：“作为管理者，刻意针对属下，即使只针对你一个人，也是不对的。公司会为你主持公道。”

“多谢，这迟到的公道。上次的泄密事件，当我受到怀疑的时候，为我主持公道的人，似乎不在这间屋子里。”炎缇玉表情淡淡的。

人们惊讶了。这还是默然不语，如同透明人一样存在的炎缇玉吗？此刻，她镇定无畏，像盛放的玫瑰，带着刺，三言两语，奚落了在座所有权威人士。

人们面露尴尬。陆帆海既愧疚又觉得痛快。

刘深解嘲一笑，说："炎缇玉是个大度的人，没想到你能替万俟铮讲话。"

其他人刚要附和，炎缇玉扬手制止，"你错了。就个人而言，我希望他滚得远远的。但我不希望被人当作借口，说辞退万俟铮是因为我，集团要给我出气。我没那么大面子，集团也不会这样偏爱我。我的事情，我自己会处理。我辞职，是因为讨厌他，并不是怕他。一码归一码，我不想公报私仇。但是很显然，在座的有些人不明白公私要分开。"

钱力在座位下攥紧拳。这真是搬起石头砸自己的脚，还不如不叫炎缇玉来。

罗超凡问："对于万俟铮，你的意见是？"

"我没有意见。我只想说，穆翰不会看错人。尽管我不懂，为什么他那么相信万俟铮，但我知道，一定不是无缘无故的。"

全场鸦雀无声。

炎缇玉扫视众人。"你们觉得万俟铮有错。那么，到目前为止，你们谁批评过他，纠正过他？觉得他做得不对，就该把他叫过来当面质询，该批评批评，该处罚处罚，何必绕圈子，找别的理由？"

李响说："这也是穆总的意思吗？"

"我早已过了十八岁。我说我想说的话，不必管别人什么意思。"

这柔弱的女子，不起眼的深灰色影子，句句有分量，无声细语，惊爆如雷。

所有人对炎缇玉刮目相看。她端庄严肃，是非分明，坦荡无畏。谁能想到，为万俟铮仗义执言、激烈陈词的，竟然是口不能言的她。

夏朵敲门，身后站着一名快递员。她说："有董事长的快递，要求送达本人，不能代收。"陈盼脸色凝重，带快递员走进会议室，低声向高屹汇报。高屹皱眉说："正在开会，快递怎么送到这儿来了？"

陈盼掏出手机，给他看屏幕，高屹一看，脸色变了。

那是一则刚收到的匿名短信：要想知道你儿子的下落，立刻当众打开快递。

高屹扯开快递包装，里面竟然是一份国家专利技术证书，授权时间是今年五月初，发明人：万俟铮，专利权人是骁龙云腾公司。国家知识产权局的红章清晰鲜红。

他将证书交给其他人传看。

会议室门口又传来敲门声。夏朵说："又有一个董事长的快递。"

打开后，是另一份国家专利技术证书，授权时间是今年四月。

紧接着，会议室传来第三次敲门声。大家惊讶地望去。难道还有第三份专利证书？万俟铮主持研发中心工作才多久，能获得两份专利已经令人刮目，三份简直不可思议。

那真的是另一份国家专利技术证书。

门第四次响起，第四份专利，授权时间是前天。

门一共响了十二次。从第五份开始，不再是专利证书，而是专利申请进度查询的网页截图，分别处于受理、初审、公布、实审等不同的阶段。

众人从惊讶到震撼，直至无话可说。刚开始，刘深还在嘀咕这么重要的东西怎能随意快递，李响还在低声向何鹏求证，后来，他们都沉默了。

高屹想：上兵伐谋，其次伐交。万俟铮挫败了攻击他的阴谋，展示了强大的实力。赵烈和刘深已经败了。

门第十三次响起。这次寄来的是一份考勤记录，记录了四个月内万俟铮在研发中心的打卡信息。他平均每天至少工作十六个小时，一周七天不休息，每周工作超过一百二十个小时。

高屹问："赵总，万俟铮来公司多久了？"

"七个多月。"

"牵头研发中心呢？"

"从一月份开始，五个月。"

高屹靠在椅背上，"七个月，四张国家专利证书，八份正在申请的专利。以前咱们是多少？一年难得有一个吧？以前的申请批得也慢，两年内能批下来算快的。"他把考勤记录递给赵烈，"一周工作一百二十个小时，相当于别人的三倍。干四个月等于别人干一年。别说他一个月不上班，就算他一直休假到年底，今年的工时他也已经超额完成了。你们有什么想法，说说吧。"

满座静悄悄。

不战而屈人之兵。

万俟铮用无可匹敌的优秀证明了他不可撼动的地位。成绩斐然，无可辩驳。

沉默片刻，刘深试探着说："能不能让万俟总只管研发，不负责分公司管理，也好减轻他的负担。"他瞄陆帆海，希望陆帆海接话。

陆帆海含笑说："我们两个，我才是那个可有可无的。在各位眼里，我是万俟铮的附属品，没有他，我不可能坐在这里。我管不了他。"

陈盼转头，发现快递员还站在原地，说："你怎么还在这儿？"

快递员摘下头盔，露出一张迷死人不偿命的脸，微笑着说："经常劳烦各位为我费神，真抱歉！告辞！"

所有人瞠目结舌。

快递员竟然是万俟铮！每一次都是他，送了十三次。难怪他放心地把证书交付"快递"，原来始终在他手里。

高屹看快递包装，大信封上没有快递单。

赵烈等人几乎气死。

高屹黑着脸，生平第一次被人如此戏耍。

会议室寂静得像暴风雨将至。众人在等高屹的反应。难道他忍了？戏弄董事长，足以辞退他，管他是不是天才！陆帆海暗叹，万俟铮着实过分了。

刘深火上浇油，故意期期艾艾地问："董事长，用不用叫住万俟总？"

"叫他干什么，开会吗？散会！"高屹哼了一声，咧开嘴，又气又笑，意味深长地说，"穆翰果然没看错人！陈盼，联系穆总，我要和他谈谈。"

高屹的话是说给炎缇玉听的。在万俟铮和穆翰之间，高屹选择牺牲穆翰。

高屹以前有过同样的表情——挑起一边眉毛，紧抿嘴唇，眼皮半垂，好像在默想，面部没有多余表情。陈盼知道高屹已经到了爆发的边缘。万俟铮功高欺主，而且利用高屹失踪的儿子，犯了大忌，高屹心里已记下这笔账。

炎缇玉开车驶出公司大门，曲娜娜突然冲到路上拦住她。她急刹车，调整方向，打算绕过去，曲娜娜按着前舱盖，身体紧贴着车，让她无法动。缇玉放下车窗。

曲娜娜跑到驾驶室旁，气愤地说："我知道你今天来干什么。你不该帮助别人对付总经理。其实他人很好。你所有的办公用品都是他过目的，连你的座椅高度都是他亲手调的。他交代其他部门要尽量配合你，少让你干需要说话的工作。他让司机把油加满，把车洗干净再给你，省得你因为加油和洗车跟人家说话。你工位上方的灯光本来和走廊其他地方一样，他觉得暗，特意嘱咐总务部换了灯泡。刘深他们安的什么心，大家心知肚明。即使你不清楚总经理为你做了什么，你也不该和别人合伙对付他。不管你多讨厌他，他……"

炎缇玉脚下加油，开车远去，不顾曲娜娜在后面叫。

炎缇玉回到家。楼门口有三五个人正对着什么指指点点。她走近，看清了：一柄匕首将穆翰的照片钉在信报箱上。

陈盼给皮特打电话，约穆翰的时间。皮特说："我们这边出了点状况。"

穆翰外出开会，车停在大厦地下停车场，散会时发现车被划花了，还泼了油漆。

"谁这么可恶？！"陈盼说。他和皮特同时想到一个人。

五十五

梅子青时节

雨轻风色暴，梅子青时节。

微风吹拂，树荫下，万俟铮在躺椅上伸直腿，用铅笔画元件草图。

要保护别人，必须自身强大。做自己最擅长的事，是他最强大的时候。他一刻不停地努力着。

一个纤瘦的人影无声无息靠近，在他身后停下。风吹动她的裙摆，她像一个深灰色幽灵，在黑与白、明与暗之间存在。

休闲茶几上放着果盘，还有锋利的水果刀，两支削得尖尖的铅笔。

那个人影站立许久。

万俟铮头也不抬，沉静地说："你要动手的话，最好快一些。我快画完了。"

人影走到他的面前，把一柄匕首扔在他的本上。万俟铮停笔，抬起头。

苍白而秀美的面庞，因为消瘦，更显得下巴尖尖，增添精致之感。漆黑的眼眸因承载过多的仇恨而幽深，仿佛是无底深渊，光芒一到里面就消失不见。

她恨他。

他忍着心痛，装作若无其事地回视。他有许多问题想问她，许多话要对她说，但，现在不是时候，她也不会接受他的心意。他要在日常生活中释解她的恨，所以必须把她拴在身边。

缇玉手语："你赢了，我来了。"屈辱让她的眼中浮现泪光，她扬起下巴，维持着残存的自尊。

他没赢，他输了她。她的愤恨、她的不甘都让他感到挫败。十一年太长，在漫长的岁月中，她的苦辣辛酸，倒映于另一个人的眼眸。

他平静地说："让玛姬发通知，全体员工下周复工。"说完，他低头继续研究他的图，不再理她，仿佛认为她应该立刻去执行了。

长达一个多月的对峙，风起云涌的局势，多方参与的乱战，最终的解决只是简单的一句话。如果炎缇玉去传达命令，说明她同意回来上班，对峙结束。

缇玉还站在原地。

万俟铮再次抬头，眼中有一丝疑问。

缇玉的神情坚决，无畏，森冷。"我知道你是怎样的魔鬼。我虽然来了，但永远不会屈服！"

她的态度变得强硬了。若非有遇难则强的性格，恐怕她熬不到现在。

万俟铮的心脏紧缩，眯起眼睛，说："好得很，如果你逆来顺受，我反倒觉得没意思。"

"我和你的恩怨与其他人无关。你要是敢伤害穆翰，我绝不放过你！"

万俟铮邪魅一笑，说："我的邪恶总要发泄出来，要么向你，要么向一个替罪羊。"

缇玉无声冷笑，比画："好，我上班。我就站在这里。明人不做暗事。你要对付我，就冲我一个人来！"

沉寂的冰山成为喷发的火山。她变身为战士，不再躲闪。他激发了她的斗志，她奋起反抗了。

万俟铮扬眉，说："乐意之至。"

等她走远，万俟铮合上画本，长舒一口气。几经波折，他终于向她靠近一步。

陆帆海急匆匆赶来，质问："这是怎么回事？"

万俟铮说："Ich hoffe du magst es（希望你喜欢）。"

"向穆翰的车泼油漆，用匕首把他的照片钉墙上，是你干的吗？"

"不是。"他是第一次听到。他苦笑。炎缇玉以为是他干的，所以来找他。在她心里，他是最坏的人，有什么坏事先想到他。

陆帆海松口气，"我猜也不是你。你的胡闹虽然出格，好歹还守法。"

陆帆海还要数落他。万俟铮叫声"哎呀"，说："听说小美为了避嫌，主动要求去相亲，想用实际行动堵住别人的嘴。"他叹息，"这种小女孩最爱走极端，说不定她一冲动就嫁给那个男的了。"

陆帆海一愣，转身就走。

万俟铮对着他的背影喊："对了，忘了跟你说，是我告诉玛姬你去相亲的。"

陆帆海怒不可遏："你！"

万俟铮看看表，说："再过一会儿，说不定小美和那个男的都领完结婚证了。"

陆帆海指着他的鼻子，气得说不出话，匆匆走了。

陆帆海要操心的事实在太多。等他打听到小美约会的地点，赶到餐厅，小美正独自一人看手机，桌上杯盘显示用餐已经快结束了。陆帆海见她还在，松了一口气，然后着急地说："跟我走，我有话跟你说。"

小美错愕："出什么事了？"

"我有很重要的事跟你说，这里不方便，跟我走。"

"不行，我还不能走。"小美望一眼洗手间的方向，"不对，我干吗和你走？有话你在这里说。"

陆帆海着急，伸手拉她。

小美挣脱，不安地看看周围，低叫："你干什么？这么多人看着，别动手动脚。"

陆帆海不好用强，只好说："小美，我知道你因为我的事受了委屈，我想帮忙，又怕帮倒忙，所以一直没做什么。但是你不能意气用事，随随便便就把自己……"

他一提，勾起小美的委屈。她的确挨了很多骂。别人以为她是第三者，导致陆帆海和玛姬分手。要是明着挨骂，她还能解释。但多数人是背后议论，戳她的脊梁骨，小美无从辩驳，喊冤别人都捂着耳朵假装听不见。

她眼眶红了，没听完陆帆海的话便哽咽起来："谁随便啦？你认为我是随便的人，还理我干什么？”

“小两口又吵架呀？”张阿姨笑眯眯地问。

陆帆海吓了一跳。“阿、阿姨好。”他茫然四顾。不是应该有个男的吗？张阿姨是跟着来相亲的？桌上只有两副餐具，小美是和她妈妈吃饭？

不等他想清楚，张阿姨已经亲热地拉着他的手问长问短，又用疼爱的语气责备小美耍小孩子脾气，不好好跟男朋友相处。

陆帆海稀里糊涂地被张阿姨安排陪小美看电影，再转头时，张阿姨已经走了。他的手不知何时和小美的手握在一起。

赵烈与万俟铮交手，总是讨不到便宜，最轻的是像今天这样生一肚子气，惨的时候，自取其辱，反被万俟铮搞得手忙脚乱。钱力不停检讨。她花了一周的时间劝说炎缇玉，居然落得这么个结果。赵烈挥挥手，不再追究。万俟铮的翻身仗打得漂亮，即使没有炎缇玉和陆帆海，万俟铮也会大放异彩，拦不住的。赵烈甚至有些心服口服。

刘深窝火，对着李响大骂赵烈和人力资源部不作为，本该由人力资源部出面收拾万俟铮，他们却当缩头乌龟，倒显得内控部冲在前面。李响瞧出他害怕了。万俟铮的能量不容小觑，刘深斗不过他，怕被报复。

李响问何鹏，取得的专利是否有瑕疵，是否有猫腻，是否有可能是抄袭的。他百思不得其解：“这么短的时间，十二项专利，虽然有些还没批下来，这也太不可思议了！”

何鹏说：“万俟铮早就有那些构想，有些已经是半成品。因为他以前所在的公司不愿意在研发上投入，他才来到这里。”

“这些专利你事先知道吗？”

“我只参与一小部分。成绩的确是他的。”何鹏铁了心置身事外。

毁坏穆翰车的人被抓。莉莉气得跟高敏纤发脾气，每次帮她做事都损兵折将，酒吧外小弟被打，冒充小偷被抓，这是最后一次。高敏纤也气：“该给的钱已经给了。你的人不小心被抓，关我什么事？不就是毁了车嘛，赔钱给他啊。我给的钱不够吗？”

莉莉说：“我的大小姐，毁坏别人财物，价值五千元以上的要追究刑事责任。这不是赔钱能了事的。”

高敏纤说：“那你们更应该当心啊。他们被捉只能说明太笨。你别生气啦，我再给你十万。”

莉莉说：“钱是小事。我不明白你究竟在干什么。你当心，别把自己玩进去。”

高敏纤也觉察了。玛姬的主意看起来挺好，可惜总是失败。以后她真得谨慎些，不能总听玛姬的。

公司恢复运转。职员们兴奋地聊着放假时的旅程和生活，感叹假长得让人想念公司。

万俟铮的“壮举”传遍整个集团。众人热烈讨论，分公司引以为傲。尤其让人津津乐道的，是十三次天马行空的“快递”和惊才绝艳的十二项专利。高层会议的内容外人一般无法得知，但是十三次快递实在掩藏不住，消息不胫而走。

大家眉飞色舞，绘声绘色，讲述着、回味着那一幕，添油加醋，用想象弥补细节，仿佛自己在场，亲眼见证了传奇的一刻。

小许赞叹：“你说咱们总经理怎么这么聪明呀！”

“超级厉害！创下研发中心的历史记录，而且我敢说，再也没有人能打破他的纪录！”

“最令人叫绝的是他才来了七个月。七个月啊，生个孩子还得十个月呢！”

曲娜娜无可奈何地说：“总经理什么时候才能不这么帅呢？老这样，我怎么能找到男朋友？所有遇见的人都不如他。”

万俟铮走进公司，受到热烈追捧。保安齐齐立正。小许简直无法用言语表达她的激动，脸上写满迷恋。超级苏觉得再多的“超级”都不足以形容万俟铮。女同事见到他，不由自主脸红。人们欣赏他的才华，佩服他的无畏，羡慕他的任性。

唯有陆帆海对万俟铮板着脸，还在生气，暗暗替他担心。

对于赞美，万俟铮一笑置之。这是他十年的积累，十年的心血结晶，只不过集中在这段时间实现了。

炎缇玉坐在办公室外老地方，低着头看文件，茶杯上热气袅袅。万俟铮对此有一种说不出的满意。

万俟铮端着茶杯靠在窗框上，悠然望着窗外安静的街道。清晨的阳光洒在他的身上，他的脸微扬，光芒描摹他的面庞，他修长的身材像一丛竹子。时间如此厚爱他，历经岁月风霜，他愈加风度翩翩，隽秀夺目。

所有员工复工，除了桑立德，他没接到上班通知。陆帆海问万俟铮。

万俟铮说：“他被辞退了。”

陆帆海问：“为什么？”

万俟铮说：“炎缇玉收集废纸，是桑立德告的密。总务部买花，让他帮忙搬，主张把黄花杜鹃和玉丁香放入我办公室的，也是他。合成你和炎缇玉不雅照的，还是他。前两个理由是口头证据，而且不足以开除他。最后一个理由最合适。”

陆帆海一愣，“照片是我让他合成的。”

万俟铮一笑，“谁能证明？你说过，没人知道。”

“你的意思是诬陷他？”

“他不仁，我才不义。”

“真是他？”陆帆海怀疑。

万俟铮说：“全员放假后，我让保安把所有人挡在外面，不放任何人进来，借机搜查了大家的电脑。桑立德合成照片，污蔑公司副总和同事，造谣中伤，影响恶劣，证据已经齐备。他的电脑硬盘已经被法务部取证带走。”

都以为他在胡闹，其实他暗中干了“正经事”。

陆帆海担心桑立德会闹。

“我只是给了他一个小小的教训，辞退他，不追究他的法律责任。如果他不识趣，想闹大，到时候可不止炒鱿鱼这么简单了。”

万俟铮说得风轻云淡。收拾区区一个桑立德，对他来说易如反掌，顺手就办了，他并未放在心上。对陆帆海来说这可是大事。眨眼之间，一个潜在危险被消除，他暗地里十分佩服。

万俟铮布置工作，炎缇玉记录着。低垂的睫毛像蝴蝶的翅膀。除了濒临崩溃时那声哭喊，她又恢复成哑巴，吝啬让这世界听见她的声音。

每一分沉默，都是她对这世界的失望。

万俟铮带炎缇玉来到研发中心。他介绍研发中心的概况，怕炎缇玉听不懂，尽量不使用专业术语。

“专利技术没有大家想的那么难。我目前做的全是铺垫，是为下一个项目准备的。等我攻克下一个难题，我能让电池的能量密度达到现在的两倍，循环寿命增加百分之四十，结合改良后的增程式技术，使车辆续航里程大幅增加，电动车的性能将达到历史新高度！等我的研究全部成功，将会颠覆所有人对车的认识，开启汽车制造新时代！”

光芒闪耀在他的眼中。他讲的是他的工作、他的未来、他的梦想。他多希望让炎缇玉了解这些，了解他。他的未来是有她的。从前，这未来之中全是事业，现在，多了她。

炎缇玉没有任何反应。

路遇同事，他们备受瞩目。他从容，炎缇玉冷漠，对方反倒紧张，走过还频频回望。

自从分公司恢复工作，大家拭目以待，等着看戏。万俟铮不循常理，时常有精彩剧情上演，让人不由得期待。

万俟铮对待炎缇玉就像普通的老板与助理，他对穆翰客客气气，无论是汇报还是议事，像所有的下属与上司。他的脸上总隐约浮动喜悦，带动全公司的好心情。

万俟铮的“正常”让好事者怀疑且失望，深感不正常。闹得天翻地覆，逼炎缇玉回来，他能轻易放过她？

人们转而关注穆翰和炎缇玉，想从他们的言行中找出蛛丝马迹——总不能乖乖被万俟铮牵制。但他们一个沉静，一个麻木，叫人看不透。

在他人看不到的地方，炎缇玉以她的方式进行对抗。

万俟铮要喝茶，她给他凉水泡的茶，永远泡不开；万俟铮叫她，她磨磨蹭蹭拖几分钟才动；万俟铮拒绝见的人，她故意引荐；万俟铮不想参加的应酬，她会告诉对方万俟铮乐意去；万俟铮出差，有直达的路程，她偏要让他绕远，有直飞的飞机，她偏要买经停的那种，有白天的航班，她偏要安排夜间的；万俟铮加班，让她准备茶点，她专门选万俟铮过敏的食物，明明白白地挑衅似的摆在桌上，让他看得见吃不着。

万俟铮一笑了之，欣慰于她不再死气沉沉。她好像活跃起来了，尽管是找麻烦，总好过她孤立于世人，事事无所谓。

凉水泡的茶，万俟铮照喝不误，喝完让她添水，尽管她添的还是凉水。

她动作慢吞吞，他也不催，耐心地等。

她安排他不想见的人，不想参加的应酬，他就带她一起去，谁都跑不了。

她让他路程绕远，他大半夜在朋友圈晒与空姐的合影，晒冷月孤星的照片，怡然自得。

她准备让他过敏的食物，他淡淡地说："下次买你爱吃的，省得大家都吃不上，浪费！"他又说，"小打小闹没用，有本事你就耽误一次大事让我看看。"

他算准她知轻重，不会耽误正经工作。炎缇玉横他一眼。

万俟铮说："倘若你的眼睛真是这样冷，在你鉴照下，有个人的心会结成冰。"

炎缇玉皱眉。她曾经喜欢诗，喜欢散文，喜欢沈从文的《月下》，但这句话由万俟铮念出来，让她生厌。

万俟铮喜欢炎缇玉的报复。那一瞬间，她漠然的眼眸光彩灵动，仿若当年。这才是一个活生生的人该有的样子。有时面对她的恶作剧，他的嘴角不受控制地上扬，需要拼命忍住笑意，以免被她发现。

如果万俟铮忽然通情达理，成为善解人意的好人，不仅他自己感觉突兀，旁人更会猜忌。所以，他依然如故，我行我素。不过，假如认真观察，还是能发现他的改变。他的亦正亦邪以前偏"邪"，现在更"正"一些，那些"邪"转成了俏皮。以往闪烁深沉的眼眸变得清澈，嘴角的讥诮和傲慢被温柔取代。

蓝天晴好，如同五月心事。他窥探已久、不敢触及的门已经敞开，仅站在门前，他已闻到故里花香，明日风荷。复苏的心柔软而敏感，体会着每一秒与炎缇玉的相伴。

此刻，她在身边，鲜活，真实。他深深感念，连同这一刻云的样子、光的亮度、风的味道一并记下。

他多想对她好。上班路上，遇见一朵盛放的花，想送给她；抬头时，看见一片好看的云，想指给她；偶尔听到一个有趣的笑话，想告诉她；连照进办公室的灿烂阳光，他都希望分享给她。世上一切的美与好，他都想给她。

可惜，现在还不行。他必须假装对她坏，“坏”才符合他。倘若他露出追求之意，会吓跑她。

总是要装作对她坏，但去外地出差，发现好吃的东西，他还是忍不住带回给她，搜肠刮肚找送的理由，怕她拒绝，怕她扔掉。

这天，万俟铮与炎缇玉结束会议，回到公司。路过二楼，综合办公室传出语声，谈论的是李思锐主任快回来了。

小许问：“他的病好了？”

超级苏说：“听说恢复得差不多了。”

小许说：“他回来，总经理怎么办？总经理牵头研发中心，干得多好啊。”

玛姬说：“李主任回来也好，省得总经理那么辛苦。”

小许不甘心地说：“倒也是。”

曲娜娜冷不丁问：“总经理不用牵头研发，炎缇玉还需要当他的助理吗？”

炎缇玉心一跳。

小许说：“对哦。这下总经理没有借口了。”

玛姬说：“这不是我们操心的事，踏实干活吧。”

万俟铮和炎缇玉继续上楼。万俟铮似自语：“我做事需要找借口吗？可笑！希望有些人不要这么天真，节外生枝！”说完，径自走进办公室。

五十六

天缺一角

从杭州返回鹿鸣城，万俟铮乘坐的是小型客机。梅雨季节，飞机穿越云团，遇到强气流，机身剧烈抖动，突然下降，拉升之后，再次在颠簸中下降，连续三次。邻座旅客吓得脸色苍白，后排的孩子哭起来。

曾经打架斗殴、刀尖上舔血视作平常的他忽然害怕了。他还没告诉炎缇玉他的心，他不能带着她的恨死去，否则，若有来生，他会带着这痛苦，直到生生世世。

他不知道能否活着回去，想掏出纸笔写些什么，留给炎缇玉，却发现写什么都不妥。他不能写真相，也不能写他最想说的那三个字。缺少真相的铺垫，那三个字只会被她当作另一番捉弄。能写的，似乎只剩下苍白无力的祝福。

万俟铮第一次发现，能对所爱的人说出“我爱你”是多么幸福。这对于他是件奢侈的事，他只能暂时把它藏在心里，期待着有一天能把它放在阳光下。

他怕死，比任何时候都怕。这条命现在大有用处，他还有心愿没实现，有光明的未来等着他。

对着来接机的炎缇玉，他黑着脸说：“以后能从地面走的绝不坐飞机！订的机票全部退掉！”

炎缇玉不知道他经历了什么。退机票，改火车，有的行程来不及，还得和对方协商修改行程。对她来说，他是在给她增添负担。

万俟铮的日程安排很紧，从机场直奔电视台。

雨还在下。拉开车门，炎缇玉给他打伞，伸长胳膊，尽量远离他，自己半边身子露在雨中。万俟铮说：“靠近点儿。”

炎缇玉不动，身体在诉说抗拒。万俟铮干脆停步不走。

炎缇玉清凌凌的目光望着他，沉默而倔强。

万俟铮一笑，霸道地抢过伞，贴近她，余光瞥见她的胳膊，表情顿时凌厉。炎缇玉的衣袖滑落到肘部，露出胳膊上一片瘀血。

万俟铮瞳孔收缩，问：“他打你？”

缇玉摇头，要拉下衣袖，已被万俟铮抓住手腕，撸起她的袖子。她整条胳膊上遍布瘀血，另一条胳膊上也是，面积之大，颜色之深，让人心惊。万俟铮沉声问：“怎么回事？”缇玉还是摇头，挣开他的手。

如果不是穆翰打的，他看见了，会不管？万俟铮的怒气几乎收不住。他连碰她一下都舍不得，穆翰居然打她！他推开伞，大步走进电视台。

接受专访时，万俟铮说话带着情绪，全无平日的随和。

主持人问：您在短时间内取得令人瞩目的成绩。能不能教我们一些成功的方法？

他答：成功没有捷径。辛勤付出不一定有收获。九分努力，一分运气。

主持人问：您的同事对您的成绩怎么看？

他答：你应该去问他们。

主持人问：您是个孤儿，从小吃了很多苦吧？

他答：谁说我是孤儿？我爸还活着，只是不知道在哪儿。

主持人问：您年少离家求学，阅历丰富，能和我们分享一下吗？

他答：不能。

主持人问：为什么？

他答：我不想拿我的故事给大家取乐。

主持人说：不会的，我们不敢。您怎么看待成长中经历的痛苦？

他答：能少吃苦当然要少吃。

主持人说：人只有经历苦难才能长大啊。

他答：胡说。有吃有喝自然就长大了。有人从来没吃过苦，不是照样长到一米八。

主持人说：您说的是身体，我说的是意志。

他说：痛苦磨炼成就生命辉煌，生命辉煌换来眉间风霜，到底值不值呢？

主持人说：我们是个励志节目，说点儿励志的话吧。

他说：别刻意吃苦、无病呻吟。

主持人哭笑不得：我这么问吧，如果遇到困难该怎么办？

他答：遇到困难不用怕，确定目标，想好了就去做，不管多难。记住，千万别回头。

主持人问：为什么千万别回头？

他答：回头你可能会发现不值得，在向着目标努力的时候遗失了更重要的东西，天缺一角，何等辉煌都不能弥补的遗憾。

主持人问：您有这样的遗憾吗？

他思忖：有。

主持人问：我可以问吗？

他答：可以。

主持人说：那您讲讲吧。

他说：你可以问，我不回答。

主持人再次哭笑不得，问：如果遇到这种遗憾，该怎么办呢？

他答：我不知道。我只知道，有一天，当你能笑着说起那个痛苦，那个痛就过去了。

主持人问：您现在能吗？

他答：不能。

旁观的人莫名感动，红了眼眶。

导演悄声说："有本事的人大都桀骜不驯、个性十足。"

录完节目，万俟铮看到手机上炎缇玉发来的信息。"这是刮痧留下的瘀痕。"

"刮痧。"万俟铮皱眉，"哪有刮痧刮出这种伤痕的？以后这家店不要去了！"

"是我自己刮痧弄的。"

万俟铮哼一声。

万俟铮让炎缇玉收拾他的公寓，拿她当仆人使唤。他在一边喝茶看书。

炎缇玉拎起万俟铮昨晚换下的西装，衣服上隐隐有香水味。她的动作僵住。万俟铮本是浪荡公子，衣服上有女人的香水味儿并不稀奇。但那香气，是蓝风铃。

炎缇玉手语："你昨晚和谁在一起？"

由她主动发起交流，实属罕见。万俟铮扬起眉毛，"对我的私生活有兴趣？"

“是不是女人？”

“你说呢？”

炎缇玉的手势急切：“她是谁？”

万俟铮笑得暧昧，说：“想知道的话，下次我带你去。”

炎缇玉追问：“她是谁？”

能让炎缇玉在意的事实在不多，万俟铮存心逗她，说：“你问我就要告诉你吗？”

“你想怎样？”

“告诉你可以，我有个条件。”

炎缇玉迟疑了。万俟铮阴险冷酷，她不敢轻易应答。可她太想知道那个人是谁了，那个总让穆翰带着香水味回家的女人。淡淡的香气，却令她窒息。她不敢问穆翰。她宽慰自己，穆翰与万俟铮遇见的不一定是同一个女人。但，穆翰每次晚归，身上必然有蓝风铃的香味，无一例外。

咬咬牙，她下定决心，“只要是我能做到的。”

万俟铮放下书。他没想到炎缇玉会答应，看来炎缇玉认真了。“任何事？”

炎缇玉点头。“任何事。说吧，她是谁？”

“一个处处不如你的人。”

炎缇玉一怔，继而恼怒，“你敷衍我！”

万俟铮哈哈笑，掩盖眼底的认真。

“她叫什么名字？”

“容若玉。”

炎缇玉把这三个字牢牢记住。

万俟铮站起来，凑近她，说：“现在，轮到你了。”

她一副就义的表情。“你要我做什么？”

许多念头同时闪过。要她原谅他？要她对他笑？万俟铮难以取舍。他想得越久，炎缇玉越紧张。良久，万俟铮一笑，说：“一个名字换一个名字。”

炎缇玉不懂。

万俟铮说：“念我的名字，用你的声音念出我的名字。”话到最后，有些喑哑。他的心提起来。他注视炎缇玉，充满期待，耳朵做好准备，屏住呼吸。

炎缇玉没想到万俟铮的条件是这个，她静止了。这个要求对于她实在太难。她静止得太久，久得万俟铮以为她对他的要求置之不理。这时，她微微张开嘴唇，酝酿了好几次。声带久已不用，她找不到它的位置。她忘了如何说话，如何发出声音。她一个字一个字发音，嘴唇与声带的配合不完全同步。“万、俟、铮。”

她的声音牵动万俟铮的神经。他的耳朵发麻，心潮翻涌，百味杂陈。终于又听到她不带怨恨地念出他的名字。他的记忆拉扯着空气中消散的声音，在脑海中回放千万遍，心头掠过一阵阵电流。过去与现在交织在一处，恍然若梦。

炎缇玉并不知道万俟铮受到了多大的震撼，因为她低下了头。念出那三个字的刹那，她枯井般的心泛起一丝涟漪。一直知道他的名字，但从唇齿间念出来是另一回事，无形中好像有什么不一样了。

空气安静。万俟铮的心隐隐作痛。过了一会儿，他轻轻说："谢谢。"近乎无声。

炎缇玉恢复清醒，手语："她在本地？她是做什么的？"

万俟铮突然醒悟：麻木而冷漠的炎缇玉，对他人从不好奇，唯一让她在意的只有穆翰。炎缇玉是因为穆翰才问起那个女人。为了交换这个消息，她才答应他的条件。她主动交流，神情充满关切，破天荒地开口讲话，全是为了穆翰！

万俟铮强烈地妒忌，脸色沉下来，说："如果还有其他问题，那是另外的价钱。"

他的神情让炎缇玉警惕，她重启冷漠。"不必了。与魔鬼的交易，一次足够。"

万俟铮讥诮地说："看来你的工作太轻松了，还有工夫琢磨别的，我该给你加点活儿。"

五十七

深藏心底的秘密

万俟铮派炎缇玉给他准备服装，用于参加重大活动。炎缇玉推荐了二十套衣服，被他一一否决。他带炎缇玉来到 TANSLAND 服装专卖店。炎缇玉的"若幽兰""步流光"均出自这个品牌。

店员迎上来。万俟铮说："我约了 MR. T。"店员将他引向楼上的办公室。炎缇玉在店里等待。

MR. T 是一位四十多岁的加拿大籍华裔。他说："你好，我是汤普森。"

万俟铮说："MR. T，久仰大名。见您真不容易。"

汤普森说："我昨天刚从加拿大回来，你盯我很紧啊。"

"我想定制一件男装，只有您能做。"

"TANSLAND 最擅长男装。本店有许多获奖的设计，不知你是否看过？"

"我要的东西独一无二。"万俟铮说，"有一件灰蓝色晚礼服，名叫'若幽兰'，是您制作的？"

"不错。"

“我想定制一件男装，与这套晚礼服相配。贵店名品虽多，与这件都不是一对。”

“你约了我四个月，就为这个？”

“对。”

“抱歉。‘若幽兰’的确是我做的，不过我不是设计师，我负责那件衣服的剪裁。在成为设计总监前，我是一名高级裁缝。”汤普森坦诚相告。

万俟铮沉思一下，问：“您能否试着为我做一下？”

汤普森说：“试我可以试，但无法保证做出与‘若幽兰’成对的服装。每位设计师都有其独特的审美。我能做出风格相近的，但恐怕达不到最佳搭配。只有那位设计师才能做到。”

“怎么才能找到他？”

“他已离职，目前在国内。不过，他从不接受预订。”

“我想试试。他在哪儿？”

“他全国各地满处跑，大部分时间在北京。他现在是某个知名女星的专属设计师。”

万俟铮打定主意要到北京走一遭。

汤普森说：“要么这件礼服对你很重要，要么穿这件礼服的人对你很重要。”

万俟铮微笑。

炎缇玉安静地坐在橱窗边等待，对满目琳琅视若无睹。

“你好，我来取订好的衣服。预订人是穆翰。”一个女人陌生而动人的声音。

炎缇玉后背僵硬。

店员热情接待，取出衣服，帮她试衣。高跟鞋的声音走向试衣间。

是她吗，那位神秘的蓝风铃女士？占用穆翰所有业余时光，她的香气熏染他的衣衫。她长什么样子？是否配得上穆翰？炎缇玉只要回头就能看见她，却不敢。

片刻，女人出来了，好像在照镜子，对衣服很满意。高跟鞋的声音远去。

从头至尾，炎缇玉一动不动，似被咒语定住。

“她走了。”万俟铮说，已把一切看在眼里。

炎缇玉抬头，双眸喷射怒火，起身便走。一路上，她的身体紧绷，保持御敌状态。

回到公司，万俟铮说：“你进来。”炎缇玉走进他的办公室。

“这不算什么。你们又没结婚。”他的安慰听上去更像是风凉话。

炎缇玉愤怒地谴责：“你是故意的！”她以为他设计好了，带她去看那一场戏。

万俟铮黑眸闪耀，不辩解，问：“看清穆翰的真面目了？”

“他是天使，和他在一起，坏人也会变好。”

万俟铮轻蔑地说：“天使？他为什么不跟你结婚？你跟着他，算他的什么？”

炎缇玉眉宇间闪过痛楚，“挑拨没用。我信任他。”

万俟铮哼一声，“是谁向我打听容若玉的名字？如果穆翰知道你怀疑他，啧啧。”

炎缇玉瞪视他。“卑鄙！”

“如果我这个叫卑鄙，你的天使就是无耻。我至少光明正大，他呢，偷偷摸摸。表面上道貌岸然，暗地里……”

“啪”，一个清脆的耳光打在他脸上，制止了他下面的话。

万俟铮胸中升腾着怒火，爱而不得已经让他忍到快要崩溃，炎缇玉对穆翰的盲目维护更是让他妒忌得要命。他抓住炎缇玉的手腕，质问：“你到底是怎样的蠢女人？事实摆在眼前，你扭头装看不见。穆翰另结新欢，你已经亲眼见证了，还自欺欺人。要是明天他把那女的带回家，看你还能躲到哪儿去！你是他的女人，还是他捡回来的一条流浪狗？为什么你不反抗，对他的背叛视而不见？”

炎缇玉嘴唇发抖，挣脱他。他拉住她，把她拽回来，冷不防一柄指刀闪着森冷的光抵住他的胸膛。

自从差点被他侮辱，炎缇玉随身戴着迷你指刀。方才转身时，她飞快地把指刀戴在手上，直刺万俟铮的心脏。她的眼中满是仇恨，神情森冷又疯狂。

万俟铮心底的痛在眼中凝结成冰。他抓住她的手，那双他想再次拥有的纤柔的手，眸子里闪耀深沉的黑暗，说：“一了百了。你尽管动手。”

炎缇玉的眼神没有丝毫动摇。杀了这个魔鬼，有何不可？穆翰是她活下去的希望，任何人要毁了她的希望，她都不惜拿命去拼！

陆帆海被争吵声吸引过来，见到这一幕，吓得叫：“快住手！”

目光纠缠的两个人根本顾不得理他。

陆帆海奋力分开两人，嚷道：“这是干什么？”炎缇玉怨毒地看一眼万俟铮，收起刀离开。“到底怎么回事？”陆帆海跺脚。

万俟铮有些醒了。炎缇玉惊醒了他的美梦。

对幸福的憧憬蒙蔽了他的眼睛，从头到尾，只有他一个人高兴着，期盼着。他希望和她穿同款的衣服，他引导她深入他的生活，他想尽一切办法拉近他们的距离。他一路向幸福的目标飞奔，炎缇玉始终留在原地。

他们之间不仅有仇恨的鸿沟，还隔着岁月，隔着沧海，难以逾越。

万俟铮恨自己无法把感情说出口，恨炎缇玉对穆翰的背叛忍气吞声。他在屋里踱了两圈，感觉自己快要爆炸了。他拿起车钥匙，冲下楼。陆帆海在后面叫他，他不答，风驰电掣地开车到酒吧，要了酒。陆帆海本来满腹担忧，见他原来是买醉，不禁来气，坐在另一张桌子上。

下午的酒吧人不多。万俟铮面容俊朗，沉默中带着一种忧郁，独坐已成风景，具有无穷的吸引力。不过，他的状态显示他现在不宜被打扰，一位女士犹犹豫豫，最终放弃靠近。

他用一杯一杯的酒浇心头的愁闷，越浇越盛。什么时候他才能说出他的心意？炎缇玉是瞎了吗，那种男人值得她维护吗？他在她身边，她却看不见，交流最多的一次，是她询问容若玉，还是为了穆翰。

心头滚过一阵痛，他又灌下一杯酒。一瓶黑方已经见底。他的目光在酒吧内一晃，停留在一桌客人身上。那桌坐着一男一女，正在低声亲密交谈。他凝视片刻，拳头渐渐握紧，走过去，客气地问男人："我们见过吗？"

男人满面笑容地抬头，望着万俟铮辨认，忽然有些慌乱，目光躲闪，讪笑着说："没见过。你认错人了。"

万俟铮心中已经确定，怒气上涌，把男人扯起来，紧接着一拳把他打倒在地。陆帆海噌地站起来。女人尖叫。

男人叫："干什么？你认错人了！"

"你敢说你不认识我。"又是一拳。

男人抵挡着，喊："别打别打。我认识你，你是万俟铮。"

万俟铮的拳头未停。女人想拉又不敢，只在一旁叫骂："你干什么啊？神经病啊，放开他啦！别打啦！城哥，你还手啊！"

陆帆海上来拉万俟铮。

男人叫："好些年不见，见面就打我。你干什么你？"

万俟铮恶狠狠地说："干什么，你说干什么！"挚爱反目，背井离乡，十一年的苦痛，罪在一人！城子，他曾经的朋友，唯一的仇人。

城子叫："别打啦。我错了！不能全怪我，她是自愿的。"

"闭嘴！"万俟铮的眼睛发红。

"是我错了，是我错了，别打。那天我喝多了。真的不能怪我。我以为你们早睡过了，谁知道她……"

陆帆海拉架的手不由得松了。

"我叫你闭嘴！"万俟铮掐住他的脖子，恶狠狠地说，"不许再说一个字！永远不许说！"

城子咳嗽，说不出话，只能点头。陆帆海奋力抱住万俟铮的腰，把他往后拖。城子趁机退着爬，一骨碌站起来，拉着女人跑了。

万俟铮被陆帆海拽出酒吧，塞进车里。他鼻孔里喷着粗气，胸膛起伏。城子承认了！悲哀如潮，愤怒如火，他的心在水深火热中煎熬，找不到出口。

陆帆海把万俟铮送回公寓，万俟铮坐在椅子上，垂着头，依然长长地出气，仿佛胸中的郁气用正常的呼吸出不尽。陆帆海转身就走。

万俟铮警觉，问："你干什么去？"

陆帆海闷声说："不干什么。"

"别去找她。她什么都不知道。"

陆帆海看了他一会儿，咬咬牙，说："告诉我到底怎么回事，否则，我问她去。"

陆帆海已经猜到了最关键的部分，再对他隐瞒已没有用。万俟铮缓缓讲完事情原委。他撕去所有伪装，露出脆弱受伤的一颗心。

万俟铮说："本以为这辈子再也不会遇见。看见她的第一眼，我就疯了。"

陆帆海窝火，气愤地说："你是疯了！没做过的事为什么要认？她会一直恨你。站在她的角度，她绝对有理由报复你。我要是不拦着，她真的会杀了你。"

万俟铮低头。他何尝不知，恨意清清楚楚地写在炎缇玉的眼中。她的恨非常强大，但他的爱更强大，强到能咽下所有痛，包容她给的一切伤害。

"恨就恨吧。"万俟铮轻声说，"只有让她恨我，才能守住当年的秘密。要不她会受不了。绝对绝对不能告诉她，答应我。我要她深信不疑地恨我。"

陆帆海心痛地说："你何必受这种折磨？我们走吧，到别处去。眼不见心不烦。"

"我不能离开她。她是我生命的全部。"

"没有谁是谁生命的全部。生活中还有好多别的人，别的事……"

万俟铮再次说："她是我生命的全部。"他说得平静，仿佛在说一个不可更改、无须争辩的事实。

他清楚他要什么。他说是，那就一定是。这是陆帆海最不希望看到的，但他深深感动，劝解的话不忍说出口。

万俟铮说："有那么一个人，而且只有她，别的人都不行，她能令你的生活完全改观。有了她，生活将是另一番模样。生有何欢，死亦何苦？但有了她，一切不同。"

"为了她，你真的情愿去过另一种生活，彻底改变现在？"

万俟铮笑得飘忽。"你问的就好像选择她就必须牺牲什么，需要做个取舍似的。其实不是。我向往有她的生活，那是我唯一想要的。我之所以是现在这个状态，不是我有多喜欢现在这样，是因为得不到她。"

陆帆海心有戚戚，想到玛姬，还有小美。他劝说："即使当年一切顺利，你们没因误会分开，到现在可能也已经分手了。学生时代的情侣，最后白头偕老的少。"

万俟铮坚定地说："我不会。"

陆帆海说："她已经有穆翰了。你抢不过穆翰，不是你比他差，而是炎缇玉看不见你的好。就算你比穆翰优秀，炎缇玉也看见了，她不是水性杨花的人，她还是不会离开穆翰。女人心里一旦有一个人，很难再装下另一个。"

除非穆翰让她失望，伤透她的心。万俟铮想到容若玉。不，那样做太卑鄙，为他所不齿。

陆帆海问：“你不嫌弃她？毕竟，她和两个男人……”

嫌弃她？

她是他一生所求，他的美梦，他的噩梦。在恨她的时候，心都不受控制地向她飞奔。倘若能再次拥有她，付出一切，他在所不惜。

万俟铮的眼底眉梢，乃至嘴角自嘲的微笑，都透着执迷不悟。凭一身孤勇，要在爱的刀山火海闯荡。

陆帆海被他的神情弄得心里直冒凉气。“你疯了。”

或许吧。

在别人的眼里，他疯了，且狂傲。

他曾经为她疯狂过，再疯一次又何妨？

爱是一生一世，是三生三世，是天长地久，不是一时冲动。

他疯狂至极，但也冷静至极。

五十八

逆风卓然

一夜之间，万俟铮变得低沉、易怒。人人皆知他与炎缇玉之间爆发了激烈的争执，但不知道具体内容。有人说，万俟铮装够了善良，要开始发威了。

实际上，发威的是炎缇玉。

凉水泡茶已成过去式，现在只剩凉水。出行方式甚至出现长途车。文稿总是扔在桌上，前后顺序混乱，同一篇文章，字号、字体、行间距完全不同，让万俟铮读时像做噩梦。他们回避交流，在沉默中隐忍。

紧接着，万俟铮被内控部约谈。

内控部接到举报，万俟铮与竞争对手的总工程师私下见面。万俟铮直言不讳：“联系我的猎头公司和同行从没断过。哪天我无人问津了，说明我失去价值了。”

“你们谈了什么？”

“叙旧。古斯塔夫是我在德国时的同事。”

“有没有说到与公司和汽车有关的话题。”

“有。”

“是否涉密？”

“你觉得呢？”

“万俟总，我们能否怀疑你被对手挖角？”

“你不用怀疑，这是事实。他们打算高薪聘我。”

调查员咳嗽一下，快速记录，说：“那么万俟总，面对这种情况，你有没有想过你和对方的接触有失当之处？”

万俟铮轻松地笑了，说：“你有没有想过，我和他接触，是深入敌后，要把他拉到骁龙云腾来？”

调查人员走后，陆帆海关切地跑进来。恰在此时，炎缇玉拿着文件进来。

陆帆海问：“炎缇玉，总经理被调查的事，是你举报的？”炎缇玉坦然点头。陆帆海见万俟铮专注阅读文件，轻咳一声。万俟铮不理，留下文件，让炎缇玉出去。陆帆海认为应该趁机兴师问罪，以儆效尤。但万俟铮不予追究。

在有心人的推波助澜下，万俟铮私会竞争对手的事迅速发酵，登上某网络汽车频道的头条新闻。高层极为不悦。调查结论认为万俟铮行为失当。

值此时，李思锐正式恢复工作。万俟铮被顺理成章地削权降职。他在研发中心的办公室被撤掉，分配的技术人员和资源锐减。李思锐无奈地说，这是董事会的决定。

万俟铮不在乎，陆帆海却耿耿于怀。

“时机选得真好。”陆帆海冷笑，“你的课题连续几个月没进展，老家伙们以为你江郎才尽了。十二项专利他们已经到手，留你何用？李思锐也不是好东西，助纣为虐，没准儿还有自己的小算盘。”

万俟铮成为近期的话题人物，反而频繁接到采访邀约。

城市交通广播邀请万俟铮做嘉宾，参加早间时段的节目。炎缇玉按城市交通广播给的提纲准备谈话内容，交给万俟铮过目。提纲里涉及的问题很简单，大部分是电动汽车的基础知识，例如，三大系统工程，什么是大三电，什么是小三电，电池的能量密度和循环寿命，等等。

广播大楼在城市的另一端，提前一个半小时出发，还是赶上了早高峰。路况爆红，完全堵死了。他们正处在高架桥上，辅路施工，高架桥犹如停车场，走不动也下不去。

好不容易，车以蜗牛的速度开下桥。万俟铮扫一眼表，离约定的时间还有二十分钟。放眼望去，前方依然是一片红色尾灯。他说：“停车。”他下车，向前跑去。

从停车地点到广播大楼还有三公里。炎缇玉打开城市交通广播，整点报时，节目音乐，主持人的开场白，介绍今日嘉宾。

“大家好，我是万俟铮。”万俟铮的声音从容不迫，气息平稳。

此时此刻，上班途中的玛姬、吃早茶的高屹、办公室里的陆帆海、车内等候的炎缇玉……都在收听城市交通广播，听着万俟铮做客的节目。

谈话轻松愉悦。主持人与万俟铮聊着未来一周的好天气、拥堵的早高峰以及路上各式各样的车，聊到新能源汽车的背景、国家能源安全、电网峰谷负荷、碳排放与空气质量等等，穿插着各种关于电动汽车的知识。万俟铮风趣幽默，游刃有余。

主持人说："了解电动汽车的优点后，为了客观公正，我们现在来说说电动汽车存在的缺点。"

缇玉一怔，提纲里没有这个问题啊。

万俟铮说："目前最突出的问题有三个：一是电量少，续航里程短。二是电池系统体积和重量大，总体匹配设计难。三是充电时间长，车辆利用率低。"

主持人说："电池的容量也就是千瓦时（kW・h）越大越好吧？电量少的话，提高电量就好了嘛。"

万俟铮说："电池容量的增加会相应增加电池的重量，重量增加不利于续航里程。不要小看电池重量，研究表明，车重降低 10%，续航里程增加 5.5%，制动距离缩短 5%，转向力减少 6%。一味增加电池容量，还会增加电池成本，最终加到车辆总价上。"

主持人说："看来这三个问题环环相扣。为解决续航里程的问题去增加电池容量，就会面临总体匹配设计问题。电池容量增大，充电时间又会相应增加。该怎么解决呢？"

万俟铮说："最有效的方法是在不增加重量的情况下提高电池的容量，也就是增加电池的能量密度。理想的电池系统应该是高能效、高比能量、寿命长、成本低、全气候、全固态。目前绝大多数新能源汽车企业使用的是 NCM523 或 NCM622 三元锂电池，即镍：钴：锰的比例为 5 ：2 ：3 或 6 ：2 ：2。镍用来提供容量，其含量越高，电池的能量密度越大；钴元素在提供容量的同时起到稳定结构的作用；锰主要用来稳定三元体系结构。"

缇玉反复对比提纲。

主持人说："请给我们介绍一下燃料电池吧。"

陆帆海有点儿冒汗，喃喃道："糟了，这不是万俟铮研究的领域。"

玛姬抓紧方向盘。她知道这些问题的存在，她从谈话提纲中抽出最后一页撕掉了。提纲没有页码，没人发现她做了手脚。万俟铮要怪的话，得怪炎缇玉。炎缇玉无法证明是行政部少给她一页，还是她弄丢了。无论她收到的提纲是否齐全，没有再次与电台核对，终究是她的失职。幸运的话，万俟铮会认为她故意使坏。

广播静默了。

陆帆海的心提到嗓子眼。高屹端着茶杯的手停在半空中。

"燃料电池是将燃料具有的化学能直接转变为电能，它像一个发电厂，原料是燃料和空气，产品是电能。燃料电池只会产生水和热，对环境无污染。能量密度在

500～700Wh/kg，循环寿命 10000 次。一般的锂电池的能量密度在 90～160Wh/kg，循环寿命 1200 次。”万俟铮平静地说。

陆帆海擦擦汗，高屹的茶杯顺利送到嘴边。

主持人说：“有人说，燃料电池车才是新能源汽车的美好未来，您怎么看？”

“这是一个美好的愿景。现在，越来越多的车企开始注重燃料电池的研发和应用。但燃料电池车在国内普及为时尚早，最大的发展瓶颈在于燃料电池的核心部件造价昂贵，远远超过了锂电池车和燃油车，导致车辆整体成本居高不下。还有就是氢气站，如果不普及加氢站，氢燃料电池车就没有发展基础。”

主持人说：“听得我对燃料电池是又爱又恨。您对国内的燃料电池生产商有什么寄语？是不是特别希望他们早点生产出便宜的燃料电池？”

这又是一道超纲题。设问时不该让一个厂商去评价另一个厂商。拍马屁招人烦，说缺点又遭恨，说得不痛不痒又被认为是油滑，总之怎么答都不对，极容易得罪人。

高屹皱起眉头。

陆帆海着急地咕哝：“回避问题，回避问题，回避问题。”万俟铮参加个节目，陆帆海的心跟过山车似的，一会儿上一会儿下。

万俟铮说：“寄语我可不敢。我只想说，你们当年吹过的牛一定要兑现啊。因为那些，是我曾经最好的梦。”

他直面问题，那么俏皮，又那么真诚，主持人被感动了。

陆帆海握紧的拳头放松了。高屹满意地点头。

缇玉做好挨骂的准备，万俟铮却不语。他上车后，打开车载音响。音响中循环播放一首德语歌，他静静地听，一言不发。

只有玛姬清楚真相，她等着看万俟铮发怒，然而万俟铮平静如水。玛姬妒火中烧。当炎缇玉来询问提纲的事，她一时没忍住，没好气地说：“我收到什么就给了你什么，我怎么知道他们为什么不按提纲问。”

炎缇玉只问她这一次，从此再也不问。

玛姬在陆帆海的办公室里坐了一个小时，对事件始末深入分析，最后，以十足的把握锁定炎缇玉是罪魁祸首。

和玛姬独处，陆帆海浑身不自在，自从和小美交往，他对玛姬总有莫名的愧疚。

玛姬除了游说陆帆海，还悄悄向周围人渗透，从自言自语开始，引起超级苏的注意，在超级苏的追问下，遮遮掩掩地说出她的怀疑。玛姬说得委婉又犀利，单纯的超级苏立即相信。言论通过超级苏向全公司蔓延。

与玛姬设想的不同，同仇敌忾的情况并未出现。曲娜娜拒绝相信，因为相信就意味着万俟铮作为管理者存在失察，竟然让身边出现这种事。任何有损万俟铮形象的事曲娜娜都不认。李姝觉得事有蹊跷，选择冷眼旁观。男同事们明智地远离女人们的讨论。

不过，依然有人三三两两小声议论。

“真没想到，炎缇玉是这种人。”

“大概被逼急了。”

“以前听说炎缇玉非常老实。真的是她？”

“不叫的狗咬人才疼，最具有迷惑性。”

万俟铮冷冷地说：“有工夫瞎猜，不如把本职工作干好。”

众人吓得回头，万俟铮黑着脸，炎缇玉跟在他身后。众人慌忙散去。

陆帆海诧异万俟铮去参加慈善活动，为什么这么早回来。原来万俟铮到达时发现地点错了，慈善活动在另一会场已经开始，临时赶过去已然来不及，万俟铮干脆回公司。

陆帆海愤慨：“电台采访的提纲出错，慈善活动地点搞错，举报你和古斯塔夫见面！她搞这么多事，你不追究？你以前的厉害劲儿呢？”陆帆海现在看见炎缇玉心里就冒凉气，脊背发麻，觉得人心叵测。

万俟铮思考过。电台主持人问的问题提纲上没有，但又不像临时起意问的。拿到提纲时他就觉得奇怪，问题太少了，而且特别简单。他不知道是不是炎缇玉搞的鬼。这次，发现搞错慈善活动地点时，他注意到炎缇玉微微一怔，似乎她也感到意外。至于举报他和竞争对手私下会面，倒可以说是炎缇玉作为股东维护公司利益的正当举措。

陆帆海提醒：“她的报复步步升级，明天指不定干出什么。”

万俟铮不以为然。当年素不相识时，她尚且仗义执言，阻止同学们侮辱他。她有一种天然的正直，比善良更宝贵。

陆帆海冷哼：“别忘了，那时的她，天真纯洁，未经历风雨，心中没有仇恨。过了这么多年，她早变了。”

“我没变啊。”万俟铮微笑。

万俟铮引颈就戮，陆帆海干着急，没办法。

“你想怎样？辞退她？”万俟铮淡淡地说，“别人沏不出我想喝的茶。”

“在她面前，你是弱者。”陆帆海现在觉得炎缇玉阴险狡诈。这女人哪儿好？万俟铮被往事迷惑，扭曲了审美，才会一往情深。“她是魔鬼！”他握紧拳。

万俟铮提醒：“你跟你妈可不是这么说的。”

“我那时候瞎了！”

万俟铮莞尔，说：“我身边都是什么人？一个瞎子，一个哑巴。”

十个赵烈和刘深捆在一起，也不如一个炎缇玉的能量大。那么多人处心积虑也没能扳倒万俟铮，一个举报就全搞定。

谁能想到，万俟铮最大的弱点不是好色，而是专情。

身处逆境，四处受挫，万俟铮平淡视之。

玛姬找万俟铮签字，万俟铮看她一眼，说：“生病了吗？脸色不好啊。注意休息。”

玛姬肩负着卧底的任务，还在为钱力效力。桑立德被辞，玛姬立即明白了他也是钱力的人。钱力瞒着她安插桑立德，是对她能力的质疑。她为此寝食难安。

万俟铮明知她立场特殊，明知她暗藏心机，却不吝于关心她。正是他这种不经意间流露出的善意，让玛姬摇摆不定，矛盾重重。

“总经理，炎缇玉的工作老出错，大家议论纷纷。你不怕炎缇玉暗中搞破坏，关键时刻坏了你的大事？”

万俟铮微笑，“我能有什么大事？”

“你把她留在身边，对你的名誉不好。”

万俟铮说：“我的恶名已经传得满城风雨，还需要旁人来败坏吗？”

玛姬问：“你为什么要把危险留在身边，一个她，一个我？”

万俟铮含笑望着她。

玛姬被盯得低下头。他是相信她的善良，还是轻视她，认为她掀不起什么大浪？

没有答案。

五十九

一颦一笑尽殊途

没人能体会万俟铮的痛。

每一天，带着期待上班，迎接他的是冰冷的一张脸。下班时，目送炎缇玉离开，去往另一个男人身边。挽留的话说不出，温柔的笑无法做。想她想得厉害，恨不得目光穿过墙壁，望见门外的她。一旦见面，两个人互不相视，无形地对峙，仿佛不共戴天的仇人。当她折磨他，仇视他，他只是疼，气不起来。

他多疼一分，她的恨是不是就能减一分？

偏偏他又倔强地不表现出疼。

他又开始花天酒地的生活，周旋在美人之间，刻意让炎缇玉接送，让她把粘着口红和香水的衣服拿去洗。明知炎缇玉不可能吃醋，他依然盼着她露出不悦，哪怕是不屑，是嫌恶，让他知道她的态度。炎缇玉却漠然视之，只剩他独自生闷气。

沉迷声色无法吸引炎缇玉的注意，他便对此失去兴趣。逃避的方法只剩下工作。

他加班从不叫炎缇玉等。他已经极少与她讲话。如果他走时，她还在，他便露出厌弃，似乎嫌她打扰，尽管她没干什么。但，他心里是快慰的。工作时，他处于忘我状态，当思维重回人间，开门的刹那，见到她，那种快乐和满足难以形容。

这天，他丢了手帕。他找遍实验室、办公室和公寓，脸吓得发白，宛如丢了半条命。他已失去所有，只剩这条手帕，如果丢了……蓦然转眸，他看见炎缇玉拿着手帕从车上下来。他心头一紧，劈手夺过来，用愤怒掩饰惊慌，大吼："谁准你乱动我的东西？你不懂什么叫隐私，什么叫尊重吗？"

炎缇玉还未看清手帕，被他突发的脾气弄得一愣。

"怎么了，怎么了？"陆帆海跑过来打圆场。

万俟铮激动得胸膛起伏，炎缇玉目光倔强。陆帆海不知发生了什么，干脆把炎缇玉支走，让炎缇玉送他去开会。

万俟铮在众人惊惧的目光中走进办公室，关上门，颓然坐在椅子上，把手帕紧紧攥在手心。

旁人无须恐惧，最害怕的是他，懊恼慌张，狼狈无助。隐秘的感情被炎缇玉一览无余，像有人踏破大门，将他里里外外看个通透，他无处躲藏，无力抵抗。他不是怕她知道，他怕她嘲笑他。他用情太深，一旦受伤，便会伤得入骨。伤一次，缓十年。倘若再伤一次，且是被她嘲笑，那种疼痛，他怕自己承受不了。

陆帆海上车后，听到车载音响中播放着一首空灵的德语歌。他惊讶："你听德语歌？"转瞬已想明白，这必定是万俟铮挑的。炎缇玉的喜好怎么会表现在公车上。他喃喃说："落雪时分。"

炎缇玉把他送到会场，他顿了顿，对炎缇玉说："万俟今天有个饭局，你要是有空，去接他一趟。今晚有雨。"

炎缇玉按照陆帆海给的地址到酒店外等候万俟铮。许久，一群人谈笑着走出来，一个漂亮的女人与万俟铮挨得极近。李董，萧总，王总监，许主席……各色人等寒暄着，相互告别。女人拉着万俟铮说话，杏核眼秋波幽幽，会勾魂儿似的。

炎缇玉怕万俟铮看不到她，撑着伞在车边等候。

女人凑到万俟铮耳边，低声笑："那个女孩是来接你的吗？你魅力真大，这么晚还有女孩找上门来。"

万俟铮眯起眼睛，像是看不清，或者不敢信，需再次确认是她。他说："她是我的助理。"

女人眼睛亮了，"她就是炎缇玉？挺漂亮的嘛。"

万俟铮瞟她，说："多想想合作的事，少操心别的。"

“那你可得和我搞好关系，以后要长期合作呢。”

“关系多好才算好？”万俟铮一脸不怀好意。

远处炎缇玉在看着，女人不好意思了，说：“你的助理等着你呢，快去吧。唉，真羡慕啊，要是有人等我多好啊。”

“我送你？”

“不敢当。”

万俟铮低声诱惑：“害怕我？我不是你想的那种坏人。”

女人娇叱：“鬼才信你。”

为女人叫了代驾，目送她离开，万俟铮上了车。没有旁人，他的疲惫不再掩饰。胃灼烧地疼，食道火辣辣的，一阵头晕让他闭上眼睛。

察觉到他的不适，炎缇玉悄悄地开慢些，保持行驶平稳。她恨他，但她不乘人之危。

万俟铮致力于破解研发难题，毫不懈怠，只是外人见不到。如同当年，他的努力从不表现在人前，甚至故意露出吊儿郎当的样子，作业写完了也不交。离开研发中心后，他常常回到自己的办公室，继续冥思苦想，翻遍书籍，反复演算。这一幕，只有见过的人才知道。集团总部日益冷落他，他还在为公司的发展奔走。既是科研人员，又是管理者，双重身份让他疲惫。

挨过这阵头晕，万俟铮慢慢睁开眼睛。经历灯红酒绿、客套敷衍，看到清淡安静的她，他的眉头渐渐舒展。这一刻，无人打扰，在有限的空间里，只有他和她。不须言语，甚至不用看到她，只要感觉到她，他就心安。

两个人的关系本来已经剑拔弩张，经历他今天的大吼，气氛降到冰点。

她远去。他在窗口望，明知看不到，依然望着她家的方向，用目光为她护航。

自从万俟铮约见古斯塔夫，研发中心对他严加戒备，限制他使用实验室的时间，减少他的人手和经费。

人少，他自己加班干，一个人干三个人的活儿。研发经费减少，他东挪西凑，废物利用。实验室关门，他回分公司继续加班。

技术部怕他再次累病，向陆帆海求助。老陆心疼地说：“你不牵头研发了，忘啦？集团有意压制你，你还拼死拼活！”

万俟铮说：“我不是为别人，我是为我自己。”

都以为他是花花公子，时间全用来吃喝玩乐找女人，仗着天资聪颖，随随便便就能成功。世上哪有这种好事？

资源极度匮乏，他的工作不得不停滞。

李思锐设宴向他赔罪，同时还邀请了穆翰和炎缇玉。

万俟铮挑选衣服，试了又试，最后选中一套。他不能输给穆翰，无论在哪个方面。穿戴整齐，他对着镜子打量。乌黑的眼睛，顾盼风流，不笑亦似带着笑意，悲伤藏在其后，无人得见。

李思锐订了包间。万俟铮和陆帆海到达饭店时，李思锐已在等候。紧接着，穆翰和炎缇玉到了。

打过招呼，各自落座。炎缇玉只对李思锐和陆帆海点头致意，无视万俟铮。穆翰为炎缇玉拉开椅子，炎缇玉微笑。

李思锐向万俟铮解释研发重点的调整，请他理解集团总部的决定。他笑呵呵地说："万俟，你在研发中心的办公室没有了，别介意啊。你可以用我的。咱们还像从前一样。"

陆帆海问候李思锐的身体。李思锐说："谢谢。基本上没事了，定期复查，等复查结果出来，再决定还做不做下次化疗。"

穆翰称赞万俟铮，说："老李，你不在的时候，把他累坏了。他的成绩比你的好看多了，董事会正在商议给他特别嘉奖。"

李思锐和他相熟，对他的揶揄并不生气，说："那当然，要不我干吗坚持请他来。他确实比我强。"

万俟铮谦虚地摆手。

穆翰说："你干脆在家养病，别上班啦。有万俟，没问题。"

李思锐叫："嘿，今天我请客，怎么像给我自己摆了鸿门宴？"

刺身拼盘上桌。穆翰警告李思锐："生冷油腻你不能吃。"说着，把菜转到陆帆海和万俟铮面前。

李思锐叹息："炎缇玉，他在家也这么讨厌吗？唠唠叨叨。"

炎缇玉侧头，温柔地看向穆翰。

穆翰说："你又不长记性。你问缇玉，她的回答你看得懂？"

陆帆海听说过穆翰与李思锐关系近，没想到他们竟然这么亲密，跟他和万俟铮的关系十分相像。

万俟铮静悄悄的。

李思锐问万俟铮："老家是哪里的？家里还有什么人啊？"

万俟铮的眉轻微地抖动一下。

李思锐自顾自说："你的姓氏很少见，发音也不一般。第一次看的时候，我以为你姓万，后来才知道是复姓。"

一提到家乡，万俟铮脸色沉重。陆帆海接过话，说："我一开始也以为他姓万。他说念'莫奇'。他要不说，谁知道。"

穆翰说："万俟这个姓氏来自北方游牧民族的一个分支，原本是部落名，后来作为姓氏。万俟，你的祖上是鲜卑族中的王族。"

陆帆海说："还是穆总博学。"

"叫我穆翰吧。"

万俟铮说："我家好几辈以前就已经离开西北，搬到南方。什么王族，跟我没关系。"

"我是山东人。穆翰是哪里的来着？"李思锐问穆翰，"你在广东住了多久？"

"一年，后来去过北方。"穆翰说，"我们走过很多地方。缇玉跟着我，吃了不少苦。"

炎缇玉摇头。

李思锐代为介绍："他们是同甘共苦、互相扶持的模范情侣。"

陆帆海谈起德国的汽车制造，从汽车又聊到足球和黑啤。陆帆海说他喝啤酒只喝黑啤，吃面包只吃德国黑啤葡萄干面包。

李思锐说："我年轻的时候也爱喝酒，把胃喝坏了。现在我老婆管得严，又得了这个病，以后再也不能喝了。对了，万俟，你成家了吗？"

万俟铮的眉毛又是一跳。

陆帆海笑着替他答："他刚和女朋友分手。"

李思锐瞪穆翰，说："你怎么一点儿不关心同事？帮他把家安顿好，他才能安心工作啊。"

穆翰说："老李，你住院太久，消息闭塞，不知道万俟多受女孩欢迎。"

"别推卸责任。这事儿你负责啊。"

万俟铮淡淡地说："谢谢两位，不用。我只是挑花眼了。"

正巧一盘新菜端上来，以火红的石榴花为点缀。穆翰说："石榴半吐红巾蹙，待浮花浪蕊都尽，伴君幽独。"

这句本是写一个女子给她花心情郎的许诺，用在此时，是提醒也是劝诫，再贴切不过。

万俟铮看他一眼。若非心有芥蒂，他肯定引穆翰为知己。他十年漂泊，穿花寻路，长存于心的正是一可伴幽独之人。

陆帆海虽然没听过这首词，从字面已经明白意思，说："谁不希望得到这样的人。"

李思锐说："美人若能伴君幽独，我辈也应同等回报。这样才公平。"

万俟铮说："这倒难为我了。"

穆翰对万俟铮说："听说你喜欢吃菱角，这道玫瑰菱角米是我们特意让厨师做的，蒸鲜菱角，洒上玫瑰花酱，你尝尝。还有竹荪干贝冬瓜煲、红烧鱼唇，做得都不错。

别拘束，我看你没怎么动筷子。”

听说？听谁说的呢？万俟铮眸光一闪。

李思锐说：“对对对。我这个东道主的话全被你抢了。万俟，别客气啊。穆翰，这些菜我总能吃了吧？”

穆翰说：“最适合你的是香干马兰头。马兰头对消化系统疾病很有好处。”

李思锐大声叹气。

竹荪干贝冬瓜煲转到炎缇玉面前，她为穆翰盛了一碗。穆翰道谢。

李思锐说：“哇，你们之间还说谢谢，这么生分吗？”

炎缇玉低着头。穆翰笑骂：“别挑拨离间，羡慕就直说。”

陆帆海说：“举案齐眉，难得。”

李思锐问东问西，试图打开万俟铮的话匣子。他想通过各自的叙述增进彼此的了解，让大家熟起来。对于万俟铮与炎缇玉之间的摩擦，他一字不提。他的用意大家明白。但万俟铮始终心不在焉，说话非常简短。一旦问到故乡或者感情，他就不吭声。他的沉默有时长得让气氛尴尬。幸好人多，你一言我一语，倒不明显。

炎缇玉一直低垂眼睛，除非有人点名叫她，否则不抬头，切断与他人眼神交流的可能。唯有对穆翰，她总是看他，时而微笑，时而点头，只对他的话做出反应。他们并没有在人前做出任何亲密举动，但在有心人眼中，他们之间的温馨与默契明显得让人无法忽视。穆翰对炎缇玉的态度还算平常，炎缇玉对穆翰的信赖溢于言表。

让炎缇玉敞开心扉、释放并接受所有感觉的只有穆翰。她眼里根本没有万俟铮，连恨都吝啬。

为了引起她的注意，万俟铮只有拼命折腾。他受不了她的忽视，宁愿她恨他，也要让她意识到他的存在。

万俟铮的脸色越来越苍白，眼中的光彩逐渐黯淡。他的沉默让其他人感到难堪，陆帆海感到的却是难过。深爱的人另有爱侣，万俟铮心里是什么滋味？他还有机会吗？

陆帆海一直不敢问万俟铮，得不到炎缇玉他怎么办。

他清楚地看见，万俟铮和炎缇玉的中间隔着一道墙，所有的目光、神色、肢体交流都被阻断，只有语言能达到对方。但炎缇玉不说话，万俟铮说的话她又不听。他们之间根本没有有效的交流。

借今晚的机会，他决定帮万俟铮看清楚。“穆翰，你和炎缇玉在一起年头不短了吧？感情还这么好，怎么保持的呢？传授一些秘诀吧。”

穆翰说：“哪儿有什么秘诀。吵架吵不起来而已。”

李思锐失笑：“穆翰，你太逗了。”

陆帆海问："如果她会说话呢？"

"如果她会说话，"穆翰看向炎缇玉，"我们可能就不是现在这样了。"

在座的人心都一跳。

陆帆海追问："会是什么样？"

"很难说。"穆翰沉思，"如果时光倒流到相识的那天，她会说话，或许，"炎缇玉的明眸盯着他，他笑笑，说，"今晚在她身边的就不是我了。谁知道呢。"

万俟铮心里"咚"地一下，再也坐不住，说："抱歉，我有急事，得走了。"

他走后，李思锐不安地问："我是不是说错了什么？"

陆帆海说："他脾气怪，指不定想到什么了呢。"

穆翰意味深长地说："他的弱点太明显。"

李思锐说："他的脾气要能改改就好了。"

"穆翰，多谢你容忍他。"陆帆海同样意味深长。

披着月色，车在城市中穿梭。万俟铮的眼眸比夜更黑。

他没想好要去哪儿。

炎缇玉望着穆翰的眼神，让他再也坐不下去。那眼神如此熟悉，想当初，她曾用同样的眼神看着他。他想再次获得她的关注，赢得她的信任，得她温柔一看。这渴望激得他痛苦不堪。原本他还徐徐图之，来日方长，他有一辈子的时间可以实现目标，但，今日亲眼见到炎缇玉对待穆翰的态度，他嫉妒得发狂。

他想过离席的时候带着炎缇玉。可是，无论路多长，总有尽头。到最后，他还是得放她走。

要让她对他改观，难道只有说明真相一条路？

万俟铮咬紧牙关，死守他的秘密。不管多痛，他绝不说出来。

六十

天涯心事各几重

啸九天组织员工去新加坡旅游，陆帆海坚持与万俟铮同去，防备他任性惹事。

炎缇玉因为与万俟铮作对，成了所有万俟铮拥护者的敌人。他们忌惮她是大股东，所以表面上客客气气，暗地里孤立她，避免与她同坐。炎缇玉选了最后一排，只她一人。

皮特来请炎缇玉："万俟总未登机，头等舱还有空位，穆总请你去头等舱。"

万俟铮不参加旅游？炎缇玉顿觉轻松。她示意不用。皮特说："穆总坚持请你过去。"

炎缇玉来到头等舱。穆翰坐在第一排，回身对她温和一笑。坐在第二排的陆帆海向身边的空座位做了个"请"的手势。炎缇玉觉得这个安排很好。如果让她坐在穆翰身边，她反而不好意思。

一落座，炎缇玉打了个寒战——蓝风铃香水味！香味从穆翰的邻座飘来。那是一个长发女子，头发在脑后盘成一个好看的发髻。她正与穆翰低声交谈，语声似曾相识，是到服装店取衣服的那个。

炎缇玉脊背一阵阵发凉。她低着头，紧闭双眼，心跳如擂鼓。陆帆海关切地问："晕机吗？"她顺水推舟点头，闭上眼假装休息，以漠然掩饰内心，掩不住的是苍白的脸色。

万俟铮没来，曲娜娜像霜打的茄子一样蔫了，超级苏玩着项链，不似往日活泼，小许明显失落。一天的游览后，傍晚，他们来到位于圣淘沙的酒店。

自助晚宴上，穆翰陪同一个风情万种的女人出现，对众人介绍："容若玉女士，金融投资公司经理，我们重要的商业伙伴。"

容若玉与各位经理寒暄。

穆翰领容若玉见炎缇玉。容若玉眼睛闪亮，伸出手，说："幸会。总听穆翰提起你。"

炎缇玉淡然与她握手。

容若玉艳光四射、身姿傲人，眼底眉梢写尽风情，看人的时候，先斜着眼瞟，然后再把头摆正。男士们被她吸引，围在她身边，穆翰不离左右，为她引见众人。

炎缇玉躲开经理们的集聚地，踱步到大厅另一侧。

小许怏怏不快地说："总经理为什么不来呢？好可惜。"

曲娜娜拉一拉漂亮的裙子，懊恼万俟铮看不到。

苏晶晶提出和曲娜娜比赛，看谁更了解万俟铮，由小许提问。

"总经理最喜欢的酒？"

"黑方。"异口同声。

"总经理最喜欢的食物？"

一个说是竹荪，一个回答鱼。她们向陆帆海求证。陆帆海说："菱角。"

"总经理最喜欢的歌？"

"《牵挂》。"

"不对，是 *Es Ist Ein Schnee Gefallen*，一首德语歌，中文名字叫落雪时分。"曲娜娜说，"歌曲讲的是一个女孩未婚先孕，被族人轰出家门，流落荒林中的茅屋，饥寒交迫中等着爱人来找她，可他到最后也没来。总经理的车上总是放这首歌。”

炎缇玉再次辗转。大厅仅剩一个清静角落，娇艳的万代兰在钢琴旁吐芳，此处灯光比其他地方略显昏暗。

侍者以为她要弹琴，殷勤地翻开乐谱。炎缇玉摇头，余光扫到乐谱，中文《水草舞》三个字映入眼帘，她一呆。侍者为她摆好琴凳，做个请的姿势。

拒绝已来不及，炎缇玉坐在琴凳上发怔。好多年没碰过钢琴，再次面对黑白键，熟悉又陌生。

她触碰琴键，木块灵活地陷落。一开始，她弹错了几个音，很快，曾经的苦练形成的肌肉记忆恢复，乐感复苏，琴音泠泠，清澈柔缓，在纤长的指下流淌。b 小调旋律在左手连贯演奏，右手以高八度切分音交错、复奏同样旋律。少年时的练琴房，漂亮的音乐老师，她最喜欢的乐章……往事点点滴滴浮现。

大厅安静了。飘舞的水草，水波轻扬，人们的情绪不由自主随音乐摇曳。

演奏时的炎缇玉发着光，让人移不开视线。一袭白色长裙，简单到不能再简单，却胜过所有绚丽。亮度刚刚好，乐曲刚刚好，花开得刚刚好，她的素雅刚刚好。此情此景，非她莫属，换别的任何人都不对。

陆帆海心一动，想到万俟铮的那句“有那么一个人，而且只有她，别的人都不行，她能令你的生活完全改观”。他现在明白这句话了。他庆幸万俟铮没看见这一幕。

一曲终了，掌声热烈。容若玉小声说：“没想到她还会这手。”穆翰说：“我也是第一次见识。”

炎缇玉如梦初醒，忽见万俟铮端着一杯酒，倚靠着石柱，若有所思地望着她，黑眸幽深而明亮，像是能望透人心。

炎缇玉垂首，站起来。万俟铮向她走去。

“总经理！”小许惊喜，超级苏欢呼。女孩们包围了他。

万俟铮笑容灿烂，桃花眼尽显风流，说：“想我了吗？别想我，想我我就会出现。”

女孩们尖叫，害羞地捂着脸。

穆翰说：“还以为你有事耽搁了。我给你介绍，这位是容若玉。”

万俟铮说：“我们认识。”

容若玉伸出手，说：“那就再加深一下印象。”

万俟铮不与她握手，而是轻吻她的手背。容若玉抿嘴。周围响起小小的起哄声。

穆翰笑说：“这下印象绝对深刻。”

有万俟铮的地方绝不冷场，他总有办法活跃气氛。

苏叶兴冲冲走来，说：“对不起，我来迟了。”

“苏总，不敢劳您大驾。”穆翰说。

苏叶身为骁龙云腾在新加坡分区的总经理，负责开拓新加坡汽车销售市场，取得了不俗的成绩。他热情地说："亲人来了，我必须来见一面。接到你们要来的消息，把我激动坏了。明晚我安排了鸡尾酒会，欢迎大家光临。"

苏叶又说："昨天的发布会非常成功，最让我高兴的是万俟总能来出席。哇，他一露面，闪光灯亮成一片，效果胜过所有广告和车模。"旁人这才知道万俟铮不是误了登机，而是提前到了。

穆翰说："万俟永远让人惊喜。"

一个人附和："是啊。万俟总的想法新颖，给我们许多启发。比如座椅，我们的宣传语是'根据人体工程学设计，充分考虑舒适性、驾驶员的视野以及操作便利性'，一堆陈词滥调。万俟总只用了一句话，就给人留下了深刻印象。他说，我们设计的座椅，像情人的拥抱一样舒适可靠。我已经决定用这句话做广告语了，并且拓展成为整车的宣传理念。"

有人赞佩，有人点头。

万俟铮说："这种基于个人性格的话，你们想不出来很正常。"

大家笑了。"要说风流倜傥，万俟总首屈一指。"

炎缇玉悄悄退场。蓝风铃的气味追赶着她，她需要透口气。门口，万俟铮站在她的去路上。他什么时候过来的？他不是在和苏叶他们聊天吗？即使不在那边，也该被女孩子们缠住。此刻她最不想见的就是万俟铮。事情被他不幸言中，容若玉在穆翰的引领下渗透进她的生活，如同香水味，无缝不入。

出口只有一条路。他能轻易放她过去吗？倘若纠缠，他们又要引人注目了。她祈祷千万别引起他的注意，别被他叫住。还好，她顺利走出宴会厅。

穿过花园，小径幽静。身后有人追随，她武装表情。

"聪明。既要引起他的注意，又不让人厌烦，只有出奇制胜。这场翻身仗打得漂亮！"万俟铮阴魂不散，几步就超过她，声音的大小控制在只有他们两个能听到。

炎缇玉放下了木然的面具。不知从什么时候开始，她在万俟铮面前更自如，情绪自由释放，无所顾忌，虽然对着他的时候大部分是冷漠和怨恨。面对穆翰，她反而要装得恬淡平和，免得穆翰担忧。

她瞪万俟铮一眼。她可没有他说的心机，刚才的事，像走火入魔一样，她后悔死了。

万俟铮用拿酒杯的手向宴会厅的方向一晃，说："临阵脱逃，等于拱手让人。"

炎缇玉想绕开他，万俟铮横跨一小步，挡住她的去路。她再绕，他再挡。他的动作幅度很小，她却绕不开。她看他一眼。

万俟铮心一颤。那是仓皇的、忧伤的、几近失控的眼神。

炎缇玉把穆翰看得太重，与他相关的事总让她方寸大乱，何况是容若玉明目张胆的入侵。她强作镇定，又无意中知悉了《落雪时分》的故事，心下大惊。接着，一首《水草舞》引发她回忆滚滚，搅得她六神无主。短短时间，连续三次震撼。她装平静装得实在辛苦，再也撑不下去。

炎缇玉假装的镇定，万俟铮早已明了。看着她分明备受折磨还要故作从容，他不由得怜惜。炎缇玉像一条纸船，风暴欲摧，小船漂转颠簸，随时有倾覆的可能。他多想用胸膛做她的港湾，为她遮风挡雨，给她温暖和安定。但她的风雨，正是来自她当作港湾的另一个男人。她死守那个港湾，别人要怎么保护她？

他低声说："好吧，我允许你告退。不许乱跑，只许回房间休息。"

女孩们精心打扮，兴奋地去参加鸡尾酒会。

炎缇玉没有去，她本就低调不合群，她的缺席无人在意。穆翰没有问起她。她心神不宁，猜测他无暇顾及她，还是根本没发现。她不愿见到穆翰和容若玉亲近，又想知道他们在干什么。好在女孩们喜欢在公司的微信群中分享消息，不停地发酒会的图片和短视频，绝大部分是关于万俟铮的。

"总经理超级帅！"

"帅哥多的是，只有总经理称得上风流倜傥。"

"总公司的姐姐说总经理脾气坏，气得我不想理她。"

"才不是呢。总经理这叫阳刚，有男人味。他多温柔啊，刚才他还帮我拿水果呢。"

"他坏吗？好希望他对我坏啊。"

"我超级喜欢他的笑，有点邪恶，可又不是真的邪恶，超级迷人。"

翻了好多张照片才找到有穆翰的。容若玉果然去了，果然和穆翰站在一起。缇玉怅然放下手机，过一会儿又忍不住拿起。

一张照片引起她的注意。有个身影似曾相识，在大厅的角落，很像桑立德。他被分公司辞退后，跑到新加坡来了？

缇玉隐隐觉得不妙。到底是哪儿不对劲？她翻着图片思索。穆翰与容若玉亲密交谈，穆翰与苏叶举杯，穆翰与新加坡公司高层见面……没有异样。

"苏晶晶今天变傻了，对着总经理不停地笑。"曲娜娜爆料。

"还说我呢，你看着他的时候，口水快要流出来了。"

"我比小许强吧？你看她的脸多红，像喝醉了似的，就因为总经理对她笑了一下。"

小许捂着脸说："是因为酒好嘛。鸡尾酒好甜啊。"

"你这杯酒颜色真清新。"曲娜娜顽皮地与小许喝交杯酒。

缇玉找到最开始的宴会照片。各种鸡尾酒五光十色。蓝色夏威夷、古巴风情、春意盎然、巴彦之日、艳遇岛，以及曲娜娜喝的红粉小野猫等等。酒旁摆着名称标签。

缇玉不懂酒，她对着图片在网上查看酒名及酒谱，越看越心惊。

宴会提供的各款鸡尾酒，酒谱中不含菠萝汁的只有“百万富翁”。

缇玉的心直往下沉。万俟铮对菠萝蛋白酶严重过敏！原来她隐隐感觉到的危险，是针对万俟铮的。

她找到万俟铮端杯的照片，他喝的正是“百万富翁”。只有这款鸡尾酒不含菠萝汁，万俟铮如果熟知鸡尾酒，一定选这款。这是他唯一的选择。

假如，有人正希望他这么做呢？

围追堵截，只留一条路可走，在这条路设伏，十拿九稳。

把基酒波本威士忌换成金酒，加入菠萝汁，“百万富翁”就变成了“百万美元”鸡尾酒。两者都是咖啡色，省略挂杯装饰，标签写成“百万富翁”，拿酒的人只有喝了才知道差别。即使发觉，谁又会计较这些？

照片中模糊的身影，到底是不是桑立德？

从桑立德打算把黄花杜鹃和玉丁香搬进万俟铮办公室的那一刻起，缇玉已经明白他是赵烈的人。她是最早识破他身份的人。桑立德能打听出万俟铮对花过敏，也就能查到他对菠萝过敏。

怜悯敌人，就是对自己残忍。万俟铮的刁难历历在目，让他吃点苦头最好。

但是，严重过敏会致死，这事不能开玩笑。

她又想，他一个大活人，尝出菠萝味总该停下吧。可是，长期喝酒的人，味觉是否会在一定程度上麻痹？倘若金酒、苦艾酒、石榴糖浆的味道盖过菠萝汁，他喝的时候能发觉吗？

她又往好处想：随着年龄增长，人的体质会变，过敏源会变。万俟铮现在可能对菠萝蛋白酶不过敏了。

但，假如真是桑立德干的，他会不核实情报的准确性，让自己失手吗？不，不是他。否则分公司的人能认出他。除非，除非他一直躲在暗处，根本不让人发现！

她不能去，她不想去。她不想看见穆翰和容若玉在一起！万俟铮爱怎样就怎样，她不管！

缇玉内心激烈斗争。

微信群中照片和短视频还在不停上传。

“甜点超级好吃。这叫什么？哦，鸡尾酒果冻，菠萝味儿的。哇，我要醉啦。”

缇玉跳起来，奔向酒会。

衣香鬓影，人影纷纷。万俟铮在哪儿？缇玉看见了桑立德。不错，正是他。他匆匆在屋角走过，低着头，不想引起任何人注意。

“你终于来了。”身后一个人说。呛人的蓝风铃味道，似笑非笑的表情。

穆翰在容若玉身旁温和微笑，说："热吗？看你满额的汗。"

缇玉顾不得他们，礼貌地点一下头，她要找万俟铮。

她的目光在穆翰身上只短暂停留，立刻转向别处。穆翰微微一怔。

缇玉看见万俟铮了，他风趣的谈吐在女士中间引起一阵笑声。万俟铮端着不知第几杯酒，正打算一饮而尽。与此同时，万俟铮也看见了她，以及她急切的眼神。

缇玉疾步走过去，要不是怕失礼，她简直要跑起来。脚下突然被什么绊了一下，她收势不住，向前栽，眼看要砸到地上，万俟铮抢步上前。她结结实实地扑在万俟铮身上，酒打翻了，全洒在万俟铮的胳膊上。

"亲爱的助理，你让我受宠若惊。"一句玩笑化解了尴尬。

缇玉站定，盯着他的胳膊。酒透过长袖衬衫渗进去了。皮肤接触菠萝蛋白酶会引发过敏吗？

七八只纤手同时过来帮万俟铮擦酒渍。

"菠萝味儿！"陆帆海警觉，立即看万俟铮。他自己端着一杯"白色燕尾服"。

万俟铮凝视炎缇玉。她是为此而来？那么不想见容若玉，怕他过敏，她还是来提醒他，素来沉静的她走得那么着急，差点摔倒。万俟铮露出笑容。他真的"受宠若惊"！不论她如何厌憎，不论她如何同他作对，只这一点关怀，他已收获巨大快乐。

陆帆海询问："万俟？"

万俟铮晃了晃头，似在检查头晕情况，咳嗽两声。

穆翰和苏叶等人围过来，本来要询问炎缇玉是否受伤，见陆帆海的神色有异，不禁随他望向万俟铮。陆帆海解释："他对菠萝严重过敏。"同时嗔怪地看一眼炎缇玉，若不是她，酒不会洒在万俟铮身上。

万俟铮说："没事。我去换一下衣服。"

陆帆海坚决地说："快打针！我还记得上一次，你快把我吓死了。注射液带了吗？"

万俟铮的常备药是盐酸肾上腺素注射液，用于治疗急性过敏引起的组织水肿。万俟铮摇摇头，快要站不住了。

陆帆海说："我带你去医院。各位，失陪了。"

苏叶要派司机送他们。万俟铮说："有车就行。炎缇玉，你没喝酒，你开车。老陆，你导航。"

苏叶要尽地主之谊，打算同去，万俟铮婉拒，用手按太阳穴。陆帆海着急地说："我们得走了。"说完催促快走。其余人见状，不敢耽搁他们。

一上车，陆帆海嘴里叨咕着"医院"，查找地图导航。

离开众人视线，万俟铮说："我想吃肉骨茶。"

陆帆海没好气地说："命要紧还是吃要紧？"

万俟铮一笑，说："那杯酒是我帮别人拿的，我没沾。桑立德在这儿。"

"什么！"陆帆海一惊，"我没看见他。"

"他刻意躲着。"万俟铮说，"发现他之后，我对苏叶旁敲侧击。苏叶说桑立德调过来好几个月了，鸡尾酒会是桑立德一手操办的，所以我一直加着小心。"

"刚才你是装的！"陆帆海又庆幸又后怕，"看看，得罪小人的后果。"

"半天不吃不喝，我饿了。有个肉骨茶餐厅很有名，你找找，我们去吃饭。"万俟铮的心情好得不得了。

像是命运的安排，每一次来自桑立德的攻击，都被炎缇玉挡住。都说她恨他，她对他的保护却少有人知。

缇玉十分懊恼。不小心流露善意，偏又被万俟铮发现，看他一脸别有深意的笑，她暗恨。她以后绝对绝对不管他的闲事了！

万俟铮嘴角的笑意久久不散。

到达餐厅，缇玉表示她不想吃东西，要在车里等他们。万俟铮扬眉，说："五分钟之内停好车，进来找我们。"说完，不等她反对，率先下车。

陆帆海沉默地跟随。

两个人看菜单，万俟铮越轻快，陆帆海越沉闷。久等不见炎缇玉，万俟铮抬腕看表，已经超过十分钟了。他说："我去找她。"

出了餐厅，便见炎缇玉在停车场被一个中年男人拦住。炎缇玉低着头，那男人气势汹汹，愤怒地说着什么，忽然抬手要打炎缇玉。万俟铮惊怒，大喝："你干什么？"刚要动手，身后一个女人尖叫："老林，住手！"

万俟铮一呆，生生收了拳头。中年男人闻声，动作停在半空，转过头来，五官和脸型有三分熟悉，怨毒的表情更是像极了炎缇玉。

眼看男人的巴掌还要落下，万俟铮闪身隔在炎缇玉和男人中间。炎缇玉一怔，抬头，她的脸白得像一张纸。万俟铮的心揪紧了。

男人因生气而涨红了脸，问："你是谁？"

万俟铮静静地说："万俟铮。"

男人一愣，眼睛发红，咬牙切齿地对炎缇玉说："好啊你，到底还是和他搅到一起去了！丢人现眼！"他伸长胳膊去打炎缇玉。万俟铮转身，面对炎缇玉，挡在她前面，不躲也不动，男人的巴掌一下一下结结实实打在他的背上，带着怨恨、痛心和失望。

炎缇玉呆呆地望着万俟铮，万俟铮高大的身形不仅挡住了巴掌，也遮住了男人气急败坏的脸。每经受一下锤击，他的身体就震一下。缇玉的眼中慢慢蓄满泪。

中年女人冲过来拉住男人的胳膊，焦急地说："老林，老林，快住手！干什么打人啊，快住手！"

三三两两的人围观。万俟铮沉默得像一座冰山，挺直得像一棵大树。炎缇玉如同石化。

一个四五岁的孩子哭了起来。中年女人连忙跑过去抱住孩子，叫："老林，你吓到小宝了。"

缇玉身体一晃，目光缓缓飘过去，定在那孩子身上。同时，男人住了手，喘着粗气。

女人连拉带拽地把他扯走，歉然回首瞥一眼炎缇玉，神情里有一丝怜悯。她絮絮叨叨地埋怨："干什么打人呢？有话好好说嘛。你的脾气呀。"

老林打鼻子里冷哼，怨气冲天。走到转角处，他回头狠狠地瞪他们。这么多年，原来那男孩一直在她身边，她不是一个人。他莫名地松口气。

缇玉没有哭，泪水冻结在眼中，仿佛她已将感情冰封，不准它溢出眼眶，嘴角的惨然却昭示肝肠寸断。

这么坚强的她，这么压抑的她，让万俟铮心里有一千个一万个心疼。有很长一段岁月，他弄不清自己为什么而存在。直到无意间拨开误会的迷雾，窥见真实的炎缇玉，他忽然明白，他是为守护她而存在的！无论是老林的怨怼，还是残忍的真相，以及之后所有岁月中的苦痛，他都要为她挡住。

炎缇玉在发抖，身体摇摇晃晃。他轻轻扶着她。

缇玉望向他。如果有的人的眼睛会说话，万俟铮绝对是其中之一。他的怜惜凝于眼眸，他的温柔清楚无疑。

缇玉咬紧牙，狠狠打了他一个耳光。万俟铮猝不及防，头被打偏，脸颊顿时红了，好一会儿，他的头才回正。

陆帆海早已找到这里，选择旁观，此时见万俟铮挨打，他急了，冲过去要跟炎缇玉挑明。万俟铮严厉地摇头制止，眼底分明有一丝湿润的光。

再也没有心情吃饭，三个人默然上了车。只有陆帆海知道万俟铮受了多大的委屈，他却不能替他申辩，他憋着一肚子火，狠狠关车门。万俟铮望着车窗外，握紧的拳头泄露心底的波动。

亚洲大陆最南端，巴拉湾小岛上，天涯的尽头，万俟铮独自在沙滩上散步。上百条消息发来，问候他的身体状况。他把手机调成静音，一律不理。

明月高远。银辉下，海无边无际。澎湃不息的波涛，像不平静的心。

他抬头，仰望天空。

他多想融化炎缇玉冰冷的心，但炎缇玉拒绝他靠近。她为他的过敏担忧，只是出于善良。他对她的好，倘若造成她的困扰，她直接践踏在地。那个耳光无比清脆，显示她的坚定。她的心将穆翰以外的人统统拒之门外。

万俟铮的脸颊还火辣辣的。那个耳光不止打在脸上，更是打在心上。可他就是无法对炎缇玉生气。她偶遇父亲，父亲依然恨她，父亲的新家庭完整美好，再也没有她的存身之所。突如其来的打击导致她行为过激，他怎能怪她？这一趟天涯之旅，她经历的太多。伤害接踵而至，让人不得喘息，要她怎么维系麻木？

“万俟铮。”浅笑混合魅惑的声音，伴着蓝风铃的香气飘来。

万俟铮明眸一扫，容若玉穿着比基尼泳衣，从水中向他走来。

“想什么想得这么出神？”容若玉问，伸手绾长发。其实湿漉漉的头发没什么可摆弄的，她借双手向上伸，展示窈窕身材。

万俟铮淡然说：“我在想，万人迷容小姐为什么独自在游泳。你的追随者呢？”

容若玉斜睨他，抿嘴笑，说：“别告诉我你在吃醋，我不信。”

万俟铮是调情高手，当然知道他应该顺水推舟承认，博美人欢心，可今天他实在没心情哄她玩。他故作叹息：“一个女人不仅漂亮，还聪明，你说该怎么办？”

“哎哟。”容若玉叫了一声，假装被小沙堆绊倒，向万俟铮的方向倒去，等着万俟铮顺势搂住她。哪知万俟铮闪开，她摔在温软的沙子上，这样的情况她还是头一次碰到，不由得一愣，嘟嘴撒娇：“你真坏，也不扶人家一下。难道说，你只扶炎缇玉，不愿意扶我？”

凭她也敢跟炎缇玉比？！

夜色中，她看不见万俟铮眼中闪过的寒芒。万俟铮依旧笑着说：“我喜欢看女人躺着。”

容若玉脸红了，说：“你真坏。”

万俟铮蹲下，向她俯身，容若玉侧头，性感的嘴唇在月光下微张。

万俟铮展开迷人的笑容，凑近她的耳边，声音低沉，说：“我知道你是哪种人，你也知道我是什么人。我对你没兴趣。情面留三分，日后好相见。沙滩不错，多躺会儿。”他戏谑地拍拍沙滩，站起身走了。容若玉恼怒地向他的背影扔了一把沙子。

六十一

风云变

万俟铮和陆帆海到省里参加年度科技创新人才盛典。不管多少人对万俟铮不满，他的成绩还是使他成为集团内推荐参评的不二人选。

会场中，万俟铮和陆帆海忙着与人寒暄。众人向万俟铮预祝成功，认为他是全省年度最优科创人才奖的热门人选。万俟铮谈吐幽默，气度大方。张琪暗暗点头，无论是才华还是风度，万俟铮确实佼佼不群。

盛典进行一半，万俟铮和陆帆海收到玛姬的紧急通知，梅森要造访分公司！

梅森先生是美国托尼卡汽车制造企业的中国区业务代表，骁龙云腾集团非常重视与该公司的战略合作，志在必得。双方拟在汽车制造领域开展全面合作，打造全新的清洁能源汽车生态体系。

梅森此行是带着上百亿资金的合作意向来的。集团总部派战略拓展部、商务部、公关部、海外拓展部等十几个相关部门的部长组团迎接。高屹出差到菲律宾，因当地暴风肆虐，滞留在机场，无法赶回，接待考察由副总裁赵烈牵头，宫极、冼光明协助。

考察在集团总部和生产工厂进行。梅森突然提出扩大考察范围，要到与集团总部一墙之隔的分公司看看。因为是临时起意，所有人措手不及。

“糟了，炎缇玉。”这是陆帆海的第一反应。他直觉炎缇玉会把事情搞砸。

如果分公司接待不周，影响合作，万俟铮脱不了干系，尽管他不在场。要将万俟铮置之死地，这是最好的时机。以炎缇玉的聪慧，一定能找到方法。

万俟铮安然道：“不用担心。”

陆帆海急得搓手。炎缇玉可是敢动刀子的人啊，铁石心肠，冷酷无情！

玛姬发来消息：我拦了，拦不住炎缇玉。梅森被气走了。

陆帆海打了个哆嗦。

万俟铮失笑：“不说话都能把人气走，她的本事见长。”

陆帆海瞪眼，“你还笑得出来。”

穆翰出差在外，万俟铮和陆帆海在省里参加庆典，偏在此时，炎缇玉闯下大祸。

集团把本次合作定义为十年不遇的良机，是事业发展的历史性高峰。高屹曾开玩笑地说，事关重大，如果合作失败，所有参与者将集体被裁。

“我回公司。”万俟铮扣好西装的扣子，站起来。

陆帆海着急。台上，省领导还在讲话，颁奖即将开始，万俟铮怎么能走？可是公司那边的确需要有人回去看看。

万俟铮说：“需要我上台的话，你替我。”

董事会选举在即，跨国合作是高屹的撒手锏，如果失败，于公于私，他饶不了责任人。赵烈、刘深等人必然抓住这次事件，落井下石，合力打击炎缇玉及所有想帮她的人，剑指穆翰，把一分错夸大为十分。事件足够大，影响足够广，后果足够严重，他们胜券在握。

万俟铮表面轻松，心里已做了最坏的打算。

他觉得奇怪。炎缇玉不是不知轻重的人，况且一向低调，怎么会得罪梅森？

万俟铮吩咐司机加快速度，三个小时后，他抵达鹿鸣城。分公司门口，四个商务部的人带着炎缇玉走出来。炎缇玉穿着湖绿色长裙，态度平淡。她的身后，是一众神情如丧考妣的同事。

万俟铮迎上去，一个人举手示意他退后。万俟铮问："怎么回事？"

"董事长要见炎缇玉。"

"董事长不是在菲律宾吗，回来了？"万俟铮扫一眼停在公司门口的车，问，"你们带她去哪儿？"

"董事长要向她了解情况。万俟总，请让一下。"

一个人留下拦住他，其余人带着炎缇玉上车。除了没戴手铐脚镣，她的情形如同被押送。万俟铮的脸沉下来。

炎缇玉漠然坐进车，转头看向车窗外。远处，万俟铮目不转睛地望着她，做了一串手势：先是指向她，然后手掌放平，贴在颌下，最后指向自己。他的眼神温暖而坚定。

缇玉心一动。万俟铮在用手语说："你等我！"

万俟铮把跟随考察的人依次叫到他的办公室了解情况。其实不用他叫，大家已经围上前。他们清楚事态严重，轻则被开除，重则整个公司不保，都指望万俟铮有奇招。

缇玉被领到书房。高屹在等她。书房门关上了，只剩他们两个。

高屹表情严肃，语调还算平和，说："坐。"

缇玉沉稳地坐下。

"我要你利用这次机会对付一个人。"高屹开门见山。

缇玉猜到那个名字。

"万俟铮有功有过。他是个人才，为公司做过贡献，我对得起他，把年度科创人才的名额给了他。你知道有多少人反对吗？我力排众议，保住他的名额。公司表彰了他的努力，他应该知足了。目前，他的研究停滞不前，已经发挥不了领军作用，他的任性造成的坏影响大于他的业绩带来的正能量，长此以往，员工全要被他带坏了。他严重影响团队建设。'将弱不严，教道不明，吏卒无常，陈兵纵横'，这是他的失职。"高屹叹口气，"我必须丢卒保车，顾全大局。"

何必找冠冕堂皇的理由，真实原因是万俟铮功高盖主，不受控制。缇玉掏出随身携带的笔和本，写道："董事长，我向您汇报一下事情经过。"

高屹抬手制止。

缇玉还是写："是我一个人做的，请罚我吧。"

高屹点燃烟，说："责任的认定，不同的人有不同的说法，大家的理解也不尽相同。你听过李代桃僵吗？"

缇玉摇头。她不能诬赖别人。

高屹左边嘴角上扬，右边不动，说："穆翰和万俟铮，你选一个。"

缇玉盯着他。

“势必有损，损失可以选择。分公司归啸九天管，这个管理责任嘛……”高屹沉吟。

缇玉低下头。该死！她的弱点尽人皆知！

“赶走万俟铮，不是你的愿望吗？下不了手？他给你带来多少麻烦，你忘了？”

她没忘。但，不该以这种方式，这么卑鄙，龌龊，她会瞧不起自己。

高屹说：“赶万俟铮走，你的事我可以不追究。如果你拒绝，连你带穆翰，都要受到惩罚。最后，万俟铮照样保不住。孙子兵法说，‘善用兵者，屈人之兵而非战也’。我不动他是不想脏了手。要对付他很简单，他树敌太多，为人诟病的地方也太多。”

缇玉咬着嘴唇。穆翰，最难舍的穆翰。

小美曾问她有什么愿望，如果一定要说的话，她想要保护一个人。

一直得一人照顾，在他的羽翼庇护下生存。希望未来的她勇敢多智，能够帮到他。

可现实是，她总连累他，这次又是。

高屹说：“‘暴戾恣睢，其势自毙’。万俟铮走到这一步是自找的。以他混世魔王的脾气，解除他的职务，他肯定闹个天翻地覆。梅森对公司的考察失败，合作被搁置，公司遭受巨大损失，需要做大量工作才能挽回前一段的交涉成果。借此机会把万俟铮铲除，给托尼卡公司一个交代，也算是万俟铮‘以死谢罪’，发挥余热。他可能去找你麻烦，我会补偿你。攘外必先安内，等解决万俟铮，我再腾出手应对托尼卡公司。”

缇玉缓缓呼气，抬起头，双眸无比清澈。她并不矛盾，从未动摇，只是这个决定如此艰难，她需要积攒力量才能做出。她写道：“事情是我一个人做的，与别人无关，要罚罚我。”

力透纸背。

她知道高屹不会只罚她一个。她写完这句话，相当于豁出了穆翰。

高屹问：“想清楚啦？”

缇玉昂首，坚定回望。她首先是一个堂堂正正的人，其次才打上“为穆翰不顾一切”的标签，可惜，很多人不懂。

高屹没想到炎缇玉宁可牺牲穆翰也不冤枉万俟铮。这时，他的电话响了。高屹示意缇玉可以离开了。缇玉直觉事情有变。

缇玉回到公司，公司里明显人心惶惶，见到她，大家不约而同噤声。缇玉走上三楼，陆帆海的办公室门没关严，里面传出谈话声。

陆帆海问：“后来呢？”

玛姬答：“后来总经理就去集团总部了。”

“他还嘱咐我们拦住你，不让你去找他。”是超级苏的声音。

“总经理会受罚吗？陆总，你快想想办法。”曲娜娜快哭了。

“他又要干傻事！”陆帆海冲出门，见到炎缇玉，顿时脸沉得能滴水，“称你的心了？你一次又一次地坑他，没完没了，这次你终于可以置他于死地了！你的手段比你的刀子厉害多了。”陆帆海走了。

其余人瞪着炎缇玉。曲娜娜恨声说：“你把公司害惨了！你到底要怎样？”

超级苏扯曲娜娜的袖子，炎缇玉毕竟有穆翰做后台，不能轻易得罪。小许小声安慰曲娜娜：“总经理最聪明了，他会想出办法的。”

她们离去。缇玉不明所以。

穆翰因筹备车展，人在成都，找他商量来不及。缇玉无法出声，急需一个帮手翻译她的手语。她去找小美。同事望着小美空荡荡的工位，吞吞吐吐地说：“她暂时不在。”

小美与陆帆海相处得并不好。陆帆海是好人，但感情无法勉强，时间长了，小美再迟钝也能感觉到陆帆海对她的关怀更多是出于礼貌和善良，并非男女之情。可惜小美已经投入太多，无法自拔。时常有人提醒她，当初陆帆海对玛姬多么用心，每天送花，变着花样讨玛姬欢心，又感慨陆帆海变得太快，男人果然靠不住。小美不知该如何回应。陆帆海经常以加班为借口，拒绝约会，小美乖巧柔顺地表示理解，支持他以事业为重，背地里偷偷难过。偶尔悲怆涌上来，她忍不住流泪，躲到卫生间哭泣。这在总务部已经是公开的秘密，人艰不拆，大家不说破而已。

缇玉对此有所耳闻。她不敢关怀，不敢问候，怕因与小美亲近，连累小美受伤。

同事压低声音说：“你把那个梅森气走了？痛快！那个人眼睛长在脑瓜顶上，横挑鼻子竖挑眼，提了一堆过分的要求。他还说，目前公司的办公空间不符合管理学理念，要把所有墙打掉重新做楼层布局。尚部长不好说什么，赵总只会点头，真讨厌。”

缇玉明白，要说明情况，只能靠自己。

她把要说的话输入手机，预备用语音朗读功能念出来。然后，她分析形势，寻找同盟。她注意到夏朵心仪万俟铮。夏朵一定关注着万俟铮，问她肯定能得到一些信息。

缇玉找到夏朵，询问事情的最新进展。她写道：“事情是我做的，与别人无关，我要说清楚。”

夏朵扫一眼周围，带她走出行政部，低声说：“紧急会议，董事长亲自主持，秘密级别，第七会议室。”

缇玉致谢，跑到第七会议室，在门口被拦住，她执意要进去。僵持中，万俟铮走来，和他结伴而来的，还有赵烈和宫极。

原来会议尚未开始。

缇玉手语：“我不用你替我说好话。”

万俟铮笑了，他真的开心。她是为他着急啊。他问：“你这么肯定我不是要落井下石吗？”

缇玉一怔。是啊，多么奇怪，她从没想过万俟铮会在这个节骨眼上落井下石，她想的都是万俟铮想方设法为她解围，搞不好又要得罪高层。

万俟铮笑意更深，说：“放心，一人做事一人当，我不会连累你。”

缇玉望着他。

“你做得很好。你是按我的指令行事，我不会推卸责任。”

赵烈和宫极交换了惊讶的眼神。

缇玉脑子里轰的一下，明白了，万俟铮要代她受过。李代桃僵，高屹刚刚说过。万俟铮也要用这招。

“好了，你回去吧。”万俟铮轰她。

缇玉摆手。“不行，不能这样！这是我的事。”她解释事关重大，不是责骂两句就能过去的。

万俟铮轻蔑一笑，说：“我反悔？当着赵总和宫总呢，他们两个作证。我既然敢做，就不怕承认。”

缇玉真急了。她自己被带走接受质询时都没这么着急。她的手语没人看得懂，万俟铮说的话句句把人带入他的设定。缇玉唯有在会议上争取发言的机会，不被万俟铮打断，不让他有机会曲解她的意思。她必须参会！

高屹走过来，问：“怎么了？”

缇玉指自己，又指会议室。

“不必。”万俟铮阻拦，“我来说明情况。难道我还不如一个哑巴说得清楚？”

罗超凡也走过来了，说：“缇玉当时在场，让她参加，方便询问一些细节。”

高屹沉吟：“可是没人看得懂她的手语。”

缇玉指手机。

万俟铮料到她要用语音朗读功能，立刻说：“你提醒得对，这是秘密会议，手机不能带入会场，统一放在门外保密柜。”

缇玉咬牙。赵烈看出高屹不打算让炎缇玉参加，说：“炎缇玉，你还是别参加了。需要问你的时候再叫你。”

高屹颔首，“就这样吧，开会。”

万俟铮轰炎缇玉：“还不赶紧回公司。”

缇玉眼睁睁看着会议室大门在面前关闭。

梅森一踏入分公司，缇玉就发觉事情不寻常。

董事长因恶劣天气滞留境外，托尼卡公司不改日期，坚持在高屹不在的情况下造访。如果说这是对方恪守时间、作风严谨的表现的话，那么，临时起意要考察分公司就显得十分不严谨了。

可巧，分公司的两位经理也不在。

进门后，梅森趾高气扬，挑三拣四，认为员工作风松散，缺乏活力和激情；机构设置有问题，只有一位实职副总经理；工作安排不合理，两位经理参加同一个活动，是人力资源的极大浪费……他认为必须对公司内部制度进行大刀阔斧的改革。骁龙云腾集团各位重要人物连连称是。

梅森提出要参观万俟铮的办公室。这个要求可谓奇怪。万俟铮不在，光一个办公室有什么好看的？他想看什么？

玛姬向炎缇玉说明来意。炎缇玉拒绝。赵烈递眼色，要炎缇玉识相点儿，炎缇玉视若无睹。

梅森初见这个与世无争的恬淡女子，眼前一亮，如清风拂面。他以为她如外表一样柔弱，好对付，没想到副总裁发话也不好使，炎缇玉固执地不肯开门。赵烈质问原因，炎缇玉淡然地给出答案：屋子里刚喷完蟑螂药，药物对人体有害。赵烈明知是假，好歹算是有了个说得过去的理由。梅森一脸不痛快。

随后，梅森重点参观了技术部，并提出要了解现在正在进行的研究。技术部的人员犹豫了，既不便直接拒绝，又不能任其查看。梅森顿时变脸。赵烈出面缓和气氛，以“美国的技术难道不比我们的强吗”的观点，以及“不惜一切代价促成战略合作”的态度，逼技术部打开了机密文档。

梅森扫了两眼，做出不感兴趣的样子，他的随行人员不停地拍摄照片，说是拍人物，但镜头永远对着资料的方向。技术部长额头直冒汗。缇玉看在眼里，为了不让关系彻底破裂，她不能直接要求对方删照片，只能假装撞到对方，摔坏了相机，并趁乱拔掉存储卡。她一直游走边缘，不声不响，趁人不备，顺利得手。

她就这样彻底把梅森得罪了。

最可怕的是，当缇玉在外围游走时，她清楚地看到了别人看不到的情况——梅森的随行人员与宫极互递眼色。那绝不是客套的致意，而是别有深意、心照不宣的一瞥。

她想向高屹报告事情经过，高屹不听。高屹的目的早已改变，他的首要目标是赶走万俟铮。技术部是否明白她的用意？高屹又是否给他们机会说呢？

能证明她的，只有那张存有机密研究图纸照片的存储卡。

缇玉穿的是长袖长裙，她把衣袖挽起，把存储卡藏在挽起的衣袖褶皱里。梅森等人到处找存储卡，甚至提出了搜身的无礼要求，始终没能找到。

缇玉躲在清洁工小屋，跟穆翰视频通话。穆翰叮嘱她少安毋躁，等他回来。缇玉怕万俟铮的命运等不及了。

在茶水室，缇玉倒热水，身后响起玛姬的声音：“身处危机，忍辱负重，利用别人的善良轻易地攻破防线，真是精彩的苦肉计！刚好托尼卡来考察，刚好穆翰不在鹿鸣城，天时地利人和全占齐了，这种机会可遇不可求，稍纵即逝。抓住时机，上演精彩大戏，这份机智值得鼓掌！”

缇玉不理她。

玛姬曼声道：“别误会，我指的不是你。要论讨女人欢心，总经理实在是个高手。先把人踩到底，又在意想不到的时候英雄救美，哪个女人顶得住？管他是真心还是假意，伸手不打笑脸人，谁能在这个时候怀疑他的动机。果然没有什么女人是他追不到的。我又赌输了。”

缇玉淡淡瞥她一眼。

玛姬耸肩，说：“对，我喜欢他。不过，我并不看好你，我等着看你的下场。”说完，她扬长走出茶水室。

玛姬妒忌得快要疯了。万俟铮的眼里除了炎缇玉再也看不见其他人。炎缇玉被带走后，万俟铮的举动表明他要破釜沉舟地帮她。炎缇玉凭什么让万俟铮死心塌地？玛姬无法把万俟铮的注意力吸引到自己身上，她打算埋下一颗猜忌的种子，等待它生根发芽。

紧急会议从下午四点一直开到晚上八点。会议室的大门打开，众人有的表情凝重，有的暗藏喜悦，有的眉头紧锁，陆续散去。刀光剑影，惊涛骇浪，皆随夜色隐去。

万俟铮的手机不停接到来电，有猎头公司，有同行，还有各种打探消息的。他关掉手机，公寓门又不停被敲响。他一概不理，收拾行李。

公寓门外响起音乐，是他听得最多的那首歌。他一笑，打开门，果然是炎缇玉。

她气喘吁吁。

她那么担忧，万俟铮觉得值了。他轻轻责备说：“急什么，我又跑不了。慌里慌张，像什么样子。”

缇玉无法不急。她手语：“会议什么结果？”

万俟铮黑眸闪亮，声音低沉悦耳，问：“你舍不得我走？”

这可不是撩妹的时候！缇玉凛然后退，瞪他一眼。

只有万俟铮知道，他问得有多认真。哪怕不是因为他本身，哪怕不情愿，他希望她留下他。他轻松地说：“高屹有什么新鲜的？没事。”

缇玉长吁一口气，她比画着把事情经过告诉他，包括宫极的事。

万俟铮眼波温暖。他从来不信陆帆海说的缇玉故意害他，她一定有她的理由。她还是当年那个正直善良的女孩，外表冷漠，内心明辨是非，不肯姑息。

缇玉手语：“其实你不用代替我，我又没做错。”

万俟铮说：“恕我直言，你的分量不够，高屹要的是我。”

缇玉隐瞒了高屹企图诬陷万俟铮的事，她不想让万俟铮知道她的拒绝。她正愁要如何提醒万俟铮提防高屹，聪明的万俟铮已经察觉高屹的恶意。

“把话说清楚，大家应该能理解。我是为了保护公司机密。”

万俟铮沉吟：“你说的，他们根本不听，也不敢听。你怀疑宫极勾结梅森，这是非常严重的指控。仅凭他们交换一个眼神，不足以作为证据。别人会说你是在转移视线，企图逃避责任。所以这件事千万不要再提，除非你有确凿的证据。你指出梅森偷机密，高层开心吗？是他们做出决策要和托尼卡公司进行战略合作的，结果合作者居然是来窃取商业机密的，他们怎么向董事会和股东们交代？他们一定不认。”

万俟铮一点拨，缇玉立刻明白。她不甘心地问：“真相就一点都不重要吗？”

万俟铮看她一眼，说：“真相有的时候一点用都没有。”

“无论如何，我不能让别人替我受罚。你不要管了。”

万俟铮叹口气，低声说：“我怎么能不管你啊。”

缇玉的心一跳。万俟铮的语气如此温柔，充满无奈和心甘情愿。她不动声色地退后一步，拉开两个人的距离。“你为什么要制造误会，让人以为是你做的？你知不知道后果多严重？你以为高屹不敢赶你走？”

万俟铮慢吞吞地说：“我以为你明白。”他的眼眸深深，眼神已诉说了太多。

缇玉躲避他的目光。

气氛忽然尴尬，万俟铮清清嗓子，说：“我想让你原谅我。”

缇玉警觉，想起玛姬的话。万俟铮果然有目的。在感情的狩猎游戏中，他是猎手，猎物无数，但如果他以为她也会被他擒获，那可大错特错了。

缇玉摇头，手语：“我不能接受你的帮助。工作对于我仅仅是工作，并不像你，是作为事业在拼。你不用为我冒险。”

万俟铮完全没察觉炎缇玉的情绪变化。他的心头滚烫——原来炎缇玉知道。他对汽车的热爱，为新技术付出的心血，他的满腔抱负，他的敬业执着，炎缇玉都知道。她貌似麻木不仁，她或许不懂他研究的内容，但她看见了他的努力。

万俟铮说：“我能应付。”

缇玉比画：“等穆翰回来，他一定有办法。”在缇玉心里，穆翰无所不能，能解决一切难题。

万俟铮的骄傲被激发，黑眸明亮，冷峻地说：“用不着。”停顿一下，他说，“他回来又怎样？他也主张让我走。”

“怎么会？我跟他讲过，他知道你是被冤枉的。”

万俟铮冷哼：“穆翰没你想的那么单纯。他借着这次事件，用名下全部的骁龙云腾股权置换了骁龙云腾持有的啸九天的股权。说白了，啸九天跟骁龙云腾脱离关系了，独立了。以后，啸九天的控股人是穆翰。骁龙云腾失去了啸九天的股权，穆翰也不再持有骁龙云腾的股票。股权置换一般不会改变控股权，改变控股权是大事。穆翰是怎么说服两家公司的董事会批准他的股权置换方案的，你想想。高屹肯在股权上让步，一定是穆翰答应了什么条件。”

穆翰为了个人利益，支持赶走万俟铮？缇玉不信。

万俟铮淡淡地说：“折腾半天，最大的赢家好像是穆翰。”

“今天没开过董事会。他也不是这样的人！”缇玉的手势坚决。

万俟铮斜睨，“他是什么样的人，你确定你清楚？”

缇玉皱眉，对万俟铮谈论穆翰的语气无比反感。

万俟铮犀利地问：“成都车展，他需要去那么久吗？”

“他有很多事要做，他很忙。”

“他确实很忙，忙得没有一天去过成都。我在某位女士的朋友圈看见几张照片，有个背影非常眼熟，你要不要看看，在去往鼓浪屿的渡船上。”万俟铮本不想提起容若玉，但炎缇玉盲目维护穆翰的样子让他莫名地来气。

缇玉的神情显出鄙夷，她已经不想再跟万俟铮谈下去。“穆翰现在应该正在想办法，你却在说他的坏话。”

万俟铮说：“我说的是事实，你不想听。那么你回过头想想，你想告诉别人事实，他们为什么一定要听？大家只想听自己愿意听到的。”

“那是我的事。要是我没有能力解决，还有别人可以帮我，不用你管。”

万俟铮瞬间火起，把手机举到她的面前，问：“你说的是这个人吗？”

缇玉的余光扫到手机屏幕。朝夕相处的人，只给出模糊的背影，她也认得。她的脸色发白，躲避着闪亮的屏幕。“他在成都！即使他在厦门，也是因为工作。他的工作很忙，随时可能去另一个城市。”

万俟铮又气又恨又无奈。炎缇玉明明过得委屈，却惧怕说破，像温水煮青蛙，她已经习惯忍耐，并决定继续忍耐。他喝问：“你到底什么时候才清醒？穆翰给你吃了什么迷魂药，你要这么袒护他？你已经变成哑巴了，难道你还要蒙住眼睛，让自己变成瞎子？天天活在想象里，你就踏实了，幸福了？”他举起手机，把照片逼到她面前。

缇玉扭开头。“你是诋毁，是妒忌。”

万俟铮眯眼，说：“我妒忌他？！他有什么？”

“他拥有所有你没有的东西，尊重，地位，名誉，你永远都得不到，所以你看他不顺眼。”

一句“你永远都得不到”像鞭子抽在万俟铮的脸上，他的神情顿时阴郁，眼眸幽深。

“你一直在和他比，总想超过他。包括这次，你帮我，到底是为了什么？你不是单纯地想帮忙，你打算要什么？”

“我打算要什么？”万俟铮阴沉地重复，有点儿懵。

缇玉微微发抖。她不能再问，再问就变成在乎。她不该在乎答案，不该在意他的想法。她的生活里早已没有他的位置。

万俟铮生气。炎缇玉说得好像他居心叵测似的。他帮炎缇玉，是因为她身处困境。如果她因此感激他，喜欢他，那再好不过。她可以不领情，但不能曲解他的好意！他说：“你说得好像我要害你。我帮你还帮出错了？那好，你说，我的企图是什么，我想要什么！”

缇玉颤颤伸出手指，指向自己。

怒火在万俟铮的脸上冻结，消退，一抹仓皇的红晕涌上双颊。他还没准备好表白的话语，心意已被发现。他的心被酸痛和酥麻击中，一时说不出话，又窘迫，又甜蜜。

他的沉默已是最好的回答。

空气忽然安静。

过了一会儿，万俟铮低声说：“自从见到你，我就管不住自己了。那时你在集团总部，我想，只要待在这个城市，迟早能遇见你。后来，你调到分公司。我跟自己说，你只是普通同事，我不能对你过分关注，可我就是管不住自己。我盼着上班，因为上班能见到你。路过二楼，我会慢下来，希望综合办公室开着门，能看见你的工位。如果有一天没见到你，我会觉得这一天白过了。以前我不爱生气，自从你出现，我的脾气变差了。你躲着我，你无视我，你快气死我了。别人提到你的名字，我都生气。我希望你是我的，我一个人的，连念你名字的权利在内。我知道你恨我。只有让你恨我，你才能注意我，否则，你会像对其他人一样，完全不把我放在眼里。你对我的任何一点好，都让我开心好久……”

万俟铮温情脉脉地诉说着，羞涩地低着头，完全没看见缇玉的表情。缇玉突然向外走。万俟铮连忙阻拦，茫然问：“我说错了什么？”

缇玉愤怒而难堪。“这是你戏弄我的新方法吗？我是公司里唯一一个不被你俘获的，你没有成就感，所以你做了这些事！你想让我感激你，亲近你，然后你再嘲笑我？我永远不会成为你炫耀的资本，你死了这条心吧。”

万俟铮的心痛得像被人踩在脚下狠狠碾轧。原来她眼里的他这么阴险！他急着解释：“我没有炫耀什么。我对你和别人不同，你感觉不到吗？你和她们不一样。”

“除了不能说话，我和她们一样；除了不被你迷惑，我和她们一样；除了曾被你骗过，我和她们一样！”

万俟铮的心直往下沉，听到最后一句，他的脑袋气得发蒙。炎缇玉对他的厌恶根深蒂固，难以改变。他把整颗心掏给她看，只换来她的鄙夷。他喝道："你的心是石头做的吗？我做的，你都当成阴谋！在你眼里，我就这么坏？对你坏，你恨我。对你好，你觉得我不怀好意。你到底要我怎样？"

他抓住炎缇玉，忘了手里还有手机，屏幕上的照片贴到炎缇玉的胳膊上。

缇玉起了一身鸡皮疙瘩，皮肤隔着衣服被照片深深刺痛。她躲着，却躲不开，慌乱地摇头，用嘴唇无声地说："你走，你走，你走！不要来干扰我！你走！"

万俟铮盯着她的唇，咬牙切齿地说："好，我要你亲口说，万俟铮，你滚！然后我再不烦你！"他牢牢抓住她，阻断一切退路。

缇玉的眼中闪过决绝，颤抖地张开嘴："万俟铮，你滚！"

万俟铮惊痛地按住她的唇，五脏六腑烧成一片焦土。

他深深凝视她，这个他爱极了也恨极了的人，这个让他割舍不下、举棋不定的人，这个恨不得他马上消失的人。他为她大费周章，排忧解难，她却嫌他多余。他可以为她九天摘星，可以为她舍弃生命，她却只想逃离。他呼吸困难，一个字一个字地说："我走！以后，你再也不用见我了！"他放了她，指尖刹那间感觉冰凉。

缇玉跌跌撞撞走出去，门在身后合拢，她按着胸口，眼角滑下一滴泪。

万俟铮黯然坐在沙发上，眼中的火焰渐渐熄灭。他缓缓从口袋里掏出手帕，凝视着刺绣的字母，L 和 M。他的心还在，他的林堇呢？过去，果然回不去了吗？可他的留恋，他的挚爱，如何释怀？她过得那么委屈，教他如何放得下？！

万俟铮不知道的是，在缇玉眼中，他是个花花公子，对女人只有欲望，没有真心。因此，他想要"得到"她，她认为是侮辱。

万俟铮不知道的是，玛姬已经种下猜忌的种子，将他的言行冠以调情高手的帽子，他越是深情，缇玉越抵触。

万俟铮不知道的是，缇玉与穆翰之间的血肉联系。任何侮辱穆翰的，任何离间她和穆翰的，她都不接受，包括她自己。

被带走调查的时候，缇玉外表平静，心里很是惶恐，她怕连累分公司，她怕高层不允许她一人承担责任，她怕关心她的人因此受伤。心里正七上八下，万俟铮做出"你等我"的手势，给了她坚定温暖的眼神，那一刻，她的心乱了。她想到了一直不敢去想的事——万俟铮为了她去学手语。他学得透彻，不仅能看懂，还能用手语表达。刹那间，她有种感觉，如果她有事，万俟铮会拼了命来救她。而她，在那一刻真的期待他。然后，她为她的期待深深自责。

她惊觉她竟然让其他的人和事侵入她的思想。她努力把他们清除出脑海，万俟铮却又顽强回归，霸占了她的思绪。她无法不被他牵动视线。事已至此，她不指望公司主持公道，还她清白，只希望事件尽快解决，把责任归咎于己，不牵连任何人。但万俟铮不许。他强势接手，让事情的发展脱离轨道。

无意中对视，万俟铮眼波的温暖让她无法直视。

万俟铮指责她铁石心肠。殊不知，她正是因为感受到他的情意才退却。上一次她感受到他的情意是多年前，她做出回应，被狠狠伤害，从天堂坠入地狱，从此她再也不敢碰触感情，不敢敞开心扉，哪怕是面对穆翰。

万俟铮制造的事，一桩桩，一件件，纷乱闪现，组成一个漩涡，她走不出去，越挣扎越被吸入中心，于是她更想逃离。

当万俟铮开始诋毁穆翰，她忍无可忍，毅然斩断与他的沟通。

她在慌乱中喊出“万俟铮，你滚”。这五个字在伤人的同时，像针一样刺入她的心。万俟铮的脸色瞬间苍白，眼中的痛如此清晰，缇玉不敢看，自责得不知如何是好。

出门的刹那，泪莫名地掉下来。胸口为什么这么憋闷，这么疼？她不该为万俟铮心疼的啊。这个男人毁了她一生，虽死不足以赎其罪，仅仅骂他，对他说狠话，算便宜他了，她为什么难过？

她咬着牙，不许自己再想，愧疚却折磨得她彻夜难眠。不管万俟铮以前如何，这次，他总归是为她着想，她却以怨报德。

次日，万俟铮没来上班。

接近中午，集团总部突然传来董事会的决议，万俟铮离职！

全体震惊。

万俟铮早已成为传奇，总能化险为夷。他离职的消息，犹如神话破灭，星辰坠落。

综合办公室里，几个女孩流下眼泪。

曲娜娜说：“不可能，总经理一定能想出办法。他不能走！”

超级苏说：“他去哪儿了？我要跟他走！”

小许说：“以前总说有好多公司要挖他走，他是不是去更好的公司了？”

玛姬放下手机，沮丧地说：“他的手机关机了。”

曲娜娜说：“我们去找他吧，让他带我们一起走。他应该在公寓吧？”

“来不及了。”李姝掂着手里的钥匙，她刚从陆帆海的办公室回来，“喏，总经理公寓的钥匙。”

缇玉懵了。万俟铮不是说没事吗，怎么转眼却要离开？他骗她？不，不对，万俟铮从来没提过去留，他的原话是“高屹有什么新鲜的，没事”。高屹的态度在他预料之中，离开骁龙云腾，他不认为是什么大事。

缇玉忘了穆翰要她少安毋躁，忘了万俟铮对高层的分析。她去找战略拓展部，找内控部，找商务部，找赵烈，去诉说是她的责任。没有人在乎，没有人相信。他们要么听完呵呵一笑，要么根本不听，告诉她不必替万俟铮背锅。

所有的责任，万俟铮都替她扛了。她想抢回来，为时已晚。

人们敌视她，毫不掩饰对她的厌恶。事情源自她，万俟铮走了，她还在，这一点最招人恨。

陆帆海对缇玉说：“你回总务部吧，撤掉这个工位，不需要助理了。”

缇玉默默收拾物品。她觉得像做梦。万俟铮不会轻易任人摆布，或许下一秒，他已把难题解决，笑吟吟地出现。但她又否定自己。万俟铮是个自尊心极强的人。她在慌乱中绝情地赶他走，那一刻万俟铮的表情，她记忆犹新。他的自尊受到重创，他不会回来。真正让万俟铮离开的，不是处心积虑的高屹，不是恼羞成怒的梅森，而是她。

万俟铮的出走早在事件发生的当晚已成定局。他刻意对炎缇玉隐瞒，怕她着急。

合作考察失败，事情可大可小，全看高层打算如何处理。

紧急会议上，高管们轮番发言，大发雷霆，质问为什么出现如此重大的失误，损失了宝贵的合作机会，要求严惩责任人。一时间群情激愤，会议室变成了火药桶。

会前，赵烈亲耳听到万俟铮说是他的主意，不禁窃喜，刻意夸大合作失败的后果，誓要让万俟铮万劫不复。一向和光同尘的罗超凡和宫极一反常态，义愤填膺，慷慨陈词，说了许多严厉的话。刘深适时地提到领导责任，由炎缇玉说到万俟铮，由分公司说到啸九天，提到了分公司全体放长假时穆翰的纵容。

万俟铮瞬间明白，穆翰和他都是高屹的眼中钉！动他，穆翰护着不让，动穆翰，高屹找不到借口。这次，高屹要一网打尽，斩草除根！

万俟铮决定保护穆翰。第一，真的不关穆翰的事。第二，也算回报穆翰以往的支持。

第一轮试探性交锋，万俟铮一言不发，高屹稳如泰山，其他人纷纷发难。万俟铮看得分明：炎缇玉成为众矢之的，高屹幕后主使，全体总裁达成一致，借局布势，设下连环套，佯攻炎缇玉，实则将啸九天全面包围。

局势悄悄演变为啸九天的生死局，外界对此全然不知。万俟铮孤立无援。

“项庄舞剑，意在沛公”，高屹对此别提多满意了。他发话了：“张琪会长刚才打电话，问具体情况。省里也派人问。这是全省重点招商项目，力争落地的。我们怎么对上级交代？”

高屹施加高压，第二轮交锋开始。

“一下午各路媒体来问，公关部快招架不住了，已经启动危机公关。”赵烈又添一把柴。

众说纷纭，提出各种建议，要重启合作。首先是负荆请罪，表达诚意，让托尼卡公司息怒。

赵烈问：“万俟总，你觉得呢？”

万俟铮沉稳心神，扫视众人，声称对梅森考察一事负责，强调炎缇玉是受他指使。他的研究不许外人插手，他不愿意跟别人合作。

冼光明说："荒谬！"罗超凡跺着脚骂万俟铮糊涂。宫极连连叹气，恨铁不成钢似的。刘深说："你闯了天大的祸，比以前的加起来都大！穆翰也不管管。"

"穆翰？"万俟铮轻蔑地表示，他从来不听穆翰的管束。集团总部让穆翰来管他，是天真的设想，是决策上的重大失误。"还有，是谁同意梅森到分公司来考察的，招呼都不打一声？是赵总吧，还是宫总？既然是不速之客，别怪我招待不周。你们清楚我的脾气，想必股东们也清楚。明知可能出纰漏，还要批准，这份责任，谁来担？"

于是，高屹也明白了。如果要牵连穆翰和啸九天，万俟铮会揪住总裁们的决策失误不放。万俟铮能接受的，是只惩罚他一人，否则，他会闹个鱼死网破。

最终，会议决定解除万俟铮的职务，公司与万俟铮解约，并要求他用一年的薪酬作为给公司的补偿。这是"鉴于万俟铮对研发工作的突出贡献"，公司给的恩惠，否则，万俟铮要赔偿的不止这些。

万俟铮表示接受。会议将此决定提请董事会审议。

接下来谈的全是细节，课题研究怎么交接，半截的业务如何继续开展，陆帆海在分公司的位置，等等。

炎缇玉不肯嫁祸万俟铮，幸好万俟铮主动送上门，高屹对此甚为满意，尽管还剩一个穆翰没解决。

万俟铮把会议结果告诉陆帆海，陆帆海气愤不已。

万俟铮说："高屹要对付的是我，他会顺着炎缇玉把我拉下来。还是把矛头集中在我一个人身上吧。多拉一个，就多赔进去一个。"

"我理解你要保护她，可代价太大了。你的研究呢，你的抱负呢，那些怎么办？"

是啊，筹备四五年的课题，外围技术问题一个个破解，核心项目进入关键阶段，现在走开，前期投入付诸东流。但，他怎能眼睁睁看着炎缇玉出事？高屹死死咬住炎缇玉不放，其他人落井下石，分公司、穆翰，乃至整个啸九天都将不保。他唯有牺牲自己。

他傲然说："我的研究他们不懂，更别提珍惜了。找个新地方，我重新开始。"

"净说气话。不让骁龙云腾得到，行！可是事情传开了，别人说你故意坑公司，以后谁敢用你？找不到平台实现你的理想，耽误的是你自己。"

"留在这儿也不受重视，我的计划还是实现不了。"

"你啊，你是铁了心了！"老陆怒道，"我早就说过，早晚你得死在女人手上，而且是你自投罗网。"

万俟铮淡然。

陆帆海说：“你最好告诉我你已经想好了退路。”

“事出突然，哪儿来的退路。”

“接下来我们去哪儿？”

“不是我们，是我走，你还在，这是骁龙云腾答应我的条件。”

“没门儿。既然是兄弟，共同进退。少了你，分公司还有设立的必要吗？我在这儿能干什么？”

“帮我照看她。肯定有人迁怒于她。”

陆帆海冷哼：“您高抬我了。我哪儿有资格？她比我厉害多了。你的敌人里，最厉害的就是她。一百个人扳不倒你，她只要用小手指头戳一下，你就爬不起来。”

六十二

流水各西东

从登场到谢幕，万俟铮来得轰轰烈烈，走得悄无声息。

分公司一片混乱，找不到自己的定位。大家纷纷猜测分公司何时解散。

超级苏无所事事，托着腮，闷闷地说：“超级无聊。不知道该干什么。”

过了两天，集团开展团队建设，在团结协作的讲座中，内控部以万俟铮为反面典型，列出他的十大罪状，例如，为人骄横，目无尊长，无视公司规定，扰乱正常管理，作风不良，荒淫奢靡，等等，以示他离职是引咎辞职。分公司众人气得七窍生烟。

陆帆海找李响理论，要求他道歉。李响反问：“难道那些不是事实？”

陆帆海叫道：“他有错，你们也不该这么写他。与工作无关的部分，更轮不到你们点评！”李响拒绝撤回。陆帆海恨声道：“你这是诽谤！我们保留起诉的权利。”

陆帆海走出集团总部，迎面碰见炎缇玉，他不禁冷笑。十大罪状的说辞该不是炎缇玉提供的吧？

缇玉确实是为十大罪状而来。她要见高屹，陈盼阻拦。缇玉拿出写好的纸条，问为什么不让见。

“你只是分公司员工，不能越级找董事长汇报。”

缇玉又拿出一张纸条。“我不是以员工身份来的。我是集团股东，有权与他对话。”

“董事长事务繁多，需要预约。”

“我有很多和办法让他听见我的话。告诉他，最好与我面谈。”缇玉寸步不让。

陈盼说：“我请示一下。”

高屹拨冗接见炎缇玉。

缇玉用目光驱离陈盼。当房间只剩两个人，缇玉用纸条质问高屹："你已经如愿，何必赶尽杀绝？万俟铮个性再不好，但他对工作一丝不苟，兢兢业业，你不能捏造事实羞辱他！'业务荒嬉，耽溺享乐'，这种不公正的言论严重损害了他的声誉。"

高屹笑呵呵，说："一向置身事外的炎缇玉为了万俟铮向我兴师问罪。有趣。穆翰知道吗？"

缇玉面无表情。"你是董事长，我出于公心来找你，谈的是公事。"

"公私哪能分得那么清楚。不信你问问穆翰。"

"我不用问。穆翰对万俟铮的信任足以说明一切。"

高屹哈哈笑，说："万俟铮对公司造成很坏影响。内控部为严肃纪律，维护公司制度，杀一儆百，我不能阻止他们的正常工作。"

"杀一儆百也得依据事实。无端冤枉人，传出去，丢人的是公司。"

高屹说："你先别急。你看，我持有的公司股份是最多的，这没错吧？公司的利益我能不关心吗，我能故意把公司搞垮吗？"

"不要扯远了。我现在谈的是对人才的态度。公司这样对待员工，让人寒心。"

"高薪聘请，利益驱使，自然有人来，这一点我从不担心。"

缇玉怒不可遏。高管们不思深耕垂直业务，每天花大把时间钩心斗角，铲除异己，把员工当作假想敌。高屹作为董事长，不仅默许，甚至有鼓励之意。高屹枉称熟读兵法，论起胸怀谋略，知人善任，他比穆翰差远了，穆翰才是帅才。

物以类聚，人以群分，追逐利益的人身边聚集的必然是利欲熏心之辈。缇玉瞬间做了一个决定。"我要转让公司股份，从此不沾骁龙云腾的边儿。"

高屹觉得可笑。"这是威胁吗？"

"不敢。我占的股比只有百分之零点五，掀不起大浪。道不同不相为谋。"

高屹思索着，自语："穆翰下的棋越来越难懂了。"

缇玉走后没多久，高屹的办公室外传来喧闹。陈盼报告，何鹏强烈要求见董事长，后边还跟着李思锐。

何鹏焦急万分，问："董事长，为什么放走万俟铮？我休假回来，听说他已经走了！没有他，'致远方'计划怎么实现？"

这是高屹第一次听说"致远方"计划。他从不关心万俟铮的工作，只看到他惹的麻烦。高屹皱眉，问："缺了万俟铮不行？"

"万俟铮正在引领一个新的汽车工业时代。他是这个课题的灵魂。他走了，事儿没法干！他是不可替代的！"

高屹看向李思锐，李思锐的表情证明何鹏说的没错。

“李思锐已经回来了。你担什么心？”

何鹏耿直地说：“研发人员有的是，万俟铮只有一个。李主任，我没有不尊重您的意思，我说的是事实。”

李思锐尴尬地点头。

高屹要求李思锐亲自动手研发。李思锐面露难色，说：“我试试。”

何鹏大失所望。“你们不打算请回万俟铮？”他摇头，“董事长，既然如此，我也干不下去了。”

李思锐说：“何主任，别打退堂鼓啊。”

何鹏继续摇头，出去了。

高屹问：“‘致远方’是怎么回事？”

“是万俟铮提出的一个系统性创新理念。因为涉及的内容太多，耗资巨大，况且您有交代，禁止万俟铮参与重大研究，所以这个项目从重大课题清单中拿掉了。但是万俟铮和何鹏一直在搞。按照您的吩咐，我没给他们提供任何研发资源，是他们自己找的资源。这个课题确实是非常优秀的……”

高屹打断他：“还能不能继续？”

“核心资料在万俟铮手里，确切说，在他脑子里。何鹏只是给他打下手。”

高屹发怒：“你就当他死了！现在我们自己搞。”

“我只知道‘致远方’的概念，具体的……那段时间我在休病假。”

“其他人呢？你们不是有课题组吗？”

“其他人各管一块，没有人知道计划的全貌。”李思锐斟酌着说。万俟铮被冷落，谁还去深入参与他提倡的研究？“能不能把万俟铮请回来？”李思锐天真地问。

高屹心里骂一句“书呆子”。他和万俟铮已经对立。他就算悔得肠子都青了，也不能承认，绝不能自己打脸，把万俟铮再找回来。

这个万俟铮，走都走了，还把集团折腾得够呛。

缇玉一时冲动做出转让股权的决定，继而又想辞职。她发消息告诉穆翰，穆翰回复：“我下午到家。我派人协助你办理。”

缇玉惴惴。“对不起，事先没跟你商量。”

“股份是你的，你不需要跟我商量。”

缇玉已决心远离是是非非。临走前，她打算给小美最后的忠告。“和陆帆海分手吧。他没那么喜欢你，别在他身上浪费时间。”

小美伤心地问：“我真的比不上玛姬吗？”

“你有你的好，但不是他喜欢的那种。”

小美犹豫不定。

“他把你当成负担，拖延只会让他更厌倦。”

小美哭了。

缇玉不是第一个劝她的人。妈妈曾对她说：“妈妈希望你嫁给事业有成的人，是想让你少吃点苦，早些过上幸福日子。但是，如果你跟他在一起不高兴，再多的钱也没有用。还是我女儿的快乐最重要。”

缇玉回到分公司，只见人仰马翻。大家忙碌着，整理资料，收拾物品。缇玉来到陆帆海的办公室，表达辞职的意思。陆帆海丝毫不觉意外，说：“这几天辞职的人特别多，我能理解。人往高处走，分公司快散架了，搬到那边，还不知会怎么样。”

搬到那边？缇玉不懂。

“你应该知道的呀，啸九天已经脱离骁龙云腾集团。这栋楼是集团的，分公司不能再在这里办公。一周之内，我们要搬到啸九天的大楼去。”陆帆海讽刺地说，“不过，对你没有影响，你是公司的大股东。就算你不辞职，你也不归我管。”

缇玉凝眉。

陆帆海说：“还在保密阶段吗？骁龙云腾把持有的啸九天的股份全给了穆翰，兑换了他持有的骁龙云腾股份。穆翰说过要把股份转让给你，应该还算数吧。你即将成为啸九天的第一大股东，以后还望手下留情。”

缇玉心中实惊。万俟铮说的是真的？不，他和陆帆海交好，他把他的理解告诉陆帆海，所以陆帆海的说辞和他一样。

然而，搬家的事不是开玩笑，他们真的在搬家啊。

穆翰为了掌控啸九天公司，与高屹暗中达成交易，联手对付万俟铮？不，不会的！万俟铮只是一个小小的分公司经理，要解除他的职务，根本用不着董事长亲自过问，只要吩咐下去，分分钟办妥，何需拉着穆翰密谋。破坏托尼卡公司的考察，阻碍公司实现战略目标，对于严重损害公司利益的人，不辞退还等什么？而这个错，是万俟铮争着抢着要认的，他的走是他自愿的。

即便穆翰进行了股权置换，也不能说明什么。这是正常的经营需要。股权集中，更能凝心聚力办大事。一定是这样的！

缇玉反复思量，不停地自我安慰，却越来越忐忑。

一轮落日孤单地挂在西山，晚风吹动她萧瑟的身影。

缇玉感觉已经许久许久没见过穆翰了，穆翰的身影熟悉而陌生。穆翰从行李箱中拿出带回的特产，递给她，说：“给，日光岩馅饼。”

缇玉不想接，又不能不接，这来自鼓浪屿的礼物。

“股权的事我派皮特办，啸九天公司百分之四十的股份，一并办到你名下。”

“我不要。”缇玉浑身无力。

“那怎么行，我不能食言。”穆翰喜悦地说，“想想看，你拥有自己的公司了，缇玉，你是控股股东了！公司的生产和销售一直被集团总部压制，必须优先给他们供货，他们又迟迟不结算货款。以后不归集团管了，我们可以自主制订发展计划。我对公司的未来非常有信心。终于可以施展拳脚大干一场了！幸好你提前与我商量，没有把对宫极的猜测捅出去。在董事们对股权置换方案投票时，宫极的支持特别重要，啸九天能独立，得益于他的一票。”

“万俟铮走了。”缇玉并没有感染穆翰的喜悦。

穆翰说：“我知道。那不重要。关键是啸九天自由了。你知道我费了多大力气才促成这事？集团并不喜欢咱们，但要让他们放手可不容易。股权置换尤其困难。以前他们根本不跟我谈。我不怕他们提条件，就怕他们搁置不理。其实高屹早就嫌弃我了，他不放手是舍不得对啸九天的控制权，他希望我净身出户。这次，他好不容易答应考虑。我讨价还价，终于争得他的同意。”

“高屹提了什么条件？”缇玉压抑着战栗。

穆翰说：“他要我在托尼卡的事上不表态。”

缇玉明白了。董事中许多人信任穆翰，重视他的意见。他一向维护万俟铮，只要他不出声，高屹的阻力能减少许多。

“万俟铮是冤枉的。”

“我知道。那张存储卡还在吧？你没跟别人说吧？千万不要拿着它去澄清，可能适得其反。那天，你跟我说完宫极的反常举动，我立刻派人去查。他已经把资产转到海外，并且用所持有的股权在银行进行抵押贷款，用于海外项目投资。他正逐步进行资产外逃。”穆翰惋惜地说，“骁龙云腾的管理层出现了很大问题。一年前，我就向董事长提出整顿管理层，他不听。大厦将倾，他放任不管。我能做的只剩下等待机会，及早抽身，保全啸九天。我正想让你把持有的股份转让，你就做了。现在，我没什么可担心的了。等把手头的事办利落，我再去提醒高屹一次，听不听随他。”

缇玉比画：“公司对你是不是特别重要？”

“这个，怎么说呢，和什么比呢？”

“我不要这些股权，你拿去吧。它们是你的心血。”

穆翰笑了，说：“你可以当董事长了。啸九天是你的。”

缇玉摇头。“我什么时候可以把事实公开？”

“那不重要，重要的是啸九天的决定权在你手里。你担心梅森事件的影响？我从一开始就觉得与托尼卡公司的合作过于顺利，太仓促了，好多细节欠缺考虑。但因为是集团总部的决定，而且不涉及我们，所以我不便发表反对意见。高层们一意孤行，也听不进反对的声音。你说梅森故意拍照，有窃取机密的嫌疑，我信。反正合作已经搁置，不用再想它。”

合作泡汤，穆翰不着急，原来是因为他反对合作。

穆翰说：“明天开股东大会，选举你成为董事。我已经等不及看到你加入董事会了！”

与穆翰的兴奋相比，缇玉神色寥寥。甚至于，穆翰越是高兴，她越觉得心寒。穆翰何时变得这么在意利益得失了，开口闭口全是公司和股份。他的智慧，他的精力，都用在这上面。

考察失败，表面上，骁龙云腾受到巨大损失，暗地里，有多少人因此得偿所愿。高屹得意于铲除异己，穆翰在庆祝他的独立，宫极按部就班实施计划，连炎缇玉都因祸得福，唯有万俟铮成了牺牲品，黯然离去。

缇玉手语：“不管梅森事件如何定性，我想把事情公开。”

穆翰问：“为什么这么在意这件事？”

“梅森是被我气走的，与万俟铮无关。”

穆翰终于停止收拾行李，凝望她。“你一直闷闷不乐，原来是为了万俟铮。”

“他因为我才被辞退。”

穆翰说：“我说过，最关键的是啸九天独立了。”

缇玉毫无兴趣，她并不在意这些啊。

“你还不明白吗？”穆翰静静地说，“啸九天是你的，你随时可以请万俟铮回来，不用管骁龙云腾的意见。”

缇玉睁大眼睛，心剧烈跳动。这么说，穆翰在答应高屹的条件时，已经为万俟铮想好了退路。他从来没有损人利己，牺牲无辜。万俟铮只有先离开骁龙云腾，才能加入啸九天，多妙啊。

“开心了？”穆翰微笑。

缇玉情绪复杂。万俟铮的委屈有人知道，受到的伤害可以补救，令她释怀。穆翰依然是那个穆翰，她为此感到踏实。穆翰思维缜密，看准机会将计就计，不声不响达到目的，这份谋略又让她害怕。高屹说穆翰下的棋他看不懂，缇玉同样不懂。

穆翰说：“欢迎新董事长。”

缇玉坚决摇头，指着自己的嗓子。

“好吧，董事长由非控股股东担任，也是有的。那总要当个董事吧。”

“股份是你的，你拿走吧，我不要。”

“我送给你。”

“那是你辛辛苦苦赚来的，将来要做大事的。”

穆翰叹息：“你总是喜欢分你的我的，分得那么清楚，像是随时可以一刀两断，互不相欠。”

话已至此，缇玉不敢再拒绝。

经过股东大会选举，炎缇玉成为啸九天公司董事。董事会决议，董事长由穆翰继续担任。炎缇玉不愿与人打交道，婉拒除董事之外的任何职务。

关于把万俟铮请回来，穆翰询问她的意见。炎缇玉表示听公司的。

万俟铮被赶走，她过意不去，苦思冥想，一心想让他回来。一旦万俟铮“能”回来，她的心愿已达。至于万俟铮是否愿意回来，那是他自己的事。请万俟铮回来的决定，绝不能由她做出。

在经理会上，穆翰说：“万俟铮破坏战略合作的事纯属误会。千里马需要伯乐。骁龙云腾限制万俟铮施展才华，啸九天能给他提供适合的平台，实现他的抱负。我提议把他请到我们公司来。”

一位经理说：“穆总始终看好万俟铮。”

另一位说：“万俟铮确实是不可多得的人才。”

“高董拿着黄金当土块，日后醒悟，说不定得埋怨我们哪。”

“高董质疑穆总的判断，他先失去了穆总，失去万俟铮也就成了必然。”

会议通过了穆翰的提议。

然而，万俟铮已经离开鹿鸣城，没人知道他去哪儿了。他的手机关机，谁也联系不上他。

小美向陆帆海提出分手。陆帆海如释重负。

小美很可爱，很单纯。两个人糊里糊涂地牵手后，她一心一意做起陆帆海的女朋友来。她喜欢陆帆海，总是主动给他发信息、给他打电话、约他看电影，又甜又黏人，恨不得每天和他长在一起，变成连体人。

陆帆海招架不住。米可和小美是同类型的女孩，万俟铮和米可相处得挺好的，怎么他陆帆海就承受不住？他想了又想，是因为他不甘心。他中意的人不喜欢他，小美是无心插柳得来的。那句话怎么说的？纵使举案齐眉，到底意难平。

分手后，陆帆海轻松之余又觉得可疑，直觉小美是受了别人的鼓动才提出分手，她那么伤心，明显不愿意。陆帆海想来想去，能说服小美，且给出分手这种冷酷建议的，只有冷血的炎缇玉。

陆帆海仇视炎缇玉。在街上偶遇，他盯着她不放，放慢车速，想看她去干什么。一不留神，一个老人倒在车旁。他吓了一跳，不知是不是自己撞的，他并没有感觉到什么。来不及细想，他赶忙下车。老人侧躺着呻吟，捂着腿。

陆帆海说：“对不起，对不起，我没看见您。您伤到腿了？我马上叫救护车。”他伸手想扶，还没碰到老人，老人痛苦地大叫。

突然，旁边伸出一只手，拿着手机，在老人眼前晃。是炎缇玉！手机显示拨号界面，110 三个数字已经敲好，炎缇玉挑衅地望着老人，作势要按下拨号键。老人瞬间停止呻吟，翻身爬起来，狠狠瞪了炎缇玉一眼，拍拍身上的尘土走了，腿脚轻便得完全不像受了伤。

陆帆海愣了。一个路人说："小伙子，外地的吧？那是个专业碰瓷儿的，算你走运，快走吧。"

陆帆海认出那个老人，曾经看见他在路口摔倒，炎缇玉冷眼旁观，那时，他以为炎缇玉铁石心肠。

他张望，炎缇玉已不见踪影。

陆帆海开车进入分公司大门，搬家公司的车占据他的车位。几个保安低声交谈，没注意到他。他按一下喇叭，保安赶紧上前。他把车交给他们，见他们神色不对，问："出了什么事？"

保安答："总经理捡的那只流浪狗丢了。"

另一个保安说："咬断绳子，跑了。"

保安队长说："最近搬家，顾不上它，也不知它什么时候丢的。我们找了好久，没找到。"

陆帆海说："实在找不到就算了。以后搬到总公司，也没地方养它了。"

"用不用跟炎助理说一声？"

陆帆海问："跟她有什么关系？"

"总经理走后，炎助理常常来喂狗。"

陆帆海沉默一会儿，说："炎助理现在是啸九天公司的董事。"

保安们恍然："怪不得好多天不见她上班。"

公司里到处是封装好的纸箱。陆帆海见玛姬满头是汗，不禁心疼。寻到机会，他对玛姬说："谢谢你。最近很多人辞职，还好有你在，帮我撑起公司。"

玛姬说："这是我应该做的。"

陆帆海说："我和小美分手了。"

"她是个好女孩。"

"是啊，但是我已经有喜欢的人了。"陆帆海说着，红了脸。

玛姬坦率地望着他，说："啸九天与集团总部分家，我有机会回集团。我不走，是因为我觉得跟着你，早晚有一天能再见到万俟铮。"

老陆哑然。

玛姬低声说："对不起。"

搬家公司的工人在陆帆海的办公室里拆卸书柜，陆帆海只好到会议室里坐着。过了好一阵，外面才安静。忽听有人低声交谈。大概是因为三楼清静，密谈的人选择这一层。

“咱们老孤立炎缇玉，是不是不太好？”小许的声音。

“谁让她冒坏，害总经理。”曲娜娜说。

小许犹犹豫豫地说：“其实她人还挺好的。慈善活动搞错地点，不怪她。是行政部新来的可可收到变更通知，忘了告诉炎缇玉。可可在茶水室里求她不要告诉总经理，怕被辞掉，我刚好路过听到。”

曲娜娜惊讶：“真的？那你怎么不说呀？”

“炎缇玉自己都不澄清，愿意帮可可顶罪，我干吗多事？还有提纲缺页，玛姬说是炎缇玉干的，可是，可是，”小许压低声音，“我只告诉你，你千万别跟别人说。那天收传真收到一半，传真机缺纸，我向纸盒放纸的时候，传真已经收到第二页了，后来又打出一页。可是玛姬给炎缇玉的一共只有两页。我看玛姬撕了些东西，当时没在意，事后也找不到她撕了什么。后来，炎缇玉来行政部问玛姬，玛姬说她把收到的都给了炎缇玉。总经理不追究，这事后来没人再提，我也没跟任何人说过。”

曲娜娜低声叫：“天哪。”

陆帆海脑海里也是这句话：天哪。

“她为什么不澄清？”

小许说：“总经理的脾气你也知道。他们关系这么糟。如果他坚持不信，炎缇玉还不如不说，要不可能更难堪。毕竟，她没有证据。”

陆帆海用手支撑额头，深深皱眉。他憋着找炎缇玉的缺点，放大给万俟铮看，却总不经意发现事情的反转。大家都以为炎缇玉无情，却看不到她悄悄散发的善良。

总有这样的人，表面冷漠，暗藏着一颗火热的心。

这一点，万俟铮和炎缇玉何其相像。

六十三

爱，无声嚣张

董事会两个月开一次例会，缇玉只在开会时去公司。她的日子闲下来，每天待在家里，和外界的接触几乎为零。偶尔，小美跟她微信聊天。生活平静无波，她对此十分满足。唯一让她介意的，是穆翰衣服上的蓝风铃香水味。

她去超市购物，刚到门口，有人叫住她。是苏叶。

苏叶说："我妻子生产，我休假回来看看。"

缇玉点头，转身走开。她不想碰见苏叶，打算换一家超市。

"炎缇玉，"苏叶追上她，说，"万俟铮的事我听说了。真不像话！因为一个女人和梅森争风吃醋，居然影响到公事，害得你在公司待不下去。"

事情已被传成多个版本。

事件过于复杂，缇玉看不出向苏叶解释的必要，只想摆脱他。

苏叶跟上她，说："希望你不要受他的影响。听说你已经不上班了。"他遗憾，"以前他不这样。他看着不正经，其实很善良。真的！我的老家野外有座小桥，看着结实，其实是座危桥。有一天晚上，我们的初中班主任杜老师家访回来，从桥上经过，掉下去摔昏了。那附近很偏僻，很少有人经过，更别说往桥下看了。幸好万俟铮路过。他背着杜老师，走了十几里路，把他送到乡卫生所。杜老师的腿摔断了，卫生所缺乏治疗条件。还是万俟铮，借到车，把杜老师送到县医院，跑前跑后，挂号，拿药，陪着看医生，忙活了一夜。直到杜老师的家人赶到，他才离开。杜老师摔昏了，对别人说那是我。那时候我读高中，住校，那个周末我在学校没回家。后来过了好久，杜老师才想起来是他。"

缇玉震惊。

苏叶说："我说的是真的。"他惊觉已经跟着炎缇玉走出很远，叫，"我忘了买奶粉，我得回去。"他又说，"万俟铮是我的老同学。他这次确实过分，我见到他一定替你狠狠骂他，但请你不要太责怪他。因为你是不一样的。你长得非常像我们的一位故人。你恨他，他会受不了。"苏叶恳切地看她一眼，回去了。

缇玉目光无神，手脚冰冷，只觉天崩地裂，日月变色，树木纷纷向后倒，道路忽宽忽窄。她耳聋眼花，一口气闷在胸臆间出不来，脚下如拌蒜，意昏昏分不清东南西北，心头混沌一片，残留一点清明。

杜老师摔伤的事她知道，正是发生在那该诅咒的一晚。如果万俟铮送杜老师就医，忙活一夜，那竹楼中的人是谁？

缇玉伤得太重，旧事每重温一次，她整个人就撕裂一次，所以她一直不敢去想。

时间睁开泪眼，释放瞳孔里的真相，把她拉入回忆。

她以她的聪慧迅速想通了所有事。她甚至猜到了竹楼那晚的人。除了城子，还能是谁？过往一一浮现。万俟铮的轻蔑无礼，句句指责她轻浮下贱，缘于此。原来那晚她委身他人！

屈辱、羞愤、悔恨、遗憾同时涌上，她心如刀绞。她恨命运弄人，她恨事态多变，她更恨自己。倘若她自重，悲剧或许能够避免。后悔，锥心刺骨的后悔啊，追悔莫及！

命运的激流再一次席卷她，她猝不及防，被大浪打得晕头转向。

天大地大，她该何去何从？

不知不觉，她来到静湖边。湖水清得发黑，仿佛能吞噬一切。她的痛，她的悔，她的矛盾和挣扎，在此都可以终结。她再也不用背着枷锁苟延残喘。湖水可以吞没她被玷污的身体，只剩干净的灵魂存于虚无缥缈中。

缇玉心如死灰，嘴角扬起一抹苦笑。

她蓦然想到万俟铮。

万俟铮以为她背叛，愤而出走。他恨她，鄙夷她，重逢后，他用各种方法报复她，直到——直到她嘶喊着控诉，万俟铮当即呆住。此后，他的态度变了，因为他发觉了真相。他道歉，下跪求她原谅，承认他不曾犯下的罪行，默默忍受她的怨恨，守着秘密，守护着她。他预测到她今天的反应，所以选择不说破。他为她付出，为她解围，为她担忧。他为她做了太多太多。

怯懦地放弃，她对得起他吗？

缇玉后退一步。

早在万俟铮发觉真相前，他就在保护她了。他只许自己为难她，看不得她受人欺负。他替她回敬高敏纤的耳光，他为她挡歹徒的匕首，他在她蒙冤时坚定回护。他出其不意，如影随形，让人无法忽略。他不经意流露的关切，他藏在讥诮下的温柔，他的喜怒无常和前后矛盾，此刻缇玉才懂。

曾令她伤到刻骨的他的出走，日后也变成煎熬他的伤口。日复一日，他听着那首 *Es Ist Ein Schnee Gefallen*，哀恸他们的错过，怜惜她曾经绝望的等待。她受伤至深，他何尝不是？

穿花寻路不轻许，眼底心间，唯一人耳。以风流自居的花花公子，潇洒不羁的外表下，藏着如许炽烈的执着。他的恨意中饱含爱的期盼。他对她的种种刁难，都是他自己伤痕累累的证明。

命运像一扇转门，瞬息间，爱与恨调换，喜与悲交替。

缇玉跌跌撞撞地跑回家。

穆翰在家，见她神情不对，关切地迎上来。

缇玉扑向他，眸子闪亮耀眼，急速地手语："你为什么不娶我，你为什么还不娶我？"她悲怆地弯下腰。

那个她以为深深伤害她的万俟铮，暗地里为她做了那么多，最后含恨远去，她全心全意依恋着的穆翰为什么没有表示？一次次袖手旁观，一次次顺其自然，他离她越来越远。她的心在挣扎呼喊："别让任何人把我从你身边夺走！求求你，多给我一些温柔！"

穆翰看清她的手语，动作静止。过了一会儿，他沉静地说："我不能。"

"为什么你还是无法喜欢我？"缇玉绝望得透不过气。

穆翰凝视她，"如果我娶了你，当万俟铮出现，你就可以对他、同时也对自己说，事已至此，来不及了，对吗？"

缇玉像被浇了一桶冰水，全身凝固。

"为了不让自己回头，你要断绝退路，绝了自己的念想，以此抗拒他人靠近。"穆翰的眼神仿佛在轻叹，说，"你只是想借助我逃避。可我却想为你保留后悔的权利，让你能再次选择。"

穆翰何其聪慧，看穿她的挣扎。缇玉先是震惊，继而落泪，为他的体贴温柔，为他的自我否定。"不，你不是我逃避的工具，我只想跟随你。"她忽然打个激灵，意识到"选择"的可怕后果——选择意味着失去一个，穆翰竟以为她有可能选择别人！缇玉恐慌。"我不要什么选择，我要永远跟着你！娶我吧，求你了！"

穆翰柔和地说："他出现时，你的反应告诉我，他就是害你四处漂泊的人。我以为他有多坏，原来他只是个常常意气用事、爱极生恨的家伙。他对你的爱，无声而嚣张，连我都感动，你不可能视若无睹，无动于衷。"

缇玉筛糠似的发抖。"我不想听，不想看。我只要你。和我结婚吧。"

穆翰笑了一下，说："不行啊。那个家伙特意跑到鼓浪屿找我，很认真地说，他喜欢你，你过得不快乐，他要把你抢走。"

缇玉愣了，心怦怦跳，五味杂陈。万俟铮竟然去找穆翰，当面宣战！他永远出人意料，让人措手不及。

穆翰说："去把他找回来。你应该给他公平竞争的机会。在他回来前，我和你保持距离，让你有空间和时间想清楚。"

缇玉心里冒凉气，手飞快地比画："不需要想，不存在什么竞争，我要跟着你。我们不分开，不分开，不分开……"

当年，缇玉带着相同的绝望心境，站在水边，遇到了穆翰。身在泥泞却仰望苍穹，给她无限勇气和鼓励的穆翰啊，她在世间唯一的留恋。因为他，她才苟活；因为他，她变得坚强；因为他，她才敢看向未来。一想到穆翰竟然萌生离意，缇玉就痛不欲生。穆翰的态度让她害怕。谈到给她选择的权利，谈到她可以爱别人，穆翰为什么笑得那么轻松？

穆翰把她挥舞的纤手握在温暖的掌中，说："曾经逃避的，终将成为一道伤口，永不愈合。只有回去，勇敢面对，才能让伤口长好。我不希望你带着伤过一辈子。去吧，去找他。"

缇玉泪落如雨。"你是不是不要我了？你生我的气？高屹让我陷害万俟铮，我不同意，连累了你。你虽然不责怪我，但你还是介意，是吗？”

“我怎么会不要你呢？”

“我不能失去你。”

穆翰握紧她的手，仿佛为她传递力量，注入她凄惶的心脏。缇玉低下头，惶恐而依恋地把脸贴在穆翰的手上。

今夜注定无眠。

万俟铮的身影无声无息地浮现在缇玉的心头。她的恬淡冷漠一遇见他就被全部打破，他总是有办法让她无法平静。

他的深情，缇玉无以为报。

该不该找他？他为她牺牲许多，她至少该对他道一声谢。

然后呢？离开穆翰？绝不可能！穆翰已经融入她的血肉，无法分割。既然不打算重拾旧梦，何必惊扰万俟铮？不如不见。

她暗叹，和万俟铮比，她多么无情。

万俟铮现在在哪儿？夜已深，他是否安睡？爱，那么难，又那么容易，他为爱停驻，又被迫远离。他个性刚强，言出必行，决绝以诺，说走，就走得彻彻底底，不留一丝线索。

六十四

无计相回避

青山依旧，绿竹亭亭。

一个清瘦的女子对着竹林发呆。

小溪早已改道，她凭着感觉寻找竹楼，一直找不到。她唯恐碰见故人，不敢找人询问，只得独自寻找。印象中竹楼该在此处，偏偏不见半点影子。

月城，她能想到的万俟铮最有可能来的地方。让他留恋的是少年时代的林堇，让他难舍的是心中故人的旧影。如果他不在这里，天地辽阔，她要去哪儿找他？

缇玉终是放不下。

万俟铮受了那么大委屈，却被她驱逐，以他偏激的性格，她怕他出事。她舍不得他独自受煎熬，舍不得他的苦心无人知晓。她的良心不允许她坐视不理。至少，她要让他知道，她看见了他的牺牲，深深感激。

她决定来找他。

要知道，她做出这个决定多么艰难。她被毁的名誉，她惨痛的经历，都起源于此。她打心底害怕。如果被人认出，他们的目光和议论，光想一想，她心里已经压上千斤巨石。要是再遇上城子，她简直不知该如何面对。近乡情怯，在她的身上放大一千倍。看见碧绿的竹子她都心惊。

弹指间十二年已逝。竹楼消失了，曾经的美好和痛苦，难有景物印证。只有竹林依旧苍翠静美，不知人间忧喜。

缇玉在脑海中预演了几百次见面的情形，见不到他，她紧绷的神经缓和下来，又有些怅惘。“以后你再也不用见我了。”果然如此。非常万俟铮。

在她出发前，穆翰说：“只有你能找到他。”穆翰高估了她。

人们猜测陆帆海知道万俟铮的去向。老陆每天接到大量的电话，全是打听万俟铮的，有同行，有猎头公司，有万俟铮的仰慕者。老陆坚称不知。

有人说曾经在其他城市见过他，说他身边带着漂亮女孩子，还说他染上毒瘾。传到陆帆海耳朵里，他说：“被女人围住很有可能，吸毒，绝不可能！他最惜命，还要留着命花天酒地呢。”

缇玉也不信，但她担心万俟铮做出别的傻事，比如，把旧居夷为平地，跑到国外十年不回来，终日买醉糟践自己的身体，等等。

遍寻不见，缇玉心里发苦，深吸一口寒冷的空气。

她拿出万俟铮送给她的专属手机，她唯一持有的与他有关的物品，试着给他打电话。林中没有信号。她转身下山，寻找信号。

迎面走来一个老汉。缇玉低下头，怕被认出。老汉说：“姑娘，你走错方向了。竹林温泉酒店在山那边。”

缇玉匆匆点头。

老汉热心地说：“酒店在山那边，你得从这里绕过去。唉，总是有人走错路。我得跟他们说说，多做些指路牌。你再继续走，就走到守林小屋了。”

竹叶青翠欲滴，水雾弥漫幽篁，残花暮霞，宛如仙境。守林小屋孤立林中。小屋旁有一抹耀眼的白色，被落日染上一片淡金，身影孤傲萧索。

缇玉怔怔地望着，走过去，脚步踏在落叶上，沙沙地响。

那个人回眸，斜晖闪耀在眼眸里，眼神因夕阳而增加了温暖的色调。

两个人对望着，时间凝结，空气静止。

——都来此事，眉间心上，无计相回避。

尘缘相误，几乎半生都在误会和错过的两个人，终于相见。

当年的竹林少年，如今越发英俊秀颀，眉似剑，一双眼炯炯有神，嘴角微扬，带着坚毅，挺拔的身姿像一丛修竹。

缇玉缓缓走上前，控制着情绪，手语：“不是你做的，你为什么要认？”

万俟铮静默一会儿，说：“我希望是我。这样你只要恨我一个人就够了。”

缇玉的视线开始模糊，忍过一阵哽咽，“你怎么这么傻！”

“我还是那么傻，跟当年一样。我还是那么爱你，跟当年一样。”万俟铮说。

缇玉崩溃了，无声地哭弯了腰。

家破人亡，十年沧桑，老尽少年心。缇玉唏嘘，为自己，也为万俟铮。

万俟铮把她拥在怀里，收揽手臂，牢牢护住她，又小心翼翼不要太紧，以免她难受。总算盼来这一天，可以把她拥入怀中。此刻，她依在他的胸膛，贴着他的心脏，真实，温暖。她的身体轻而软，似小鸟轻颤，肩上扛着沉重的往事。

因为心疼她，为了保护她，他严守秘密，任人误解，被她憎恨，甚至被林爸爸打。他的苦更甚于她。

在距离她最近也是最远的地方，他天天煎熬着，忍耐着，爱她却不能说，盼她能注意他，能原谅他，能喜欢他。

他想说些什么，言语何其苍白，最炽热深沉的感情，言语能表达出的只有万分之一。他怅然叹息。

岁月静谧得让他心慌。离开鹿鸣城的决定是否正确？他不止一次怀疑。依照他的性格，他已找到心之所向，绝不放手。毅然远走，是他在赌，赌他的以退为进奏效，赌炎缇玉一定会来找他。现在，她真的来了。他的脸贴着她的头发，胳膊上的肌肉紧绷。他再也不会放手。

缇玉抬头，要看清他，泪却不停地模糊视线。万俟铮为她擦泪。缇玉肝肠寸断，轻抚万俟铮的脸。执着的痴情的他啊，霸道的温柔的他啊。

万俟铮拉着她的手贴在自己的脸上。梦寐以求的纤柔手指，他岂容它远离。它抚摸的，不只是他的脸颊，还有他伤痕累累的心。

竹林被人承包，发展林下经济。他回来谈转让的事，希望对方把承包权转让给他。这里有太多回忆，好的，坏的，他都想保留。万一有一天，缇玉想回来，得有个落脚的地方。虽然，她可能永远不回来。他放着温泉酒店不住，租下守林小屋，带着模糊的期待，等着她来找他。

“走的时候我真怕，怕你不来找我。每远离你一分，我的心就疼一分。”万俟铮说，“都怪我。要是当年我把事情弄清楚，和你一同面对，今天的我们不会是这个样子，你不会受那么多苦。”

缇玉心酸。万俟铮一点不嫌弃她，还把她的幸福当作自己的责任，把她的苦痛视为自己的失职。她该怎么报答他的深情？她缓缓低头。

万俟铮却不许她退缩。他捧着她的脸，望着她的眼睛，说：“我认清了你，我认定了你！别以为我会放手，我从来没有放手。我走，是因为我清楚你的个性，在你还恨我的时候，多做纠缠，只会让你躲得更远。只有走，你才忘不了我。只有消失，你才想见我。现在，你来了。你想我！”

缇玉微微发抖。

万俟铮吻她。缇玉抗拒。

“不许推开我！无论你是林堇还是炎缇玉，你是我的！”他低声说，霸道却又柔和，“我没有爱的天分，但为了你，我愿意学习。不许把我推开！”

他有柔情似海，他有挚爱如火，他总是不擅表达，从小便是这样。他感情细腻，表现出的却总是粗犷生硬。他察觉到了，他正在尽力改变，为她。

缇玉的心在发抖。她的手按在他的胸膛，想推，却使不上力。她知道，她逃得过一时，逃不过一世，逃得过万俟铮，逃不过自己。万俟铮的爱铺天盖地席卷了她，她无处可逃。

山路弯弯。万俟铮一边开车，一边拨打炎缇玉的手机，风驰电掣赶路，恨不得插翅飞越眼前的山。途经山路的急转弯，他险些掉下悬崖。“我不能死，不能出事，你等着我，我必须见你！”他默念着，紧盯着路，握紧方向盘。

终于追上她的车，他迫使她停下，逼她下车。

“谁允许你招惹我之后跑掉？！”他沉声质问。

缇玉低着头。

他捏住她的下巴，怒火点燃眼眸。“上一秒，我还在庆幸回国，庆幸去了鹿鸣城，庆幸遇见你，转眼你就不告而别。你在耍我吗？你是我的！你来找我，你知道这意味着什么吗？除非我死了，否则，我绝不放手！我会不择手段，得到我想要的！”

下巴被他捏得疼。缇玉忍耐着。

万俟铮祈求：“你是我生命的全部。除了爱你，我的心做不了别的事。你不要置身事外，弃我不顾。别丢下我，别让我一个人！我在孤独中过了这么多年，别把我扔回去。”

缇玉身体僵直。

万俟铮吼：“跟我走！”

缇玉手语：“我不能离开他。”

万俟铮咬着牙说：“我不是正人君子。在我这儿，从来没有什么天遂人愿，好聚好散。我只会强人所难。我想要的，一定会得到！”

缇玉想摇头，却因为被捏住下巴无法动。她幽怨地望着他，眼眶湿了，为他的痴狂。

“不要做出楚楚可怜的样子，我不会可怜你！”万俟铮说，手却不由自主泄了劲。

他痛苦地望着她，捧着她的脸，一双眼想望进她的心，椎心泣血地问："爱我，让你这么为难吗？"

缇玉眉尖微蹙，眼中的疼惜满溢。

不，他要的不是她的疼惜和愧疚。她已决定推开他，才会对他心疼。她让他心慌害怕，他低头深深吻她，不管她如何推拒挣扎，以此填补他心中的空洞，安抚他的恐惧。

泪流到唇边，一点点甜，一点点咸。

他把她抱在怀中，拉着她的手用力按在胸口，试图止住心痛，在她耳边低声地强硬地说："别逼我！你让我当不了好人，那我就当坏人。别逼我用卑鄙手段，你不会想看见后果的。我不是在吓唬你。"

缇玉抓紧他胸口的衣服，心痛得像被撕成两半。万俟铮的愤怒来自悲伤。他的威胁听得人格外辛酸。她岂不知他为她受了一身重伤，她无法回报他的深情，愧悔无地，难过得不知如何是好，所以才落荒而逃。

有的时候，别无选择是件幸福的事。如果别无选择，她就不必如此为难。

倘若有两个她就好了，一个跟着穆翰，一个陪着万俟铮。他们两个人，她都难舍，都不想伤害。但她必须做出决定，不能让三个人受煎熬。

她用力推开万俟铮。

万俟铮脸色惨白，嘴唇哆嗦着，好久才说："你想好了？"心空得可怕，他连说话都失去力气，声音轻得几乎听不到。

缇玉咬着牙点头。

万俟铮的瞳孔收缩。过了好一会儿，他点点头，眼睛迸射寒芒，说："我想做的，谁都拦不住。我想要的，在我活着的时候，一个都别想跑。"

六十五

知我者希

汽车工业协会举办商务活动，邀请相关人员参加。

穆翰碰见骁龙云腾的人，双方点头致意。

高屹被引见给信息技术专家古斯塔夫。高屹眼睛放光，说："久闻您在智能控制系统上的大名。到中国来还习惯吗？"

古斯塔夫的翻译低声转达高屹的话。

古斯塔夫客气地说：“能来中国工作，我感到非常荣幸。我在这里觉得十分舒适。”

高屹说：“你在整车智能控制和云应用开发上的成就令人瞩目。我们公司正要大力推进汽车智能化，我一直期待与你合作。遗憾的是，其他公司捷足先登，你加入了他们的团队。”他半开玩笑半认真，有心挖墙脚，先抛橄榄枝。

古斯塔夫说：“您曾经派人找过我，后来搁置了此事。”

高屹惊讶，回首看李思锐，李思锐也不明所以。

古斯塔夫说：“我和莫里茨在德国时是同事。他与我谈过，请我加入贵公司，参与智能控制系统开发。他因此被贵公司内部调查，认为他与竞争对手接触过密。我们的联系从此中断了。”

高屹皱眉，搞不明白。李思锐醒悟，低声说：“万俟铮！莫里茨是万俟铮！”

高屹的脸色变得很难看。他暗自懊恼，真是一步错，步步错。他低声问李思锐：“万俟铮不是负责增程吗？你还让他负责操作系统？”

李思锐摇摇头，说：“大概是他自己想做。”

古斯塔夫问起万俟铮。高屹简单解释万俟铮的行为不当，导致战略合作失败，已经离开公司。

一旁有人不屑地说：“梅森就是个无赖！”

李思锐介绍说：“这位是著名的材料学专家燕晓铭。”

双方打过招呼。燕晓铭说：“梅森惯用的手段是偷拐抢骗。看别人的好，就偷，偷不过来，就假装战略合作，通过资产重组把你吞并。要么就用项目合作当诱饵，不断拖延，雪藏你的项目。国内像这样的例子还少吗？一开始说得都好听着呢，合作后立刻建厂，三年内投产，结果呢，土地被他圈走了，五年不见动静，他自己那边的车倒推出了。依我看，不合作挺好。”

高屹尴尬地笑笑，说合作已经放缓。

燕晓铭说：“听说万俟铮性格乖张，但是才华横溢。我没见过这个人，我不喜欢他，不过他的能力还是不错的。你们把万俟铮辞退了？拿梅森换万俟铮，你们真是……唉。”

高屹不知该如何接话。

燕晓铭说：“听说他有个‘无限未来’计划，采用新型高效太阳能材料做车身，底盘的电池搭配无线充电技术，混合动力，无限续航。这是多么伟大的设想！虽然是个概念，但光想想这个前景，就让人无比激动！新型材料、整车充电、防撞设计、电力电子拓扑结构优化、能量转换与控制，全部自主研发，实现科技独立。超过三分之一的零部件加工工艺会因此发生变化，相应带动机床生产、材料制造业的变化，这是一场革命！”

古斯塔夫说："可惜，我们以前所在的公司觉得花巨资做基础性研究收益不大，投资回报要等很多年，不划算，所以我们离开了那家公司。"

高屹转头看李思锐，李思锐一脸茫然。高屹实在无法维持笑容，低声对李思锐说："去搞清楚万俟铮到底在干什么。"

李思锐眼睛一亮，喃喃："他来了。"

大厅门口有小小的骚动。万俟铮长身玉立，一袭黑西装，帅气逼人，面带微笑，目光却冷傲。

他的到场令所有人惊讶。会长张琪亲自上前迎接。张琪说："你离开骁龙云腾，我还以为见不到你了。"

万俟铮一笑，说："Berg und Tal kommen nicht zusammen，wohl aber die Menschen（山和山不相遇，人和人要相逢）。"

"你突然消失不见，大家以为你到别的地方高就了。"

万俟铮淡然说："我来拿回属于我的东西。"

混世魔王回来了。有人瞥高屹。高屹心道：放马过来。

穆翰伸手，说："欢迎回来。"

万俟铮与他握手，平静地说："对你来说，可能不是什么好消息。"

"哦，你是作为我的竞争对手回来的吗？"

"不好说。"万俟铮目光炯炯。

穆翰说："能成为你的对手，我十分荣幸。"

万俟铮说："竞争能催生进步。一家独大，容易故步自封。"

万俟铮那么耀眼，让人无法忽略。陆续有人过来与他打招呼，抛出橄榄枝邀请他合作。他成为众人聚焦的中心。

有人低声议论："万俟铮这架势是要搞大事情啊。"

"他一直这副样子。"

"他以前虽然也狂妄，但玩闹的成分居多。你注意他现在的表情，他很认真。"

"他像是回来复仇的。"

"鹿鸣城马上要有好戏上演了。"

万俟铮气定神闲。他此番回来，要用怒火席卷鹿鸣城，搅个天翻地覆。他有的是时间和手段，誓要从穆翰手里把炎缇玉抢过来。

他的感情像一座火山，沉寂已久，一朝喷发，滚烫的岩浆燃烧天空，熔化大地，吞没日月，势不可当。

陆帆海说："你是个男人，应该以事业为重。别忘了你的'陆云天'。你不能为了一个女的，别的都不要了！"

万俟铮踌躇满志。“事业和她，我都要！”

“她有男朋友，你这样算是第三者。”

万俟铮反驳：“我不是！是我先看见她的。她本来该是我的。”

“说这些有什么用？你们的事早就过去了。她现在和穆翰在一起。”

万俟铮说：“她过得不快乐。”

“你凭什么说她过得不快乐？”

“她笑过吗？”

陆帆海一针见血：“她只是不对你笑。不对，应该说，是你让她笑不出来！”

万俟铮心一沉。陆帆海知道这句话的分量，也沉默。

过一会儿，万俟铮低声说：“很多事你没看见，你不知道。她过得不快乐。”

陆帆海说：“你醒醒吧。她不是困在高塔中被恶龙看守的公主，她不需要骑士来救。”

万俟铮说：“只有我了解真正的她，清楚她所有的事。穆翰见到的全是假象，最真实的炎缇玉，他根本没见过。在这个世界上，只有我懂她。”

万俟铮注册了自己的公司，定位是高新科技。他的财力不足以做整车制造，只做研发。

没人把他的公司当回事。一个新成立的小科技公司，要资金没资金，要人才没人才，跟新锐企业啸九天根本无法抗衡，对比树大根深的骁龙云腾集团，更是望尘莫及。

他面临三个亘古不变的问题：人才、资金、技术。

公司的招聘公告一出，一呼百应。何鹏、夏朵、苏晶晶、曲娜娜等人纷纷前来。他不许陆帆海加入。这场战役注定惨烈，他要保全陆帆海。管理团队建立后，他开始筹措资金，引进技术人才。他把全部个人资产作为抵押，申请银行贷款。他早已倾尽所有，连心在内，何惜这一点资产。

玛姬约他吃饭，说是为他接风。她有自知之明，万俟铮不会聘用她，她也不去自讨没趣。

她说：“你为一人而来，为一人而去。我只想让你知道，我也一直在等一个人。”

万俟铮从容说：“谢谢。”

话说到这里已经足够。

课题研究需要材料学技术专家。万俟铮想到了燕晓铭。燕晓铭住在北京。技术部与他联系过，对方拒绝合作。

万俟铮说：“再去请！精诚所至，金石为开。”

何鹏吞吞吐吐。反复追问之下，他才说，燕晓铭听说过万俟铮的所作所为，认为他人品有问题，拒绝与之为伍。

万俟铮乐了。“呵！解铃还须系铃人。看来得我亲自去请。”

技术部劝他不要去。“燕晓铭脾气古怪，难沟通，是业界公认的刺头。他不在乎钱，也不管谁的面子，做事我行我素，就像、就像……”

“就像我。”

燕晓铭并未答应见他。他预订的酒店在燕晓铭住处的对面。

办完入住，他来到房门口，正巧对门有人出来。他一怔。

是炎缇玉。

一别数日，如同经年。

她依旧幽丽贞静，不染纤尘，只是面色比往日苍白。

万俟铮一颗心揪紧了，问：“你怎么在这儿？”

他的眼睛迸发无限的热量，像炽热的岩浆吞没了她。倘若是别人，早已被他的目光点燃，偏偏炎缇玉已经决心做一块冰。

炎缇玉不答，与他擦身而过。万俟铮拼命克制自己不追上去。

她知道他的心，选择视而不见，置之不理，他何必追着她一说再说，任自尊碎一地。

期盼过，下跪过，祈求过，还要他怎样表白？他血淋淋的伤口，吝于随时随地让人参观。

燕晓铭得知万俟铮抵达北京，勉强答应与他见面。他拒绝他登门拜访，两人约在他家楼下的茶吧。

万俟铮与他热情握手，说：“燕老师，久仰您的大名。”

燕晓铭听过万俟铮的风流韵事，不卑不亢地说：“我也久仰万俟先生的大名。”

两人落座。寒暄两句，万俟铮聊到北京的天气，四季分明，秋天凉爽干燥。

燕晓铭颔首，说：“我最适合北方的天气，我有风湿，南方的气候我受不了。”一句看似普通的话，封堵了万俟铮的邀请。

万俟铮表示仰慕他的学问。燕晓铭说：“贵公司有您，不需要其他人。”

万俟铮向他请教技术难题。燕晓铭说：“多谢万俟先生抬爱。您是留过学的，得过国际大奖，我这点本事在您面前是班门弄斧。”

每条路都被他堵死，直接把天聊死。

万俟铮微笑，“燕老师对我有很深的成见。”

“素无往来，哪来的成见。”燕晓铭否认。

“我哪里做得不好，得罪了您？”

“万俟先生言重了。我是个无足轻重的小人物，您怎么可能得罪我。”

“您拒绝了我所有的提议，看来我们以后没有合作的可能了。既然以后不再相见，何妨直言相告？”

燕晓铭摇头。他对万俟铮确实有意见。早就听说过他的为人，他的成绩，还有他对女人的态度，尤其是炎缇玉。为难一个女人，不是大丈夫所为。燕晓铭打心底瞧不起他。他不屑与之为伍。要不是对方千里迢迢登门拜访，他过意不去，他是不会见他的。他正想托词，忽然，茶吧的服务员惊慌地指着窗外叫：“着火了！”

一道明显的烟尘向天空飘去，烟柱正在变黑变大。着火的是万俟铮居住的酒店。万俟铮迅速站起来，身体碰到桌子，茶杯倒了。他拿着手机拨打，跑出门。燕晓铭愣了一下，跟着出去。

已经有人打了119。他们赶到酒店楼下，消防车正好赶到。酒店里的人跑出来，围观的人集聚。万俟铮拨开人群，冲到最前面。

“该死的！炎缇玉，接电话呀！”万俟铮咒骂。电话拨通了，但无人接听。他突然想起那个梦。该不会，梦境成真，炎缇玉还困在楼里等待救援？

他往里冲，被燕晓铭死死拉住。“你干什么去？”

“炎缇玉，她可能在里面！”

“不能去。你进不去，消防员已经把这里拦住了。再说，里面那么乱，你找不到她。她现在肯定正在往外跑，说不定已经跑出来了，在附近。”燕晓铭环视。

万俟铮急切地在人群中搜索。这个，不是，那个，不是。她在哪儿？她在哪儿？手机始终没人接。“炎缇玉，等我找到你，看我怎么罚你，让你不接电话！”他恶狠狠的语声发颤。他绕着楼跑，寻找能进去的入口。

燕晓铭紧跟着他，说：“你别犯傻啊，别给救火添乱。”

云梯架起，高压水枪喷射着晶莹的水龙。逃窜的人们，哭泣的孩子，爆裂的玻璃，一片混乱中，万俟铮的目光呆滞，眼神发直。

“她住几楼？”

“十二楼。”万俟铮的声音变了。起火的楼层是六层，火苗往上蹿，浓烟滚滚。

燕晓铭伸着手，随时准备阻止他。

万俟铮绕着大楼走了一圈，找不到能进的入口。或许炎缇玉吸入浓烟，已经昏迷。或许她被重物砸伤，不能动弹。或许她想求救，发不出声音，又疼又怕，正盼着他来。万俟铮仿佛听到炎缇玉吃力地念他的名字，一个音一个音往外蹦，若断若续，奄奄一息。他急了，打算强冲。

“那个女的是吗？”燕晓铭叫。他不认识炎缇玉，只是看见一个女孩从楼里出来，被裹挟在人群中过不来，眼睛一直望着万俟铮。万俟铮睁大眼睛，拨开前面的人冲上去。

那女孩正是炎缇玉。她搀扶着一位花白头发的阿姨，走得缓慢。一出大楼，她就看见了万俟铮。乍逃出生天，看见万俟铮，而且万俟铮正挤过人群直奔她来，她心里一暖。

万俟铮从头到脚打量她，她没受伤。他心一放下，劈头盖脸就是一通斥责："你跑哪儿去了？别人早就出来了，你磨磨蹭蹭在干什么？你到底有什么事能做好？"

炎缇玉垂下头。

他厉声问："手机呢？你是聋子吗？为什么不接电话？我说过，三声以内你必须接！就算你不是我的助理了，你也得接我的电话。你没想过给我打？你的手残废啦？"

万俟铮骂不下去了，膝盖发软，他必须握紧拳头，否则手抖得厉害。他狠狠瞪炎缇玉，转身不再理她，看见燕晓铭，他笑了，硬撑着从容，说："燕老师，咱们刚才说到哪儿了？这里太乱，咱们到别处说话。"

燕晓铭盯着他，伸出手，说："万俟先生，我改主意了，我愿意跟你合作。"

"那太好了！"万俟铮紧紧握住他的手。

炎缇玉低着头，忽听身边有人说："那个脾气很臭、担心得要命的人是谁啊？"

炎缇玉转身。一个年轻人站在她身侧，面容和煦如春风化雪，简单的黑西装穿在他身上，有一种说不出的俊逸潇洒。尤其是他的一双眼睛，炎缇玉见过很多人的眼睛，有的如点漆，有的如宝石，有的如秋水，这个人的眼睛只让她心头浮现四个字——灿然若星。

年轻人笑了笑，说："抱歉，我太唐突了。我叫谭辛强。"

炎缇玉淡漠地点头致意。

谭辛强说："我认识你，你是'若幽兰'。"

炎缇玉讶然。

"没错，你的晚礼服是我设计的。穆翰是我的朋友，他让我来找你。"

六十六

情深不需藏

酒店安排客人搬到附近酒店入住。

万俟铮瞥见一辆车接走了炎缇玉，顾不得安顿，将行李寄存前台，打车追过去。

在陌生的城市，孤身一人，炎缇玉竟敢上陌生人的车！刚经历火灾，她再怎么处变不惊，也不能这么无所顾忌啊。

车驶入一个叫"青木香"的地方。这里离市区不远，环境幽静。漫天晚霞被暮色替代，月季盛放，散发馥郁香气。空旷花海中，一栋玻璃房屋闪闪发光，里面传来阵阵音乐声。

炎缇玉走进玻璃屋，万俟铮紧随其后。保安在门口拦住他，礼貌地请他出示邀请函。万俟铮向前一扬下巴，说："我是跟她一起的。"

"哪一位？"

"炎缇玉。"

保安表示不认识。万俟铮执意要进。旁边一人说："炎缇玉？那你一定是穆翰。"

他转头。一个外国年轻人自称格林，是青木香的主人，对他说："欢迎光临青木香。"万俟铮不澄清，随格林进入玻璃房屋。

里面正在举办小型演出。舞台在大厅中央，四周是座位。厅内昏暗，只有台上灯光四射。角落里有一桌在深深的黑暗中。万俟铮直觉炎缇玉在那里。

炎缇玉果然坐在沙发上，正在认真地听一个年轻人说话，周围还有两三个人。万俟铮见两个人离得近，心里不悦。炎缇玉与穆翰亲近，他无可奈何，那是多年共同生活使然。炎缇玉肯和除了穆翰以外的男人来往，有些不可思议。

年轻人身穿黑色长袖衬衫、黑长裤，系一条深蓝色领带，精致的银色哑光袖扣闪着幽暗的光。万俟铮暗想："不伦不类，到底是正式还是休闲！"他暗暗生气。对方的着装无论是品位还是品质都太出色，胜他多多。他自己穿着针织T恤和长裤，因着急出门，随便披了一件风衣，才真的不伦不类。

年轻人起身，伸出手，温和地说："您好，万俟先生。我叫谭辛强。"

"万俟？"外国人惊异。

万俟铮跟他握手，干巴巴地说："幸会。"

格林问万俟铮喝什么，他答："黑方。"

炎缇玉对着年轻人手语，感谢他的邀请。谭辛强说："不用客气。"

他看得懂手语！

谭辛强淡淡一笑，说："我曾经有很长一段时间不说话，邻居以为我是哑巴。他是聋哑学校的老师，总试着用手语和我交流。和他做了六年邻居，看也看会了。"

万俟铮的疑虑只在脸上一闪而过，谭辛强竟然注意到了。这个年轻人，态度不卑不亢，观察力极强，敏感而犀利。万俟铮不由得多看他几眼。

昏暗的光线中，谭辛强的眼眸熠熠生辉，轮廓像雕塑的剪影。他非常年轻，大概二十三四岁，有着与年龄不符的沉着，气度高贵。他的话不多，时而微笑，时而静默，莫名地有一种温暖的力量，让人踏实放心。

格林热情款待众人，唯独不招呼谭辛强。两个人好像已经熟得可以省略全部客套。虽然格林是青木香的主人，但万俟铮觉得沉静的谭辛强才是全场的焦点，举手投足无形中牵动全局。

格林听说万俟铮在德国生活多年，说：“请你一定要抽空到我的城堡酒店来看看，给点建议。”

谭辛强的目光忽然一变，望向远处。万俟铮不由自主回头，好奇谭辛强看见了什么。他看不出任何异常之处。

通过闲聊，他得知谭辛强居然是“若幽兰”的设计师，这真是踏破铁鞋无觅处。炎缇玉表达对那件晚礼服的赞美，含着笑，她是真的喜欢那件礼服。

万俟铮被她的笑容刺得一疼，举杯敬谭辛强。他说：“能让炎缇玉喜欢的东西不多。我敬你三杯。”他连干三杯，谭辛强也随着干了。他问：“除了女装，你设计男装吗？”

“是的。”

“晚礼服有没有成对的，男士礼服和女士礼服配套？”

“有。”

“那，你会为‘若幽兰’设计配套的男士礼服吗？”万俟铮装作若无其事地问。

“我已经设计过了。”谭辛强说，“我把它送给了穆翰。那套礼服名叫‘劳谦君子’。他一直不穿，他说他还配不上。”

炎缇玉点头。劳谦君子，还真是穆翰的写照。

万俟铮内心一阵烦躁，大声说：“好名字。冲这名字，敬你！”

谭辛强温言相劝：“别拼酒，伤胃。”

“这哪儿算拼酒，交了新朋友，高兴嘛。我看你酒量不错。来，干一个。”

万俟铮是经常泡酒吧的，自以为酒量很好，他赌着气较劲，穆翰不在身边，他就和这个把晚礼服赠给穆翰的人对着干。他一杯接一杯地敬，谭辛强始终跟着他的节奏。他愁绪满怀，喝得急，渐渐醉了，谭辛强的眼睛却越来越亮。万俟铮不知是不是因为自己醉了，视力衰弱，他觉得谭辛强的眼睛亮得刺眼。

谭辛强忽然站了起来。万俟铮舌头打结，含糊地说：“胜负不分，不能走，接着喝。”他抓住他不放。

谭辛强说：“我输了。”

万俟铮错愕，谭辛强哪里输了？他已经到了极限，强撑着而已，谭辛强根本没事。

谭辛强离开后，万俟铮定了定神，发现炎缇玉和格林也不在座位上。他急了。他们在他眼皮子底下把炎缇玉带走了，他居然没发现！他抓住保安问：“谭辛强去哪儿了？”

“谭先生刚出门。”

他追到门外，见炎缇玉呆立着，眼神直勾勾的。顺着她的目光看去，谭辛强怀里抱着一个女孩。万俟铮看清那个女孩的模样，不由得一震。

那女孩很年轻，长发乌黑如丝瀑，半掩清丽的面容，紧闭着双眼，似乎很虚弱，脸色苍白，连嘴唇都失去鲜艳，我见犹怜的柔媚，眉尖微蹙，残留的倔强让人心折。

万俟铮看清谭辛强，又是一震。

从没见过那么黑那么亮的一双眼睛，如同凝聚了整个银河系的星光，璀璨得胜过十万颗钻石，深沉的感情如排山倒海，江河翻覆，让人不敢直视，唯恐被那滔天巨浪席卷击碎。

当谭辛强看向怀中少女，他的眼波如此温柔，仿佛怀中少女是琉璃做的，纤细脆弱，目光稍微强烈都会刺伤她。

她就是谭辛强弃杯认输的原因。

让一个优秀且骄傲的男人认输有多么困难，万俟铮深深明白。但，总有那么一个人，让你放下所有计较，为他甘愿认输。

炎缇玉也被谭辛强的眼神震撼了。

那么干净、直接、明确无误的感情流露。

爱一个人就该这样直白，不怕任何人知道，不怕任何人看见。爱一个人就该在他最需要的时候守护在他身边，帮他挡住所有危险。

她情不自禁看向万俟铮，又赶紧硬生生转回头。她不该有感触，她不该有共鸣，她不该有心的。这么多年，她过得很好，她不需要感受什么。日子就照以前那样过下去吧。

她见过这个女孩，这个喜爱焦糖布丁的甜、笑容却有些苦涩的女孩。现在她懂了，为何当初女孩见到“若幽兰”时，露出仿佛见到老友的亲切。

由“若幽兰”她想到了穆翰。

穆翰让她来北京取一个项坠。她不明白为何小题大做，跋涉千里亲自来取它。

穆翰说：“谭辛强从不设计首饰，只做衣服。后来，他破天荒地设计了一款项坠。我重金求购，他坚决不给，说是要送给他最珍贵的人。这种只为一人存在的东西是抢不来的，既然不能强求，我请他再设计一款，求了很多次，他才勉强答应。他拖了好久，终于做完了。最近传闻他要出国，我又抽不出空去找他，只好请你走一趟，把‘慕颜’带回来。”

“慕颜”项坠不知是什么材质做的，整体透明。初看是一朵莲花，中间已长出莲蓬，细看，原来是一颗千疮百孔的心，被一双手捧着，手指纤美如花瓣，自然而巧妙地堵住所有的空洞。

此刻，谭辛强的眼神让她想到了穆翰对她的呵护，正如“慕颜”所表达的。继而，她想到她与穆翰的关系。谭辛强直白的眼神让她顿生羡慕，对穆翰的想念突然无法抑制，她渴望立刻听到他的声音，见到他的模样。

她知道万俟铮凝望她的目光同样深情，也知道万俟铮为了守护她受尽委屈，她陷入两难，不禁痛苦地低下头，不让感情泄露。她明白，万俟铮回鹿鸣城是为了她，成立新公司，和穆翰竞争，都是给她看的。万俟铮与穆翰，无论谁受伤，她都不愿见。她愿意为了他们付出一切，除了伤害另外一个。但她不能让万俟铮知道，否则，只会引燃万俟铮更深挚的感情。

她假装不在乎万俟铮，忽视他所有的举动。

倘若她真的不在乎就好了，她就不用这么难受，想把自己劈成两半。

陆帆海曾找过她，意味深长地说："他的心死过一次，别让它死第二次。"他已预知她不打算回应万俟铮的深情。

万俟铮爱得那么苦。伤害一个因爱成痴的人，何其残忍。每每想起万俟铮遭到拒绝的伤心模样，她就痛彻心扉。

谭辛强带着女孩走了，周围人散去。

万俟铮深深看炎缇玉，"我有话和你说。"

炎缇玉暗暗发抖。

万俟铮叹息："我不会对你怎样。我总想和你谈谈，却总控制不住脾气。因为我着急，我想得到你，一秒钟都等不了。因为妒忌，我做了很多傻事。我知道这样不行。今天，我想好好对你说出我的想法。"

信步花海，幽芳环绕，四周静悄悄。

万俟铮说："你总是小心翼翼，怕惊扰这个世界，引起别人的注意。你离我那么远，远得几乎看不见。我努力靠近你。明知你讨厌我，我还是用强迫和威胁拉着你不放，怕一松手，你又从我的生命中消失。"

他自嘲地笑一下，说："我太自大。曾经以为，你得知真相后会重新喜欢我。不告诉你，是因为担心你受不了。没想到，知道真相，你还是选择离开我。我真的气疯了，比当初失去你还要难受。因为这次，我亲眼看见你选择了别人。

"我明白你，你好不容易找到安定，不想改变。我想了解你的经历，想知道你的喜怒哀乐，我想知道你所有的事，弥补这些年错过的遗憾，又怕重提旧事让你难过。虽然我一秒都不愿等，但我尊重你。我会等你。

"你受够爱情的伤，以后，我要让你见识爱情的甜。所有的风雨，我都会为你挡住，绝不让任何人伤害你！这颗心依然为你跳，我的胸膛依旧暖。我依然可以为你死，为你赴汤蹈火，在所不惜！"他捂着胸口，脸放光芒，神情坚定而果敢。他是万俟铮，不打诳语、言出必践的万俟铮！

他们相互凝望。万俟铮伸出手，想拂去她眉梢的苦涩。炎缇玉一退，略显仓皇。她的眼神在摇曳，悲伤、怜悯、为难。

万俟铮舍不得让她为难，但她的为难真让他高兴。她为他心乱，她心里有他。

万俟铮一笑，因为心意已决，所以从容沉静，说："不用怕我，更别躲着我，我不会逼你。以前，我不敢告诉你我还喜欢你，就是怕说了反而给你压力，见不到你。我追求女孩有多疯狂，你应该能想到。我没有死缠烂打，因为我尊重穆翰，我不想侮辱他，不愿让你难堪。但我不会放弃。从现在直到死，我等你的决定。不过你要抓紧想，因为我不会让你清静，让你有机会忘了我。我会想尽一切办法走近你。哪怕一年只靠近你一厘米，我还有几十年可以用。"他轻声说，"我爱你，无法停止。"

万俟铮的目光蕴藏深情的烈焰，足以毁天灭地。炎缇玉思绪如麻，怔怔地望着他。

他们一起返回酒店。下车，一阵秋风吹来，他脱下风衣，披在炎缇玉的肩上。送她到房门口，他霸道地说："晚上要想我，不许不想。"

炎缇玉的眼中暗涌波浪。

他的声音有些暗哑："晚安。"

辗转反侧，他给她发信息：

——我知道，寒冷年华中，用阳光温暖你的不是我，我是黑夜中渴望守护你的那个。四千个日日夜夜，陪伴在你身边的不是我，我是岁月边缘孤独等待的那个。伤痛绝望时，给你温情慰藉的不是我，我是上天入地，为你连命都不要的那个。

——我错过了你十一年，未来，我不再错过。

炎缇玉泪落如雨。

六十七

丝萝托乔木

碧云天，秋色金黄。

回到鹿鸣城，万俟铮送炎缇玉回家。他们用沉默告别，忽然，万俟铮挡住路，不让她上楼。他的神情奇异，有种莫名的紧张。炎缇玉不解，继而闻到一股蓝风铃香气。她浑身发凉，隐隐猜到了缘由。

万俟铮握着她的胳膊，要把她带离。这时，楼内传来高跟鞋的声音，还有另一个人的脚步声，脚步交错，伴着轻笑。万俟铮拉着炎缇玉到一旁躲避。

一个娇俏的女声压低声音说："我们的事你还要瞒着她吗？"是容若玉。

"等到合适的时机，我会告诉她。"穆翰说。

她嗔怪："一年了，你总拿这句话敷衍我。你答应我的事呢？"

穆翰问："怎么，等不了了？"

容若玉叹气。

穆翰说："你放心，你是我的宿命，我的命找我来了，我躲不掉。"

命，穆翰把容若玉当作他的命！他们私会一年了！

缇玉浑身冰冷，借万俟铮的力量支撑身体。万俟铮强壮的胳膊扶着她，她在他掌中颤抖。

穆翰和容若玉上车离开。

缇玉双眸失神。她无法管理她的思想，脑袋发蒙。穆翰处处为她着想，对她那么好，可又与容若玉纠缠。他称容若玉是他的命，这是对一个女子最高的评价。穆翰知不知道，他也是她的命！

万俟铮又生气，又妒忌，问："他这么对你，你还要跟着他？他以前照顾你，现在，他在折磨你。你值得更好的对待！跟我走！"

缇玉茫然地望着他，视若无物。

万俟铮握着她冰凉的手，"跟我走。我会一辈子珍惜你，永远不变！"

缇玉向后缩，带着恐惧，然后失魂落魄地发呆。她脑海轰鸣，回荡着穆翰和容若玉的对话。

她的样子点燃了万俟铮的怒火。她受了那么多苦，还要再受多少折磨？穆翰凭什么这样践踏她的感情？最珍贵的她啊，他用全部生命爱着的她啊，岂容他人欺侮？！

万俟铮去找穆翰。

万俟铮面容冷峻，目光似刃。他说："我尊敬你。从加入公司到现在，你给我许多支持。无论顺境逆境，唯一没有落井下石、甚至不肯坐视不理的，只有你。你对我的信任，比我本身更宝贵。你照顾炎缇玉，帮她撑过那些岁月。但你现在在干什么？你和容若玉在搞什么鬼？明知道炎缇玉今天回来，还故意把容若玉带到家里，你到底想干什么？"

穆翰平心静气地说："这话似乎该由我来问。你向我宣战，在商场和我争，你是怎么想的？赢取一个女人的心，是靠伤害她在乎的人吗？她会因此喜欢你？难道你不该假装受挫，节节败退，博取她的同情，让她心疼？你是情场高手，怎么犯这种低级错误？"

"不用你管。"万俟铮说，"你让她不快乐！她过得一点都不好。你和容若玉亲热，不能滚远一点儿吗？我不信你真的看上了容若玉。"

"容若玉很漂亮。"

万俟铮冷哼："见过莲花，怎么还忍得了俗艳？她哪点比得上炎缇玉？"

穆翰一笑，说："倒不如说，她们两个，我都没看上。"

万俟铮眯起眼睛，“什么意思？”

穆翰说：“我累了。我已经厌烦照顾炎缇玉。”

万俟铮怒气喷发，激动地说：“她不是你的附属品，你想扔就扔！是，她冷清，她沉默。她想要的，不过是寻一个知心人，共老水云间！她的性情就是这样的。她根本不属于繁华城市。可为了你，她留在这里。你过你的热闹日子，她碍着你的事了吗？她一直在忍，她有多难受，你看不见吗？”

穆翰皱眉，“你的样子好像在心疼她。”

“对，我心疼她。我爱她，胜过所有人！以前我给你留着面子，不愿意让你难堪。但是以后，我不会再让你有机会折磨她，我要把她带走。只有我才能给她幸福！”

穆翰笑了笑。

万俟铮愤怒地问：“很可笑吗？”

穆翰摇摇头，说：“你说得对。她跟我在一起不幸福。跟着我的这些年，她并没有变得更好。她越来越封闭，性格棱角一点点被磨平，变得透明。她虽然呼吸着，心跳着，却冰冷沉寂，像寸草不生的荒漠。她正在消失。她根本不像是活着，直到你出现。她痛苦、挣扎、犹豫、矛盾，尽管是负面情绪，但她重新活了过来。她的感受，她的心，都因为你的刺激开始鲜活起来。你做到了我始终没能做到的事，你点亮了她的生命。”

万俟铮被突然转变的话锋弄得有些懵了。

穆翰说：“很多年没见过她哭，她好像已经没有眼泪了，在你来了之后，她哭了。她对什么事都不在乎，但是她记得你过敏，还有你爱吃的菱角。你辞职后，她心神不宁，一心一意要洗刷你的罪名。酒店着火那天，我和她正在视频通话，她发现起火，第一反应是冲过去敲你的门，而不是逃生。她抓着服务员不让跑，非让人家打开你的房门，确定你不在里面，她才肯走。”

万俟铮的心里又酸又暖，像被一双手温柔地拧着。

穆翰说：“有一天，她突然跑回家，哭着要我娶她。那一刻，我知道，她的心动摇了。她害怕自己的动摇，所以要把自己的退路堵死。她的心已经不在这里。”

万俟铮的心颤抖着，说：“我不懂你是什么意思。你为什么告诉我这些？”

“十年了，她像走丢的小猫小狗，暂借此处安身，终日魂不守舍，等待主人认领。现在，你来了。我看到了你对她的感情。我相信，你可以把她照顾得很好，让她得到幸福。”

“你这算什么，功成身退？”

穆翰摇摇头。

万俟铮不解：“你要跟她分手？你不喜欢她？”不喜欢一个人，怎么会相守十年？他们并没有结婚，他对她没有义务啊。他脑中灵光一闪，问：“你生病了，得了绝症，所以要给她找好归宿？”

穆翰失笑，说：“你电影看多了。她救过我的命，虽然她自己不知道。遇见她的时候，受金融危机影响，我赔得倾家荡产，欠下巨额债务。到河边自杀的本来是我，结果我看见了她。她那么小，那么干净，站在河边，一脸生无可恋。那一瞬间我愤怒极了，觉得老天不公平。我烂命一条，死就死了，没什么可惜的。可她像一朵刚要开放的花，为什么也活不下去？我暗暗发誓，一定要救她，当作对这世界最后的反抗。是她燃起我的希望，让我有活下去的动力。我不能让她在我身边干耗一辈子。希望你好好照顾她。”

叹了一口气，穆翰说：“炎缇玉不说话我是有责任的。我刚认识她的时候，她总是不吭声。我问，你为什么不说话，难道是个哑巴？她的眼珠亮了一下。大概我给她提了醒，后来，她果真不再说话。我知道她不是天生的哑巴，因为那时她根本不会手语。只要她还沉默，她的心就没打开。我是没有办法了，靠你了。”

万俟铮惊讶了。穆翰知道炎缇玉能说话。他陪她演了十年戏！万俟铮沉默一会儿，说：“不是她救了你，是你的善良救了你自己。谢谢你。”

两个男人相视，眼中是对彼此的敬重和信任。

万俟铮心情轻快。他不想伤害穆翰，正愁如何避免，穆翰的退出正当时。

万俟铮从未觉得离炎缇玉这么近。他要敞开怀抱，做她身心的港湾，她软弱时的依靠。他要复活她的神采，重现悦耳的声音，他要岁月对他们做出补偿。他知道她还在犹豫，一时放不下穆翰。余生还很长，他会一直努力，直到重获她的心。

他思索该怎么对炎缇玉说，这时，事情发生了意想不到的变化。

穆翰消失了！

他留下一封信，对董事长人选以及公司治理提出建议，安排好一切，他走了。

留下了炎缇玉。

万俟铮万万没想到，穆翰以这种方式告别。

小美在炎缇玉家门外苦苦敲门，里面没有一点动静。

万俟铮阴沉着脸来了，带着工人，说：“把门砸开。”

“这……”工人为难。陆帆海想阻拦，又忍住。

万俟铮斩钉截铁地说：“砸！”

炎缇玉坐在窗前的椅子上，闭着眼睛。她还活着，大家松了一口气。

地上有一张纸条。

——我和容若玉走了，不要找我。你多保重。

万俟铮想：这么狠！一定要提容若玉吗？这是怕炎缇玉不死吗？

小美跺着脚骂穆翰负心。万俟铮扫一眼陆帆海，陆帆海会意，把小美拉走。炎缇玉毫无反应，她已隔绝了世界。

万俟铮蹲在她身边，握她的手，发觉她凉似冰。他摇她，目光温柔，语气霸道，说：“看着我的眼睛，我要你看着我的眼睛，听我说！”

炎缇玉的漠然对别人或许有效，对他没用。他终于迫使她睁开眼睛，她的眼神茫然没有焦点。

万俟铮万分疼惜，说：“不要怕，你还有我。从今以后，我来照顾你，我不会允许任何人伤害你。穆翰是个好人。他选择了他的路。不管多痛，你要试着放手。”

炎缇玉警觉，盯着他，手语：“你跟他说了什么？”

万俟铮把他们的对话告诉她，炎缇玉脸色灰败。

万俟铮热情地说：“我会一辈子对你好，永远不离开！你再也不用害怕。如果你不喜欢这里，天涯海角，我陪你去。我要给你不一样的人生，给你最大的幸福。”

炎缇玉摇头。

万俟铮焦急地说：“你不信？我爱你！如果我今天死去，我一半的人生都在爱你。你要我剖开心给你看吗？”

炎缇玉神情飘忽，忽然露出一丝笑容，似讥讽，似自嘲，苦涩尽显。“你做的，我看到了。你的心意，我全都明白。你一定觉得，我不和你在一起，简直不可思议，天理难容。每个人都是自己生命的主角，从自己的角度出发看待问题，看到的都是自己的理由。你不知道，我和穆翰的事。”

她用手语缓慢地讲述他们的故事。

妈妈病逝后，爸爸再也没有和林堇说过一句话。他以她为耻，视而不见。林堇缩在家的一个角落，苟且偷生。她的世界满目灰色，看不到一丝光亮。爸爸的冷漠彻底冻结了她本已冰冷的心。她想，何必留下让大家都难受。既然他不想看见她，她走好了。

担心爸爸受人指责，她留下纸条，说要去闯荡世界，不让任何人找她。然后，她走了。

起初，她没有走远。她怕爸爸急疯了。她躲在附近，等着爸爸下班，猜测他应该看见纸条了，发现她离家出走了。他会找她吗？他是不是很着急？

她等了一夜。次日一早，爸爸照常上班，和邻居打招呼，神情中有一丝久违的轻松，完全不提她。

林堇被这一幕震惊得头昏眼花，跌跌撞撞地离开。她不知该去干什么，不知该往哪里走。活着对她来说是受罪。她想到了死。如果死，要死得远一点，不能连累爸爸。她用手头所有的钱买了最远能到达的车票。无所谓去哪儿，无所谓遇见什么人，很快，她就要解脱了。

她幸运地找到一条河。站在河边，她苦笑，无比轻松。

身后忽然冒出一个声音："河里有蛇，还有一种鱼，咬人很疼。"

说话的是一个二十出头的年轻人，相貌端正，斯斯文文，神情略带戏谑，说："放心，君子有成人之美，我没打算阻拦你。我只想说，这条河是我每天散步要经过的河，我不希望你把它弄脏了。无论你想干什么，都不要跟它有关。"

林堇不理他。等河边无人，她跳了下去。

苏醒后，林堇发现自己在一间简易房中。她一动，床板吱吱嘎嘎响，好像要散架。她打开房门，外面是露天走廊。这栋楼全是简易房，中间是天井。她在三楼，她又想往下跳，向下一望，在河边见过的年轻人正坐在天井乘凉，好整以暇地向她挥手。

毫无疑问，是他救了她。但林堇不感激他。他不会允许她自杀，林堇气馁地退回到屋子里。年轻人走进来，端着一碗艇仔粥，问："饿不饿？"

林堇眼神空洞，无论年轻人问什么，她一概不答。年轻人笑问："难道你是个哑巴？"林堇心中一动。哑巴多好，不用跟人交流，对这世界，她已无话可说。她就做哑巴吧。

年轻人说："大家都叫我木村，木村拓哉的木村。名副其实吧？"他把粥递给她，说，"不烫了。吃吧。要自杀，也要吃饱了再去。"

后来，林堇发现，邻居们称呼年轻人为"阿木"，只有他自己非要自称"木村"。

莫名其妙地，林堇就这样跟着阿木生活。她那么小，不说话，来历不明。邻居们都笑阿木捡了个童养媳。阿木笑笑，不分辩。他对林堇一直规规矩矩。小屋只有一间，他用布帘隔出了卧室，东边一间，西边一间，中间作为客厅。他穷得叮当响，没钱再买一张床。唯一的床给了林堇，他睡在地上。

林堇足不出户，甚至不靠近窗口。她心如死灰，麻木不仁。她全靠阿木养活着。有他一口吃的，就有她的。

阿木没有固定工作，卖保险，打零工，什么都干。他好像欠了很多债，不时有人上门来讨债。他笑嘻嘻，反正家无长物，也不怕人家把家翻个底朝天。

一天，邻居通知林堇，阿木工作时受了伤。她跟着报信的人来到医院。

阿木在建筑工地打工，防护网有漏洞，一块木板从漏洞中掉下来，他被砸到后背，木板上的钉子扎进肉里，幸好钉子不长，没伤到骨头。

阿木的伤把林堇游离已久的神思拉回了现实。

看着林堇红红的眼圈，阿木说："没事，小伤，明天还能上班。"

林堇比画着，要去找一份工作。

阿木摇头，"用不着，我能养活你。"

阿木的伤口导致他不能躺，只能趴着。

为了能够听到阿木半夜呼唤她，林堇不让他拉帘，自己的帘子也露出头部。半夜，她听见他浓重的呼吸，知道他疼得厉害，忙过去看。阿木趴着，疼得满额是汗。林堇跪在地上，用凉毛巾为他擦汗，不知该怎么为他止疼。

阿木突然握着她的手，拉近她。他的眼眸在黑暗中闪着光。他们的距离迅速缩短。

林堇忽然想到了竹楼那个漆黑的夜晚，同时惊觉，阿木真像万俟铮，疼也不说话，骄傲地忍着。

她拼命挣扎，仿佛抓住她的是厄运，是那晚的万俟铮，只要挣脱了，一切便会安好如初。

阿木放了手。林堇逃命似的跑出屋子，跑下楼梯才想起来无处可去，又不敢回去，只好在楼梯上坐着。天快亮的时候，阿木走出来，看了她一眼，脸上闪过羞惭，匆匆走了。他只休息一天，又去工作。

从那天开始，阿木总是很晚回来，有时甚至夜不归宿。

简易房最东边那家住着一个年轻的女人，花枝招展，言谈大胆。人们说，她是做那种生意的。

林堇经过那个女人的屋子，忽然听到了阿木的笑声。门敞开着，阿木坐在里面。阿木也看见了她。他们沉默地对望。阿木忽然大笑起来，继续和那个女人调笑，女人尴尬地关上门。林堇静悄悄走过。至少现在她知道阿木每晚去哪儿了。

回到小屋，林堇开始收白天晾洗的床单和衣物，整整齐齐叠好。

阿木走进来，见状大吃一惊，问："你要走？"

她同样吃惊。她的样子像要走吗？

阿木皱眉，"你不用走，我可以把隔壁的房间租下来，反正他们一家买了房子，要搬走了。你一个人住在这间。"说完，他转身要走。

林堇紧紧抓住他，眼泪不由自主地往下掉。她把他拉到桌旁，蘸水写字。

"我曾经被人奸污，怀了孕，父母以我为耻。孩子流产了，妈妈被我气死了，爸爸再也不肯理我。遇见你那天，我真的不想活了。是你救了我。如果没有你，我活不到现在。"

阿木闭上眼睛，深呼吸，"只要你愿意跟着我，我就照顾你。等你想走，尽管走。"

林堇不懂这是什么，约定，还是承诺。她不知道阿木是生气还是无奈，拿她当负担还是伙伴。但，她留了下来。

林堇瞒着阿木，在附近的饭馆找了个帮厨的工作。她想帮他分担生活压力。

阿木到了饭馆，直奔后厨，看见她，一言不发往外就走。林堇忙向老板告了假，灰溜溜地追在阿木身后。

阿木非常生气，"你不能说话，别人要是欺负你怎么办？我说过，我能养活你！"

林堇咬着嘴唇，低下头。

阿木的态度缓和一些，拿出一个东西给她，说："身上只剩八块钱了，买不起蛋糕，先把这个当生日蛋糕吧。"

那是一个焦糖布丁。他看过她的身份证，记得她的生日。

讨债的人再次上门，喝得醉醺醺，要非礼林堇。阿木护着她，和对方大打出手。他推她出门，要她到河边等他。

林堇跑到河边，等了许久，阿木来了，身上有血，她吓了一跳。阿木脸色苍白，安慰她，说打架流血很正常。

因为得罪了当地恶霸，阿木要当夜逃走。他问："你愿意跟着我吗？"林堇点头。他带着她辗转到了千里以外的地方。他们相依为命，从此再也没分开过。

阿木托人解决他们的身份问题。林堇用自己的身份，改换姓名。阿木冒名顶替一个失踪已久的人，找人做了"真的"假身份证。

他们曾经非常困苦。

为了省房租，他们租住在楼顶天台临时搭建的铁皮棚屋里。棚屋四处漏风漏雨，夏天炎热，冬天如冰窖。阿木刚把漏洞补完，一场大风吹走屋顶。林堇死死拉着最后一面墙板不放。阿木赶回来，两个人紧紧相拥。大风呼啸，寒冷刺骨，那一刻，只有他怀里是暖的。

买了材料，刚打算重建，被市政部门叫停，不准他们在天台私搭乱建，怕大风吹落房屋砸伤路人。那时，阿木已经为了买建材花光积蓄。林堇欲哭无泪。

阿木坚定地说："我一定会给你一个家。"

为节约理发的钱，林堇养起长发。冬天里，她洗完澡，丰厚的长发总也晾不干，湿漉漉的，她因此经常感冒。阿木买了一个吹风机送给她，对于当时的他们来说，这是非常奢侈的消费。后来，阿木学会理发。直到现在，他都是她的专属理发师。

他对她始终礼貌疏远，保持距离。他为她焐手的方式很特别：他不碰她，而是向手套中哈热气，等手套暖了再递给她。

阿木在工地打工，背水泥袋，洗澡时后背一大片皮脱落。他不喊疼，笑着说："蜕皮啦。我要重生了！"

生活在最底层，在泥泞里挣扎，眼睛却眺望天空。

林堇冷透的心一点点被阿木焐热了。

她依赖着他，在这个世界上，他是她最信赖的人。

数九寒天，快要冻僵时，他是她胸口最后的暖。历经坎坷，尝遍世间的苦，他是她心窝里仅有的甜。他是她永恒的希望，是她对这世界唯一的留恋。

阿木的胳膊曾经骨折，每到梅雨季节就疼。林堇听说刮痧配合艾灸能治，但阿木很忙，没时间到养生馆做治疗。林堇自己学，想等学会后在家里为他做。她先在自己身上尝试，掌握不好力度，刮得皮下严重出血，看上去伤痕累累。偶然被万俟铮发现，还以为她被打。

“他对我若即若离，虽然一直把我带在身边，可他从没把我当作女人。外人以为我们是一对，实际上他根本没把我看在眼里。现在，他终于找到机会摆脱我了。”炎缇玉的手颤抖得厉害，无法再比画下去。

她并未过多描述她与穆翰的往事，他们的故事，两个人心知就够了。但万俟铮能够想象得出，她不曾言说却日益笃厚的深情，来自十年的相濡以沫，日积月累的点点滴滴。

万俟铮只剩沉默，满心的期待渐渐沉静。

他发现他爱得太自我，不曾睁眼看，被心中的旋律误导，以为炎缇玉寄人篱下，过得委屈，一心想救她于水火。殊不知，她已找到想要的生活。她的清逸出尘，她的遗世独立，源自她不想与世界发生任何联系。她只要有穆翰就够了。

万俟铮的爱活着，不断生长，炎缇玉知道，但无法接受，她心中满满的全是穆翰。

即使穆翰移情别恋，即使穆翰绝情远去，炎缇玉失意难过，依然为他独守此心。

她也是个至情至性的人。

曾几何时，她把这样的深情给过他。

胸口翻滚着痛，万俟铮咬牙忍耐。

他怨她吗？他怨啊，她扼杀了他的希望。但，他们多么相像。心是一座孤城，他人奔袭千里，无法靠近。唯一人可进，唯一人长驻，唯一人可摧。

刻骨铭心的一年与福祸相依的十年，哪一个更重？他没有答案。

炎缇玉越是为穆翰静心独守，不容他人靠近，万俟铮越是为她倾倒。她一次又一次证明着她的忠贞，这让他难过，同时也让他着迷，让他欣喜，又让他绝望。

他看不得她寂然如木的样子，说：“走，我带你去找他。等找到他，让他亲口跟你解释。”

炎缇玉呆呆地望着他。

他充满自信地说：“我要让你知道，我比他好。日子还长，路还得走下去。解开你的心结，你才能完全属于我！”

六十八

花若离枝

万俟铮尝试了各种方法。查穆翰的行动轨迹，一出鹿鸣城，线索便中断；查穆翰的手机信号，原来的号码已停机；查容若玉的信息，还是没有结果。

他们去往穆翰的家乡，才发现那里不是穆翰真正的家乡。简易房早已拆除，盖起骑楼街，成为繁华的商业圈。没人记得当年的阿木。

他们只得返回鹿鸣城。

万俟铮说："别灰心，我发动了所有的朋友，聘请了私家侦探，一定能找到。"

炎缇玉不置可否。她突然冲向路边的一辆车，狠狠砸车窗，掏出手机拍照。万俟铮连忙跟过去。夜色中，依稀可见车里有两个人。

原来是高敏纤和刘深。

穆翰一走，高敏纤就跑回了鹿鸣城。穆翰走了，她努力给谁看？她不干了！她伤心大醉，被刘深趁机拖上车。刘深的好事被炎缇玉撞破，慌乱逃走。高敏纤幸运地逃过一劫，但迷迷糊糊间已被刘深好一顿揩油。万俟铮毫不留情，立刻报案。

高敏纤醒来，大骂不已，誓要追究到底。她打给莉莉，要她帮自己出气。莉莉告诉她，万俟铮已经报案，走法律程序惩罚刘深最合适。高敏纤问："我让你对付那个女人，办得怎么样了？"

莉莉缓缓地说："你确定吗？她救了你。"

高敏纤一愣，"报案的不是万俟铮吗？"

"炎缇玉和他在一起。"

高敏纤沉默了，继而懊恼地叫："为什么偏偏是她？"

她找到炎缇玉，冷哼一声，对站在一旁的万俟铮说："不用紧张。我不是来找她打架的。我来，是要告诉你们，不要再找穆翰哥哥了。他和那个女人走了，不回来了。我以前找人查过他们。穆翰哥哥管那女的叫玉枝。"

炎缇玉抬起眼睛。

"他们听见那个玉枝说，当年穆翰哥哥打架时杀死过一个人，后来他跑了。"

炎缇玉开始发抖。

"这么多年，他没被抓，是因为那个案子已经结了。玉枝为穆翰哥哥顶了罪，坐了十年牢。她要穆翰哥哥跟她走。所以，不要再找他，否则，你会害了他！"

高敏纤走了。

炎缇玉手语："我认得她了。玉枝，玉枝就是容若玉，当年简易房最东边那一间。"她明白高敏纤说的杀人是什么。原来那晚，那讨债的人被穆翰杀了，所以穆翰才要连夜逃走。

难怪这么多年她始终无法讨穆翰欢心。因为她，穆翰背负了太多沉重往事。谁会喜欢这样麻烦的人？她让穆翰背上包袱，容若玉帮穆翰卸下。换作她，也会选容若玉。

穆翰真的不会回来了。

炎缇玉颤抖得几乎站不住。万俟铮牢牢地扶着她。她的身体冰凉，像一具尸体。

她的表情诠释着四个字——万念俱灰。

明白了穆翰离开的原因，万俟铮便懂了。他得出了与炎缇玉截然相反的结论：穆翰爱炎缇玉。把一个女人带在身边，尽心照顾，不离不弃。只有那个自卑的傻瓜才会以为穆翰是出于善良而不是爱。穆翰不回应炎缇玉的感情，是怕有一天东窗事发会拖累她，所以他若即若离，不敢靠近。炎缇玉自惭形秽，一直觉得配不上穆翰，她从不敢想穆翰会爱不洁的她。

穆翰的一言一行都在为炎缇玉着想。和他比起来，万俟铮觉得自己自私而盲目，占有欲太强，侵略性太强。

他终于明白为何炎缇玉死心塌地地爱穆翰。

但是，穆翰已经走了。现在在炎缇玉身边的，是他万俟铮！

他请小美照顾炎缇玉。炎缇玉不吃不喝，眼神空洞，面白如纸，单薄的身影似乎风吹即倒。伤与痛，冷与暖，生与死，她都无所谓，何须照顾？任凭小美劝说，她无动于衷。

万俟铮冷笑："如果有一天穆翰后悔了，跑回来，你却死了，正好给那女人腾地方。"

听到穆翰的名字，炎缇玉才转动眼珠。万俟铮把食物推向她，她怔怔地拿起来吃。如果她抬眼看，会发现万俟铮比她瘦得更厉害，可惜，她已无暇看这个世界。

万俟铮凝望她。

他在改变自己，学习如何去表达爱，试图温暖炎缇玉冰冷的心。只要有耐心，他坚信，炎缇玉总有一天会打开心门，重新认识他，一切能从头开始。他爱她，爱不停止，他不会放弃。可是，他怕炎缇玉的身体扛不到那个时候。她已经死了大半，仅存一口气，像离开枝头的花，一天天枯萎衰败。随着冬天的来临，炎缇玉越发显得死气沉沉，冷寂麻木。

仿佛是为了证实"屋漏偏逢连夜雨"这句话，公司屡屡出现意外状况。

先是莫名其妙有一大堆人辞职，接着，租用的实验室无故解约，技术研发无处进行，被迫停止。公司的财务出现危机，银行贷款额度迟迟批不下来。

数了数，全公司除了他，只剩下八个人。曲娜娜含着热泪向他汇报收到的辞职信，说："我不走！还有苏晶晶，小许，夏朵，我们死都不走！"

除了他们，还剩下两个部门经理、何鹏以及一个技术人员。

有人辞职前来找万俟铮谈。骁龙云腾开出双倍工资挖人，那人以此为条件要求工资待遇翻倍。

万俟铮说："慢走不送。"他又说，"我是个坏榜样，别学我，你们不是我。要挟别人是需要资本的，否则，只能沦为炮灰。你们没有我的本事，不要随便瞎折腾。你对于公司没有你想的那么重要。”

万俟铮召开会议通报情况。在座的已是公司全部人员。

有人说：“老头子开始重视你了。你和古斯塔夫交情很深，又争取到燕晓铭，老头子认识到你的厉害，想把咱们扼杀在摇篮中。”

小许愤愤：“真够卑鄙的。”

何鹏说：“恩将仇报。你可是救了高敏纤啊。”

万俟铮淡然道：“在这一点上，高屹倒是公私分明。”

“银行那边跟着凑什么热闹？”

“还有实验室，咱们不差钱，他们为什么要解约？”

陆帆海到访，声明他是代表啸九天来的。他说，啸九天听说了万俟铮的困境，愿意伸出援手。

万俟铮问原因。陆帆海说，万俟铮遇到的困难都是骁龙云腾搞的鬼。骁龙云腾对啸九天也下手了。他们向供应商施压，掐断了对啸九天的原料供应。骁龙云腾还暗中干预，企图阻挠啸九天的智能车载系统研发。这是高屹对“叛徒”的惩罚。

大敌当前，啸九天认为，是时候与万俟铮联手抗敌了。

陆帆海说：‘这下你没法把我排除在外了。让我来帮你吧。”

万俟铮向啸九天现任董事长宋晨林道谢。宋晨林说：“不用客气。我是穆总一手带出来的兵。他一直欣赏你。希望我们合作愉快。”

他们正式联手。

宋晨林忧心忡忡，说：“骁龙云腾还有后招，已经有好几个朋友私下给我通风报信。骁龙云腾要对我们实行全面封锁。我已经找行业协会去申诉了。骁龙云腾的影响力很大，行业协会一时不敢动他。”他提醒万俟铮做好准备。

万俟铮傲然一笑，说：“交给我吧，恶人需靠恶人磨。路还长，走着瞧。”

宋晨林说：“以前高董不这样。”

“亚里士多德说，人在状态最好时，是最高贵的动物；但如果违背法律和正义，他会变成最恶劣的动物。”万俟铮说，“其实我没想把骁龙云腾当对手。”

“你觉得它太强？”

“正相反，它的领导层太弱了，不配做我的对手。”

宋晨林遗憾地说：“骁龙云腾的核心决策层差不多全烂掉了，连一个敢站出来说公道话的人都没有。整个集团的氛围诡异得很。”

万俟铮不屑地说：“利欲熏心之人，也敢阻我宏图大业？！”他顿了顿，又说，“我个人很尊重骁龙云腾。一个企业养活一座城市，拉动消费，解决就业，促进经济增长，真的很了不起。不过，它强大之后仗势欺人，我可不惯着。”

战略上藐视敌人，战术上重视敌人。万俟铮静下心，分析形势。

他的优势：有无可替代的技术研发能力，拥有多项专利；忠实的朋友陆帆海；曲娜娜等一众不离不弃的粉丝；对他钦佩有加、托付梦想的何鹏；与燕晓铭、古斯塔夫等行业知名人士的交情。

骁龙云腾的优势：根基深厚，在本省呼风唤雨，具有地域优势，有强大的市场影响力，资金雄厚。

目前，骁龙云腾掣肘他的研发实验室、离间员工、串通银行冻结他提取贷款额度，招式已全部用完。

万俟铮一笑：骁龙，今天我便来缚苍龙！

他不认为自己是背水一战，以卵击石，因为，他想来想去都想不出他会有什么损失。他拥有的，无论胜负，别人都夺不走。

万俟铮请老陆做特别顾问，重建管理团队。陆帆海凭着无敌的亲和力和三寸不烂之舌，挖来不少专业的管理型人才。

万俟铮飞到北京，向燕晓铭说明情况，抱歉地通知他研发需延后，他会尽快解决实验场地的问题。

燕晓铭冷哼："骁龙云腾的格局未免太小了！"他想了想，说，"有个国家级实验室不知道你感不感兴趣，就在你们省，离鹿鸣城很近。"

万俟铮惊喜，说："可以吗？"

燕晓铭说："只要你想，其他的我来协调。"燕晓铭不仅帮忙解决了实验室的问题，还带来了一支专家小组，提高了公司研发团队的实力。

万俟铮四处寻求能源材料合作方，曾在朋友的介绍下与某大名鼎鼎的节能集团进行接洽。对方提出了许多条件，有一些可谓苛刻至极。何鹏气红了脸，说："不能签。签了就相当于签了卖身契，到最后，连公司都被他们吞了。"

万俟铮一笑，说："公司的核心目的是实现公司利益最大化。各为其主，可以理解。不过理解归理解，我不会同意。"

何鹏松口气，说："我真怕你病急乱投医。"

年轻的金融学家芦芷应银行的邀请到鹿鸣城举办金融讲座。她还有一个身份，是国内著名科技产业投资集团的首席金融分析师。骁龙云腾的投融资部从去年开始一直努力争取与该公司合作，想得到资金支持，几次接洽均以失败告终。持反对意见的主要人物正是芦芷。

芦芷的观点很明确：投融资必须以政策为风向标。2016 年初，财政部放出消息：政府将逐步减少对电动汽车的补贴，到 2021 年完全取消，由市场决定新能源车的发展方向。今后的四年里每年将减少 20% 的补贴，2019 年至 2020 年减少 40%，2021 年补贴政策完全退出。其后的政策验证了这个消息。此前，受到巨额财政补贴诱惑，我国的新能源汽车市场发展失衡，产能过剩，企业良莠不齐。一旦政府补贴减少甚至终止，行业前景堪忧。她认为投资新能源汽车产业有风险。

多家公司试图与芦芷建立联系，她拒而不见。会场外，各公司的人拖着不走，等着见她。过了很久，芦芷的助理走出来，告诉大家，芦芷已经走了。讲座一结束，芦芷就上了一辆车，绝尘而去。

赵烈把公关部和投融资部叫来，喝问："不是让你们沟通她的助手了吗，怎么还能把人给丢了？"

投融资部部长说："确实跟她的助手私下说好了的，我们算准了讲座结束的时间去的。她的助手也不知道她去哪儿了，事前没说过。"

"大白天的，还能给绑架了？"赵烈气恼，无奈地说，"现在只能发正式邀请给她了，请她抽空与我们见一面。"

"她已经拒绝好多次了。"公关部部长赶紧补充，"不止我们，其他公司的邀请她也不理。她说要保持客观性。"

正是芦芷的客观公正，让她的意见变得如此重要。

赵烈扶额，看芦芷的资料。芦芷古板、严肃、执拗，永远戴着一副粗框眼镜，头发短得像男人，年逾三十还没有交过男朋友。除了工作，她似乎没有任何爱好，找不到突破口。

公关部部长擦汗。

赵烈吩咐："她明天离开，总得去机场。务必在机场拦住她，跟她谈谈。"顿了顿，他又说，"咱们得不到也就算了，绝不能让万俟铮和芦芷联系上。不惜一切代价，阻止他们合作。"

众人早早守候在机场，芦芷的助理也在，她也找不到芦芷。

快到登机时间了，一辆车停在出发大厅外，芦芷坐在车内。一个男人下车，绅士地为芦芷打开车门，与她低语。

潇洒优雅的举止，似笑非笑的桃花眼，英俊得过分的面容，可不就是万俟铮。

众人大眼瞪小眼。都说芦芷对男人免疫，可看她现在的笑容，传闻肯定是错的。

万俟铮对芦芷的助理说："完璧归赵。不耽误你们的时间了，你们谈。"

哪里还有时间交谈，芦芷只剩安检登机的时间了。

紧接着，坊间传出消息，芦芷向公司进言，提议支持新能源汽车项目。

别的公司啃了一年多的硬骨头，没想到在万俟铮的面前化成水。同行悻悻地，笃定万俟铮施展了美男计，对此十分不齿。

苏晶晶气愤不已，曲娜娜恨不得找侮辱万俟铮的人当面理论。

大家纷纷询问万俟铮如何“拿下”芦芷。

万俟铮说：“见什么人说什么话很关键。首先要了解你的谈话对象。芦芷的家庭背景有几个人研究过？她的父母是军人，家风正统，家教严格。这种家庭培养的孩子，一定十分爱国。新能源汽车对环保和民生的意义，她已经从别人那里听得太多，显然，这些不足以打动她。我换个角度，诠释新能源汽车产业的战略意义。她从抗拒听一下子转变为感兴趣，接下来的谈话就容易多了。”

“哇，总经理，你超级聪明！”

“我就说嘛，你是以智慧取胜的。”

“你怎么能想到这个话题呢？”

万俟铮微微一笑，说：“这并不难，因为我自己真的这么想。我只是如实陈述我的想法。咱们国家的原油进口量世界第一，原油对外依存度在百分之七十以上，将近百分之八十的进口原油经过马六甲海峡运输。为什么我们要和新加坡、马来西亚以及印尼搞好关系？是因为马六甲海峡这个咽喉要道由这三个国家共管。马六甲海峡对我国来说，是海上生命线。如果我们大力发展清洁能源产业，水、电、风、核、太阳能，减少原油消耗，从而降低对外依存度，我们的腰杆能挺得更直。谁愿意受人钳制？男儿当报国。我们做的，不仅是我们个人的工作、事业，更是一份社会责任，是国家实业。”

大家受到震撼。有人本着猎奇的心理，以为能听到香艳故事，学一两招泡妞，没想到见识了万俟铮的耿耿胸怀。他对所从事的事业有一种使命感。这个总经理和传闻的不一样！

万俟铮说：“我与她分析了目前的形势。国家虽然减少了对电动汽车的购车补贴，但并不是不支持新能源汽车，而是在其他领域加大了支持力度，比如建设新能源示范基地、鼓励技术创新应用、加大基础设施建设投入，等等。新能源是未来发展的必然趋势，完全不用担心。”

夏朵叹息：“外人不知内情，还以为你用美色迷惑她。”

万俟铮傲然道：“外人的观点重要吗？”

万俟铮打了无数个电话，见了无数人，多方沟通，争取合作。苏晶晶和夏朵撑起了行政部，小许发挥出巨大潜力，把后勤部管理得井井有条。何鹏见到燕晓铭介绍来的专家小组，兴奋得一宿没睡好觉。陆帆海请来的战略拓展部人才眼光独到，人脉广泛。

万俟铮四处奔波，实在无暇研究车载系统，但车载系统是“陆云天”计划中的重要组成部分，不能舍弃不管。为此，他拜访古斯塔夫，通过他联系了一家排名世界五百强的信息科技与互联网服务公司，并极力促成啸九天与之达成合作意向，破解技术困境。万俟铮力荐宋晨林带上陆帆海去谈判，保证能收获奇效。

至此，万俟铮突破了骁龙云腾所有的封锁线。

在公开场合偶遇高屹。高屹含笑说教："万俟，你把鹿鸣城想得太简单了。"

"那倒不敢。鹿鸣城庙小妖风大，水浅王八多。我已见识过，不敢轻敌。"

高屹恼怒得脸一红，故作不在意，笑呵呵说："年轻人愤世嫉俗，可以理解。希望你别后悔。可惜，现在你想抽身已来不及。"

万俟铮淡淡地说："谁说我要走？不把你解决，早晚是个祸害。"他扬长而去。

当万俟铮和宋晨林一点点艰难而缓慢地破冰前进时，骁龙云腾遭遇了重创。一封举报信揭发了骁龙云腾集团在海外参与竞标时的贿赂行为，相关部门介入调查；宫极紧急出逃，被海关拦截，资本外逃的事被曝光；刘深因猥亵妇女被正式批捕。骁龙云腾的形象一落千丈，股价大跌，行业为之震惊。

骁龙云腾一旦威风不再，啸九天受到的钳制自动解除。

明眼人都知道这是谁做的，偏又拿他无可奈何。

陆帆海早有所料。

"陆云天"是万俟铮毕生梦想，炎缇玉是万俟铮唯一挚爱。骁龙云腾碰了万俟铮的逆鳞，早该想到后果的。万俟铮岂是坐以待毙、束手就擒之人？！

骁龙云腾还不死心，派出罗超凡主持对万俟铮的打压。

又过了几日，骁龙云腾传出管理层巨变的消息。所有针对啸九天和万俟铮的敌对措施，不管是明的还是暗的，统统撤销。陆帆海打探一番，带回来的消息是：高屹重病，高敏纤进入高层，极力主张减少树敌，共同发展。

陆帆海慨叹："小丫头竟有这种见地。她不会是在报恩吧？"

万俟铮说："穆翰派她到华北大区学习，她没白学。"

陆帆海说："那些老油条肯听她的，真不容易。"

万俟铮微笑。高大小姐是有些手段的。何况，她聘用了玛姬做她的助理。这两个女人可不是好对付的。

燕晓铭千里来电，说："有一件事，不知道该不该跟你说。你到北京来一趟。"他领着万俟铮来到同仁医院，进入病房区，指着一个房间，小声说，"你看看是不是他。我只见过他两三次，不敢确定。"

万俟铮轻轻推门进去。病房内负责陪护的，是李思锐。眼睛蒙着纱布，左脸皮肤被烧伤的，正是穆翰。

李思锐看见万俟铮，站起来，看一眼穆翰，没说什么，以目示意他们谈，他退出病房。

万俟铮说："你是否要解释一下？"

穆翰听出他的声音，问："她还好吗？"

"离死不远了。"

穆翰叹息。

万俟铮问："到底发生了什么？容若玉呢？"

"她被抓了。"

"什么？"

"说来话长。当年，有个流氓欺负缇玉，我跟他打架的时候，他摔倒，后脑磕在桌子上，当时就不动了。我趁乱跑了，当夜带缇玉逃往外乡。后来，听说那个流氓死了。我以为是我干的，想过自首，但放不下缇玉。她本来就轻生，要是没人照顾，任她自生自灭，她怎么活？我东躲西藏，做过好多次整容手术，无数次动过自首的念头，我怕缇玉无人照顾，把自首的事一拖再拖。如果她变得开朗，我可以离开，可是，她越来越孤僻，我无法放手不管。后来，你来了，我观察你很久，确定可以把她交给你。她有了托付终身的人，我可以放心去自首了。"

"容若玉是怎么回事？"

"发生命案的时候，她是我的邻居。去年，不知怎么，她也来到鹿鸣城。她认出我。她说她当年目睹我杀人，她喜欢我，所以为我顶了罪，那件案子已经结案。她出狱后，发现我已经走了，而且根本不知道她顶罪的事。她要我补偿她。虽然她没有明着威胁，但我知道她的脾气。我不怕身败名裂，那是我应受的惩罚，我只怕炎缇玉受伤。"

万俟铮说："从一开始，你就打算把缇玉交给我，然后去自首。于是你顺水推舟，演了一出戏？"

"是的。我故意不理会缇玉受到的委屈，又和容若玉纠缠不清，想让缇玉对我失望。我把财产转移给她，让她不必仰人鼻息。我的想法，容若玉并不知道。她以为我真的要和她一起走，虽然我没说过，但她一直这样以为。容若玉为我付出大好青春，我感激，但我不愿自欺欺人，我不喜欢她，我要去自首。等我回去，才发现案件确实已经结了，凶手另有其人，是那个流氓的一个小弟，想篡位，趁他昏迷杀了他。致命伤是刀伤，不是他后脑的伤。容若玉骗了我。我一身轻松，从此不再背负良心谴责，不用受容若玉威胁。容若玉恼羞成怒，用硫酸泼了我的脸。"

万俟铮问："很严重吗？"

穆翰云淡风轻地说："不是第一次整容了，没事。"

但是他在同仁医院，他的眼睛肯定被硫酸灼伤了！他会失明吗？

穆翰说："别告诉她我的情况。她早晚会接受你，给她时间。你才是最适合她的人。"

万俟铮走出病房，询问地看向李思锐。李思锐说：“他已经做了羊膜移植手术，正在观察恢复情况，看看是否需要做第二次。希望能保住他的视力。”

从医院出来，万俟铮的心疼得厉害，为炎缇玉，为穆翰，也为自己，一时脑海空白，不知何去何从。

万俟铮为炎缇玉受过伤，他本想用这个当资本，胜过穆翰，却发现穆翰的付出一点都不比他少。穆翰同样为爱奋不顾身。他对他有一种说不出的惺惺相惜。

本来想找到穆翰，让炎缇玉彻底死心，现在，事情全变了。他被穆翰折服，虽然没说出口，但他已将穆翰引为生死之交，等同于陆帆海。

万俟铮每天去看炎缇玉。炎缇玉的头发长长了。她的眼窝深陷，双目无神，头发和皮肤失去光泽，下巴愈加尖。万俟铮静静地看了她几个小时，近在咫尺，炎缇玉始终没发觉。她握着名为“慕颜”的吊坠，沉浸在自己的世界里，对周围视而不见，充耳不闻。“慕颜”感受到她的体温，外侧变为粉红色，更像花瓣了。

万俟铮的心在发抖。他知道，即使他紧紧抱着她也温暖不了她。她的心死了。

他低声说：“我爱你，我多么爱你啊。我知道你已经不爱我了，没关系，我的爱很多。我把我的爱分给你，弥补你缺少的那一半，然后你和我一起走下去，好不好，好不好？”

小美在一旁听着，哭了。睿智的万俟铮，潇洒的万俟铮，在外面万夫莫敌，可面对逝去的爱，他却像个傻瓜，说的全是傻话。

万俟铮深夜酗酒，拉着陆帆海，大吼：“我不放手，不让给任何人。她是我的，她原本就是我的！”

他跺着脚说：“穆翰走了，这是他自己的决定。她只有我了。不管她愿不愿意，她只有我！”

他抽泣：“如果她能听见，我会大声说爱她。如果她能看见，我会让她知道我的好。可她的心已经不在这里。她已经走了，而我还不清醒，还在等，骗自己她会回来。老陆，我多想回到从前，回到那一天，阻止所有悲剧发生。老陆，我怎么才能回去？”

他醉眼乜斜，抱着陆帆海。陆帆海嫌弃地说：“哎呀，哎呀，这一身酒气。”却不推开。

万俟铮喃喃：“如果失去她是命运给我的考验，这一关，我永远过不去。”

陆帆海泪湿眼眶，不知如何安慰。

万俟铮爱得那么苦，陆帆海五内俱焚，想求解，却不得。

六十九

幽情蚀骨深

万俟铮与啸九天、智能科技公司联手，正式对外公布“陆云天”计划，宏大的目标提振了市场精神。他们以啸九天为主，合作建设智能清洁能源汽车生产基地。啸九天使用万俟铮的“致远方”技术，搭载智能科技公司提供的“慧无限”车载系统，制造新型汽车。

他们共同的理念是：整合科技力量，提升产业核心竞争力，推动汽车工业化与信息化、可再生能源在更广范围、更深程度、更高水平上实现融合发展。

为庆祝合作，他们决定举办一场盛大的酒会，广泛邀请同行及上下游企业。

万俟铮带着司大夫和陆帆海一同来找炎缇玉。小美正陪着炎缇玉。万俟铮要求炎缇玉参加酒会。小美认为他强人所难，以炎缇玉的状态，根本不适合出现在公众面前。

万俟铮抬起炎缇玉的下巴，逼她看自己。

小美欲阻拦，陆帆海拉住她摇头，示意不要管。

万俟铮说：“跟当年的挫折比，眼前只不过跑了个男人，算得了什么？你至于要死要活的吗？我知道你是怎么想的。你不见外人，封锁一切消息，不许任何人透露你的近况。他要是想了解你的事，只能联系你。你等的就是这个。你确定他现在还会想起你？你要惨给谁看？赶紧给我振作起来！”他郑重地说，“我绝对不会任人欺负，有人挑衅，必须还手！那么多人为啸九天倾注心血，外头好多人等着看它的笑话，眼下它面临发展的重大契机，你不为它做点什么吗？别做出一副无所谓的样子。要真的对什么都无所谓，你也不至于是现在这样。我要你走出门去，出现在公众面前，释放公司运转正常的信号。”

他松开她，态度强硬地说：“她的面色太差。老司，你给她看看。有什么营养液啊，强心针啊，肾上腺素啊，全给她用上。小美，你负责给她化妆，让她换上礼服。”

陆帆海抱着礼服盒走近。

万俟铮一松手，炎缇玉又恢复麻木的样子。

万俟铮淡淡地说：“我有你想要的消息，看你的表现了。”

炎缇玉缓缓转动眼珠，过一会儿，才聚焦在他脸上，仿佛反应过来，眼睛亮了一下，光芒刺痛了他。

司大夫给炎缇玉检查一番，开了一些药丸，嘱咐她多吃东西，多休息。他走到万俟铮身边，说："明明担心得要命，非要摆张臭脸，吓唬谁啊？你不会好好说话？"

万俟铮瞪他，"啰唆！"

送走司大夫，万俟铮掏出一个小盒子，交给炎缇玉，命令："戴上！"

盒子里面是一个用废旧螺母和蝶形螺栓做的小饰物，像一只大号指环。万俟铮演示，"平时可以当吊坠。穿绳孔在这个蝶形螺栓上。要拿下来用时，转一下螺栓，蝶形螺栓和螺母就会分离，不用扯断绳子。螺母内圈有个凸起的圆点，把螺母戴在手上，圆点被手指顶进去，钨钢尖就会弹起来，摘下螺母，圆点重新凸起，钨钢尖会缩回去，避免误伤自己。"

他设计了好几款防身指环，反复比较，猜测哪一款她会喜欢；他特意选择蝶形螺栓，因为她喜欢蝴蝶；他每天打磨螺母，一遍又一遍，要叫它圆润舒适；他精心装饰着钨钢尖，盼望它能在关键时刻给她保护。

这是天长地久的承诺，戴在颈间的指环。

他说："以后你可以永远不戴，这次必须戴着！"

宽敞明亮的大厅，鲜花馥郁，华服缤纷，大理石地面反射巨型吊灯的光亮，与珠光宝气交相辉映。车辆自动驾驶，停在酒店门口。万俟铮为炎缇玉打开车门。

一袭月白一字领长裙，颈间吊坠闪烁哑光，疏离淡淡，眉宇恬然。炎缇玉一出场，以其清丽绝尘令喧嚣顿时沉静。

万俟铮着一身黑色晨礼服，长身玉立，风姿飒然，白衬衫的装饰褶皱优雅精致。

他们在众人的瞩目下步入会场。

宋晨林十分惊喜。炎缇玉作为最大股东，重要的公司董事，应该参加重大的活动。要不是因为她的性格和近况，他一定邀请她出席。他没想到万俟铮竟能请动炎缇玉。他看了万俟铮一眼，万俟铮对他心照不宣地点一下头。

万俟铮很有分寸，既照顾着炎缇玉，又不越礼，周到而得体。炎缇玉落落大方，沉默但不失礼。

来宾纷纷来贺，盛赞他们的志向，祝愿项目成功。寒暄中，收获许多合作意向。他们也邀请了骁龙云腾。骁龙云腾派罗超凡参加。

有人慨叹，万俟铮不仅解决了眼前的难题，还打开了新的局面。无论是上游供应商还是下游企业，均看到了他的升值潜力，渴望与之合作。

万俟铮为众人介绍他的理念："将来的汽车将不仅仅是汽车，还是移动办公室、影音娱乐室、胶囊睡眠舱、智能操作终端。它将极大地便利人们的生活，成为不可或缺的工具。"

一人说："你们这是要掀起革命浪潮啊。许多构思都是颠覆性的，能改写历史！"

宋晨林说："这多亏了万俟总，他令我大开眼界。"

“三强联手，惊天动地，我们拭目以待。如果能参与，我们备感荣幸。”

张琪埋怨万俟铮：“遇到难处也不来找我，真见外。”

万俟铮心想：这时候跑来说便宜话了。宋晨林找你的时候，你帮什么忙了？但表面上，他仍客客气气地说：“您是我的王牌，不能轻易搬出来。能自己解决的事，我尽量自己解决。”

汽车工业发展研究中心的李主任说：“两虎相争，这是我们不愿看见的。国内企业应该相互协作，共同发展，壮大我们的民族汽车工业。竞争可以，但不要伤了和气。”

张琪说：“我赞同李主任的话。”

万俟铮一笑，说：“苏联虽大却已无路可退，身后就是莫斯科。”并非他想惹是生非，他是被逼无奈，奋起反抗。

罗超凡有一丝尴尬。

张琪说：“这是句名言啊。看不出你年纪轻轻，对‘二战’的事知道得还挺细。”

罗超凡借着这个话题问：“李主任，考考您，‘接过雷锋的枪’，说的到底是什么枪？”

五十多岁的李主任说：“像我这个年纪的你可考不倒，年轻点儿的还真不一定知道。雷锋有一张拿着冲锋枪的照片。我们一般见到的雷锋照片，拿枪的不多。那张照片里的枪是‘二战’时期苏联造的波波沙冲锋枪。通常说的雷锋的枪就是波波沙。”

罗超凡点头说：“波波沙操作简单，在150米到200米的距离上准确度极高，从1941年到‘二战’结束，一共生产了600多万支。据说在苏联卫国战争的时候，德军宁愿使用缴获的波波沙，也不使用德军的标准装备施迈瑟冲锋枪。”

张琪也加入话题，说：“美国的汤姆森冲锋枪‘二战’时也特别有名，精度高、性能好，但造价太高，而且它用的11.43毫米口径弹药必须从美国进口，后勤补给得累死。”

李主任说：“所以美国给英国汤姆森，英国用不起，就发明了司登。司登冲锋枪生产得也不少，主要是便宜，好携带。子弹用国际通用的9毫米派拉贝鲁姆弹药，弹匣可以与德军MP-40型冲锋枪通用，干掉德国鬼子缴获弹匣，直接装上就能使。”

罗超凡摆手说：“司登容易走火，还没上战场呢，可能先被自己或队友的司登打死了。”

万俟铮说：“是啊，再有名的枪也得听拿枪的人的——指哪儿打哪儿，要是老走火，迟早被淘汰。”

罗超凡哈哈笑，说：“万俟总，你放心，经此一役，谁还敢小瞧你！如今，你已经是汽车制造业鼎鼎大名的人物了。你看看，国内汽车行业有头有脸的人物都来了。”

万俟铮面容温和，不再说什么。宋晨林向张琪介绍国际合作伙伴，李主任和罗超凡开启了另一话题。

万俟铮光芒四射。芦芷说："现在很少看到穿晨礼服的男士了，非常绅士。"

万俟铮微微一笑，说："过奖了。我跟绅士不搭边，实属徒有其表。"

"万俟总过谦了。"

乐队演奏悠扬的音乐。宋晨林邀请炎缇玉，万俟铮向芦芷伸出手。

芦芷压低声音问："高屹有没有再为难你？"

"他还能比我坏？"万俟铮幽默地说。

芦芷为之倾倒。她想深入了解他，说："听说你小时候吃了很多苦。"

"成长路上的必然经历，不算什么。"

芦芷由衷地说："胸怀远大的人把经历的风雨当成财富。"

"别总夸我。我这人不禁夸。"

"吃过苦，才知道珍惜甜。"

"是啊。不过不能老盯着自己那点苦，忘了抬眼看。"万俟铮说，"我曾以为我是最痛苦的人，却没发现，在我看不到的地方，有一个人比我更痛苦。他不言不语，小心翼翼。他默默地病，默默地疼，默默地怕，默默地等，默默忍受煎熬，默默地退出。"

芦芷被他的话语吸引，猜测他说的是谁。

万俟铮说："人生，走过的每一步都算数。来日可期，但，没有岁月可回头。"

芦芷突然问："你喜欢炎小姐？"

万俟铮一笑。那么明显吗，他的心？他掩饰得很好，时至今日，依然有人以为他和炎缇玉势不两立。

芦芷同情地摇摇头，又环顾一下，说："不知多少女孩要失望了，在场的就不少。"

舞会已到最后。

万俟铮伸手邀请炎缇玉。他知道炎缇玉不适应这种环境，盼着尽快结束，但他执意不放。炎缇玉的目光在求饶。乐曲已起，他拉着她的手，霸道地带她起舞。随着旋转，吊坠的光泽忽明忽暗。

他深深凝望她，旁若无人，灼灼的目光再也顾不得掩饰深情，让炎缇玉几乎无法呼吸。陆帆海适时开启了一个新的话题，吸引了很多人的注意。

万俟铮和炎缇玉舞近大厅边缘。离开人们关注的中心，炎缇玉隐隐用力，想挣脱。

万俟铮握紧她的手，强硬地说："在这一曲结束前，你是我的。"他拉近她，带着威胁的语气，低声说，"看着我！此时此刻，你只许看着我，只许想着我！"

他的心在呼喊：拜托，不要走，我只有这一支舞了。

柔软的腰肢，纤长的手指，她在他的身边，在他掌中。她的眼睛望着他，眼神纯真如初，倒映他的身影。他贪婪地看她，要把她的样貌，连同此情此景，每一个细节都铭刻进骨头里。

他面庞英俊，身形修长，他的眼眸明亮，专注而深邃。他仿佛浑身都闪着光芒，散发着无穷的魅力。他要用尽浑身解数，展示他的神采和风度，吸引她的目光，征服她的心。他要让她永远记得此时此刻的他。一秒钟，哪怕只有一秒钟，他的光芒要盖过她心中的那个人！

他的心脏随着节拍一下一下震动，似用全部生命在跳跃。

乐曲终是停了。

送她回家，他吻她的手，深深看她一眼，轻声说："谢谢你没有催我。明天，跟我去机场。"

他后退，转身，用尽全部力气离开。

他脱下晨礼服，珍惜地挂好。MR. T 说，这是他个人第一次设计成对的礼服，又要做得含蓄不刻意，简直累死。

眼前突然一黑，万俟铮栽倒了。在幻觉或是梦中，一只巨大的手把炎缇玉捏在手心里，随时可以把她捻为齑粉。他冲上去救，身高不及那只大手的一个指节。

洪钟般的声音讥讽："你以为你救得了她？"

他昂然，毫不畏惧。

另一只手出现，倒提着一个人的脚。是昏迷的穆翰。

"放下他！"他大吼。

"他不是你的敌人吗？"

"他是我的朋友。放下他！"

那声音嗤嗤怪笑。他握紧拳头，冲上去。巨大手指一挥，不费吹灰之力将他击倒。他爬起来，再次被打倒。一次次站立，一次次倒下，再一次次站起来。他气喘吁吁，遍体鳞伤，意志却坚不可摧。

"你斗不过我。力量悬殊，你毫无胜算，何必浪费力气？赶紧认输吧。"

"啰唆！"

"我是为你好。杀了穆翰，炎缇玉就是你的，再也没人和你争。"

万俟铮咬紧牙，"你太小看我！！！"

醒来时，陆帆海和司大夫守在身边。

他说："我不认输，我还能站起来。我能保护她。所有人，我都要保护。"声音孱弱，语气坚定。

陆帆海红了眼眶。"你以为你是谁？你已经自身难保。"

司大夫说："你最近太累了，缺乏休息。你看你的脸色，比死人还难看。"

他费力地坐起来，沉静似水。"老陆，我要放手了。"

陆帆海明白他指的是什么，替他难受。“为什么？”

“因为我爱她，胜过我的生命。她是我爱的人，她必须幸福！她得不到，我就帮她得到，否则，我活着还有什么意义。”

陆帆海问：“那你怎么办？”

“我发过誓，不让任何人伤害她，包括我自己。现在，我成了她幸福路上的绊脚石，我得把自己踢开。”

历经千辛万苦，奋斗得来的一切，想献给她，奈何她心聋目盲，无法看见。她是他最珍贵的，教他如何眼睁睁看着她一天天枯萎，一天天死去。他不能跪在她伤口流出的鲜血里向她告白。他始终记得，他是要带给她幸福的人，这是他十几年前默默发过的誓，哪怕这幸福里没有他。她对他太重要了，一丁点儿差错都不能出。

命运带走了她的纯真，毁了她的幸福，杀死了他们的心，摧毁了生活的希望。他要替她向命运复仇。

三个人落水，要么他一人上岸，要么穆翰和炎缇玉两个同时上岸。但凡炎缇玉肯跟他一起上岸，他不会做这个决定。

他轻轻说：“我以为命运给了我第二次机会，原来它给我的是第二次毁灭。”

陆帆海落泪。

万俟铮说：“帮个忙，去给玛姬打电话。你还有希望，别轻易放弃。咱们两个，至少得有一个人得到幸福。找到想共度一生的人，好好珍惜她，无论最后是得到还是失去，因为，下辈子，不会再遇见了。”

七十

云随雁字长

走到医院门口，炎缇玉停步。

万俟铮说：“不用担心。他还好。他的眼球保住了，刚做完角膜移植手术。”

炎缇玉的眼睛一眨不眨地望着他。她担心的不是穆翰，而是他。进了这道门，意味着她将回到穆翰身边，万俟铮将从她的生活中消失。骄傲的万俟铮，深爱她的万俟铮，不会留下来看结局。万俟铮的退让，对他自己是多么残忍的决定，她深知。他们的痛本同源。她有万千感激和歉疚，说不出的心疼，难以名状的不舍。

万俟铮受不了她的目光，扭开头，大步走进去。

在病房外，他打开门，闪身让炎缇玉先进去。

炎缇玉顿时被穆翰吸引了全部注意，她的脸放出光芒，一步一步走向穆翰，急切地打量他，眼睛都不够用的。穆翰的眼睛缠着纱布，坐在椅子上。她走上前，蹲在他身边，仰望他。

穆翰听到声音，笑着说："万俟，你又来了？"

穆翰看不见了。他看不见她的手语，看不见她的脸。命运仿佛故意和她作对，先是逼得她一言不发，现在又逼她必须出声。

炎缇玉动了动嘴唇，努力许久，才艰难地发出声音："木村。"

穆翰一怔，静默片刻，说："原来你的声音这么好听。"

炎缇玉捧起穆翰的手，把流泪的脸贴在他的掌心。

穆翰温和地说："我给了你选择的权利，允许你后悔一次，只有一次。你做了选择，以后不能改了。"

炎缇玉拼命点头，意识到他看不见，便紧紧握住他的手。穆翰摸索着为她擦泪。

万俟铮悄然退后。

穆翰察觉了，说："万俟。"

万俟铮爽朗地说："哈，被你发现了。剩下的事交给你了，抓紧时间。下辈子，我不会再把她让给你！"说完走出房间。

炎缇玉追出来，目光复杂，惆怅万千。她有一双多么美的眼睛，仿佛会说话，明亮得胜过竹林中闪耀的阳光。

万俟铮被她眼中的疼惜刺痛，飒然一笑，说："你是炎缇玉，不是林堇。我要去找我的林堇了。"

炎缇玉用小手拉住他的衣袖，担忧之色溢于言表。

他凝视她，声音低下来，"去吧，去和他快乐生活，幸福终老，别让我的退出白费。别想我，想我我就会出现。"他潇洒地挥挥手，转身快步离开。

"万、俟、铮。"身后传来艰涩的柔弱的呼唤，带着破音。

他的脚跟旋转，步伐节奏不变，却已调转方向。他冲回来，紧紧把她抱在怀里，万箭穿心，声音发抖，低声说："答应我，有一天他老了，死了，你一定一定要来找我！说不定那时我还活着。我会一直爱你，直到死！"他收拢手臂，把她用力挤向胸膛，试图让这个拥抱的记忆再重一些，深一些。

曾经想用这胸膛做她的港湾，现在，他要用比胸膛更为宽广的胸怀给她幸福的天空。还有无限深情来不及对她诉说，现在，都不能说了。

他倏然放手，头也不回地走了。

直到走出医院大门，他才敢透一口气。得了这口氧气，心疼得更加厉害。

炎缇玉发来消息：你要好好的。

他啜泣，哭得像个泪人。

命运弄人。一次转身，一生错过。只走开几步，再回头，以为那个人就在几步远的地方，他却消失于茫茫人海。

别开灯
淡淡的月光就够
你的脸
我用回忆去摸索

歌手低吟浅唱。

万俟铮捂着胸口。

这是他心中的歌，永远无法释怀。

经历浮沉蹉跎，重听这支歌，如隔世的预言揭示他们的命运。

他蓦然转头，看见城子也在酒吧喝酒。酸楚和痛苦混合，充斥胸臆，他忍不住冲上去，揪着城子揍。

城子一边躲一边怪叫："你够了吧？见我一次打我一次！再这样我可真急了啊。"

"我打你，你疼两天就没事了，可你毁了我一辈子，你知道吗？"万俟铮颓然坐在椅子上，掏出烟点上。缭绕的烟雾中，他的脸色灰白。

一只小手轻轻搭在他的肩上，他转头，米可红着眼眶，心疼地望着他。远处，站着陆帆海。

万俟铮落泪了。内心深处，他知道，他已错过此生唯一幸福的可能。对于米可的温柔守候，他没有同样的深情可以回馈。陆帆海每次都把米可搬来当救兵，其实没有用。

有那么一个人，拥有他或失去他，生命完全是两个样。此后的岁月，暂居人间，他只剩等待，等待有一天，一切复归尘土，与她在时光的尽头相遇。或天堂，或地狱，他去找她。

米可慌忙给他擦泪。万俟铮将她的手贴在脸上，泫然泣下。米可也哭了，同时露出了天真而喜悦的笑容。

万俟铮说："对不起。"他推开米可的手，起身向外走。

米可愣住，陆帆海急忙问："你去哪儿？"

"去把'陆云天'完成，给追随我的人一个交代。"他返回这里，就是为了这件事。

陆帆海心里打鼓。"陆云天"虽然宏大，耗时繁多，但总有完成的时候。十年八年后，完成梦想，万俟铮会去干什么？陆帆海叫："我跟着你！"

万俟铮说："你还要去找玛姬，你还要……帮我招待米可。"他歉然对米可笑笑。

陆帆海拉住他，差一点儿说出，是炎缇玉让他来看着万俟铮的。

炎缇玉深知万俟铮的刚烈，也明白他的深情，她怕他出事。万俟铮脆弱的一面，她比任何人看得都清楚。他把幸福带到她面前，剩下一个无人呵护的伤痕累累的自己。多少人靠近，多少人探究，有的因为好奇，有的为了索取。真正关心他的，有几个？想来想去，她竟想不出谁能慰藉他。如果万俟铮出事，就算她和穆翰在一起，也不会幸福。她会撕心裂肺地想他，牵肠挂肚地惦念他。她不能亲自表达关切，怕给他希望后又不得不让他失望。于是，她在出发去北京前找到陆帆海，拜托他照顾好万俟铮。

陆帆海对着炎缇玉大吼："都怪你！所有的事都怪你！我警告过你，不要杀死他第二次。你已经要了他的命你知道吗？你欠他的！你一次次掏空他的感情，又让他一次次失去。他所有的伤都是你给的！"

炎缇玉脸色惨白，不解释。

陆帆海骂不下去了。他忽然明白，虽然炎缇玉舍弃了万俟铮，选择了穆翰，但如果万俟铮出事，她也活不下去。

陆帆海也知道，万俟铮是不受羁绊的，除了炎缇玉，别人留不住他。他只能递给万俟铮一杯酒，说："有时间还会一起喝酒吧？"

万俟铮把酒干了，看着酒杯，说："桃李春风一杯酒，江湖夜雨十年灯。"他怅然一笑，对米可和城子点点头，推门走出去。

他冒出一个想法，想去研究时光机。他要回到她受到伤害前，阻止悲剧发生。为此，他需要从头学起。穷极一生，直到生命结束，他总会研究出点儿什么的。

夜色深重。他捏紧口袋里的手帕，走进深沉的夜，白色风衣在黑暗中显得无比耀眼。

初稿完成于 2020 年 6 月 14 日　北京

第一次修改完成于 2020 年 7 月 15 日

终稿 2020 年 10 月 12 日　北京

余生路漫长，伤痛终逝忘

——《竹林少年白衣翩》后记

生离与死别，哪一个更痛？有人说是死别，因为人死难复生，彻底失去希望。那如果是彻底失去希望的生离呢，是不是更痛？

写这个故事，最开始是因为做了个梦，梦到有个顽劣的男孩子打架，被打败后，别人要变本加厉欺凌他，女孩阻拦，也就是“竹林少年白衣翩”和“不见不舍不离”那两章的故事。四维方程式也是我的梦，梦中更复杂，还要解摩斯密码，醒来忘了大半。

我写的故事，前三分之一总会沉闷，做足铺垫，如酿酒，越到后面越甘美醇厚。我尽力改变前面的沉闷，截至目前一直失败。这是我写序章的原因，用序章给一点希望，增一分亮色。

在整个写作过程中，我一直在犹豫，结局该如何。我以后再也不写双男主了，虐得我自己找不着北，想到万俟铮的苦痛，一度写不下去。万俟铮和穆翰都是优秀的人，奈何炎缇玉只有一个，结局无论怎样都不圆满，总会有一个人孤单。

写都市的钩心斗角，是为了衬托竹林的静谧美好。繁华之境，清静之地，作何选择？

少年时代的真相姗姗来迟，是我有意为之。我要表达的是，在不明真相的情况下，万俟铮依然对炎缇玉倾心，尽管表面上憎恨，暗中却保护她，照顾她。炎缇玉什么都不需要做，甚至于总是躲避，却依然吸引了他的注意。爱本该如此，不是因为预见回报才付出。而善良的炎缇玉，尽管恨万俟铮，尽管已立志做铁石心肠的人，依然在力所能及的范围内，悄悄地散发善良，不动声色地保护着周围的人。

炎缇玉重伤后心灰意懒，所以我不能过多地写她的反应。她应该心无波澜，对一切都无所谓才对，哪怕只是表面如此。所以前半个故事中，只有万俟铮的一厢情愿，得不到任何回应。为此，我删掉将近十万字，大部分是关于炎缇玉心理活动的描写，以及以她的视角看到的事情。

从“万里征鸿归”到“云随雁字长”，一来一去，有得有失，看似闭环，又绵延无限。竹林少年，既是万俟铮，也包括炎缇玉。创业历程、爱恨历程、心路历程，怀揣梦想，一路坎坷，于伤痛中成长。

万俟铮最初的梦其实是我的梦。我梦见所有写过的主角们站在一间屋子里，我在他们之中找万俟铮。当我找到他，我紧紧握住他的手，心疼他，难过得直不起腰，整个人醒来，好久缓不过来。做梦的时候没有流泪，流泪从梦醒开始，湿了半个枕头。

每一道菜、每一种花、每一件衣服、每一款酒我都用心挑选。为了写文章，我恶补许多知识。隔行如隔山，无论多么小心，恐怕还是存在错误，我尽力在完善。

从最开始构思这个故事，我就想插入谭辛强的片段。《谁家漂泊知落花》是第一人称小说，谭辛强的深情无法充分展现，尤其是“君自翩然”那一章，连女主角都晕了。我期盼能从第三人的视角描写谭辛强对星嫣的爱护，于是有了“情深不需藏”这一章。为了贴合“君自翩然”的时间线，“情深不需藏”只能发生在秋天。这造成一个遗憾。因为最动人的设定应该是在万俟铮未明真相时，被谭辛强的眼神感动，不由自主看向他还在深深恨着的炎缇玉。他的“情深不需藏”，给了一个想恨却更想爱的人。可惜没办法，时间已定，无法更改。如果要改，年会的设定，雪日的情节，晚礼服和水晶鞋都要相应删改，唉。从四十万字删到三十万字，我已经很心痛了，再删一些，简直是割肉了。

“余生路漫长，伤痛终逝忘”是我的愿望。但，深情执着的万俟铮，会把它变成“余生路漫长，唯爱不能放”吧。

竹林少年，长大后，依然纯真善良。心旷阔似海，一片蔚蓝。

星光照进孤独

2020 年 6 月 14 日　北京

开启番外，开启不一样的未来。

飘零远

——可以不看的番外

杏花微雨，午后。炎缇玉站在窗前，凝望远方。

“缇玉。”穆翰唤她。

缇玉转身，似从很远收回思绪，露出笑容。“你回来了。”

穆翰坐在她身边的椅子上，静静的，不说话，只是望着她。

缇玉温柔地问：“公司的事不顺利？”

穆翰摇头，问：“在想他？”

缇玉踌躇不语。

穆翰微笑，说：“我也常常想起他。他就在临近的城市，相距不过百里，两年了，却再也没碰见过。骄傲的他啊，既然决定走，就绝不出现打扰。我知道你担心他。别紧张，我不是吃醋，我也担心他。”

“不说他了。”缇玉温和又坚决地制止他。

“今天，我想好好和你聊聊。”

缇玉莫名地有些害怕。

穆翰说：“我说过，给你保留一次选择的机会，但其实我没给。我的突然消失让你惊慌失措，让你没得选。你干脆不选了。有时我想，如果当初我没有不告而别，我说出对你的感情，他也有机会表达他的感情，时间久了，你会倾向于谁。”

缇玉说：“你喜欢我，对吗？那就别再说这种话。太可怕了，听着都心惊肉跳。你喜欢我，我不离开你。”

穆翰柔和地说：“傻孩子，你不该这么想问题。你赋予自己奉献者的角色，我喜欢你，你就打算赔上一辈子满足我。那么他呢？他也需要你。你把自己当成别人按需所取的，那你要如何答复他？你只能把自己劈成两半，才能同时满足我们两个。既然无论怎样都要辜负一个人，我希望你为自己而活，遵从你的心做出选择，而不是既然无论怎样都要辜负一个人，那就维持现状吧。如果你选择的是我，我将不胜荣幸。如果不是，至少，你是快乐的。”

缇玉不停地摇头。

穆翰说：“平心而论，因为想着早晚有一天要去自首，会离开你，所以我一直收敛感情，没有过分投入，怕自己伤心。所以，假如失去你，我会难过，但远远比不上他的难过程度。他对你的爱毫无保留，不计较最终是得到还是失去，就这么一股脑把整颗心投进去，粉身碎骨都不管，因为他根本收不住。”

缇玉眸底波光闪动，被他的话语勾起万千担忧。她摇着他的手，说：“别说了，别再说了。”

穆翰轻叹：“你对我，终归是感恩的成分更多一些。不管是出于自卑，还是自我保护，或者是因为不确定我的心意，你不敢全情投入。你对我死心塌地地依赖，但不是全心全意的爱。缇玉，不要贪图一时的安宁，压抑了真正的渴望。我不是小气的人，不介意你心里永远放着一个人，毕竟，那是不可改变的过去。我在意的是，你是否真的爱我。”他的声音低下去，仿佛非常不确定。

缇玉用双手捧着他的手握紧。

“摆脱容若玉后，我曾经犹豫，等治好眼睛，我该回去找你，还是把你留给他。你心里更喜欢谁，我真的不确定。我们都是贪婪的人，不满足于身边有你，还渴望得到你的心。我不想承认，又不得不承认，现在的你，除了恢复说话、放下仇恨，和从前并没有太大分别。我带给你的是平静的生活，可我总觉得你的生活不该止步于此。你的生命应该被点燃，而我做不到。你心里的伤还没好。你对它视而不见，用一个获得去掩盖一个失去。你比任何人想的都坚强。你用你的坚强把这些苦默默扛了下来。啊，说得我自己好惨，好像我注定是被挑剩下的那个。”穆翰笑了，自嘲地，豁达地。

缇玉想说什么，又不知从何说起，不禁惶然。

穆翰安抚地握着她的手，真挚地说：“我爱你，并不是要推开你，更不想失去你。我看到你的沉默，你的落落寡合，我也看到你的平静，你的心如止水。我知道你没有其他想法，一心一意要和我共度余生。我相信，和我在一起，你是安稳踏实的，我们一定能过得幸福。但你要找的，应该是一个让你对明天产生强烈期待，又觉得时间飞逝，与他相守的时光太短，舍不得让今天过完的人。我希望我是那个人。我是吗？你不用着急答复，慎重做出你的选择，找到那个让你最放不下，最想在一起的人。”他轻轻说，“如果你在我身边只是苟活，如果另一个人能让你更幸福……想必，他也是这么想的吧。”

缇玉眼眶湿润了。

穆翰说：“如果你没有留在我身边，或许我今天不会做出这个决定，说出这番话。我现在做的，正是你做的。你决定留在我身边，耗尽一生，只因为我需要你。你已经不是当初孤苦无依、走投无路的你了。你可以有其他选择，而你选择了我，为了让我高兴。所以，我同样回报给你，给你所有幸福的可能。我希望，你再次选择我时，是为了你自己。”

缇玉实在忍不住，不让他再说下去，抱住他，万千感慨化作一句："穆翰，你这么好，这么好，教人怎能不爱啊！"

穆翰笑了，说："我也觉得我很好。"他捧着她的脸，"在为你着想这一点上，我怎么能输给他？"

清明节，万俟铮回乡祭扫，租住在守林人小屋。清晨的阳光穿过竹林，斑斑点点的光与影洒落在他身上。空山新雨后，竹叶青翠，连薄雾都是绿色的，沁人心脾。天空中还有灰蓝色墨团，山水如同一幅水墨画。

一只蝴蝶惊飞。他忽而心下戚戚，不由自主转眸，一袭白衣出现在远处，姗姗而来，气质淡远，如这竹林轻雾。他顿觉天地失色，所有的光都集中在那个人身上。他揉揉眼睛，努力看，那人影还在，渐渐走近。

"万俟铮！"

熟悉的清脆的声音，语气中的活泼恍如隔世。

万俟铮如同着了魔，动弹不得。

"我把所有东西都还给穆翰了，除了这个。"缇玉掏出脖子上的"慕颜"项坠，"我永远记得他对我的好。"

万俟铮没说话，他还在发蒙，搞不清状况。

"穆翰说，我应该找一个让我对明天充满期待、对相守的时光珍惜到害怕的人。当我出发来找你时，我心里就是这种感觉。我恨不能立刻见到你，告诉你我想你。但是我要长话短说，不能花费太多时间，因为我还有很多事想和你一起做。我想做饭给你吃，想弹琴给你听，想和你走遍全世界，想让你带我去看萤火虫。我迫不及待，希望这些快点实现，又怕日子过得太快，还来不及对你好，转眼就老了。"缇玉激动得微微喘息，双颊绯红。

万俟铮始终沉默，怕一开口，梦被惊醒。

缇玉忽然胆怯，轻声问："你……还要我吗？"

万俟铮伸手将她拉进怀里，紧紧拥抱她，脸埋入她的秀发，鼻端被她的幽香包围，感觉才踏实一些，敢相信她是真实的。他说："你本来就是我的！"

缇玉哽咽："穆翰和容若玉走的时候，我好像死了一样，疼到麻木，真的不想活了。你走了以后，我却清楚地感觉到我的心，那根刺一直在，一直流着血。我想你，想得五内俱焚。两年了，我都没有好。你说话不算数，你说过，我想你你就会出现。"

万俟铮说："咬我一下，快，使劲咬我。"

缇玉摇头，说："我舍不得。你已经为我受了太多的伤。决定来找你时，我不敢提前告诉你，怕我在路上出事，死了，又让你空欢喜一场。"

万俟铮狠狠地疼了一下，喝道："胡说，不许再说这种话。"他的心里又酸又暖，无比珍爱地轻抚她的脸。缇玉微微侧头，贴近他的手。

万俟铮哑声说：“失去他是你的巨大损失，你想好了？”嘴里虽然这么说，手却紧抓住她不放。他怕她后悔，但纵然她后悔，他也不管，他不会再放她走。

缇玉从没想过这些。这一次，她没有那种强烈的“失去”穆翰的感觉。她顾虑的，是穆翰失去她该有多难过，而不是她失去穆翰会怎样。她不是权衡了能失去谁不能失去谁才来的，不是经过比较，觉得万俟铮更好、更需要她她才来的。她跟着自己的心，直奔他而来。

万俟铮已从她的眼中读到答案。他笑了，笑容点燃了缇玉眼中的光彩。她也笑了。

“今后，无论何时何地，涉及他的利益，一切以他为先。”她说。

“当然。这个朋友，我一定会另眼相看。”

他注视她，“好久不见，好像有一百个世纪了。”

缇玉回望他，目光清澈，轻声说：“万俟铮，我有没有告诉过你，我爱你。”她的眼睛湿润了，笑容在唇边绽放。

万俟铮的喉咙哽住，被这三个字震得浑身发麻。

他们凝望彼此的眼眸深处，那里，有他们希冀的未来。

人生没有番外篇

——写在番外之后

悲伤是一种力量。我设计用悲剧结尾，为了达到两个目的：一是凸显万俟铮的胸怀，使人物升华。二是提醒读者要珍惜，不是所有的错过，转身都能重拾，要认真生活，切莫冲动做傻事，以免后悔。

我不打算改结局，又不忍万俟铮太苦，于是把尾声改作番外，续写他的故事。让他得偿所愿，是因为心疼他，不是为了让不喜欢悲剧的读者看着顺眼。

我希望读者止步于番外前，希望万俟铮生活在番外篇。

我用了很长时间说服自己，给了穆翰放手的理由，给了炎缇玉想清楚的时间，给了万俟铮幸福的未来。

竹林少年，胸怀广阔，善良勇敢，值得更好的对待。

珍惜当下，认真生活。我可以任性地用一支笔带给万俟铮快乐，而真正的人生，没有番外篇。你，还敢虚掷时光，妄下决断吗？

星光照进孤独

2020年7月4日